LANGSAME HITZE

LETA BLAKE

Original-Veröffentlichung von Leta Blake Books

Titel der Originalausgabe: Slow Heat
Geschrieben und veröffentlicht von Leta Blake

Ins Deutsche übertragen von Betti Gefecht

Cover: Dar Albert
Formatierung: BB eBooks

Erste Ausgabe: 2017
Print Ausgabe
ISBN: 9781626226401

Danksagungen

Mein Dank gilt den folgenden Personen: Mom und Dad, ohne die ich meinem Traum nicht folgen könnte. B & C, das Licht, dass mich wieder nach Hause finden lässt, wenn ich in erfundene Welten abtauche. Meinen Förderern Sadie Sheffield, SB Fournier und all den wunderbaren Mitgliedern meines Patreons, die mich inspirieren, fördern und mit Rat zur Seite stehen. Keira Andrews, die mich stets anspornt und öffentlich preist. Amanda Jean für ihr großartiges Editing. Devon Vesper für die zusätzlichen Edits. Annabeth Albert für die Beratung bei der Covergestaltung und weil sie ganz allgemein fabelhaft ist. Und zum Schluss Dank an meine Leser, die es das alles wert machen.

Ein heißblütiger junger Alpha findet seinen vorherbestimmten Gefährten in einem älteren Omega mit Vergangenheit.

Professor Vale Aman hat sich ein gutes Leben aufgebaut. Als ungebundener Omega in den Dreißigern hat er schon vor Langem die Hoffnung aufgegeben, einem kompatiblen Alpha zu begegnen, ganz zu schweigen von seinem vorherbestimmten Gefährten. Er hat eine Karriere, die ihn erfüllt, seine Gedichte, seine Katze und seine Freunde.

Als Jason Sabel, ein bedeutend jüngerer Alpha, in schockierender und öffentlicher Weise auf ihn geprägt wird, weckt das Sehnsüchte, die nicht ignoriert werden können. Jason und Vale müssen gegen die starke sexuelle Anziehung ankämpfen und zunächst einen Vertrag aushandeln, bevor sie ihren leidenschaftlichen Bund vollziehen dürfen.

Aber für Vale würde das bedeuten, seine Unabhängigkeit zu verlieren und seine Zukunft in die Hände eines ungeprüften Alphas zu legen. Und er müsste sich den Narben seiner turbulenten Vergangenheit stellen. Vale ist sich nicht sicher, ob es das wert ist. Aber Jason ist nicht bereit, seinen vom Schicksal für ihn bestimmten Gefährten kampflos aufzugeben.

„Langsame Hitze" ist ein schwuler Liebesroman, 130.000 Wörter, mit einem starken Happy End und einem wohl durchdachten, einzigartigen Omegaversum ohne Gestaltwandler, aber mit Alphas, Betas und Omegas, männlicher Schwangerschaft, Hitze und Knoten. Warnung: Es kommen Fehlgeburten und deren Folgen in der Handlung vor.

Für Punny und Mimi, zwei meiner liebsten.

KAPITEL 1

Definition von *Érosgápe*:
Der biologisch und spirituell vorbestimmte Gefährte eines Alphas oder Omegas

Érosgápe in einem Beispielsatz:
„Manche Alphas und Omegas sind nicht nur durch Vertrag miteinander vereint, sondern sie sind *Érosgápe*, zutiefst aneinander gebunden durch Körper und Geist.“

Herkunft und Etymologie von *Érosgápe*:
Aus dem Altgriechischen, eine Wort-Kombination aus (wörtlich) sexueller Liebe (*erōs*) und spiritueller Liebe (*agapē*)

Erster dokumentierter Gebrauch: im Jahre 32 von Wolf

DIE STIMME DES Erzählers aus dem Lehrvideo hallte durch den Hörsaal. Jason hing tief heruntergerutscht in seinem Stuhl in einer der hinteren Reihen, im Stuhl neben ihm sein Freund Xan. Wie alle anderen Alphas im Raum saßen sie vollkommen still, während ihre Erektionen sich unangenehm gegen den Stoff ihrer Hosen drückten.

Der Film zeigte einen nackten Omega auf dem Höhepunkt seiner Hitze. Er war wunderschön, mit dunklen Haaren, blasser Haut und schlanken Muskeln. Die Qualität war nicht gut genug, um die Augenfarbe des Omegas auszumachen, aber seine Augen wirkten hell, vielleicht blau oder grün. Er war genau der Typ Junge, auf den Jason ein Auge werfen würde. Ihn so in dem Film zu Schau gestellt zu sehen, geil und verwundbar, raubte Jason vor Erregung den Atem.

Auf allen vieren, den Rücken gekrümmt, streckte der Omega seinen Arsch heraus. Seine Ritze und sein Loch glänzten feucht vom Schlick seiner Erregung und seines Verlangens. Jason lief das Wasser im Mund zusammen, als der Omega in dem Video sich den geschwollenen Schwanz massierte und dem jungen, aber sehr muskulösen Alpha flehende Blicke über die Schulter zuwarf. Das Wort „bitte" war leicht von den vollen Lippen des Omegas abzulesen, der seinen Rücken durchbog und sich verlangend wand.

Sein Alpha, dunkel und kraftvoll, stand seitlich neben dem Bett. Sein großer Ständer war erhoben, und er starrte den Omega gebieterisch an. Als er aufs Bett kletterte, sich über dem Jungen in Stellung brachte und dann in ihn eindrang, fuhr die Erzählerstimme fort:

„*Ist der Omega im Bann seiner Hitze, so bietet er sich dem Alpha schamlos dar. Der Instinkt drängt ihn, begattet zu werden, und er wird alles tun, um sein biologisches Ziel zu erreichen. Es ist wichtig, nie zu vergessen, dass ein Omega in Hitze ohne einen Alpha, der sich um seine Bedürfnisse kümmert, eine Gefahr für sich selbst darstellt. Falls es notwendig ist, euren Omega zu fesseln, um zu verhindern, dass er davonläuft, dann tut es. Das gilt sowohl für einen durch Vertrag gebunden Gefährten als auch für einen Érosgápe.*"

Vorsperma lief aus Jasons Schwanz und in seine Boxershorts, und er wagte nicht, sich zu rühren, aus Angst, einen spontanen Orgasmus zu bekommen– mitten im Kurs über Alpha-Omega-Beziehungen in seinem ersten Studienjahr. Er warf einen Seitenblick zu Xan und sah erleichtert, dass es nicht ihm allein so erging. Auch sein Freund schien von Erregung überwältigt zu sein.

Xan rutschte beinahe unmerklich auf seinen Stuhl herum. Seine großen, blauen Augen hingen gebannt am Bildschirm, und eine Schweißperle rann an der Seite seines erhitzten Gesichts herab. Sein dunkles Haar war in der hohen Luftfeuchtigkeit des wie erstarrten Hörsaals schlaff geworden und hing glatt herunter, und seine langen, blassen Finger, die für gewöhnlich immer in Bewegung waren, lagen still auf dem Schreibtisch.

Jason konnte Xans Vorsperma und die würzige Note seines von Pheromonen getränkten Schweißes riechen. Die sinnlichen Eigenheiten von Xans Erregung waren ihm wohlvertraut – Jason hatte sich im St. Marjoram Internat für Alphas drei Jahre lang mit Xan ein Zimmer geteilt. Und nach den zwei Monaten der Trennung während der Sommerferien hatte Jason sich in den vergangenen vier Tagen zusammen im Wohnheim der Universität Mont Nessadare eifrig erneut mit all den Düften vertraut gemacht.

Übung macht den Meister, und sie hatten sich beide drauf geeinigt, zusammen zu üben, um sich auf den Tag vorzubereiten, an dem sie ihren Omegas begegnen würden. *Falls* sie ihren Omegas begegnen würden. Während über sechzig Prozent der Alpha/Omega-*Érosgápe*-Paare sich irgendwann fanden, so blieb es den übrigen knapp vierzig Prozent versagt, je ihrem wahren Gefährten zu begegnen. Bei dem Gedanken an eine Zukunft als Single ohne seinen *Érosgápe* lief es Jason kalt den Rücken herunter. Aber ein Vertrags-Omega wäre immer noch besser als gar keiner.

Denn ganz gleich, wie sehr er und Xan zusammen übten, sie würden nie die Ekstase erreichen, zu der es der Alpha und der Omega in dem Lehrfilm bereits gebracht hatten. Und das war erst die Anfangsphase der Hitze.

Im weiteren Verlauf des Kurses würden sie Unterrichtsvideos von Omegas in allen Phasen der Hitze, Schwangerschaft und Geburt zu sehen bekommen. Jason hatte von befreundeten Alphas aus der Oberstufe gehört, dass die Filme von Omegas in Phase 2 und 3 so heftig waren, dass die Alphas in den Kursen regelmäßig ejakulierten. Es ging das Gerücht, dass Papiertücher zur Verfügung gestellt wurden. Und angeblich wurde den jungen Alphas geraten, Unterhosen zum Wechseln mitzubringen.

„Omegas sind fähig, multiple Orgasmen verschiedener Art zu haben – oral, anal, uteral und penil – aber für gewöhnlich wird der Omega sowohl durch Stimulation seines Penis als auch der inneren Fortpflanzungsorgane zum Höhepunkt kommen. Hat sich sein Uterus gesenkt und geöffnet, kann er Zustände unerträglicher Lust erreichen. Seid darauf vorbereitet, dass euer Omega von Ekstase überwältigt wird, insbesondere, sobald der Gebärpater sich in Vorbereitung auf Phase zwei und die bevorstehende Besamung der Eichel des Alphas öffnet."

Jasons Hoden zogen sich zusammen, und er schloss die Augen, wenn auch nur für einen kurzen Moment. Er wollte nichts von dem Film verpassen, in dem der Omega unter der starken Führung des Alphas von Lust überwältigt wurde.

„Das war es bis hierher", ertönte Professor Shriners Stimme. „Wir werden mehr sehen, nachdem wir mehr über Phase eins der Alpha/Omega-Fortpflanzung gelernt haben. Gibt es noch Fragen?" Die Stimme des Professors war für einen Mann ziemlich hoch und schrill, und sie ließ Jasons Erregung fast genauso effektiv in sich zusammenschrumpeln wie ein Eimer kaltes Wasser.

„Ja, Mr. Monhundy?" Professor Shriner zeigte auf Wilbet Monhundy in der zweiten Reihe, groß und muskulös, ein Bild von einem Alpha, falls Jason je einen gesehen hatte – und das genaue Gegenteil seiner selbst und seines schlaksigen, pubertären Körpers, der immer noch auf den entscheidenden Wachstumsschub wartete.

Wenigstens jedoch setzte Jason ein wenig Hoffnung in sein volles, blondes Haar, das wie Weizen im Wind über seine Stirn fiel, blaue Augen, die die Leute an den Himmel denken ließen oder an Kornblumen, je nachdem, was für Farben er trug. Und er hatte ein hübsches Gesicht, von dem sein Vater schwor, es würde sich in ein attraktives Alpha-Gesicht verwandeln, wenn die Zeit gekommen war. Dennoch – Jason hätte einiges gegeben, um solche Bizeps und einen Waschbrettbauch zu haben wie Wilbet.

„Nun, Mr. Monhundy, heraus damit."

„Wieso spritzt der Omega überhaupt ab?", fragte Wilbet höhnisch. „Er kann ja nichts schwängern. Seine Wichse ist im Prinzip derselbe Schlick wie der von seinem Arsch, richtig? Also was ist der Sinn?"

„Achten Sie auf Ihre Ausdrucksweise, Mr. Monhundy", tadelte Professor Shriner. „Erlebt der Omega einen penilen Orgasmus, so ejakuliert er eine gewisse Menge Flüssigkeit, vergleichbar mit den menschlichen Männern aus der Vorzeit. Vor dem Großen Sterben gab es keine Alphas und Omegas, sondern nur menschliche Männer und die weiblichen Exemplare der Spezies, die Frauen genannt wurden, und sie hatten auf ähnliche, wenn auch nicht die gleiche Weise Geschlechtsverkehr wie wir heute. Der menschliche Mann ejakulierte in die Körperöffnung der menschlichen Frau – bekannt als Vagina – und schwängerte sie in dem muskulösen, robusten Uterus, den sie in sich trug. Die Menge des Ejakulats war bedeutend geringer als die eines heutigen Alphas, aber vergleichbar mit dem, was Betas von sich geben, die sich zum reinen Vergnügen paaren, ohne Nachwuchs zu produzieren."

„Aber warum machen es die Omegas?" hakte Wilbet nach. „Ich meine, verstehen Sie mich nicht falsch, es ist geil, aber wozu?"

Professor Shriner verdrehte die Augen. „Eigentlich sollte es mich nicht mehr überraschen, was ihr heranwachsenden Alphas so von euch gebt." Er stieß einen schweren Seufzer aus. „Die Omega-Ejakulation ist ein Überbleibsel unserer Vorväter. Aber unterschätzen sie nicht ihre Bedeutung. Sie verschafft dem Omega intensive Lustgefühle, wenn auch nicht im selben Maße wie die einige seiner anderen potentiellen Orgasmusarten – von denen der Omega mehrere hat. Danach wird er sich entspannen, ohne dass jedoch sein Verlangen vermindert ist. Und was noch wichtiger ist:

Die Ejakulation signalisiert seinem Uterus, sich abzusenken und zu lockern, sodass der Patermund sich öffnet und die Eichel des Alphas für die Besamung in sich aufnimmt."

Nichts an den Ausführungen des Professors war auch nur annähernd sexy, und Jasons Schwanz wurde rasch weicher. Er verlagerte das Gewicht auf seinem Stuhl, konnte leichter atmen und war auf seltsame Weise dankbar für Professor Shriners lange Nase, den kahlen Kopf und die schrille Stimme.

„Zudem ist während der Hitze des Omegas der Geruch seines Ejakulats sehr intensiv. Das und die Laute, die er von sich gibt, werden die Brunst eines Alphas voll entfalten, sobald die Flüssigkeit aus dem Penis des Omegas spritzt, und der Alpha wird nicht aufhören, bis er seinen Samen so tief im Uterus des Omegas deponiert hat, wie es geht." Die Hängebacken des Professors bebten, während er sprach, und er wurde rot.

Jason verzog das Gesicht; sein Schwanz war nun gänzlich erschlafft. Er hoffte nur, sein Lehrer war nicht von seiner eigenen Ansprache über diese Dinge erregt. Er war zu alt, um einem Omega zu besteigen, zu besamen und *in Besitz zu nehmen*, oder? Falls Professor Shriners Omega noch lebte und nicht wie so viele der älteren Generation bei der Geburt seines Kindes gestorben war, dann musste das arme Ding schon viel zu alt sein, um noch Kinder zu bekommen. Ganz sicher hatte Professor Shriner seit mehr als zwanzig Jahren nicht mehr mit einem Omega in Hitze zu tun gehabt.

Aber vielleicht erinnerte er sich liebevoll an frühere Zeiten.

Jason rümpfte die Nase.

Professor Shriner trat zu seinem Assistenten, einem fettleibigen Beta in den Vierzigern. „Bitte öffne die Fenster, Robston. Die Luft hier drin ist pure Lust. Diese Jungs sind die reinsten Hormonbündel, und ihre Pheromone verätzen mir die Nase."

Da konnte Jason nur zustimmen. Er konnte zwar mühelos Xans

Geruch herauspicken, aber die Gerüche der neun anderen Alphas im Raum hüllten ihn ebenfalls ein. Ihre Pheromone waren scharf und überwältigend, und sie erzeugten in ihm einen Zustand milder Aggression, bereit und willens zu kämpfen, sollte sein Omega jetzt auftauchen.

Obwohl das natürlich nicht passieren würde.

Auf dem Campus war nur älteren Omegas der Zutritt gestattet, die bereits verpaart oder jenseits eines Alters waren, in dem sie noch hoffen konnten. Die jungen Omegas, von denen Jason, Xan und die anderen hoffen durften, unter ihnen ihren *Érosgápe* zu finden, wurden bis zur Erlangung ihrer Reife im Mont Juror Campus im Nachbarbezirk untergebracht.

In zwei Jahren – großer Wolfgott, es kam ihm wie eine Ewigkeit vor bis dahin – würden die Alphas endlich die jüngste Ernte von Omegas zu Gesicht bekommen. Im Idealfall würden sie sich auf natürliche Weise auf einen Omega prägen – eine biologische Reaktion, die den betreffenden Omega als ihren *Érosgápe* bestimmte – und ein Vertrag würde aufgesetzt werden. Falls das nicht passierte, würden sie im folgenden Jahr einen neuen Versuch machen, und dann im Jahr darauf noch einmal. Erst dann würden sie mit einem nicht von der Natur für sie bestimmten Omega einen Vertrag abschließen.

Falls Jason jedoch seinen *Érosgápe* finden sollte, würde dieser Omega die Medikamente absetzen, die seine Hitzeperioden unterdrückten, und sobald sein Omega sich nach seinem Gefährten sehnte, ganz verrückt vor Verlangen war, und die unerträgliche Lust ihn von innen heraus verzehrte, sodass jeder Sinn für Eigeninteresse oder Selbstschutz in den Hintergrund trat, würden sie die aufgeprägte Verbindung vollziehen.

Jason hatte Gerüchte gehört, seine Eltern hätten ihre Verbindung im Vorzimmer der Anwaltskanzlei seiner Großeltern vollzogen, direkt nachdem sie ihren Vertrag unterzeichnet hatten.

Aber die Zeit und viele Verluste hatten Vater und Pater sehr viel ruhiger gemacht, und die beiden Männer, wie Jason sie heute kannte, waren sehr pragmatisch, was ihre körperliche Verbindung anging. Ihre tiefe Liebe als *Érosgápe* bestand jedoch unvermindert weiter.

Für sich selbst und das erste Mal mit seinem Omega jedoch wünschte Jason sich, ihn daheim mit auf sein Zimmer zu nehmen und sich viel Zeit zu lassen, um die Wünsche und Bedürfnisse des Mannes zu erforschen. Er wollte daraus keinesfalls einen so animalischen und halb-öffentlichen Akt machen. Aber er war auch nicht so naiv zu glauben, dass er die Kraft besaß, sich seinem wahren Gefährten verweigern zu können, sollte der ihn auf den Stufen zum Gerichtsgebäude anflehen.

Jeder wusste, dass Omegas – trotz ihrer passiven Rolle während des Aktes – große Macht über Alphas ausübten. Daher das alte Sprichwort: *Ein unzufriedener Omega wird die Schlinge sein, in welcher der Kopf des Alphas steckt.*

„Wolfgott, es ist als wollten sie, dass wir in unsere Hosen abspritzen", sagte Xan, als der Kurs endete. „Komm, lass uns zurück zum Wohnheim gehen. Ich muss mit dieser ganzen Energie etwas anfangen, sonst drehe ich durch."

Jason warf sich seinen Rucksack über eine Schulter und folgte Xan, wobei er dessen knackigen Hintern in der Stoffhose bewunderte, und die breiten Schultern in dem perfekt geschnittenen, blauen Oxfordhemd. Ja es war eine gute Idee, zum Wohnheim zu gehen. Xan hatte oft gute Ideen.

XAN WARF SEINEN Rucksack auf den Schreibtisch an seiner Seite des Zimmers und begann umgehend, sein Hemd aufzuknöpfen. „Lass mich nicht warten", verlangte er heiser. „Ich bin so geil, ich glaube, ich könnte einen Beta in einen Omega verwandeln, wenn ich ihn hart genug ficke."

Jason bewunderte Xans haarlose Brust, die nach und nach enthüllt wurde, und sein eigener Schwanz erwachte erneut zum Leben. Er löste seine Gürtelschnalle und schlüpfte aus seinen Lederschuhen, die er extra für die Uni neu bekommen hatte, bevor er fragte: „Wie wollen wir es machen?"

Xan schmunzelte. „Willst du mir deinen Arsch anbieten?"

Jason lachte. „Niemals."

„Ich kann heute nicht einfach nur Handjobs machen, und ich will auch nicht den Mund voll Wichse haben."

„Klingt, als wolltest du mal wieder Omega spielen."

Xan bekam einen roten Kopf, und die blassen Sommersprossen auf seiner Nase glühten. „Nimm mich." Er trat aus seinen glänzenden Lederschuhen und schob seine Hose herunter. „Wenn du kannst."

Xan war ziemlich gut darin, den gierigen Omega zu spielen, der seinen Alpha anstachelte. Seine großen, blauen Augen und die vollen, roten Lippen machten ihn perfekt für die Rolle, genau wie sein hungriges Arschloch.

„Ich werde dich ficken, bis du schreiend kommst und um meinen Knoten bettelst."

Xan stöhnte. „Versprich nichts, was du nicht halten kannst."

Jason hob die Brauen.

Es stimmte, dass er Xan nicht seinen Knoten geben konnte, denn es bedurfte der Hitzepheromone eines Omegas, um diese biologische Funktion zu aktivieren. Aber er würde Xan dennoch zum Schreien bringen. Das hatte er früher schon getan, und er würde es wieder tun. In der Highschool war ihr Zimmer fünfmal von der Wohnheimaufsicht wegen Krawall und Lärm zu später Stunde aufgeschrieben worden. Aber in Wirklichkeit waren es Xans Lustschreie gewesen, während Jason ihn um den Verstand gefickt hatte.

„Auf die Knie", befahl Jason, der endlich nackt war. „Beug dich übers Bett und zeig mir dein Loch."

Xans Lippen verzogen sich zu einem höhnischen Grinsen. Was nicht überraschend war – immerhin war auch er ein Alpha. Er musste seine eigenen Instinkte unterdrücken, um mit Jason dieses Spiel zu spielen. Aber genau das gefiel Xan nach Jasons Ansicht – sich unterwerfen zu können, obwohl er jedes Recht hatte, sich zu widersetzen, jedes Recht, Jason zum Kampf herauszufordern, anstatt sich aufs Bett zu werfen, den Arsch herauszustrecken und seine Backen zu spreizen.

Was für ein Anblick.

Xan warf einen Blick über seine Schulter, riss die Augen so weit auf wie möglich, um die verlockende, arglose Unschuld vorzutäuschen, die so viele Omegas während ihrer Hitze zeigten. „Es tut so weh… ich brauche dich!"

Jasons Ständer wurde auf der Stelle noch härter bei diesen Worten, die unter Omegas so gewöhnlich waren, dass sie eher ein Klischee darstellten als eine echte Verführung, aber offensichtlich funktionierten sie perfekt. Neunzehn Jahre alt, geil, erregt von verdammt gutem Porno in Form eines Lehrvideos, und Jason anzumachen war einfacher, als zwei und zwei zusammenzuzählen.

Er kniff sich in die eigenen Nippel und betrachtete Xans nackte Gestalt, schlank und wunderschön, ausgestreckt auf dem Bett, so wie Jasons eigener Omega eines Tages sein würde. Aber sie brauchten etwas künstlichen Schlick. Xan konnte keinen erzeugen, und einfach so in sein trockenes Loch einzudringen, würde für sie beide schmerzhaft sein.

Jason riss seine Schreibtischschublade auf, in der er das Öl aufbewahrte. Die kleine Flasche war von außen noch ölig von gestern, als sie sie zuletzt benutzt hatten. Als sie zuletzt dieses spezielle Spiel gespielt hatten.

„Gehörst du mir?", fragte er und senkte dabei seine Stimme um eine Oktave, zufrieden mit dem Rumpeln, das wie ein Knurren klang. Er wünschte nur, er hätte auch die dazu passenden Muskeln. Ein kurzer Blick zum Spiegel jedoch zeigte ihm sein bartloses Gesicht, das so jung aussah wie immer, und seiner nackten Brust mangelte es auch an dem leisesten Versprechen zukünftiger Behaarung.

„Immer", antwortete Xan und bog seinen Rücken durch, sodass sein Arsch sich noch weiter in die Höhe reckte.

Jason grinste, zerrte Xan noch weiter aufs Bett und küsste ihn auf den Mund.

Während sie herummachten, fuhr er mit öligen Fingern über und in Xans Loch und machte alles schön schlüpfrig. Xan atmete schwer. Die Prostata eines Alphas war nicht so groß und empfindsam wie die eines Omegas, aber sie verschaffte ihm dennoch Lust, wenn sie gestreichelt wurde.

„Ich will, dass du in mir kommst", murmelte Xan, während er seine vollen Lippen auf Jasons Hals drückte. „Ich will deinen Samen. Mach mich voll damit."

Jason knurrte; seine Eier pochten. „Halt die Klappe. Sonst spritze ich gleich ab, und ich bin noch nicht einmal in dir."

„Du bist mir vielleicht ein Alpha … kannst nicht einmal warten, bis du in deinem falschen Omega bist, bevor du kommst."

„Vorsicht, Arschloch."

Xan lachte. „Wieso? Wenn du nicht lernst, dich ein bisschen zu beherrschen, dann wirst du über dem Gesicht deines echten Omegas abspritzen. Und was wird der dann machen? Sich selbst mit einem Dildo dumm und dusselig ficken, heulen und dich anbetteln, dass du wieder einen Harten kriegst? Wie erbärmlich."

„Du weißt, dass ich kein Problem damit habe, schnell wieder einen hoch zu kriegen." Und mit den Pheromonen eines Omegas würde das noch weniger ein Problem sein. „Aber wenn du nicht bald die Klappe hältst, dann lasse ich dich nicht auf meinem Schwanz kommen."

„Als wenn mich das kümmern würde."

„Als wäre das nicht dein liebster Part bei diesem Spiel."

Xan grinste. „Steck ihn mir rein, dann werden wir ja sehen, ob du ein guter Alpha bist und deinen Omega zuerst kommen lässt."

Jason verengte die Augen, dann warf er Xan mühelos herum auf den Rücken. Die Penetration war immer herrlich. Er liebte das Gefühl. So sehr, dass er es sogar ein wenig hinauszögerte, nur um sich zuerst noch vorzustellen, wie sich gleich das warme, enge Arschloch für seinen Alphaschwanz öffnen würde.

Jason war stolz auf seinen Schwanz. Es war der einzige Körperteil von ihm, der bereits komplett ausgewachsen war, so weit er es beurteilen konnte. Er war dick und lang, volle Alphagröße. So wie er nun von seinem Körper abstand, aufrecht und geschwollen, sah er aus, als würde er zu Wilbet Monhundy gehören. Oder zu Xans Riesenkerl von Vater – einem Mann, der mehr Muskeln als Geld hatte. Und der Mann hatte eine Menge Geld.

Jason rieb seinen gigantischen Ständer an Xan, wie immer erfreut darüber, dass er dicker und länger war als Xans.

Er hatte nicht viele Vergleiche zu anderen Alphaschwänzen, besonders nicht in erigiertem Zustand. Aber im Laufe des Sommers war er im Keller des Strandhauses seiner Eltern über einen Stapel alter Pornofilme gestolpert. Wahrscheinlich hatte sein Cousin Jamil sie dort vergessen als er einmal sechs Woche im Strandhaus zugebracht hatte, um das Leben von Salamandern für seine Doktorarbeit zu studieren. Damals war er zum ersten Mal von seinem Omega getrennt gewesen, seit die beiden einander begegnet waren, und sicher war er mega-geil gewesen, so ganz allein.

Wie auch immer, jedenfalls hatte Jason bei jeder sich bietenden Gelegenheit diese Filme angesehen und begeistert festgestellt, dass sein eigener Schwanz größer war als die der beiden Alphas in den

Videos. Er würde fähig sein, weiter in den Schoß seines Omegas einzudringen und ihm mehr Lust zu verschaffen, ganz zu schweigen davon, dass die Wahrscheinlichkeit der erfolgreichen Besamung damit steigen würde.

Jason starrte Xans verzücktes Gesicht an, während er seinen eigenen Ständer massierte. „Öffne dich für mich, Omega."

Xan erschauerte, spreizte die Beine und blickte fieberhaft zu Jason auf. Sein Körper erbebte, als Jason in ihn eindrang. „Scheiße, du Mistkerl", fauchte er. „Du bist so groß."

Obwohl Omegas häufig Kommentare über die Größe ihrer Alphas machten, um sie anzuspornen, wusste Jason, dass Xan dabei nicht schauspielte. Seine Augen wurden dunkler, während er sich mühte, Jasons Umfang in sich aufzunehmen, sodass Jason sich zurückhielt. Er zog seinen Schwanz heraus, dann presste er seine Eichel erneut gegen Xans schlüpfrige Rosette, die sich um ihn herum öffnete wie eine enge, zupackende Hülle. Jason stöhnte.

„Scheiße", flüsterte Xan. Er warf den Kopf zurück und bot seine blasse Kehle und seine pulsierende Schlagader dar. „So gut. Du fühlst dich so gut an Jason."

Jason warf den Kopf zur Seite, um sich das blonde Haar von der Stirn zu schütteln, und grinste selbstbewusst zu Xan hinunter. „Omega, das ist ein Alphaschwanz in deinem Arsch. Zeig mir, wie dankbar du dafür bist."

Xan erschauerte heftig. „Unheimlich dankbar."

„Zeig's mir."

Xan zog seinen Hintern zusammen und hob die Hüften, um jedem von Jasons Stößen entgegenzukommen.

„So ist es richtig." Jason nahm Xans Schwanz in die Hand und wichste ihn – etwas, das er bei einem echten Omega niemals würde tun müssen; sie kamen durch die anale Stimulation ihrer Omegadrüsen und ihrer Prostata. Er flüsterte: „Sieh nur dein Schlampenloch, so offen und bereit für mein Sperma. Du willst meine Babys, Omega? Du willst, dass ich dich mit meinem Samen fülle?"

„Gib's mir", murmelte Xan. Seine Brust war gerötet, und seine Nippel hatten sich fest zusammengezogen. „Gib mir deine Wichse."

„Mmh, du bist total scharf darauf."

„So scharf."

„Willst du meinen Knoten?"

„Ja!"

Jason schloss seine Augen, um Xans vertrautes Gesicht auszublenden. Er wollte einen Omega, einen echten, mit einem Arsch voller Schlick. Er wollte einen winselnden, bettelnden, sich windenden Omega unter sich, der vor Verlangen nach seinem Samen echte Tränen vergoss und darum bettelte, seine Babys haben zu dürfen, darum bettelte, ihm gehören zu dürfen und von ihm genommen zu werden, auf seinem Schwanz zu kommen, schreiend, sich aufbäumend, sich hilflos krümmend und–

„Jason!", schrie Xan auf. Sein Körper zuckte, und dicke Flüssigkeit spritzte zwischen ihnen.

Xans Arschloch zog sich fest zusammen, und Jasons fieberhafte Fantasien überwältigten ihn – Sperma explodierte aus seinen Eiern und schoss in dicken Spritzern aus seinem Ständer. Es füllte Xans Arsch und floss um Jasons Schwanz wieder heraus. Er würde noch viel mehr abspritzen, wenn er endlich einen Omega in Hitze hätte und einen Knoten bilden würde – bei einem Orgasmus, der Minuten anhalten würde, und nicht nur Sekunden wie jetzt. Jason stöhnte, stieß noch einmal hart zu und spürte den letzten Spritzer, das letzte Aufwallen von Lust.

Dann sank er über Xan zusammen. „Alles in Ordnung mit dir?"

„Ja", antwortete Xan mit leiser Stimme. Sein Körper bebte. „Alles gut."

„War es schön?"

Xan zuckte die Achseln, und Jason wusste, dass wie immer

danach in Xan Schuldgefühle hochkamen.

„Schh", sagte Jason. „Niemand weiß es. Niemand wird es je erfahren. Nur du und ich. Wenn wir unsere Omegas bekommen, werden wir froh sein, geübt zu haben."

Er erwähnte nicht, dass der Einzige, der wirklich übte, er selbst war. Und Xan ließ es ebenfalls ungesagt. Sollte Xans sexuelle Neigung entdeckt werden, würde er unter Alphas ein Ausgestoßener sein. Nur Betas und Omegas ließen sich ficken. Jeder wusste das.

Aber Xan gefiel es. Und Jason fand nicht, dass das auch nur das Geringste bedeutete. Es machte Xan nicht weniger zum Mann oder weniger zu einem Alpha.

„Wir haben Spaß, und das ist alles, was zählt", flüsterte er und schnaufte in Xans Haar. Er schlang die Arme um ihn und zog ihn an sich. „Erzähl mir, wie du dir deinen Omega vorstellst. Wie soll er sein?"

Xan schwieg für eine lange Minute, aber schließlich antwortete er: „Groß, blond und hübsch."

Das war seine übliche Antwort, aber Jason war damit nicht zufrieden. „Erzähl mir mehr. Wie soll er sonst sein? Ich meine, innerlich?"

Xan zuckte mit den Schultern. „Keine Ahnung. Ich denke nicht so weit. Ich denke nur daran, ihm meinen Schwanz reinzustecken. Ihn zu besamen. Das ist alles. Und es spielt sowieso keine Rolle, was ich will. Unsere Körper werden für uns entscheiden, wenn wir Glück haben. Wir werden auf die Pheromone irgendeines Fremden reagieren und uns auf ihn prägen, und damit hat es sich dann."

Jason runzelte die Stirn. „Wieso hörst du dich deswegen so geknickt an?" Er selbst fand die Vorstellung romantisch. Seinen *Érosgápe* zu finden! Es sofort zu wissen. Dieses Gefühl von Besitz und Lust zu empfinden. Abwesend tätschelte er Xans Arm. „So ist es immer gewesen." Zumindest seit dem Großen Sterben.

Xan zuckte erneut mit den Schultern, dann drehte er sich auf einen Ellenbogen, um nach den Papiertüchern auf dem Nachttisch zu greifen. „Genau. So ist es immer gewesen. Warum also sollte ich mir darüber irgendwelche Gedanken machen? Wir bekommen, was wir bekommen, und wir werden nicht vor Wut ausrasten deswegen."

Jason ließ Xan los, damit er sich saubermachen konnte. Er selbst sah die Sache vollkommen anders und wünschte, Xan könnte das ebenfalls.

Seinem Omega zu begegnen, würde das Beste sein, das ihm je passierte. Sollte er so viel Glück haben, seinen *Érosgápe* zu finden. Ganz gleich, wer sein Omega sein würde – solange er sein *Érosgápe* war, würde Jason glücklich sein, so viel stand fest. Er würde außer sich sein. Verliebt. Und sie würden bis ans Ende ihrer Tage glücklich zusammenleben. Wie seine Eltern und deren Eltern vor ihm.

Welchen Grund sollte es dabei geben, vor Wut auszurasten?

KAPITEL 2

„J A!" Xan zog seinen Kopf aus der Rückgabe-Box in der Universitätsbibliothek und hielt triumphierend eine in Rot gebundene Textmappe hoch. „Ich wusste, irgendein Nerd würde schon früh mit der Hausaufgabe fertig sein."

„Aber das ist die falsche Ausgabe", wandte Jason ein und schüttelte den Kopf. „Die aktuelle ist blau."

Das wusste Jason so genau, weil *er* der Nerd war, der früher mit der Hausaufgabe fertig geworden war. Eine Woche früher als nötig, um genau zu sein. Ein Omega würde einen klugen, einfallsreichen und gebildeten Alpha wollen, und er hatte nicht vor, dieser Forderung nicht gewachsen zu sein. Er war sein ganzes Leben lang ein guter Schüler gewesen, aber ganz besonders, seit er sich im Alter von fünfzehn als Alpha erwiesen hatte. Es gab Erwartungen, die er erfüllen musste.

Als er Anfang der Woche mit dem Aufsatz fertig geworden war, hatte er ihn Xan angeboten, aber der Blödian hatte nur abgewunken und gesagt, er würde sich später eine Kopie in der Bibliothek besorgen.

„Grab ein wenig tiefer", schlug Jason vor. „Vielleicht liegt es ganz unten, weil irgendwer es gestern Abend spät abgegeben hat."

Es gefiel Jason, wie sich Xans Hals vor Ärger rötete, während er auf dem Grunde der Box herumwühlte. Es erinnerte Jason daran, wie sich Xans ganzer Körper mit Röte überzog, wenn sie Alpha und Omega spielten – so wie sie es heute Morgen wieder getan hatten.

Er hatte vor all den Jahren wirklich Glück gehabt bei der

Zuteilung der Zimmergenossen. Andere Alphas verbrachten jede Menge Zeit mit der eigenen Hand, oder sie kultivierten Freundschaften mit willigen Betas, denn sobald die stürmische Pubertät einsetzte, brachte sie auch eine beinahe quälende Geilheit mit sich.

Daheim hatte es in Jasons Nachbarschaft Betas gegeben, und manche von ihnen waren willens gewesen, Jasons Bedürfnisse zu befriedigen, als er jünger war. Aber jetzt, nachdem sein Schwanz volle Alphagröße erreicht hatte, fanden die meisten Betas, dass der Schmerz die Lustgefühle nicht mehr wert wart. Betas waren eher so wie die Männer der Alten Welt. Ihr Anus war nicht so robust oder elastisch wie der eines Omegas, und ihre Schmerztoleranz nicht so hoch wie die eines Alphas. Zum Glück hatte Jason während des Sommers im Strandhaus seiner Eltern einige ältere Betas kennengelernt, die auf Alphaschwänze standen. Die Belanglosigkeit jener Begegnungen hatte Jason jedoch nicht gefallen. Ohne die Grundlage einer Freundschaft hatte es keine Rollenspiele gegeben, kein Lachen, keinen Spaß.

Mit Xan hatte er all das und mehr.

Xans hohe Schmerztoleranz machte die Penetration für ihn lustvoll, so weit Jason es beurteilen konnte, und er liebte zu spielen, in jedem Sinne des Wortes. Jason musste ein wenig lächeln bei der Erinnerung an Xans hilfloses Lachen heute Morgen, als Jason seine Achselhöhle geleckt und verlangt hatte, das sein „Omega" gefälligst eine Zungenwäsche über sich ergehen ließ.

„Kacke." Xan warf ein weiteres Buch zur Seite und wühlte noch tiefer in dem Haufen, den Hintern in die Luft gestreckt, während er sich in die Kiste bückte. „Wieso liebt Wolfgott mich nicht? Was habe ich je getan, um ihn gegen mich aufzubringen?"

Oh, nur den Schwanz eines anderen Alphas geritten und um mehr gebettelt.

Jason biss sich von innen in die Wange. Es würde nichts Gutes bringen, irgendetwas über die Spiele zu erwähnen die er und Xan heimlich trieben. Xan hatte schon genug innerlich damit zu kämpfen. Er musste nicht noch mehr darüber hören, nicht einmal im Scherz.

Was Xan Jason erlaubte zu tun, verstieß gegen ein halbes Dutzend Gebote aus dem Heilgen Buch Wolf. Entmannt – so nannte das Heilige Buch einen Alpha, der penetriert wurde. Es war nicht nur unziemlich oder ungewöhnlich; es bedeutete Statusverlust, vergleichbar dem Gebrauch von Gewalt und Vergewaltigung unter Alphas in den frühen Jahren des Wolfzeitalters, um Macht und Herrschaft zu erlangen, Autorität auszuüben oder Land zu beanspruchen.

In der heutigen Welt waren Macht und Dominanz ganz an den Namen, die Reputation und den Besitz einer Familie gebunden. Wolfgott sei Dank dafür. Mit seiner schlaksigen Gestalt, ganz wie die seines Paters, hätte Jason nicht auch nur den Hauch einer Chance, sich im Kampf gegen jemanden wie etwa Wilbet Monhundy zu behaupten. Nein, wenn er sich seinen Platz in der Gesellschaft erkämpfen müsste, läge er im Handumdrehen auf der Nase, den Arsch erhoben, und würde sich verzweifelt und vergebens dagegen wehren, einen gigantischen Alphaschwanz in sich zu haben.

Gut, dass die heutige Welt zivilisierter war.

Die Tür hinter ihm öffnete und schloss sich wieder, und die kühle Herbstluft wehte herein. Jason schauderte in seiner leichten Jacke.

„Vielleicht kommt diese hier ja der Sache nahe genug" sagte Xan und zog erneut das in Rot gebundene Exemplar heraus. „Wie unterschiedlich kann eine Ausgabe schon von der anderen sein, mal ganz ehrlich?"

Jason schnappte ihm das Buch aus der Hand, blätterte kurz darin und warf es wieder zurück in die Kiste. „Ziemlich unterschiedlich."

„Hey! Ich brauche das."

„Ich sage dir, du brauchst es nicht. Die ersten Kapitel über Fortpflanzung und das Zeug über Omegadrüsen und die Produktion von Schlick sind total anders."

„Wie anders?"

„Früher dachte man, dass die Drüsen der Omegas während der Hitze ausschließlich so schmerzhaft anschwellen, weil für den Knoten des Alphas mehr Schlick benötigt wurde. Aber jetzt weiß man, dass das Vorsperma und der Samen des Alphas ebenfalls eine Rolle dabei spielen, Entzündungen zu verringern und den Schmerz für den Omega in Lust zu verwandeln. Was der Grund ist, warum Dildos und Fäuste nur zu einem geringen Grad den Schmerz erleichtern können, und warum Omegas nicht so einfach befriedigt werden können, wenn der Alpha ein Kondom benutzt. Die neue Theorie besagt, dass die Schmerzen bei übermäßig geschwollenen Omegadrüsen und die entzündungshemmenden Eigenschaften des Alphasamens zusätzlich dazu beitragen, dass die Spezies getrieben wird, sich zu vereinigen und fortzupflanzen. Jedenfalls ist das alles in dem neuen Buch total anders. Doktor Romaire Epstar hatte mit all dem letztes Jahr seinen großen Durchbruch, weißt du nicht mehr?"

„Woher soll ich das denn wissen? Und wieso weißt *du* das?"

Jason verdrehte die Augen und sah auf seine Uhr. „Weil ich ein Riesen-Nerd bin, Xan."

Er war ein Nerd mit einem hübschen Gesicht, reichen Eltern, die eine erfolgreiche Reederei besaßen, und einem Treuhandfonds, der ihm ein komfortables Leben ermöglichte, bis er den Rest erben würde. Aber dennoch war er ein Nerd. Jason verabscheute seine gesellschaftliche Stellung, auch wenn ihm klar war, dass er Glück hatte, weil er sich nie Sorgen um Geld machen musste. Was gesellschaftliche Anlässe wie Partys und so etwas betraf, würde er lieber zuhause bleiben und zum Vergnügen wissenschaftliche

Abhandlungen lesen, und das wusste Xan. Sie waren beide Söhne von mächtigen Männern, aber trotzdem waren sie kaum Randfiguren im sozialen Geschehen ihrer schulischen Umgebung, und dafür gab es einen Grund.

„Und außerdem", fuhr Jason fort, „wer von uns hat denn hier das fotografische Gedächtnis du oder ich?"

„Du", stimmte Xan widerwillig zu. „Und ich hasse das. Es wird unerträglich sein, weitere vier Jahre mit dir zusammenzuwohnen." Er warf Jason einen vielsagenden Blick von unten zu, und Jasons Schwanz zuckte.

„Ja, unerträglich. Wenn wir Glück haben, werden es keine vier Jahre", erinnerte Jason ihn. „Nur noch zwei Jahre, dann treffen wir die erste Gruppe reifer Omegas in Mont Juror, um zu schauen, ob vielleicht unsere *Erosgápes* unter ihnen sind."

Und falls ihr wahrer Gefährte nicht darunter war, blieben ihnen weitere vier Jahre, in denen sie die Omegas von Mont Juror treffen konnten, bevor man ihnen nahelegen würde, einen Vertrag mit einem nicht aufgeprägten Omega zu schließen, dem sie auf einer der Abendgesellschaften des Philia-Kommitees vorgestellt würden.

Xan lächelte verkniffen und nickte. „Richtig. Dann gibt es keinen Bedarf mehr für einen Zimmergenossen. Jedenfalls nicht so wie jetzt." Dann räusperte er sich, und seine blauen Augen suchten Jasons.

„Wenn wir Glück haben", bekräftigte Jason.

Xans Blick wanderte erneut zu dem Stapel von Mappen in der Rückgabe-Box. „Scheiße." Er nagte an seiner Unterlippe. „Wie soll ich es bloß schaffen, diesen Aufsatz zu schreiben?"

Jason zupfte an Xans weichem Jackenärmel und lächelte über den teuren Stoff und den stylischen Schnitt der Kleidung seines Freundes. Was Xan betraf, so wurde nicht an Geld gespart, um so schick auszusehen, wie es nur ging. Auch Jason war nicht sparsam, aber er mochte es schlichter. Keine kostbaren Stoffe oder eleganten

Krawatten, wie Xan sie bevorzugte, sondern einfach eine gut sitzende Hose, ein perfekt geschnittenes, blaues Hemd und neue Lederschuhe.

„Ach komm", sagte er aufmunternd. „Du kannst lesen, was ich geschrieben habe, und ich helfe dir, etwas zu schreiben, was dem nahe kommt und fast genauso gut ist."

„Fast, hm?"

„Ja, fast." Er legte Xan seinen Arm um die Schultern, und drehte sich um, um die Bibliothek zu verlassen. Er fühlte sich sehr zufrieden. „Ich kann schließlich nicht zulassen, dass du etwas Besseres abgibst als ich, wenn du dir noch nicht einmal die Aufgabe durchgelesen hast."

Die Nachmittagssonne schien durch das hohe Fenster über dem Eingang der Bibliothek, das bis zur Decke reichte. Eine Gruppe Professoren mit ihren Lehrassistenten hatte sich in der Nähe des Ausgangs um einen großen runden Tisch versammelt, auf dem überall Papiere, Stifte und Notizbücher verstreut waren. Sie unterhielten sich lebhaft in aufgeregtem, gedämpften Ton.

Jason entdeckte unter ihnen Dr. Obi, den Oberstufenprofessor, den er sich als seinen Tutor für die Forschungsarbeit erhoffte, die er machen wollte – über die Auswirkung des künstlich erschaffenen Wolf-Gens auf die Menschen nach dem Ende der Alten Welt. Insbesondere wollte er recherchieren, welche Rolle es bei der Entstehung der Hitze in Omegas und den starken Sexualtrieb von Alphas gespielt hatte.

Er hatte bereits Doktorarbeiten zu ähnlichen Themen gelesen und festgestellt, dass viele seiner ursprünglichen Fragen bereits beantwortet worden waren. Dennoch gab es immer noch so viel mehr über das Große Sterben zu verstehen, über das Aufkommen von Alphas und Omegas, sowie über die Rolle des künstlichen Gens beim Verhalten der Menschen in der Ära nach der Alten Welt.

Jason war dankbar dafür, dass die Überwolf-Partei vor siebzehn

Jahren nicht siegreich geblieben war, denn ihre Niederlage erlaubte den Wissenschaftlern an den Universitäten, ihre Forschung der Alten Welt und der damaligen menschlichen Gesellschaft weiterzuführen und voranzutreiben. Die Wissenschaft war endlich frei von der Tyrannei der Religion, und Jason war bereit, seinen Teil beizutragen. Obwohl es riskant war, diese Ansicht öffentlich zu vertreten. Das Heilige Buch Wolf wurde immer noch als das bedeutendere Werk gegenüber der Verfassung der Regierung erachtet. Es konnte aber niemand leugnen, dass Wissenschaft und Technik in den siebzehn Jahren, seit die neue Wolf-Reformationspartei an der Macht war, gigantische Fortschritte gemacht hatten.

Leider ging die Wolf-Reformationspartei Jasons Ansicht nach nicht weit genug in Sachen Bürgerrechte, wenn es darum ging, die strengen Gesetze über Fortpflanzung und die Rechte von Omegas zu lockern, aber zumindest hatten sie die Tür für wissenschaftlichen und technischen Fortschritt geöffnet.

Dr. Obi galt als wahrer Pionier im Studium der Genetik in der Ära nach der Alten Welt, und Jason bewunderte seine Arbeit sehr. Von Optimismus getrieben lenkte er seine und Xans Schritte in Richtung der versammelten Professoren und hoffte, vielleicht die Gelegenheit auf eine kurze Unterhaltung mit Dr. Obi zu erheischen und dessen Wohlwollen zu gewinnen.

Sein Blick wanderte von dem stirnrunzelnden, ernsten Gesicht Dr. Obis zu dem gut aussehenden Omega, der neben dem Professor stand, und Jasons Herz stand still. Die schiere Schönheit des Mannes überwältigte seine Sinne: blasse Haut, dunkles Haar, grüne Augen und einem Duft, der wie das Glück selbst roch. Der Omega war hochgewachsen und elegant gekleidet in eine dunkelblaue Hose mit schwarzem Gürtel und ein moosgrünes Oxfordhemd, und er ergriff den Arm eines muskulösen Alphas im Tweedjackett.

Gerade noch hatte Jasons Arm um Xans Schultern gelegen, und eine Sekunde später wusste er, das sein Leben, wie er es bisher gekannt hatte, zu Ende war.

Ein roher, moschusartiger Duft drang in Jasons Nase und Kehle und legte sich auf seine Schleimhäute. Er verdrehte ekstatisch die Augen, als sich der Duft in sein Gehirn bohrte und seinen ganzen Körper bis ins Mark erschauern ließ. Pulsierende, drängende Erregung schälte jede Menschlichkeit von ihm ab, und zurück blieb nur noch animalischer Instinkt. Sein Schwanz füllte sich mit Blut, sein Körper schrie vor roher Lust und alles verzehrendem Verlangen.

Die schockierten Schreie und Rufe nahm er kaum wahr in seinem pheromongesteuerten Drang, seine Hände und seinen Mund auf die Quelle jenes wahnsinnig perfekten Duftes zu bekommen. Er packte seinen herrlich riechenden Omega, vergrub sein Gesicht in dessen Halsbeuge und rieb seine Hüften an ihm. Ein drohendes Grollen entrang sich seiner Kehle, als kräftige Hände versuchten ihn wegzuziehen.

Sein Omega wehrte sich und versuchte verzweifelt, ihn von sich zu schieben, bis Jason ihn an der Kehle packte und dem Sträuben ein Ende setzte. Er roch das Entsetzen und die Verwirrung seine Omegas; beides strömte von ihm in Wellen eines beißenden Geruchs, der beinahe das süße Moschusaroma überdeckte, welches Jasons Anfall von Irrsinn ausgelöst hatte. Er musste einfach Haut berühren und zerrte an der Kleidung seines Omegas. Sein Schwanz pulsierte feucht in seiner Hose – eine Antwort auf den Geruch des Schlicks, der sich im Arsch seines Omegas bildete. Jason wollte sich in diesem Duft ertränken, sich darin wälzen, er wollte mit seinem Schwanz tief in dem süßen Arsch seines Omegas sterben, tropfend von dessen Schlick.

Sein Omega stieß einen wilden Schrei aus.

Jason lockerte seinen Griff um die Kehle seines Omegas, Farben und Klänge wirbelten um ihn herum, und er war hin- und hergerissen zwischen dem Drang, seinen verängstigten Omega zu trösten und dem Impuls, wütend die Hände wegzuschlagen, die immer noch versuchten, ihn wegzuziehen.

„Schh." Der beruhigende Klang drang durch den wirren Strudel seines Verstandes. Sein Omega packte sein Haar und zog daran im Versuch, ihm in die Augen zu sehen. „Beruhige dich. Schh. Ich bin hier. Es ist alles gut."

Diese *Stimme*.

Wie Honig und Sand zugleich hüllte sie ihn ein, rau und warm, lieblich und kratzig. Jason wollte diese Stimme für den Rest seines Lebens in jeder Sekunde des Tages hören. Er wollte dem Mann alle Kleider vom Leib reißen, bis er nackt und flehend unter ihm lag, ihn um seinen Schwanz anbettelte und danach, Jasons Babys tragen zu dürfen.

Aber Hände griffen nach ihm, Stimmen riefen ihn, und er wurde langsam wirklich sauer.

„Lasst ihn los", fauchte sein Omega. „Sonst reißt er mich noch in Stücke, verdammt nochmal."

„Jason, Kumpel … nicht hier!" Xans verzweifelte Stimme wurde laut. „Du musst dich jetzt beruhigen. Das ist nicht, wie es laufen sollte."

Wen kümmerte es einen Scheiß, wie es laufen sollte? Er hatte seinen Omega gleich hier neben sich, und er würde ihn nie wieder loslassen.

Xan legte vorsichtig eine Hand auf Jasons Arm, und Jason, der kaum seine Worte wahrnahm, knurrte ihn an.

„Du musst dich erst einmal registrieren lassen und einen Vertrag mit seiner Familie abschließen, sonst kann er dich wegen Körperverletzung verklagen. Du kennst die Regeln. Du musst dich beruhigen. Jetzt sofort."

Sämtliche Zellen in Jasons Körper schrien ihn an, den Mann in Besitz zu nehmen, den er schützend in den Armen hielt und gegen den Tisch drückte. Er wollte die rosigen, vollen, geöffneten Lippen seines Omegas küssen. Er wollte ihm die Hose herunterreißen und seine Finger mit dem Schlick benetzen, der aus dem Anus des Mannes tropfte, bereit für Jasons harten Schwanz.

Es war die Furcht in den faszinierenden, moosgrünen Augen seines Omegas, die Jason mehr zurückhielt als Xans zerrender Griff, dessen vernünftigen Worte oder der starke Arm eines anderen Alphas, der Jasons Brust umschlang. Mehr als die Sicherheitsleute, die bewaffnet mit Injektionsspritzen die Bibliothek stürmten, mehr als das benebelte Gefühl des Alpha-Sedativums, das seine Adern flutete, als die Wachen ihn erreichten und Injektionsnadeln sich in seinen Hals Arm und Schenkel bohrten. Nein, es war das Aufblitzen von Entsetzen in jenen wunderschönen, perfekten, sanften grünen Augen, was Jason zur Aufgabe zwang.

Er konnte den Blick nicht von ihnen lassen, als ihm die Knie weich wurden und er auf die Trage sank, welche die Sicherheitsleute herbeigerollt hatten, um seinen Fall abzufangen. Jason streckte eine Hand aus. Eisiger Schrecken umfing ihn, der Raum wurde verschwommen und alles wirkte weit entfernt, wie in einem Traum. Finger ergriffen die seinen, und als er noch einmal blinzelnd die Augen öffnete, sah er dankbar, dass sein Omega seine Hand hielt.

„Nimm seine Personalien auf", befahl Xan scharf einem der Wachen. „Wir brauchen sie für die Eltern seines Alphas."

„Wolfgott", flüsterte der Alpha, der neben Jasons Omega stand. „Wie zur Hölle …?"

Jason starrte den Mann benommen und wütend an und versuchte, sich von der Trage zu erheben, um dem Alpha die Augen aus dem Kopf zur reißen dafür, dass er es wagte, mit seinem Omega zu sprechen, während der Schlick produzierte und offen für einen Schwanz war. Er würde den Kerl dafür töten, seinen Omega auch nur angesehen und dessen Duft gerochen zu haben.

„Schh", sagte sein Omega beruhigend. „Er ist ein Freund."

Jason gefiel nicht, wie das klang, aber die warme Hand seines

Omegas auf seiner Schulter war fast so beruhigend wie das Alphasedativum, das die Wachen ihm verabreicht hatten.

„Wie ist das möglich?", fragte der andere Alpha, und Jason wollte erneut auffahren, aber sein Omega drückte ihn behutsam zurück auf die Trage. „Er kann unmöglich alt genug für dich sein."

„Scheinbar ist er das, Urho", murmelte sein Omega und streichelte sanft mit dem Daumen Jasons Handgelenk. Jason erschauerte bei dem warmen, samtigen Klang der Stimme und schenkte ihm ein Lächeln, das sich anfühlte, als würde es von seinem Gesicht schmelzen und auf den Boden hinunter gleiten. Sein Omega erwiderte zögerlich das Lächeln. Er hatte ebenmäßige, weiße Zähne. In seinen Augen aber schimmerte immer noch Furcht. „Es ist alles gut. Sag jetzt nichts mehr."

Jason versuchte, noch einen guten Blick auf seinen Omega zu werfen, aber die Welt um ihn herum verschwamm immer mehr. Er umklammerte die Finger seines Omegas, ließ seine Augen zufallen und versuchte angestrengt, dem zu lauschen, was um ihn vorging.

„Name und Adresse, wo Sie in den nächsten Tagen zu erreichen sein werden?", forderte einer der Sicherheitsleute. Jason öffnete mühsam die Augen und sah einen Beta, der in der Nähe stand, einen Notizblock in der Hand und eine ernste Miene im Gesicht.

„Vale Aman", sagte sein Omega.

Vale.

So ein schöner Name. Jasons Herz krampfte sich zusammen und löste sich wieder, ein scharfer Schmerz, bei dem er aufkeuchte.

„Du musst ihnen keine Informationen geben", unterbrach Urho und legte Vale eine Hand auf den Arm, aber Vale zuckte vor ihm zurück und warf einen vielsagenden Blick in Jasons Richtung.

„Doch, das muss ich, oder nicht?", entgegnete er. „So will es das Gesetz."

„Er ist lediglich ein Kind. Er kann nicht dein Alpha sein. Er ist zu jung."

„Meinst du nicht eher, ich bin zu alt?" Vale seufzte und schloss die Augen, was Jason von ihrem Bann erlöste. „Ich bin immer noch im gebärfähigen Alter. Sein Anspruch ist gültig." Er bekam rote Wangen, und Jason entflammte aufs Neue für ihn. „Nun lass mich das hinter mich bringen. Ich bin Valendo Aman, bekannt als Vale. Ich wohne in der Oak Avenue 981, und werde sehr gern die Eltern dieses jungen Alphas empfangen, wie es das Gesetz verlangt." Er schluckte heftig und drückte beruhigend Jasons Hand. „Ist das alles?"

„Wollen Sie denn nicht auch seinen Namen erfahren?", fragte Xan.

Vale sah ihn überrascht an. „Ja. Ich denke, das will ich." Er sah abwägend hinab zu Jason. „Und wer bist du?"

Jason öffnete den Mund, aber das Alphasedativum hatte seine Zunge taub gemacht. Mit zitternden Lippen murmelte er etwas Unverständliches.

„Er ist Jason Sabel, Sohn von Yule Sabel und Miner Hoff. Eine gute Familie." Irgendwie implizierte Xans Tonfall, dass Jasons Familie besser war, als Vale verdiente, und Jason versuchte, ihm einen warnenden Blick zuzuwerfen, aber er konnte jetzt kaum noch die Augen offenhalten.

Während die Wachen ihn auf der Trage festbanden und darauf vorbereiteten, aus der Bibliothek geschoben zu werden, kämpfte er hart darum, Vale weiterhin anzusehen. Er war wie hypnotisiert von dessen grünen Augen.

„Und ich hatte gedacht, ich wäre aus allem heraus", murmelte Vale wie zu sich selbst, aber Jason hörte ihn klar und deutlich durch das Chaos, das in seinem Kopf tobte. Vale presste seine Lippen zusammen, dann räusperte er sich. „Es ist nicht das erste Mal, dass ich mich geirrt habe. Und es wird auch nicht das letzte Mal sein."

„Sie meinen, Sie dachten, Sie wären frei", sagte Xan mit einem giftigen Unterton und verschränkte die Arme vor der Brust. Jason lallte ihm eine Warnung zu, aber Xan ignorierte das. „Sie haben gehofft, Ihr Alpha wäre tot."

„Gehofft ist nicht ganz der richtige Ausdruck", sagte Vale leise, während sein Blick auf Jason ruhte, wofür der überaus dankbar war. „Und wie es scheint, hat er nur lange gebraucht, um aufzutauchen." Er lächelte Jason an – ein von Bitterkeit getrübtes, trauriges Lächeln, das Jason auslöschen und durch ein Strahlen ersetzen wollte. „Er hat sich wirklich viel Zeit gelassen."

„Womit? Geboren zu werden?", höhnte Xan. „Vielleicht waren Sie ja auch zu schnell. Ich wette, Sie sind einer von *diesen* Omegas. Ich wette, Sie sind nicht einmal mehr unberührt."

Jason wollte sich auf Xan stürzen; er kämpfte gegen die Gurte, die die Wachen erst wenige Momente zuvor festgezogen hatten. Er würde seinen Freund schlagen, ihn verprügeln, ihm das Gesicht zertrümmern für diese Beleidigungen.

„Bringt ihn endlich raus", rief einer der Wachen.

Jason klammerte sich an Vales Finger und zog ihn mit, bis Vale sich herunterbeugte und flüsterte: „Lass jetzt los."

Begierig darauf, ihm zu Gefallen zu sein, ließ Jason Vales Hand los, dann stieß er einen erbärmlichen Klagelaut aus, als die Wachen ihn hinaus in die blendende Nachmittagssonne trugen.

KAPITEL 3

„DU VERDIENST ETWAS Besseres", sagte Xan und presste die Zähne zusammen. Er saß auf einem Stuhl neben Jasons Bett in der Uniklinik, wo sie darauf warteten, dass sein Körper das Alphasedativum abbaute. Und darauf, dass Jasons Eltern auftauchten. „Er ist alt. Verbraucht."

Jason strich sich den dichten, blonden Pony aus der Stirn und funkelte Xan an. „Ich mach dich fertig, wenn du nicht endlich die Klappe hältst."

„Aber hast du ihn denn nicht gesehen?" Xans Mund verzog sich verächtlich.

„Ja. Er war wunderschön."

„Schon grau an den Schläfen. Falten um die Augen. Er ist mindestens fünfunddreißig, wenn du Glück hast, wahrscheinlich eher vierzig."

Ein seltsam beunruhigendes Gefühl machte sich Jasons Magen breit. Nun, nachdem die Wirkung des Sedativums nachgelassen hatte, konnte er sich nicht an viel über seinen Omega erinnern, angesehen von den moosgrünen Augen und dem köstlichen Duft.

Oh, und die Stimme.

Eine so süße, herrliche Stimme wie Honig und Sand, rhythmisch wie sanfte Wogen, die an seine Seele brandeten. Bei der Erinnerung an die Stimme überlief ihn ein Schauer. Aber er konnte sich nicht erinnern, wie groß der Mann war, welche Farbe sein Haar hatte oder welche Form sein Gesicht. Nichts, das in irgendeiner Form auf sein Alter hindeuten konnte.

Jason hob das Kinn. „Er ist wunderschön", erklärte er noch einmal.

„Pheromondelirium", sagte Xan abwinkend.

Jason ballte die Fäuste. „Was hast du gesagt?"

Xans Stimme war voller Frustration. „Du hast mich verstanden. Ich versuche hier, dich zu beschützen. Das ist alles."

„Indem du meinen Omega beleidigst?"

„Er ist noch nicht deiner, vergiss das nicht." Xans blaue Augen sahen Jason flehend an. „Sei doch vernünftig."

„Das bin ich. Du bist einfach nur eifersüchtig."

Xan riss die Augen auf. „Bin ich nicht! Wir sind nur … du und ich sind nicht … Ich habe keine Gefühle für dich."

Jason starrte Xan an. Dessen Worte ließen ihn frösteln wie unter einer kalten Schneedecke. „Natürlich nicht. Ich meinte, du bist neidisch darauf, dass ich so früh meinen Omega gefunden habe." Er verschränkte die Arme vor der Brust und versuchte sich einzureden, dass er den Schmerz in Xans Augen nicht gesehen hatte.

„Ja, sicher. Du wirst noch lange Zeit nicht die Aufprägung mit ihm vollziehen können. Das ist dir doch klar, oder? Er muss erst einen Vertrag mit dir schließen, und deine Eltern werden das nicht zulassen oder zumindest so lange wie möglich hinauszögern, wenn sie wissen, was gut für dich ist. Und das wissen sie, also …" Xan nickte entschieden. „Scheiße, sie werden wahrscheinlich einen Surrogat-Omega vorschlagen; das ist das Einzige, was Sinn macht. Er ist zu alt, um das Risiko einer Geburt einzugehen, selbst wenn er noch fruchtbar sein sollte. Und deine Eltern werden einen Omega für dich wollen, der dir mehr als nur ein Kind schenken kann."

„Ich werde niemals einen Surrogat-Omega nehmen."

„Ach ja? Warte nur ab. Wenn die Pheromone dich nicht mehr so blind machen, wirst du sehen, welch untragbares Risiko dieser Omega ist. Er wird niemals gesunden Nachwuchs gebären. Du wirst an einen alten, gebrechlichen Omega gebunden sein, und dein

Name wird keine Zukunft haben."

Die Sabels waren eine der angesehensten Familien der oberen Gesellschaft, aber sie hatten einen Ruf zu wahren. Jason brauchte einen oder zwei Erben. Vielleicht auch drei.

„Halt die Klappe. Du hast keine Ahnung, wovon du redest."

Xan zuckte die Achseln. „Schön. Mach doch, was du willst."

„Mr. Sabel, Mr. Hoff, Ihr Sohn ist gleich hier."

Jason mühte sich in eine sitzende Position. Er fühlte sich immer noch benommen, als sein Vater und sein Pater in das kleine Zimmer eilten.

Vaters hellblaue Augen, stets freundlich und liebevoll, waren von Sorge verdunkelt. Und Paters braune Augen wirkten müde, und dunkle Ringe umschatteten sie. Beide Männer waren lässiger gekleidet als gewöhnlich: Vater trug eine khakifarbene Hose, und die Ärmel seines weißen Hemdes waren aufgekrempelt. Und Pater steckte in einem weichen Shirt unter einer dunkelbraunen Strickjacke und einer leicht abgetragenen, bequemen Hose. Beide hatten frische Haarschnitte. Vaters blondes Haar war sehr ordentlich und kurz geschoren, und Paters hellbraunes Haar etwas länger mit einem Pony, der glatt über seiner Stirn lag, ähnlich Jasons eigenem.

Jason erinnerte sich, dass Pater erst vor wenigen Wochen eine Hitze durchgemacht hatte. Schuldgefühle überkamen ihn, als ihm bewusst wurde, dass Pater nun wegen ihm den vom Arzt verordneten Ruhemonat nach der Hitze unterbrochen hatte. Pater war zerbrechlich, und Vater wachte für gewöhnlich streng über seine Ruhephase von mindestens vier Wochen. Aber wenn Jason mitten in der Universitätsbibliothek einen Omega ansprang, war das Grund genug für Pater, das Haus zu verlassen, ungeachtet seines Gesundheitszustands.

„Ich lasse Sie allein", sagte der Pfleger, der sich um Jason kümmerte, seit er erwacht war. Seine Aufgabe bestand hauptsächlich darin, ihn mit Wasser zu versorgen, um das Sedativum aus seinem Kreislauf zu spülen. „Kanzler Rory wird bald hier sein – jeden Moment, da bin ich sicher – um die Situation mit Ihnen zu besprechen."

Der Pfleger wollte ganz eindeutig nicht im Raum sein, wenn die Unterhaltung über was auch immer stattfand. Er war ein Beta, wie die meisten, die im Gesundheitswesen arbeiteten, aber keine Ärzte waren. Aber nicht einmal die Aussicht auf interessanten Gesellschaftsklatsch konnte ihn zum Bleiben reizen.

„Ja, vielen Dank", sagte Vater.

„Jason, geht es dir gut?", fragte Pater besorgt. Er setzte sich auf die Bettkante und fuhr mit den Fingern durch Jasons Haar.

Vater trat hinter ihn und stand irgendwie schützend vor ihnen beiden. Die Sorge um das Wohlergehen seiner Familie strömte geradezu in säuerlich riechenden Wellen von ihm. Jason erinnerte sich an diesen Geruch aus Zeiten, als Pater nach einer schlimmen Fehlgeburt krank gewesen war.

Xan sagte: „Sie sollten eher fragen, ob es seinem Omega gut geht."

Sein Omega, hm? Hatte Xan nicht gerade noch darauf beharrt, dass Vale noch nicht Jason gehörte? *Arschloch.*

Paters Brauen zogen sich zusammen. „Oh, mein Junge. Was ist passiert?"

Jason senkte den Kopf. Am liebsten hätte er sich in Paters Arme gestürzt und sich von dessen Wärme trösten lassen. Aber er stand kurz davor, ein vertraglich gebundener Alpha zu werden; da konnte er sich nicht mehr wie ein verwöhnter, kleiner Welpe benehmen.

„Er war einfach plötzlich da, und ich konnte nicht … es war keine Absicht … es kam einfach über mich." Jason wollte nicht, dass sein zerbrechlicher Pater ihn für einen brutalen Rüpel hielt.

Pater drückte beruhigend seine Hand. „Genau das ist der Grund dafür, warum junge Alphas und Omegas einander nur unter strenger Aufsicht vorgestellt werden." Er drehte den Kopf und sah Vater an. „Was hatte ein junger und ungebundener Omega überhaupt auf dem Alpha-Campus zu suchen?"

„Er ist alt", sagte Xan mit einem Schnauben.

„Was?" Vaters verwirrter Blick schoss zu Xan, dann wieder zurück zu Jason. „Was meint Xan damit?"

Jason zuckte mit den Schultern. Er wollte es nicht erklären, auch wenn seine Eltern die Wahrheit ohnehin herausfinden würden. Aber er wollte auch nicht, dass Xan die Unterhaltung mit seiner Meinung vergiftete, also warf er seinem Freund einen warnenden Blick zu, bevor der auch nur ein weiteres beleidigendes Wort gegen seinen Omega sagen konnte.

Xan starrte uneingeschüchtert zurück.

„Wir sind jetzt für Jason da, Xan. Du kannst gehen", sagte Vater kurz angebunden. Sein Tonfall war müde und ungehalten. Jason wusste, wie vorsichtig er während Paters Hitze sein musste, um seine eigenen Bedürfnisse als Alpha zu erfüllen, ohne Pater zu verletzen oder zu schwängern, und danach kümmerte er sich während der Ruhezeit so behutsam und sorgsam um Pater wie ein Omega um sein Neugeborenes. So erschöpft, wie Pater auch aussah – Vater war mit Sicherheit genauso erledigt.

„Xan kann nicht gehen", sagte Jason. „Er ist ein Zeuge." Die Demütigung brannte wie glühende Kohlen. „Er muss auch eine Aussage bei der Polizei machen."

„Die Polizei kommt? Hierher?" Pater sah sich im Raum um. „Hast du dem Omega Verletzungen zugefügt, Junge? Oder ihm Anlass gegeben, Strafanzeige zu stellen?"

Jason schüttelte den Kopf. Er erinnerte sich daran, wie er Vales Kehle gepackt hatte, wie er an seiner Kleidung gezerrt und ihn gegen den Tisch gedrückt hatte. Aber der Mann war unversehrt und auf den Beinen gewesen, als man Jason aus der Bibliothek gebracht hatte. Vale hatte nichts darüber gesagt, Anzeige erstatten zu wollen, trotz Jasons unbeherrschten Verhaltens. Er hatte bereitwillig seine persönlichen Informationen preisgegeben und gesagt, er würde darauf warten, von Jasons Eltern zu hören. Sicher würde er jetzt nicht seine Meinung ändern, oder?

Jason blies die Nasenflügel auf.

Da war dieser andere Alpha gewesen. Urho. Er hatte nur den Vornamen des Mannes gehört. Der Kerl hatte Vale ermutigt, *nicht* zu kooperieren. Was, wenn er Vale überzeugt hatte, nachdem Jason fort war? Was, wenn er ihn überzeugt hatte, dass Jason zu jung war, zu unbeherrscht? Und was, wenn er Vale überzeugt hatte, zur Polizei zu gehen?

Jasons Magen zog sich vor Furcht und Selbstverachtung zusammen. Was für ein Alpha war er nur? Er hatte sich nicht beherrscht und war festgeschnallt auf einer Trage weggebracht worden, wie ein Geisteskranker. Er hatte einen schrecklichen ersten Eindruck gemacht; es wäre ein Wunder, falls Vale sich ihm jetzt oder überhaupt jemals unterwerfen wollen würde. *Natürlich* würde er höchstwahrscheinlich Anzeige erstatten. Wieso sollte er das nicht tun? Und dieser andere Alpha … falls er Vale anrühren sollte, falls er Vale aktiv von Jason fernhielt … Jason hätte keine andere Wahl, als ihm die Kehle herauszureißen oder bei dem Versuch zu sterben.

Jason knirschte mit den Zähnen und schloss fest die Augen, um seine Emotionen in den Griff zu bekommen. Er würde sich in dieser Sache nicht wie Kind aufführen. Er würde ein Mann sein, ein Alpha, und seinem Omega den Hof machen, bis der sich willig auf die Knie warf. Er hatte nur keine Ahnung, wie er das auch nur anfangen sollte. Nichts war bis jetzt so gelaufen, wie es normalerweise lief.

„Hast du diesen Omega verletzt, Junge?", fragte Vater und hob sanft Jasons Kinn, damit sie einander in die Augen sehen konnten. Der Blick seines Vater war liebevoll, seine Augen von einem sanften Himmelblau, mit einem weizenfarbenen Ring um die Pupillen. „Ich weiß, wie schwer es sein kann, den Impuls zu kontrollieren. Und so überrascht zu werden, in deiner ersten Woche an der Universität … da ist es ein Wunder, dass du nicht noch mehr Schaden angerichtet hast. Aber ich weiß, dass es nie deine Absicht war, ihn zu verletzen."

Jason bekam einen Kloß in der Kehle, der es ihm beinahe unmöglich machte zu sprechen. Er schüttelte den Kopf.

„Dem Omega ging es gut", mischte Xan sich erneut ein. „Trotz Jasons barbarischen Versuchs, ihn auf der Stelle auszuziehen und zu besteigen, muss man wohl sagen."

Scham überkam Jason, und er entzog seine Hand Paters Griff, um sein Gesicht zu verbergen.

Xan fuhr in genervtem Ton fort: „Der Omega blieb ruhig und brachte Jason zumindest dazu, ihn loszulassen."

Jason wünschte, er wüsste, worüber Xan so sauer war. Jasons Leben hatte sich auf einen Schlag in ein totales Chaos verwandelt, und er hätte im Augenblick wirklich die Unterstützung eines Freundes gebrauchen können.

„Der Name seines Omegas ist übrigens Valendo Aman. Wird anscheinend nur Vale genannt. Wohnt in der Oak."

„Das sind schöne Häuser dort, Yule", wandte Pater sich an Vater. Trotz der Sorgenfalten auf seiner Stirn klang er hoffnungsvoll. „Er muss aus guter Familie stammen. Wir müssen mit seinen Eltern sprechen."

„Viel Glück damit", murmelte Xan vor sich hin.

Vater verengte die Augen. „Was zum Teufel geht hier vor? Jason?"

In diesem Augenblick steckte Kanzler Rory seinen Kopf zur Tür herein, was einen weiteren Alpha ins Geschehen brachte, und als dessen Blick auf Pater fiel, richtete Vater sich drohend auf. Pater senkte den Blick zu Boden.

Kanzler Rory zupfte seine Weste glatt und räusperte sich. Eindeutig nahm er sich einige Augenblicke, um sich an die Post-

Hitze-Pheromone zu gewöhnen, die Pater verströmte. Dann betrat er den Raum und begrüßte Vater mit einem herzlichen Lächeln. „Guten Abend, Mr. Sabel, Mr. Hoff. Wie es aussieht, haben wir hier eine ziemlich ungewöhnliche Situation, nicht wahr?"

„In der Tat", antwortete Jasons Vater scharf. „Ich glaube, die erste Frage, auf die ich eine Antwort hören will, ist: Was hatte ein junger, ungebundener Omega überhaupt auf dem Campus zu suchen? Welcher Dummkopf hat ihn dorthin gebracht?"

„Wie ich sehe, hat Jason Ihnen noch nicht viel über seinen Omega erzählt." Der Kanzler fuhr sich mit der Hand über seinen glänzenden Kahlkopf. „Mr. Sabel, Mr. Hoff, der Omega Ihres Sohnes stammt nicht aus der diesjährigen Ernte–"

„Vom kommenden Jahr?", sagte Pater leise. „So jung!"

„Nein, Lieber", sagte Vater, der nun offenbar eins und eins zusammenzählte. „Er ist älter als Jason."

„Oh!" Pater runzelte die Stirn. „Dann sollte er es besser wissen, als auf dem Alpha-Campus herumzulaufen. Wie ist er überhaupt dort hineingekommen?"

„Vale Aman ist einer unserer Professoren", sagte Kanzler Rory, hob die Brauen und wartete, bis die Information sackte. Dann fuhr er fort: „Er ist fünfunddreißig, weit jenseits des Alters, in dem man noch eine Aufprägung erwarten darf. Er hat nie seinen *Érosgápe* gefunden."

Der Kanzler zuckte die Achseln, dann sog er scharf die Luft zwischen die Zähne. „Es gab verschiedene Mutmaßungen." Sein Blick wanderte zu Jason. „Es ist eine ungewöhnliche Situation. Wir hatten angenommen, dass Vales Alpha tot war, oder auf andere Weise unfähig, seinen Omega zu finden. Professor Aman lebt nun bereits seit fast vierzehn Jahren allein als Omega ohne vertragliche Bindung."

„Wolfgott, was für ein Schlamassel", flüsterte Vater und massierte sich seufzend die Nasenwurzel.

„Ist er gesund?", fragte Pater.

„Oh ja. So weit es mir bekannt ist. Er hat, abgesehen von den Hitzezeiten, nie auch nur einen Kurs ausfallen lassen und steht seinen Studenten genauso zur Verfügung wie die anderen Professoren. Intelligent. Gebildet. Fantastische Arbeitsethik." Er schnalzte mit der Zunge. „Das wird sich offensichtlich nun ändern müssen. Ein frisch aufgeprägter Alpha wird nicht gerade gut reagieren, wenn sein Omega in einem Hörsaal voller junger, lebendiger Konkurrenz unterrichtet. Vale wird Arrangements treffen müssen, genau wie die Universität. Ich werde wohl einen Professor weniger zur Verfügung haben."

„Sie sagen das so, als wäre das Jasons Schuld", antwortete Vater und verschränkte die Arme vor der Brust.

„Jeder weiß, dass es bei der Aufprägung zwischen Alpha und Omega keine Schuld gibt. Wenn wir Glück haben, finden wir unseren *Érosgápe*. Wenn nicht, begnügen wir uns mit einem vertraglichen Gefährten oder gehen ohne Partner durch die Welt. So einfach ist das." Er seufzte. „Ich mache mir Sorgen um Jason. Sein Omega war für eine lange Zeit allein. Es wird nicht einfach sein, ihn zu unterwerfen. Und Jason ist noch so jung und ohne jedes Training in Selbstkontrolle und ..."

Vater warf dem Kanzler einen scharfen Blick zu. „Hat dieser Vale Aman Verbindungen zu Omega-Befreiungs-Gruppierungen?"

Kanzler Rory zuckte die Achseln. „Ich habe keine Ahnung. Aber ich weiß, dass Vale ein sehr unabhängiger Mann ist. Es wird eine Herausforderung sein, so oder so."

Pater runzelte die Brauen und schaute Jason voller Sorge an. „Wirkte er widerwillig?"

Jason erschauerte. Sein Verstand versuchte zu verarbeiten, wie Vale sich zunächst gegen ihn gewehrt, ihn dann beschwichtigt und sich schließlich dem Gesetz gebeugt hatte, aber er fand keine Worte. Sein Omega war perfekt gewesen und hatte alles richtig gemacht. Er selbst war derjenige, der es vermasselt hatte.

„Er war überrascht", antwortete Xan an Jasons Stelle. „Aber er hat sich gesetzestreu verhalten." Er reichte Jasons Vater das Papier mit Vales persönlichen Angaben. „Er sagte, er würde darauf warten, von Ihnen und Mr. Hoff zu hören."

Pater streichelte Jasons Wange und flüsterte: „Keine Angst. Es wird alles gut werden."

„Ich habe mit Vale gesprochen", sagte Kanzler Rory. „Er ist zuhause und plant, dort zu bleiben, bis die Polizei seine Aussage aufgenommen hat. Und wo wir gerade davon reden – die Polizei wird bald hier sein, um Jasons und Xans Aussagen zu hören."

Nach dem vielen Wasser, das er seit seiner Ankunft in der Klinik getrunken hatte, stand Jasons Blase kurz vorm Platzen. Aber sein Kopf war wieder klarer, und er stand mit wackeligen Beinen aus dem Bett auf, um pinkeln zu gehen.

Pater folgte ihm, als wäre Jason plötzlich wieder ein Kleinkind, mit einer Hand unter Jasons Ellenbogen, um ihn zu stützen. Und Vater war an Paters Seite, um auf *ihn* zu achten. Jason schnaubte ein Lachen über das kleine, fürsorgliche Trio, das sie bildeten.

Nachdem er gepinkelt und sich die Hände gewaschen hatte, zog er sich langsam an – mit den Sachen, die er getragen hatte, als er in der Klinik angekommen war. Es hing ein Hauch des Duftes seines Omegas im Stoff, aber er riss sich zusammen, um nicht erneut die Fassung zu verlieren. Er hatte nicht vor, die Polizei in einem Krankenhaushemd zu empfangen, und er *würde* sich beherrschen. *Ein* Anfall von Alphaverrücktheit reichte für einen Tag. Jason nahm an, dass er bei seiner Ankunft eine Dosis Alphastiller injiziert bekommen hatte – das sollte helfen.

Pater stand am Fenster, die Arme verschränkt, und sah hinaus auf den Fluss, der am Klinikgelände vorbeifloss. Jason konnte die schaumgekrönten blaugrünen Wellen erkennen, die vom Herbstwind bewegt wurden. Paters Schultern hingen erschöpft herunter, aber er hielt sich mit einem Stolz, den Jason sich eines Tages auch von seinem eigenen Omega wünschte. Miner Hoff wusste, wer er war, für wen er lebte, und wer für ihn lebte. Das verlieh ihm eine Kraft und Stabilität, die nicht einmal seine fragile Gesundheit brechen konnte.

Vater stand neben Jasons Bett und sah ihm beim Ankleiden zu. Er hatte die Hände in den Hosentaschen vergraben und das Gewicht auf die Fersen verlagert. Sein Hemd spannte um die breiten Schultern. „Fünfunddreißig Jahre alt", flüsterte er. „Kinder zu gebären dürfte sich als Problem –"

„Still", sagte Pater über seine Schulter hinweg. „Nicht jetzt."

Vater nickte zustimmend, auf dieselbe Art wie immer, wenn Pater seine Meinung deutlich zum Ausdruck brachte.

„Die Polizei ist da", sagte der Pfleger, der erneut den Kopf zur Tür hereinsteckte. „Sie melden sich gerade unten an."

„Gut. Bringen wir's hinter uns."

„Und dann nehmen wir Jason direkt mit nach Hause", murmelte Pater. „Danach entscheiden wir, wie es weitergehen soll. Xan, du bist herzlich willkommen, uns zu begleiten, wenn du magst. Ich bin sicher, Jason kann jetzt einen Freund gebrauchen."

Xan starrte Jason von seinem Sitzplatz aus an. „Nein. Ich werde zurück ins Wohnheim gehen und mich dort den Fragen stellen. Alle werden wissen wollen, was los ist. Wenn niemand da ist, um die Wahrheit zu erzählen, werden nur jede Menge dumme Gerüchte in Umlauf geraten."

„Sollte ich später hören, dass du ihn beleidigt hast–"

Xan hob seine Hand. „Ich dachte, wir würden einander vertrauen. Mit allem." Er hob die Augenbrauen, und Jason fragte sich, wie es möglich war, dass sie erst heute Morgen gefickt und ihr gefährliches Spiel miteinander getrieben hatten.

„Ich vertraue dir."

„Gut", sagte Xan. „Denn wir brauchen einander."

Bevor Jason fragen konnte, was er damit meinte, betraten zwei Polizeibeamte das Zimmer. Sie trugen Notizblöcke in den Händen, und ihre Nasenflügel bebten beim Geruch von Paters Post-Hitze-Pheromonen. Jasons Vater legte einen Arm um Paters Schultern, schützend und besitzanzeigend zugleich. Jason sehnte sich danach, dieser Mann für Vale sein zu können. Er hoffte, er würde die Gelegenheit dazu bekommen.

Wenn er sich doch nur erinnern könnte, wie Vale aussah. Wenn er nur wüsste, dass Vale dasselbe wollte wie er.

Dann begannen die Fragen. Jason musste seine Demütigung erneut durchleben, seine körperliche Attacke auf den Mann, von dem er hoffte, dass er seine Kinder gebären würde. Und was alles noch schlimmer machte – dies würde bei weitem nicht das letzte Mal sein, dass er die Geschichte erzählen musste.

Erst kam die Polizei, dann musste er sie den Rechtsanwälten erzählen, dann musste er eine Beschreibung der Ereignisse dem Vertrag hinzufügen, und er hoffte auf eine Chance, Vale von Angesicht zu Angesicht erklären zu dürfen, wie es für ihn gewesen war. Damit er ihn um Vergebung bitten konnte.

Mit ein wenig Glück würde Vale sie ihm gewähren und sich ihm willig unterwerfen.

KAPITEL 4

V ALE STOCHERTE MIT einem Schüreisen im Feuer.

Es war noch etwas zu früh im Jahr, um schon zu heizen, aber das Arbeitszimmer, das er aus dem alten Gewächsraum seines Paters gemacht hatte, war schlecht isoliert und zugig. Und es war vollgestopft mit Büchern, losen Papieren, Skizzen und Notizen, die er im Laufe der Jahre gemacht hatte. Er wusste nie so recht, wie er sie abheften oder archivieren sollte. Die Möbel waren noch recht neu, gekauft von seinem eigenen Geld, als er seinen allerersten Lohn als Professor an der Mont Nessadare erhalten hatte. Der Boden bestand aus sorgsam verlegten Steinfliesen, und die Fenster an der Rückseite des Raumes zeigten auf den Garten hinaus, den sich die Natur seit dem Tod von Vales Pater zurückerobert hatte.

Vale liebte sein Arbeitszimmer. Aber er fand heute nicht die Ruhe, auf dem Ledersofa zu sitzen oder sich an dem breiten, hölzernen Schreibtisch niederzulassen. Stattdessen lief er vor dem Kamin auf und ab. Ab und zu lehnte er sich an den Sims und starrte in die Flammen. Dann wiederum warf er einen Blick zu Urho, der in dem ledergepolsterten Lehnsessel saß, den sie beide vorzogen, und mit nachdenklicher Miene seinen Bourbon im Glas schwenkte. Er hätte nicht verschiedener von dem Jungen sein können, der Vale in der Bibliothek angegriffen hatte: dunkle Haut im Gegensatz zu Jasons blassem Teint, grau-melierte, dunkle Locken, während Jasons Haar glatt und blond war, und fünf Jahre älter als Vale. Jason hingegen musste um die fünfzehn Jahre jünger sein.

„Woran denkst du?" fragte Vale, obwohl er sicher war, die Frage zu bereuen.

„Er ist zu jung für dich", antwortete Urho leise und rieb sich die stoppelige Wange. Vale dachte an Urhos muskulösen, nackten Arsch von heute Morgen in Vales Badezimmer, wo Urho sich seinen Salz und Pfeffer-Bart mit einer scharfen Klinge rasiert hatte, die er nach Bedarf zwischen ihren Häusern hin- und hertrug.

Vale seufzte. Er würde diesen Arsch vermissen.

„Hast du mich gehört?", fragte Urho.

„Du sagtest, dass er zu jung ist. Seit wann spielt das bei einem *Erosgápe* eine Rolle?"

„Es hat immer eine Rolle gespielt. Was überhaupt erst der Grund für die Existenz von Surrogaten ist."

Vale stocherte so fest im Feuer, dass sich einige Scheite polternd lösten. Funken wirbelten auf. „Nicht wirklich. Die ursprünglichen Surrogate waren Alphas wie du, die durch den Tod des Partners oder andere Umstände unverpaart und ohne Vertrag zurückblieben. Sie wurden verpflichtet, ebenso unverpaarten Omegas zu helfen, die Qualen der Hitze zu lindern."

Vale hasste es, Urho an dessen lange verstorbenen Omega Riki zu erinnern, aber er konnte auch nicht zulassen, dass Urho leugnete, was heute passiert war. Selbst, wenn es einer irregeleiteten Sorge um Vale entstammte – oder dem realistischen Verlustgefühl, weil nun enden würde, was sie mehr als zehn Jahre lang miteinander geteilt hatten, Sie mussten der Wahrheit ins Gesicht blicken.

Aber Urho sagte nur scheinbar ungerührt: „Oder wenn ein Omega unter Nymphomanie litt."

„Chronische Hitze", korrigierte Vale. „Den altmodischen Begriff Nymphomanie sollte heutzutage niemand mehr benutzen."

Urho gab ein Brummen von sich.

Vale fasste es als Zustimmung auf und fuhr fort. „Erst später wurden Omegas als Surrogate eingesetzt, falls die *Erosgápe*-Prägung sich als gesellschaftlich ‚unpassend' erwies." Er schnaufte verächtlich.

„Oder wenn ein verpaarter Omega unfruchtbar war", ergänzte Urho, der offenbar entschlossen war, Leihpaterschaft in einem positiven Licht erscheinen zu lassen.

„Ja. Nun, all das fing erst sehr viel später an. Die Gerichte bezogen sich bei ihren Entscheidungen schlicht auf die vorangehende Konstellation der Alpha-Surrogate."

Aber in der Tat, und trotz Urhos Widerwillen in der gegenwärtigen Lage, welche Alternative hatte Vale, als Jason als seinen Alpha anzunehmen? Eine Anzeige wegen Körperverletzung? Damit würde er kaum durchkommen angesichts der vielen Zeugen und dem Mangel an tatsächlicher Verletzung oder Vergewaltigung. Sich einer der Omegabefreiungs-Bewegungen anschließen? Vielleicht, aber dann müsste er sein Leben aufgeben, und er mochte sein Haus und seinen Job und seine Freunde. Selbstmord? Nein.

Tief unter der wilden Lust und der besitzergreifenden Rage hatte Vale Güte in den Augen des jungen Alphas gesehen. Vielleicht war das etwas, auf das er aufbauen könnte. Vielleicht auch nicht. Das würde nur die Zeit zeigen. Und möglicherweise wurde auch überhaupt nichts aus dem Ganzen. Er würde jedenfalls keinen Vertrag abschließen, der die natürliche Geburt von Nachkommen einschloss, komme was wolle. Es war also denkbar, sogar sehr wahrscheinlich, dass sein junger Alpha sich für ein Surrogat entscheiden würde, und damit wäre Vale mehr als einverstanden.

Ein scharfer Schmerz zog ihm die Brust zusammen, und er atmete tief ein.

Es war geradezu lächerlich, wie die Aufprägung bereits jetzt alles zu bestimmen schien, entgegen jeder Logik oder vernünftiger Betrachtung der Situation. Seine Bindung war nicht echt – sie basierte nicht auf Zuneigung oder Gemeinsamkeiten wie das, was er mit Urho teilte – und doch konnte Vale nicht leugnen, dass der bloße Gedanke daran, sein absurd junger Alpha würde einen

Surrogat-Omega an seiner statt wählen, ihm den Magen umdrehte.

„In sechs Wochen wirst du deine nächste Hitze haben", sagte Urho. Seine warmen, braunen Augen leuchteten. Sie hatten sich beide darauf gefreut und sogar Pläne gemacht, zu Urhos Ferienhaus auf dem Lande zu fahren, um dort ganz für sich zu sein. „Wer wird dir da hindurch helfen? Der Junge ist dazu nicht in der Lage. Zu jung, zu unbeherrscht. Er wird dich auf jeden Fall verletzen, und falls es zum Schlimmsten kommen sollte, wird er dich gegen deinen Willen schwängern."

„Du bist dir also so sicher, dass mein Alpha ein Vergewaltiger ist, hm?"

„Nein, er ist kein Vergewaltiger", stieß Urho hervor. „Aber er ist ein Kind. Ich erinnere mich daran, wie es mit neunzehn war. Hätte ich Riki damals getroffen, hätte ich ihm ein Baby gemacht, bevor ich auch nur seinen Namen erfahren hätte. Damals konnte ich mich nicht bremsen; es war unmöglich. Der Trieb ist in diesem Alter überwältigend – und selbst in älteren Jahren ist er noch über-wältigender zwischen *Érosgápe*. Was glaubst du, wieso die Geschlechter so strikt getrennt werden, bis sie die entsprechende Reife erlangen? Um die Omegas zu schützen."

„Für den Omega ist es genauso überwältigend, weißt du." Vale errötete.

Er musste Urho nicht daran erinnern, wie er ihn jedes Mal, wenn sie während einer seiner Hitzen fickten, um Babys angefleht hatte. Wie er darum bettelte, Urho möge das Kondom abnehmen und Vale geben, was sie beide wollten. Und Vale musste auch nicht daran erinnert werden, dass der zuverlässige, aufrichtige, altmodische Urho sich weigerte und weigerte und *weigerte*, das zu tun, bis die Hitze wieder abklang.

Denn sie beide wussten, dass keiner von ihnen wirklich ein gemeinsames Kind wollte, und sie wussten beide, dass Vale keine Kinder gebären würde. Es war nur der Instinkt, der sich Bahn brach.

Mit Jason allerdings …

„Aber du hast recht, für den Jungen wäre es schwer, mir zu widerstehen, wenn ich in Hitze bin. Das ist ein echtes Problem."

„Oh ja, du kannst sehr überzeugend sein", stimmte Urho zu, und seine Augen leuchteten auf, als er sich erinnerte. „Einige Male hätte ich dir fast nachgegeben. Und dabei bin ich nicht einmal auf dich geprägt. Stell dir nur vor, was ein so junger, unbeherrschter und aufgeprägter Alpha mit dir machen würde."

Vale seufzte.

„Wirst du mich also bei deiner Hitze helfen lassen?", fragte Urho heiser und mit besorgter Miene. „Selbst dann, wenn du beschließen solltest, den Paarungsvertrag mit einem anderen einzugehen?"

„Du weißt, dass ich das nicht kann. Es wäre gegen das Gesetz."

Und unmoralisch. Und was Vale betraf, war das das weitaus tiefergehende Problem.

„Du wirst Qualen leiden, wenn du dir nicht von *irgendjemandem* helfen lässt."

„Ich weiß."

„Du könntest es noch einmal mit Hitzedämpfern versuchen."

Vale schauderte und warf Urho einen zornigen Blick zu. „Sicher, das hat ja beim letzten Mal auch so gut geklappt", antwortete er sarkastisch.

„Das liegt jetzt Jahre zurück, Vale. Die Zusammensetzung ist inzwischen eine andere; vielleicht reagierst du nicht mehr in derselben Weise darauf."

„Und was, wenn doch?"

Urho stöhnte und rieb sich das Gesicht. „Dann helfe ich dir, es durchzustehen."

„Du und wie viele andere Alphas? Nein, ich nehme nie wieder Hitzedämpfer ein."

Er hatte nur zweimal in seinem Leben der Versuchung nachgegeben, seit man ihn als blutjungen Omega von dem Medikament entwöhnt hatte. Beide Male war die Folge die gefürchtete Entzugshitze gewesen, länger und heftiger als eine gewöhnliche Hitze.

Beim zweiten Mal hatte er vor sexuellem Verlangen den Verstand verloren, war aus dem Haus seiner Betafreunde, die sich um ihn gekümmert hatten, ausgerissen und als Fickspielzeug für eine Horde Alphas in jener Art von Etablissement wieder aufgetaucht, das anständige Leute niemals besuchten.

Das war eine Erinnerung, die zu vergessen ihn harte Arbeit gekostet hatte. Jetzt aber fiel ihm alles wieder ein.

Er wandte sich von Urho ab und starrte ins Feuer. Vor seinem inneren Augen liefen die Ereignisse ab wie ein Film.

Drei Tage lang war er dort gewesen und hatte sich von Fremden ficken lassen, während mehrere Alphas sich um ihn schlugen, bis seine Freunde ihn schließlich in den letzten Wehen seiner Hitze gefunden hatten. Erniedrigt, mit Blutergüssen und inneren Verletzungen, schwanger mit dem Kind eines unbekannten Alphas. Nie hätte er sich vorgestellt, je so tief zu sinken.

So bald als möglich hatte er sich einer schmerzhaften und höchst illegalen Abtreibung unterzogen und Hitzedämpfern für alle Zeiten abgeschworen. Das einzige Gute an dem Zwischenfall war gewesen, dass er Urho begegnet war. Sie hatten ein Abkommen miteinander geschlossen, und seitdem waren seine Hitzeprobleme gelöst gewesen.

Aber die Erniedrigung und das Entsetzen überkamen ihn auf Neue, als er sich nun erinnerte, und er rieb sich die Augen in einem Versuch, die schrecklichen Bilder wieder loszuwerden.

Urho wusste alles über jene Ereignisse, aber keiner von ihnen sprach je darüber.

Vale vertraute Urho mit seinem Leben, aber der Mann war in

vielen seiner Überzeugungen sehr konservativ. Er war ein ehemaliger Militärarzt und hatte zusammen mit Männern gedient, die gegen Omegabefreiungs-Gruppen kämpften. Und diese Erfahrung, genau wie seine tiefe Beziehung zu Riki, der allen Berichten zufolge ein stiller, sehr unterwürfiger Mann gewesen war, hatte Urhos starre Ansichten über Omegas geprägt.

Aber Vales Leben war ein anderes.

„Er darf es nie erfahren", sagte Vale.

„Du meinst diesen jungen Jason Sabel?", fragte Urho.

„Wen sonst? Du wirst für dich behalten, was du über meine Vergangenheit weißt."

Urho schwenkte sein Getränk und nickte mit gerunzelter Stirn. „Wie du wünschst."

Vale hoffte, sich auch auf die Diskretion seiner Freunde Yosef und Rosen verlassen zu können.

Ein neuer Alpha wie Jason würde nie verstehen, was passiert war und was Vale durchgemacht hatte. Er würde den Wahnsinn der Entzugshitze und die verzweifelten, instinktgetriebenen Dinge, die Vale getan hatte, nie begreifen. Die hilflose Erkenntnis, das Kind eines unbekannten Alphas in sich zu tragen? Das Risiko und die Qualen der Abtreibung? Die Schmach, die ihn noch immer überwältigte, wenn diese Erinnerungen hochkamen? Ganz gleich, wie ihre Vertragsverhandlungen auch laufen mochten, Jason durfte nie etwas davon erfahren.

Vale stöhnte. In vielerlei Hinsicht wäre es besser gewesen, Jason hätte ihn nie gefunden.

„Ich könnte andeuten, dass du mein Kind trägst", bot Urho in der ihm eigenen, beinahe gespenstischen Art an, als würde er Vales Gedanken kennen. „Wir könnten eine Fehlgeburt vortäuschen, sobald dein Ruf so weit ruiniert ist, dass er dich nicht mehr will."

Vale schüttelte entrüstet den Kopf. „Abgesehen davon, dass ich mich weigere zu lügen und in der Tat Wert auf meinen Ruf lege, würden wir damit nicht durchkommen. Eine einfache ärztliche Untersuchung oder, Wolfgott, ein schnuppernder Alpha, mein eigener eingeschlossen, würden bestätigen, dass ich nicht schwanger bin."

„Ich *könnte* dich bei deiner nächsten Hitze schwängern, wenn du den Vertrag so lange hinauszögerst."

„Von den Regeln und den zahlreichen Verstößen dagegen, die eine Schwangerschaft meinerseits an diesem Punkt darstellen würden, einmal abgesehen – du willst kein Kind mit mir."

„Ich bin nicht dagegen, ein Kind mit dir zu haben." Urhos Stimme war sanft und liebevoll.

„Nun, wenn das nicht ein überzeugendes Argument dafür ist, sich fortzupflanzen!"

Was sie in den letzten Jahren miteinander geteilt hatten, war für sie beide gut gewesen – Zuneigung, Sex, Freundschaft. Aber keiner von ihnen hatte je mehr gewollt. Vale hatte sein eigenes Leben, genau wie Urho. Und Urho hatte natürlich seine Erinnerungen an Riki. Nachwuchs mit einem Alpha zu zeugen, der eine wahrhaftige Verpaarung erfahren hatte, erschien ihnen wie eine Herabwürdigung für sowohl Vale als auch für Urhos verstorbenen Omega.

„Wenn es um das Narbengewebe geht, ich kenne Möglichkeiten, die Wehen vorzeitig einzuleiten, sodass du das Ereignis mit hoher Wahrscheinlichkeit überleben würdest." Erneut verfinsterte sich Urhos Miene. „Es wäre allerdings riskant für das Baby."

Vale schnaubte. „Als würde ich dich nach allem, was du durchgemacht hast, in eine solche Lage bringen! Nein, Urho, nichts davon ist das Risiko wert. Du sagtest mir einst, dass es mir nicht bestimmt ist, je Kinder zu gebären, und diese Diagnose wurde seither von jedem Arzt bestätigt, der mich untersucht hat. Lass uns jetzt nicht zu drastischen Maßnahmen greifen."

Urho seufzte. „Du bedeutest mir genug, um alles zu versuchen."

„Du bemühst dich so sehr, mir zu helfen, weit über alle Maßen, und ich weiß das zu schätzen." Vale lächelte Urho voller Zuneigung an. „Aber ist dir noch gar nicht in den Sinn gekommen, dass ich deine Hilfe vielleicht gar nicht brauche?"

„Dann hast du vor, dich einfach zu unterwerfen?"

„Wie der Omega, der ich bin?", fragte Vale herausfordernd.

Urho seufzte. „Du bist nicht einfach irgendein Omega, Vale."

„*Kein* Omega ist einfach irgendein Omega. Auch wenn wir alle denselben Gesetzen und derselben Natur unterliegen."

„Du hast dir hier ein ganzes Leben aufgebaut! Sehen zu müssen, wie es unter den Füßen dieses jungen Idioten zertrampelt wird, ist–"

„Das ist mein Alpha, den du gerade beleidigst", unterbrach Vale ihn und schürte erneut das Feuer.

„Wie kannst du einfach das Knie beugen und alles ihm überlassen? Wie kannst du ihn entscheiden lassen, ob er dich will oder nicht?"

Vale warf Urho einen schiefen Blick zu. „Das sind ja beinahe revolutionäre Gedanken, mein Freund."

Mit einem Schnauben wandte Urho den Kopf ab und starrte hinaus in den dunklen, überwachsenen Garten. „Ich weiß, ich vertrete üblicherweise den Standpunkt, dass Omegas zu Alphas gehören und umgekehrt, und dass unsere Gesetze nicht grundlos existieren, aber verdammt, Vale, das macht nur Sinn, wenn die Dinge so laufen, wie sie sollen."

„So wie zwischen dir und Riki."

„Ja."

Vale ließ das Gesagte einen Augenblick in der Luft hängen und ließ die Wahrheit einsinken, ohne sie laut aussprechen zu müssen: Nicht jeder hatte das Glück zu sein wie Urho und Riki. Manche, so wie Vale, lebten Jahre in vertragloser Unabhängigkeit, und plötzlich dieses Chaos. Schließlich beruhigte er Urho so gut, wie er konnte. „Ich habe in der Sache ein gewisses Mitspracherecht. Das Gesetz verlangt nicht, dass ich einen Vertrag unterzeichne, der Klauseln enthält, denen ich nicht folgen kann – und er wird wollen, dass ich mit der Vereinbarung glücklich bin.“

„Omegaeinfluss“, murmelte Urho.

Der Begriff war beinahe ein Schimpfwort – die Implikation, dass Omegas ihren sexuellen Bann über Alphas und den angeborenen Instinkt von Alphas, ihren Omegas zu gefallen, schamlos dazu benutzten, ihren Willen zu bekommen. Aber Urho hatte es mit der liebevollen Erinnerung an vergangene Zeiten gesagt, was der Sache die Schärfe nahm. Offensichtlich hatte er es genossen, unter Rikis Bann zu stehen.

„Er hat seine Eltern, die in seinem besten Interesse argumentierten werden. Ich habe nur mich selbst.“

„Und mich. Und Yosef. Rosen würde höchstwahrscheinlich ebenfalls kommen, um dir zur Seite zu stehen.“

„Ja, das kann ich mir vorstellen.“

„Sei nicht so stur, den Eltern und dem Anwalt dieses Kindes allein gegenüberzutreten. Du gegen ihr ganzes Konsortium? Der Omegaeinfluss bringt dich nur zu einem gewissen Grad weiter. Er ist ein Welpe. Er wird alles tun, was seine Eltern wollen.“

„Vielleicht. Man kann nie wissen.“

Urho brummte.

Vale dachte nach. „Hast du je zuvor von einem Fall wie diesem gehört? Ich weiß, sie existieren in den Aufzeichnungen, aber ich meine persönlich … kennst du irgendeine Alpha/Omega-Verpaarung mit so weit auseinander liegenden Altersklassen?“

„Damals beim Militär, als ganz junger Arzt kannte ich einen Offizier, dessen Omega fünfundzwanzig Jahre jünger war, und kein Surrogat, sondern *Érosgápe*.“

„Und?“

„Und der Omega war ein wildes Luder. Ein hübsches Ding, und–“

„Urho, falls das jetzt so eine Schmuddelgeschichte über

chronische Hitze bei einem Omega wird, werde ich dich mit diesem glühenden Schüreisen aufspießen."

„Na ja, der ältere Alpha hatte eine spezielle Lösung gefunden. Wenn ihm die Puste ausging, holte er ein paar Alphafreunde zur Unterstützung. Seinem Ego tat das nicht besonders gut, aber er machte es aus Liebe zu seinem Omega. Ich könnte mir vorstellen, dass du als empfangender Partner nicht solche Probleme hättest, solange du genug Schlick produzierst."

„Großer Wolfgott, bei dir geht es immer nur um Sex. Ich meinte mehr als das. Waren sie glücklich? Haben sie einander geliebt? Du sagst, dieser Offizier liebte seinen Omega, dass sie *Érosgápe* waren, aber war alles so wie bei jeder anderen Verpaarung auch?"

„Ich weiß es nicht. Ich habe nicht gefragt. Ich war zu dieser Zeit nur besessen davon, zu Riki zurückzukehren, also habe ich nicht viel über sie nachgedacht. Ich denke schon, dass es ansonsten eine ganz normale Verpaarung war. Allerdings habe ich mich oft gefragt, was aus dem Omega wurde, nachdem sein Alpha starb. Er muss ihn auf jeden Fall überlebt haben."

„Außer er starb an einer Krankheit oder in einem Unfall."

„Oder beging Selbstmord."

„Heiliger Wolfgott! Was soll das denn bedeuten?"

„Ich weiß nur, dass ich oft an Selbstmord dachte, als Riki starb. Das ist nicht ungewöhnlich bei wahren Verpaarungen. Ich bin sicher, im umgekehrten Fall wäre es Riki ebenso ergangen."

In all den Jahren ihrer Freundschaft hatten sie noch nie so viel über Rikis Tod geredet. Wenn Urho seinen Omega überhaupt erwähnte, dann waren es fast immer schöne Erinnerungen oder witzige Geschichten. Das traurige Ende war normalerweise ein Tabuthema.

„Nun, ich nehme an, falls Jason einen Vertrag mit mir abschließt, anstatt einen Surrogat-Omega zu nehmen, werde ich selbst herausfinden, wie stark unsere Bindung ist."

Urho schwieg erneut, und seine Miene wirkte düster und abwesend.

„Was jetzt schon wieder?"

„*Érosgápe* ist nicht, wie du es dir vorstellst."

„Was meinst du damit?"

„Es stellt sich nicht von einem Moment auf den anderen ein. Es entwickelt sich nach und nach. Der Junge ist bereits auf dich geprägt; das ist der Teil, der sich als Erstes einstellt. Und du spürst auch schon die Verbindung, aber der wirkliche Bund in all seiner Tiefe? Der wächst erst mit der Zeit, selbst mit einem Vertrag. *Érosgápe* ist nur ein anderes Wort für tiefe Liebe."

„Oh?"

„Jedenfalls meiner Erfahrung nach. Andere, mit denen ich gesprochen habe, erlebten es genauso."

„Das ist für mich schwer zu glauben." Vale spürte bereits, wie es ihn zu seinem Alpha zog. Es fühlte sich jedoch nicht im Geringsten an wie Liebe. Eher wie eine unerwartete Sucht – dringlich und nicht sehr angenehm.

„Die Aufprägung ist nicht dasselbe wie Liebe auf den ersten Blick. Aber sie kommt der Sache nahe. *Érosgápe* ist das, was danach kommt. Wenn der Vertrag geschlossen und die Verpaarung vollzogen wurde, und ihr gelernt habt, wer der jeweils andere wirklich ist. In manchen Fällen, wenn der Vertragsschluss sich in die Länge zieht, kann *Érosgápe* auch bereits in dieser Zeit einsetzen. In deinem Fall empfehle ich, diese Phase so lange wie möglich auszudehnen. Lass dem Kleinen etwas Zeit, erwachsen zu werden, damit er eine kluge Wahl mit seinem Verstand treffen kann, an Stelle einer dummen mit seinem Schwanz."

„Nennst du mich eine dumme Wahl?"

„Ich nenne das hier eine komplizierte Situation, die sich nicht dadurch lösen lässt, dass er dich in der Öffentlichkeit anspringt."

„Wohl wahr." Vale seufzte, stellte das Schüreisen in den Halter neben dem Kamin, und setzte sich endlich auf das Sofa. Das Leder war vom Feuer angewärmt und fühlte sich gemütlich an seinem Rücken an. „Ein anderes Wort für Liebe, hm? Wieso mussten wir ein anderes Wort dafür erfinden? War Liebe nicht gut genug?"

„Nein. Liebe umfasst viele verschiedene Dinge. Teufel, du und ich lieben einander, auch ohne den instinktiven Drang zur Verpaarung. Und du hast deine Eltern geliebt, und du liebst deine hässliche Katze." Urho nickte zu dem silberfarbenen Fellknäuel unter Vales Schreibtisch, wo Zephyr schlief – eine ausgesprochen schöne, ausgesprochen weibliche Katze, wie nur nicht-menschliche Kreaturen es noch sein konnten. „Aber *Erosgápe* ist für immer und gesetzlich festgeschrieben. Als *Erosgápe* empfindest du Liebe auf einem völlig neuen Level von neuer, unzerstörbarer und ewiger Dauer. Aber es gibt nicht so etwas wie ein schlagartiges Klicken oder einen plötzlichen Wandel für Omegas. Es stellt sich fast unmerklich ein, bis sie merken, verdammt, ich würde für ihn sterben. Nicht nur theoretisch, sondern buchstäblich. Sowohl Alphas als auch Omegas würden sich für den anderen in Stücke reißen und den eigenen Kopf auf einem Silbertablett servieren, wenn sie damit Leben und Glück ihres Partners sichern könnten."

Vale schloss die Augen. „Mein Pater starb bei dem Versuch, meinen Vater davor zu bewahren, von einem Feuerwehrzug über-fahren zu werden. Sie wurden beide getötet." Das hatte er Urho noch nie erzählt. Er hatte ihm nur gesagt, seine Eltern wären durch einen Unfall ums Leben gekommen. Urho, der selbst Trauer erfahren hatte, hatte keine Fragen gestellt. „Aber dasselbe hätte er auch für mich getan. Die Liebe kann nicht so anders sein."

„Ich habe keine anderen Worte, um es dir zu erklären", sagte Urho mit gepresster Stimme. „Es ist anders als jede andere Liebe. Wenn du es erlebst, dann wirst du es verstehen. Es ist langsam und plötzlich zugleich."

„Fühlst du danach mehr?"

„Wie meinst du das?"

„Fühlst du dich vollständiger?"

„Ha." Urho nahm einen großen Schluck von seinem Bourbon. „Nein. Es fühlt sich eher an, als wärst du dir ständig eines Defizits bewusst, als würdest du gierig danach hungern, es mit deinem *Érosgápe* auszufüllen, aber eure Seelen würden nie vollkommen verschmelzen. Aber während der Hitze und der Fortpflanzung kommst du diesem Ziel so nah, dass es für Stunden wie der Himmel ist."

Vale stellte die Frage, die er seit Jahren zurückgehalten hatte. „Wie ist Riki gestorben?"

Urho erstarrte, und für einen langen Moment glaubte Vale, er würde nicht antworten. „Fehlgeburt. Die Schwangerschaft war bereits recht fortgeschritten, und das Kind war missgebildet, mit einem großen Kopf. Es konnte nicht durch den Geburtskanal. Riki verblutete. Ich konnte es nicht aufhalten."

Vale schauderte bei dem Gedanken daran, welche Bürde Urho tragen musste. „Tut mir leid."

„Die Geburt ist für jeden Omega ein Risiko, unabhängig vom Alter. In meiner Zeit als voll berufstätiger Arzt habe ich viele Geburten schiefgehen gesehen. Und wenn ich heutzutage ehrenamtlich in den Slums praktiziere, sehe ich jede Menge gefährliche Geburten. Nicht wenige enden mit dem Tod."

„Ich weiß nicht, wie du das machst. Wie hältst du das aus, das Elend, den Tod?"

„Wenn alles gut geht, ist eine Geburt etwas Wunderschönes. Und wenn nicht alles glatt läuft, werde ich gebraucht." Urho zuckte die Achseln. „Wie gesagt, es ist immer gefährlich für Omegas. Dem kann ich nicht den Rücken kehren. Was wäre Rikis Leben wert, wenn ich nicht versuchte zu helfen?"

Vale wurde es warm ums Herz, und er bekam einen Kloß in der

Kehle.

Urho fuhr fort: „Omegakörper wurden nicht von Wolfgott erschaffen, wie die heiligen Bücher sagen, sondern von Menschen. Hätte der Göttliche seine Hand im Spiel gehabt, hätte er ihre Körper zweifellos widerstandsfähiger und die Geburt leichter gemacht. Unsere Hüften sind nicht weit genug, und das Rektum hat die schreckliche Neigung zu reißen. Und dann passiert es viel zu häufig, dass der Omega eine Sepsis erleidet. Die Chancen für einen gesunden Geburtsverlauf in deinem Alter und mit deinem Narbengewebe sind fast zu erschreckend, um sie auch nur zu erwägen. Besonders, wenn die Geburt nicht früh eingeleitet wird, wie ich vorschlug."

Vales Herz zog sich zusammen, auch wenn er das bereits gewusst hatte. „Sag es, wie es ist, Urho. Nimm nur keine Rücksicht auf meine Gefühle."

„Ich nehme viel Rücksicht auf deine Gefühle, mein Freund. Es ist dein Leben, um das ich fürchte, und ich bin nicht sicher, ob dein junger Alpha begreifen kann, welchen Verlust die Welt erleiden würde, solltest du bei der Geburt sterben."

„Wie dramatisch. Die Welt wird ohne meine kleinen Gedichte zurechtkommen."

„Verdammt, ich rede von deinen Freunden und deinen Studenten, die ihren Freund und ihren Lehrer vermissen werden. Aber was deine Dichtkunst angeht … natürlich wäre es ein Verlust. Deine Gedichte sind der höchste Ausdruck dessen, was es bedeutet, menschlich zu sein, Vale. Spiel ihre Bedeutung nicht herunter."

„Du bist so verliebt in mich." Vale lachte. „Streite es nicht ab. Ich meine nicht als *Érosgápe* offensichtlich, aber es ist doch mehr als nur Freundschaft. Niemand, der mich nicht liebt, wäre so leidenschaftlich, was meine Kritzeleien angeht. Und ja, ich teile deine Zuneigung nach all den Jahren. Aber ernsthaft, Urho? Meine Gedichte sind nur einige unter Tausenden, wenn nicht gar

Millionen dieser sogenannten höchsten Ausdrucksformen der Menschlichkeit. Der Mann, der die Sprache von Wanderratten studiert und Jahre auf dem Bauch liegend verbringt, mit einem winzigen Mikrofon und in der Hoffnung, irgendwie einen Sinn in ihrem Geschnatter zu entdecken, ist genauso sehr menschlich wie der Spinner, der nachts an seinem Schreibtisch hübsch Worte aneinander reiht und tagsüber seine Studenten lehrt, nicht die grundlegende Grammatik hinzuschlachten. Vielleicht sogar mehr."

„Versprich mir, keinen Vertrag mit diesem Kind einzugehen, ohne ihm vorher deine Gedichte zu zeigen. Wenn er ihren Wert nicht erkennt, wenn er sie nicht zu schätzen weiß, dann gib dich ihm nicht hin. Weigere dich. Sag, dass die Bedingungen nicht tragbar sind. Das ist dein legitimes Recht."

Die Vorstellung, dem starken, jungen Alpha, der ihn in der Bibliothek überfallen hatte, seine Gedichte zu zeigen, klang absurd, irgendwie sogar noch absurder, als mit ihm einen Vertrag zu schließen und ihn zu ficken. Vielleicht war es das, was Urho gemeint hatte, als er sagte, die Bindung des *Érosgápe* verliefe langsamer als die instinktive Prägung zwischen Alpha und Omega.

„Versprich es mir", drängte Urho.

„Ich liebe dich auch, teurer Freund", sagte Vale, lächelte müde und versprach nicht das Geringste. „Ich liebe dich sehr."

KAPITEL 5

J ASON ERWACHTE IN seinem alten Zimmer im Haus seiner Eltern und starrte in den blauen Himmel draußen vor dem Fenster. Sein Herz hämmerte gegen seine Rippen, während er im Kopf die Ereignisse des gestrigen Tages durchging.

Er drehte sich auf die Seite und kauerte sich eng zusammen, als ihn eine Welle unerträglicher Freude und Sehnsucht zugleich packte. In der vergangenen Nacht hatte man ihm Alphastiller verabreicht, eine Droge, die Alphas half, zu Beginn der Prägung zivilisiert zu bleiben, falls sie aus irgendwelchen Gründen nicht sofort den Vertrag mit ihrem Omega sichern konnten.

Die Wirkung des Medikaments war nicht unangenehm, wenn sie auch nicht so viel Spaß machte wie das milde Halluzinogen, das er und Xan während der Highschool einige Male von den Jungs aus der Oberstufe geschnorrt hatten. Das war total witzig gewesen; er hatte kleine Blumen und Vögel gesehen, die um ihn herumge-schwirrt waren und sich mit ihm auf Altitalienisch unterhalten hatten.

Alphastiller jedoch fühlte sich eher an wie eine ruhige, kühlende Brise in seinem Blutkreislauf. Es machte seine Sinneswahrnehmung etwas weniger intensiv, nachdem seine Alphahormone durch die Aufprägung ausgeschüttet worden waren, aber es machte Jason nicht so nutzlos wie das Sedativum, das die Sicherheitsleute ihm in der Bibliothek injiziert hatten. Jedenfalls hatte es ihm gestern Abend geholfen, seine Erregung und seine Ängste so weit zu dämpfen, dass er in den Schlaf gefunden hatte. Jetzt aber ließ die Wirkung nach.

Jason bebte vor Energie. Er fragte sich, was sein Omega jetzt wohl tat, wo er sich aufhielt, wie er sich über die Ereignisse fühlte.

Kanzler Rory hatte gestern nicht besonders optimistisch geklungen, und die Polizisten hatten während der Befragung den Eindruck gemacht, als würden sie Jason auf irgendeine Art bemitleiden, die er nicht ganz begriff. Und dann war da noch die erhitzte, im Flüsterton geführte Diskussion seiner Eltern gewesen. Jason hatte versucht wach zu bleiben, um sie zu belauschen, aber nach mehreren Dosen Alphastiller war er zu schläfrig geworden, und sein Vater hatte ihn zu Bett gebracht.

Er erinnerte sich daran, wie erschöpft Vaters Gesicht ausgesehen hatte, als er Jason mit der ihm eigenen Zärtlichkeit zugedeckt hatte.

„Es wird alles gut werden, Junge", hatte er gesagt, Jasons Haar gestreichelt und seine Stirn geküsst, ganz so wie früher, als Jason noch ein kleiner Junge gewesen war. „Wir werden alles für dich regeln, so wie es am besten für dich ist."

Pater hatte in der Tür gestanden, einen Drink in der Hand – Whisky, was bedeutete, dass er gestresst war – und Vater hatte sich erhoben und war zu ihm gegangen. Sie beide hatten Jason von der Tür aus angestarrt. Zwei dunkle Silhouetten vor dem gelben Licht der Flurlampen. Jason hatte versucht, wach zu bleiben, um aus dem Bett zu klettern und ihnen durchs Haus zu folgen, zu ihrem Flügel, und dann an ihrer Tür zu lauschen.

Selbst in seinem betäubten Zustand war ihm bewusst gewesen, dass er ein Alpha in einer ungewöhnlichen Lage war, und er konnte nicht zulassen, dass sie ihn wie ein Kind behandelten. So konnte man keinen Omega beeindrucken. Ganz besonders keinen älteren. Aber dazu musste Jason gewisse Dinge wissen, und seine Eltern versorgten ihn nicht mit allen Fakten, sondern nur mit denen, die er ihrer Ansicht nach hören sollte.

Dann jedoch hatte der Schlaf ihn übermannt, ihn gierig eingesogen und erst im Licht des Morgens wieder ausgespuckt.

Dasselbe Licht, das jetzt über den Fußboden seines Zimmers wanderte. Die Schatten der Bäume, deren Äste sich im Herbstwind wiegten, tanzten vor dem Fenster und kühlten das Zimmer.

Jason setzte sich behutsam auf, aber zum Glück verursachte Alphastiller keinen Kater, nicht so wie der Brandy, von dem Xan an ihrem ersten Tag an der Uni eine Flasche aus dem Barschrank seines Vater gestohlen und ins Wohnheim geschmuggelt hatte. Sie hatten die ganze Flasche geleert und dann gefickt. Und dann hatten sie noch mehr gefickt. Nach dem Konsum von so viel Alkohol war es Jason schwer gefallen zu kommen, aber Xan hatte sich genau so lüstern aufgeführt wie manche der Omegas in den Lehrfilmen.

Der nächste Morgen war peinlich gewesen. Xan hatte alles vollgekotzt, und Jason hatte der Kopf gedröhnt.

Von Xans üblichen Schuldgefühlen gar nicht zu reden …

Als Jason den Kopf drehte, entdeckte er auf seinem Nachttisch ein Glas Wasser und vier weitere Alphastiller-Pillen. Sie glänzten im Sonnenlicht. Sie waren blau und hatten die Größe von kleinen Perlen an einer Kinderhalskette. Jason trank zunächst einen Schluck Wasser, um seinen Mund zu befeuchten, dann nahm er die Pillen in die Hand und betrachtete sie.

Was würde passieren, wenn er sie nicht einnahm? Würde der Drang der Aufprägung, das Bedürfnis, bei seinem *Érosgápe* zu sein, ihn so überwältigen, dass er irgendetwas Verrücktes tat? Würde er aus dem Fenster klettern und durch die Straßen bis zur Oak Avenue rennen, um dort an Vales Tür zu hämmern, bis ihm Einlass gewährt wurde oder er sich vollends zum Narren machte? Oder bis erneut die Polizei kommen musste?

Jason kniff fest die Augen zu und umklammerte die Pillen in seiner Faust. Er ließ sich von dem Gefühl durchströmen, dem ziehendem Verlangen, dem Bedürfnis, sich zu verpaaren und auf ewig zu binden. War es schmerzhaft oder beglückend? War es beides? Es fühlte sich an wie eine offene Wunde, etwas, das einer

Behandlung bedurfte. Und der einzige Balsam war Vales Gegenwart.

Vale.

Wer war er überhaupt? Was wusste Jason eigentlich über ihn?

Ein Professor.

Ein Mann mit schwarzem Haar (und grauen Schläfen, Xan zufolge).

Ein Mann mit moosgrünen Augen.

Mit einer Stimme, die Jason unter die Haut ging, fest und doch lieblich.

Aber all das war nicht die Wirklichkeit. Es war Instinkt und Pheromone und Prägung.

Wer war Vale? Was für ein Charakter war er? Er hatte lange Zeit allein gelebt.

Vale würde nicht so sein wie einer der jungen Omegas, die frisch aus Mont Juror kamen. Nicht wie die Sorte Omega, die Jason als seinen *Érosgápe* erwartet hatte und bei dem es keine Hindernisse zu überwinden gab, außer vielleicht unterschiedliche Ansichten über Sportmannschaften und Ferienziele.

Nein, Vale würde feste Ansichten vertreten, die das Leben geformt hatte. Er würde Erfahrungen hinter sich haben, zu denen Jason erst noch aufholen musste. Es gab viel zu berücksichtigen.

Jason nahm eine der Pillen und spülte sie mit einem Schluck Wasser hinunter. Er wartete einige Minuten neugierig ab, wie schnell sich eine Wirkung einstellen mochte. Ob eine so kleine Dosis überhaupt Wirkung zeigen würde. Sein Blick folgte den wogenden Schatten der Äste.

Irgendwo in der Oak Avenue befand sich ein Mann, der Jason gehörte.

Ein Mann, über den er nichts wusste.

Ein Mann, den seine Eltern als Bedrohung betrachteten.

Sein Alphainstinkt suchte unentwegt, summend wie schwache

Elektrizität, die ihn durchströmte.

(Wo, wo, wo ist er – gestern war er noch da – wo ist er jetzt?)

Dann setzte die Wirkung des Alphastillers ein und dämpfte den Drang ein wenig. Als würde man den Lautstärkeregler an Paters neuem Radio eine Stufe herunterdrehen. Brauchte Jason wirklich vier von diesen Pillen? Wurde er so versklavt von seinem Körper, dass er sich ganze vier Stufen herunterdrehen musste?

Vielleicht noch eine zweite.

Jason schluckte eine weitere blaue Pille und trank das Wasser aus.

Er rollte sich aus dem Bett und ging in das anliegende Bad. Eine Tür führte hinaus in den Flur, und die andere in sein Zimmer. Er schloss beide ab, dann pinkelte er, duschte und rasierte sich.

Er ließ sich Zeit, um kein Härchen zu übersehen, obwohl er innerlich bebte. Eine Art Plan wuchs in seinem Kopf. Jason wusste, das Wichtigste bei jedem Plan war es, das gewünschte Ziel nicht aus den Augen zu verlieren – in seinem Fall: mehr über Valendo Aman herauszufinden.

Darauf zu warten, dass seine Eltern sich mit Vale in Verbindung setzten und ein Treffen vereinbarten? Abzuwarten, bis der Privatdetektiv, den sein Vater zweifellos noch gestern Abend beauftragt hatte, irgendetwas Übles über Vale ausgegraben hatte? Oder wie ein braves Schaf dazusitzen und ein sorgsam arrangiertes Treffen mit Anwälten und Familienoberhäuptern abzuwarten? Nichts davon würde ihm die Informationen verschaffen, die er jetzt brauchte.

Es gab wirklich nur einen Weg, um an sie zu kommen.

Er kämmte sein blondes Haar, bis es glatt und glänzend war, und bedauerte seinen Mangel an Muskeln, dann kleidete er sich rasch in die nächstbesten Sachen, die er zur Hand hatte: eine Khakihose, ein schlichtes blaues Hemd und Sneakers.

So leise wie möglich ging er zurück in sein Zimmer und öffnete das gut geölte Schiebefenster, kletterte hinaus auf das abgeschrägte Dach darunter und rutschte am Weinspalier hinab.

Seine Schuhsohlen landeten mit einem dumpfen Geräusch auf der Erde, dann war er auch schon unterwegs. Den Gehsteig hinunter, über die Straße, in Richtung Oak Avenue und Valendo Aman.

Er benötigte keine Adresse. So aufgedreht, wie er war, würde er den Duft seines Omegas aus einem Kilometer Entfernung wittern.

Der Alphastiller rann sanft durch seine Adern, und er war zuversichtlich, seine Impulse mit der halben Dosis dessen, was seine Eltern bereitgelegt hatten, beherrschen zu können. Dennoch hatte er die beiden anderen Pillen eingesteckt, nur um auf Nummer sicher zu gehen.

Unterwegs bewunderte Jason den herrlichen Morgen. Die Straßen waren frisch gefegt – die Stadt hatte erst vor Kurzem neue Reinigungsfahrzeuge erworben. Leute eilten zur Arbeit oder zur Schule, und verspätet fiel Jason ein, dass er gerade Kurse verpasste. Er würde Xan später um dessen Notizen bitten.

Die neueste Mode bei vergebenen Omegas waren goldene Broschen in Form eines Kreises. Sie wurden am Kragen getragen und signalisierten jedem neugierigen Alpha, dass der Omega nicht für einen Vertrag oder eine Leihpaterschaft zur Verfügung stand, und auch nicht für ein bisschen Sex zum Vergnügen. Jason fiel auf, dass manche Omegas einen goldenen Kreis trugen, andere einen in Silber, und ein offenbar sehr wohlhabender Omega trug einen Kreis aus Diamanten an seinem frisch gestärktem Hemd, das in einer modisch geschnittenen Hose mit dickem Ledergürtel steckte.

Jason nickte dem Mann im Vorbeigehen zu. Er wusste, sein Pater würde nie so eine Brosche tragen, denn er fand sie entwürdigend. Aber dieser Gedanke verflüchtigte sich beim Anblick zweier verpaarter Männer, die vor dem Eingang der Bäckerei miteinander lachten.

Sie gehörten offensichtlich demselben Geburtsjahrgang an. Beide lässig gekleidet, als wären sie vielleicht in den Ferien, gerade erst aus dem Bett gefallen und als Erstes in die Stadt spaziert, um die heißen Kaffees zu genießen, die in den Bechern in ihren Händen dampften. Sie teilten sich einen Snack aus einer weißen Papiertüte, in die sie abwechselnd hineingriffen.

„Mein Lieblingsgebäck!", rief der Dunkelhaarige aus und zog ein Stück klebrig-süßes Brot aus der Tüte, das nach Zimt duftete.

Sein Alpha erbebte geradezu vor Freude über das Lob und zog den Omega an sich, um ihm einen Kuss auf die Stirn zu drücken. „Als würde ich das je vergessen."

Was war Vales Lieblingsgebäck? Oder seine Lieblingsfarbe? Wo verbrachte er gern seine Ferien?

Jason drehte sich der Magen um, und eine seltsame Panik stieg in ihm auf. Was, wenn Vale nicht gern ans Meer fuhr? Was, wenn das Strandhaus, wo Jason die meisten Sommer seines Lebens zugebracht hatte, zugunsten von abenteuerlichen Reisen in schneebedeckte Berge und eiskalte Zelte verlassen blieb, nur damit Jason einem Mann zu Gefallen war, den er erst ein einziges Mal gesehen hatte?

Wer war Vale? Was hatte es mit dem *Érosgápe* auf sich, dass Jason diesen überwältigenden Drang verspürte, ihn glücklich zu machen? Was würde Jason dafür alles tun?

Er ballte seine Hände zu Fäusten und kämpfte gegen den Strudel von Emotionen.

Genau das wirst du ja nun herausfinden, du Idiot. Beruhige dich.

Die Oak Avenue lag in einem guten Stadtviertel, auch wenn die Bauten im Gegensatz zu dem hoch aufragenden Wohnkomplex, in dem Jasons Eltern lebten, eher durchschnittlich und nach Mittelklasse aussahen. Aber Vales Haus war schön ausgestattet mit einer schattigen Vorderveranda und einem gepflegten Zuweg. Üppige Sträucher und Büsche lugten um die Rückseite, wo es offenbar einen wild wuchernden Garten gab. Die Holzverschalung war in einem Meerblau gestrichen, was Jasons Panik wegen des Strandhauses sogleich linderte. Ein Mann, der ein Haus in der Farbe des Ozeans bewohnte, konnte das Meer nicht hassen, oder?

Die breiten Fenster an der Vorderseite waren geöffnet und ließen die kühle Morgenluft hinein. Die Haustür war dunkelbraun lackiert. Direkt daneben gab es ein hohes, schmales Fenster – ebenfalls geöffnet – und im oberen Stock noch eins. Eine weiße Spitzengardine wehte hin und her.

Aber als Jason zur Rückseite des Hauses schlich, blieb er wie angewurzelt stehen. Schon am Rand des Grundstücks nahm er den Duft der Haut seines Omegas in der Brise wahr und atmete tief ein. Die Fenster hier waren beeindruckend und ließen vermuten, dass der Garten einst ein Ort voller Stolz gewesen war. Jetzt war er ein einziges Durcheinander, wenn auch von wilder Schönheit: Rote, gelbe und orangefarbene Blüten bildeten einen dichten Teppich, und der Geruch von zerdrückten und welkenden Rosen mischte sich unter Vales Omega-Aroma, bis Jason das Gefühl hatte, vor Lust ohnmächtig zu werden.

Er riss sich zusammen und trat einen Schritt näher.

Du hättest an die Vordertür klopfen sollen wie eine respektable Person.

Der Gedanke schoss ihm durch den Kopf, während er sich im Schutz des Gartens den Fenstern näherte und die Minze unter seinen Füßen in Duftschwaden explodierte.

Er war nicht hier, um eine respektable Person zu sein.

Das war es, was seine Eltern daheim an seiner Stelle taten. Sie würden ihren Anwalt damit beauftragen, Vales Anwalt zu kontaktieren, und dann würden sie sich alle in einem neutralen, formellen Raum treffen und sich verhalten, als ginge es um eine geschäftliche Angelegenheit, und nicht um so unendlich viel mehr.

Er war hier, um herauszufinden, wer Vale wirklich war, bevor

Anwälte und Verträge dazwischenkamen.

Die Fenster an der Rückseite des Hauses waren ebenfalls geöffnet, und als Jason näher kam, hörte er eine Stimme. *Die* Stimme. Ganz rau vor Zorn. Jasons Nackenhaare stellten sich auf. Worüber war sein Omega so wütend? Gegen wen musste Jason vorgehen?

„Dann muss ich also den Preis bezahlen?"

Eine zweite Stimme drang an Jasons Ohr, und er musste ein Knurren unterdrücken, bis ihm klar wurde, dass die Stimme aus einem dieser neumodischen Freisprecheinrichtungen auf Vales ziemlich unordentlichen Schreibtisch kam. Jason blinzelte; seine Hände zitterten. Das war Vales Arbeitszimmer. Er schaute in Vales Haus.

Stapel von Papieren flatterten in der Brise, von strategisch platzierten Büchern und Kaffeebechern an Ort und Stelle gehalten. Auf einem Ledersofa waren Decken und Kissen verteilt, so als hätte Vale in seinem Büro übernachtet anstatt in seinem Schlafzimmer. Ein Sessel und Bücherregale füllten den übrigen Raum, und im offenen Kamin türmte sich kalte Asche.

Wo war Vale?

„Es ist keine Strafmaßnahme", tönte es aus dem Lautsprecher, und Jason erkannte Kanzler Rorys Stimme. „Es ist einfach nur unmöglich, dass du als der vertraglose *Érosgápe* eines aufgeprägten Alphas auf dem Campus verbleibst. Das musst du doch verstehen. Du bist alt genug, um gesehen zu haben, wie gewalttätig so etwas werden kann. Bevor die Verpaarung vertraglich besiegelt, vollzogen und offiziell gemacht wurde, kannst du nicht auf dem Campus arbeiten."

Vale sprang aus dem Lehnsessel, der ihn bis dahin vor Jasons Augen verborgen hatte. Er ging zu seinem Schreibtisch und stützte sich vor dem Lautsprecher auf seine geballten Fäuste. „Und was soll ich bis dahin tun? Verhungern?"

„Abgesehen davon, dass ich angesichts deiner Erbschaft ernsthaft daran zweifele, dass du auf dein Einkommen angewiesen bist – dein Alpha ist recht wohlhabend. Die Sabels werden nicht zulassen, dass es dir finanziell an etwas mangelt. Ich bin sicher, sie werden dir ein angemessenes Unterhaltsgeld bewilligen."

Vales Wangen wurden noch blasser, und Jason hätte Kanzler Rory am liebsten durchs Telefon geschlagen, obwohl er nicht wusste, warum. Natürlich würde er nie zulassen, dass es Vale an irgendetwas mangelte, sofern er es verhindern konnte.

„Ich bin ein erwachsener Mann und gewohnt, mich selbst zu versorgen. Ich will keine Almosen."

„Das sind keine Almosen, Vale, sondern dein Recht als Omega."

„Ich liebe meinen Job, Rory. Was begreifst du daran nicht?"

„Ich verstehe das nur zu gut. Das Ganze ist eine unglückliche Situation, aber es geht nun mal nicht anders. Wir werden deine Position für dich freihalten, bis dein Vertrag steht und du rechtskräftig verpaart bist. Oder er sein Studium abgeschlossen hat. Was immer zuerst passiert."

„Das ist ja lächerlich! Ich kann doch nicht von allen Alphas abgeschirmt werden, nur weil es ihn vielleicht betrüben könnte. Es gibt Tausende von Alphas auf der Straße, Rory. Ich muss nur aus dem Haus gehen, und einer steht direkt vor mir."

„Für diese Alphas bin ich nicht verantwortlich. Niemand wird mich verklagen oder ins Gefängnis werfen, wenn Jason durchdreht und einen von ihnen zu Brei schlägt. Und die meisten der Alphas auf der Straße sind älter und erfahren und werden sich nicht so leicht einen Fehltritt leisten, falls du in eine unerwartete Hitze kommst und–"

„Ich bin fünfunddreißig Jahre alt! Ich hatte in meinem ganzen Leben noch nie eine unerwartete Hitze."

„Du bist auch noch nie den Pheromonen deines eigenen Alphas

ausgesetzt gewesen. Das verändert die Dinge."

Vale war aufgebracht und atmete schwer, was Jasons Puls zum Rasen brachte.

„Es tut mir leid, Vale. Ehrlich." Es entstand ein Augenblick des Schweigens, und als Vale nicht antwortete, fuhr der Kanzler fort: „Ich werde Jon Biers bitten, sich wegen der Kurspläne und deiner aktuellen Notizen mit dir in Verbindung zu setzen. Wirklich, so schlimm muss das alles gar nicht sein, alter Freund. Genieße deinen Urlaub."

„Für zwei Jahre?"

Vale verzog das Gesicht, als der Kanzler erstaunt schnaubte. „Dann hast du also vor, ihn warten zu lassen?"

„Ich kenne den Jungen doch gar nicht! Ich war gestern Nachmittag vielleicht zehn Minuten lang in seiner Gegenwart. Erwartest du von mir, dass ich mich bei unserer ersten wirklichen Begegnung auf den Boden werfe und mich ihm präsentiere?"

„Manche tun das."

„Ja, Jungs mit anderen Jungs. Naive Kinder ohne Vergangenheit oder irgendwelche Zukunftspläne, die etwas anderes beinhalten als den jeweils anderen."

„Oh, Vale." Kanzler Rory seufzte schwer. „Würde es dir besser gefallen, es ein Sabbatjahr zu nennen?"

„Nicht wirklich."

„Schreib ein paar Gedichte. Veröffentliche sie. Nimm dir Zeit, deinen Alpha und dich selbst kennenzulernen. Die Welt wird solange auf dich warten."

Vale beendete den Anruf, ergriff einen flachen, runden Briefbeschwerer vom Tisch und warf ihn mit einem frustrierten Aufschrei an die gegenüberliegende Wand. Der Briefbeschwerer hinterließ einen tiefen Abdruck in dem korallenroten Anstrich und landete mit einem lauten Knall auf dem Boden.

„Die Welt wird solange warten?", schrie Vale. „Fick dich! Ich hatte ein *Leben*, verdammte Scheiße.“

Jason starrte seinen Omega fasziniert an, verzaubert von der erhitzten Röte, die in dessen offenem Kragen über den Schlüsselbeinen erblühte.

Vale wirbelte herum; seine Augen funkelten, und sein Haar stand wild in alle Richtungen, als hätte er daran gezerrt. Sein erschrockenes Keuchen war wundervoll, wie ein Vorgeschmack auf zukünftige Laute, die er eines Tages von sich geben würde – hoffentlich *nicht* erst in zwei Jahren.

Und Vale *wurde* grau, Xan hatte recht. Aber er war groß und schlank, wunderschön und stark. Das grüne, seidige Hemd ließ seine Augen noch intensiver leuchten, und seine schwarze Hose passte zu seinem Haar. Er war hinreißend.

„Ich rufe die Polizei“, flüsterte Vale, während er Jason mit großen Augen anstarrte und sich langsam wieder seinem Schreibtisch näherte.

Erschrocken wurde Jason bewusst, dass Vale ihn direkt ansah, direkt zu ihm sprach und vor Angst erregt atmete.

„Ich werde dir nichts tun“, sagte Jason und hob beschwichtigend die Hände. „Es tut mir leid; ich wollte dich nicht erschrecken.“

„Stalking ist gegen das Gesetz. Selbst zwischen *Érosgápe*.“ Vales Hand streckte sich zum Telefon.

Jason sog scharf den Atem ein. Wolfgott, er war der *Érosgápe* dieses Mannes! Es hörte einfach nicht auf, überwältigend und atemberaubend und schreiend surreal zu sein. „Nein“, flüsterte er. „Ich stalke dich nicht.“

„Sondern?“

„Ich …“ Jason verstummte.

Er war zum Spionieren hergekommen. Um herauszufinden, wer Vale Aman war. Aber er war ohne konkreten Plan hier. Er hatte nur gewusst, dass er Vale wiedersehen musste, seine Stimme hören, sehen, was seine eigenen Sinne und sein eigener Verstand ihm sagen konnten. Und jetzt steckte er so tief drin, dass er nicht wusste, wo oben und unten war.

„Private Telefongespräche zu belauschen, ist ebenfalls illegal."

„Ich wollte …"

„Du wolltest was?"

„Ich wollte dich nur sehen."

„Ich bin sicher, das wolltest du." Herablassung vergiftete die Honigstimme. „Der Anwalt deiner Eltern hat heute morgen bereits angerufen, um das zu arrangieren. So wird das gemacht, Jason."

Jason.

Er hatte seinen Namen gesagt. Die bebende Zischen auf dem „S" vibrierte in Jasons Schädel und füllte ihn mit glühenden Funken.

„Sag noch einmal meinen Namen."

Vale seufzte und massierte seinen Nasenrücken zwischen Daumen und Zeigefinger. „Wir sollten deine Eltern anrufen, damit sie kommen und dich abholen, bevor die Sache außer Kontrolle gerät."

Der innere Funkenflug ließ nach, und das Feuerwerk verwandelte sich in kalte, wirbelnde Asche.

„Du … du wolltest mich nicht sehen." Jason begriff diese Tatsache, als er die Worte laut aussprach. „Ich dachte …"

Was *hatte* er gedacht? Er hatte gehandelt, ohne richtig nachzudenken, um ehrlich zu sein.

Vale ließ seinen Nasenrücken los, und seine Arme fielen schlaff zu beiden Seiten herunter. „Natürlich wollte ich dich sehen. Ich bin schließlich nicht immun gegen dich." Er hob eine Hand, um jedem Versuch seitens Jasons zuvorzukommen, womöglich durch das offene Fenster hereinzuklettern. „Aber das hier – allein hierher zu kommen – das ist gefährlich, Jason. Und es verstößt gegen das Protokoll."

„Das Protokoll sagt uns nichts Reales übereinander.“

„Reales?“

„Ja. Wie …“ Er zermarterte sich das Gehirn, suchte nach Worten, um es zu erklären. „Du weißt, dass ich dich sehen will, aber weißt du auch, warum?“

„Du bist getrieben von dem Instinkt, den Omega aufzusuchen, auf den du geprägt bist.“

„Ja! Genau so ist es! Und hast du eine Ahnung, wie beängstigend das ist? Wie seltsam ich mich fühle? Wie ein Fremder, zitternd vor Sehnsucht und dem Drang, dir zu Gefallen zu sein, und dabei kenne ich dich nicht einmal!“

Er hörte sich durchgedreht an, und er legte alles offen. Den ganzen Stapel von Karten, die in diesem Spiel jederzeit gegen ihn eingesetzt werden konnten. Das war es, was dieses kleine Abenteuer für ihn bedeutete, und tief in seinem Inneren hatte er das von Anfang an gewusst. Aber er hatte sich nicht bremsen können, hatte sich die Hoffnung nicht versagen können.

Vale starrte ihn an. Seine dunklen Wimpern umrahmten seine Augen wie das Make-up, das manche der älteren Alphas und Omegas trugen, wenn sie die örtlichen Jazzclubs besuchten. Jason hatte Bilder von ihnen in den Gesellschaftsspalten der Zeitung gesehen. Aber Vale trug kein Make-up. Er war einfach von natürlicher Strahlkraft.

Oder die Pheromone ließen ihn in Jasons Augen so erscheinen. Noch so eine Sache, der Jason nicht wirklich trauen konnte.

„Du findest das beängstigend?“

„Ja!“

„Hm.“ Vales Mundwinkel verzogen sich zu einem bitteren Lächeln. „Ich gebe zu, dass ich es nicht aus deinem Blickwinkel betrachtet habe. Es ist schwer, an unsere animalische Natur erinnert zu werden. Wir glauben gern, darüber zu stehen. Wir halten uns für so intelligent, einzig geleitet von unserem moralischen Kompass, aber in Wirklichkeit und ganz tief im Inneren sind wir nur das." Er gestikulierte zwischen ihnen hin und her. „Für einen Omega wird das bei seiner Hitze unmissverständlich und erschreckend klar. Es macht nur Sinn, dass die Aufprägung eine ähnliche Wirkung auf Alphas hat."

„Ich wollte etwas über dich erfahren", flüsterte Jason. „Etwas für mich selbst. Nicht irgendeine Information aus dem Bericht des Privatdetektivs meines Vaters, oder ein Detail aus einem Vertrag."

„Du hättest es mit Telefonieren versuchen können. Deine Eltern haben meine Nummer. Oder du hättest sie bei der Auskunft erfragen können. Es gibt keine anderen Valendo Amans in der Stadt."

„Ich musste dich auch sehen."

„Warum?"

„Ich konnte mich nicht erinnern, wie du aussiehst", gestand Jason. „Nicht so richtig. Die Aufprägung passierte so plötzlich. Es war alles nur Gefühl, und mein Verstand konnte dein Bild nicht bewahren."

Vale hob die Arme. „Und wie ist dein Eindruck?"

Jason wurde die Kehle eng. „Du bist wunderschön."

„Ich bin bedeutend älter, als du erwartet haben musst."

„Deswegen siehst du kein bisschen weniger perfekt aus in meinen Augen."

Vale lächelte sanft; an seinen Augen bildeten sich kleine Fältchen. „Das ist sehr lieb von dir."

„Und was ist mit mir?" Jason hob die Arme auf die gleiche Weise, wie Vale es getan hatte. „Schlaksig und noch ein Kind. Du musst enttäuscht sein."

Vale schluckte heftig und wandte den Blick ab. Er starrte auf das Loch in der Wand, das der Briefbeschwerer hinterlassen hatte. „Du bist ein hübscher Junge. Und ich weiß, dass du schon mal in den Spiegel gesehen hast. Du brauchst meine Bestätigung nicht."

„Doch, das tue ich."

Wolfgott, und wie er sie brauchte. Dringender als Luft zum Atmen.

„Dann sei versichert, dass ich dich auf eine Weise anziehend finde, die ich nie für möglich gehalten hätte."

Erleichterung und eine Welle von Lust durchströmten Jason. Er fummelte in seiner Hosentasche, bis er eine weitere Pille fand, die er hastig schluckte.

Vale runzelte die Stirn. „Was war das?"

„Alphastiller", gestand Jason verlegen.

„Okay." Vale zögerte und starrte Jason an, als wäre er etwas Wildes und Unberechenbares. „Wirkt es?"

„Ja."

Vale nickte langsam, dann lehnte er sich gegen seinen Schreibtisch und verschränkte die Arme. „Bleib da draußen, dann können wir reden."

„Wirklich?"

„Für ein Weilchen, ja. Du bist nicht der Einzige, der den Sog des *Érosgápe* spürt."

Jason wollte das so gern glauben, aber Vale wirkte so ruhig, und er selbst fühlte sich, als würde er sich auflösen. Er wollte nichts lieber, als Vale in seine Arme zu ziehen und nicht wieder loszulassen, bis er von Schweiß, Spucke und Sperma triefte. Und er hatte ganz und gar nicht den Eindruck, als wollte Vale dasselbe.

„Wie war dein Morgen bisher?", fragte Jason leise, um die Unterhaltung in Gang zu bringen.

„Ich habe meinen Job verloren. Insofern muss ich sagen, er hat nicht gerade gut angefangen."

„Ich verspreche dir, du wirst nicht den ‚Preis bezahlen' müssen", sagte Jason. „Es ist nicht deine Schuld, dass ich so lange brauchte, um dich zu finden."

„Du warst nicht einmal geboren."

„Doch, war ich. Du warst sechzehn, als ich geboren wurde. Das bedeutet, ich war vier, als du mich brauchtest."

Vales Hand zuckte, beinahe so, als wollte er nach Jason greifen, hätte es sich dann aber anders überlegt. „Und was hätte der vier Jahre alte Jason für den zwanzigjährigen Vale getan?"

„Dir Hoffnung gegeben? Auf eine bestimmte Zukunft?"

Vale zog die Brauen zusammen, und Jason wünschte sich, er könnte die richtigen Worte aus dem Hut zaubern. Er senkte den Blick und ließ die Schultern hängen.

„Ich *hatte* eine Zukunft. Alles, was passierte, bevor du gestern wie aus dem Nichts aufgetaucht bist, war diese Zukunft. Es war *mein Leben*."

„Tut mir leid." Jason blickte auf. Er hoffte, Vale würde verstehen. „Ich meinte nur, dass es vielleicht weniger schmerzvoll für dich gewesen wäre. Ich weiß nicht das Geringste über dein Leben. Ich sollte keine falschen Schlüsse ziehen. Meine Professoren sagen stets, dass man zuhören muss, um zu lernen. Ich werde mich bessern, das verspreche ich."

Vales Lippen zuckten. „Du bist jung, aber wenn das deine Einstellung ist, werden wir zurechtkommen."

„Werden wir?" Jason schlug das Herz bis zum Hals.

„Es gibt unendlich viel zu klären und zu regeln, aber du scheinst ein gutes Herz zu haben, Jason." Vales Körper entspannte sich, und sein Lächeln wirkte aufrichtig. „Das macht mich sehr froh."

„Ich will, dass dich alles an mir froh macht."

„Omegaeinfluss", murmelte Vale mit einer gewissen Verächtlichkeit.

Jason blinzelte, als er den beleidigenden Begriff aus dem schönen Mund seines Omegas hörte, der gleichzeitig implizierte, dass Jason nicht wirklich meinte, was er sagte.

„Kann sein. Aber ist das falsch? Ist das nicht, wie es sein sollte?", fragte Jason.

„Oh, du bist so jung."

Er war hergekommen, um seinen Omega besser kennenzulernen, aber jetzt schien Vale sich mit jedem Satz aus Jasons Mund weiter von ihm zu distanzieren.

„Was ist eine Lieblingsfarbe?", fragte Jason verzweifelt. Er würde keinesfalls mit völlig leeren Händen von hier weggehen.

Vale tat ihm den Gefallen. „Blau."

„Jegliches Blau? Oder ein bestimmter Ton?"

Vale neigte nachdenklich den Kopf zur Seite und biss sich auf die Unterlippe. „Warte. Ich habe ein Stück Stoff, ein altes Lesezeichen."

Er ging tiefer in den Raum, und Jason, der ihm am liebsten nachgeklettert wäre, lehnte sich an den Fenstersims, um den Abstand zwischen ihnen bei den erträglichen, wenigen Metern von zuvor zu belassen. Er riss sich jedoch zusammen und wartete, den Blick fest auf Vale geheftet, während der in einer überfüllten Schublade seines Schreibtisches wühlte und schließlich ein kurzes, blaues Band herauszog, mit einem goldenen Stern auf der einen, und Worten auf der anderen Seite.

Vale brachte es ans Fenster und hielt es hoch. „Dieses Blau."

„Kräftiger als Entenei, aber nicht ganz so intensiv wie Kornblume."

„Es nennt sich Coelinblau."

„Ja?" Jason streckte seine Hand nach dem Band aus, und Vale ließ es ihn nehmen, vermied jedoch sorgfältig jeden Hautkontakt. Der Stoff war weich und abgegriffen, aber die Farbe noch immer leuchtend. Die Worte lauteten POET DES JAHRES. Jason fuhr sie mit der Fingerspitze nach. „Hast du diesen Preis bekommen?"

„Habe ich. Während meines letzten Jahres in Mont Juror." Vale lachte leise, und der liebliche Laut jagte kleine Stromstöße an Jasons Rückgrat hinauf. „Das Gedicht trug den Titel ,Sonnenuntergang auf deiner Haut'. Es war grauenhaft."

„Nein, du hast gewonnen!", widersprach Jason. „Es muss gut gewesen sein."

„Es war eine Hausaufgabe."

Jason lächelte, und sein Herz tat einen Hüpfer. Vale war streng mit sich selbst und ein bisschen ein Snob. Damit konnte Jason etwas anfangen. Das war gut. Es war eine Information, die er benutzen konnte, um noch mehr über seinen Omega zu erfahren. „Und jetzt bist du Professor."

„Das *war* ich, wie es scheint."

Scheiße. Wieder ins Fettnäpfchen. Jason war ein Idiot. Wenn er so weitermachte, würde Vale nie glauben, dass er tatsächlich so etwas wie Intelligenz besaß.

„Zurück zur Poesie", sagte er hastig.

„Ja, eindeutig ein weniger riskantes Thema", antwortete Vale sarkastisch, aber auch belustigt.

„Kanzler Rory sagte, du solltest Gedichte schreiben und sie veröffentlichen."

Vale verdrehte die Augen. „Ich veröffentliche meine Gedichte schon seit Jahren."

„Dann könnte ich sie also kaufen?"

Vale erbleichte ein wenig. „Ich kann dich nicht davon abhalten, aber mir wäre es lieber, du würdest das lassen."

„Wieso?"

„Sie sind sehr persönlich."

„Inwiefern?"

„Das möchte ich lieber nicht sagen."

Jasons Füße wurden vom langen Stehen müde. Er wäre gern ins Zimmer geklettert und hätte sich in einen der gemütlich aussehenden Sessel geworfen. Stattdessen lehnte er am Sims und verlagerte sein Gewicht. „Warum nicht?"

„Wolfgott! Du bist nervtötend hartnäckig."

„Ich will deine Gedichte lesen, aber wenn du dagegen bist,

dann … stecke ich in einem Zwiespalt. Ich will mehr über dich erfahren, aber ich will dir auch zu Willen sein. Das eine davon ist ein wahres Ich, das andere Instinkt. Gib meinem wahren Ich einen Grund, nicht auf dem Heimweg in den nächsten Buchladen zu gehen."

Vale biss die Zähne zusammen wie bei dem Telefonat mit Kanzler Rory, als er besonders sauer geworden war. „Ich habe Gedichte über meine Erfahrungen mit Hitze geschrieben und veröffentlicht, Jason. Und ich habe bereits viele Hitzen in meinem Leben durchgemacht. Selten allein."

Jason atmete scharf ein und trat einen Schritt vom Fenster zurück.

Er hatte das gewusst. Okay, nicht gewusst, aber Vale war fünfunddreißig. Da brauchte man nur eins und eins zusammenzuzählen. Außerdem hatte auch dieser Alpha, mit dem er gestern zusammen gewesen war, von Kopf bis Fuß nach Vale gerochen. Es war ausgeschlossen, dass die beiden nicht miteinander … selbst ohne dass eine Hitze befriedigt werden musste.

„Oh", sagte Jason.

Vale musterte ihn kühl, wie um Jasons Reaktion abzuwägen. „Und?"

„Und was?"

„Verstehst du, was das bedeutet?"

„Ja."

„Und warum du meine Gedichte nicht lesen solltest?"

„Ich komme damit zurecht."

„Ach ja? Du siehst aus, als würdest du gleich in Ohnmacht fallen oder wegrennen."

Jason hob trotzig das Kinn. „Ich denke fortschrittlich. Ich glaube an Omega-Rechte."

Vale seufzte und massierte sich erneut die Nasenwurzel. „Du bist so verdammt jung. Was soll ich nur mit dir machen?"

„Und du bist so verdammt herablassend, was soll ich mit *dir* machen?", gab Jason schnippisch zurück und ließ seinem Ärger darüber, so gedankenlos abgetan zu werden, freien Lauf.

Vale starrte ihn einen Moment lang an, dann warf er den Kopf zurück und lachte.

Jason war kurz davor zu tun, was Vale eben noch vorgeschlagen hatte: davonzulaufen. „Was?"

„Wenn es uns beiden gelingt, darüber hinwegzukommen, wie verrückt das alles ist, könnten wir vielleicht lernen, einander zu mögen, Jason Sabel."

Jason verschränkte die Arme vor der Brust und ließ sich nicht beirren. Der Duft von Minze stieg von unter seinen Füßen zu ihm auf. „Was ist dein Lieblingsnachtisch?"

„Kirschtorte. Deiner?"

„Rhabarberkuchen."

„Oh je. Der ist aber sauer. Du musst dann wohl ein süßes Herz haben. Das hat mein Pater immer gesagt: dass die Vorliebe für saure Speisen ein süßes Herz verrät."

„Ist dein Pater …?"

„Sie sind beide schon lange tot. Ich bin allein auf der Welt."

„Jetzt nicht mehr." Jason trat wieder ans Fenster und streckte eine Hand ins Zimmer, mit der Handfläche nach oben. „Ich bin jetzt hier."

Vale kam von seinem Schreibtisch herüber zum Fenster – ganz langsam, so als könnte er Jason nicht ganz trauen – und drückte sanft Jasons Hand zurück ins Freie.

„Ja. Du bist eindeutig hier, und das solltest du nicht sein." Er lächelte freundlich. „Du solltest jetzt nach Hause gehen. Sonst werde ich wirklich deine Eltern anrufen müssen, und das wollen wir beide nicht."

Dann schloss er das Fenster und zog die Vorhänge zu. Und Jason blieb allein im Garten zurück.

KAPITEL 6

„WO BIST DU gewesen?"
        Vater zog Jason durch die Vorderdiele in den hinteren Teil des Hauses, wo Pater sich gern aufhielt, um sich zu entspannen und Musik zu hören.

In seiner schicken schwarzen Hose und dem weißen Hemd sah Vater aus, als wäre er auf einem Business-Termin. Im Musikzimmer jedoch lag Pater auf dem dunkelblauen Ledersofa in seiner kuscheligsten Hose, einem T-Shirt von einem Ausflug in den Zoo, als Jason neun gewesen war, und Hausschuhen. Und er rauchte. Was nie ein gutes Zeichen war.

Rauchen bedeutete, Pater war mitgenommen.

Rauchen bedeutete, Vater würde sich Sorgen machen.

„Hey", sagte Jason schwächlich, als Vater ihn weiter in den Raum zerrte.

Das Musikzimmer war sauber und aufgeräumt; jedes Buch und jedes Musikalbum war nach Autor oder Komponist alphabetisch abgelegt. Die Einrichtung war maskulin, aber gemütlich. Weiche Decken lagen über den Lehnen der Ledersessel und des Sofas, und die Fenster und Glastüren führten zu einem gepflegten Garten mit robusten Herbstblumen und buntem Laub. Drei Gitarren, ein Klavier, eine Violine und eine hohe, schlanke Trommel, die einen beruhigenden Klang erzeugte, wenn man sie schlug, waren dekorativ im Raum verteilt.

Hölzerne Beistelltische und ein großer Kartentisch – der hauptsächlich dazu diente, Paters große Musiksammlung zu sortieren – verliehen dem Ambiente Solidität, und das Radio und der Plattenspieler hatten Ehrenplätze auf dem Sideboard neben dem Klavier, auf dem Pater manchmal spielte.

Eine dicke Vinylscheibe drehte sich auf dem Plattenteller, und die Musik war instrumental und düster, ein trauriges Stück mit Klavier und Geige. Auch das ließ nichts Gutes ahnen, und so überraschte es Jason nicht, dass Pater noch zerbrechlicher wirkte als gewöhnlich, als er sich auf einen Ellenbogen stützte und seinen besorgten Blick auf ihn richtete.

„Wo warst du?", flüsterte Pater, ein müdes Echo auf Vaters Frage. Er setzte sich betont langsam auf. Offensichtlich hatte er Schmerzen. Die Zigarette hing schlaff zwischen seinen Fingern.

Jason verzog das Gesicht. „Geht es dir gut, Pater?"

Pater ignorierte die Frage. „Hast du den Mann belästigt?"

„Ich habe ihn nicht belästigt. Ich habe nur–"

Paters Augen flackerten. „Dann bist du also zu ihm gegangen?"

„Ja, aber–"

„Hast du ihn angefasst? Auf irgendeine Weise?"

„Nein." Jason schluckte. Er fühlte sich tief verletzt. „Ich würde nicht... ich würde niemals ..."

Pater griff in seine Hosentasche, dann hielt er die Pille in der Hand, die Jason auf dem Nachttisch liegen gelassen hatte. „Die Dosis, die wir für dich bereit gelegt hatten, war genau bemessen, Jason. Nur etwas weniger, und ..." Er hob die Brauen und ließ die Andeutung in der Luft hängen.

„Ich würde ihm nie wehtun. Niemals."

Pater musterte ihn streng, dann schaute er über Jasons Schulter hinweg zu Vater. Schließlich zuckte er die Achseln über was immer er dort sah, nahm einen Zug von seiner Zigarette und wandte sich erneut Jason zu. „Setz dich."

Vater begab sich in seine übliche Jason-hat-Ärger-Position: Er stellte sich hinter Pater, die Hände auf der Sofalehne, die Schultern breit, wie um Pater gegen eine konkrete Bedrohung zu schützen. Und er verströmte sämtliche Alpha-Autorität, die er aufbringen konnte. Es kam Jason unfair vor – zwei gegen einen.

„Ich habe nichts Schlimmes gemacht", verteidigte Jason sich, während er in dem gepolsterten „Strafsessel" Platz nahm – so bezeichnet weil er dort stets seine Predigten bekommen hatte, seit er ein Kind gewesen war. „Ich habe nur mit ihm geredet."

Pater warf die Hände hoch; Zigarettenasche fiel auf sein T-Shirt. „Du bist hingegangen und hast den Mann in seiner Ruhe gestört? Außerhalb des Protokolls?"

„Ich wollte–"

„Du hast ihn wahrscheinlich zu Tode erschreckt, das ist dir doch klar." Pater zog an seiner Zigarette. „Ein aufgeprägter Alpha, der vor seiner Tür auftaucht, mit weiß Wolfgott was für Absichten! Er hat wahrscheinlich–"

„Ich wollte nur mit ihm reden." Die Worte platzen schmerzhaft heraus.

„Und? Hast du?", fragte Vater und wedelte mit einer Grimasse Paters Rauchwolke zur Seite.

„Ja."

„Und wie ist das gelaufen?" Vater verengte die Augen.

„Er … fand das okay." Jason wand sich unbehaglich, hin- und hergerissen zwischen Trotz und Scham. Vielleicht *hatte* er Vale Angst gemacht – also ja, nicht nur vielleicht – aber am Ende hatte sich alles zum Guten gewendet, oder nicht?

„Sag's ihm." Vater massierte Paters Schultern.

Pater schüttelte die Hände ab und beugte sich vor, um seine Zigarette in der Metallschale auszudrücken, die eigens zu diesem Zweck auf dem Beistelltisch stand.

Jason runzelte die Stirn. „Lasst mich zuerst die ganze Geschichte erzählen, bevor ihr mir eine Predigt haltet, okay? Hört mich zu Ende an."

Pater wedelte mit der Hand, als wäre es außerordentlich entgegenkommend vom ihm, Jason sprechen zu lassen. Jason unterdrückte seinen wachsenden Unmut, räusperte sich und begann noch einmal. Er erzählte seinen Eltern von seinem Erwachen an diesem Morgen, und wie ihm klar geworden war, dass sie ihn nicht wie einen Erwachsenen behandeln würden.

„Genau wie jetzt auch", bekräftigte er. „Ich wusste, dass es so kommen würde. Ihr wollt mir nicht die Dinge erzählen, die ich wirklich über Vale wissen muss. Ihr versucht, für mich die Entscheidungen zu treffen – was ich wollen soll, welchen Vertrag ich schließen soll, was wichtig ist. Und das ist nicht in Ordnung."

„Du vertraust uns nicht, in deinem besten Interesse zu handeln?", fragte Vater. Er wirkte überrascht und gekränkt.

„Doch, natürlich. Ich vertraue euch. Aber mein bestes Interesse ist nicht, was *mich* interessiert. Was ist in Vales bestem Interesse? Was ist es, das er will? Wer ist er überhaupt? Ich meine, wer ist er wirklich unter all den oberflächlichen Fakten, die irgendein Detektiv ausgraben wird?"

Pater seufzte und rieb sich die Stirn. „Jason, du kannst nicht einfach zum Haus dieses Mannes gehen und Zutritt verlangen."

„Habe ich nicht."

„Du hast gerade zugegeben, dass du das getan hast."

„Nein, habe ich nicht! Ich habe durchs Fenster mit ihm geredet."

„Wolfgott ... durchs Fenster mit ihm geredet! Der Mann muss zu Tode erschrocken gewesen sein."

„Eigentlich machte er einen ganz normalen Eindruck. Die meiste Zeit über. Ich meine, anfangs hatte er ein wenig Angst, aber dann wurde ihm klar, dass ich mich ihm nicht aufzwingen würde." Jason fühlte Schweiß auf seiner Stirn und wischte ihn weg. „Er vertraute mir genug, um eine Weile mit mir zu reden."

Jedoch nicht genug, um die ihm angebotene Hand zu ergreifen.

Jason konnte noch immer das Kribbeln spüren, wo Vales Hand gegen seine Fingerknöchel gedrückt hatte, kurz bevor er das Fenster geschlossen hatte.

„Und was hast du über ihn erfahren?", fragte Vater leise.

Jason zögerte. Er würde nicht verraten, was Vale über seine Gedichte gesagt hatte – oder über die Hitzen, die er mit Surrogat-Alphas durchlebt hatte. Wahrscheinlich war es ohnehin nur eine Frage der Zeit, bis der Privatdetektiv, den seine Eltern engagiert hatten, ihnen diese Informationen geben würde.

„Seine Lieblingsfarbe ist Blau. Dieses Blau." Er zog das Lesezeichen aus seiner Hosentasche und lächelte bei der Erinnerung daran, wie Vale in seiner unordentlichen Schreibtischschublade danach gesucht hatte. „Und er führt einen schrecklich unordentlichen Haushalt. Aber das macht nichts. Ich werde jemanden dafür einstellen."

„Oh, Jason", flüsterte Pater.

„Und er hat moosgrüne Augen und wunderschöne Lippen. Wenn er lacht, dann ist es wie Glockenklang, und es läuft mir warm den Rücken hinunter. Und–" Er verstummte, denn er wollte nichts sagen, das als romantisch oder sexuell bewertet werden konnte. Seine Eltern waren ohnehin nur zu bereit, seine Aussagen lediglich als Auswirkung der Aufprägung abzutun. „Er ist wütend, weil man ihm auferlegt hat, die Universität zu verlassen."

„Das hat er dir gesagt?", fragte Vater.

„Nein. Das habe ich unbeabsichtigt mitangehört. Und er wusste, dass ich es gehört hatte."

„Es ist eine Schande, aber–"

Jason unterbrach seinen Vater: „Ich habe ihm versprochen, dass er diesen Preis nicht zahlen müssen wird. Kannst du Kanzler Rory dazu bringen, ihn wieder einzustellen?"

„Nein." Vater rieb sich mit beiden Händen über den Kopf, was sein blondes Haar in alle Richtungen abstehen ließ. „Junge, du kannst nicht mit ihm auf demselben Campus sein, bevor eure Verpaarung nicht komplett und offiziell ist. Und das geht über den Vollzug der Aufprägung und den Vertrag hinaus. Ihr müsst vollständig *Érosgápe* sein, vollständig verbunden, verstehst du? Ansonsten wäre es zu gefährlich für dich und deine Kommilitonen."

„Ich werde schon nicht durchdrehen, nur weil irgendein Alpha–"

„Diese Angelegenheit steht nicht zur Diskussion."

„Und du wirst hier zu Hause wohnen, bis ..." Pater schüttelte den Kopf.

„Bis alles geklärt und abgeschlossen ist", beendete Vater den Satz.

„Ich muss hier zuhause wohnen? Wieso?"

„Weil man dir offensichtlich nicht trauen kann, dass du dich nicht auf und davon machst und zum Haus deines Omegas schleichst. Diese Verantwortung können wir nicht der Universität auferlegen. Darum müssen wir uns selbst kümmern."

„Ich könnt mich nicht wie einen Gefangenen behandeln. Ich bin kein Kind mehr."

„Nein. Aber du bist nicht bereit für das alles, Jason." Pater warf einen hilfesuchenden Blick zu Vater, der erneut Paters Schultern drückte. Und erneut abgeschüttelt wurde.

Mit einem Seufzen nahm Vater stattdessen im Sessel neben Jason Platz. „Miner hat recht. Dein Körper wird sich nach ihm verzehren wie nach einer Droge, und du wirst diesem Verlangen nachgeben, wenn wir dich nicht streng im Auge behalten."

„Xan kann auf mich aufpassen."

„Xan ist sogar noch mehr ein Kind als du selbst. Absolut nicht, die Antwort ist Nein", gab Vater ungehalten zurück.

„Aber–"

„Nein", sagte Pater leise und atmete eine lange Rauchwolke aus. „Und Ende der Diskussion."

Jason biss die Zähne zusammen. „Xan und ich haben Pläne.

Schon als wir vierzehn waren, haben wir einander geschworen, auf der Uni zusammen zu wohnen. Er braucht mich."

„Deine Bindung an Xan wird nachlassen, wenn du mit deinem Omega zu einer Vereinbarung kommst", sagte Pater mit einem wissenden Unterton. Jason fragte sich unbehaglich, ob Pater vielleicht ahnte, was Xan und Jason zusammen taten.

Mehr Rauch wirbelte spiralförmig zur hohen Zimmerdecke hinauf. Jason fand, er roch irgendwie nach Traurigkeit.

„*Falls* es zu einer Vereinbarung kommt", murmelte Vater.

„Was soll das denn jetzt bedeuten?", fragte Jason.

„Es soll bedeuten, dass es eine Menge zu klären gibt", sagte Pater. Er klang erschöpft.

„Es soll bedeuten, ich werde nicht zulassen, dass deine Zukunft von einem nur allzu beliebigen Handstreich des Schicksals bestimmt wird." Vaters blaue Augen blickten scharf.

Pater warf Vater einen warnenden Blick zu. „Schluss damit. Du weißt, wo es enden wird, solltest du diesen Weg beschreiten."

„Welchen Weg?", fragte Jason aufgebracht. „Was verschweigt ihr mir?"

„Du musst uns vertrauen, mein Junge. Wir sind deine Eltern und wollen nur das Beste für dich." Vater beugte sich vor und sprach mit eindringlicher Stimme.

„Für diese Unterhaltung ist es noch viel zu früh", sagte Pater.

„Ich bin nicht dumm, okay?", sagte Jason.

„Natürlich nicht. Aber Miner hat recht. Jetzt ist nicht der Zeitpunkt, um darüber zu reden." Vater sah auf seine Uhr. „Ich habe in zwanzig Minuten einen Termin mit Jeft Mellors. Er wird erste Informationen für uns haben. Und danach muss ich im Lagerhaus nach dem Rechten sehen."

Pater zuckte die Achseln; seine knochigen Schulter hoben und senkten sich erschöpft.

„Ist das der Privatdetektiv, den ihr beauftragt habt?", fragte

Jason. „Jeft Mellors? Sammelt er Informationen über Vale?"

Vater runzelte die Stirn. „Darüber musst du dir nicht den Kopf zerbrechen."

„Ihr könnt mich nicht einfach außen vor lassen. Ich habe euch gerade erst erklärt, dass das der einzige Grund war, wieso ich heute Morgen weggegangen bin – weil ich wusste, dass ihr mir das antun würdet. Wenn ihr wollt, dass ich mich an die Regeln halte, könnt ihr mich nicht im Dunkeln lassen."

Pater seufzte. Vater presste die Lippen zu einer dünnen Linie zusammen.

„Ihr werdet mir zeigen, was er euch bringt." Jason wagte es, mit dem Finger auf seinen Vater zu zeigen. Und er versuchte, älter zu klingen, bereit für die kommenden Ereignisse. „Und zwar alles!"

Vater rieb sich die Schläfen. „Na gut. Du hast das Recht, es zu erfahren, und es ist deine Entscheidung."

Jason verengte die Augen. Er war kein Idiot. Er wusste, was Vater andeutete, und auch, was Pater daran missfiel – Vater wollte vorschlagen, dass Jason anstelle von Vale einen Surrogat-Omega nahm.

„Geh jetzt, Yule" sagte Pater. „Ich werde hier bei Jason bleiben, und wir werden zusammen ein wenig Gitarre üben. Das haben wir schon lange nicht mehr gemacht."

Jason stöhnte, aber beschwerte sich nicht weiter. Er wehrte sich nicht, als Vater sein Haar streichelte, und sah zu, als seine Eltern sich zum Abschied küssten. Dann stand er auf, um die Akustikgitarre zu holen, die er bekommen hatte, als seine Hände die Größe von denen eines Erwachsenen erreicht hatten. Er setzte sich wieder, dieses Mal auf einen Hocker neben dem Sofa seines Paters, und drehte das Instrument herum. „Mit welchem Stück wollen wir beginnen?"

Pater gestikulierte abwesend. „Irgendeines, das du nicht allzu sehr vermurkst. Ich habe heute nicht die Nerven für etwas anderes."

Eine Stunde später taten Jasons Finger weh, und Pater lag auf dem Sofa, einen Arm über den Augen, und hörte nur noch zu, anstatt Jason zu unterweisen. Aber er rauchte nicht mehr, was ein Fortschritt war. Es schien ein guter Zeitpunkt zu sein, um die Musikstunde zu beenden.

„Ich bin erledigt." Jason stand auf und platzierte die Gitarre wieder in ihren Ständer.

„Du hast besser gespielt als sonst."

Jason lächelte. Er schloss die Augen und stellte sich vor, es wäre Vale anstelle von Pater, der auf dem Sofa lag. Aber das behielt er für sich. „Danke."

„Du hast dich mehr konzentriert. Gibt es dafür einen Grund?"

„Ich dachte, dass es Vale vielleicht gefallen würde. Wenn ich gut spiele, meine ich."

Pater lächelte und setzte sich auf. „Das könnte schon sein."

Pater zauberte vier blaue Pillen aus seiner Tasche. Er gab Jason die Alphastiller, und der schluckte sie widerstandslos. Rasch überkam ihn die kühle Ruhe und dämpfte den neu erwachten Drang, dessen Rückkehr ihm bis dahin noch nicht recht bewusst gewesen war.

„Ich hatte nicht vor, ihm Angst einzujagen." Jason setzte sich auf das Sofa, und Pater legte ihm einen Arm um die Schultern. „Ich hatte eigentlich nicht einmal vorgehabt, mit ihm zu reden."

„Was war denn dann dein Plan?"

Jasons Ohren begannen zu glühen. „Ich wollte nur, äh, durchs Fenster schauen, um, na ja, zu sehen, ob … ich weiß auch nicht. Ich wollte einfach nur etwas über ihn erfahren."

„Ich verstehe."

„Als er dann ängstlich wirkte, versuchte ich ihn zu beruhigen, aber …"

„Tut mir leid, dass ich dich vorhin so voreilig beschuldigt habe. Ich hatte mir über eine Stunde lang die furchtbarsten Dinge ausgemalt, wie dass die Polizei an unsere Tür klopfen würde, weil du über den Mann hergefallen warst. So etwas passiert. Es ist Instinkt. Und eine Prägung ist kein Witz, Liebes."

„Ich weiß. Wusstest du, dass er ganz allein auf der Welt ist? Seine Eltern sind tot."

„Ich verstehe." Pater runzelte die Stirn. „Das wird den Vertrag verkomplizieren. Es entspricht nicht dem Brauch, direkt mit einem Omega selbst zu verhandeln. Aber in dieser besonderen Situation ist das vielleicht das Richtige. Ich werde uns auf alles vorbereiten."

Jason dachte an den Moment, als er die Hand ausgestreckt und Vale geschworen hatte, dass er nicht länger allein auf der Welt war. „Ich habe ihm gesagt, dass ich jetzt seine Familie bin."

Pater lachte leise. „Und was hat er geantwortet?"

„Er sagte, dass ich nach Hause gehen soll."

Pater drückte Jasons Schulter. „Romantische Schwüre werden willkommener sein, sobald die Dinge weniger unsicher sind."

„Aber er hasst mich nicht. Er sagte, ich hätte ein gutes Herz, und er glaubt, dass wir irgendwann gut zusammen sein könnten."

Das waren nicht exakt Vales Worte gewesen, aber Jason musste einfach daran glauben, dass es das war, was Vale gemeint hatte.

„Wir werden *sicherstellen*, dass deine Zukunft gut wird, okay? Wir werden alles in unserer Macht stehende tun."

„Vater denkt bereits über einen Surrogat-Omega nach."

Pater schüttelte den Kopf. „Nicht doch. Darüber werden wir nicht diskutieren. Nicht jetzt, und mit etwas Glück auch nicht in Zukunft." Er nahm seinen Arm weg, tätschelte aber Jasons Knie. Er lächelte mit bebenden Lippen. „Aber keinesfalls jetzt. Dazu bin ich zu erschöpft. Tut mir leid."

„War deine letzte Hitze wieder so schlimm?"

„Sie werden immer intensiver, je älter ich werde. Aber das eigentliche Problem ist das Verhütungsmittel, das ich anschließend nehmen muss."

Es war ein wenig peinlich, über diese Dinge zu sprechen, aber wenn Jason seinem eigenen Omega eines Tages ein guter Alpha sein wollte, konnte er sich vor solchen Themen nicht drücken. „Ich verstehe nicht, was du meinst. Im Kurs sagten sie, Alphakondome könnten ungewollte–"

Pater schauderte. „Ich hasse diese Dinger."

„Aber wieso? Die Professoren sagen, sie würden das Lustempfinden für den Omega so gut wie gar nicht beeinträchtigen, sondern nur verhindern, dass er schwanger wird."

Pater verzog das Gesicht. „Deine Professoren vergessen zu erwähnen, dass das Lustgefühl nicht nur von den körperlichen Empfindungen abhängt. Dabei geht es um bedeutend mehr. Unser Instinkt betrachtet die Besamung als intime Bindung. Außerdem bin ich allergisch gegen die von der Regierung zugelassenen Kondome, und auf dem Schwarzmarkt findet man die anderen kaum noch." Paters Augen schienen sich zu verdunkeln. „Es ist von der Regierung gar nicht gewollt, dass wir Geburtenkontrolle praktizieren, wie du weißt."

„Ich weiß, Pater." Er hatte das schon Hunderte von Malen gehört. Immer, wenn sein Pater ein wenig zu viel getrunken hatte und das Thema auf Omega-Rechte gekommen war.

„Wenn es nur einmal wäre, käme ich ja zurecht. Aber nach dem fünften oder sechsten Knoten hintereinander, ist bei mir alles geschwollen, und es fängt an zu bluten. Und nach fünf Tagen mehrmaligen Geschlechtsverkehrs pro Tag? Wahrscheinlich würde irgendwas bei mir reißen und ich bekäme eine Blutvergiftung." Er taste seine Hosentasche ab und suchte nach seinen Zigaretten, aber Jason nahm seine Hand und hielt sie fest.

„Ist schon gut, Pater. Du musst nicht rauchen."

„Du hasst das, ich weiß", sagte Pater entschuldigend. „Es ist eine schreckliche Angewohnheit."

„Du rauchst nur, wenn du traurig bist. Oder ängstlich. Oder

unglücklich. Und das kommt nicht so oft vor.“

„Für gewöhnlich nur kurz vor und nach den Hitzen, ja?“

Jason drückte seine Hand. „Wenn du also sagst, dass du Drogen nimmst, um eine Empfängnis zu verhüten, und du nimmst sie *nach* deiner Hitze, dann … meinst du damit, dass du höchstwahrscheinlich bereits schwanger bist und …“

Pater wand sich unbehaglich. „Genau. Die meisten wirkungsvollen Abtreibungsmedikamente haben schwere Nebenwirkungen. Sie tun ihre Arbeit und zerstören jegliche befruchteten Eizellen, aber der Körper bezahlt einen Preis. Wenn man sie ständig benutzt, so wie ich es tun muss, reichern sich die Giftstoffe im Körper an. Sie schwächen mein Immunsystem und machen mich für Krankheiten anfällig. Deshalb behütet dein Vater mich so sehr.“

„Aber ich dachte, diese Drogen zu nehmen, wäre illegal, ganz gleich aus welchem Grund?“

„Ich denke, wir sind uns einig, dass manche Gesetze besser gebrochen werden sollten. Sonst wäre ich bereits vor langer Zeit gestorben.“ Er streichelte Jasons Haar. „Und das konnte ich nicht zulassen. Du brauchtest mich.“

„Vater brauchte dich ebenfalls.“

„Natürlich.“ Pater lächelte liebevoll. „Er wird mich immer brauchen. Aber ich weiß nicht, wie lange das Glück noch auf meiner Seite sein wird, sodass ich für ihn da sein kann. Mit jeder Hitze geht es mit meiner Gesundheit weiter bergab.“

„Kann man sie denn nicht irgendwie verhindern? Die Hitzen, meine ich?“

„Ab einem gewissen Alter haben die Dämpfer bei mir nicht mehr gewirkt. Und was noch schlimmer ist: Als Nebenwirkung rufen sie oft eine Entzugshitze hervor.“ Er schauderte. „Und leider bedeutet unserer Regierung die Geburt von Kindern mehr als die Gesundheit von Omegas. Ich könnte mir operativ den Uterus entfernen lassen, aber eine solche OP ist illegaler und schwieriger zu bekommen als die Abtreibungspillen, die ich nehme." Er rieb sich mit der Hand über den Mund. „Außerdem ... nach all den Jahren, all den Hitzen und Vereinigungen mit deinem Vater kann ich mir nicht vorstellen, wie es wäre, das nicht mehr zu haben. Wäre unser Paarungsbund dann noch derselbe? Würden wir uns einander immer noch genauso verbunden fühlen? Ich kann das nicht aufs Spiel setzen."

„Es tut mir leid."

„Schon gut. Das ist die Last, die wir tragen müssen. Mir tut es nur leid, dass unser Leid auch dir Kummer bereitet."

„Mach dir keine Gedanken um mich. Es geht mir gut."

Pater zog Jason an sich. „Das tut es nicht. Es ist eine beängstigende Zeit für dich. Ich wünschte, ich wäre stärker, und wir könnten jetzt alles besprechen, damit du nicht so viel Angst haben musst."

„Du weißt, dass ich Angst habe?"

„Allen Alphas geht es so, Liebes. Dein Vater schlotterte in seinen Stiefeln, als er auf mich geprägt wurde. Na ja, nachdem das erste Staunen vorüber und wir verschwitzt und befriedigt ... aber ich weiß, das willst du nicht hören."

„Nein, wirklich nicht."

„Aber danach erkannte er, wie viel Kontrolle ich über ihn hatte, und das machte ihm eine Heidenangst." Pater lachte. „Ich erinnere mich, dass er wissen wollte, ob ich besonders gern Rostbraten mochte – denn er hasste Rostbraten und befürchtete, ich könnte jeden Abend welchen verlangen."

„Vale schien nicht erwartet zu haben, dass ich Angst habe. Er wirkte überrascht, als ich ihm sagte, wie beängstigend alles für mich ist."

Pater neigte den Kopf zur Seite und lächelte liebevoll. „Aber natürlich. Alphas laufen nicht umher und posaunen es in die Welt hinaus. Und in Mont Juror wird es zwar erwähnt, aber nur flüchtig. Außerdem bin ich sicher, dein Omega war zu sehr mit seinen eigenen Ängsten beschäftigt, um deine zu erwägen. Aber ja, auf jemanden geprägt zu werden, ist eine höllische Angelegenheit. Der Drang, die Verpaarung zu vollziehen und deinem Omega nah zu sein, ist zwanghaft."

„Werde ich jetzt jeden Tag aufwachen und sofort zu ihm gehen wollen?"

„Willst in diesem Moment zu ihm?"

Unter dem Alphastiller spürte Jason das ziehende Verlangen. „Ja."

„Willkommen im Rest deines Lebens." Ein beinahe stummes Lachen zog Paters dürre Kehle zusammen.

„Wirklich?"

„Ja. Ganz gleich, welche Entscheidungen du treffen wirst."

„Selbst wenn ich einen Surrogat-Omega nähme, würde ich immer noch Vale wollen?"

„Wir reden nicht von Surrogaten."

Offenbar war das Thema ein wunder Punkt, also stellte Jason stattdessen eine andere Frage. „Wie war es, als du und Vater euch verpaart habt?"

Pater Gesicht leuchtete bei der Erinnerung daran auf. „Wundervoll. Wir haben von Anfang an gut zusammengepasst." Dann verdunkelte sich sein Blick wieder, als eine weniger schöne Erinnerung hochkam. „Vor meiner ersten unseligen Schwangerschaft jedenfalls war alles an unserem Leben wunderschön. Wir waren glücklich, voller Hingabe und verliebt."

„Das seid ihr doch immer noch."

„Ja, aber es ist jetzt anders. Gefestigt durch schwere Zeiten und Verluste. In den Anfangstagen war es pur und süß, voller Wunder und Optimismus." Er lachte bitter. „Wir hatten keine Ahnung, wie viel schiefgehen konnte. Wir waren wie im Rausch."

Jason wusste, dass es eine schmerzhafte Frage war, aber er hatte das Gefühl, es wäre wichtig, alles genau zu verstehen. „Und nach der Fehlgeburt?"

Pater griff erneut nach seinem Zigarettenetui, und dieses Mal hielt Jason ihn nicht davon ab. „Es war eine dunkle Zeit für uns. Die Flauten zwischen den Hitzeperioden fühlten sich an, als würden wir uns diese Lebenszeit nur borgen." Die Glut an der Spitze seiner Zigarette leuchtete hell, als er inhalierte. „Danach wurde es mit jeder Schwangerschaft schlimmer. Ich war der Gnade der Ärzte ausgeliefert, die versuchten herauszufinden, warum ich kein Kind bis zum Ende austragen konnte. Ich war für sie ein wissenschaftliches Experiment. Sie probierten alles Mögliche, Hormonspritzen, Pillen, Tests. Dein Vater war nur noch ein Geist seiner selbst. Er wollte aufhören, es zu versuchen, aber ..."

„Aber was?"

„Aber Großpater Derak war wild entschlossen, die Schmerzen bei der Geburt deines Vater nicht umsonst erduldet zu haben. Er hatte den letzten Sabel geboren, der den Namen und die Gene der Familie weitergeben konnte." Er nahm einen neuen Zug und blies den Rauch in einem langen Strom aus. „Er bestand auf dem Vertrag, der mich zu wenigstens einer Lebendgeburt verpflichtete, und drohte mir damit, die Behörden zu alarmieren. Dann versuchte er deinen Vater dazu zu bewegen, den Vertrag zu lösen und einen Surrogat-Omega zu nehmen. Das war nach der fünften Fehlgeburt. Dein Vater hat ihm nie vergeben, wie er mich behandelt hat." Pater schnaubte. „Derak interessierte sich aber auch gar nicht für die Vergebung deines Vaters. Er wollte, was er wollte. Er war nie ein besonders gutes Beispiel von Elternschaft."

„Wieso hast du mir noch nie zuvor davon erzählt?" Jason hatte von den Fehlgeburten gewusst und sich vorgestellt, wie schwierig die Situation emotional gewesen sein musste. Aber von Großpaters Grausamkeit hörte er zum ersten Mal. Er konnte kaum fassen, dass der alte Mann, der ihm bei den Herbstnacht-Festmahlen immer fröhlich ein Extra-Stück Torte auf den Teller gelegt hatte, in Wirklichkeit ein so herrschsüchtiges Ungeheuer gewesen war.

„Ich wollte unsere Gegenwart nicht mit Erinnerungen an schlimme Zeiten beschmutzen."

„Aber jetzt …?"

„Jetzt muss ich sicher sein, dass du verstehst, wie es ist, in dieser Welt ein Omega zu sein. Du hast jetzt eine Verantwortung gegenüber jemandem, Jason. Gegenüber einer realen Person. Einem Mann mit Träumen und Wünschen, mit einer Vergangenheit und einer Gegenwart." Pater drückte seine zur Hälfte gerauchte Zigarette aus und wandte sich eindringlich an Jason. „Versprich mir, dass du ihm nichts anlasten wirst. Keine Taten der Vergangenheit, insbesondere nicht solche, die mit seiner Natur zu tun haben." Er packte Jasons Kinn und zwang ihn, ihm in die Augen zu sehen. „Wenn wir einen Vertrag mit ihm in Erwägung ziehen sollen, dann musst du fähig sein, diese Vereinbarung mir gegenüber einzuhalten."

„Ich schwöre, ich werde ihm seine Vergangenheit nicht vorwerfen, ganz gleich, was es auch ist."

„Gut." Pater tätschelte Jasons Wange und atmete heftig aus. Es klang mehr wie ein Keuchen als wie ein Seufzen.

„Ist alles in Ordnung?"

„Ich bin müde." Pater erhob sich mühsam; seine Beine zitterten. „Ich muss jetzt ins Bett und mich ausruhen. Kann ich mich darauf verlassen, dass du nicht wieder quer durch die Stadt rennst?"

„Ja."

„Das ist mein lieber Junge." Pater fuhr zärtlich mit den Fingern durch Jasons Haar. „Du wirst ein wundervoller Alpha für ihn sein."

„Das hoffe ich."

„Ich weiß es, Liebes."

KAPITEL 7

„GEHT ES DIR gut? Hat er dir etwas angetan?"
Rosens Stimme durchschnitt die Küche wie ein Messer. Er marschierte entschlossenen Schrittes herein, sein beinahe schwarzes Haar zu einem Dutt aufgetürmt, der mit einem Stäbchen an Ort und Stelle gehalten wurde. Er trug einen cremefarbenen, weiten Pullover, der sich um seine Oberschenkel bauschte, die in einer engen, ebenfalls cremefarbenen Hose steckten.

„Lass mich dich ansehen." Yosef folgte seinem jüngeren Geliebten auf dem Fuße. Sein gestreiftes Hemd war makellos gebügelt, die Ärmel aufgekrempelt, und sein weißer Bart war gepflegt und ordentlich geschnitten, genau wie sein weißes Haar.

„Sieh an, meine starken, schneidigen Beta-Helden eilen zu meiner Rettung herbei", begrüßte Vale sie lachend und fuhr damit fort, die beiden perfekt getoasteten Brote, die er für sich gemacht hatte, mit Butter zu bestreichen. „Sagt mir jetzt nicht, ich muss euch für diesen Dienst mit einem Abendessen belohnen! Mir ist nämlich gerade das Brot ausgegangen."

„Ich denke nicht", sagte Yosef und verschränkte die Arme vor der Brust. „Rosen wird kochen. Ich bin immer noch nicht über das letzte sogenannte Sandwich hinweg, das du für mich zusammengefummelt hast."

„Der Käse war nur ganz leicht angeschimmelt", murmelte Vale und setzte sich an seinen mit Post überhäuften Tisch. „Du hättest das Grüne einfach abkratzen können, dann wäre er völlig in Ordnung gewesen."

„Es wäre in Ordnung gewesen, sagt er", schnaubte Rosen, dann schob er sich an Vale vorbei und öffnete den Kühlschrank. „Du schaust ihn dir an, Yosef, und ich schaue inzwischen nach etwas, woraus wir ein echtes Abendessen machen können."

„Es geht mir gut, ich schwöre."

Yosef brachte Vale dennoch dazu aufzustehen, dann untersuchte er ihn, als wäre er ein Möbelstück, dessen Kauf er erwog und das er auf eventuelle Kratzer und Unebenheiten in der Lackierung prüfte. „Er ist unversehrt und in einem Stück", rief Yosef Rosen zu. „Wie sieht es mit dem Abendessen aus?"

„Wir haben gefrorenen Fisch, den ich auftauen könnte, und ein paar Süßkartoffeln, die noch nicht vollständig hin sind. Das passt nicht wirklich zusammen, aber es ist immer noch besser als die ein-gelegten Gurken und die Hühnersuppe, die wir letzten Monat hatten."

Yosef seufzte, tätschelte Vale noch einmal hier und da, dann setzte er sich auf den Stuhl neben ihm. „Wir hätten auf dem Weg hierher noch im Lebensmittelladen angehalten, wenn wir uns nicht solche Sorgen um dich gemacht hätten."

„Ich sagte doch schon am Telefon, dass es mir gut geht", antwortete Vale ruhig. Er bot Yosef die Hälfte seines Toasts an. Der nahm sie an, überprüfte es aber genau auf irgendwelche Schimmelstellen, bevor er hineinbiss.

„Was wird dein Alpha wohl von deiner furchtbaren Haushaltsführung halten?", fragte Yosef und sah sich in der Küche um. Die Arbeitsfläche war mit Krümeln übersät, und mehrere volle Mülltüten standen neben der Tür. Vale hatte seit mindestens einer Woche nicht mehr den Abfall rausgebracht.

„Rory zufolge schwimmt er geradezu in Geld aus einem Treuhandfonds. Falls ihn die Unordnung stört, kann er jemanden anheuern, der hier saubermacht."

Vale wollte nicht so gleichgültig klingen über die Möglichkeit, dass sein Alpha irgendetwas an ihm schlecht finden könnte. Er hatte sich sehr bemüht, sich nichts anmerken zu lassen, als Jason vor seinem Fenster gestanden hatte, strahlend im Sonnenlicht wie ein Engel aus alten Zeiten, aber Vale war nicht ungerührt von dem instinktiven Drang, seinem Alpha zu gefallen. Er manifestierte sich nur auf andere Weise – nämlich in dem Bedürfnis, ihn froh zu stimmen.

Und unglücklicherweise war ein sauberes Haus das, was die meisten Männer froh stimmte.

„Immerzu zu viel im Kopf, um sich um so etwas Banales zu kümmern, wie den Müll rauszubringen", sagte Rosen, während er kaltes Wasser über den Fisch laufen ließ. „Aber er wird deine Gedichte zu schätzen wissen. Daran besteht kein Zweifel."

„Wolfgott, ich hoffe nicht!"

Yosef warf Rosen über Vales Kopf hinweg einen Blick zu. Vale musste nicht hinsehen, um zu wissen, dass auch Rosen ihm einen missbilligenden Blick schenkte.

„Ich werde nicht die Meinung eines ungebildeten Kindes über mein Lebenswerk erdulden."

„Dann ist er also wirklich noch so jung?"

„Neunzehn."

Rosens Pfiff hallte durch den Raum, während sie alle die Realität der Situation sacken ließen.

„Großer Wolfgott im Himmel. Das ist–" Yosef nahm einen letzten Bissen von dem Toast, den Vale mit ihm geteilt hatte.

„Furchtbar?"

„Ich wollte eigentlich sagen: ungewöhnlich."

„Aber nicht beispiellos", entgegnete Rosen. Er schnitt die Süßkartoffeln in Stücke, dann stellte er ein Backblech bereit, das er vor Jahren bei einem Besuch mitgebracht und dagelassen hatte, weil er wusste, dass Vale sich nie so etwas kaufen würde.

„Er sieht gut aus." Vale hoffte, die wahrhaftige Sehnsucht, die er fühlte, würde nicht in seiner Stimme mitklingen. Jason war jung, aber er hatte ein markantes Gesicht mit einem Grübchen im Kinn, und seine blauen Augen waren so warm wie das Meer an einem Mittsommertag. Sein blondes Haar hing ihm mit jugendlicher Unbekümmertheit in die Stirn, und bei seinem Lächeln, das während ihrer Unterhaltung nur wenige Male aufgeschienen hatte, war Vales Herz stehen geblieben.

„Aussehen ist nicht alles", bemerkte Yosef weise.

„Du hast leicht reden. Rosen sieht aus wie ein Filmstar."

„Aber er ist auch ein hervorragender Künstler und kann die philosophischen Werke von Jeveris sezieren, als würde er dieses Zeug lehren. Oh, warte ... er lehrt dieses Zeug." Yosef zwinkerte seinem Geliebten zu, dann lehnte er sich mit einem Seufzen in seinem Stuhl zurück. „Wie konnte das passieren, Vale? Ausgerechnet dir? Wenn es jemanden gibt, der Besseres verdient, dann bist du es. Du hast schon genug durchgemacht, den Tod deiner Eltern, und dann ..."

Näher als mit dieser Andeutung würde Yosef der Erwähnung der zweiten, entsetzlichen Entzugshitze und der illegalen Abtreibung nie kommen.

„Und jetzt das?", fuhr er fort. „Omegas haben es schwer, aber du hattest er schwerer als die meisten."

Vale hatte immer gewusst, dass Yosef ihn wegen seines Schicksals bedauerte, aber es tat dennoch weh, es zu hören.

„Wir wissen noch nicht, ob es überhaupt so schlimm ist", sagte Vale zögernd. „Er schien nett zu sein."

„Nett? Er hat dich in deinem Zuhause gestalkt, dir Angst gemacht und–"

„Er wollte mir keine Angst machen. Er hat sich im Augenblick nicht unter Kontrolle. Aber er hatte Alphastiller bei sich und hat sie eingenommen. Er wollte mir nichts tun."

„Hmm."

„Yosef, er ist mein Alpha. Selbst wenn es nie zu einem Vertrag kommen sollte, würde das nichts ändern. Du wirst dich an den Gedanken gewöhnen müssen."

„Und Urho?"

„Er hat ..." Vale verstummte. Er wusste nicht, was er dazu sagen sollte.

„Ein gebrochenes Herz", sagte Rosen.

„Er liebt dich wirklich", fügte Yosef hinzu.

„Und ich liebe ihn. Aber wir werden einander nie als Lebensgefährten lieben. Nur als Freunde. Wir sind nicht wie ihr. Und es ist nichts im Vergleich zu dem wachsenden Bündnis, das ich im Augenblick fühle." Vale runzelte die Stirn.

„Wie fühlt sich das an? Ganz ehrlich?" Rosen drehte das Wasser ab und machte sich daran, den Fisch in einer Pfanne zu braten.

„Intensiv." Mehr wollte Vale nicht sagen. Es war zu persönlich, und es gab ihm das Gefühl, keine Kontrolle zu haben. So wie in Hitze: zwanghaft und von Bedürfnissen beherrscht. Aber das würde er auch nicht sagen. „Und ich habe noch mehr Neuigkeiten. Ich bin von meinem Lehramt suspendiert, bis ich einen Vertrag mit Jason Sabel eingehe und mich mit ihm verpaare, oder bis er seinen Abschluss macht und die Uni verlässt, nachdem er einen Surrogat-Omega genommen hat. Was auch immer als Erstes eintritt."

„Was?" Yosef starrte ihn fassungslos an. „Das ist ja absurd. Bestimmt fällt das unter Diskriminierung."

„Sag du's mir. Du bist hier der Anwalt."

Yosef strich sich nachdenklich den weißen Bart. „Das Gesetz gibt offensichtlich in allen Belangen dem Alpha den Vorzug. Und die schulische Bildung eines Alphas hat gegenüber der beruflichen Karriere eines Omegas Priorität. Ihre Zukunft ist immer so viel wichtiger als die Gegenwart eines Omegas", antwortete er höhnisch. Ein vertrautes Argument der Omegabefreiungs-Bewegung.

„Nun ja, sie müssen uns notgeile, schwangere Omegaschlampen

schließlich versorgen können", sagte Vale und zitierte damit das Gegenargument der Wolf-Reform- und Überwolf-Parteien so verächtlich, wie er nur konnte. Er rieb sich die Augen und sank tiefer auf seinen Stuhl. „Und dafür benötigen Alphas eine gute Bildung."

Yosef tätschelte Vales Unterarm. „Rede nicht so davon. Du bringst dich nur in Schwierigkeiten."

Vale lachte. Er steckte bereits in Schwierigkeiten, oder etwa nicht?

„Wo steht seine Familie politisch?" Rosen wendete den Fisch in der Pfanne und gab einige Kräuter hinzu, die er in Vales Küchenschrank gelagert hatte. „Weißt du das?"

„Sie haben Geld, daher nehme ich an, sie wählen strikt Wolf-Reform. Aber ich weiß nichts Genaues. Sie könnten genauso gut streng religiös sein und für die Überwolf-Partei stimmen."

„Yule Sabel ist sein Vater?", fragte Yosef.

„Ja. Und sein Pater ist Miner Hoff. Ich weiß nichts über die beiden. Ich bin sicher, sie haben bereits einen Privatdetektiv engagiert, der mich überprüft. Aber ich kann es mir nicht leisten, für solchen Unsinn Geld aus dem Fenster zu werfen."

„Eigentlich kannst du. Dir steht jetzt ein Taschengeld zu. Ist also nicht nötig, dein Erbe so streng zusammenzuhalten."

„Ich werde doch kein Taschengeld annehmen. Das ist absurd."

„Absurd ist, dass du es nicht einmal in Erwägung ziehst. Sieh mal, Yule Sabel besitzt ein Unternehmen, das Maschinenteile für Automobile herstellt. Die Familie ist mehr als wohlhabend. Darüber hinaus haben sie ein Vermögen aus dem Verkauf von Land geerbt, das der Familie gehörte und das sie in den letzten fünfzig Jahren verkauft haben. Für eine Summe, die dir den Atem rauben würde. Das stand in den Zeitungen. Du wüsstest diese Dinge, wenn du ab und zu mal eine lesen würdest."

Vale verdrehte die Augen. Zeitungen waren etwas für Leute, die all die hässlichen Dinge in der Welt sehen wollten. Dichter aber mussten Schönheit sehen, sonst würden sie kein einziges Wort zu Papier bringen, das nicht von Tränen ruiniert wurde.

„Seht mal, wer pünktlich zum Abendessen erschienen ist", sagte Rosen süßlich. „Es ist mein Schnuckel-Muckel-Bum-Bum."

Zephyr schlich geschmeidig in die Küche und schnupperte sacht in der Luft.

„Sie mag dieses Baby-Geplapper nicht, Rosen", erklärte Vale. „Wie oft muss ich dir das noch sagen?"

Zephyr rieb sich an Rosens Fußgelenk und miaute, bis er ein Stück Fisch für sie fallen ließ. Sie rannte damit in eine Ecke, wo sie es mit kleinen, zuckenden Bissen selig verspeiste.

„Tja, wenn du sie bestichst, kannst du natürlich mit ihr reden, wie du willst, wie es scheint. Das spricht nicht für deine Moral, Zephyr", rief Vale der Katze zu. „Ich wusste nicht, dass deine Zuneigung käuflich ist!" Dann wandte er sich Yosef zu. „Anders als meine."

„Das ist geradezu grotesk." Yosef verschränkte die Arme. „Als dein Anwalt kann ich nicht erlauben, dass du dieses Geld auf dem Tisch liegen lässt."

„Ich will ihnen gegenüber in keiner Weise verpflichtet sein. Ich werde mir keinen Vertrag aufzwingen lassen, indem ich finanziell von der Aufprägung profitiere."

„Das ist nicht, wie so etwas dem Gesetz nach abläuft. Sie schulden dir das Geld, ob du nun mit ihrem Sohn einen Vertrag schließt oder nicht. Für den Rest deines Lebens. Selbst dann, wenn er sich für einen Surrogat-Omega entscheiden sollte. So funktioniert das. Punkt. Und es verpflichtet dich zu rein gar nichts."

„Sei doch nicht so naiv. Natürlich tut es das. Es ergibt sich eine emotionale Verpflichtung daraus, wenn auch keine rechtliche. Ich kann kein Geld von ihnen annehmen, ohne dass sich das auf meine Entscheidungen auswirkt."

„Ich kenne dich, Vale, und ich kenne dich gut. Es würde dich eher dazu bringen, den Vertrag abzulehnen, nicht anders herum", widersprach Yosef. „Du würdest dich nicht fühlen wollen, als würdest du dich prostituieren."

„Nicht so wie unsere alte Zephyr hier", sagte Vale und warf seiner Katze einen missbilligenden Blick zu. „Die kleine Fischhure."

Für eine Weile herrschte Schweigen, und beide dachten über die Situation nach, während Rosen das Abendessen fertig machte. Vale rieb sich die Augen und stellte sich vor, wie es wäre, sich nicht länger Sorgen ums Geld machen zu müssen. Es war verlockend. Und doch …

„Das Geld steht mir zu, selbst wenn er einen Surrogat-Omega wählt?", fragte Vale. „Wieso?"

„Weil es dir als Omega verboten ist, einen Vertrag mit einem anderen Alpha einzugehen. Lebenslang. Außerdem würde er der Regierung jährlich ein hübsches Bußgeld für den Verlust deines potenziellen Beitrags zur Fortpflanzung in der Welt zahlen."

„Würde er das auch zahlen müssen, wenn ich einen Vertrag mit ihm eingehe?"

„Nur wenn du dich weigerst, vertraglich einer Lebendgeburt zuzustimmen."

Sie starrten einander an.

„Dann wird er dieses Bußgeld in jedem Fall zahlen müssen", sagte Vale schließlich.

„Und auch deinen Unterhalt. Falls er einen Surrogat-Omega nimmt, muss er einen Antrag bei der Regierung einreichen, in dem er seine Gründe dafür darlegt. In deinem Fall würde Unfruchtbarkeit und Alter als Argument ausreichen, und er könnte mit einem anderen Omega zum Zweck der Familiengründung weitermachen. Die Regierung genehmigt das. Aber da du sein *Érosgápe* bist, würde es Blut in den Straßen geben, sollte der ab-gelegte Omega – also du –sich mit jemand anderem fortpflanzen.

Daher gestattet das Gesetz dir das nicht. Und Jason würde das Bußgeld zahlen müssen."

„Aber wenn der Grund dafür, dass er einen Surrogat-Omega nimmt, meine Unfruchtbarkeit wäre, warum würde ihm dafür nicht vergeben werden?"

„Weil es der Regierung vor allem anderen um zwei Dinge geht: Geld und Babys. Punkt. Logik kommt dabei nicht zur Anwendung."

Rosen nahm die gebackenen Süßkartoffeln aus dem Ofen und holte für alle Teller aus dem Schrank.

„Nehmen wir einmal an, er nimmt einen Surrogat-Omega" sagte Vale. Ihm wurde dabei die Kehle seltsam eng. „Was passiert dann mit mir, wenn ich meine Hitze bekomme?"

„Du würdest von nun an sehr diskret dabei sein müssen, wie du mit diesem Problem umgehst. Obwohl ... solange du nur minimalen Kontakt mit deinem Alpha hast, hat er kaum eine Möglichkeit zu wissen, wie du es durch deine Hitzeperioden schaffst. Oder mit wem."

Rosen mischte sich ein. „Ich habe nie verstanden, wieso ein unfruchtbarer Omega abgelehnt werden muss. Kann ein Alpha nicht mit beiden leben? Für einen jungen, starken Alpha kann es doch nicht zu viel sein, sich gleichzeitig um seinen *Erosgápe* und einen Surrogat-Omega zu kümmern."

Vale stieß unwillkürlich ein leises Grollen aus. Bei der Vorstellung, sein Zuhause oder seinen Alpha mit einem anderen Omega zu teilen, drehte sich ihm der Magen um.

Yosef hob amüsiert die Brauen. „Zum einen wegen genau *dieser* Reaktion", sagte er. „Aber noch wichtiger: Es wurde früher versucht. In den alten Zeiten wurden Omegas wie Zuchtvieh behandelt, und bedeutende und mächtige Alphas haben unverpaarte Omegas buchstäblich gekauft, zu dem Zweck, ihren Samen weit und breit zu verteilen. Letztendlich führte das zu einer Verringerung des Genpools sowie zu genetischen Anomalien. Manche Alphas fingen an, ihre Verträge zu widerrufen und ihre Omegas an reichere Alphas zu verkaufen, die sich zwei, drei oder bis zu fünf Omegas hielten. Schließlich schritt die Regierung ein und unterband dieses Vorgehen. Das passierte natürlich lange, bevor die Wolf-Reformer an die Macht kamen. Und scheinbar erkannten sogar die religiösen Extremisten der Überwolf-Partei ein Problem im Menschenhandel."

Vale starrte aus dem Küchenfenster und beobachtete, wie die fallenden Blätter in der Brise tanzten und zu Boden taumelten.

„Aber es gibt keinen Anlass anzunehmen, dass er sich für einen Surrogat-Omega entscheidet", sagte Yosef tröstend.

Vale zuckte die Achseln. Es sollte ihm eigentlich nichts bedeuten, und doch wurde ihm die Brust eng bei dem Gedanken, von seinem *Érosgápe* abgelehnt zu werden. In seinem Herzen kam offenbar auch keine Logik zur Anwendung, wie es schien.

„Wie können wir dir schmackhaft machen, den dir zustehenden Unterhalt anzunehmen?", fragte Yosef und brachte das Gespräch wieder zum Thema Geld.

„Gar nicht."

„Mir wird etwas einfallen."

„Abendessen ist fertig." Rosen stellte Teller mit Fisch und gebackenen Süßkartoffeln auf den Tisch.

Das Thema von Vales unerwartetem *Érosgápe* wurde für die Dauer der Mahlzeit fallen gelassen. Stattdessen sprachen sie über Rosens und Yosefs zaghafte Pläne bezüglich der bevorstehenden Herbstnacht-Feierlichkeiten. Nach dem Essen erledigten sie den Abwasch und zogen in Vales Arbeitszimmer um. Yosef war eindeutig bereit, die Geld-Diskussion wieder aufzunehmen, aber als er seinen Mund öffnete, um loszulegen, klingelte es an der Tür.

Vale bekam ein ganz flaues Gefühl im Magen, als er durch den Flur zur Vordertür ging.

Konnte das Jason sein? Hoffte er darauf oder graute ihm vor

dieser Möglichkeit? Er verfluchte die verdammte *Érosgápe*-Prägung. Sie machte alles so verwirrend.

Ein Bote stand auf der Treppe vor der Tür, zwei dicke Briefumschläge unter den Armen.

„Mr. Aman?"

„Ja, der bin ich."

„Die kommen aus dem Anwaltsbüro Tissue & Freet. Wenn Sie bitte hier unterzeichnen würden …" Er hielt Vale ein Formular und einen Stift hin.

Während Vale unterschrieb, tauchte Yosef an seiner Seite auf. „Was ist das?"

„Keine Ahnung." Vale gab dem Boten das Formular zurück und nahm die beiden Umschläge entgegen. „Sie kommen aus einem Anwaltsbüro." Er steckte sie sich unter den Arm und beobachtete, wie der Bote über den Rasen vor dem Haus lief und versuchte, nicht auf das gefallene Laub oder die Eicheln von dem Baum am Gartentor zu treten. „Vielleicht hat Rory mir die Bedingungen meines vorübergehenden Rücktritts geschickt, aber ich kann mir eigentlich nicht vorstellen, dass dazu zwei so dicke Pakete nötig sind."

„Äh, nein", murmelte Yosef und nahm Vale den obersten Umschlag ab. „Das wird die Eröffnung der Vorverhandlungen sein. Alles über Jason Sabel, was seine Familie zu deiner Information als wichtig erachtet und dir zur Prüfung und Erwägung vorlegt, bevor die offiziellen Vertragsverhandlungen beginnen."

Als sie zurück zum Arbeitszimmer gingen, rannte Zephyr ihnen vor die Füße, den Schwanz hoch erhoben. Vale schaltete das Flurlicht ein und benutzte dabei den Dimmer, den sein Vater installiert hatte, um die Atmosphäre angenehm intim zu machen. Seit dem Tod seiner Eltern drehte Vale das Licht nur selten auf volle Helligkeit. Er bevorzugte das Geschenk von Schatten anstelle der schonungslosen Offenbarungen weißer Glühbirnen.

Zurück im Arbeitszimmer kuschelten Yosef und Rosen zusammen auf dem Sofa, mit Zephyr hingegossen auf Rosens Schoß. Vale setzte sich in seinen Sessel, und dann starrten sie alle die dicken Umschläge auf dem Couchtisch an.

„Eröffnung der Vorverhandlungen", erklärte Yosef als Antwort auf Rosens fragenden Blick.

„Jetzt schon? Es sind ja noch nicht einmal vierundzwanzig Stunden!"

„Wahrscheinlich haben sie schon bei Jasons Geburt die Akte angelegt und dann immer weiter vervollständigt", vermutete Yosef. „Die meisten Familien tun das. Und wenn die Zeit dann gekommen ist, müssen sie nur noch die aktuellsten Informationen oben draufpacken – für gewöhnlich die schulischen Abschlüsse des Alphas, spezielle Pläne für die nächste Zukunft, Karriereziele, Lebensumstände, sowas in der Art. Aber von diesen Dingen abgesehen, haben sie bereits für die Familie des Omegas, auf den ihr Sohn geprägt wird oder den er für einen Vertrag in Betracht zieht, ein nettes Paket geschnürt."

Vale nahm einen der Umschläge, wog ihn in der Hand und betrachtete das ungebrochene Siegel. „Das sind ziemlich fette Umschläge für so wenig Lebensjahre."

„Es ist wahrscheinlich auch viel über die Familie enthalten. Der Stammbaum, Berichte über die jüngsten Lebendgeburten in der Familie, Besitztümer, auf die Jason das Erbrecht hat, Geschäftsunternehmen. Im Grunde alles, was du möglicherweise über die Sabels und Hoffs wissen wollen könntest. Und angesichts ihres Reichtums und ihres Status könnten diese Information durchaus bis zurück in die frühen Jahre nach dem Großen Sterben reichen."

„Was soll ich denn mit dem ganzen Zeug anfangen?" Vale hielt den Umschlag an seine Nase. Er konnte den süßlichen Geruch von frischem Papier riechen, aber auch den Staub von alten Dokumenten. Was immer in diesen Umschlägen steckte, war mehr an Information, als er wissen wollte. Aber es waren all die Dinge, von denen die Sabels erwarteten, dass sie ihn interessierten.

„Ich gehe das gern mit dir durch, wenn du willst. Ich habe schon früher Vertragsverhandlungen begleitet."

„Ich kann mich mit einem Buch zurückziehen, oder besser noch, in den Lebensmittelladen springen, um deine Vorräte aufzustocken", bot Rosen an. „Was immer auch in diesen Paketen steckt, geht mich nicht das Geringste an."

Vale nickte nachdenklich. „Das weiß ich zu schätzen. In der zweiten Küchenschublade ist reichlich Bargeld. Unter den Messern."

„Weil ein Dieb definitiv Zugang zu Waffen haben sollte, bevor er dich beraubt. Klar", tadelte Rosen.

Vale zuckte mit den Schultern. Früher hatte er sein Geld in einem Safe im Arbeitszimmer seines Vaters aufbewahrt – das jetzt als Gästezimmer diente – aber dann hatte er die Kombination vergessen, nachdem er eine schöne Stange Geld darin eingeschlossen hatte. Für alle Ewigkeit, wie es schien. Also stopfte er jetzt alles Geld, das er von der Bank abhob, in die Küchenschublade. Warum auch nicht? Es gab jede Menge schönere Häuser in der Oak Avenue, die irgendwelche Diebe sich vornehmen konnten, bevor sie seines ausraubten. Wer würde schon ein Haus mit einem überwucherten Garten und den völlig verstaubten Möbeln, die man durch die Fenster sehen konnte, als lohnendes Objekt für einen Raub erachten?

Rosen schob Zephyr zur Seite, die mit einem schrillen Miauen protestierte und auf eines der Bücherregale sprang. In ihrem Trotzanfall schaffte sie es, einige der dünneren Exemplare herunterzuwerfen.

„Sie mag dich sowieso lieber als mich. Nimm sie einfach mit, wenn du gehst." Vale starrte stirnrunzelnd auf das Buch über calitanische Dichtung, das auf dem Boden gelandet war, in der

Mitte aufgeschlagen..

„Yosef verlangt zu sehr meine Aufmerksamkeit." Rosen kicherte. „Bei dir hat sie es besser. Also gut, ich bin in anderthalb Stunden mit etwas frischer, schimmelfreier Nahrung wieder hier." Er beugte sich hinab, um Yosefs Stirn zu küssen, dann machte er sich auf und rief über die Schulter zurück: „Heuere meinen Geliebten als Anwalt an, okay? Bevor du dich in irgendwas reinreitest, Vale."

Vale stand aus dem Lehnsessel auf und nahm die Umschläge mit zum Sofa. „Yosef, du weißt, ich vertraue deinem Urteil. Ungeachtet unserer Meinungsverschiedenheit in dieser Geldsache – würdest du als mein Anwalt in dieser Angelegenheit fungieren?"

„Selbstverständlich."

„Ich nehme an, es wäre nachlässig von mir, dich nicht nach deinem Honorar zu fragen."

„Ich verzichte."

„Ich bestehe darauf, dich zu bezahlen."

„Wenn du die Vergütung der Sabels annimmst, werde ich es erwägen. Wenn nicht, dann auf keinen Fall."

Vale seufzte und hielt Yosef den ersten Umschlag hin. „Wenn du dir die Ehre geben würdest ...."

„Mit Vergnügen."

DA WAREN FOTOS. Das hatte Vale nicht erwartet.

Das erste Bild zeigte einen winzigen Jason auf dem Schoß seines Paters, das Gesicht verschmiert mit etwas, das aussah wie Schokoladentorte. Auf der Rückseite waren sauber die Worte „Kleiner Schmutzfink, Alter 2 Jahre" gedruckt. Auf dem zweiten Foto war Jason auf dem Arm seines Vater zu sehen, die kleine Faust an seinen Schmollmund gedrückt. Die dritte Aufnahme stammte von Jasons fünftem Geburtstag – seine engelhaften Pausbacken glühten im Schein der fünf Kerzen seiner Geburtstagstorte. Weiter ging es mit einem etwas peinlichen Foto von Jason in der Pubertät; seine Nase war zu groß für sein Gesicht, und auf der rechten Wange blühte ein großer Pickel. Aber er lächelte, und Vale erkannte das Lächeln vom Morgen dieses Tages wieder, das ihn für einen Moment so wundervoll aus der Bahn geworfen hatte.

„Er ist klug", sagte Yosef und tippte auf das letzte Foto. „Das ist eine Auszeichnung seiner Schule für die besten Noten im Wissenschaftsbereich."

Vale hatte die kleine Trophäe in Jasons Händen noch gar nicht beachtet. Er war zu fasziniert von dem schlaksigen Jungen, der er einst gewesen war. Na ja, dem *noch* schlaksigeren Jungen. Jason war immer noch groß und dünn und bewegte sich wie ein Hundewelpe, der erst noch in sein Fell wachsen musste.

„Ich bin sicher, seine Schulzeugnisse sind auch irgendwo da drin", sagte Yosef und begann, die restlichen Papiere durchzusehen.

„Wieso schicken sie mir diese Fotos?" Vale nahm noch einmal die ersten Bilder von Jason als Baby in die Hand. Die Eltern, Yule und Miner, sahen auf ihnen sehr jung aus. Sie schienen vor Glück zu glühen, und der kleine Jason in ihren Armen war entzückend.

„Aus zwei Gründen. Erstens, um zu zeigen, dass Jason ein gesundes Kind war, aber auch um deinen Wunsch nach einem eigenen Baby anzuregen. ‚Sieh nur, wie niedlich dein Alpha war! Willst du nicht mit ihm zusammen ein eigenes Baby machen?'"

Vale nagte an seiner Unterlippe. Um ehrlich zu sein … ja, unter anderen Umständen würde er gern ein Baby haben wollen – um die Gene seiner Eltern weiterzutragen und um seine eigenen Sehnsüchte sowie wohl auch die seines Alphas zu befriedigen. Aber …

„Funktioniert es?", fragte Yosef leise, während er weitere Papiere überflog und nach einem Schema sortierte, das sich Vales Verständnis entzog.

„Das spielt keine Rolle, oder?" Vale zuckte Achseln und legte die Fotos zur Seite. „Was haben wir noch?"

„Einen Brief von seinen Eltern." Yosef reichte ihn Vale. „Zum größten Teil nur das Übliche: dass sie sich für ihren Sohn eine gute Verpaarung erhoffen, dass sie sich Enkelkinder wünschen und zuversichtlich sind, dass die Familien sich in freundschaftlicher Weise verbinden werden. Aber auf der zweiten Seite wird es interessant. Sie beschreibt Mr. Hoffs biologische Verfassung, möglicherweise vererbbar, die es ihm beinahe unmöglich macht, ein Kind bis zur Reife auszutragen. Das ist nur insofern von Bedeutung, dass dein eigener Nachwuchs mit Jason diese Gene erben könnte."

Vale wurde die Brust eng; Erinnerungen an Schmerzen und Blut füllten sein Herz mit Traurigkeit und einem Hauch Panik. Er schloss die Augen. Urhos erste Beurteilung und ein anschließender Besuch bei einem anderen Arzt, um herauszufinden, warum Vale manchmal Schmerzen hatte, wenn er Urhos Knoten aufnahm, hatte keine guten Nachrichten gebracht. Es hatte sich Narbengewebe gebildet, und es war höchst unwahrscheinlich, dass Vale eine Geburt überleben würde.

Was damals lediglich auf verschwommene Weise traurig an dieser Diagnose gewesen war, hatte jetzt ein Gesicht und einen Namen: Jason. Wie schrecklich, seinen jungen und wundervollen Alpha mit den Fehlern aus der Vergangenheit enttäuschen und verletzen zu müssen. Wie schrecklich, dem Jungen seine Chance auf ein Leben mit seinem *Érosgápe* zu nehmen.

Scham überkam Vale.

„*Willst* du Kinder, Vale?", fragte Yosef sanft.

„Wir wissen beide, dass das unmöglich ist", flüsterte Vale. Yosef nahm die Antwort schweigend zur Kenntnis und ließ die Traurigkeit einen Moment in der Luft hängen. Schließlich fragte Vale mit zitternder Stimme: „Wie verfahren wir jetzt mit all dem hier?"

„Die Offenlegung von Miner Hoffs genetischen Zustand spielt

uns eigentlich eine perfekte Karte in die Hand." Yosef drückte Vales Knie. „Ein Omega, der so gelitten hat wie er – und wahrscheinlich noch immer leidet, wenn man die Gesetze rund um medizinische Eingriffe in Betracht zieht – wird nicht darauf bestehen, dass ein anderer Omega einer ungewollten, schmerzhaften und möglicherweise tödlichen Erfahrung zustimmt. Außer er ist ein schrecklicher Mensch, und das erscheint mir nicht wahrscheinlich. Bleibe einfach standhaft und mache ihnen klar, dass das gegen deine Wünsche geht. Dann werden sie entweder nachgeben und zustimmen dass stets Alphakondome zur Verhütung verwendet werden, oder sie werden sich nach einem Surrogat-Omega umsehen. Ich nehme an, an diesem Punkt wird das Jasons Entscheidung sein."

„Er ist so jung; in Wirklichkeit werden seine Eltern das entscheiden. Sie werden ihn überzeugen."

„Welche Lösung wäre dir die liebste?"

„Ich weiß es nicht." Vale fuhr sich nervös mit der Hand durchs Haar. „Wie Jason es heute ausdrückte, es gibt das Ich, das ich bin, und es gibt das Ich, das er in mir erweckt hat, und diese beiden Ichs wollen nicht dasselbe. Vor vierundzwanzig Stunden war ich glücklich und zufrieden mit meinem Leben, wie es ist. Aber jetzt kann ich nicht wirklich sagen, dass ich wünschte, diese Sache hier wäre nie passiert. Es wäre gelogen zu behaupten, dass ich mir nicht wünsche, er möge sich für mich entscheiden." Vale schnaubte, stand auf und ging zum Barschrank, wo er Scotch für sie beide einschenkte. „Ich weiß nicht das Geringste über ihn und gräme mich schon jetzt bei dem Gedanken, dass er die klügere Entscheidung treffen könnte. Er sollte sich für einen jungen Surrogat-Omega entscheiden, der ihm noch jahrelang Kinder schenken kann. Was habe ich ihm denn schon zu bieten?" Er reichte Yosef ein Glas.

„Dich selbst. Und du bist nicht gerade ein Trostpreis."

„Ich bin viel älter als er und kann ihm kein Kind gebären. Ich weiß, die Vereinigung von *Érosgápe* ist so etwas wie der reinste Himmel, aber kann das wirklich all die anderen Probleme ausgleichen? Die gesellschaftliche Ausgrenzung, die er erfahren wird, weil alle anderen seines Jahrgangs Omegas im angemessenen Alter haben. Wenn sie wilde Partys feiern und ich lieber ein entspanntes Abendessen mit ausgesuchten Freunden hätte. Wenn sie ein Baby nach dem anderen bekommen und Familien gründen. Ist es das wert? Was wird er denken? ‚Na ja, wenigstens konnte ich Vale meinen Knoten geben, bis wir beide nicht mehr geradeaus gucken konnten? Wenigstens habe ich bei unserer ausgezeichneten und fruchtlosen Vereinigung mein Kondom bis zum Bersten mit meinem Samen gefüllt?‘ Wohl kaum.“

„Ihr seid *Érosgápe*. Niemand wird ihn je so befriedigen, wie du es kannst. So ist es nun einmal, und so wird es immer sein. Er wird sich für dich entscheiden, Vale.“

„Ich will nicht, dass er das tut!“ Vale stürzte seinen Scotch hinunter und schenkte sich einen zweiten ein, während der Alkohol noch in seiner Kehle brannte.

„Gerade hast du noch das Gegenteil gesagt.“

Vale stöhnte. „Ich weiß. Ich meine, ich will, dass er ein schönes Leben hat. Als er heute Morgen hier war …“

Yosef trank sein Glas ebenfalls aus, und seine Stimme war heiser, als er sagte: „Sprich weiter. Als er heute Morgen hier war, was?“

Vale setzte sich wieder neben seinen Freund aufs Sofa. All die Papiere verhöhnten ihn mit dem Versprechen auf die Familie, die er nie haben würde. „Er ist ein guter Junge mit einem guten Herzen, und er verdient eine Familie und ein normales, solides Leben.“

„Wah, wah, wah.“

„Was?“

„Du musst endlich aufhören, dich selbst immer weiter zu bestrafen für die Entzugshitze, die du durchgemacht hast, und alles, was danach passiert ist." Die nackte Wahrheit funkelte in Yosefs Augen, so wie oft, wenn er etwas trank. Es war wahrscheinlich ein Fehler gewesen, ihm den Scotch zu geben. „Du verdienst es, glücklich zu sein, Vale. Wenn du den Vertrag mit ihm tatsächlich ablehnst, dann tu es wenigstens, weil du aufrichtig glaubst, allein glücklicher zu sein."

„Ich wäre nicht allein. Ich hätte immer noch dich und Rosen und Urho."

„Du hättest uns in jedem Fall. Vielleicht wäre Urho dann nicht mehr dein Liebhaber, aber er wird immer Teil deines Lebens sein. Du kannst uns alle *und* Jason haben. Niemand verlangt von dir, uns aufzugeben. Und du musst dich nicht selbst dafür bestrafen, dass du vor all den Jahren Hitzedämpfer genommen hast – da hattest du Urho noch nicht und wusstest nicht, was du sonst tun solltest."

„Ich hatte aber schon vorher eine Entzugshitze durchgemacht und hätte es besser wissen müssen", flüsterte Vale.

„Vale, verzweifelte Menschen tun verzweifelte Dinge. Es war nicht deine Schuld."

„Ich hätte das Baby bekommen können."

„Ist es das, worum es geht? Fühlst dich schuldig wegen deiner Entscheidung?"

Vale hatte damals nicht das Gefühl gehabt, wirklich eine Wahl zu haben. Der Gedanke, das Kind eines völlig fremden Alphas aus-zutragen und es dann allein großzuziehen, war entsetzlich gewesen. Und dann zu versuchen, sich als unverpaarter Omega ohne Vertrag und ohne Alpha eine Existenz aufzubauen, mit einem Kind? In dieser Gesellschaft, diesem politischen Klima? Und so bald nach dem Tod seiner Eltern? Unmöglich, und dem Kind gegenüber nicht fair. Welche Zukunft hätte es gehabt?

Wenn er jetzt sein Leben betrachtete, konnte er sich nicht einmal vorstellen, wie es mit einem halb erwachsenen Kind darin wäre, das die Situation mit Jason sogar noch komplizierter machen würde. Nein, eigentlich hatte er keine Schuldgefühle wegen seiner damaligen Entscheidung. Aber er bedauerte die Konsequenzen, die sie nach sich gezogen hatte, und den Umstand, dass er nun deswegen noch so viel weniger hatte, was er dem jungen, hübschen Alpha bieten konnte, der ihn so verzweifelt und entgegen jeder Logik als seinen Omega wählen wollte.

„Ich wünschte, mein ganzes Leben wäre anders verlaufen. Ich wünschte, ich wäre Jason begegnet, als es der richtige Zeitpunkt dafür war. Als all meine Altersgenossen ihren *Érosgápes* begegnet sind. Oder ich wünschte, ich wäre ihm überhaupt nicht begegnet und könnte einfach mit Urho weitermachen, bis einer von uns oder beide es leid werden oder sterben."

„Eigentlich bist du der perfekte Partner für einen Neunzehn-jährigen", sagte Yosef. „ So wie du nach Dingen schmachtest, die du nicht haben kannst und die nie eintreten werden."

Vale schnaubte ein Lachen. „Ist das deine Art, mir zu sagen, ich soll endlich erwachsen werden?"

„Ja. Werd erwachsen, Vale. Krieg deinen Arsch hoch und stell dich der Situation." Yosef zog seine weißen Augenbrauen zusammen. „Du musst dir einen Plan überlegen. Es wird jetzt alles schneller passieren, als du denkst."

Zephyr warf ein weiteres Buch aus dem Regal, und sie zuckten beide zusammen.

„Siehst du? Sogar deine Katze stimmt mir zu. Hör auf, dich selbst zu geißeln und dir unmögliche Dinge zu wünschen. Atme tief durch. Akzeptiere die Situation so, wie sie ist, und dann lass uns zusammen in die Zukunft blicken. Okay?"

Vale nahm den letzten Schluck Scotch aus seinem Glas, dann stellte er es mit einem Knall auf den Couchtisch und nickte. „Gegen deine Logik kommt man nicht an. Ich bin fertig mit Schmollen. Also, was jetzt?"

„Hier ist eine Liste ihres Vermögens und ihrer Besitztümer.

Schauen wir mal, was dein Alpha einmal erben wird, und vergleichen es mit dem, was du mitbringst, um festzustellen, mit was für Angeboten wir rechnen können. Dann können wir zu deinen Gunsten verhandeln. Das sollte nicht allzu schwierig werden, insbesondere, da er ihr einziges Kind ist. Ich bin sicher, dass er ganz schön verwöhnt ist. Seine Eltern werden nicht besonders viel Übung darin haben, nein zu ihm zu sagen."

Vale nickte und nahm die Vermögensaufstellung in die Hand. Er konnte erst einmal nichts anderes tun als so weiterzumachen, als würde Jason sich für ihn entscheiden, trotz all seiner Fehler und Mängel.

Und falls Jason es nicht tat? Falls er die klügere Wahl treffen sollte?

Dann war immer noch Zeit für Vale, sich zu überlegen, wie er mit seinem gebrochenen Herzen weiterleben sollte.

KAPITEL 8

JASON STAND AM Fenster seines Zimmers und blickte über den gepflegten Rasen hinweg zu der Straße, die zu Vales Haus führte. Heute Morgen hatte er die komplette Dosis Alphastiller eingenommen – unter der Aufsicht seines Vaters, der bereits vor seiner üblichen Aufwachzeit ins Zimmer gekommen war, um sicherzustellen, dass Jason alle vier Pillen schluckte.

Das Mittel half ihm, bei klarem Verstand zu bleiben, aber er hasste die Wirkung auch. Er wollte den sehnsuchtsvollen Sog der Aufprägung fühlen; er wollte ihm nachgeben und die Straße hinunterlaufen, vorbei an all den Alphas und Omegas, die ihrem Alltag nachgingen. Er wollte Vale wiedersehen. Scheiß auf die Regeln. Aber er wusste es besser, und der Alphastiller half ihm, nicht zu vergessen, aus welchen Gründen er geduldig sein musste.

Jedenfalls für heute.

Er ging hinunter in die Küche, wo er sich ein Ei-Sandwich zum Frühstück machte. Er aß es im Stehen, während er sich an die Tür von Vaters Arbeitszimmer lehnte und den gedämpften Stimmen seiner Eltern lauschte, um vielleicht ein Fitzelchen Information zu erhaschen. Als sich die Tür öffnete, sprang er zur Seite und tat so, als würde er sich in dem großen Spiegel im Flur betrachten. Er betastete sein Haar und inspizierte seine Zähne in der Hoffnung, dass es aussah, als würde er nichts weiter tun, als sich in ein wenig Eitelkeit zu ergeben.

Paters hochgezogene Brauen verrieten ihm, dass seine Hoffnung vergebens war.

„Komm rein, Junge. Wir würden dir gern zeigen, welche Erkenntnisse Jeft Mellor gewonnen hat."

Jason wandte sich vom Spiegel ab und betrat das Arbeitszimmer seines Vaters. Die Fenster waren geöffnet, sodass eine kühle Herbstbrise den Zigarettenqualm nach draußen trug, aber die Metallschale an der Seite von Vaters Schreibtisch und die vier zerdrückten Kippen darin gaben Zeugnis von Paters fortdauernder Nervosität und Sorge.

„Setz dich." Vater nickte zu dem zweiten Sessel vor seinem Schreibtisch. Er trug sein übliches Oxfordhemd und eine Anzughose. Sein Jackett und eine Krawatte hingen auf einem Kleiderständer neben seinem Schreibtisch bereit, aber die trug er nur, wenn er Besuch von Geschäftspartnern bekam.

Vaters blondes Haar hatte er mit dem nach Limone duftenden Öl, das er stets benutzte, aus der Stirn frisiert, und seine blauen Augen wirkten müde, aber nicht ungehalten. Jason wertete das als gutes Zeichen.

Pater ließ sich in dem anderen Sessel nieder. Er hatte die weiche Hose vom Vortag gegen eine schickere getauscht, die nach der neuesten Mode geschnitten war. Dazu trug er einen stylischen Pullover, die Ärmel bis zu den Ellenbogen hochgeschoben, sodass sie nicht verbergen konnten, wie sehr seine Hände zitterten. Er steckte sie zwischen seine Beine und nickte Vater zu.

„Du kannst ruhig rauchen, wenn du willst", flüsterte Jason. „Es macht mir nichts aus."

Pater lächelte sanft. „Ich habe schon genug geraucht. Es ist Zeit, dass wir reden."

Vater warf einen zentimeterdicken Stapel Papiere sowie drei dünne, leinengebundene Bücher auf den Tisch. „Ich hoffe, Mr. Aman hat einen Anwalt engagiert, der ihm helfen kann, seine Offenlegungsformulare vorzubereiten. Es ist zu bezweifeln, dass er ein Omegapaket bereitliegen hat. Aller Wahrscheinlichkeit nach sind sämtliche Informationen, die seine Eltern zusammengestellt haben, längst verschwunden, da sie als unnötig betrachtet wurden. Insofern werden wir wohl nie alle Einzelheiten erfahren, die wir gern über seine Familie wüssten."

„Das ist nicht schlimm", sagte Jason.

Vater presste die Lippen zusammen, widersprach aber nicht. „Die gute Nachricht ist, dass sein Vater Forschungsassistent in Mont Juror war, es besteht also wahrscheinlich kein Mangel an Intelligenz. Und sein Pater hatte einen uneingeschränkten Ruf als guter Mann. Führte einen hervorragenden Haushalt. Sie waren gesellschaftlich sehr beliebt."

Jason behielt eine neutrale Miene bei. Er wusste, diese Dinge sollten ihm wichtig sein, aber all das interessierte ihn nicht. Die Bedeutung gesellschaftlichen Ansehens war nichts im Vergleich zu der Schönheit von Vales Augen.

Vater fuhr fort: „Das Erste, was wir hier haben, ist der geschätzte Wert von Vales Haus in der Oak Avenue. Es ist unbelastet und gehört Mr. Aman voll und ganz; er hat es von seinen Eltern geerbt. Da du jedoch unser Haus erben wirst, wirst du seines nicht behalten müssen. Sobald ihr verpaart seid, kannst du es verkaufen und ein angemesseneres erwerben, das näher bei uns liegt, und–"

„Aber wenn ihm sein Haus gefällt, warum sollten wir dann nicht einfach dort wohnen?"

Vater runzelte die Stirn, und Pater hüstelte.

„Nun?", drängte Jason.

„Die Oak Avenue liegt in einem Viertel der Stadt, wo die gehobene Mittelklasse zuhause ist. Das ist natürlich nichts, dessen man sich schämen müsste, aber unpassend für einem Mann mit deinem Erbe", sagte Vater.

Jason ballte die Fäuste, während er zuhörte, wie sein Vater weiterredete und die kleine Waldhütte beschrieb, die Vale ebenfalls geerbt hatte, die jedoch schon lange vor dem Tod seiner Eltern verfallen war. „Die kannst du ebenfalls verkaufen."

„Kann ich bitte Papier und einen Stift haben?", fragte Jason.

Vater blickte überrascht von den Dokumenten auf. „Sicher." Er reichte Jason einen Notizblock und einen Bleistift. „Wofür brauchst du das?"

„Nur, um meine Gedanken festzuhalten."

Jason schrieb:

Wenn Vale sein Haus gefällt, werden wir so lange dort wohnen, wie er will.

Falls Vale die Waldhütte instandsetzen will, werden wir das tun. Falls er sie lieber loswerden will, werde ich sie renovieren und verkaufen.

Pater änderte seine Sitzhaltung, tat aber so, als würde er nicht versuchen zu lesen, was Jason geschrieben hatte. Jason verbarg seine Notizen nicht, aber er machte es Pater auch nicht gerade leichter.

„Okay, kann weitergehen. Was kommt als Nächstes?"

„Er schreibt Gedichte", sagte Vater mit einem Hauch Missbilligung in seinem Tonfall.

„Ich weiß."

„Das hat er dir gesagt?" Pater wirkte überrascht.

„Ja."

„Hat er dir auch gesagt, dass …" Vater räusperte sich. „Hat er gesagt, dass es anzügliche Gedichte sind?"

„Er sagte, er fände nicht, dass ich sie jetzt schon lesen sollte. Dass sie Hitze zum Thema haben, und Alphas, die ihm geholfen haben." Jasons packte den Bleistift so fest, dass seine Knöchel weiß wurden.

„Das ist nur Instinkt", flüsterte Pater mit einem Nicken zu Jasons verkrampften Fingern und tätschelte beruhigend sein Knie. „Logik kann Instinkt beherrschen, wenn wir uns bemühen."

Jason zwang sich, seine Hände zu öffnen. „Es gefällt mir nicht, aber Vale kann nichts dafür, dass ich nicht da war, als er mich gebraucht hätte."

Vater sah von Pater zu Jason, wie um ihrer beider Reaktionen zu beurteilen, dann nickte er langsam. „Einverstanden."

„Aber ich stimme Vale in dieser Sache zu", sagte Pater. „Zu wissen, dass er kaum eine andere Wahl hatte, als einen sicheren Alpha zu wählen, der ihm durch seine Hitzen half, ist eine Sache – aber seine Gedichte zu lesen, ist etwas völlig anderes. Ich schlage vor, dir die Idee aus dem Kopf zu schlagen."

„Wieso er es überhaupt für nötig befand, darüber Gedichte zu schreiben, entzieht sich meiner Vorstellung." Vater lehnte sich mit angespannter Miene in seinem Stuhl zurück.

Pater verdrehte die Augen. „Yule, was passiert ist, ist passiert."

„Wird er etwa auch Gedichte über Jason schreiben und veröffentlichen? Ich finde, wir sollten eine Klausel in die Verträge einschließen, um weitere Gedichtpublikationen zu unterbinden."

„Das ist absurd." Pater lachte.

„Nein", sagte Jason. „Auf keinen Fall." Der Gedanke, Vale könnte Gedichte über ihn schreiben, war geradezu berauschend schön. Jasons Herz zog sich freudig zusammen. Er wollte Vales Aufmerksamkeit verdienen, seine ihm gewidmeten Worte. „Er wird schreiben, was seine Inspiration ihm sagt."

Vater schnaubte, zuckte aber die Achseln.

Jason notierte auf seinem Block: *Es ist Vale erlaubt, alles zu schreiben, was er will.*

Pater schnalzte mit der Zunge und flüsterte: „Als wenn du ihn davon abhalten könntest. Aber es ist gut, Liebes. Schreib es nur auf."

Vater zog ein weiteres Papier hervor und runzelte die Stirn. „Das hier ist sehr bedenklich. Es ist Teil einer Akte aus einer Arztpraxis, die er vor einigen Jahren besucht hat. Er hat dort über Beschwerden bei der Aufnahme des Alphaknotens während seiner

Hitze geklagt."

Jason ballt erneut die Fäuste, aber er atmete tief ein und aus.

„Offenbar gibt es Narbengewebe unbekannter Ursache, das sich mit großer Sicherheit als problematisch bei Schwangerschaft und Geburt erweisen wird."

„Schwangerschaft und Geburt sind grundsätzlich problematisch", sagte Pater leise. „Nimm noch sein Alter hinzu, und jetzt das? Ich denke nicht, dass wir von ihm erwarten dürfen, in der Lage zu sein–"

„Eins", sagte Vater entschieden.

„Yule …"

„Jason ist unser einziger Sohn. Und nach allem, was wir mit meinem Pater durchgemacht haben, nach allem, was wir erduldet haben, damit das Geschlecht der Sabels weiterbesteht?"

Pater bedeckte sein Gesicht mit einer Hand, während er mit der anderen nach seinen Zigaretten tastete.

„Jason, diese Sache ist wichtig. Wenn du einen Vertrag mit diesem Mann eingehen willst, musst du lange und gründlich darüber nachdenken." Vater sah ihn ernst und eindringlich an. „Verstehst du, was hier auf dem Spiel steht? Was du in Betracht ziehen musst? Generationen vor dir haben gelitten, damit du auf die Welt kommen konntest, um die genetische Linie fortzusetzen. Wenn er nicht gebärfähig ist, gibt es andere Optionen. Du kannst einen Surrogat-Omega–"

„Hör auf", unterbrach ihn Pater, eine Zigarette zwischen den Lippen, während er ein Streichholz entzündete. „Wir wissen nicht, ob der Mann Kinder will oder nicht. Wir werden das bei den Verhandlungen besprechen."

„Wen interessiert, ob er Kinder will? Was ist mit Jason?"

„Wie du schon sagtest, Jason hat verschiedene Optionen." Rauch wirbelte aus Paters Nase, als er scharf ausatmete. „Diese Entscheidung unterliegt den beiden als *Erosgápe*, nicht uns."

Vaters Schultern verspannten sich, und er biss die Zähne zusammen, sagte aber nichts mehr über Surrogate oder Fortpflanzung. Stattdessen wandte er sich dem nächsten Punkt zu: dem Einkommensverlust, den Vale erlitten hatte, als Kanzler Rory ihn von seinem Posten an der Universität entbunden hatte.

„Es ist klar, dass wir sein Gehalt in Form einer Unterhaltszahlung ersetzen. Es handelt sich um eine vertretbare Summe." Vater nahm die Papiere in die Hand und schob sie in eine braune Aktenmappe. „Abgesehen von dem grausamen Bericht über den Tod seiner Eltern – ich halte es für unnötig, dass du die Einzelheiten davon erfährst – ist das alles, was wir für den Moment haben. Falls wir weitere Informationen bekommen, werden wir es dich wissen lassen."

Jason starrte die schmalen Gedichtbände auf dem Schreibtisch seines Vaters an. „Dürfen wir die behalten?"

„Ich dachte, wir wären uns einig?"

„Aber es handeln nicht all seine Gedichte von Hitze oder Sex, stimmt's?"

Vater warf einen Blick zu Pater; es war eine ihrer wortlosen Konversationen. Als Vater nickte, griff Pater nach den Büchern. „Ich kann sie lesen und die angemessenen Werke für dich herausreißen, wenn du das möchtest."

Jason leckte sich die Lippen. Vale hatte die sexuellen Gedichte als Grund dafür genannt, nicht zu wollen, dass Jason die Bücher las. Über die anderen Gedichte hatte er nichts gesagt. Und während der Gedanke, die Bücher zu zerstören, um an wenigstens einige der Gedichte zu kommen, unerfreulich war, war das immer noch besser, als überhaupt nicht zu erfahren, was sein Omega im Laufe der Jahre geschrieben hatte. „Ja, bitte. Ich würde sie gern lesen."

Pater nickte und steckte sich die Bücher unter den Arm. Dann drückte er seine Zigarette aus und erhob sich langsam. „Ich ziehe mich ins Musikzimmer zurück. Was gibt es zum Abendessen?"

Vater schnaubte leise. „Etwas vom Lieferdienst, wenn es so weiter geht. Aber ich habe die Lendenfilets zum Auftauen rausgelegt."

„Ich werde essen, was immer du mir bringst." Pater lächelte ihn an. „Alles, was ich nicht selbst kochen muss, ist gut."

„Das trifft auch auf uns andere zu", sagte Vater lachend, und seine blauen Augen verloren etwas von ihrer erschöpften Härte. „Also dann, beginne du nur deinen Tag."

„Was ist mit mir?", fragte Jason. „Ich müsste jetzt eigentlich in meinem Politikkurs sein."

„Kanzler Rory hat zugestimmt, dass du erst Montag zum Unterricht zurückkehrst. Es gehört zum üblichen Protokoll, dass du isoliert bleibst, bis die Alphastiller sich in deinem Körper gesetzt haben." Vater runzelte die Stirn. „Aber es ist natürlich nicht gut, nur herumzusitzen. Du könntest Miners Wagen waschen und polieren. Und danach überlegen wir uns etwas anderes, womit wir dich beschäftigen können."

„Andere Familien unseres Standes haben Betadiener, die solche Aufgaben für sie erledigen. Und die kochen."

„Andere Familien haben nicht deinen Pater als Omega. Er legt Wert auf seine Privatsphäre. Und ich ebenfalls."

Den Wagen zu waschen und zu wachsen, nahm mehrere Stunden in Anspruch und beschäftigte Jasons Gedanken für eine Weile. Zwischendurch schweifte er in Fantasien ab und malte sich aus, Vale ein brandneues Auto frisch vom Fließband zu schenken und dann mit ihm für eine Woche ins Strandhaus zu fahren und faul mit ihm im Sand zu liegen. Er fragte sich, ob er wohl einen Wagen in Coelinblau bekommen könnte.

Danach ging er auf sein Zimmer, um noch einmal zu duschen. Er schlüpfte in eine saubere Hose – perfekt geschnitten, vom Schneider seines Paters – und ein grünes Oberhemd. Er begann mit einer Hausaufgabe für Professor Rocheras Biodiversitätskurs und nahm sich viel Zeit, um die Flügel der Saturnmotte detailgetreu zu zeichnen. Dann übte er noch ein wenig Gitarre, spielte einige Stücke, die er kannte, und versuchte, ein eigenes zu schreiben. Er war nie ein besonders begeisterter Musiker gewesen, anders als Pater, der es genauso sehr liebte zu spielen wie zu komponieren, aber mit Vale, dem Dichter als seinem möglichen, zukünftigen Publikum war er entschlossen, ihm etwas Hübsches darzubieten, wenn er konnte.

Während er spielte, dachte er an die losen Papiere in Vales Arbeitszimmer, das Licht vom Fenster auf Vales Haut und das Zucken des Pulses an seinem Hals. Vor seinem inneren Auge war es ein gleichmäßiger Rhythmus, zart und fest zugleich. Jason spielte zu diesem Rhythmus. Vale war so wunderschön. Jasons Finger flogen über die Saiten. Er schloss die Augen und ließ sich von der Musik erfüllen wie noch nie zuvor.

Vater hatte ihm eine weitere Dosis Alphastiller aufs Zimmer gebracht, bevor er das Haus verlassen hatte, um sich mit einigen Lieferanten zu treffen.

„Ich werde nachher auf dem Heimweg etwas zu Essen mitbringen. Wenn du in der Zwischenzeit Hunger bekommst, kannst du kochen, was ich zum Auftauen rausgestellt habe."

„Okay."

„Du bist ein guter Junge, Jason", sagte sein Vater liebevoll, streichelte sein Haar und lächelte zu ihm hinab. „Ich weiß, im Augenblick ist es überwältigend für dich, aber ich versichere dir, es wird alles gut werden."

„Ich weiß, Vater." Nicht weil er seinen Eltern vertraute – und das tat er – sondern weil er fest entschlossen war. Er war jung, aber er war kein Dummkopf. Mit jeder Sekunde, die verstrich, wuchs Jasons Selbstsicherheit. Er konnte sein, was Vale brauchte. Er würde aufrechter stehen, klüger sein, härter arbeiten. Er würde tun, was immer nötig war.

Nachdem sein Vater gegangen war, klopfte es an der Vordertür. Irrationalerweise schlug Jason das Herz bis zum Hals. Er wusste, dass es nicht Vale sein konnte, aber unmöglich war nichts, oder? Er hatte gesagt, er wäre nicht immun gegen Jason. Vielleicht wollte er ihn ebenfalls unbedingt wiedersehen?

Jason versuchte, sich seine Enttäuschung nicht anmerken zu lassen, als er Xan auf der Türschwelle vorfand, eine Blechdose mit den berühmten Karamellbonbons aus dem Woodenhall Süsswarenladen in der Hand und einem schüchternen, nervösen Lächeln im Gesicht. „Hi, ich habe die Notizen aus dem Unterricht dabei. Ich dachte mir, zur Abwechslung könnte ich dir mal aushelfen."

Jason öffnete die Tür weit. Was immer Xan für eine Laus über die Leber gelaufen war, als sie sich zuletzt gesehen hatten, sie schien nun verschwunden zu sein. „Pater liebt diese Karamellen. Also muss ich dich wohl hereinlassen."

„Obwohl ich neulich ein Arschloch war?"

Jason lächelte, legte einen Arm um Xans Schultern und führte ihn in den Eingangsflur. „Wenn der beste Freund durchdreht und mitten in der Bibliothek einen Omega anspringt, kann man schon mal zum Arschloch werden."

„Und ich bin keiner, der halbe Sachen macht."

„Absolut! Du hast keine Sekunde gezögert und voll losgelegt."

Das Scherzen erfrischte die Atmosphäre, linderte gekränkte Gefühle. Es war nicht nötig, eine Entschuldigung laut auszusprechen. „Möchtest du die Süßigkeiten Pater persönlich geben? Du kannst sie für ihn auch hier auf dem Tisch lassen."

„Ich denke, ich lasse sie hier." Xan stellte die Blechdose sicher auf dem Marmortisch neben der Garderobe ab.

„Lass uns nach oben gehen." Jason schälte Xan den Mantel von den Schultern und hängte ihn auf einen Kleiderbügel. „Ich habe neue vorgefertigte Objektträger für mein Mikroskop bekommen, seit du das letzte Mal hier warst. Dieses Mal sind es Baumkrankheiten."

Botanik war nicht sein Lieblingsfach, stand aber ziemlich weit oben auf Jasons Liste. Er lernte gern alles über Pflanzen und wie man sie züchtete. Die chemischen Prozesse in ihnen und die Wachstumsvorgänge waren faszinierend. Und so interessierte er sich auch für die Krankheiten, die sie befallen konnten, deren Behandlung und Heilung.

Xan andererseits war das alles völlig wurscht, aber er tat Jason den Gefallen. Zumindest hatte er das bisher immer. Und da er gewissermaßen gekommen war, um sich zu entschuldigen, nahm Jason nicht an, dass es heute anders sein würde. „Der Zedernapfelrost sieht besonders cool aus."

„Nerd", murmelte Xan. Dann lachte er und richtete seine in Blau und Gold gemusterte Fliege.

„Schuldig", grinste Jason, nahm Xan bei der Hand und zog ihn zur Treppe und hinauf zu seinem Zimmer. „Warte, bis du siehst, wie hübsch die Bakterien aussehen, die beim japanischen Ahorn Wurzelfäule verursachen. Die hübschesten Bakterien, die ich je gesehen habe."

Während Jason sein Mikroskop auf seinem ordentlich organisiertem Schreibtisch aufbaute, schritt Xan durchs Zimmer und betrachtete alles darin, als hätte er es noch nie gesehen und würde es auch nie wieder zu Gesicht bekommen. Schließlich setzte er sich auf die Kante von Jasons frisch gemachtem Bett und nagte an seiner Unterlippe.

„Lassen sie dich wirklich nicht zurück zur Uni kommen?"

„Ich kann ab nächster Woche wieder am Unterricht teilnehmen." Jason zog ein paar Objektträger aus seiner Sammlung. Die Schmetterlingsflügel, die er Ende des Sommers bestellt hatte, waren auch cool. Seiner Erinnerung nach hatte Xan die ebenfalls noch nicht gesehen. „Aber ich darf nicht ins Wohnheim zurück."

„Nie wieder?"

„Wahrscheinlich nicht. Wenn ich einen Vertrag mit ihm schließe, werde ich irgendwo zusammen mit ihm wohnen. Und falls sich die Verhandlungen in die Länge ziehen, werden meine Eltern verlangen, dass ich hier zuhause bleibe." Jason zuckte mit den Schultern und warf Xan einen mitfühlenden Blick zu. „Das ist Scheiße, ich weiß. Wir hatten viele Pläne. Aber hey, du musst auch das Gute sehen. Jetzt hast du ein ganzes Zimmer für dich allein."

Xan starrte ihn an, und seine sonst rosigen Wangen waren blass. „Wie kannst du dabei so locker bleiben?"

Jason lachte. „Locker? Falls ich so entspannt rüberkomme, dann liegt das nur am Alphastiller." Er schob eine der Glasscheiben unter die Clips des Mikroskops und warf einen Blick darauf. Diesen Objektträger hatte er selbst präpariert, anstatt ihn zu kaufen. Es waren Sandkörner vom Meeresufer bei ihrem Strandhaus. Unter dem Mikroskop zeigten sie die verschiedensten Farben und Formen. „Tief im Inneren drehe ich durch. Aber würde ich mich meinen Gefühlen entsprechend verhalten, würde ich alles nur schlimmer machen." Die winzige Spirale einer transparenten Schnecke lag in der Mitte des Objektträgers zwischen roten, blauen und grünen Korallen, Mineralien und Steinchen. „Sieh dir dieses hier als Erstes an", sagte Jason. „Es ist fantastisch."

Xan rührte sich nicht von der Bettkante, auch nicht als Jason ihn mit einem Lächeln zu sich winkte. Stattdessen ballte er die Hände zu Fäusten, und als er Jason ansah, füllten sich seine Augen mit Tränen.

„Was ist denn?", fragte Jason sanft, und sein Herz zog sich zusammen. „Warum bist du so traurig?"

„Und was wird aus mir?" Xans Stimme brach.

Jason starrte ihn verständnislos an. „Es wird alles gut. Du wirst zurechtkommen."

„Nein, werde ich nicht."

„Aber natürlich. Ich weiß, wir haben einander versprochen, immer zusammenzuwohnen, aber es ist ja nicht so, als hätte ich das hier geplant. Und im Gegensatz zu mir hast du auf der Uni viele Freunde. Leute, die sich freuen, mit dir etwas zu unternehmen, wenn ich nicht mehr da bin und dich dränge, die ganze Zeit immer nur zu lernen." Jason vergaß Mikroskop, Objektträger und Sandkörner. Er setzte sich neben Xan aufs Bett.

„Aber ich brauche dich." Xans Unterlippe bebte. „Warum kannst du nicht zurückkommen? Er ist ja nicht mehr auf der Uni … dein Omega. Sie haben ihn suspendiert. Es wäre also kein Problem für dich. Sag, dass du zurückkommst."

Jason wurde das Herz schwer, als Xan sich an seine Schulter lehnte. „Ich wünschte, ich könnte das tun. Aber sie sagen, ich wäre nicht vertrauenswürdig. Sie glauben, ich würde nachts ausbüxen und zu ihm gehen, und dann wäre ich nicht fähig, mich zu beherrschen. Sie denken, dass sie hier zu Hause besser auf mich aufpassen können."

Jason erwähnte nicht den Umstand, dass das Haus seiner Eltern fünf Meilen näher an Vales Haus lag, und er deswegen vielleicht gar nicht so sehr zurück an die Uni wollte.

Xans blaue Augen hoben sich langsam. Ein Sturm tobte in ihnen, und auch wenn Jason nicht wusste warum, drehte sich ihm der Magen um.

„Wie fühlt sich das an?", fragte Xan mit leiser Stimme. Sein Tonfall war eine zitternde Mischung aus Wut und Schmerz. „Willst du immer noch …?" Er schüttelte den Kopf.

„Will ich immer noch was?"

Xan saß etwas aufrechter. „Ist seinen *Érosgápe* zu finden so unglaublich, wie man sagt?"

„Es ist grauenhaft."

„Wieso?"

„Weil ich ihn so sehr will, ihn aber nicht haben kann." Jason versuchte, Worte zu finden, die das Gefühl beschreiben könnten. Es war einfach so *groß*. „Ich kenne ihn nicht einmal. Es ist seltsam und intensiv, und ich muss jetzt Alphastiller nehmen, nur um mich wie ein normaler Mensch zu benehmen. Ich habe ihn jetzt länger als einen Tag nicht gesehen, und ich weiß nicht, wann ich ihn wiedersehen werde, und das macht mich irgendwie ganz krank. Als wäre ich dem Tod nahe. Es ist schrecklich.“

„Willst du ihn in diesem Moment?“

„Was meinst du damit?“

Xan biss die Zähne zusammen, dann sagte er: „Du weißt, was ich meine, Jason.“

„Oh.“

Es war wie ein Schock. Er hatte überhaupt nicht mehr an die Spiele gedacht, die Xan und er gespielt hatten. Nicht ein einziges Mal, seit er Vale begegnet war. Es war ihm gar nicht in den Sinn gekommen, dass Xan ihn schon vermissen könnte. Jason hatte Mühe, den Kloß in der Kehle herunterzuschlucken, damit er sprechen konnte.

„Ist es so schwer, eine einfache Frage zu beantworten?“ Xans Hand zitterte, als er sich eine dunkle Haarsträhne aus den fragenden Augen strich.

Jasons Herz zog sich zusammen. Es war nicht so, dass er Xan nicht *wollte*. Er wollte Vale einfach nur mehr. Und Vale zu wollen – das Leuchten seines Lächelns, die feinen Linien um seine Augen, der bebende Tonfall, wenn er Jasons Namen aussprach – war wie ein ständiges Kribbeln unter der Haut, ein Jucken, dass sich nicht wegkratzen ließ. Da blieb einfach kein Raum für irgendetwas anderes. Oder jemand anderen.

Xans Stimme brach ein wenig. „Willst du mich immer noch?“ Er neigte den Kopf zur Seite und begann, mit einer Hand sein Hemd aufzuknöpfen und seine blasse, haarlose Haut zu enthüllen. Er beugte sich näher zu Jason, sodass sein Atem warm über Jasons Lippen wehte. „Ich will dich nämlich immer noch. Für mich hat sich nichts geändert."

Sein Kuss war durchaus begehrenswert. Er war sogar gut, süß und feucht, drängend und irgendwie furchtsam, und die reale Möglichkeit von sofortigem Sex erregte Jason. Aber es war auch einfach seltsam, denn er wollte es, gleichzeitig aber auch nicht. Und irgendwie doch.

Sein Schwanz füllte sich mit Blut, eingezwängt zwischen seinem Schenkel und seinem Hosenbein. Er erschauerte; Verlangen stieg in ihm auf. Es mischte sich auf unangenehme Weise mit dem Alphastiller, und in seinem Inneren brannte es kalt anstatt heiß. Eine Meeresbrise auf einem Sonnenbrand.

„Heute Morgen wurde ich wach und wollte es", stöhnte Xan. „Und du warst nicht da, um es mir zu geben."

„Tut mir leid." Jasons Kopf drehte sich, und sein Schwanz pochte. Er war hin- und hergerissen, selbst als er den Kopf neigte, damit Xan seinen Hals küssen konnte.

„Gib es mir jetzt", verlangte Xan, dann küsste er Jason leidenschaftlich auf den Mund.

Jason ließ es zu und erforschte neugierig die Zerrissenheit in seinem Herzen. Wie viel weniger intim sich seine Lippen auf Xans anfühlten, im Gegensatz dazu, einfach nur vor Vales Haus zu stehen und durchs offene Fenster mit ihm zu reden.

„Du kannst so tun, als wäre ich er", flüsterte Xan an Jasons Mund, so als könnte er spüren, was Jason dachte. „Tu einfach so. Stell dir vor, was immer du willst."

Jason schloss die Augen, aber Xans Geruch ließ sich einfach nicht mit Vales Rosen- und Moschusduft verwechseln. Andererseits ... was konnte es schaden, noch ein letztes Mal zu spielen? Nach allem, was Jason wusste, konnte Vale in diesem Moment gerade körperliche Freuden mit diesem Alpha suchen, der in der Bibliothek bei ihm gewesen war. Jason wusste, was sie zusammen taten; das hatte er an jenem ersten Tag an ihm gerochen.

Eine Welle von Eifersucht zog ihm den Magen zusammen, und er hielt Xan fester. Wenn Vale seine früheren Liebhaber vergeben werden konnten, dann galt dasselbe auch für Jason.

Xans Küsse wurden drängender. „Hör nicht auf", stöhnte er. „Bitte hör nicht auf."

Jason löste sich von Xans Lippen und sah ihm in die Augen. „Du willst es?"

„Mehr als alles andere."

„Blas mir einen." Jason senkte seine Stimme zu einem unmissverständlichen Befehlston. „Hol meinen Schwanz raus und mach, dass ich komme."

Xans Körper erbebte vor Erleichterung, während er sich beeilte, Jasons Hose aufzumachen. Er nahm Jasons Eichel in den Mund, lutschte und stöhnte, und sein Speichel lief an Jasons Schaft herunter und sammelte sich in seinem krausen, blonden Schamhaar.

Jason spielte mit Xans dunklen, verschwitzten Haaren und stöhnte leise. Xan wusste, wie Jason es gern hatte. Mit großen Augen blickte er zu ihm auf, wimmerte und ließ seine Zunge um Jasons Schwanz kreisen. Jason fühlte sich stark und dominant, während er Xans offenen Mund fickte.

„Nimm alles", keuchte er und packte Xans Haar. „Lutsch dran."

Xan stieß ein tiefes Stöhnen aus und öffnete hastig den Reißverschluss seiner eigenen Hose. Dann wichste er sich selbst, während er versuchte, Jasons Ständer zu schlucken.

Jason verdrehte ekstatisch die Augen. Er drückte Xans Kopf nach unten und pumpte in dessen Hals. Xan würgte. Alles um sie herum schien schärfer und klarer zu werden – eine seltsame Bewusstseinsverschiebung, die Jason noch nie zuvor erlebt hatte. Es war nicht so wie sonst, wenn er mit Xan Sex hatte. Kein Lachen, kein Spaß. Jason dominierte einen anderen Alpha, und dieses Machtgefühl törnte ihn an. Das hatte nichts mit Xan zu tun.

Und dann dämmerte es ihm.

Alphamanifestation. Ein Machtfick. Dieselbe Art Fick, mit der Alphas in früheren Zeiten Strafen ausgeführt oder Ansprüche untermauert hatten. Der heftige Drang zu beherrschen und zu kontrollieren, ausgelöst durch die Begegnung mit seinem *Érosgápe*. Es war verlockend, sich dieser neuen, brutalen Erregung hinzugeben. Aber es fühlte sich nicht richtig an. Es hatte nichts mit Freundschaft zu tun und auch nichts mit seinem Omega.

Er schauderte und ließ Xans Kopf los. „Stopp. Hör auf."

Xan löste sich von ihm und wischte sich mit dem Handrücken den Mund. Zitternd blickte er zu Jason auf. „Warum?"

Jason starrte auf seinen harten, feuchten Ständer, der im Rhythmus seines Herzschlags pulsierte und steif in die Höhe stand. „Das hier ist falsch."

„Wegen ihm?"

Jason runzelte die Stirn. Ja. Aber es war mehr als das. „Ich bin grob zu dir."

„Ich mag das."

„Meine Begegnung mit Vale hat die Alphamanifestation ausgelöst."

Xans Augen wurden größer und – war das möglich? – wirkten noch erregter. „Oh."

„Es ist nicht, wie wir es sonst gemacht haben." Was Jasons Erektion jedoch nicht zu kümmern schien; ein fetter Tropfen Vorsperma glänzte an seinem Schlitz. Er wollte immer noch dominieren und Xan zur Unterwerfung zwingen. Jason schloss die Augen und unterdrückte das Verlangen. „Vorher. Da war es nie so. Da war es einfach nur Spaß."

„Mir ist gleich, wie es ist, Jason. Ich will es einfach. Ich will es so sehr, und wenn du fortgehst, wenn du nicht mehr da bist ..."

Fragen, die Jason noch nie in den Sinn gekommen waren, Fragen über Xans Zukunft schwirrten ihm durch den Kopf. Was, wenn Xan nie einen Omega fand? Einen, dem er seine geheimen Bedürfnisse anvertrauen konnte? Würde Xan wirklich aufhören, gefickt werden zu wollen, sobald er seinen *Érosgápe* gefunden hatte? Falls er seinen *Érosgápe* überhaupt finden würde? Oder schlimmer ... was, wenn Xan sich dem falschen Mann anvertraute?

„Ich brauche es", wimmerte Xan, packte seinen eigenen Schwanz und zog die Vorhaut zurück. „Du gibst mir, was ich brauche. Nur du. Und dir hilft es doch auch. Du kannst ihn jetzt noch nicht ficken, aber du kannst mich ficken. Ich werde dir gehören, Jason. Wenn du mich willst."

Ein besitzergreifender Schauer jagte Jason über den Rücken.

Xan war nicht Vale. Er war nicht genug und würde es nie sein, aber ihn konnte Jason haben. Er konnte ihm geben, was er brauchte, und ihn eine Weile besitzen. Ihm der Alpha sein und dafür sorgen, dass er stöhnte und schrie und kam. Er konnte seinem wunderschönen Freund die Lust verschaffen, die er brauchte. Die Alphamanifestation war etwas Natürliches. Sie existierte nicht ohne Grund.

„Ja." Jason nickte. „Okay." Seine Eier waren fest und hart, und er wusste nicht, wie ausdauernd er sein konnte, aber Xan wollte, was er zu geben hatte, und auch wenn es nicht richtig war, Jason würde jetzt keinen Rückzieher machen. „Zieh dich aus, und dann her mit deinem Arsch."

Sie sahen einander in die Augen, während sie ihre Sachen auszogen, nachdem die Herausforderung ausgesprochen und angenommen worden war. Als Jason schließlich nackt war, hatte sein pochender Ständer bereits jeden rationalen Gedanken ausgelöscht. Der Drang zu erobern und zu beherrschen, zu beweisen, wer der Bessere von ihnen war, übertraf alles, und Jason würde zeigen, wer von ihnen der stärkere Alpha war.

Ihre Gerüche mischten sich im Raum. Zwei Alphas voller Lust und Verlangen. Aber über ihre vereinten Düfte hinweg drang etwas anderes in Jasons Nase. Etwas Wahres und Richtiges. Etwas, das er mehr brauchte als Luft zum Atmen, und er riss den Blick von Xan, um nach der Quelle zu suchen.

Jason stieß Xan aufs Bett. Unterwerfung ersetzte die Herausforderung, die sein Freund eben noch verströmt hatte, und Jasons Blut sang im Siegestaumel.

„Ja, hoch mit deinem Arsch", murmelte er, während er immer noch versuchte, die Quelle jenes anderen Dufts auszumachen, der in der Luft bebte. Er war da, aber fast nicht zu fassen.

Dann fiel sein Blick auf den Nachttisch.

Da.

Jason griff nach dem kleinen, blauen Stück Stoff – das Lesezeichen, das Vale ihm gegeben hatte – und drückte es an seine Nase. Ja. Tief eingebettet in das Material war der Duft von Vales Haus – altes Papier, staubige Bücher und der scharfe Geruch von Bleistiften. Und dazwischen konnte Jason schwach ein moschusartiges Aroma ausmachen, einen Hauch Minze aus dem Garten und die rosengeschwängerte Süße von Vales Haut.

Er stöhnte, und sein Schwanz pochte, hart und beinahe schmerzhaft.

Undeutliche Gedanken und Bilder schossen ihm durch den Kopf. Sein Omega war da draußen, nur wenige Straßen entfernt, und wurde vielleicht gerade von einem anderen Alpha gefickt. Vielleicht auch nicht. Es spielte keine Rolle. Es konnte weder die Vergangenheit noch die Gegenwart ändern.

Nur die Zukunft.

Und in der unmittelbaren Zukunft würde Jason Xan das Gehirn rausficken. In der unmittelbaren Zukunft würde er einen anderen Alpha dazu bringen, jammernd und schreiend zu kommen. Er würde ihn dazu bringen zu betteln.

Jasons Ständer wurde noch härter.

Auf dem Bett war Xan, nackt und in Position. Er streckte seine

Arme nach hinten und hielt seine Arschbacken offen; sein enges Loch glänzte feucht von seinem eigenen, hastig hingeschmierten Speichel.

„Mach schon", flüsterte Xan. „Fick mich." Seine blauen Augen brannten vor Ungeduld, als er über die Schulter zurück blickte, und er atmete heftig durch seine geöffneten, rosigen Lippen.

Jason warf das Stoffband zur Seite, den Duft von Vales Haus und seiner Haut in der Nase. Speichel reichte nicht annähernd als Gleitmittel aus, aber Jason presste seinen Ständer gegen Xans Loch. Es gab ein wenig nach, aber Jason konnte nicht eindringen. Frustriert drückte er fester dagegen.

„Bitte, ich brauche es." Xan bog den Rücken durch und präsentierte sich wie ein Omega.

„Dann nimm es", entgegnete Jason, packte Xans Hüften und zwang sich durch den Widerstand des Muskelrings hinein.

Xan schrie auf, und sein Eingang verkrampfte sich. Alles drängte Jason danach, tiefer einzudringen, aber er hielt sich mit einem Stöhnen zurück, denn er wollte seinen Freund nicht verletzen. Er rieb Xans Rücken und beugte sich tief über ihn, um den süßen Duft von Xans Schweiß zu inhalieren. Während er seine Nase füllte, stellte Jason sich vor, es wäre Vales Duft, der Duft aus dem Lesezeichen.

Er schloss die Augen, konzentrierte sich und zwang seine Gedanken fort aus der lustvernebelten Landschaft. Vale war jetzt nicht hier. Es war falsch, an ihn zu denken, während Xan sich ihm so ernsthaft hingab.

Jason hatte wieder einmal das Falsche getan.

Ein schöner Alpha war er!

Er atmete bewusst ein und aus, um sich beruhigen. Unter ihm erbebte Xan, und sein ganzer Körper pulsierte um Jasons Schwanz. Sein Herzschlag donnerte wild unter Jasons Hand. Er gab einen gequälten Laut von sich, und so etwas wie Verzweiflung mischte sich säuerlich in seinen erregten Geruch.

Jason legte sich auf ihn, sodass sie beide auf die Matratze sanken, und glitt dabei tiefer in Xans Körper. „Still", sagte er beruhigend. „Ich mach' das schon."

Xan kam ihm entgegen und nahm Jasons Ständer bis zur Wurzel in sich auf. Und dann brach er in Tränen aus und krallte sich ins Laken. Jason rieb seine Nase an Xans Hals. „Schon gut. Ich gebe dir, was du brauchst. Nicht weinen, Xan."

Er streichelte Xans Rücken, bis dessen Körper sich entspannte, und dann, während Xan in die Matratze weinte, fickte er ihn mit langen, festen Stößen. Er nahm sich Zeit und achtete darauf, den richtigen Winkel zu finden, und Xan erschauerte, bettelte und wand sich auf dem Bett.

„Rede mit mir", flüsterte Xan unter Tränen. „Sag die Dinge, die ich gern höre."

Jason brach das Herz, während er an Xans Schulter flüsterte: „So ist es gut. Nimm meinen Schwanz wie ein guter, kleiner Omega. Öffne dich für mich, du Luder."

„Hör nicht auf, hör bitte nicht auf."

„Werde ich nicht. Nicht jetzt." Jasons Hüften wurden schneller. „Du willst mich so sehr."

„So sehr", keuchte Xan, krümmte den Rücken und stöhnte laut. Tränen liefen ihm übers Gesicht.

„Soll ich dich vollspritzen? Willst du, dass ich dir ein Baby mache?"

„Das will ich. Oh, Jason, das will ich." Xan erschauerte heftig. „Ich liebe dich."

Jasons Hüften erstarrten. Xan wurde ganz still unter ihm.

„Ich wollte nicht–", begann Xan atemlos.

„Nicht. Schh." Jason strich Xans Haar zurück und küsste ihn auf die Schulter. „Natürlich liebst du mich; du bist mein Omega. Und ich werde dir ein Baby machen." Ihm wurde die Kehle eng, und seine eigenen Augen füllten sich mit Tränen. Er drückte sein Gesicht an Xans Rücken.

Jason drehte sich der Magen um, als er einen festen Entschluss fasste. Das hier war das letzte Mal. Es musste so sein. Denn Xan liebte ihn ... und nicht nur als Freund. Er liebte ihn wirklich. Und diese Fantasie musste ein Ende haben. Für sie beide.

„Bitte mach, dass ich komme", flüsterte Xan flehend. „Bitte. Ich will kommen. Hilf mir. Tu es."

Jason hob Xans Becken in eine Position, in der er mit jedem Hüftstoß seine Prostata treffen würde. Er hielt seine eigenen Emotionen zurück und fickte Xan fest und schnell, zwang seinen Schwanz bis zur Wurzel hinein. So wie Xan es am liebsten hatte.

„Scheiße!", schrie Xan. Sein Loch dehnte sich weit um Jasons Ständer. „Ich komme!"

„Tu es!", drängte Jason. Er wollte Xan umdrehen und ein letztes Mal sein Gesicht sehen, während er kam. „Zeig mir, wie sehr du meinen Schwanz liebst."

Xan verkrampfte, bog sich unter einem machtvollen Höhepunkt, und ein Schrei entrang sich seiner Kehle. Sein Körper pulsierte um Jasons Erektion. Jason schloss die Augen, stellte sich einen sich senkenden Uterus vor, in den er stoßen konnte, und pumpte seine Ekstase in Xan hinein – zum letzten Mal.

Während er langsam wieder herunterkam, liebkoste er Xans Hals, küsste dessen Schultern und Rücken, dann zog er sich behutsam heraus. Xan sank auf die Matratze, erschöpft und zitternd. Jasons Samen lief aus seinem Eingang, und Jason verspürte den seltsamen Drang, die Flüssigkeit mit den Fingern wieder hineinzuschieben. Stattdessen zog er ein Handtuch aus seinem Schmutzwäschekorb und gab es Xan.

„War es gut?"

Xan nickte. Sein Wangen waren erhitzt und feucht von Tränen, und seine Brust gerötet. Er wischte sich sauber, dann starrte er den feuchten Fleck im Laken an. „Tut mir leid."

„Schon gut. Ich bin derjenige, der dich zum Orgasmus gebracht hat, also ist es wohl eher meine Schuld."

Mit zitternden Händen zog Xan sich wieder an, und Jason tat es ihm gleich. Ihr ungewöhnliches Schweigen wog schwer zwischen ihnen. Normalerweise würde Jason inzwischen längst reden, um zu verhindern, dass Xan allzu sehr in seine üblichen Schuldgefühle versank, oder sie würden Pläne fürs nächste Mal machen.

„Ich muss zurück zur Uni", sagte Xan leise, sobald er wieder angezogen war. Seine Fliege saß ein wenig schief, und er hielt den Blick gesenkt.

Jason blieben die Worte im Hals stecken. Es gab so vieles zu sagen, aber er wusste nicht einmal, wo er anfangen sollte. Alles, was er herausbrachte, war: „Ja."

Schließlich blickte Xan auf und sah Jason in die Augen. „Dann sehen wir uns im Unterricht?"

„Am Montag."

An der Zimmertür hielt Xan Jason auf, indem er ihm eine Hand auf die Brust legte. „Ich finde allein hinaus." Er schluckte schwer; neue Tränen stiegen ihm in die Augen. „Das war das letzte Mal, oder?"

Jason nickte.

„Du bist jetzt anders. Er hat dich anders gemacht."

„Es liegt nicht an ihm. Es ist, weil … wir sind *Érosgápe*." Jason wusste nicht, wie er es anders erklären sollte.

„Ich verstehe."

Aber Xan klang nicht im Geringsten, als würde er verstehen. Vielmehr hörte er sich an, als würde er jede Sekunde wieder anfangen zu weinen, und Schuldgefühle mischten sich in Jasons eigene Traurigkeit.

„Was ich gesagt habe, während wir …" Xan räusperte sich. „Das war …"

„Es gehörte zum Spiel", log Jason leise für ihn.

Xan sah auf den Boden. „Genau."

Jason hob Xans Gesicht und streichelte mit dem Daumen sein Kinn. Xans Mund zitterte, als würde er erneut gegen Tränen kämpfen.

Jason zog ihn in seine Arme. „Es tut mir leid. Wenn du deinen *Érosgápe* findest, oder den richtigen Omega für einen Vertrag, wird es nicht mehr wehtun, das verspreche ich."

Xan entzog sich der Umarmung und hüstelte. „Ja. Ist ja auch egal, richtig? Wir sind Freunde, die sich gegenseitig ausgeholfen haben. Das ist alles."

Jason antwortete darauf nichts.

Xan wandte sich ab. „Dann bis Montag im Unterricht."

Jason sah ihm nach, als Xan durch den Flur und die Treppe hinunter ging. Das Herz war ihm schwer und seine Eier pochten noch nach seinem Orgasmus. Als er sich umdrehte, um in sein Zimmer zurückzukehren, sah er aus dem Augenwinkel eine Bewegung. Tabakgeruch lag in der Luft. Auf den Stufen, die hinauf zum Dachboden führten, saß Pater und starrte ihn vielsagend an.

Jasons Haut begann zu glühen, als hätte sie Feuer gefangen. „Wie lange sitzt du schon da?"

Pater zuckte die Achseln und deutete auf die drei Kartons neben sich. Alle drei waren beschriftet mit *Herbstnacht-Deko*. „Ich könnte ein wenig Hilfe damit gebrauchen."

„Natürlich. Sicher." Jason wischte sich die verschwitzten Hände an seiner Hose ab und prüfte noch einmal diskret, ob alles zugeknöpft war. Unten im Haus öffnete und schloss sich die Vordertür.

Dann nahm er die größte Kiste von den Stufen und lächelte, um zu verbergen, wie erschrocken er war. „Lass uns dieses Jahr viel dekorieren, ja? Falls Vale zu irgendwelchen Feierlichkeiten kommen sollte, will ich, dass er beeindruckt ist."

„Vielleicht." Pater stand auf. Er fuhr mit den Fingern durch Jasons Haar und strich es glatt. „Also, das war das letzte Mal mit ihm?"

„Was?" Jason bekam einen heißen Kopf. Und plötzlich konnte er es riechen – sein und Xans Geruch zusammen, der aus der offenen Tür seines Zimmers wehte.

Pater seufzte und hob eine der kleineren Kisten hoch. „Sag mir einfach, dass es das letzte Mal war."

„Ja, das war es."

„Gut." Pater schob die Kiste auf seine Hüfte und sah Jason tief in die Augen. „Omegas mögen es nicht, wenn ihre Alphas ohne Erlaubnis mit anderen ficken."

Jason schluckte. Noch nie zuvor hatte er Pater so krass reden hören. Normalerweise benutzte er Begriffe wie *Liebe machen*, oder wenn es um etwas weniger Emotionales ging, einfach nur *Sex*. „Es war das letzte Mal", wiederholte Jason. Mehr konnte er nicht sagen, konnte es nicht besser erklären. Nicht, ohne Xans Geheimnis preiszugeben.

„Es steht eine Menge für dich auf dem Spiel."

„Ich weiß. Tut mir leid." Jason wurde ganz zappelig, aber sein Pater schien noch nicht mit ihm fertig zu sein.

„Xan muss sich vorsehen", sagte Pater. „Sich solchen jungenhaften Vergnügungen hinzugeben, ist nichts Schlimmes – eher sogar typisch, trotz allem, was das Heilige Buch von Wolf darüber sagt – wenn man jung und sexuell verlangend ist, und zusammen auf Mont Nessadare feststeckt. Aber falls man ihnen nicht abschwört, können sie ernsthafte Probleme verursachen, sobald du anfängst, um einen Omega zu werben."

Jason nickte wortlos.

Schließlich kam Pater von der Treppe herunter, und Jason folgte ihm. „Sollte Valendo Aman davon hören, wird es ihm nicht gefallen, Vertrag oder nicht." Pater schüttelte den Kopf. „Behalte das, was heute passiert ist, einfach für dich und tu es nie wieder.“

Jason seufzte. „Bitte, Pater, sei nicht enttäuscht von mir. Es war … zum Abschied. Ich schwöre. Es wird nie wieder vorkommen.“

Pater hob eine Braue. „Ich bin froh, das zu hören. Und jetzt geh dich duschen und öffne dein Fenster, um den Raum zu lüften. Dein ganzes Zimmer stinkt nach Sex.“

Jason errötete heiß bis unter die Haarwurzeln und wünschte sich, der Boden möge sich unter ihm öffnen und ihn verschlingen.

„Danach bring diese Kisten nach unten ins Musikzimmer und hilf mir, sie zu sortieren.“ Pater schenkte Jason ein blasses Lächeln. „Dann überlegen wir uns zusammen, was wir als Dekoration für das erste Herbstnacht-Fest an diesem Wochenende verwenden wollen.“

Jason lächelte. „Willst du Vale zum Festmahl der Alpha-Segnungen einladen?“

„Das hatte ich vor.“ Pater verlagerte das Gewicht der Kiste auf seinen Armen. „Und ja, wir werden alles richtig hübsch machen. Für deinen Vale.“

AN DIESEM ABEND, nachdem Jason seine Dosis Alphastiller genommen hatte und bevor er zu Bett ging, nahm sein Pater ihn zur Seite und gab ihm einen dünnen Stapel Papiere mit abgerissenen Kanten. „Dies sind die Gedichte, die du meines Erachtens im Augenblick lesen kannst.“

Jason wurde fast ein wenig schwindelig, als er sie entgegennahm. „Danke.“

Vater schlurfte im Flur an ihnen vorbei, einen grimmigen Ausdruck im Gesicht, aber Pater verdrehte nur die Augen darüber. „Er wird schon irgendwann über die Dichterei hinwegkommen“, versicherte er Jason. „Aber vielleicht liest du sie lieber auf deinem

Zimmer.“

Das hatte Jason ohnehin vorgehabt. Er konnte sich nicht vorstellen, Vales Gedichte zu lesen, während seine Eltern ihm im Nacken saßen und seine Reaktion beobachteten. Die Worte des Gedichts auf der ersten Seite tanzten vor seinen Augen, und Jason eilte zur Treppe. Dort blieb er jedoch noch einmal stehen und drehte sich nervös zu seinem Pater um.

„Ja, Jason?“

„Ich hatte mich nur gefragt ... bevor ich sie lese ...“ Jason stich sich das Haar aus der Stirn und verzog das Gesicht. Dann wappnete er sich. „Ich denke, was ich wissen will, ist ... sind sie überhaupt gut?“

„Oh!“ Pater lächelte. Kleine Fältchen bildeten sich an den Rändern seiner braunen Augen. „Ich fand sie ziemlich gut. Wundervolle Werke. Er weiß mit Worten umzugehen. Sein Stil ist nicht gerade Rokoko; er ist ehrlich.“ Pater Blick ging ins Unendliche, während er sich offenbar an etwas erinnerte, das er gelesen hatte. „Einige seiner Gedichte solltest du wirklich sehen, wenn du erst älter bist. Aber noch nicht jetzt, nicht an diesem Punkt.“

„Miner!“, ertönte Vaters Stimme aus dessen Arbeitszimmer. „Komm bitte her.“

Pater antwortete über seine Schulter hinweg: „Natürlich, Yule. Schon unterwegs.“

„Denkst du, es sind vielleicht neue Informationen eingetroffen? Über Vale?“, fragte Jason, hin- und hergerissen zwischen der Versuchung, Pater zu folgen, um herauszufinden, was los war, und dem Drang, in sein Zimmer zu eilen, um zu lesen, was Vale geschaffen hatte.

„Falls ja, kannst du bis zum Morgen warten“ antwortete Pater. „Aber ich denke, es geht um den kleinen Zwist, den er heute im Geschäft schlichten musste. Er erzählt mir gern von seinen

Heldentaten, weißt du? Damit er mich von Neuem beeindrucken kann." Paters Augen funkelten, und Jason lachte. „Und nun geh schon. Lass dich von Vales Worten verzaubern."

Jason flitzte die Treppe hinauf in sein Zimmer und schloss hinter sich die Tür ab. Einige Sekunden lang lief er auf und ab, um sich die nervöse Energie aus den Beinen zu schütteln. Das Zimmer roch immer noch nach Xan, obwohl er es gelüftet und die Bettwäsche gewechselt hatte.

Er nahm das Lesezeichen, das er von Vale bekommen hatte, und drückte es an seine Nase. Der Geruch von Vales Haus war noch wahrnehmbar, genau wie die noch schärfere Note der Minze aus dem Garten, aber der Moschusduft von Vales Schlick und das Parfüm seiner Haut war jetzt verschwunden, überdeckt von dem schweren Geruch des Sex mit Xan.

Frustriert steckte Jason das Lesezeichen in seine Hosentasche. Er hätte Xan nicht ficken sollen. Oder vielleicht doch. Er wusste es nicht. Es war alles so verwirrend. Er schuldete Xan nichts, aber in jenem Moment, unter der Wirkung der Alphamanifestation, hatte er nicht unterscheiden können zwischen dem, was er wollte, und dem was er *wollte*. Und Xan war so verzweifelt gewesen und, wenn er ehrlich war, so verliebt. Es war eine berauschende Kombination, und Jason hatte nachgegeben. Er konnte es nicht wirklich bereuen … und tat es dennoch.

Er setzte sich an seinen Schreibtisch, aber da standen immer noch das Mikroskop und der Kasten mit den Objektträgern. Jason wollte keine Zeit darauf verwenden, alles wegzuräumen, bevor er lesen konnte. Der Geruch von Xans Sperma drang ihm erneut in die Nase. Jason stand auf, die Papierseiten fest im Griff. Draußen unter dem Fenster seines Zimmers gab es ein kleines Schrägdach.

Jason kletterte hinaus und setzte sich auf die Dachpfannen. Die nächtliche Brise war kühl, und er fröstelte. Seine Nippel zogen sich schmerzhaft zusammen, und seine Nase brannte, aber es war besser, als Vales Gedichte in einem Raum zu lesen, der nach Jasons Fehlern stank. Würde es immer so verwirrend und schwierig bleiben, ein erwachsener Alpha zu sein? Er hoffte nicht. Was im Wohnheim stets Spiel und Spaß gewesen war, erschien jetzt so viel mehr zu sein, mit so viel mehr möglichen Konsequenzen.

Er hoffte, dass es Vale heute Abend gut ging. Jason hoffte, dass Vale nicht allein war.

Eine Wolkendecke verhüllte die Sterne, aber der Mond brach durch, entschlossen wie immer, bleich und voreingenommen. Jason schauderte unter dem narbengesichtigen, alles sehenden, allwissenden Auge des Wolfgottes.

Zwei Alphas sollten nicht miteinander schlafen. Nicht einmal als Gefallen für den besten Freund. Nicht einmal als Folge der Alphamanifestation. Nicht, wenn man nicht vorhatte, dem anderen Alpha die Männlichkeit zu nehmen.

Einen anderen Alpha zu küssen, zu liebkosen, zu *lieben*? Das war nicht der Weg des Wolfes.

Dem Heiligen Buch von Wolf zufolge waren Omegas erschaffen worden, um solch unnatürliche Akte zu verhindern. Und sie waren natürlich zur Fortpflanzung erschaffen worden. Zum Fortbestand der Rasse. Und weil die Reproduktion die heiligste Pflicht war, der heiligste Dienst an Wolfgott und der Welt, wurde die Verschwendung von Samen in einem anderen Alpha weder durch religiöse noch weltliche Gesetze gebilligt.

Unter dem kalten, strengen Auge des Mondes fragte Jason sich, ob er früher vielleicht einen schweren Irrtum begangen hatte, als er das als alberne Regel betrachtet hatte. Jetzt hatte er seinen Freund verletzt, ihm das Herz gebrochen. Und er hatte seinen Pater enttäuscht. Und sollte Vale es herausfinden, würde es ihn *unglücklich* machen.

Eine seltsame Mischung von Emotionen überwältigte Jason – Freude und Trauer zusammen. Niemals würde er Vale unglücklich machen wollen. Der bloße, flüchtige Gedanke daran schmerzte ihn bereits. Aber die Vorstellung, dass er Vale wehtun *könnte*? Dass das, was er mit Xan gemacht hatte, bei seinem selbstsicheren, älteren Omega Gefühle hervorrufen könnte, die dessen kühle, reife Fassade ins Wanken bringen könnte? Das machte Jason beinahe schwindelig.

Nicht, dass er solche Gefühlsausbrüche von Vale verdiente! Nicht nachdem, was er heute getan hatte …

Aber eines nicht fernen Tages würde er ihrer wert sein. Er würde ein besserer Mann sein, ein besserer Alpha, und er würde sich Vales Hingabe, Liebe und Unterwerfung rechtmäßig verdienen.

Und zwar sobald es ihm erlaubt sein würde, das zu tun. Sobald all die frustrierenden, vorbereitenden Angelegenheit in der Gegenwart von Anwälten erledigt worden waren.

Jason seufzte, schloss die Augen und ließ los. Er erlaubte dem Abendwind, die Geschehnisse davonzutragen – was er mit Xan getan hatte, die unangenehme Unterhaltung mit Pater, die Eifersucht und die Sorge, Vale könnte seine Zeit mit einem anderen Alpha verbringen, während Jason gezwungen wurde, sich an das Protokoll zu halten. Er ließ die Ungeduld in seinem Inneren los und hieß die Gelassenheit willkommen, die der Alphastiller ihm verschaffte.

Als er die Augen wieder öffnete, hatten die Wolken sich geteilt, und die Sterne leuchteten herab. Jason wandte seine Aufmerksamkeit den Papieren in seinen Händen zu, die mit jedem Windhauch leicht flatterten.

Die einleitenden Zeilen von Vales erstem Gedicht empfand er wie einen Schnitt mit scharfem Glas. Glänzend und wunderschön. Jason drückte eine Hand auf sein pochendes Herz, als er die nächste Zeile las, und die nächste, und die nächste.

Jedes Wort war von Vale gewählt.

Jedes Wort ein Prisma, durch das er sichtbar wurde.

Jedes Wort vollkommen.

Ganz wie sein Omega.

Mühelos verankerte Jason die Worte in seinem Gedächtnis. Dann legte er sich auf den Rücken, starrte in den nächtlichen Himmel und dachte über ihre Bedeutung nach.

KAPITEL 9

„F INDEST DU, DASS es eine gute Idee war, Urho mitzubringen?", flüsterte Rosen Vale ins Ohr, während sie auf dem Gehsteig darauf warteten, dass Yosef und Urho aus dem Wagen stiegen, den die Sabels geschickt hatten, um sie abzuholen.

Vale musterte seinen gutaussehenden Freund. Rosen trug heute sein Haar offen, und es fiel ihm in langen, glänzenden Wellen um die Schultern. Der braune Rollkragenpullover und das cremefarbene Jackett standen ihm gut, und im Vergleich zu Vales dunkelgrünem Anzug und weißen Hemd sah er leger und entspannt aus. Zumindest Yosef hatte sich ebenfalls schick gemacht – er trug einen kirschroten Anzug, der ihn zusammen mit seinem weißen Haar und Bart wie eine schlanke, attraktive Version der Hauptfigur aus dem Nikolausmärchen der Alten Welt aussehen ließ.

Vale blickte auf zu Jasons Haus – Jasons *Villa* – und fragte sich, wo in aller Welt die Sabels solch große Stücke Granit für die Fassade gefunden und wie sie alles hierher transportiert haben mochten. Von außen sah das Gebäude kalt aus, aber Jason hatte nicht wie ein kalter Mann gewirkt, genauso wenig wie sein Pater am Telefon, als er die Einladung ausgesprochen hatte.

„Urho ist unser Leibwächter", murmelte Vale. „Ich glaube zwar nicht, dass ich ihn zum Einsatz bringen muss, aber ich will nicht, dass sie denken, ich wäre allein und hilflos."

„Was glaubst du denn, was sie tun werden? Dich kidnappen und zwingen, die Aufprägung zu vollziehen?"

Vale schnaubte leise.

Rosen fuhr fort: „Und dieses Verbrechen begehen sie während des ersten Festmahls der Herbstnächte?"

„Nein, aber ich will es nicht darauf ankommen lassen. Außerdem gehört Urho zu meinem Leben. Jasons Pater sagte, ich soll meine engsten Freunde einladen. Und das seid ihr drei."

„Ja, aber Urho ist ein Alpha. Der Alpha, über den du Gedichte verfasst hast. Der Alpha, der dir schon wie oft durch deine Hitzen geholfen hat?"

Vale zuckte die Achseln. Er hatte ein flaues Gefühl im Magen und hoffte, sich nicht gleich hier in die Büsche übergeben zu müssen. „Wenn sie einen Vertrag mit mir wollen, dann müssen sie euch alle akzeptierten. Ist das nicht, was Yosef mir erst vor wenigen Tagen gesagt hat?"

„Du hast Angst." Rosen schlang schützend den Arm um Vales Schultern. „Es ist alles gut. Ich bin bei dir."

Vale verdrehte die Augen und schüttelte Rosens Umarmung ab. „Jason ist auf Alphastillern. Da passiert schon nichts."

„Selbst mit Urho hier?", fragte Rosen erneut. Er war eindeutig überzeugt, dass Vale zu weit gegangen war, indem er Urho mitgebracht hatte.

„Besonders mit Urho hier", entgegnete der Mann selbst mit sonorer Stimme, die Vale sofort als beruhigend und tröstlich empfand. Vale drehte sich um und sah, wie Urho seinen schlichten, grauen Anzug glattstrich und seine schwarze Krawatte richtete. „Also dann, Gentlemen, lasst uns nicht trödeln."

Vale ging den Pfad voran, dicht gefolgt von Urho, und dahinter gingen Rosen und Yosef mit eingehakten Armen. Wie immer das verliebte Paar. Wären sie nicht so gute Freunde, hätte Vale glatt neidisch werden können.

Das Haus thronte gewaltig über ihnen, obwohl es nur drei Stockwerke hatte, von denen das obere ein Dachboden zu sein schien. Es waren die Granitfassade und die großen Fenster, die wie leere Augen auf sie hinabblickten, die es so imposant erscheinen ließen. Zumindest hinter den Fenstern im Erdgeschoss jedoch brannte warmes Licht, das sich wie Honig über den wohlgepflegten Rasen ergoss.

Bevor sie Gelegenheit hatten zu klingeln, öffnete sich die Vordertür. Vale wusste nicht, was er erwartet hatte – vielleicht einen Betadiener oder Miner selbst – aber dass Jason derjenige war, der auf der Schwelle stand, kam überraschend für ihn. Er blieb wie angewurzelt auf der Vordertreppe stehen. Das Herz klopfte ihm bis zum Halse, und er stöhnte, als er spürte, wie unwillkürlich ein wenig warmer Schlick sein Arschloch befeuchtete.

Konnte Jason das riechen? Oder Urho? Wolfgott, wie peinlich, dass der bloße Anblick des Jungen eine so hilflose Reaktion bei ihm auslöste! Mit etwas Glück würde Vale sich hoffentlich nicht noch weiter demütigen, indem er mehr produzierte als diesen kleinen Spritzer, der nun wirklich genügen sollte, um die Gegenwart seines Alphas und *Érosgápe* angemessen zu … würdigen. Er flehte seinen Körper an, die Fassung zu bewahren.

Jason schluckte schwer, und sein prominenter Adamsapfel hüpfte. „Willkommen", sagte er mit beherrschter, rauer Stimme. „Kommt herein. Meine Eltern erwarten euch im Wohnzimmer. Wir freuen uns sehr, dass ihr gekommen seid."

Vale trat vor, als Urho ihn sanft schubste. „Danke." Während er die warme, hell erleuchtete Eingangshalle des Sabel-Hauses betrat, wickelte er sich aus seinem Schal. „Wir sind dankbar für die Einladung zu einem informellen Besuch, bevor wir uns mit den Anwälten zusammensetzen."

Jason starrte Vales Kehle an und wirkte ein wenig benommen. Dann hob er seinen Blick zu Vales Gesicht. „Natürlich. Das Mahl der Alphasegnungen ist der Dank an Wolfgott für all die wundervollen Dinge, die er uns zuteil werden lässt." Er lächelte schüchtern und nahm Vale Mantel und Schal ab. „Und seinen

Érosgápe zu finden, ist gewiss eines der wundervollsten Dinge. Etwas, für das man dankbar sein sollte."

„Das ist es."

Vales Herz wurde weit, als er sah, dass Jason den Kopf senkte, um unauffällig an Vales Schal zu schnuppern, bevor er ihn an die Garderobe hängte. Es war hinreißend. Dann hängte er Vales Mantel mit derselben Anmut und Hingabe auf einen Bügel, die ein Priester einer heiligen Reliquie zeigen mochte. Vales Lippen zuckten, als er ein Lächeln unterdrückte. Wenigstens war er nicht der Einzige, der heute Abend hilflose Reaktionen zeigte.

Vale stellte Urho, Rosen und Yosef vor, während Jason auch deren Jacken und Schals entgegennahm und sie deutlich weniger hingebungsvoll, aber immer noch ordentlich an die Garderobe hängte. Jason lächelte die anderen Besucher freundlich an, abgesehen von Urho, bei dem es eher aussah, als würde Jason die Zähne blecken. Aber Vale musste zugeben, dass es bezaubernd war, wie viel Mühe er sich gab. Es war mehr, als er selbst vielleicht getan hätte, wäre Jason mit einem Ex-Liebhaber vor seiner Tür aufgetaucht und hätte von Vale erwartet, das mit einem Lächeln hinzunehmen.

Er runzelte die Stirn. Was waren das nur für Gedanken? Selbstverständlich würde er damit umgehen können. Er kannte den Jungen ja kaum. Und er hoffte um Jasons willen, dass der einen Liebhaber oder zwei gehabt hatte und der Omega, wer immer es sein mochte, mit dem er einen Vertrag schließen würde, nicht dazu verdonnert sein möge, ihm erst noch *alles* beibringen zu müssen. Wer zum Henker würde das schon wollen? Dennoch – der Gedanke, dass Jason mit jemand anderem zusammen gewesen war, versetzte ihm einen Stich.

Wenn er sich für einen Surrogat-Omega entscheidet, wird er für immer mit jemand anderem zusammen sein. Finde dich damit ab.

„Hast du all unseren Gästen mit den Mänteln geholfen,

Liebes?", fragte Miner Hoff, der in der Tür zu einem, wie es schien, herrlich eingerichteten Wohnzimmer stand. Er trat in den Flur, gekleidet in einen karierten Anzug in Herbstfarben, einen Kognakschwenker mit einem bernsteinfarbenen Drink auf Eis in der Hand. Er war groß, fast so groß wie Jason, und sehr dünn.

„Ja, das habe ich", sagte Jason. Er verschlang Vale mit seinen Blicken und atmete etwas heftig. Vale fragte sich, was er wohl sehen mochte. Was immer es war, es schien Jason zu gefallen. „Und wir waren gerade auf dem Weg zu euch ins Wohnzimmer."

Miner trat zu Vale und schüttelte ihm herzlich die Hand. Vale bemerkte, dass er nicht der neuesten Mode für gebundene Omegas folgte – er trug keine kreisförmige Brosche an seinem Kragen. Vales Erfahrung nach verriet die Meidung solcher üblichen Unterwerfungsgesten einen eher unabhängigen Geist. In diesem Augenblick, und ganz eindeutig gegen Vales Willen, schlug ein Körnchen Hoffnung Wurzeln in seinem Herzen.

„Vale, hallo." Miner lächelte warm. „Ich freue mich, dass Sie gekommen sind, und noch mehr, dass Sie Ihre Freunde mitgebracht haben. Wir können nicht erwarten, Sie alle kennenzulernen."

Vielleicht würden Jasons Eltern doch nicht auf einen Surrogat-Omega drängen? Das wäre eine sehr unwahrscheinliche und darüber hinaus kostspielige Wahl, aber wie sonst sollte sich die Herzlichkeit in Miners Augen und seine aufrichtige Versicherung erklären lassen?

„Immer nur herein. Wir machen mit der Vorstellung im Wohnzimmer und in Yules Beisein weiter. Er wartet ebenfalls ungeduldig darauf, Sie kennenzulernen." Letzteres klang etwas weniger aufrichtig, und Vale wurde erneut nervös.

Aber als würde er spüren, dass Vale ihn brauchte, trat Jason näher. Ohne Vale zu berühren. Er kam einfach nur näher.

Leise sagte er: „Sie freuen sich wirklich, dass du hier bist. Alle beide." Dann grinste er, und Vales Herz, er konnte es nicht besser beschreiben, wurde zu Mus. Er staunte über seine lächerliche Reaktion auf den Anblick einer Reihe Zähne. „Und ich bin auch sehr froh, dass du gekommen bist", fuhr Jason fort. „Du siehst toll aus."

Mit so etwas wie Verzweiflung spürte Vale, wie die Saat der Hoffnung grüne Sprossen bildete. Wolfgott, sein linkischer, aber entzückender Baby-Alpha war zum Niederknien.

„Du auch."

Jason riss die Augen auf und stolperte über seine eigenen Füße.

Vale lachte. „Meine Güte. Ich hatte ganz vergessen, wie hinreißend du bist, und wie jung."

„Ich bin alt genug für dich. Mach dir darüber keine Gedanken mehr."

Vale neigte den Kopf zur Seite. Da war eine Bestimmtheit in Jasons Tonfall, die Vale in seinem Magen und seinen Knien spürte und die ihn innerlich erbeben ließ. „Na, so was", murmelte er fasziniert, aber er kam nicht dazu, mehr zu sagen, denn sie betraten das Wohnzimmer, und alle verstummten.

Yule Sabel stand neben dem offenen Kamin, die Arme hinter dem Rücken und die Brust herausgestreckt wie der König am Hofe. Was er, wie Vale annahm, in gewisser Weise auch war. Beinahe erwartete er, dass der Mann das Kinn hob und sagte: „Ihr dürft vor mir knien."

Stattdessen sah Yule sie alle an, entspannte seine Arme und brach in ein wunderschönes Lächeln aus. Es war Jasons strahlendes Lächeln, nur auf einem anderen Gesicht.

„Willkommen", begrüßte Yule sie und trat mit ausgestreckten Armen vor. Er ergriff Vales Hand und schüttelte sie fest. „Wie schön, dass Sie alle hier sind. Kann ich Ihnen etwas zu trinken anbieten?"

„Oh Wolfgott, ja." Rosen strich sich das lange Haar hinter die Schultern und warf Yosef ein belustigtes Lächeln zu. „Ich nehme ein großes Glas von was immer Sie dahaben."

Miner lachte, und Yule fiel in sein Lachen ein. Jason rückte näher zu Vale und nahm einen tiefen Atemzug. Ganz eindeutig schnupperte er an ihm, auch wenn er versuchte, es diskret zu tun. Vales Magen tat einen neuen Hüpfer, und ein weiterer, peinlicher Tropfen Schlick befeuchtete sein Arschloch. Unwillkürlich verlagerte er sein Gewicht von einem Bein aufs andere, und Jason gab ein leises Keuchen von sich. Vale bekam einen heißen Kopf.

„Gute Idee! Ertränken wir die Anspannung in etwas Alkohol", sagte Yule grinsend. „Nach ein oder zwei Gläsern werden wir uns alle gelassener fühlen. Ausgenommen von dir, Jason."

Jason verzog das Gesicht darüber. Es war ihm sichtlich unangenehm, als zu jung oder zu unbeherrscht ausgeschlossen zu werden. Es war nicht fair. Der arme Junge konnte schließlich nichts dafür, dass der Altersunterschied zwischen ihm und Vale zu groß war, um schnell und unkompliziert einen Vertrag zu schließen, ihre körperlichen Bedürfnisse zu befriedigen und der Qual ein Ende zu setzen.

„Alkohol hebt die Wirkung des Alphastillers auf", flüsterte Vale.

Jason nickte, mied aber Vales Blick.

„Stellen wir einander zuerst einmal vor." Miner nippte an seinem eigenen, gut gefüllten Glas, offensichtlich nervös – trotz seiner herzlichen Begrüßung im Flur.

„Natürlich", sagte Yule, während er zur Bar und den Reihen funkelnder Kristallgläser und Likörkaraffen trat.

„Jason haben Sie bereits kennengelernt. Ich bin Miner Hoff, sein Pater. Und bitte, nennen Sie mich bei meinem Vornamen."

„Yule Sabel", sagte der Herr des Anwesens und lenkte seinen Blick erneut zu Vale. „Sie können mich Yule nennen. Und wen haben wir nun hier?"

„Nennen sie mich gern Vale." Vale hasste, wie nervös sein Herz schlug. Er war ein erwachsener Mann. Noch vor weniger als einer

Woche hatte er Hörsäle voller junger Alphas beherrscht. Jasons Eltern zu begegnen, war keine große Sache. „Yosef Deckel ist mein Anwalt." Er berührte Yosefs Ärmel. „Rosen Mann ist mein Freund, und Urho Chase ist–"

„Ihr Leibwächter?", fragte Yule mit einem belustigten Funkeln in den Augen.

Vale fragte sich, ob Jasons Vater irgendwie gehört hatte, worüber sie vor dem Haus gesprochen hatten. Die Fenster waren geschlossen gewesen. Oder nicht? „Urho ist ein Freund. Ein Freund mit klarem Kopf, der nur mein Bestes im Sinn hat."

„Ich verstehe." Yules Tonfall machte deutlich, dass jeder nur zu genau wusste, was Urho für Vale gewesen war.

Jason stand stocksteif da und starrte angespannt an die Wand auf der anderen Seite des Zimmers, so als müsste er sich mühsam beherrschen. Dann ging er abrupt zum Fenster, öffnete es einen Spaltbreit und ließ frische Luft hinein. Niemand sagte etwas dagegen.

Vale war erleichtert, als Rosen Miner seine große Hand entgegenstreckte und sagte: „Ich bin Rosen."

Auch Yosef und Urho stellten sich noch einmal selbst vor. Hände wurden geschüttelt, und dann war das Prozedere erledigt – kurz, bündig und ein wenig peinlich

Alle außer Jason versammelten sich um die Bar, äußerten ihre Wünsche und nahmen ihre Getränke entgegen. Der Likör war kräftig, von hoher Qualität und brannte wohltuend in Vales Kehle.

Er hoffte, der Alkohol würde ihn rasch entspannen. Vale wusste nicht recht, wohin er sich wenden sollte. Zu Jason, der am Fenster stand und nur Augen für ihn hatte? Zu Jasons Eltern, die sich höflich mit seinen Freunden unterhielten? Oder sollte er lieber ins Bad verschwinden, wo er sich um den nervtötenden Schlickfluss kümmern konnte, der einfach nicht ganz aufhören wollte?

Die Frage wurde beantwortet, als Miner mit einem frischen

Getränk und nach einem kurzen Blick auf seinen Sohn zu Vale trat. „Wie ist es Ihnen diese Woche ergangen?" Miner geleitete Vale zu zwei Sesseln neben der Bar, aber keiner von ihnen setzte sich.

„Überwiegend gelangweilt", antwortete Vale ehrlich. „Ich bin an volle Arbeitstage gewöhnt und muss nun einen neuen, passenden Rhythmus für mich finden. Ich fürchte, ich war in den letzten Tagen nicht sehr produktiv."

„Das ist doch völlig in Ordnung. Ich bin sicher, Sie hatten eine Menge im Kopf. Es gibt so viel zu bedenken."

„Ja, und so viel, was ich nicht weiß. Zum Beispiel, was wird aus meinem Eigentum werden, meiner Altersvorsorge und dem Erbe meiner Eltern?"

Miner erbleichte ein wenig, und in seinen Augen stand Mitgefühl. „Ich kann mir kaum vorstellen, welche Sorgen Sie plagen müssen. Wir werden Sie nicht zu einem schnellen Vertrag drängen, das kann ich Ihnen versprechen."

„Aber, aber. Jetzt bewegst du dich aber gefährlich nah in Richtung Vertragsverhandlungen", unterbrach Yule Miner mit einem liebevollen Lächeln. „Lasst uns einander doch erst einmal nur kennenlernen, ja? Wir wollen uns heute Abend entspannen."

Vale verstand nicht, wie Yule nicht sehen konnte, dass die Anspannung von all den scharfzahnigen Unsicherheiten verursacht wurden, die wie Haie um sie herumschwammen. Hätte Vale auch nur wenig das Gefühl gehabt, weitgehend unbehelligt sein bisheriges Leben weiterführen zu können, wäre er bedeutend glücklicher gewesen. Oder zumindest weniger besorgt. Es war immer besser, Bescheid zu wissen, als im Ungewissen gelassen zu werden.

„Jason", rief Yule und durchquerte den Raum zu seinem Sohn, der immer noch am Fenster stand. „Trink ein Glas Wasser." Er drückte seinem Sohn das Glas in die Hand und sah zu, während Jason daran nippte. Vale bemerkte die liebevolle Art, in der Yule seinen Arm um Jasons Schultern legte und ihm etwas ins Ohr flüsterte, worauf Jason errötete und dankbar lächelte.

„Ich kann sehen, woher Jason sein gutes Aussehen hat", sagte Vale zu Miner. „Mit Ihrer Größe und schlanken Gestalt, sowie Yules blondem Haar und blauen Augen haben Sie einen sehr hübschen Sohn großgezogen."

„Ich freue mich, dass Sie so denken", antwortete Miner mit einem stolzen Blick zu Jason und Yule, die leise miteinander sprachen. „Und er ist auch ein sehr kluger junger Mann."

„Ich zweifele nicht daran."

„Er liebt ganz besonders die Wissenschaften. Alle Sorten Wissenschaften, aber sein Hauptfach ist Biologie." Miner drehte den Kopf zu Vale. „Was ist mit Ihnen? Was haben Sie studiert?"

Beinahe hätte Vale über die Frage gelacht. Sowohl Miner als auch Yule wussten sehr wohl über seine Ausbildung und seinen beruflichen Werdegang Bescheid. Inzwischen würde ein privater Ermittler sie längst mit den meisten Fakten über sein Leben versorgt haben. Aber Smalltalk war Smalltalk und ließ sich nun mal schlecht umgehen. „Ich habe Literatur studiert und kreatives Schreiben als Nebenfach gewählt, mit Schwerpunkt auf Dichtkunst."

„Ich verstehe. Was hat sie an der Dichtkunst gereizt?"

Vale spürte, dass Jason sich näherte.

„Ich weiß nicht genau. Ich habe mich schon immer dafür interessiert, seit ich ein kleines Kind war."

Jason stellte sich hinter die Bar, wo er weiter an seinem Wasser nippte und mit so gieriger Miene lauschte, als wären Vales Worte Sex und Schokolade zugleich. Vale drehte sich ein bisschen, um Jason das Gefühl zu geben, an der Unterhaltung beteiligt zu sein.

„Haben Ihr Pater oder Ihr Vater Ihnen denn Gedichte vorgelesen, als Sie klein waren?", fragte Miner.

„Nein. Aber als ich alt genug war, las ich die Gedichtbände meines Vaters. Ich war sechs Jahre alt, als ich mich erstmals selbst an Jambus und Trochäus versuchte."

„Und waren sie gut?", fragte Jason leise. Vale hörte einen Widerhall von Jasons entschiedenem Statement, dass das Gedicht, für das Vale das Lesezeichen gewonnen hatte, gut gewesen sein musste.

„Für ein Kind? Vielleicht. Aber natürlich waren sie in Wirklichkeit furchtbar. Ich glaube, mein erstes trug den Titel ‚Die Teestunde des Teddybären'. Die Milch wurde verschüttet, und die Stofftiere jammerten. Es war ziemlich dramatisch."

Jasons Lächeln strahlte wie die Sonne selbst, und Vales Herz zog sich zusammen, begierig auf mehr davon. Er räusperte sich und wandte den Blick ab. Eine unerwartete Schüchternheit überkam ihn.

„Das ist entzückend", bemerkte Miner. „Jason interessierte sich mehr für Käfer und Spinnen, als er klein war. Teestunden mit Stofftieren waren eher meine Spielideen, aber ich endete immer draußen auf dem Erdboden mit ihm."

Vale fing Jasons Blick auf und erinnerte sich an die Kinderfotos von Jason, die er gesehen hatte – ein kräftiges, gesundes Kind. Er konnte sich den kleinen Jungen vorstellen, der er gewesen war, in kurzen Hosen, wie er sich lachend im Gras wälzte. Es war ein schönes Bild.

„Schreiben Sie immer noch?", fragte Miner.

Vale konnte ein spontanes Schnauben nicht zurückhalten.

Miner lachte. „Also gut. Ich gebe zu, die Antwort darauf zu kennen."

„Deine Gedichte sind fantastisch", sagte Jason. Dann nahm er hastig einen Schluck Wasser. Seine Wangen begannen zu glühen, und er senkte den Blick zu Boden.

„Du hast sie gelesen?" Vale drehte sich der Magen um. Und er wusste, dass sein Geruch sich geändert hatte, denn Jasons Nasenflügel bebten alarmiert.

„Ich, äh …“ Jason stand der Mund offen.

Miner kam seinem verdatterten Sohn zu Hilfe. „Ich bin eines Ihrer Bücher durchgegangen und habe Jason die Gedichte lesen lassen, die ich an diesem Punkt für angemessen hielt.“ Er stieß sein Glas gegen Vales, wie um ihm zuzuprosten. „Sie können gut mit Worten umgehen. Ihre Gedichte sind sehr schön.“

Jason verzog das Gesicht, als wäre er enttäuscht, dass sein Pater ihm ins Wort gefallen war. „Wunderschön“, murmelte er. „Ich kann dem nur zustimmen. Und auch bewegend. Und klug.“

„Danke.“

Jason sah aus, als würde er zerschmelzen. Die Macht, die Vale über ihn hatte, war berauschend, und Vales Puls beschleunigte sich.

Miner fuhr fort: „Ich bewundere, was Sie in Ihrem Leben erreicht haben. Ein angesehener Professor für Alphas und darüber hinaus ein erfolgreicher Dichter.“ Er trank den letzten Schluck aus seinem Glas, dann stellte er es auf die Bar und bedeutete Jason, es wieder aufzufüllen. „Man könnte sagen, ich beneide Sie.“

„Aber Sie haben hier so vieles, auf das sie stolz sein können …“ Vale warf einen Blick zu Jason, der dem Gespräch mit einer Art von Staunen folgte. Vale erinnerte sich noch gut an dieses Alter. Es war seltsam festzustellen, dass die eigenen Eltern auch nur Menschen waren, mit Träumen, die sich erfüllten oder zerplatzten, mit Schwächen und Ärgernissen. Es war der erste echte Verlust seines Lebens gewesen zu erkennen, dass seine Eltern nicht die perfekten Wesen waren, für die er sie gehalten hatte. Und dann hatte er sie beide tatsächlich und endgültig verloren.

„Das habe ich. Natürlich.“ Miner wedelte mit einer eleganten Hand. „Aber ich wollte immer Musiker sein. In meiner Jugend träumte ich davon, hier in der Stadt bei den Symphonikern zu spielen. Aber mein Schwiegerpater war strikt dagegen.“ Paters Lächeln wurde spröde.

„Das wusste ich gar nicht“, sagte Jason mit tief gerunzelter

Stirn. „Großpater Derak war nicht sehr nett zu dir, oder?"

Miner zuckte die Achseln. „Das liegt nun alles in der Vergangenheit. Heute begnüge ich mich damit, zu komponieren und Jason Musikunterricht zu erteilen." Er schaute Jason liebevoll an. „Er ist nicht besonders musikalisch, aber mangelndes Talent kann durch harte Arbeit ausgeglichen werden. Und Jason hat harte Arbeit noch nie gescheut. Er spielt die Gitarre mehr als passabel, und am Klavier ist er auch nicht übel."

Jason lachte mit funkelnden Augen. „Und glaub mir, das ist ein hohes Lob aus Paters Mund. Normalerweise ist er damit nicht so großzügig. Aber ich arbeite daran, besser zu werden." Die Worte *für dich* waren irgendwie impliziert, und Vale fühlte sie wie Finger, die sich um sein Herz legten.

„Ich freue mich darauf, dich irgendwann spielen zu hören."

Jason lächelte erneut, und Vale war hingerissen von seinen weißen Zähnen, die im warmen Licht des Zimmers schimmerten.

„Was ist mit Ihrer Familie?" fragte Miner. „Wo leben sie?"

Noch eine Frage, auf die er die Antwort gewiss kannte, aber Vale nahm an, Miner wollte hören, wie er selbst die Ereignisse schildern würde.

„Vater und Pater sind beide verstorben. Es gab einen Verkehrsunfall. Sie waren meine einzige Familie."

„Waren sie *Érosgápe* oder …?"

Ausschließlich durch Vertrag entstandene Alpha-Omega-Bindungen waren gleichermaßen rechtskräftig, aber aus kultureller Sicht wurden sie immer noch als minderwertiger angesehen. Vale straffte die Schultern und nippte an seinem Drink, bevor er antwortete: „*Érosgápe*. Aber ich wurde recht spät geboren."

Miner nickte. Natürlich hatte er das bereits gewusst.

„Wirklich?" fragte Jason. „Wie kam das?"

Vale ließ den Likör in seinem Schwenker kreisen und setzte eine nachdenkliche Miene auf. Dann beschloss er zu ignorieren, was er über Miners Schwierigkeiten mit Empfängnis und Schwangerschaft wusste, und antwortete: „Sie begegneten einander erst, als sie beide in ihren Dreißigern waren. Offenbar gibt es in meiner Familie mehrere solche Spätzünder." Er nahm einen langen Schluck, der in seiner Kehle brannte, und verzog das Gesicht. „Also sollte mich unsere Situation vielleicht nicht so überraschen."

„Ihre Eltern haben sich nicht vertraglich an jemand anderen gebunden, als sie noch jung waren?" Die Frage kam von Yule, der sein Gespräch mit Urho, Yosef und Rosen unterbrach, um Vale zuzuhören.

„Nein. Sie waren beide große Romantiker und glaubten daran, dass ihre andere Hälfte irgendwo da draußen existierte. Und wie sich herausstellte, hatten sie damit recht."

„Erstaunlich. Da sind sie ein ganz schönes Risiko eingegangen", sagte Yule.

„Kann sein. Aber es besteht auch immer das Risiko, seinen *Érosgápe* zu finden, nachdem man bereits einen Vertrag mit jemand anderem eingegangen ist, und das ist eine ganz eigene Art von Hölle, so wie ich das verstehe."

„Oh, in der Tat." Yule machte große Augen.

„Allein zu bleiben, ist sehr mutig", sagte Miner. „Und auf das Schicksal zu vertrauen, sogar noch mehr."

„Und wo wir gerade von einer eigenen Art Hölle sprechen – Ihr Pater muss ein Teufelskerl gewesen sein", sagte Yule. „Seine Hitzen ohne Alpha zu ertragen, wie er es getan haben musste, bevor er Ihren Vater fand, war eine sehr verwegene Entscheidung."

Vale hob eine Augenbraue, und Miner erbleichte. „Oh, ich glaube nicht, dass er Hitzen ohne einen Alpha erduldete. Ich denke, er tat, was jeder vernünftige Omega tun würde, und fand jemanden, der ihm half."

Jason stieß einen kurzen Laut aus, beinahe ein Knurren, aber als Vale in seine Richtung schaute, schwieg er. Nur die Röte, die an seinem Hals aufstieg, verriet, dass er *nicht* glücklich war.

Yules Kiefer zuckte, und er warf einen Blick zu Urho, bevor er Vale ein verkniffenes Lächeln schenkte. „Natürlich. Ich verstehe, dass ein solches Arrangement vorzuziehen ist. Dennoch denke ich, dass eine vertragliche Verbindung die bessere Option darstellt. Es ist zivilisierter."

„Und hätte *ich* diese Option gewählt, dann hätte es ein ziemliches Chaos verursacht, als Jason mich in der Bibliothek fand, nicht wahr?"

Yule verspannte sich, nickte aber zustimmend.

„Dieses lächerliche Gewicht, das Alphas seit Urzeiten darauf legen, dass ihre Omegas unberührt sein müssen, ist geradezu absurd." Miners Augen funkelten düster, und in seiner Stimme schwang unterdrückter Zorn.

„Ich stimme zu", sagte Yule rasch. „Ich finde zwar, dass die Omegabefreiungs-Bewegung zu weit geht, aber Omegas verdienen eindeutig mehr Freiheiten und Verständnis, als sie in der Vergangenheit bekommen haben. Und das schließt auch ein, sich einen Liebhaber zu nehmen, falls nötig – wie in Fällen von andauernder Hitze – oder sich dafür zu entscheiden, ein Leben ohne Vertrag und Bindung an einen Alpha zu erdulden."

„*Erdulden*", murmelte Vale fast unhörbar vor sich hin, nachdem Yule sich wieder der erfreulicheren Unterhaltung mit Rosen zugewandt hatte, der von seinem Durchbruch mit einem neuen Kochrezept redete.

Jason starrte mit undeutbarer Miene in Urhos Richtung, aber als Vale nach seinem beinahe leeren Glas griff und um Nachschub bat, kam Jason mit einem lieben Lächeln und einem sanften „Sehr gern" wieder zu ihm zurück.

„Sie und ich haben beinahe dasselbe Alter", sagte Miner nachdenklich, während Jason den Scotch nachschenkte. „In welchem Jahrgang waren Sie auf Mont Juror? Ich war in der Klasse des Wolfmondes, und Sie waren …?"

„Klasse des Wolfsturms."

„Ah, mein Freund Miles hatte einen jüngeren Bruder in dieser Klasse. Rasmus Beck?"

„Ich kannte ihn gut." Vale hatte ihn als rüpelhaft in Erinnerung, aber das behielt er für sich.

Miner lächelte. „Jason wird seinen Abschluss in der Klasse des Wolfregens machen. Mir gefiel immer, wie das klingt." Er verstummte. „Was plappere ich da? Entschuldigung. Diskussionen über Omegarechte machen mich oft kribbelig."

Vale lächelte, und er mochte Jasons Pater noch ein bisschen mehr. „Geht mir genauso."

„Normalerweise rauche ich dann immer eine Zigarette, aber ich versuche, es mir abzugewöhnen."

„Lass Sie sich von mir nicht abhalten."

„Jason mag es nicht, wenn ich rauche. Sie rauchen nicht, oder?" Vale schüttelte den Kopf.

„Gut. Da wird er erleichtert sein." Miner zwinkerte Jason zu.

„Jason, komm und setz dich zu Vales Freunden", rief Yule und lenkte die Aufmerksamkeit der Gäste auf die Platten mit Hors d'oeuvres, die auf einem Seitentisch neben dem Sofa angerichtet waren. „Du musst sie kennenlernen."

Vale lächelte Jason ermutigend an, als der hinter der Bar hervortrat und in einem gemütlichen Sessel neben seinem Vater Platz nahm. Rosen, Urho und Yosef nahmen das große Sofa, alle mit Getränken in den Händen.

„Das alles muss eine ziemliche Überraschung für Sie gewesen sein", sagte Miner, während er und Vale langsam den Raum durchquerten, um sich zu den anderen zu gesellen. „Wahrscheinlich haben Sie nicht damit gerechnet, dass *das* für Sie in den Sternen stand."

„Ich hatte die Hoffnung darauf in der Tat aufgegeben, ja."

Hoffnung war nicht das richtige Wort, aber Miners Augen zeigten, dass er sich bewusst war, Vale versehentlich in die Ecke gedrängt zu haben. Er nahm Vales Arm, blieb aber einige Meter von der gemütlichen Sitzecke entfernt stehen, wo Rosen gerade überschwänglich die karamellisierte Zwiebeltarte mit Äpfeln lobte. „Ich verstehe mehr, als Sie vielleicht denken."

„Omegas empfinden eine gewisse Verwandtschaft", stimmte Vale zu.

„Ja." Miners forschender Blick fand Vales. „Wir alle verbringen unsere Jugend in gespannter Erwartung darauf, unseren *Erosgápe* zu finden oder einen vertraglichen Bund zu schließen, damit unser Leben beginnen kann. Sie müssen für eine lange Zeit geglaubt haben, es würde jeden Moment passieren."

„Jeden Moment, irgendwo."

„Ja." Miner nickte. „Und gerade, als Sie wahrscheinlich aufgegeben hatten, sich damit abgefunden und sich ein eigenes Leben aufgebaut hatten, kommt Jason daher."

War das eine Falle, oder empfand Miner wirklich Mitgefühl? Vale antwortete mit einem schiefen Lächeln.

„Er ist ein wunderbarer Junge." Miner lächelte.

„Und ich gebe zu, ich mag Überraschungen", lenkte Vale ein.

Miner stieß noch einmal Vales Glas mit seinem an. „Auf Überraschungen dann, und Wolfgottes Segen."

Jason bot Vale seinen Sessel an und stellte sich stattdessen neben den Kamin. Er war ein stiller junger Mann, so weit Vale das beurteilen konnte. Er mischte sich nicht unhöflich in die Unterhaltungen ein, wie es so viele Alphas taten. Auch verlangte er nicht Vales volle Aufmerksamkeit für sich selbst. Aber er verschlang Vale gierig mit Blicken, bei jeder sich bietenden Gelegenheit. Und wenn Vale ihn dabei erwischte, wurde er ganz schüchtern.

Wo war der verzweifelte Baby-Alpha, der vor seinem Fenster aufgetaucht war und begierig alles über ihn wissen wollte, getrieben von dem Impuls, seinem Omega nah zu sein? Genau hier, vermutete Vale. Unter der Lage scheuer Unnahbarkeit, die Jason aufrecht erhielt. Das war der Jason, den Vale kennenlernen sollte – derjenige, zu dem er wurde, wenn er allein war.

Die Gespräche wechselten von Rosens Rezepten zu jedermanns Vorlieben, was das Theater betraf, und Vale war nicht sicher, wer der größere Fan war, Yosef oder Yule. Sie sprachen angeregt über die neuesten Stücke und Musicals, und beide boten wohlüberlegte Meinungen zu allem an, von den Hauptdarstellern über die Regie bis zum Buch. Vale ging gern ins Theater, aber er war nicht so verrückt danach. Es machte ihm nichts aus, wenn ein Schauspieler mal seinen Text verpatzte, solange er anderthalb Stunden lang seiner Welt entfliehen konnte oder das Stück ihn inspirierte, etwas Neues zu schreiben.

Er fragte sich, ob Jason das Theater mochte, und drehte den Kopf, um zu sehen, wie interessiert er der Unterhaltung folgte.

Jason schien ihr gar keine Beachtung zu schenken. Stattdessen sah er zum Anbeißen gut aus, wie er dort an der Wand lehnte, mit Herzen in den Augen, sein schlanker Körper in diesen herrlichen Maßanzug gehüllt, der seine breiten Schultern betonte. Und die Konturen seines Alphapenis.

Vales Herz stolperte über ein Wirrwarr von Gefühlen, sowohl tief verwurzelte als auch oberflächliche, das ganze Chaos dessen, was er wollte und nicht wollte, das er ersehnte und fürchtete. Er räusperte sich und tat, als würde er das Gemälde über dem Sofa betrachten, ein wildes Durcheinander von Farben und Formen, die wenig Sinn ergaben. Sein Puls raste, und sein Kopf schwirrte unter der berauschenden Wirkung von Jasons eindringlichem Blick.

„Das Abendessen wird gleich serviert, Sir", sagte eine Stimme von der Tür her.

Vale drehte sich um und sah einen Miet-Beta, erkennbar an der traditionellen schwarzen Hose und dem weißen Hemd. Anscheinend hatten die Sabels keine regulären Diener. Miet-Betas wurden nur beschäftigt, wenn man keine eigenen Hausangestellten hatte. Vale hatte selbst bei mehr als nur einer Gelegenheit welche angeheuert, um Partys auszurichten.

Er warf einen überraschten Blick zu Jason, der die Achseln zuckte und sich von der Wand abdrückte.

Yule erhob sich und gestikulierte zur Tür. „Gehen wir und setzen uns alle ins Esszimmer."

Miner ging voran, und während sie ihm alle in den Flur folgten, trat Jason an Vales Seite. „Läuft so weit alles gut? Fühlst du dich okay?"

„Das sollte ich eigentlich dich fragen."

„Oh?"

„Typischerweise wird davon ausgegangen, dass es die Aufgabe des Omegas ist, dem Alpha zu Gefallen zu sein und ihn zu bezaubern."

Jason verdrehte die Augen. „Alte Märchen."

„Stimmt."

Jason lächelte und sagte: „Normalerweise kocht mein Vater hier im Haus, aber heute Abend haben wir jemanden dafür angestellt. Ich hoffe, das Essen ist gut. Ich kann nicht persönlich dafür garantieren. Diesen Koch hatten wir bisher noch nie."

Vale empfand vorsichtigen Optimismus bei dem Gedanken, dass Yule Sabel – der Alpha des Hauses und ein Mann, der reicher war, als viele andere Männer es sich erträumen konnten – jeden Abend selbst für seine Familie kochte. Falls das die Sorte Alpha war, die Jason großgezogen hatte, dann war es vielleicht nicht vollkommen töricht von Vale, seine Hoffnung wachsen zu lassen.

„Es wird sicher wunderbar sein", sagte Vale. „Besser als alles, was ich kochen könnte. Ich bin ein furchtbarer Koch. Frag nur Rosen."

„Wie könntest du bei irgendetwas furchtbar sein?", gab Jason zurück.

Vale lachte und schüttelte den Kopf. „Der Omegaeinfluss ist etwas sehr Machtvolles, Liebes. Vorsicht. Meine Diagnose für solch liebe Worte von dir lautet Pheromondelirium.“

Jason wollte gerade widersprechen, aber Yule ergriff seine Schulter, als sie das Esszimmer betraten, und schob ihn zu einem Stuhl rechts vom Kopf des Tisches. „Setz dich neben mich, mein Sohn.“

Dann beugte sich Miner zu Vale und flüsterte: „Ich fand, es wäre das Beste, ein wenig Abstand zwischen euch zu bringen, damit ihr beide klarer denken könnt. Würden Sie sich neben mich setzen?“

Vale hätte beinahe protestiert. Die Wahrheit war, dass er das Gefühl hatte, klarer denken zu können, wenn er mit Jason interagierte. Die Anziehung durch die Pheromone funktionierte in beide Richtungen; Vales Körper schien zu wissen, dass er für Jason bestimmt war, und entspannte sich.

Yosef und Rosen saßen Vale gegenüber, sodass für Urho nur noch der Stuhl gegenüber von Jason blieb. Die gespannte Atmosphäre zwischen den beiden war sofort spürbar, eine stumme Form von Beinahegewalt, die über dem Tisch bebte. Vale sah Miner an, dass der das Risiko kalkulierte, Urho dort sitzen zu lassen oder ihn lieber zu bitten, mit Rosen den Platz zu tauschen. Aber wenn er das tat, würde er Urho auch näher bei Vale platzieren, als Jason war, und das wäre ebenfalls keine gute Wahl.

Vielleicht war es doch keine so gute Idee gewesen, Urho mitzubringen. Vale hasste es, wenn Rosen recht hatte.

Schließlich schien Miner den Gedanken zu verwerfen, die Sitzordnung zu ändern. Vale hoffte das Beste.

„Jason“, sagte Yule, der Miners eindringlichen Blick auffing. „Urho ist ein ehemaliger Militärarzt.“

„Ich bin immer noch Arzt“, warf Urho ein. „Aber ich habe den

Militärdienst beendet. Ich wende meine medizinischen Fähigkeiten heute nur noch ehrenamtlich an."

„Das ist bewundernswert", sagte Yule.

Jason wirkte widerborstig.

Yule fuhr fort: „Er arbeitet jetzt zusammen mit Professor Minze und Dr. Obi an der Erforschung von Omegahitze und Fortpflanzung an der Uni. Ich habe ihm vorhin von deinem Interesse an Genetik erzählt." Er lächelte Miner an und hoffte offensichtlich, sein Omega möge von seiner Fähigkeit, eine Unterhaltung zu beginnen, angetan sein.

Miner seufzte und nahm einen großen Schluck aus dem Weinglas, das an seinem Platz stand.

Vale hob sein eigenes Glas und schnupperte neugierig. Es war ein guter Jahrgang. Er erinnerte ihn an einen, den er im Weinkeller seines Pater geöffnet hatte.

„Oh?", sagte Jason, glättete mit Mühe seine Miene und sah Urho in die Augen. „Biologie mit Schwerpunkt Genetik ist mein Hauptfach. Ich bin seit Jahren ein Bewunderer von Dr. Obis Arbeit. Ich habe sogar erwogen, ihn zu bitten, mich bei einigen Forschungsideen für meine unabhängigen Studien im nächsten Jahr zu unterstützen. Wie ist er so?"

Urho schwenkte sein Weinglas und lächelte nachsichtig. „Er ist natürlich brillant, aber streng. Ich kann bei ihm ein gutes Wort für dich einlegen, wenn du möchtest. Aber ich sollte dich warnen, dass er keine Geduld für Dummköpfe hat."

Jason lächelte angespannt. „Ich bin kein Dummkopf und, danke, ich wüsste das sehr zu schätzen."

Yule fragte Urho: „Also, was ist das genau über Hitze, was Sie erforschen?"

„Die Omegapräsentation und ihre Verbindung zu den Wolfgenen versus unsere alten menschlichen Gene."

Jason hob die Brauen. „Das liegt dem Gebiet, das ich studieren möchte, sehr nah."

Urho lehnte sich in seinem Stuhl zurück, damit der Miet-Beta, der hereingekommen war, einen gefüllten Teller vor hin hinstellen konnte. „Wölfe bieten sich normalerweise nicht mit durchgedrücktem Rücken dar. Das ist ein Verhalten, das man eher bei Primaten beobachten kann."

Vale seufzte. Wenn Urho erst einmal mit seiner Forschung anfing, konnte es gelegentlich schwierig sein, ihn wieder davon abzubringen. Vale lächelte dankbar, als der Beta einen köstlich duftenden Teller auf sein Platzdeckchen stellte.

„Gedünstete Hummerschwänze mit Knoblauch und Chilibutter", flüsterte der Beta.

Vale lief das Wasser im Mund zusammen. Geld war keine üble Sache, wenn man sich damit einen Koch leisten konnte, der so ein Mahl zaubern konnte. Er konnte sich nicht erinnern, wann er zuletzt Hummer gegessen hatte. Jedenfalls nicht, seit er und Urho vor mehreren Hitzen eine Ferienreise ans Meer gemacht hatten.

Vale war erleichtert, dass seine potenziellen Schwiegereltern nicht zu denen gehörten, die vor einer Mahlzeit zu Wolfgott beteten. Er selbst war nie besonders religiös gewesen, und es wäre peinlich, jetzt so tun zu müssen. Der Hummer war himmlisch, und er musste ein Stöhnen unterdrücken, als er den ersten Bissen nahm. Jason warf Vale einen glücklichen Blick zu, bevor er sich einen weiteren Happen von seinem eigenen Hummer in den Mund steckte.

„Wie überprüfen Sie Ihre Theorien?", fragte Yule, der offenbar die einzige Person war, die dem Gespräch noch Aufmerksamkeit schenkte. „Sicher spielen Sie nicht an den Genen von Omegas herum, um zu sehen, ob sie bei der nächsten Hitze ihr Verhalten ändern. Ich dachte nicht, dass wir schon die Technologien für so etwas haben, obwohl ich weiß, dass bereits daran gearbeitet wird."

„Natürlich nicht. Das wäre unethisch. Und Sie haben recht –

wir sind auch noch gar nicht im Besitz solcher Technologien",
stimmte Urho zu. „Im Augenblick beschränken sich unsere
Forschungen darauf, Omegas zu finden, die sich freiwillig zur
Verfügung stellen und die nachweislich Probleme mit der Lordosis
haben." Er wandte sich an Jason. „Das ist die typische Krümmung
des Rückgrats bei–"

„Ich weiß, was Lordosis ist", unterbrach Jason ihn patzig.

Miner stöhnte leise und schüttelte den Kopf.

„Gut. Dann weißt du sicher auch, dass es eine der Positionen
ist, die sich am leichtesten als der Beginn der Hitze identifizieren
lässt. Sie ruft in jedem Alpha, der sie sieht, zuverlässig eine Reaktion
hervor. *Érosgápe* oder nicht …"

Jason bekam rote Wangen. Er sah Urho aus verengten Augen
an, und seine Hände verkrampften sich gefährlich um das
Essbesteck. Miner hüstelte, aber es schien nur Vale überhaupt
aufzufallen.

„… es führt umgehend dazu, dass der Alpha ihn instinktiv
besteigt und der Alphaknoten sich bildet."

Miner wimmerte leise und versuchte Vales Aufmerksamkeit zu
gewinnen.

Yule fragte: „Also, was passiert, wenn ein Omega sich nicht in
dieser Weise präsentiert?"

„Dann werden sie für gewöhnlich–"

Vale unterbrach Urho, bevor der noch mehr sagen konnte. „Ein
Omega, der sich nicht in Lordosis darbieten kann, sucht oft
medizinische Hilfe, weil er Angst hat, dass mit ihm etwas nicht
stimmt."

„Und dann?", fragte Yule.

Miner nickte Yule streng zu, und sein Adamsapfel hüpfte, als er
nervös schluckte.

Dieses Mal bemerkte Yule den Wink. Er sah abrupt zu Jason,
legte seine Hand auf Jasons und drückte sie kurz. Jason ließ die

Hummergabel und, Wolfgott sei Dank, auch sein Messer los.

„Das passt zu meiner Hypothese", fuhr Urho um einen Happen Hummer herum fort.

„Omegas mit einem höheren Anteil an Wolfgenmarkern im Blut bieten sich oft nicht oder nur unzureichend dar. Und das bewirkt seltsamerweise, dass der Knoteninstinkt bei ihren Alphas nur zu einem schwachen Grad ausgelöst wird." Er grinste. „Nichts geht über den Anblick eines Omegas in voller Darbietungshaltung, um das Tier in uns zu wecken."

Jason schob seinen Stuhl vom Tisch zurück, und Yule stand ebenfalls auf, packte seinen Sohn an der Schulter und drückte ihn zurück auf den Stuhl.

Vale räusperte sich, aber es hörte sich mehr wie ein Quieken an. Yosef legte Rosen eine Hand auf den Arm, und Urho wischte sich den Mund mit seiner Serviette ab. Den Blick verschämt gesenkt, murmelte Jason etwas, das sich wie *Entschuldigung* anhörte, aber es war so leise, dass nicht jeder am Tisch es hören konnte.

„Nein, bitte, ich muss mich entschuldigen", sagte Urho. „Ich hatte ganz vergessen, wie es für einen jungen Alpha ist. Ich hätte mehr Rücksicht nehmen müssen. Mir war nicht klar, dass meine Forschung ein gefährliches Gesprächsthema sein würde, aber ich hätte daran denken müssen."

„Ich habe auch nicht daran gedacht", gab Yule zu. „Das war sehr kurzsichtig von mir. Es ist schon zu lange her, dass ich jung und so von Instinkt getrieben war. Der Impuls zur Alphamanifestation ist nicht zu unterschätzen. Damit war zu rechnen."

Jason rutschte auf seinem Stuhl umher, als könnte er sich nicht entscheiden, ob er in sich zusammenschrumpfen oder aufrechter sitzen wollte. Vale räusperte sich erneut, und in einem Herzschlag war Jasons Blick auf ihm. Vale lächelte ihn beruhigend an. „Es ist alles gut."

Jason schluckte schwer und nickte. „Es tut mir leid deswegen. Und es wird nicht wieder vorkommen." Dann widmete er sich wieder seinem Essen, aber es sah aus, als würde er seinen Hummer nicht mehr genießen.

Urho lächelte Vale beruhigend an, aber er sah blass aus. Vale wünschte sich stattdessen Jasons Lächeln. Mit zitternden Händen aß er weiter, aber sein eigener Hummer schien auch nicht mehr so lecker zu sein wie vor der peinlichen Szene.

KAPITEL 10

„ICH BRINGE DICH noch rein", sagte Urho, als der Mietwagen vor Vales Haus anhielt.

Yosef und Rosen hatten sie bereits bei deren gemeinsamer Wohnung in dem renovierten Haus nahe dem Fluss abgeliefert. Vales Haus war der nächste Halt.

„Wenn ich dir das erlaube, dann wirst du noch auf einen Drink bleiben wollen, und wenn du noch auf einen Drink bleibst ..." Vale lächelte kokett.

Urhos Augen leuchteten auf. „Wieso also sollte ich dann nicht auf einen Drink bleiben?"

„Wir lassen den Mietwagen viel zu lange hier warten. Wir wollen doch nicht den Fahrer sauer machen. Ich bin sicher, er würde heute Abend gern zu einer anständigen Zeit nach Hause kommen."

Urho beugte sich näher. Der Duft seines teuren Aftershaves füllte den winzigen Abstand zwischen ihnen. „Ich kann mir einen anderen Wagen bestellen."

Vale seufzte und zog den Schal enger um seinen Hals. „Du weißt, dass du nicht mit reinkommen kannst. Nicht so. Nicht mehr."

„Wir haben uns nicht richtig verabschieden können." Seine Worte klangen rau vor Traurigkeit, und Vale musste schlucken, um seine eigene Wehmut zu unterdrücken.

„So ist das Leben, oder?" Er hatte sich auch nicht von seinen Eltern verabschieden können, bevor sie gestorben waren. Manches

Ende kam eben plötzlich, und nicht jedem war das Geschenk des Abschieds beschert. „Ich könnte in dieser Sache nicht gegen meine Instinkte handeln. Falls Jason sich für jemand anderen entscheiden sollte, dann … nun, dann werde ich ein anderes Arrangement für meine Hitzen treffen müssen. Wer weiß, was die Zukunft bringt?"

„Du bist ein Narr. Dieser Junge und sein Pater haben ihr Herz an dich gehängt. Der Alpha? Ja, er ist eine andere Geschichte. Aber wir wissen doch alle, wer bei ihnen in Wirklichkeit der Herr im Haus ist."

„Lass uns nicht streiten. Ich bin müde."

Urho drückte seinen Daumen sanft in Vales Kinngrübchen. „Einen Drink. Nur als Freunde."

„Nicht heute Abend. Ich kenne diesen Blick von dir. Ich sehe ihn seit Jahren, und ich habe dir stets gegeben, was du wolltest – ja, was ich selbst ebenfalls wollte – aber ich könnte mich nicht mehr im Spiegel ansehen, wenn ich das jetzt zulassen würde."

„Du bist ja ganz schön von dir eingenommen. Vielleicht will ich ja wirklich nur einen Drink?"

„Ich liebe dich von Herzen, Urho, aber du bist ein furchtbar schlechter Lügner. Wir werden an einem anderen Abend zusammen etwas trinken, wenn wir uns nicht so seltsam fühlen."

„Ich werde uns vermissen."

Vale lächelte und streichelte Urhos Wange. Seine Bartstoppeln fühlte sich kratzig an unter den Fingerspitzen. „Ich auch."

„Mit wem wirst du über den heutigen Abend reden?"

Vale zuckte die Achseln. „Ich habe ein Telefon. Vielleicht rufe ich jemanden an. Ich habe Freunde."

„Rosen und Yosef und mich."

Vale spielte den Entrüsteten. „Ich habe auch noch andere Freunde. Und wer sagt denn, dass ich überhaupt mit jemandem über heute sprechen muss? Es war, was es war, und mehr gibt es dazu nicht zu sagen."

„Er ist ein Welpe."

„Das sagtest du bereits. Es ändert aber nichts." Vale öffnete die Wagentür und stieg aus. Er beugte sich noch einmal hinein und lächelte Urho ein letztes Mal an. „Komm gut nach Hause."

Auf dem kurzen Weg zu seiner Tür betrachtete er sein Haus aus einem objektiven Blickwinkel. Was würde Jason davon halten? Wie lange würde Vale das Haus behalten dürfen, wenn sie erst einmal vertraglich gebunden waren? *Falls* das überhaupt passierte. Der Vorgarten war halbwegs ordentlich, dafür hatte er jemanden bestellt, aber hinten und an den Seiten herrschte Chaos. Wahrscheinlich würde Jason es verkaufen wollen. Das konnte Vale ihm nicht verübeln.

Bei dem Gedanken blieb er abrupt stehen und erinnerte sich daran, wie es einst gewesen war. Sein Pater hatte den Haushalt bedeutend besser geführt als Vale, und alles hatte stets strahlend frisch ausgesehen. Vale betrachtete die alte Eiche am Zaun und erinnerte sich an die starken Hände seines Vaters, die ihn auf den niedrigsten Ast gehoben hatten, und an die Stimme seines Vaters, die ihm zugerufen hatte: „Vorsichtig klettern, Kleines. Dich gibt es nur ein einziges Mal auf der ganzen, weiten Welt."

Das Leben war so einfach gewesen, bevor seine Eltern gestorben waren. Dieses Haus war alles, was Vale von ihnen geblieben war. Aber sollte ein Vertrag zustande kommen, und sollte Jason das Haus verkaufen wollen, hätte Vale dem Gesetz nach kein Recht, sich dagegen zu sträuben.

Vale schluckte den Kloß in seiner Kehle hinunter, dann ging er hinein.

JASON FUMMELTE AN dem Objektträger, um darauf eine winzige Menge Wein zu einem ordentlichen Tropfen zu formen. Normalerweise war das nicht schwer, aber er war unkonzentriert und kam sich tollpatschig vor. Er hasste den kühlen Alphastiller in seinem Blutkreislauf. Bereits jetzt vermisste er Vale so sehr, dass es sich wie eine Krankheit tief in ihm anfühlte, aber gleichzeitig war er auch froh gewesen, ihn gehen zu sehen.

Der Abend war peinlich und seltsam gewesen, und er war nicht der Einzige, der das so sah. Er hatte an den subtilen Veränderungen von Vales Geruch und Gesichtsausdruck gemerkt, dass auch Vale sich manchmal unbehaglich gefühlt hatte. Das war nicht recht. Nichts davon war, wie es eigentlich sein sollte. *Érosgápe* sollten von Anfang an perfekt zusammenpassen, richtig? Machte der Altersunterschied zwischen ihnen wirklich so viel aus?

Jason seufzte und presste die Daumen in seine Augen. Er würde stark sein. Er würde der Alpha sein, den Vale verdiente.

Erneut konsultierte er sein Biologiebuch und las die Anweisungen zur Erzeugung eines feuchten Milieus unter dem Mikroskop. Er hatte das schon mehrere Male gemacht, aber heute Abend schien es ihm einfach nicht gelingen zu wollen. Nachdem er denselben Satz sechsmal gelesen hatte, lehnte er sich frustriert in seinem Stuhl zurück und betrachtete sein Zimmer.

Was würde Vale davon halten? An den Wänden hingen gerahmte Gemälde von Segelbooten, die Pater für ihn ausgesucht hatte, als er seinem Babyzimmer entwachsen und in dieses umgezogen war. Zusätzlich flatterten an den Wänden noch Bilder, die er selbst gezeichnet hatte – von den Wundern, die er unter dem Mikroskop entdeckt hatte, aber auch ein paar freie Zeichnungen, die er gelangweilt im Park gefertigt hatte, oder während er im Büro seines Vaters in der Firma hatte warten müssen. Kindische Dinge in Vales Augen, dessen war er sich sicher.

Vales eigenes Schlafzimmer war wahrscheinlich das mit den im Wind wehenden Vorhängen, das Jason entdeckt hatte. Er würde seine eigenen Möbel haben, die er selbst ausgesucht hatte, und

Bilder an den Wänden, die seinem eigenen Geschmack entsprachen. So wie es ihm gefiel. Denn er hatte noch nie den Geschmack eines anderen berücksichtigen müssen. Und ganz sicher gab es nirgends ein flatterndes Papier, das mit Klebestreifen irgendwo an einer Wand befestigt war. Oder falls doch, dann war es höchstens ein von Vale selbst verfasstes und handgeschriebenes Gedicht, das aus umwerfenden Worten und scharfen, kleine Sätzen bestand und den Leser mit Bedeutung und Erleuchtung erfüllte.

Vale war ein Wunder, und Jason hatte so wenig zu bieten, das ihm selbst gehörte. Er kniff fest die Augen zu. Warum musste er so jung sein? Warum war er nicht schon geboren gewesen, als Vale ihn gebraucht hatte? Dann hätten sie zusammen erwachsen werden können, einen gemeinsamen Geschmack entwickeln und ihr ganzes Leben zusammen verbringen können, Seite an Seite.

Der Objektträger rutschte ihm aus den schlüpfrigen Fingern und landete auf dem Boden, wo er einen kleinen roten Fleck auf dem Teppich hinterließ. Jason starrte trübsinnig darauf, dann ergriff er den Stiel des vollen Weinglases auf seinem Tisch und nahm einen großen Schluck. Er hatte den Wein aus der Hausbar seiner Eltern stibitzt, als sie in der Küche gewesen waren, um den Miet-Beta für seine Dienste zu entlohnen. Alkohol verdarb die Wirkung des Alphastillers – aber half, die ungewollten Gedanken über seine Unzulänglichkeit zu vertreiben. Also nahm er noch einen großen Schluck.

Er rief sich ins Gedächtnis zurück, wie Vale am Ende des Abends seinen Mantel angezogen hatte, der Moschusduft seines Schlicks war getrocknet. Durch die offene Vordertür war die kühle Abendluft hereingeweht und hatte auch die Süße von Vales Haut mit sich fortgetragen. Jason war so stolz gewesen, als Vale bei seinem Anblick Schlick produziert hatte, und dann hatte er sich gedemütigt gefühlt, als im Laufe des Abends alles getrocknet war. Natürlich hatte er es nicht geschafft, Vales Unterwerfung als Alpha zu halten. Das sollte ihn wirklich nicht überraschen. Er hatte ja kaum ein Wort mit dem Mann gewechselt.

Er schloss die Augen, als er sich an den schlimmsten Moment ganz am Schluss erinnerte.

Vater hatte allen für ihren Besuch gedankt und Hände geschüttelt. Pater hatte dasselbe getan, aber Jason hatte sich im Hintergrund gehalten, seine Selbstsicherheit in Scherben. Vale hatte sich seinen Schal umgelegt und den wunderschönen Hals verborgen, dann hatte er sich mit einem traurigen Lächeln Jason zugewandt. „Es war mir ein Vergnügen."

Jason schlug mit der Faust auf seinen Schreibtisch. Er war nicht genug gewesen. Er hätte schneidig und stark sein sollen. Er hätte Vale sagen sollen, dass er … dass er wollte … Wolfgott, er wusste noch immer nicht, was er zu dem Mann hätte sagen sollen, aber er hätte *irgendetwas* sagen sollen.

Vales Freunde redeten davon, wie sehr sie den schönen Abend genossen hatten. Lügen. Es war schräg und unangenehm gewesen, und jeder Einzelne von ihnen wusste jetzt, was für ein erbärmlicher, kleiner Pisser er war. Es war schrecklich, sich auszumalen, was sie auf der Heimfahrt über ihn zu Vale gesagt haben mochten. Vielleicht waren sie auch jetzt noch bei ihm und plapperten Vale die Ohren voll … darüber, dass Jason zu jung war, um ihm das Leben zu bieten, das Vale verdiente.

Das einzig Gute an diesem Abend war gewesen, als Vale sich an Jasons Vater gewandt und gesagt hatte: „Wir können jederzeit mit den Verhandlungen beginnen, wenn Sie so weit sind. Es gibt nichts, was ich vorher noch wissen müsste, bevor wir weitermachen."

Aber dann hatte Vater es verdorben, indem er geantwortet hatte: „Ich sollte Sie warnen, dass es einige Punkte gibt, bei denen ich nicht nachgeben werde." Vales Augen waren unmenschlich kalt geworden. Jasons Herz schrumpfte bei der bloßen Erinnerung an diesen Blick zusammen. „Dann sollte ich Ihnen gegenüber wohl die gleiche Warnung aussprechen."

Jasons Atem beschleunigte sich unwillkürlich bei dem Gedanken an seines Vaters strengen Blick und ungehaltenes Knurren. Jason war instinktiv zwischen die beiden getreten, hatte aber nichts gesagt. Die kleine, galante Geste hatte ihm ein aufrichtiges Lächeln von Vale und eine zarte Berührung mit zwei Fingern an seinen eigenen eingebracht. „Danke, Jason. Es war ein wunderbarer Abend."

Jason stöhnte, und er bekam einen Harten. Eine so kleine Berührung, aber sie brannte in seiner Erinnerung. Er konnte noch immer das Kribbeln in seinen Fingerknöcheln spüren. Kein anderer Mann würde ihm je ein solches Gefühl verschaffen. Jason presste den Handballen auf seine Erektion, schloss die Augen und stellte sich vor, Vale wäre jetzt da.

Und verzog sofort das Gesicht. Nein, Vale konnte nicht hier in diesem Raum sein, in dem jeder Winkel von Jasons Kindertagen zeugte. Lieber wollte er sich und Vale in Vales Zimmer sehen. Schemenhaft entstand das Bild in seinem Kopf und beruhigte ihn.

In Vales Zimmer konnte er seinen Omega nehmen und beanspruchen, ohne sich zu schämen. Dort gab es nichts aus seiner eigenen Vergangenheit. Es würden nur sie beide sein.

Aber gerade als Fantasie-Jason seine Hose aufknöpfte und seinen Schwanz befreite, erstarrte der reale Jason. Urho war in Vales Zimmer gewesen. Hatte ihn dort genommen. Hatte ihn in Lordosis-Haltung gesehen, hatte Vale um seinen Knoten betteln gehört und seine Bedürfnisse befriedigt. Urho hatte Jasons Vale, Jasons Omega durch die Hitzen geholfen.

Jason knurrte und schlug die Hände vors Gesicht.

Lächerlich – so hatte Pater diese typische Alphareaktion genannt. Selbst Vater hatte zugestimmt, dass Eifersucht eine primitive und nicht wünschenswerte Emotion für einen modernen Mann war. Aber Jason hasste die Vorstellung von Urhos Händen auf Vale. Er hasste Urho. Und er hasste, wie sehr er ihn hasste.

Was, wenn Urho in diesem Moment dort war? Was, wenn er Vale anfasste, ihm Vergnügen bereitete, während Jason hier allein in seinem Zimmer saß und sich quälte? Sie hatten noch keinen Vertrag. Vielleicht war Vale das Protokoll herzlich egal. Vielleicht war es ihm egal, dass sie *Érosgápe* waren.

Jason musste einen Schrei unterdrücken. Verzweifelt griff er nach seinem Weinglas und trank es in einem langen Zug aus, schaudernd, als der Alkohol mit dem Alphastiller in seinen Adern rang.

Er hielt es nicht aus. Und er wollte es auch gar nicht aushalten. Er musste sichergehen.

Mit hämmerndem Herzen öffnete er das Fenster über dem Schrägdach und schwang ein Bein über den Sims.

Ein scharfes Klopfen an der Zimmertür ließ ihn so heftig zusammenzucken, dass er sich den Kopf am Fensterrahmen stieß. Woher wussten seine Eltern, was er vorhatte?

„Jason? Da ist ein Anruf für dich."

Vaters Stimme hörte sich nervtötend selbstzufrieden in Jasons Ohren an. Wie konnte sein Vater so gelassen klingen, während Jason innerlich dem Wahnsinn nahe war?

„Du kannst ihn in meinem Arbeitszimmer entgegennehmen", fuhr Vater fröhlich fort.

„Ich will mit niemandem reden." Jason war die Anrufe von seinen Kommilitonen leid, die nur scharf auf irgendwelchen Klatsch waren.

Vater lachte. „Ich denke, mit dieser Person wirst du reden wollen."

Jason verdrehte die Augen, nahm noch einen tiefen Zug von der kühlen Abendluft und zog sein Bein wieder zurück ins Zimmer. „Sag Xan, ich rufe ihn morgen zurück."

„Es ist Vale, mein Sohn", schnaubte Vater belustigt. „Komm

nach unten und sprich mit ihm."

Vale.

Jasons Herz machte einen Hüpfer, und er bekam weiche Knie. „Ja, ähm, warte. Eine Sekunde."

Er lief zum Spiegel und überprüfte seine Erscheinung. Seine Hose war zerknittert, genau wie sein Hemd, und sein Haar stand in alle Richtungen ab. Inakzeptabel. Verzweifelt strich er über die wilden Strähnen und schluckte den dicken Kloß hinunter, der ihm vor Aufregung die Kehle eng machte.

Die Tür öffnete sich, und sein Vater streckte den Kopf herein. Er lachte. „Es ist ein Telefonanruf, Junge. Er wird keine Ahnung haben, wie du aussiehst. Beruhige dich."

Ein letztes Mal strich Jason sein Haar glatt, dann flitzte er an seinem schmunzelnden Vater vorbei zu Treppe und rannte praktisch zum Arbeitszimmer. Nachdem er die Tür zugemacht und abgeschlossen hatte, fiel er in den großen Ledersessel hinter seines Vaters gewaltigen hölzernen Schreibtisch und nahm den Hörer in die Hand.

„Hallo?"

Er hätte kaum atemloser und verrückter klingen können. Hastig räusperte sich, um es noch einmal ruhiger und gefasster zu versuchen, aber da sprach Vale bereits.

„Überrascht es dich, heute Abend von mir zu hören, Jason?"

Ein erregter Schauer lief Jason über den Rücken, als er seinen Namen aus Vales Mund hörte. „Ein wenig. Aber ich freue mich. Glaube ich … ich meine, ich weiß nicht, warum du anrufst. Vielleicht sollte ich mich nicht darüber freuen." Er plapperte wie ein Idiot. „Ich hoffe, ich sollte mich freuen."

„Ich rufe nicht mit schlechten Nachrichten an, falls es das ist, was dir Sorgen macht."

„Oh, gut." Jason ließ die Stirn auf die Schreibtischplatte fallen und rollte sie von Seite zu Seite. Wolfgott helfe ihm, er versaute es schon wieder. Komplett.

Der Wein rauschte durch seine Adern und löschte die Wirkung des Alphastillers mit jedem seiner Atemzüge ein wenig mehr aus. Ihm war viel zu heiß. Er machte den obersten Knopf seines Hemds auf, um etwas besser atmen zu können.

„Wir hatten heute Abend keine Zeit, um unter vier Augen zu reden." Vales Stimme war wunderbar. Jason hätte am liebsten eine ganze Badewanne damit gefüllt, um stundenlang in dem Honigklang baden zu können.

„Ja", stimmte Jason zu, und sein Herz flatterte. „Wolltest du mit mir unter vier Augen sein?"

Vale lachte. „Es wäre unanständig, an diesem Punkt nur zu zweit zu sein. Aber ich hätte mich gern etwas privater mit dir unterhalten. Wir konnten den ganzen Abend über kaum mehr als ein paar Höflichkeiten austauschen."

„Ich wollte ja mit dir reden, aber Pater hatte dich die ganze Zeit mit Beschlag belegt. Er wollte dich offenbar ganz für sich haben."

Vale summte. „Omegas suchen gern die Gesellschaft anderer Omegas. Es verbindet sie die Erfahrung, schon in sehr jungen Jahren von daheim fort auf eine Omegaschule geschickt zu werden, unter anderen Dingen."

Andere Dinge wie Hitze. Unterwerfung. Schwangerschaft. Dinge, die ein Alpha nie wirklich würde verstehen können.

„Ich habe deine Gedichte gelesen. Diejenigen, die Pater mir gegeben hat."

„Ich weiß; darüber sprachen wir."

„Nicht wirklich. Du hast lediglich erfahren, dass ich sie gelesen habe, aber wir haben nicht über sie gesprochen."

„Möchtest du über sie sprechen?"

„Ja", antwortete Jason begeistert darüber, endlich die Fragen stellen zu können, die ihn beschäftigten, seit er die Gedichte draußen auf dem Dach gelesen hatte.

„Also schön. Was würdest du gern wissen?"

„Hast du wirklich einen Wal im Meer gesehen, oder war das etwas, was deiner Fantasie entsprungen ist?"

Wale waren schon so lange beinahe ausgestorben, dass Sichtungen extrem selten waren. Jason wusste nicht, ob er jemals jemanden getroffen hatte, der einen mit seinen eigenen Augen gesehen hatte.

„Was glaubst du?"

„Ich weiß nicht. Ich bekam ein so perfektes Bild von deinen Worten, ich war fast sicher, dass du einen gesehen haben musstest. Aber dann fiel mir ein, wie unmöglich es mir immer ist, Xan zu beschreiben, was ich unter meinem Mikroskop sehe. Ich finde nie die richtigen Worte. Also lasse ich ihn lieber selbst hindurchsehen. Vielleicht ist es einfacher, Worte zu finden für etwas, das man sich vorstellt, als für etwas, das man tatsächlich erlebt hat."

„Ist Xan dein Freund aus der Bücherei?"

Klang da ein Hauch Eifersucht mit?

„Ja. Wir sind schon seit der Highschool Zimmergenossen und wollten auch während der Uni zusammen wohnen. Aber jetzt nicht mehr, schätze ich."

„Ich verstehe. Er war gestern Abend nicht bei euch zuhause", sagte Vale langsam. „Ich wurde gebeten, meine engsten Freunde mitzubringen. Da hätte ich gern auch deine kennengelernt."

„Tja, also ..." Jason Gedanken überschlugen sich. Wie sollte er erklären, was mit Xan los war? Er konnte Vale schlecht die Wahrheit sagen. „Er ist ... nun ... ich weiß auch nicht. Vielleicht lernt ihr euch bald kennen. Aber ich kann nichts versprechen. Es ist kompliziert."

„Das trifft auf diese ganze Situation zu", murmelte Vale. „Um deine Frage zu beantworten, ich habe noch nie einen Wal gesehen. Aber ich habe in den Schriften der Alten Welt über sie gelesen, und als ich noch ein Kind war, hat mein Pater mich einmal ins Kino mitgenommen, wo sie einen restaurierten Film über Wale in der Südsee zeigten."

„Wirklich?" Jasons innerer Wissenschaftler regte sich. „Damals gab es so viele Tiere, die schon vor oder kurz nach dem Großen Sterben ausgestorben sind. Es ist toll, die alten Fotos zu sehen. Aber ein ganzer Film über ein so seltenes Tier muss faszinierend sein."

„Ich kann Professor Bitar danach fragen. Er ist ein Freund von mir, und er verwaltet das Filmarchiv der Universität. Falls sie dort eine Kopie haben, wird er es wissen."

„Aber wird er sie mir auch zeigen?" Jason öffnete ein paar Knöpfe an seinem Hemd. Ihm war immer noch warm, aber er zitterte auch. Vales Stimme schien diese Wirkung auf ihn zu haben, besonders jetzt, da der Alkohol den Alphastiller dämpfte. „Ich bin in meinem ersten Jahr und habe keinen guten Grund, ihn darum zu bitten, abgesehen von meiner Neugier."

„Wissenschaftliche Neugier ist ein guter Grund und sollte stets belohnt werden. Ich kann natürlich ein gutes Wort für dich einlegen, und ich wüsste nicht, warum er nein sagen sollte. Aber du müsstest dich selbst darum bemühen."

„Oh, das werde ich", versicherte Jason erfreut.

Vale gab einen sanften Laut von sich, den Jason umgehend in seinem Schwanz spürte. Er rutschte ein wenig auf dem Sessel umher, als er erneut einen Harten bekam, und presste den Hörer fest an sein Ohr, um nicht den leisesten Atemhauch von Vale zu verpassen.

„Wolltest du sonst noch etwas über meine Gedichte wissen?"

„‚Schneeflocken, die in der Hitze der Nacht brennen' – das symbolisiert die Wirkung von Alphastillern, oder?"

„Hast du das so aufgefasst?"

„Ja. Weil der Erzähler in diesem Gedicht viel davon spricht, sich seinem Drang hinzugeben, sich beherrschen zu wollen, aber die brennenden Schneeflocken halten ihn zurück. Kaltes Brennen. Das ist, wie es sich anfühlt, wenn es in meine Adern dringt. Wie von innen heraus zu frösteln. Ich glaube, Pater hat die Anspielung nicht verstanden."

Vale lachte. Jason packte die Schreibtischkante, als neue Lust in ihm tobte. Er atmete tief durch, bis es wieder ein wenig nachließ, öffnete aber seine Hose, um die kühle Luft an seinen Ständer zu lassen.

„Nun, ich würde gern sagen, dass du nur etwas hineinliest, aber ja, das Gedicht enthält Zeilen aus der Beschreibung eines Freundes über seine erste Erfahrung mit Alphastillern."

„Dann geht es also um Sex."

Vale lachte erneut. „Ja. In gewisser Hinsicht handeln alle meine Gedicht davon."

„Ich wusste es! In ‚träumt ihr, viscount?' geht es hundertprozentig um Oralverkehr. Sag mir, dass ich recht habe."

„Du hast recht."

Jason wurde ein wenig schwindelig, und er schloss die Augen. „Wolfgott, du bist echt versaut."

Vale schnurrte. „Ist das etwas Schlechtes?"

„Nein, ich liebe es."

Vale gab einen erstickten Laut von sich, und sein Atem schien lauter zu werden. „Liebes, hast du eine Erektion?"

Jason starrte hinab auf seinen pochenden roten Schwanz und das Vorsperma, das aus der Eichel tropfte. Er nahm ihn fest in die Hand und drückte, bis der dicke Tropfen an der Seite herunterlief. „Ja", knurrte er. „Und ich habe meinen Schwanz in der Hand."

Wieso hatte er das gesagt? Jetzt würde Vale wahrscheinlich beleidigt sein und auflegen. Was für ein unbeherrschter Alpha war er nur, dass er—

„Jason, ich habe ebenfalls einen Harten, und ich mache gerade meine Hose auf."

Heiliger Gott im Wolfhimmel, passierte das wirklich?

Jason wimmerte. „Ja? Wie sieht er aus?"

„Ich bin beschnitten, so wie früher viele Männer in der Alten Welt vor dem Großen Sterben."

„Warum?" Jasons Ständer pochte unter seiner Handfläche; die Neuigkeit beeinträchtigte seine Erregung nicht im Geringsten.

„Ein Kindheitsproblem. Meine Vorhaut war zu eng und ließ sich nicht zurückschieben. Die Ärzte hielten es für das Beste."

„Hm." Jason schloss die Augen und hielt den Hörer fest an sein Ohr. Er versuchte, sich einen Penis ohne Vorhaut vorzustellen; er hatte davon gehört, aber noch nie einen gesehen.

„Findest du das seltsam?" Vale klang – konnte das sein? – verunsichert, und Jason beeilte sich, ihn zu beruhigen.

„Ich kann es nicht erwarten, ihn zu sehen."

Vale stöhnte. „Ich hoffe, er wird dir gefallen."

„Wirklich?" Jason musste sich von innen in die Wange beißen, um nicht auf der Stelle die Beherrschung zu verlieren.

„Du klingst so wunderbar, Liebes. Du klingst, als würdest du gleich für mich kommen."

„Zuerst wirst du für mich kommen", stieß Jason hervor. Es war ein Befehl, denn so wurde es gemacht. Zuerst der Omega, dann der Alpha. Und Jason war nicht die Sorte Mann, der seinen Omega enttäuschen würde, nicht einmal übers Telefon.

„Werde ich?"

„Ja."

Vale stöhnte. „Oh, das könnte passieren."

„Es wird passieren." Jason schloss erneut die Augen und lauschte auf das schwere Atmen am anderen Ende der Leitung. Seine Eier zogen sich zusammen. Er war bereit zu kommen, sobald er den Orgasmus seines Omegas sichergestellt hatte.

„Rede mit mir", flüsterte Vale gepresst und atemlos. „Ich bin so feucht für dich."

„Du willst deinen Alpha stolz machen, stimmt's?"

„Ja!"

„Dann komm für mich", murmelte Jason. „Jetzt. Und lass es mich hören."

Vale schrie auf. Ein Laut, der Jasons zerbrechliche Zurückhaltung vernichtete und ihn aufriss wie eine Lustwunde. Seine Muskeln verkrampften sich, Samen pumpte in schweren, dicken Spritzern auf den Holzfußboden. Jason schauderte und bebte und stöhnte laut und unkontrolliert. In einem Moment seltsamer Klarheit sah er sich selbst als zitternden, zerbrochenen Jungen, der beinahe schmerzhaft heftig im Arbeitszimmer seines Vaters abspritzte. Dann kam er wieder zu sich. Er atmete schwer und betrachtete durch die Tränen des Verlangens hindurch all das Sperma. Wolfgott, er hatte eine Sauerei veranstaltet ...

„Das war wundervoll."

„Du bist wundervoll", gab Jason zurück. „Und mein. Du bist mein."

Vale stöhnte. „Nur, wenn du es willst."

„Das tue ich. Ich will dich so sehr."

Vale seufzte, und seine Lust schien sich zu legen, während Jason noch immer vor Erregung zitterte. „Das war nicht der Grund, aus dem ich angerufen habe", sagte Vale und klang ein wenig verlegen.

„Es war kein Fehler." Jason setzte sich auf. Und legte einen Befehlston in seine Stimme, auch wenn seine Schenkel und Arme noch zitterten. „Sag nicht, dass es ein Fehler war."

„Sage ich ja nicht. Noch nicht." Aber Vale klang jetzt traurig. „Das kann ich nicht. Es war zu perfekt, dir zuzuhören, dich durchs Telefon zu spüren. Hast du mich auch gespürt?"

„Ich kann dich fast schmecken", knurrte Jason. Und das konnte er. Vales Stimme war wie Honig und Salz gleichzeitig auf seiner Zunge, und er schluckte. „Ich werde dir nicht erlauben, es zu bereuen."

„Das tue ich nicht", sagte Vale leise. „Ich bedaure lediglich, dass ich nicht erreicht habe, was ich wollte."

„Und das war?"

„Dich besser kennenzulernen."

„Na ja, jetzt weißt du, wie ich mich anhöre, wenn ich komme."

Vale lachte. „Das stimmt."

„Und das ist etwas, was du vorher nicht wusstest."

„Du hast recht." Vales Stimme klang wieder etwas atemlos. „Danke dafür."

„Ich sollte *dir* danken."

„Ja, das solltest du. Erzähl mir, wie du es am liebsten hast."

„Du bist wirklich versaut."

„Stört dich das?" Selbst Vales Frage klang versaut.

„Nein, es gefällt mir. Wärest du prüde, würden wir Probleme miteinander bekommen."

Vale lachte erneut. Mal hörte er sich angespannt an, mal ganz locker. Es schien ständig zu wechseln. „Wir sollten uns vielleicht saubermachen."

„Ich will nicht aufhören, mit dir zu reden."

„Okay, noch eine Frage, dann sagen wir Gute Nacht, ja? Du kannst mich Montag nach der Uni wieder anrufen."

„Aber ich habe dich überhaupt nicht angerufen."

Vale schnaubte. „Sei nicht so kleinlich. Ich gebe dir die Erlaubnis, mich Montag anzurufen."

„Das werde ich tun. Ganz bestimmt. Montag."

„Nach der Uni."

„Ja."

„Okay, ich habe eine letzte Frage für dich, Jason Sabel. Glaubst du, du bist fähig, mein Alpha zu sein?"

Zweifel, ob er Vale je würde überzeugen können, dass er alt genug war, plagten Jason. Aber er hob das Kinn und dachte an den süßen Klang von Vales Orgasmus. „Ich weiß, dass ich es bin."

„Und falls deine Eltern nicht zustimmen?"

„Es ist meine Entscheidung, nicht die ihre."

„Du kennst noch nicht alle Fakten. Ich bitte dich heute Abend nicht um eine Entscheidung. Ich frage nach deinem aufrichtigen Bauchgefühl. Ein Surrogat-Omega wäre vielleicht die bessere–"

„Rede nicht davon. Wir hatten gerade … wir beide … wir waren gerade zusammen." Jason hatte Mühe, seine Zunge zu entwirren. Es war nur am Telefon passiert, aber es bedeutete etwas. „Wir haben gerade Liebe gemacht. Da will ich nichts von Surrogat-Omegas hören. Nicht jetzt. Und auch sonst nicht."

„Ich stimme zu, das Timing ist schlecht gewählt, aber–"

„Nein", unterbrach Jason ihn. „Hör auf. Ich habe auch eine letzte Frage für dich."

Vale zögerte, dann sagte er. „Ich bin ganz Ohr."

„In deinen Gedichten … was hast du gegen große Anfangs-buchstaben?"

Vale lachte leise, und er hörte sich jung und verlegen an. „Eine alberne Eigenheit, mit der ich in meiner Jugend angefangen habe und die jetzt zu meinem Markenzeichen geworden ist, das ist alles. Ziehst du große Anfangsbuchstaben vor? Ich kann anfangen, sie zu benutzen, wenn du willst."

„Tu, was immer dich glücklich macht. Deine Worte sind wunderschön, so wie sie sind."

Vale schwieg für einen Moment. „Gute Nacht, Jason. Schlaf gut."

„Gute Nacht. Süße Träume."

Einige Herzschläge lang lauschten sie noch auf den Atem des jeweils anderen, dann legte Jason als Erster auf, um Willensstärke zu beweisen und seine Entscheidungskraft auszuüben.

KAPITEL 11

„IHR HABT EUCH zusammen einen runtergeholt?" Rosens dunkle Augen wurden groß und rund, und er vergaß, den Mund wieder zuzuklappen. Sein Haar war zu einem seiner kunstvollen Knoten aufgesteckt, und er trug ein mit Farben bekleckstes Hemd, während er eine Leinwand für eine neue seiner „Expressionen" vorbereitete, wie er die Kunstwerke nannte, die er produzierte, wenn er nicht an der Uni lehrte oder sich als Koch versuchte.

Vale seufzte und kratze sich das unrasierte Gesicht. Er lief unruhig in dem chaotischen Raum über Rosens und Yosefs Garage auf und ab. Rosen benutzte ihn als Atelier. Der Boden war mit halb getrockneter Ölfarbe und Terpentin verschmiert, und der scharfe Geruch brannte Vale in der Nase, trotz der geöffneten Fenster. Farbenfrohe Leinwände hingen an den Wänden und lehnten in kleinen Stapeln in den Ecken. Bunt verkleckerte Gläser bedeckten eine Kommode.

„Es war ein Fehler", sagte Vale schließlich.

„Hm."

Vale verzog das Gesicht und blieb neben Rosen stehen, der auf einer Holzpalette ein Blau anmischte, dass Vales Lieblingsfarbe sehr nah kam. „Was meinst du mit ‚hm'? Dein Gesichtsausdruck sagt mir, dass du entsetzt bist."

Rose zuckte die Achseln. „Was passiert ist, ist passiert. Wenn interessiert jetzt noch, ob es ein Fehler war? Einfach nach vorn schauen, sage ich."

„Nach vorn schauen, aber wohin? Das ist doch die Frage. Jetzt habe ich ihm womöglich Hoffnungen gemacht." Und sich selbst ebenfalls. Das war das Schlimmste an dem Ganzen. Jason war ein Kind; seine Eltern konnten ihm leicht genug Vernunft eintrichtern. Aber Vale hatte sein eigenes Herz in Gefahr gebracht.

„War es denn gut?"

„Sei nicht albern."

„Dann war es also fantastisch", murmelte Rosen. „Wenn es Scheiße gewesen wäre, hättest du mir schon längst alles haarklein berichtet. Und dann gäbe es auch überhaupt kein Problem – du würdest einfach beschließen, keinen Vertrag mit einem Alpha einzugehen, der es nicht einmal beim Telefonsex bringt, und ihn zwingen, einen Surrogat-Omega zu nehmen. Fertig."

„Wolfgott, du bist fast so schlimm wie Urho."

„*Ihm* hast du es doch wohl nicht erzählt, oder?"

„Nein, er ist im Herzen so furchtbar altmodisch. Er würde das alles komplett unanständig finden."

Rosen grinste. „Du bist so grausam zu ihm."

„Ich kann nichts für seine Gefühle mir gegenüber."

„Zumindest könntest du zugeben, dass du selbst auch welche für ihn hast."

Vale stöhnte. „Jetzt redest du vollkommen am Thema vorbei. Das ist nicht das, worüber ich sprechen wollte. Wann kommt Yosef nach Hause? Er versteht mich wenigstens."

„Er ist heute seinen Pater besuchen gefahren. Dem geht es nicht so gut, seit Yosefs Vater gestorben ist."

„*Érosgápe* leiden", murmelte Vale. Er verschränkte die Arme vor der Brust und stellte sich eine Zukunft vor, in der Jason viele, viele Jahre allein leiden würde. So wie Urho. „Ich werde lange vor Jason sterben. Noch ein Grund, warum er mit einem Surrogat seines Alter viel besser dran wäre."

Rosen verdrehte die Augen. „Das kannst du dir so viel einreden, wie du willst, deshalb wird es nicht wahrer. Genauso wenig, wie

Sandwiches mit schimmeligem Käse zu essen sie nicht zu einem anständigen Abendessen macht."

„Da wir gerade davon sprechen – du musst mir etwas zu essen geben, bevor ich nach Hause fahre. Ich habe absolut nichts mehr in der Küche. Heute Morgen hätte ich beinahe Zephyrs Katzenfutter gegessen. Aber dann habe ich noch ein letztes Stück Käse ganz unten im Kühlschrank gefunden."

„Und es war Schimmel dran, oder?"

„Ich habe ihn abgekratzt."

Rosen seufzte. „An deiner Stelle würde ich mir mehr Sorgen darum machen, wie du deinen Alpha füttern willst, anstatt darüber, ob er mit einem Surrogat-Omega besser dran wäre oder nicht."

„Ein Surrogat würde wahrscheinlich wissen, wie man kocht", sagte Vale wehmütig. Er wusste, dass er jetzt jammerte, aber stand ihm nicht ein kleines bisschen Selbstmitleid zu? Das alles war eine große Veränderung, ganz egal, was als Nächstes passieren würde.

„Ein Surrogat würde ihn nie wirklich befriedigen, und das weißt du. Es wäre nicht dasselbe. Du bist sein *Érosgápe*. Er würde sich immer nach dir verzehren. Und davon abgesehen – was würdest du dir selbst antun? Ein Leben in dem Wissen, dass er irgendwo da draußen mit jemand anderem unglücklich ist und du ihn nicht haben kannst? Das ist absurd. Zeig dich von deiner besten Seite. Überzeuge ihn, einen Vertrag mit dir einzugehen. Werde glücklich."

„Diese eine Hitze ... erinnerst du dich?" Vale sah Rosen eindringlich an. „Als du mich fandest? Und dann, danach ..."

Rosen warf seinen Malpinsel hin und nahm Vale fest in die Arme. „Okay, *das* war ein Fehler. Ein wirklich tragischer, schrecklicher Fehler."

„Das Narbengewebe, das von der Abtreibung zurückgeblieben ist, würde eine Geburt zu gefährlich machen. Selbst wenn Jason und ich einen Vertrag eingehen, ihn vollziehen und den Bund schließen würden, er würde sich während der Hitzen immer zurückhalten müssen. Er könnte sich nie vollkommen gehen lassen. Er müsste die Nerven behalten und ein Kondom benutzen, ganz gleich, wie sehr ich ihn um ein Baby anbettele. Er wäre besser dran mit jemandem, den er während der Hitze einfach dumm und dusselig ficken kann."

Rosen erstarrte, drückte Vale aber nur noch fester an sich. Schließlich flüsterte er Vale ins Ohr: „Es geht das Gerücht, dass Jasons Pater Zugang zu Abtreibungspillen hat."

Vale riss sich aus Rosens Umarmung. „Was?"

„Drogen, die verhindern, dass die Schwangerschaft fortdauert. Deshalb ist seine Gesundheit so fragil." Rosen schob sich eine lose Strähne seines dunklen Haars aus den Augen, aber sie fiel sogleich wieder zurück. „Zumindest habe ich das so gehört."

„Wer hat dir das gesagt?" Vales Herz schlug schneller. Es lief ihm kalt das Rückgrat hinunter.

Rosen zuckte mit den Schultern. „Du weißt, wie sehr Betas tratschen. Der Liebhaber des Apothekers hat's mir erzählt."

„Welcher Apotheker?"

„Delta-Sektion."

„Anton? Der mit dem roten Bart, der immer Luftballontiere für die Kinder macht, während sie drauf warten, dass ihre Medizin angerührt wird?"

„Genau der."

„Und er macht Abtreibungspillen für Miner Hoff? Bist du sicher?"

„Sowie für andere Omegas, die eine Geburt nicht überleben würden."

„Nein!" Vale drehte sich der Kopf. „Das ist zu riskant."

„Aber es ist wahr. Shankar hat es mir nur erzählt, weil er wissen wollte, ob Yosef ihn anwaltlich vertreten würde, sollte er jemals erwischt und verhaftet werden. Ich sagte ihm natürlich, dass Yosef das herzlich gern tun würde, aber wir wissen alle, dass die Gesetze wasserdicht sind. Der Mann wäre geliefert."

Vale schluckte schwer. „Du darfst niemandem davon ein Sterbenswort erzählen, Rosen. Du weißt, was mit Miner geschehen würde."

Und mit Yule, falls entschieden würde, dass er daran beteiligt war. Und Anton hätte nicht die geringste Chance. Falls etwas davon herauskäme, würde zweifellos eine umfassende Untersuchung eingeleitet werden, und wer weiß, wie viele andere Omegas entdeckt würden, die diese illegalen Mittel nahmen? Wolfgott, das wäre eine entsetzliche Katastrophe.

Rosen Augen verdunkelten sich zornig. „Ich würde nie jemanden einem solchen Risiko aussetzen. Ich habe es dir nur gesagt, weil … nun ja, vielleicht kann er dir helfen, sollte das Schlimmste je eintreten."

„Anton oder Miner?"

„Einer von ihnen. Beide. Ich kann mir nicht vorstellen, dass der Omega, den wir neulich Abend kennengelernt haben, wollen würde, dass du das Risiko einer lebensgefährlichen Geburt durchmachst. Er schien mir ein guter Mann zu sein."

Vale nickte.

Im Grunde stimmte er Rosen zu, aber der Gedanke allein machte ihn starr vor Angst. Er wollte nicht, dass Jason wegen etwas so Skandalösem seine Eltern verlor. Der Familienname wäre für immer beschmutzt, und ihr Land und das Unternehmen würden dem Staat zufallen. Jason würde mittellos zurückbleiben. Seine Eltern würden ins Gefängnis kommen und möglicherweise wegen Verbrechen gegen die Menschlichkeit hingerichtet werden. Vale drehte sich der Magen um.

Und wie konnte Yule so selbstsüchtig sein, Miner zu schwängern in dem Wissen, dass der Mann das nicht aushalten konnte? Beim Abendessen im Haus der Sabels hatte er den hingebungsvollen Alpha gespielt. Vale hätte nie Verdacht geschöpft, dass er so grausam sein konnte. Er fragte sich, ob Jason davon wusste. Er konnte sich überhaupt nicht vorstellen, dass die großen, unschuldigen Augen irgendetwas davon ahnten.

„Das ist kaum zu glauben", flüsterte Vale.

„Manche Leute spielen den Helden in einem Maße, das geradezu irrsinnig ist", sagte Rosen. „Aber ich denke, keiner von uns würde Anton dessen beschuldigen. Nicht bei allem, was wir wissen und was wir gesehen haben."

Vale rieb sich den Mund und sagte nichts.

Rosen wandte sich wieder seiner Leinwand zu, und eine Weile lang sah Vale ihm zu, schweigend, aber innerlich in Aufruhr. Schließlich aber beruhigte ihn die Stille des Raums und die frische Brise. Auch Rosens meditatives Arbeiten trug dazu bei. Der Prozess war vergleichbar mit Vales eigener Vorgehensweise beim Dichten: er verließ sich auf das Fließen der Kreativität und folgte seiner ersten Inspiration, um einen groben Entwurf zu schaffen. Dann nahm er nach und nach wieder etwas weg, konzentrierte das Werk auf seine Essenz, bis die Worte perfekt waren wie frische Grashalme, scharf und grün.

Rosen malte zuerst in groben Pinselstrichen, dann benutzte er einen Malspachtel, um Überschüsse wegzukratzen und Konturen zu schärfen, und fügte Details mit feineren Pinseln und leichterer Hand hinzu. Vielleicht begann jegliche Kunst als Chaos und wurde dann Stück für Stück verfeinert, bis sie zu etwas wurde, das wert war, mit jemand anderem geteilt zu werden.

„Hätte ich es dir nicht erzählen sollen?", fragte Rosen, nachdem fast eine Stunde vergangen war.

„Ich gebe zu, dass ich nicht recht weiß, was ich mit diesem Wissen anfangen soll, aber ich bin froh, es zu besitzen."

„Ich fand, du solltest keinen Vertrag eingehen, ohne das zu wissen. Nicht nur, weil er dir helfen könnte, sondern auch, weil es nur fair ist, dass du weißt, welches Risiko du durch eine

Verbindung mit dieser Familie selbst eingehst."

„Ja, sich weiter mit einer Familie einzulassen, die mit einem Streich des Henkers ausgelöscht werden könnte, erscheint mir ebenfalls heikel."

Rosen zuckte die Achseln. „Stimmt. Aber ich weiß, dass du das, was sie tun, nicht für falsch hältst."

„Doch, das tue ich", sagte Vale. „Yule Sabel kam mir nicht wie ein Mann vor, dem es an Selbstbeherrschung mangelt, und doch schwängert er regelmäßig seinen Omega, trotz dessen gesundheitlicher Verfassung? Das verurteile ich scharf."

„Wir kennen nicht die ganze Geschichte. Vielleicht gibt es einen Grund dafür."

Vale hob eine Braue. „Ich kann mir keinen vorstellen, außer dem Mangel an Willen."

Rosen warf ihm einen Blick zu und runzelte die Stirn. „Es ist eine große, weite Welt", sagte er mit seiner Philosophieprofessoren-Stimme. „Es gibt viele Dinge, von denen wir nichts wissen können, außer wir fragen. Und manchmal können wir nicht fragen."

Vale sah zu, wie er ein gelbes Quadrat mit einer dicken, blauen Kontur umrandete. „Vielleicht hast du recht, aber ich werde Schwierigkeiten haben, dieses Wissen zu ignorieren, wenn Freitag die Verhandlungen beginnen."

„Vielleicht wird es dich stärker machen. Du gehst in die Verhandlung mit dem Wissen, dass Yule ein Mann wie jeder andere ist und eigene, schreckliche Fehler verbirgt. Es kann dir helfen, zu deinen Prinzipien zu stehen, wenn du weißt, dass deine Vergangenheit nicht die schlimmsten Sünden am Tisch enthält."

Vale kaute einen Moment lang auf diesem Gedanken herum. „Ich habe nur einen Punkt, der für mich nicht verhandelbar ist. Über alles andere lasse ich mit mir reden – innerhalb vernünftiger Grenzen. Du und ich, wir wissen beide, was ich nicht liefern kann. Und das wird der ganzen Sache ein Ende bereiten."

„Tatsächlich?"

„Du weißt, dass es so kommen wird. Jason wird Kinder wollen, und seine Eltern werden dafür sorgen, dass dem weder seine Aufprägung noch mein Omegaeinfluss in die Quere kommen."

Rosen wirkte nicht überzeugt. Aber er stellte seinen Pinsel in ein Glas mit Lösungsmittel, seufzte und wandte sich von seiner Leinwand ab. „Manchmal wünsche ich mir Kinder."

„Wirklich?"

„Sicher." Seine Lippen verzogen sich zu einem bittersüßen Lächeln. „Ein kleiner Yosef wäre süß, denkst du nicht?"

„Besonders, wenn er einen winzigen, weißen Bart hätte."

Rosen verdrehte die Augen. „Für einen Omega ist es wahrscheinlich schwer zu verstehen, was Betas in ihrem Leben alles vermissen. Unsere Kultur glorifiziert die Alpha-Omega-Verbindung und den Rausch der Verpaarung in Hitze." Er rieb seine farbverschmierten Finger aneinander. „Ich weiß, dass es dazu dient, die Risiken und heikle Natur der Fortpflanzung zu verschleiern. Um die Gefahr und die Unkontrolliertheit das Risiko wert und romantisch erscheinen zu lassen. Aber ich kann mir nicht helfen – ich denke dennoch, dass es wunderschön sein muss, ein Kind zu haben, ein eigenes Baby."

„Ja, das ist es bestimmt." Aber Vale würde das nie herausfinden. Was das betraf, war er ebenso zur Unfruchtbarkeit verdammt wie Yosef und Rosen. Aber es stimmte, dass er noch nie auf den Gedanken gekommen war, es aus Sicht eines Betas zu betrachten, nämlich nicht einmal die Option zu haben, sich zur Fortpflanzung einen Surrogat-Omega nehmen zu können. Er hatte einfach immer angenommen, dass Betas keine Kinder wollten. Er hatte sie darum beneidet, ein Leben ohne Hitzen führen zu können. Sie konnten alles werden, was sie wollten, alles tun … nun ja, solange sie es nicht auf Positionen abgesehen hatten, die nur von Alphas eingenommen werden durften. Und solange sie sich nie außerhalb ihres Beta-

Geschlechts verliebten.

Aber wahrscheinlich fühlten Betas sich in vielerlei Hinsicht eingeschränkt durch die Gesetze des Landes und das Heilige Buch von Wolf. Vale hatte nur noch nie darüber nachgedacht. Vielleicht passte er doch gut zu Jason. Es war beschämend, sich eingestehen zu müssen, dass er nicht weniger selbstbezogen gedacht hatte als ein Teenager.

Erneut verfielen sie in Schweigen, und nachdem Vale Rosen eine weitere halbe Stunde beim Malen zugesehen hatte, sagte er: „Ich brauche bald etwas zu essen, wenn ich nicht verhungern soll."

Rosen lachte und steckte all seine Pinsel in ein mit Terpentin gefülltes Einmachglas. „Alles klar, kommt mit in die Wohnung. Worauf hast du Lust? Soll ich richtig was kochen, oder reicht dir ein Snack?"

„So sehr ich deine kulinarischen Werke liebe – ich würde etwas Schnelles bevorzugen, bitte."

„Bist du sicher? Ich könnte beim Abendessen etwas Gesellschaft vertragen." Rosen wusch sich die Hände in einem tiefen Spülbecken in der Ecke.

Vale seufzte und streckte sich. „Ich muss bald gehen. Ich habe Jason gesagt, dass er mich heute nach der Uni anrufen darf."

Rosen lachte. Er schaute mit funkelnden Augen über seine Schulter und spülte seine Hände ab. „Willst du ihn nach seinen Hausaufgaben fragen?"

„Du bist ein noch größeres Arschloch als Urho."

„Oder wollt ihr beide wieder zusammen wichsen? Du weißt, dass er das garantiert erwartet, oder?"

Vales Schwanz regte sich, und er funkelte Rosen finster an. „Ich werde bei Yosef petzen, wie gemein du heute zu mir warst."

„Oh, gut. Vielleicht versohlt er mir den Po." Rosen grinste, trocknete seine Hände ab und warf das Handtuch in einen Korb neben der Tür. „Du kannst ja mal Jason fragen, wie er zu sowas steht. Vielleicht würde es ihm gefallen, von dir übers Knie gelegt zu werden. Oder umgekehrt."

Vale schüttelte den Kopf und machte eine obszöne Geste, dann folgte er Rosen aus dem Atelier. Der Geruch von Ölfarben wehte hinter ihnen her.

„Wenn ich nicht so hungrig wäre, würde ich jetzt heimgehen", sagte Vale zu Rosens Rücken.

„Du könntest es mit dieser Sache probieren, wie nennt man das noch gleich? Ach ja Lebensmittel einkaufen. Es ist leichter, als es aussieht."

Der blaue Himmel erstreckte sich über ihnen. Vale zuckte die Achseln. „Aber es ist viel besser, wenn du mich versorgst. Das gibt mir das Gefühl, geliebt zu werden."

Rosen verlangsamte seinen Schritt und legte einen Arm um Vales Schultern. „Oh, wir lieben dich. Selbst wenn du uns schimmeligen Käse servierst."

Vale lächelte und entspannte sich ein wenig. Er hatte Freunde. Was immer auch mit Jason passieren würde – er hatte Menschen, die ihn liebten.

„WIE WAR'S IM Unterricht?"

Vales Stimme war wundervoll. Jason wand sich in dem großen Ledersessel seines Vaters und wünschte, er hätte ein eigenes Telefon in seinem Zimmer. Die Sauerei im Arbeitszimmer seines Vater zu beseitigen, war nicht einfach gewesen – sein Vater besaß immerhin die empfindsame Nase eines Alphas. Jason hatte sämtliche Fenster geöffnet und überall Lufterfrischer mit Limonenduft versprüht, sich aber immer noch Sorgen gemacht, dass sein Vater wissen würde, was sie getan hatten. Oder zumindest, was *er* getan hatte.

„Frag nicht so." Er öffnete eine der Schreibtischschubladen und nahm Papier und Bleistift heraus. Vielleicht würde es ihm helfen, sich zu konzentrieren, wenn er ein bisschen kritzelte.

„Du willst mir nicht von deinem Tag erzählen?"

„Doch, natürlich. Aber nicht, wenn du so fragst, als wärest du einer meiner Eltern."

„Wie soll ich dich denn fragen?"

„Ich weiß nicht. Erzähl mir zuerst von deinem Tag. Ich wette, der war sowieso interessanter als meiner."

„Höchst zweifelhaft. Du hast sicher mehr gelernt oder dich zumindest mit anderen Leuten unterhalten. Abgesehen von einem Besuch bei Rosen zum Mittagessen habe ich den Tag allein zugebracht, nur mit Zephyr und einem Haufen alter Zeitschriften, die ich versuche zu sortieren."

„Ist Zephyr ein Beta-Diener?" Es war ein ungewöhnlicher Name, aber Betas neigten dazu, ein wenig extravagant zu sein zum Ausgleich dafür, dass sie keine Alphas waren. Zumindest hatte Vater das gesagt.

Vale schnaubte. „Nein. Ich fürchte, ich gehöre nicht zu der Einkommensschicht, die sich Beta-Diener leisten kann."

„Jetzt schon."

„Lass uns nicht darüber diskutieren. Das sind Dinge, um die sich unsere Anwälte kümmern können."

„Stimmt. Also, wer ist Zephyr?", fragte Jason noch einmal.

„Meine Katze."

„Oh, du hast ein Haustier?" Wegen Paters Allergien und zerbrechlicher Gesundheit hatte Jason nie eins haben dürfen. Er hatte Xan immer um dessen kuscheligen Hund beneidet, und seine Klassenkameraden um diverse Katzen, Nagetiere und Vögel. „Ist es ein Junge oder ein Mädchen?"

„Ein Mädchen."

„Wow. Das ist toll. Kann ich sie mir vielleicht irgendwann mal ansehen?"

Mädchen waren faszinierende Biester. Jason fand es erstaunlich, dass es früher einmal auch weibliche Menschen gegeben hatte. Er hatte Bilder von ihnen in Kunstwerken der Alten Welt gesehen.

Man konnte Vales Stimme anhören, dass er lächelte. „Falls Zephyr möchte, dass du sie siehst, dann ja. Sie hat sozusagen Zauberkräfte und kann auf unbegreifliche Weise verschwinden, wenn sie nervös ist."

„Welche Farbe hat sie?"

„Silber."

„Oh, sie ist bestimmt wundervoll."

„Sie kann wundervoll sein. Sie ist aber auch ziemlich gut darin, Sachen herunterzuwerfen. Das ist ein echtes Talent von ihr. Und manchmal beißt sie auch. Sie ist entweder ein wahrer Engel oder ein Dämon."

Jason lachte. „Wechselhaft. Wie der Wind."

„Ganz genau wie der Wind."

„Also, auf der Uni heute war es seltsam", beantwortete Jason schließlich Vales ursprüngliche Frage, als er sich nicht mehr wie ein Kind deswegen vorkam. „Alle hatten davon gehört, dass ich auf dich geprägt wurde."

„Ich kann mir vorstellen, dass deine Kommilitonen viel dazu zu sagen hatten."

Jason verzog das Gesicht, als er sich an Wilbet Monhundys beißende Kommentare erinnerte. *Dein Omega ist eine Schlampe. Dein Omega ist schon abgenutzt.* Wäre da nicht die massive Dosis Alphastiller in seinem Blut gewesen, die ihn auf unnatürliche Weise ruhigstellte, hätte Jason den Kerl geschlagen.

„Du brauchst keine Rücksicht auf meine Gefühle zu nehmen, Jason. Ich bin sicher, sie haben dich wegen meines Alters verspottet."

Jason seufzte. „Aber du bist wunderschön und perfekt und klug und talentiert. Die sind nur Idioten. Neidische Idioten."

Obwohl Jason wusste, dass das nicht ganz stimmte. Sicher, sie waren Arschlöcher, aber keiner von ihnen war besonders neidisch auf Jason, weil er auf einen älteren Omega geprägt worden war. Die meisten von ihnen wollten die übliche Erfahrung der Begegnung mit einem gleichaltrigen Omega machen, auch wenn der Gedanke, dass Jason bereits Sex mit Vale gehabt haben könnte, sie kribbelig machte.

Aber er musste sich nur noch zwei Tage lang mit ihnen herumschlagen, dann würde die Universität ihre Pforten schließen, damit auch die auswärtigen Studenten genug Zeit hatten, um zum zweiten Festmahl der Herbstnächte am Samstag heim zu ihren Familien zu fahren. Als das Mahl des Schwangeren Wolfes war es das heiligste der drei.

„Hmm, nun, der Omegaeinfluss macht ein bisschen blind. Aber ich freue mich, dass du nicht völlig unzufrieden mit mir bist." Jason hatte das seltsame Gefühl, dass Vale eigentlich meinte: *noch* nicht unzufrieden. „Und deine Professoren? Wie behandeln sie dich? Der eine oder andere mag ein Problem damit haben zu akzeptieren, dass einer seiner Kollegen nun dein *Érosgápe* ist."

„Nein, es war alles in Ordnung." Obwohl Professor Shriner vorgeschlagen hatte, dass Jason sich vor den anderen im Kurs die restlichen Lehrfilme ansieht, um sich auf den Vollzug der Verpaarung vorzubereiten. „Alle Lehrer sind sehr großzügig und räumen mir Extra-Zeit ein, um den versäumten Stoff nachzuholen."

„Ich bin froh, dass sie dich fair behandeln."

„Nun, die Professoren auf jeden Fall. Der Rest ... na ja, ich kann ihnen nicht vorwerfen, dass sie sich ein wenig anders als sonst benehmen." Sein Magen zog sich unangenehm zusammen bei der Erinnerung daran, wie die Leute getuschelt hatten, als er vorbeigegangen war, und wie sie ihn beim Mittagessen geschnitten hatten – so als würde der bloße Kontakt mit ihm dazu führen, dass sie auf den nächstbesten Professor geprägt würden, der vorbeilief.

„Sie haben die Dinge, die sie gesagt haben, wahrscheinlich gar nicht so gemeint."

„Möchtest du darüber reden, wie du dich dabei gefühlt hast? Ich denke nicht, dass sich dieses Verhalten mit der Zeit groß ändern wird. Falls wir einen Vertrag schließen, werden die Leute immer so über uns reden."

Jason verzog das Gesicht. „Es spielt keine Rolle, was andere Leute sagen. Das hat mich noch nie gekümmert."

„Aber du bist der Sohn von Yule Sabel und Miner Hoff. Du wirst eine Rolle in der Gesellschaft ausfüllen müssen, wenn du die Firma deines Vaters einmal erbst."

„Ich will Wissenschaftler werden. Ich werde jemand anderen die Firma meines Vaters leiten lassen."

„Dennoch wirst du das Gesicht der Firma sein müssen, die richtigen gesellschaftlichen Anlässe besuchen, dich bei den richtigen Leuten einschmeicheln."

„Du hast ja neulich Abend gesehen, wie schlecht ich darin bin, mich einzuschmeicheln."

„Du warst charmant."

„Ich war still und habe dich enttäuscht."

„Du gehst viel zu hart mit dir selbst ins Gericht. Du bist neunzehn. Gib dir selbst ein bisschen Zeit zu wachsen, bis du zu deinen Welpenpfoten passt. Dann wird das schon."

„Welpenpfoten?"

Vale lachte. „Das ist nur etwas, das mir in den Sinn kam, als ich dich das erste Mal sah. Du bist noch nicht ganz ausgewachsen. Du bewegst dich wie ein Welpe mit deinen großen Händen und Füßen. Es ist süß."

„Ich muss für dich aber mehr sein als nur süß."

„Oh, das kannst du, glaub mir. Das bist du."

Jasons Herz raste, und sein Schwanz wurde halb hart. Aber er war entschlossen, Vale nicht den Eindruck zu geben, er sei ein unbeherrschter Alpha, indem er erneut Sex zum Mittelpunkt des Anrufs machte. Also wechselte er rasch das Thema. „Was waren das für Zeitschriften, die du sortiert hast?"

„Ein Haufen Magazine über Dichtung und kreatives Schreiben von vor etwa fünf Jahren. Ich wollte sie schon lange mal durchgehen, fand aber nie die Zeit dazu. Tja, Zeit habe ich jetzt jede Menge."

„Was ist mit Gedichten? Arbeitest du zur Zeit an welchen?"

„Es köcheln so einige, aber noch hat mich keins davon gepackt und darauf bestanden, aufgeschrieben zu werden. Ich habe das eine oder andere notiert, aber nichts besonders Gutes. Warum?"

„Mir hat sehr gefallen, was ich gelesen habe. Ich hätte gern mehr."

„Du kannst sie für den Moment ja einfach noch einmal lesen."

„Ich kann sie auswendig. Ich habe ein fotografisches Gedächtnis."

Vale schwieg für einen langen Moment. „Wie ungewöhnlich. Ich bin sicher, das ist dir bei deinem Studium sehr dienlich."

„Das ist es. Ehrlich gesagt, ich finde es ziemlich unfair. Aber ich kann es schließlich nicht abschalten." Jason lauschte einen Augenblick lang Vales Atem, dann rezitierte er: „,der atem des lichts auf schweißgetränkter haut ist wolfgottes loblied'."

„An dieses Gedicht habe ich seit langer Zeit nicht mehr gedacht."

„Ich mag es. Und auch dieses hier: ,salamanderaugen funkeln im takt eines pochenden herzens, das ich nicht finden kann'."

„Ernsthaft, das ist abartig. Ich sollte mich schämen, mich selbst einen Dichter zu nennen."

„Es ist wunderschön. Niemand sonst könnte diese Worte ersinnen. Nur du allein."

„Vielleicht wäre es besser, ich hätte sie nicht ersonnen."

„Hör auf." Der Befehl kam verärgert heraus. „Freu dich, dass du deinem Alpha gefällst."

„Oh", sagte Vale ein wenig atemlos. „Du willst mir also vorschreiben, wie ich mich fühlen soll?"

„Wenn du starrköpfig bist, dann ja."

„Und was, wenn *du* starrköpfig bist, oh mächtiger Alpha?"

„Dann darfst du mich gern darauf hinweisen." Jason nickte entschlossen. „Ich komme damit klar, wenn man mir sagt, dass ich falsch liege. Aber was deine Gedichte angeht, liege ich nicht falsch. Hast du jemals Salamanderaugen gesehen?"

Vale klang noch immer atemlos, als er antwortete: „Im Garten meines Paters gab es früher viele Salamander. Manchmal fing er sie, um mir die verschiedenen Farben und Arten zu zeigen. Ich kann mir vorstellen, dass sie sich da draußen recht häuslich eingerichtet haben, nachdem ich den Garten so verwahrlosen ließ."

Jason schloss die Augen und sog die Zärtlichkeit in Vales Stimme auf, als der von seinem Pater sprach. „Du hast also keinen grünen Daumen, hm?"

„Urho sagt, ich wäre einfach nur faul, und vielleicht hat er damit recht. Aber wenn ich mich entscheiden muss, ob ich meine Zeit mit Lesen verbringe oder mit Gärtnern, dann fällt mir die Wahl nicht schwer. Obwohl es immer ein netter Kompromiss ist, im Garten zu lesen."

Jason tippte sich mit dem Bleistift, den er zum Kritzeln benutzt hatte, ans Kinn. „Deinen Garten in Ordnung zu bringen, wäre nicht schwer. Ich könnte einige Betas einstellen, die mir helfen. Für den Augenblick könnten wir ein hübsches Winterthema umsetzen." Er wurde ganz aufgeregt. In seines Paters Garten hatte er nie irgendetwas bestimmen dürfen, obwohl er zahlreiche Ideen gehabt hatte. „Und für den Frühling könnten wir jetzt schon Blumenzwiebeln setzen."

Vale schwieg einen Moment lang, dann sagte er: „Dafür ist es fast schon zu spät."

„Dann sollte ich sofort damit anfangen."

„Das ist keine gute Idee. Wir haben keinen Vertrag."

Aber er klang unsicher, und Jason konnte die Sehnsucht in seinem Tonfall hören. Vale wollte, dass sein Garten wieder hübsch aussah, und mehr noch gefiel ihm der Gedanke, dass sein Alpha das für ihn tat. Jason schwoll ein wenig die Brust. Vater hatte stets gesagt, dass es bei Omegas gut ankam, wenn man sich um sie kümmerte. „Sei lieb und zuvorkommend zu einem Omega, und er frisst dir aus der Hand, mein Junge." Obwohl Jason sich auch daran erinnerte, dass sein Pater die Augen verdreht und eingeworfen hatte: „Jeder Mann mag es, wenn man lieb und zuvorkommend zu ihm ist, Yule. Alpha, Beta oder Omega."

Aber wer von beiden auch recht haben mochte – Vale hörte sich eindeutig an, als wäre er in Versuchung.

„Ich werde morgen anfangen", sagte Jason entschieden. „Es wird keine Mühe machen."

Vale gab einen unbestimmten Laut von sich, sagte aber nichts.

„Es gibt keinen Grund, nicht zuzustimmen. Ganz gleich, was aus dem Vertrag wird, meine Familie schuldet dir in jedem Fall Geld für Unterhalt und die Pflege deines Grundbesitzes, für den Rest deines Lebens." Vales Schweigen nahm eine spürbar widerstrebende Qualität an, so als hätte Jason etwas Falsches gesagt. „Aber das ist nicht der Grund, warum ich es tun will. Darum geht es mir nicht. Ich will es einfach nur hübsch machen da hinten. An dem Tag, als wir uns durchs Fenster unterhalten haben, konnte ich sehen, dass das Grundgerüst da ist. Der Garten könnte so schön aussehen. Und ich würde gern dafür sorgen. Für dich."

Aber Vale war eine harte Nuss. „Es wäre nicht richtig, würde ich zu irgendetwas mein Einverständnis geben, ohne dass deine Eltern dem zustimmen. Es ist immerhin ihr Geld, das du ausgeben würdest."

„Nicht wirklich." Jason grinste und ließ den Bleistift zwischen

Daumen und Zeigefinger wirbeln. „Ich habe eigenes Geld zur Verfügung, und es würde nicht einmal eine winzige Delle in meinem Treuhandfonds hinterlassen."

Vale seufzte. „Du verkaufst mir die Idee wirklich gut."

„Ich muss nur mit den Betas reden, die in Paters Garten arbeiten. Sie werden mir gern helfen."

Vale war wieder still. Dann sagte er: „Ich sollte dir vielleicht sagen, dass ich keine roten Tulpen mag."

„Aber pinkfarbene und gelbe schon?"

„Die sind mir weit lieber. Aber am liebsten mag ich lila Lilien. Abgesehen von roten Rosen natürlich."

„Natürlich. Die sind mir auch die Liebsten." Wundersame Freude durchflutete Jason. „Was ist mit Narzissen?"

„Die mit der weißen Mitte sind immer sehr hübsch."

Jason begann auf dem Papier, das er zum Kritzeln herausgeholt hatte, eine Liste zu machen. Sie sprachen noch eine ganze Weile über den Garten, bis Pater an die Tür zum Arbeitszimmer klopfte und den Kopf hereinstreckte. „Das Abendessen ist fertig, Liebes. Zeit, das Telefonat zu beenden."

Erschrocken stellte Jason fest, dass über eine Stunde vergangen war, seit er Vale angerufen hatte. Dennoch bettelte er: „Jetzt schon?"

„Ich gebe dir noch ein paar Minuten, um dich zu verabschieden, aber dein Vater wartet bereits." Paters Ton duldete keinen Widerspruch. Er schloss die Tür und ließ Jason allein.

„Ich muss jetzt zum Abendessen."

Wolfgott, er hörte sich an wie ein Kleinkind.

„Oh." Enttäuschung schwang in Vales honigweicher Stimme. „Ich hatte nicht erwartet, so schnell schon wieder aufhören zu müssen. Aber ich glaube, wir haben ziemlich lange über den Garten geredet."

„War da noch etwas, worüber du sprechen wolltest?", fragte

Jason. Sein Atem beschleunigte sich.

„Ich hatte wohl gedacht, wir …" Vale verstummte. „Egal. Es ist wohl besser, wenn wir nicht wiederholen, was wir beim letzten Mal getan haben. Es war sehr klug von dir, mit klarem Kopf in dieses Gespräch zu gehen."

„Oh, mein Kopf ist alles andere als klar", versicherte Jason ihm rasch. Seine Haut kribbelte vor Aufregung. „Ich wusste nur nicht, ob du wollen würdest, dass—

Vale unterbrach ihn. „Du musst jetzt zum Abendessen gehen, und ich muss eine Konservendose für mich und Zephyr hier finden."

„Konservendose? Das ist furchtbar." Am liebsten hätte Jason Vale eingeladen, herzukommen und mit ihnen zu essen. Es gab immer mehr als genug. Es war grotesk, dass er es nicht tun konnte. Jedenfalls nicht ohne Einwilligung seiner Eltern, und außerdem schrieben die Regeln vor, dass nur seine Eltern eine Einladung aussprechen konnten. Und dann würde es schon wieder peinlich sein.

„Ich bin daran gewöhnt", sagte Vale. „Es macht nicht viel Sinn, Mahlzeiten für eine einzige Person zu kochen."

Jason war ganz frustriert vor Sehnsucht. „Kann ich nach dem Essen noch einmal anrufen? Ich will noch weiter mit dir reden."

„Wir sollten nicht—"

„Nicht dafür!" erklärte Jason hastig, dämpfte aber sofort die Stimme. „Na ja, dafür vielleicht auch, aber auch aus anderen Gründen. Eigentlich möchte ich mit dir über alles Mögliche reden." Er wäre schon glücklich gewesen, Vale einfach beim Atmen zuzuhören.

„Nicht heute Abend. Du musst auch deine Hausaufgaben machen. Ich weiß, dass du Einiges nachholen musst."

„Stimmt", gab Jason widerwillig zu.

„Aber ich sage dir etwas. Vielleicht kannst du mich am

Mittwoch in meinem Haus besuchen."

„Was?", keuchte Jason, der seinen Ohren nicht traute.

„Rosen, Urho und Yosef kommen an diesem Abend zum Essen zu mir, sozusagen ein vorgezogenes Mahl zu Ehren des Schwangeren Wolfes – da wir am Freitag mit den Vertragsverhandlungen beginnen und meine Freunde am eigentlichen Feiertag verreist sein werden, wollte ich den Mittwoch in ihrer Gesellschaft verbringen. Hast du Lust, ebenfalls zu kommen? Rosen wird das Kochen übernehmen, keine Bange. Ich werde deine Eltern natürlich um Erlaubnis fragen. Aber da die anderen drei hier sein werden, wird nichts Ungebührliches passieren, das kann ich ihnen versprechen."

„Ja! Natürlich! Ich werde kommen!"

„Dann werde ich gleich morgen früh deine Eltern anrufen."

„Nein, ich frage sie noch heute Abend. Sie werden ja sagen. Dafür sorge ich schon."

„Tu das nicht, Jason", sagte Vale mit einem Hauch Missbilligung, der die freudige Erregung Jasons schlagartig dämpfte. „Ich sollte deinen Besuch durch Rücksprache mit deinen Eltern arrangieren. Unser Altersunterschied lässt das normale Protokoll in mancher Hinsicht überflüssig erscheinen, aber wären wir im gleichen Alter, dann würden meine Eltern solche Dinge mit deinen Eltern besprechen. Ich möchte nicht irgendwelche Grenzen übertreten, und dein Vater ist jemand, den ich nicht gegen mich aufbringen will. Und dein Pater ebenfalls, was das angeht."

Jason gab es nur ungern zu, aber Vale hatte wahrscheinlich recht. Sein Vater würde es nicht als gutes Zeichen betrachten, wenn Vale sich nicht ans Protokoll hielt. Jason hoffte nur, seine Eltern würden ihn nicht zu Vale begleiten wollen.

„Soll ich am Mittwoch direkt nach der Uni kommen?" Er hoffte, die Antwort war ja. Er wollte so viele Stunden und Minuten in Vales Gegenwart zubringen, wie er konnte.

„Nun, nicht direkt danach. Zuerst solltest du nach Hause gehen und dich passend umziehen, aber dann, ja, bitte komm her. Oh, und benutze dieses Mal bitte die Vordertür." Vales Stimme nahm einen neckischen Tonfall an. „Ich hege zwar keinen Zweifel, dass du gelenkig genug bist, um durchs Fenster zu klettern, aber das ist wirklich nicht nötig."

Jason grinste. „Aber es hätte etwas Romantisches, oder?"

„Oh, du süßes, junges Ding. Was soll ich nur mit dir machen?"

„Ich finde, du solltest lieber anfangen, dich zu fragen, was ich mit dir machen werde", knurrte Jason. „Denn die Antwort *darauf* ist bedeutend spannender."

Vale keuchte, und Jason nutzte die Gelegenheit, den Anruf zu beenden. Dann lehnte er sich in seines Vaters Ledersessel zurück und grinste wölfisch. Ja, er wollte Vale in Atem halten. Und auf den Knien. Und in seinem Bett. Oder über Tische und Schränke gebeugt. Und auf der duftenden Erde des Gartens, den Jason für ihn herrichten würde.

Er wollte ihn überall.

Jason stand auf und nahm seine Liste, dann schob er seinen halb harten Schwanz in seiner Hose in eine angenehmere Position. Er verließ das Arbeitszimmer seines Vater in deutlich besserer Stimmung als nach dem letzten Telefonat mit Vale.

KAPITEL 12

„Jason! Warte!" Xan kam auf ihn zu, die Wangen gerötet vom Rennen. Sein Mantel flatterte hinter ihm, sein Schal war verrutscht und enthüllte eine gepunktete Fliege.

Jason verlangsamte widerwillig seine Schritte. Er wollte nicht zu spät zu Vales Hausparty erscheinen, aber er konnte Xan auch nicht einfach abweisen. Sie waren an einem heiklen Punkt in ihrer Freundschaft, und wenn er Xan überhaupt in seinem Leben haben wollte, dann durfte Jason ihm jetzt nicht mit Ausflüchten kommen.

„Hey." Er strich sich das Haar aus dem Gesicht. Die trockene Heizungsluft in den Hörsälen hatte jegliche Feuchtigkeit aus seinem sonst so vollem Haar gesaugt, und nun hing es glatt und überlang herunter. Es musste dringend mal wieder geschnitten werden. „Ich habe dich heute im Kurs über Alpha-Omega-Beziehungen vermisst."

Xans Wangen glühten nun noch mehr, und er wickelte seinen Schal fester um sich, um Jason nicht ansehen zu müssen. Das Wetter hatte sich im Laufe der Nacht stark abgekühlt. Es war zu kalt für die Jahreszeit und sehr enttäuschend – falls es Bodenfrost gab, würde Jason keine Gelegenheit mehr haben, in Vales Garten Blumenzwiebeln zu pflanzen. Jason schlang seinen Mantel enger um seinen dicken, weinroten Pullover und die khakifarbene Hose der Schuluniform.

„Ja, ich hatte heute keine Lust darauf", sagte Xan abwinkend. „Hast du Notizen gemacht?"

„Natürlich." Jason wühlte in seiner Tasche voll mit Büchern

und Heften, bis er die entsprechenden Notizen gefunden hatte. Er reichte sie Xan.

„Worum ging es heute?", fragte Xan, ohne Jason ins Gesicht zu schauen.

Jason rümpfte die Nase. „Schwangerschaft."

„Ja?"

„Genauer gesagt, die Entwicklung des Fötus in modernen Omegas im Vergleich zu den Frauen er Alten Welt."

„Wieso müssen wir so etwas wissen?", stöhnte Xan.

„Weil das, zusammen mit den schmaleren Becken und dem Mangel an Gewebeflexibilität bei Omegas, zu den Gefahren beiträgt, denen sich gebärende Omegas stellen müssen. Es ist der Grund, warum sie während der Schwangerschaft künstliche Hormone nehmen müssen, um besser mit dem rasanten Wachstum des Babys fertigzuwerden und die Wehen zu erleichtern." Jason leierte alles mit unbewegter Stimme herunter, aber während des Unterrichts hatte ihm das Herz bis zum Hals geschlagen, als er sich vorgestellt hatte, Vale würde sein Kind in sich tragen, und was Vales Körper leisten würde, um das neue Leben zu beherbergen, das sie zusammen geschaffen hatten. Der Schweiß war ihm ausgebrochen, vor Furcht und einer seltsamen Erregung, die er gleichzeitig geliebt und gehasst hatte.

„Sind die Babys der Alten Welt langsamer gewachsen?" Xan zupfte an seinem Schal und mied immer noch Jasons Blick.

„Ja. Offenbar trugen die menschlichen Frauen den Fötus vier Monate länger als unsere Omegas." Jason verlagerte sein Gewicht von einem Fuß auf den anderen; er vibrierte vor Ungeduld, nach Hause und anschließend zu Vale zu gehen. Aber er behielt einen offenen, freundlichen Tonfall bei. „Steht alles in meinen Notizen. Aber du solltest unbedingt in die Bibliothek gehen und dir den Film über Phase 3 der Hitze und die Empfängnis ansehen. Ziemlich heftiger Stoff."

Jasons Verstand lieferte ihm spontan Bilder von dem immer gleichen, dunkelhaarigen Omega, der in allen Lehrvideos zu sehen war – vor Lust und Erregung stöhnend und sichtlich bebend, während der Knoten seines Alphas in ihm schwoll und ihn mit Samen füllte. Der Sprecher hatte in einem leidenschaftslosen Ton erklärt, dass die Eichel des Alphas im Patermund des gesenkten Uterus des Omegas steckte, sodass der Samen sich darin sammelte. Auf diese Weise wurde das Ei befruchtet, das sich bereits Tage zuvor am Anfang der Hitze gesenkt und auf diesen Moment vorbereitet hatte.

Jasons fiebriges Gehirn hatte kaum verarbeiten können, was er sah und hörte. Als der Omega im Film auf dem Knoten seines Alphas kam und sich unter dem analen Orgasmus wand, bevor eine klebrige, weiße Ladung aus seinem brutal harten Penis spritzte, wäre Jason fast in seine Hose gekommen. Einige der anderen Alphas in dem Kurs hatten sich *nicht* beherrschen können, und ihr Stöhnen und der Geruch hatten Jason noch zusätzlich bombardiert. Allein bei dem Gedanken daran wurde er schon wieder ganz verschämt und bekam einen roten Kopf.

„Wirklich, du musst dir den Film ansehen", bekräftigte er noch einmal. „Es kommen ganz bestimmt Fragen dazu im nächsten Kurs."

Xan nickte und studierte die Papiere in seiner Hand, bevor er zögerlich Jasons Blick suchte. „Also … wie geht es dir?"

Eine kühle Brise wehte an ihnen vorbei und trug Jasons erneute Erregung mit sich fort. Er konnte aufrichtig lächeln, als er antwortete: „Ganz gut. Und was ist mir dir?"

Xan zuckte die Achseln. Seine Unterlippe bebte ein wenig, bevor er mit eingezogenem Kopf antwortete: „Nicht so toll."

„Ja?"

„Du fehlst mir und … es ist einfach nicht dasselbe."

Jason legte ihm einen Arm um die Schulter. „Komm. Ich habe

noch eine halbe Stunde, bevor ich gehen muss, um nicht zu spät zu einer anderen Verpflichtung zu sein. Gehen wir zurück zum Wohnheim und reden ein bisschen." Xan versuchte, Jasons Arm abzuschütteln, aber Jason drückte ihn nur noch fester an seine Seite. „Du kannst immer noch mit mir reden, weißt du? Dass wir nicht mehr zusammen wohnen, bedeutet nicht, dass wir nicht mehr beste Freunde sind."

Xans halbherziger Widerstand löste sich auf, und er ließ sich von Jason zum Wohnheim geleiten.

Sobald sie in ihrem alten Zimmer waren, ließ Jason Xan los, zog seinen Mantel aus und ließ sich auf die nackte Matratze fallen, die bis vor kurzem ihm gehört hatte. „Wow, sieht echt komisch aus hier drin ohne meine Sachen." Sie hatten Beta-Umzugshelfer damit beauftragt, Jasons Sachen hier abzuholen. Die Kartons standen immer noch unberührt daheim in Jasons Schrank.

Xan sagte nichts. Er ließ sich viel Zeit damit, seinen Schal abzulegen und seinen Mantel ordentlich im Schrank aufzuhängen.

„Also, was ist los?", fragte Jason schließlich. „Warum hast du heute den Kurs geschwänzt?"

Jan setzte sich auf sein eigenes Bett gegenüber Jasons. Er verbarg das Gesicht in den Händen und schwieg eine lange Zeit, bevor er schließlich hervorstieß: „Die Filme machen mich zu sehr an."

„Das geht uns allen so." Nach dem Kurs hatte Jason einen langen Stopp auf der Toilette einlegen müssen – wie die Hälfte der Alphas in seinem Jahrgang – um sich um sein kleines Problem zu kümmern.

„Das ist anders", flüsterte Xan.

Jason neigte den Kopf zur Seite, betrachtete Xans erhitzte Wangen und verzog das Gesicht über den Schmerz in Xans Stimme. „Weil du gern Omega spielst?"

Xan unterdrückte ein Schluchzen und nickte verzweifelt.

Jason setzte sich auf und beugte sich vor. Er wollte verstehen, was in Xan vorging. „Wenn du diese Filme siehst, Xan, stellst du dir dann vor, wie es ist, der Alpha zu sein? Derjenige, der oben liegt?"

Xan schüttelte den Kopf; seine Schultern zuckten. Und dann begann er zu schluchzen. „Ich bin irgendwie falsch konstruiert, Jason. Ich bin entmannt. Und ich war schon immer so, auch bevor wir angefangen haben, miteinander zu schlafen. Ich bin eine Schande für meine Familie. Ich hasse mich selbst."

Jason brach das Herz, und er schüttelte heftig den Kopf. „Nein, so ist das nicht." Er ging zu Xan, setzte sich neben ihn und küsste ihn auf den Kopf. Xan zitterte an seiner Seite, und er roch nach Angst. Mit enger Kehle flüsterte Jason ihm das Einzige zu, das ihm einfiel. „Es wird sich ändern, sobald du deinen *Érosgápe* gefunden hast."

Ein Spur von Zorn bebte in Xans elender Stimme, als er fauchte: „Und wenn ich ihn nicht finde? Wenn ich keinen habe?"

„Du wirst dich anders fühlen mit einem Omega, wer immer es ist, mit dem du einen Vertrag schließt."

„Und wenn nicht? Was dann?"

Jason drückte ihn an sich. „Ich weiß es nicht. Aber wir werden es herausfinden." Die Brust wurde ihm eng. „Du bist nicht entmannt. Du bist Xan, und du bist mein bester Freund."

Xan drehte sich ein wenig zu Jason und verbarg sein tränennasses Gesicht an Jasons Hals. Dann drückte er mit offenem Mund einen Kuss auf die Haut dicht über Jasons Kragen und stöhnte leise.

Jason wollte Xan nicht loslassen, aber er würde nicht wieder mit ihm anfangen. Auf lange Sicht würde es Xan sowieso nur noch größeren Kummer bereiten.

„Nicht." Jason entzog sich Xan weit genug, um mit einem Finger dessen Kinn anheben zu können und sagte: „Ich kann das nicht länger mit dir tun."

„Warum nicht?"

„Du weißt, warum nicht. Aber das bedeutet nicht, dass du ein schlechter Mensch bist, nur weil du es willst. Es bedeutet nur …"

Eigentlich wusste Jason nicht, was es bedeutete. Xan war in großer Gefahr, falls er diese Art von Aktivität weiterhin suchte. Er brauchte nur den falschen Alpha zu bitten, ihm bei der Befriedigung seiner Bedürfnisse zu helfen, dann würde er größere Probleme haben als nur die Scham. Er konnte zusammengeschlagen werden. Er konnte bei den Behörden angezeigt und der Entmannung verurteilt werden. Jason wusste nicht, welche Folgen das nach sich ziehen würde, aber es konnte nichts Gutes sein.

„Ich wünschte, ich wäre als Omega geboren worden", murmelte Xan, riss sich von Jason los und wischte sich die Augen.

„Aber wieso? Omegas müssen alles aufgeben und ihrem Alpha überlassen, sobald sie unter Vertrag sind. Sie haben keinerlei soziale oder finanzielle Kontrolle über ihr Leben. Und dann auch noch Hitzen und Geburten." Jason schauderte bei dem Gedanken an das, was sein Pater über die Jahre durchgemacht hatte. „Um nichts in der Welt würde ich ein Omega sein wollen."

„Weil du nicht willst, was ich will!", rief Xan aufgebracht und sprang auf. Mit weit aufgerissenen Augen lief er im Zimmer auf und ab. „Du verstehst nicht, wie weh es tut! Das ganze Versteckspiel, all die Lügen. Du warst der Einzige, bei dem ich ganz ich selbst sein konnte, und jetzt bist du nicht mehr da."

„Ich sitze eigentlich genau vor dir" sagte Jason so geduldig wie möglich. Er wusste nicht, wie er Xans und dessen schwer zu fassenden Ängsten Herr werden sollte. „Ich bin genau hier und höre dir zu."

„Aber du würdest jetzt lieber bei *ihm* sein."

Jason richtete sich gerader auf und legte Entschiedenheit in seine Stimme. „Er ist mein *Érosgápe*, du bist mein bester Freund. Das lässt sich nicht vergleichen. Aber ich werde dich nicht allein lassen, wenn du so bekümmert bist wie jetzt." Er streckte die Hand nach seinem Freund aus, aber Xan wich seiner Berührung aus. Also klopfte Jason auf den Platz neben sich. „Beruhige dich. Setz dich zu mir. Es wird alles gut werden."

Xan ignorierte ihn. Stattdessen ging er zu einem der Fenster, um frische Luft hereinzulassen, und streckte seinen Kopf ins Freie. Er nahm einige tiefe, hastige Atemzüge. Als er sich ein wenig gefasst hatte, dreht er sich wieder zu Jason um und verschränkte die Arme vor der Brust.

„Es wird alles gut werden", wiederholte Jason.

Xan schüttelte den Kopf. „Du hast leicht reden. In deiner Welt läuft alles nach deinen Wünschen."

Jason saß einen Moment lang still da. Xan verließ das Fenster und setzte sich auf Jasons altes Bett. Anspannung, Furcht und Verzweiflung schienen alles zu sein, was Xan zusammenhielt. Immer noch liefen ihm Tränen die Wangen herunter.

„Es läuft keineswegs alles nach meinen Wünschen", widersprach Jason sanft. „Ich habe auch Probleme."

„Ich weiß", murmelte Xan und wischte eine Träne weg. „Du hast Omega-Probleme. Alle finden dich jetzt etwas seltsam."

Jason unterdrückte ein Lachen. „Wegen mir brauchst du keine Schönfärberei zu betreiben, Arschloch."

„Okay, alle reden über deinen alten, verbrauchten Omega, und dass du dir einen Surrogat-Omega nehmen musst, um–"

„Halt die Klappe!" Jason ballte seine Hände zu Fäusten. „Warum bist du so?"

„Ich sage es nur, wie es ist." Xans blaue Augen funkelten unnachgiebig und zornig. „Es ist das, was sie sagen. Und wenn du einen Vertrag mit ihm schließt, wird es immer so sein. Du hast doch gesehen wie sie dich in letzter Zeit behandelt haben – als hättest du Lepra, als würde es Unglück bringen, auch nur in deiner Nähe zu sein."

Die anderen Alphas blieben neuerdings auf Distanz, das

stimmte schon. Jason glaubte, das würde früher oder später auch wieder nachlassen, wie so vieles andere im Leben auch. Aber vielleicht hatte Xan auch recht. Vielleicht würde er, falls er einen Vertrag mit Vale einging – oder besser, *wenn* er den Vertrag mit ihm einging – danach für immer von der besseren Gesellschaft ausgeschlossen sein.

Das tat weh, aber … na und? Dann würde er eben mehr Zeit für Vales Garten haben, für sein Mikroskop und wissenschaftliche Veröffentlichungen. Mehr Zeit für seine geplante Erforschung der Wolfgene, die für die Bildung der Alpha-, Beta- und Omegageschlechter verantwortlich waren, mehr Zeit, die er mit Vale verbringen konnte, und mit der Familie, die sie zusammen gründen würden, wie auch immer die aussehen mochte.

Auf die gehobene Gesellschaft konnte er pfeifen. Er war ohnehin kein großer Fan von ihr, genauso wenig wie seine Eltern, auch wenn Vater und Pater sich bemühten, zumindest zu den wichtigsten Partys und Anlässen zu erscheinen, um nicht als Außenseiter dazustehen. Aber Jason war damit groß geworden, die meisten zu meiden.

„Wir sind gleich, du und ich", sagte Xan. „Vielleicht aus unterschiedlichen Gründen, aber das spielt keine Rolle. Das, wonach wir uns instinktiv sehen, passt nicht zu den Standards unserer Kultur. Und wir sind verdammt, einfach nur, weil wir sind, wer wir sind."

Jason wusste nicht, was Xan von ihm hören wollte. Falls Xan immer noch vorhatte, ihn zu verführen, war es nicht gerade sehr wirksam, ihn davon überzeugen zu wollen, dass sie beide zu einem Leben in trauriger Isolation verdammt waren. Und falls nicht, nun, was sollte er dagegen tun? Er konnte genauso wenig etwas an seiner Prägung auf Vale ändern wie an Xans Verlangen, wie ein Omega gefickt zu werden.

Als Xan erneut aufstand, um das Fenster wieder zu schließen und die Heizung einzustellen, nutzte Jason die Gelegenheit, um auf seine Uhr zu sehen. Er musste bald aufbrechen, wenn er noch zum Umziehen nach Hause fahren und bei Vale eintreffen wollte, bevor die anderen Gäste kamen. Er wollte als Erster da sein, in der Hoffnung, ein paar kostbare Augenblicke lang mit Vale allein sein zu können. Und sei es nur draußen auf der Vorderveranda des Hauses – es würde wundervoll sein, seine uneingeschränkte Aufmerksamkeit zu haben.

„Wir läuft es denn überhaupt wirklich bei dir?", fragte Xan, der sich etwas beruhigt hatte. „Wie steht es zwischen dir und Professor Aman?"

Es war ein Schritt in die richtige Richtung für Xan, dass er Vale bei seinem offiziellen Titel nannte, anstatt ihn wie bisher immer „dein Omega" zu nennen oder auf vage Weise jegliche Bezeichnung zu meiden wie beim letzten Mal, als sie sich gesehen hatten.

Jason strich sich erneut das Haar aus der verschwitzten Stirn. Das emotionale Gespräch mit Xan in den letzten paar Minuten hatte ihn irgendwie erschöpft. Er fühlte sich klamm und brauchte eine Dusche. „Ich gehe heute Abend allein zu einer Dinnerparty in seinem Haus."

„Deine Eltern haben das erlaubt?"

„Ja."

„Allein? Wirklich?" Xans Augenbrauen waren auf dem Weg zu seinem Haaransatz.

„Oh, nicht ganz allein. Ich meine, ohne meine Eltern. Vales Freunde werden ebenfalls da sein."

Xans höhnische Miene kehrte zurück. „Der Alpha, mit dem er es getrieben hat?"

Jason verspannte sich. Er wünschte, Xan wäre nicht so wild entschlossen, ihn genauso sehr leiden zu lassen, wie er selbst litt. Als Jasons engster Freund wusste Xan nur zu gut, wie er ihn am meisten treffen konnte. Aber Jason hatte seine Alphastiller genommen; er würde sich nicht provozieren lassen. „Ja, er wird auch da sein. Und zwei Beta-Freunde."

„Es überrascht mich trotzdem, dass deine Eltern das erlaubt haben."

„Mich auch, ehrlich gesagt."

Es war nicht einfach gewesen. Besonders Vater hatte sich gesträubt, aber Pater hatte schließlich darauf verwiesen – sehr zu Jasons gekränkter Eitelkeit – dass Urho mehr als fähig sein würde, Jason in seine Schranken zu verweisen, falls nötig. Und sie würden sicherstellen, dass Jason eine ausreichende Dosis Alphastiller nahm, bevor er aufbrach. „Er wird zurechtkommen", hatte Pater gesagt. „Das werden sie beide."

Jason zuckte die Achseln. „Sie wissen, dass ich nie etwas tun würde, das Vale verletzen könnte."

„Ha! Du hast dich ja nicht selbst gesehen, als das in der Bibliothek passierte. Mit Sicherheit hat er davon blaue Flecken zurückbehalten. Ich hoffe, du hast dich bei ihm entschuldigt."

„Natürlich habe ich das."

Hatte er doch, oder nicht? Er konnte sich nicht erinnern. Aber er hoffte es.

Jason sah erneut auf seine Uhr. „Bist du okay? Ich muss gehen, aber ich will dich nicht allein lassen, wenn du noch traurig bist."

„Oh, ich werde für immer traurig sein", antwortete Xan mit großen Augen und zynischer Aufrichtigkeit. Dann gestikulierte er zur Tür. „Geh nur. Ich werde auch morgen noch ein entmanntes Elend sein, und nächste Woche und nächstes Jahr, und auch, wenn ich versuchen werde, einen Omega zu schwängern." Er lächelte so bitter, dass es Jason den Magen umdrehte. „Es hat also keine Eile zu versuchen, dass ich mich über mein Scheiß-Leben besser fühle."

Jason zögerte, aber so furchtbar Xans Blick auf die Zukunft auch klang, er hatte wahrscheinlich recht damit. Jason erhob sich langsam, strich seine Hose glatt und griff nach seinem Mantel und seinem Schal. Während er sich anzog, zermarterte er sich den Kopf nach etwas Tröstlichem, das er sagen konnte.

„Wir sehen uns nächste Woche", sagte Xan und erhob sich ebenfalls. Seine Augen waren geschwollen, seine Wangen immer noch gerötet. „Ich versuche, es nächste Woche zum Alpha-Omega-Kurs zu schaffen. Der alte Shriner lässt mich sonst noch durchfallen, wenn ich jeden Kurs schwänze, in dem Filme auf dem Plan stehen."

„Ja, das wird er."

Xan streckte eine Hand aus, ließ sie aber wieder fallen. „Hey, tut mir leid."

Jason hatte schon eine Hand auf der Türklinke, hielt aber inne. „Was denn?"

„Dass ich so ein Arschloch zu dir war. Du bist ein guter Freund, und ich …" Xan wandte den Blick ab und rang nach Worten. „Ich kann nichts gegen meine Gefühle tun, aber du hättest trotzdem jedes Recht, deswegen unsere Freundschaft zu beenden. Das würde dir niemand vorwerfen. Nicht einmal ich. Aber du tust es nicht. Du versuchst nicht einmal, mir ein schlechtes Gewissen deswegen zu machen."

Jason ließ die Tür los und umarmte Xan erneut. „Ich liebe dich. Ich wünschte, es wäre die Art von Liebe, die du brauchst."

„Wieso? Dann würden wir nur beide in dem Schlamassel stecken."

„Aber wir würden zusammen darin stecken. Es tut mir einfach leid, dass ich nicht anders als dein Freund mit dir da durchgehen kann."

Xan verlor die Fassung. Sein Körper wurde von leisem Schluchzen geschüttelt. Jason hielt ihn fest, bis er sich wieder beruhigt hatte.

„Ich nehme alles zurück – du bist ein furchtbarer Freund. Du hättest gehen sollen, solange ich noch etwas Würde hatte." Xan schubste Jason gegen die Brust und lachte bitter. „Kein Wort mehr jetzt. Geh einfach."

Jason küsste Xan auf die Schläfe, dann ging er, ohne noch einmal zurückzuschauen. Wenn sein Freund wollte, dass er vorgab nicht zu wissen, wie sehr Xan in ihn verliebt war, dann konnte er so tun. Er konnte den ganzen lieben langen Tag so tun. Und was die Wahrung von Xans Geheimnis anging, so konnte er das ebenfalls tun.

Jason würde für Xan tun, was in seiner Macht stand, denn er liebte seinen Freund.

JASON LÄUTETE AN Vales Tür genau drei Minuten nach der Uhrzeit, um die er kommen sollte. Er richtete seine Krawatte und nutzte die Spiegelung in dem großen Fenster neben der Haustür, um sich zu vergewissern, dass sein Haar richtig saß. Die Extradosis Alphastiller, ohne die seine Eltern ihn nicht aus dem Haus gelassen hatten, sorgte für eine distanzierte Ruhe in seinem Inneren, so als würde sich ein großer Raum auftun zwischen seiner Aufregung und der Art und Weise, wie er diese Aufregung erlebte. Fast konnte er diesen Raum betreten, darin Walzer tanzen und eine Melodie summen, und dann wieder zu sich selbst zurückkehren, bevor die Emotion ihn erreichte. Es war seltsam.

Dennoch, er *war* aufgeregt. Er hoffte, der Erste zu sein, bevor die anderen eintrafen, aber er bezweifelte es. Nicht nur hatte er viel Zeit mit Xan verbracht, er war auch auf dem Weg zu dem Wagen, der ihn nach Hause bringen sollte, erneut von Wilbet Monhundy und dessen Horde aufgehalten worden.

Sie hatten ihn wieder einmal aufgezogen und seinen Omega als traurige Gestalt bezeichnet, als „abgenutzt". Aber da Vale auf ihn wartete, hatte Jason ihren Hohn nicht an sich herangelassen. Vale war wichtiger als idiotisches Alpha-Gehabe auf dem Schulhof. Er würde sich nicht verspäten, indem sich auf einen Faustkampf mit ein paar Trotteln einließ, die einfach noch nicht begriffen, was es bedeutete, auf jemanden geprägt zu sein.

Die Tür schwang auf und, sehr zu Jasons Enttäuschung, stand Vales Freund Yosef im Eingang und hieß ihn mit einem strahlenden Lächeln willkommen.

„Jason! Frohe Herbstnächte!" Er streckte Jason seine Hand entgegen, und Jason nahm sie, seine Finger eingehüllt in einen warmen, trockenen Griff. „Vale wollte dich selbst begrüßen, aber er ist vorhin auf der Treppe über Zephyr gestolpert."

„Oh. Geht es ihm gut?" Jasons Herz fiel in den Raum zwischen seinen Gefühlen und dem Alphastiller.

Yosef ließ Jasons Hand los und zerstreute die Sorge mit einer wegwerfenden Handbewegung. „Oh, es ist alles halb so schlimm. Rosen hat ihn überredet, den Fuß hochzulegen, und Urho hat Eis draufgetan. Es ging sehr laut und dramatisch zu." Er zupfte an seinem Bart und grinste. „Aber das ist eigentlich immer so, wenn wir alle zusammen sind. Komm rein."

Als Jason in den Eingangsflur trat, wirbelten Staubflocken um ihn herum. Stapel von Büchern türmten sich vor den Fußleisten zu seiner Rechten, und eine ganze Parade verstaubter Keramikfiguren von Alpha-Omega-Paaren standen auf einem Seitentisch an der linken Wand. Von tiefer im Haus waren Stimmen zu hören. Eine davon gehörte Vale, voller Lachen und auch ein bisschen Ärger, die anderen beiden waren eindeutig Urho und Rosen, die ihm nicht zustimmten.

Gerade als Yosef Jasons Mantel und Schal nahm, huschte etwas Silberfarbenes quer durch den Flur und war wieder verschwunden.

„Das war Zephyr", sagte Yosef ruhig und hängte Jasons Sachen an eine Wandgarderobe neben der Tür, die bereits von Mänteln und Schals überquoll. „Dämonkatze. Sie mag nur Vale und Rosen. Beißt Urho bei jeder sich bietenden Gelegenheit. Mich erduldet sie so gerade." Er zwinkerte Jason zu. „Ich bin neugierig, was sie von *dir* halten wird. Hier entlang. Wir sind alle in der Küche."

Der Aufruhr im hinteren Teil des Hauses schien sich gelegt zu haben. Jason versuchte, so viel wie möglich von Vales Haus in sich aufzusaugen – alles, von der mit Rosen bedruckten Tapete im Flur bis zu den Möbeln in den Räumen, die er sehen konnte, wirkte alt und unmodern. In einem dunklen Zimmer, an dem sie vorbeigingen, entdeckte er ein Klavier und eine Gitarre. Er fragte sich, ob sich die Gelegenheit ergeben würde, heute Abend etwas für Vale zu spielen. Der Gedanke machte ihn stolz, und er war froh und zufrieden mit sich, dass er sich die Zeit genommen hatte, mehr zu üben.

Staub lag überall und auf allem. In jedem Zimmer stapelten sich Zeitschriften und Bücher. Sie kamen an einer offenen Tür vorbei, wo Jason sogar einen Haufen von, wie es aussah, Socken und Unterwäsche entdeckte, gleich neben einem weiteren Haufen Kleidung – ob sauber oder schmutzig, war schwer zu sagen. Aber Yosef schloss hastig die Tür, als sie vorbeigingen, und sagte: „Wahrscheinlich möchte Vale dir seine Waschküche noch nicht zu diesem Zeitpunkt zeigen."

Dann kamen sie an einem offenen Raum im hinteren Teil vorbei, den Jason als Vales Arbeitszimmer wiedererkannte, welches er durchs Fenster gesehen hatte. Sie bogen in einen kurzen, warmen Korridor ein, an dessen Wänden staubige Fotos hingen. Sie zeigten verschiedene Reiseziele und zwei Männer, die Jason nicht erkannte, aber sie hatten genug Ähnlichkeiten mit Vale, dass er vermutete, es müsse sich um dessen Vater und Pater handeln.

„Es geht mir gut, Urho. Setz dich wieder hin, bevor er hereinkommt. Er braucht dich nicht zu sehen, wie du hier über mir stehst."

Unter all dem Alphastiller sträubten sich Jasons Nackenhaare, aber in jenem virtuellen Raum, der genug Platz zum Tanzen bot, hielt er die Anzeichen seines Ärgers zurück, als er Vales Küche betrat.

Rosen stand am Herd und gab Gewürze in einen Topf. Vale saß auf einem Stuhl, mit einem seiner langen Beine auf dem großen Esstisch, der den meisten Platz in der Küche einnahm. Der Knöchel über dem nackten Fuß wurde von einem kleinen Beutel mit Eiswürfeln bedeckt. Neben seinem anderen Fuß am Boden lagen seine abgelegten schwarzen Socken und Schuhe.

Urho stand neben ihm, trat aber zur Seite, als Jason ihm einen scharfen Blick zuwarf.

Vale sah wunderschön aus, natürlich tat er das, aber auch anders. Er hatte sich offenbar mehrere Tage lang nicht rasiert – wahrscheinlich nicht mehr seit seinem Besuch in Jasons Elternhaus. Ein Bart war ihm gewachsen, und Jason hätte ihn zu gern angefasst.

Als Jason seinen Blick über den Rest von Vale schweifen ließ – die gut geschnittene, auberginefarbene Hose und das hellere, lila Hemd mit den aufgerollten Ärmeln – entdeckte er den verführerischen Zipfel eines Tattoos auf dem rechten Arm. Und in Vales offenem Kragen waren einige kurze, dunkle Haare über den Schlüsselbeinen zu sehen.

Ein schneller Blick in die Runde zeigte ihm, dass die anderen sich für den Abend in ähnlicher Weise gekleidet hatten – geschneiderte Hosen und lockere Hemden. Jason fummelte an seinem Anzugjackett und wünschte, er hätte geahnt, dass der Dresscode so ungezwungen sein würde.

„Geht es dir gut?", fragte Jason Vale sofort. Die Notwendigkeit einer Begrüßung trat zurück hinter der Sorge, ob sein Omega wohlauf war. Auf dem Weg zu Vale stieß er in dem engen Raum zwischen Tisch und Küchenschrank Urhos Schulter an. Nicht gänzlich unbeabsichtigt.

Vales blasse Haut auf der Oberseite seines Fußes und die rosafarbene Fußsohle sahen glatt und weich aus, abgesehen von leichten Schwielen an seinem großen und kleinen Zeh, wo ihn in den letzten fünfunddreißig Jahren seine Schuhe gedrückt haben mussten.

„Es ist alles gut", sagte Vale und verdrehte die Augen. „Ich bin nur über Zephyr gestolpert, der Rest ist die übliche Überreaktion meiner Freunde."

Jason beugte sich weit genug hinab, um Vales Haut und sein Shampoo riechen zu können, und sein Herz schwoll vor Stolz, als er auch den Duft von Vales Schlick wahrnahm. Sehr subtil, nur ein winzige Menge. Aber sie war dennoch für ihn allein – der Duft war erst erblüht, als er sich Vale genähert hatte.

Er wünschte, er könnte mit den Fingern durch Vales Haar fahren. Es kam ihm absurd vor, ihn nicht berühren zu dürfen, obwohl sie sich in zwei Tagen mit Anwälten treffen würden, um einen Vertrag auszuhandeln, in dem es darum ging, dass sie einander ficken, sich paaren und einen Bund schließen würden, der bis an ihr Lebensende Bestand haben würde.

Er räusperte sich. „Darf ich?" fragte er und deutete auf den Eisbeutel auf Vales Fußgelenk.

Vale lächelte. „Sicher. Sieh es dir selbst an, oh Alpha, mein Alpha." Es war nur Neckerei, aber Jason wurde ganz heiß, und er musste lächeln.

Er hob den Eisbeutel hoch und sah, dass die Haut darunter gerötet war. Behutsam berührte er die leicht geschwollene Stelle unter dem Knöchel und fuhr mit dem Finger über die weiche Haut. „Du hast ihn dir ein wenig verstaucht."

„Ja", sagte Vale, aber seine Stimme war wie ein Ausatmen, und der Duft von Schlick wurde intensiver.

Voller Stolz darüber, mit einer schlichten Berührung eine solche Reaktion hervorgerufen zu haben, fügte Jason seiner vorsichtigen Untersuchung weitere Finger hinzu. Er ließ sie über Vales Haut gleiten und erlaubte den schwarzen Haaren an dessen Bein, seine

Fingerspitzen zu kitzeln. „Ja, der ist verstaucht", wiederholte er seine Diagnose.

„Aber nicht sehr", versicherte ihm Vale. „Bis morgen früh kommt der Fuß schon wieder in Ordnung. Er wird höchstens noch ein bisschen empfindlich sein."

Jason deponierte das Eis behutsam wieder auf Vales Fußgelenk und legte seine kalten Finger an Vales Wange. Sie sahen einander in die Augen, und Vales Mund öffnete sich, als er einen kleinen, atemlosen Laut von sich gab, den Jason wie einen leichten Stromstoß an seinem Rückgrat spürte. Jason lächelte ein wenig selbstzufrieden.

Dann zog er seine Hand zurück und wandte sich an die anderen Männer im Raum. „Tut mir leid, dass ich etwas zu spät gekommen bin."

„Kein Problem", antwortete Yosef, der mit ausgestreckten Armen um den Tisch herum kam. „Warum gibst du mir nicht auch dein Jackett? Dann hast du es bequemer. Unsere kleine Gruppe hier legt nicht so großen Wert auf Formalitäten."

Urho reichte Jason eine Tasse heißen Tee, der nach den traditionellen Herbstnächte-Gewürzen duftete. Jason nippte langsam daran, um seine Kehle zu wärmen und seinen Mund zu beschäftigen, damit er nicht reden musste. Er blieb neben Vale stehen, aber nicht zu dicht, und sah sich in der Küche um.

Für die Zeit der Herbstnächte war der Raum nur wenig geschmückt. In der Mitte des Tisches stand ein Gesteck, bestehend aus einer dicken Kerze aus Bienenwachs, mehreren kleinen Kürbissen und einer Handvoll Minzestengeln aus dem Garten. Nichts im Vergleich zu all den Sachen, mit denen sein Pater das Haus zu dekorieren pflegte, oder dem gigantischen und eleganten Tischgesteck, das die Sabels vom Floristenservice Sanz bestellten, wenn sie Gäste hatten. Vales kleines Gesteck war eher rustikal, aber die Geschmäcker waren eben verschieden. Und Jason gefiel Vales

Sinn fürs Schlichte.

Er hoffte, noch einmal einen Blick auf den Garten werfen zu können, bevor er wieder ging, um eine bessere Vorstellung zu bekommen, was er dafür planen musste. Aber da die Sonne um diese Jahreszeit immer früher unterging, bezweifelte er, dass er dazu Gelegenheit haben würde. Außer, sie würden das Abendessen mehr als hastig verschlingen.

„Wie war dein Tag?", fragte Vale.

Das war deutlich besser, als vor Vales Freunden geradewegs nach der Schule gefragt zu werden, aber trotzdem noch zu nah dran, um ihm nicht leicht unangenehm zu sein. „Ganz gut. Lässt du dir einen Bart wachsen?"

Vale rieb sich das Kinn und gab dabei einen Duft von sich, der geradewegs auf Jasons Schwanz wirkte, der kribbelte und hart zu werden drohte. „Das Rasieren war Teil meiner täglichen Routine, als ich zu Arbeit ging. Jetzt, da ich mich in einem unbegrenzten Sabbatjahr befinde …" Der leichte Sarkasmus war nicht zu überhören. „Da scheine ich es zu vergessen. Das ist mir heute Abend zum ersten Mal beim Anziehen aufgefallen, als ich mich im Spiegel betrachtete. Ich fand, das es gar nicht so übel aussieht."

„Mir gefällt es", sagte Jason und leckte sich die Lippen. „Der Bart steht dir."

Urho lachte leise. „Mich erinnert er an den Camping-Trip, den wir letztes Jahr gemacht haben. Du kamst erschöpft, zerzaust und bärtig wieder nach Hause."

Vale warf Urho einen kurzen, strengen Blick zu und sagte. „Vielleicht hörst du fürs Erste mit dem Wein auf, Urho."

„Wieso? Ich hatte erst anderthalb Gläser."

„Weil ich es sage."

Yosef kicherte, und Urho hob eine Augenbraue, stellte aber sein Weinglas hin. Vale wandte sich Yosef und Rosen zu und fragte: „Gibt es irgendwelche Bartpflegeprodukte, die ihr empfehlen könnt? Ihr habt beide seit Jahren Bärte, und sie sehen immer so vollendet aus."

Yosef stürzte sich in einen Vortrag über Trimmer und Bartöl und weitere Informationen, von denen Jason sich nicht vorstellen konnte, sie in absehbarer Zeit zu brauchen. Seine Gesichtsbehaarung befand sich immer noch in einem Stadium, das höchstens jeden dritten Tag eine Rasur erforderte, wenn er faul war. Er ließ seinen Tee auf dem Tisch stehen und beschloss, sich lieber nützlich zu machen, anstatt herumzustehen und Vales Schönheit zu bewundern. Während die anderen drei diskutierten, ob Chypre oder aromatisierte Öle für den Bart besser waren – ein weiteres Thema, zu dem er nichts beitragen konnte – gesellte Jason sich zu Rosen an den Herd.

„Kann ich dir bei Irgendetwas helfen?", fragte er. „Ich kann gern Gemüse waschen und schnippeln, was immer du brauchst."

Rosen hob eine Augenbraue und überlegte, dann schob er ein paar Zwiebeln in Jasons Richtung. „Also gut. Nur zu. Lass sehen, wie hübsch du mit Tränen in den Augen aussiehst."

Jason nahm das Messer, das Rosen ihm reichte, und begann die Zwiebeln zu hacken.

„Waren deine Eltern dagegen, dass du heute herkommst?", fragte Rosen lächelnd.

Jason zuckte die Achseln. „Sie hatten ihre Bedenken, aber Vale hat sie beruhigt. Und sie vertrauen mir." Meistens. Manchmal. Nicht genug, um ihn auf dem Campus wohnen zu lassen, aber genug, um ihm diesen Besuch zu erlauben. „Sie wissen, dass ich nur das Beste für Vale will. Und sie wissen, dass ich keine guten Entscheidungen bei den Verhandlungen treffen kann, ohne dass Vale und ich Zeit miteinander verbringen und wir selbst sein können."

„Das ist sehr weise von ihnen."

„Meine Eltern sind gute Männer."

„Ihr Ruf eilt ihnen voraus", sagte Rosen mit einem Lächeln. „Aber wirklich, was heißt ‚gut'? Nicht dass ich an deinen Eltern zweifele, aber fragst du dich nicht auch manchmal, was eine Person oder eine Sache ‚gut' macht?"

„Professor der Philosophie, stimmt's?", sagte Jason grinsend. „Tut mir leid, aber ich habe an diesem langen Wochenende schulfrei."

Rosen lachte. „Dann reden wir Montag weiter darüber."

Jason hackte die Zwiebeln, und schon bald lief ihm ohne Unterlass das Wasser aus den Augen. Er ließ es laufen und hörte nicht auf, bis er alle vier der weißen Knollen auf ein Häufchen feiner, gleichmäßiger Würfelchen reduziert hatte.

„Wunderbar", lobte Rosen. „Und viel schöner, als wenn Vale versucht, Zwiebeln zu hacken. Er kriegt rote Augen, und seine Nase läuft, und am Ende reibt er sich Zwiebelsaft in die Augen, was einer Katastrophe epischen Ausmaßes gleichkommt. Dann brennt mir irgendetwas auf dem Herd an, während ich ihm helfen muss, seine Augen auszuwaschen, und Yosef mampft einfach roh irgendwelches Gemüse, das ich mitgebracht habe, und genießt die Show."

„Das klingt lustig", sagte Jason.

Rosen lachte. „Ist es auch. Und laut. Dein Omega hat ein ganz schönes Organ, wenn er mit etwas unzufrieden ist." Dann drängte er Jason zur Spüle, damit er sich noch einmal die Hände waschen konnte, bevor es mit dem Kochen weiterging. „Und jetzt setz dich zu Vale und sei du selbst, damit du bei den Verhandlungen gute Entscheidungen treffen kannst."

Jason wusch dich die Hände zweimal, aber der Zwiebelgeruch ging nicht vollständig weg. Er dachte über Rosens Beschreibung von Vales verärgerter Stimme nach und fragte sich mit einer Mischung aus Freude und Grauen, wann er selbst wohl diese spezielle Stimme zu hören bekommen würde. Auf gewisse Weise schien ihm Zorn etwas sehr Intimes zu sein. Etwas Neues, das er über Vale lernen konnte.

Er nahm seinen inzwischen fast kalten Tee und nippte langsam daran, während er sich zu den anderen an den Tisch gesellte. Er setzte sich gegenüber von Vale, sodass er ihn besser ansehen konnte. Mit ein bisschen Abstand konnte er sich auch besser konzentrieren und lauschte aufmerksam dem Gespräch. Er war fest entschlossen, alles über Vale zu erfahren – seine Vorlieben und Interessen, worüber er lachen konnte – aber je länger er schweigend dasaß, umso unbehaglicher fühlte er sich.

Urho hingegen wusste genau, was er sagen musste, um Vale aus der Reserve zu locken und ihn auf die Palme zu bringen. Vales Wangen wurden blass, und seine grünen Augen wurden mit jedem ärgerlichen Wort aus Urhos Mund heller. Es war so wunderschön anzusehen, dass es Jason innerlich verzehrte, nicht derjenige zu sein, der diese Reaktion hervorgerufen hatte. Und Yosef war so locker im Umgang mit jedem, als wäre er schon mit dem Wissen geboren worden, was in jeder Situation zu sagen war. Und Rosen mischte sich nur ein, wenn ihm danach war, und schien sich in Vales Küche ganz zu Hause zu fühlen. Jason hingegen wusste nicht, wie er es anstellen sollte, Teil dieser Gruppe zu werden.

Der Tee rann in kühlen, würzigen Schlucken durch seine Kehle, während die Distanz zwischen ihm und dem Rest der Gruppe wuchs und wuchs. Sie wurde größer als der leere Raum, den der Alphastiller erzeugt hatte. Und so kindisch es auch war, Jason verübelte Vales Freunden ihre Insider-Witze und den lockeren Umgang miteinander. Er hasste sie wegen ihrer Bildung, ihrer Reisen und ihrer Lebenserfahrung. Er hasste, dass er in ihrer Gegenwart ein Kind war. Er hasste sogar, dass er gewürzten Tee trank, während sie Wein hatten. Wolfgott, er hasste sie alle.

Außer Vale. Ihn hasste er nicht. Ihn könnte er nicht einmal hassen, wenn er es versuchen würde.

Dumme *Érosgápe*-Gefühle.

„Jason, kannst du Tango tanzen?", fragte Vale plötzlich und mit einem strahlenden Lächeln, das aus seinem dunklen Bart leuchtete. „Ich wollte das immer schon lernen. Vielleicht kannst du es mir eines Tages beibringen?"

Tatsächlich hatte Jason keine Ahnung, wie man Tango tanzte, aber jetzt würde er es auf jeden Fall so bald wie möglich lernen. „Ich würde liebend gern mit dir tanzen. Wir können zusammen Tanzstunden nehmen, wenn du magst", sagte er. „Das würde bestimmt Spaß machen."

„Dann tanzt du also gern?" Vale nippte an seinem Wein, und seine moosfarbenen Augen funkelten. „Ich liebe Tanzen, aber ich hatte seit langer, langer Zeit niemandem, mit dem ich tanzen konnte."

„Es ist nicht meine Schuld, dass du zwei linke Füße hast", warf Urho ein. „Tanz nicht mit ihm, Jason, du wirst es bereuen."

Jason lächelte verkniffen. „Vale ist zu anmutig, um irgendetwas anderes als ein Traum auf der Tanzfläche zu sein."

Alle lachten, als hätte Jason bewusst einen Witz gemacht, also lachte er mit. Aber er hatte es ernst gemeint. Wie könnte ein Mann, der sich so geschmeidig bewegte wie Wasser und Jasons Inneres allein durch seinen Gang bereits zum Beben brachte, ein schlechter Tänzer sein? Sicher hatte Vale bisher einfach nur schlechte Partner gehabt.

Und sollten Vales Freunde entgegen aller Wahrscheinlichkeit doch recht haben, dann würde Jason die Blutergüsse auf seinen Füßen mit Stolz tragen.

KAPITEL 13

„WIE HABT IHR euch kennengelernt?" fragte Jason gefühlte Stunden später, nachdem Rosen verkündet hatte, dass das Essen in fünf Minuten serviert werden würde.

„Wer? Wir alle?" fragte Rosen über die Schulter.

„Ja, ihr alle."

„Also, Yosef und ich sind uns als Erste begegnet", sagte Vale lächelnd und nahm das Eis von seinem Fuß. Er stellte sein Bein auf den Boden und warf den Eisbeutel auf den Küchenschrank, ohne aufzustehen. Beinahe hätte er Rosen damit getroffen.

Aus dem Augenwinkel bemerkte Jason ein flauschiges, silberfarbenes Tier, das sich in die Küche schlängelte, und als er den Kopf drehte, sah er Zephyr, deren grüne Augen dunkel funkelten. Sie lief an der Wand entlang, dann huschte sie quer durch die Küche zu Rosen und gab ein klagendes Maunzen von sich.

„Flittchen", murmelte Vale und verdrehte die Augen. Rosen gab der Katze ein Stückchen Fleisch, das er bereits zuvor aus der Ente geschnitten und zur Seite gelegt hatte. „Yosef und ich haben uns auf dem Campus kennengelernt", fuhr Vale fort. „Er sprang für einen Rechtskunde-Professor ein, einen anderen Omega, der in eine unerwartete Hitze gegangen war und sofort den Campus verlassen musste. Yosef war die einzige Person, die ihn so spontan vertreten konnte. „Es war in der Mensa – wir wollten beide die letzte Apfeltasche und beschlossen sie uns zu teilen."

„Das ist ja fast wie eine dieser putzigen Kennenlern-Szenen aus den Liebesromanen, die Rosen immer liest", murmelte Urho.

„Romantik ist die Sprache des Glücks", entgegnete Rosen und öffnete den Backofen, um die Fortschritte des gigantischen Vogels darin zu prüfen. Zephyr war an Rosens Körper hochgeklettert. Sie saß nun auf seiner Schulter und schaute ebenfalls in den Ofen. Rosen schien es nichts auszumachen. „Du solltest es auch mal mit einem Liebesroman versuchen."

Urho schnaubte.

„Aber Urho hat recht", sagte Vale. „Wieso hast du dich nicht auf der Stelle Hals über Kopf in mich verliebt, Yosef? Ich bin gekränkt."

„Ich war schon mit Rosen zusammen", antwortete Yosef. „Sonst hätte ich selbstverständlich dein Omega-Herz gestohlen und mich bei deiner nächsten Hitze als vollkommen nutzlos erwiesen. Das perfekte Paar."

Vale lachte und zwinkerte Jason zu. „Jedenfalls lud Yosef mich zum Essen ein, und zwar in das total spelunkige, aber wunderbare Cinco Manzanas."

„Halbnackte Gogo-Boys und Enchiladas sind immer eine erfreuliche Kombination", sagte Yosef mit einem breiten Grinsen.

„Rosen gesellte sich dort zu uns, charmant wie immer. Und seitdem sind wir befreundet."

„Urho stieß später zu unserer Gruppe", erklärte Rosen. Er hatte riesige Ofenhandschuhe angezogen, um die gebratene Ente aus dem Ofen zu holen. „Er und Vale haben sich ebenfalls auf dem Campus kennengelernt. Stimmt's, Vale?"

„Ja, der Campus scheint der Knotenpunkt all meiner persönlichen Beziehungen zu sein", sagte Vale und warf Jason einen neckischen Blick zu.

Eine schreckliche Sekunde lang herrschte peinliches Schweigen, aber dann stellte Rosen Teller mit köstlich duftendem Essen auf den Tisch.

„Das sieht fantastisch aus, Rosen", sagte Jason. „Bist du ein professioneller Koch?"

„Rosen ist Philosoph, Künstler und Koch", antwortete Vale und lächelte Jason an, während Urho den Entenbraten zerteilte und Yosef die Schale mit der aromatischen Füllung herumreichte.

„Ja, Rosen ist sehr talentiert", sagte Yosef mit einem liebevollen Unterton in der Stimme. „Ich hoffe, du hast nichts gegen Essen vom Lieferservice, Jason. Dein Omega ist nämlich ein furchtbarer Koch."

„Oh, fang jetzt nicht davon an", stöhnte Vale.

„Beim Kochen ist er noch schlimmer als beim Putzen." Urho malträtierte die Ente mit dem Tranchiermesser.

Jasons Vater war besser im Zerteilen, und sogar Jason selbst konnte gefälligere Scheiben schneiden, aber er verkniff sich jegliche negativen Bemerkungen über Urho. Wahrscheinlich dachten ohnehin schon alle, dass Jason etwas gegen Urho hatte, weil der Vale bisher durch seine Hitzen geholfen hatte. Und so war es auch. Aber er würde das nicht für den Rest seines Leben zwischen sich und Vale stehen lassen. Ganz offensichtlich würde Urho nicht verschwinden, also konnte er genauso gut jetzt schon seinen Frieden damit machen.

„Ich koche gern." Jason nahm die Schale mit der Entenfüllung von Yosef entgegen und füllte etwas davon auf seinen Teller. Der Duft von Rosmarin stieg ihm in die Nase und machte ihm den Mund wässrig. „Ich kann zwar nicht behaupten, es mit Rosens Kochkünsten aufnehmen zu können, aber ich denke, ich bin in der Lage, anständiges Essen auf den Tisch zu bringen."

Vale hob neugierig die Augenbrauen. „Oh?"

„Wie ich Vale schon neulich sagte, Vater beschäftigt normalerweise kein Hauspersonal. Und Pater sagt immer, dass er nicht so viele Leute in seinem Privatleben herumlaufen sehen will. Beide schätzen ihre Privatsphäre. Deshalb stellt Vater nur für Feste und besondere Mahlzeiten Betas ein. Aber davon abgesehen versorgen wir uns selbst.“

„Dann ist dein Pater also ein guter Koch?“, fragte Rosen.

„Nein, Vater bereitet die meisten unserer Mahlzeiten zu. Pater ist oft krank und …“ Zum ersten Mal fragte Jason sich, ob Paters Schwäche ein schlechtes Licht auf ihn selbst werfen würde. „Pater kocht nicht.“

„Deshalb musste dein Vater es an seiner Stelle lernen, ja?“

Jason runzelte die Stirn. Er hasste die kaum verhohlene Implikation, dass es grundsätzlich die Aufgabe des Omegas war, den Alpha zu versorgen und zu bekochen. Sicher, in der Regel verdienten die Alphas das Geld, und ihre Omegas versahen den wohlhabenden Haushalt. Aber die weniger begünstigten Omegas arbeiteten oft außerhalb des Hauses, so gut sie konnten, um etwas dazuzuverdienen. Und selbst gut betuchte Omegas taten mehr als nur den Haushalt zu führen. Sie waren Menschen. Sie hatten eigene Interessen.

Vale zum Beispiel. Er war sich selbst überlassen gewesen und eindeutig nicht der stereotypische Omega, den man die jungen Alphas lehrte zu erwarten. Und Jason wusste von Vater und Pater selbst, dass es unter den Omegas alle nur vorstellbaren Typen von Mensch gab, genau wie bei den Alphas. Pater sagte stets, es sein empörend, dass man Omegas alles absprach, abgesehen von Haushaltspflichten. Vater hatte das nie von Pater verlangt, und genauso wenig würde Jason das von seinem eigenen Omega erwarten. Sollte Vale nach Vertragsschluss, Vollzug und Verpaarung wieder als Lehrer arbeiten wollen, dann würde Jason sicherstellen, dass ihm diese Option offenstand. Er würde sicherstellen, dass Vale alles bekam, was er sich wünschte.

„Nicht wirklich. Vater kocht gern, und Pater isst gern, was er zubereitet. Sie haben einfach beide mit dem weitergemacht, was ihnen am besten gefiel.“

Vale grinste ihn an, und Jasons Herz zog sich erfreut zusammen.

Jason wollte dieses zustimmende Lächeln so bald wie möglich erneut sehen.

„Dann hast du von deinem Vater kochen gelernt?" Rosen reichte ihm einen Korb mit Brötchen, während Urho halb zerstörte Bratenscheiben auf einen großen Servierteller türmte.

„Das hat er. Immer, wenn Pater krank ist …" Wiederum verstummte Jason, aber Vale fing seinen Blick auf und lächelte aufmunternd, „Wenn Pater krank ist, was leider immer häufiger vorkommt, dann bittet Vater mich, ihm in der Küche zu assistieren, und dabei habe ich eine Menge gelernt. Wenn Vater auf Geschäftsreisen ist, dann koche ich für Pater und mich." Er zuckte die Achseln. „Ich mache viele Aufläufe und Eintöpfe, weil man die Reste am nächsten Tag leicht wieder aufwärmen kann."

„Mein Pater hatte ein göttliches Krabbeneintopfrezept", sagte Vale. „Es war mein Lieblingsessen." Vales Teller war gefüllt mit Rosens Cranberry-Soße, einer großen Portion Braten, die Urho ihm direkt auf den Teller gelegt hatte, grünen Bohnen und mehreren kleinen Brötchen.

Jason nahm die Platte mit dem Braten entgegen, legte mehrere dicke Scheiben auf seinen Teller, und reichte sie dann an Yosef weiter.

„Wenn du mir das Rezept geben kannst, koche ich das für dich, Vale", sagte er mit einem flatternden Gefühl im Magen. Er hoffte, Vale würde sein Angebot annehmen – als eine Geste der Werbung und als Versprechen auf das, was Vale erwarten konnte, wenn ein Vertrag zwischen ihnen zustande kam.

„Wirklich?" Vales Lächeln schien alles, was wundervoll in der Welt war, zu einem herrlichen, schmerzenden Klumpen in Jasons Brust zusammenzupressen. Die Freude würde ihn umbringen, wenn er nicht aufpasste.

„Natürlich."

„Ich hätte es für dich gekocht, wenn ich das gewusst hätte" sagte

Rosen mit leicht verärgertem Unterton.

Vale winkte ab, ohne den Blick von Jason zu lassen, und der wundervolle Ball in Jasons Brust wuchs und begann zu glühen. „Du bist ein wunderbarer Koch, Rosen. Eintöpfe sind unter deiner Würde."

„Willst du damit andeuten, die Kochkünste und der Geschmack deines Alphas seien gewöhnlich?", fragte Urho mit unterdrücktem Lachen.

„Sieht ganz so aus", antwortete Vale und zwinkerte Jason zu.

Jason erwiderte das Lächeln, und während seine Wangen und sein Hals ganz warm wurden, explodierte der Ball in seiner Brust in leuchtenden Funken schreiender Freude. Er riss seinen Blick von Vale, bevor er noch irgendetwas Dummes tat, wie zum Beispiel seinen Stuhl zurückzuschieben, um den Tisch herum zu gehen und Vale auf den lächelnden Mund zu küssen.

Um sich abzulenken, nahm er einen Happen Ente und Füllung. Die Aromen mischten sich perfekt, und es schmeckte großartig. „Das ist wirklich köstlich", sagte er zu Rosen. „Würdest du mir zeigen, wie man das kocht?"

„Natürlich, sehr gern", antwortete Rosen herzlich.

Yosef nippte an seinem Wein und fragte: „Warum kommst du uns nicht an einem Abend in der nächsten Woche besuchen? Dann kann Rosen dir ein paar Dinge zeigen. Vale kann ebenfalls kommen. Und Urho." Die Einladung an Urho klang wie hastig angefügt, so als wollte Yosef ihn nicht beleidigen, indem er ihn ausließ.

Urho schüttelte den Kopf. „Wieso sollte Jason seine Zeit mit uns verbringen wollen, wenn er mit Alphas seines eigenen Alters zusammen sein kann? Vale ist natürlich eine andere Sache, offensichtlich. Aber worüber wir neulich geredet haben, ist doch wahr: wir sind für ihn von keinerlei Bedeutung. Es ist schließlich nicht so, als würden wir seine Freunde werden."

Yosef sah Urho mir gerunzelter Stirn an, und Vale beugte sich mit Zorn in seinen grünen Augen nach vorn. Aber bevor jemand anderes etwas sagen konnte, unterbrach Jason: „Schon gut. Ich bin sicher, ich kann auch allein dem Rezept folgen, falls Rosen so freundlich ist, es mir zu geben."

Zwischen Rosen und Yosef fand eine Art wortlose Kommunikation statt, aber Jason wollte davon nichts wissen und tat so, als würde er sich ausschließlich für seinen Teller interessieren. Das Essen schmeckte jetzt nicht mehr so köstlich, nachdem klar war, dass keiner dieser Männer wirklich seine Freundschaft wollte. Aber was hatte er erwartet? Natürlich wollten Vales Freunde ihre Zeit nicht mit einem Teenager zubringen. Sie schuldeten ihm nichts.

„Ich finde, wir sollten es Jason überlassen, wo und mit wem er seine Zeit verbringen will", sagte Vale kühl. „Wenn er Yosef und Rosen besser kennenlernen möchte, werden die beiden seine Gesellschaft ganz sicher nicht zurückweisen. Sie sind schließlich diejenigen, die die Einladung ausgesprochen haben. Und eine sehr herzliche Einladung obendrein."

„Du kannst gern mit meinem Koch trainieren, wenn du willst, Jason." Urho wischte sich den Mund ab und ignorierte Vales finsteren Blick. „Das wäre eine sinnvollere Nutzung deiner Zeit."

Jasons Nackenhaare sträubten sich. Wie hatte Vale mit einem Alpha intim sein können, der Vales Meinung so gedankenlos beiseite wischte?

Urho, der Jasons Ärger gar nicht bemerkte, nippte an seinem Wein, bevor er hinzufügte: „Mein Koch arbeitet seit vielen Jahren für meine Familie. Er kochte schon für uns, als mein Pater und mein Vater noch lebten."

Jason sagte nichts. Galt Yosefs und Rosens Einladung jetzt nicht mehr? Jason war verunsichert und sah sich außerstande, sie anzunehmen, wenn so vieles im Unklaren war. Er wollte unbedingt mehr Zeit mit Vale verbringen, und trotz allem, was Urho gesagt hatte, wollte er gern mit diesen Männern befreundet sein. Nun ja, mit den beiden Betas jedenfalls. Urho selbst war etwas anderes.

„Ah ja, dein Koch ist ziemlich gut", sagte Rosen und nickte nachdenklich. „Wie hieß er noch gleich?"

„Mako", antwortete Urho mit einem selbstzufriedenen Grinsen. Dann nahm er noch einen Schluck Wein.

Nachdem Vale ihn vorhin getadelt hatte, hatte Urho erneut angefangen, Wein zu trinken, und nach Jasons Zählung war er bei seinem sechsten Glas. Trotz seiner offensichtlich gelockerten Zunge wirkte er nicht besonders betrunken. Tatsächlich wirkte er so weise und ruhig wie immer.

„Er macht hervorragende Linguine mit Krabbensoße. Ich glaube, er hat sie für nächsten Freitag geplant, Jason, falls du nach der Uni vorbeikommen möchtest. Er wird sich freuen, dich zu unterweisen. Vale isst das sehr gern."

Vale seufzte und warf Urho einen Blick aus verengten Augen zu. Ganz eindeutig war er genervt. Aber Urho schien das nicht aufzufallen; er nahm noch einen Schluck Wein, dann kaute er nachdenklich auf einem Bissen Entenbraten. „Oh, und mein Haushälter Warren wird dir gern beibringen, wie man staubsaugt, Staub wischt und die Wäsche macht", lachte Urho über seinen eigenen Witz, und ein breites Grinsen erschien auf seinem attraktiven Gesicht. „Denn ich garantiere dir, Vale hat keinen Schimmer, wie man irgendetwas davon macht."

„Unser verwöhnter Urho, mit all seinen Dienern", neckte Yosef.

„Ich komme bestens zurecht", widersprach Vale schnippisch.

„Oh ja, das sehen wir." Rosen gestikulierte zur Tür, die aus der Küche in den Rest des Hauses führte.

„Ich *habe* geputzt!" Vales Stimme klang gepresst, und eine Augenbraue hob sich bedrohlich.

„Ja, das sehen wir."

„Lasst ihn in Ruhe," Jason legte unwillkürlich einen autoritären Ton in seine Stimme. „Er findet das nicht witzig."

Vale errötete über seinem Bart. „Normalerweise macht mir das nichts aus, aber …" Er sah Jason in die Augen. „Mein Fußgelenk tut weh. Ich habe heute keine Geduld für solche Scherze."

„Und Urho hat deinen Alpha und deine Freunde beleidigt, und wir haben dich wegen deiner Haushaltsführung aufgezogen", fügte Rosen hinzu. „Einigen wir uns alle darauf, uns besser zu benehmen, bevor Jason noch einen ganz falschen Eindruck von uns gewinnt."

Zu spät, dachte Jason. Oder zumindest zu spät für Urho. Rosen und Yosef waren nett und ihm gegenüber offen genug. Aber Urho, aus welchen Gründen auch immer, war es nicht. Das verletzte Vale und machte Jason stinksauer. Aber mit all dem konnte er sich an einem anderen Abend noch beschäftigen. Wenn zum ersten Mal eine neue Person in einer bestehenden Gruppe von Freunden auftauchte, war es immer etwas komisch. Wahrscheinlich machte Jasons Anwesenheit Urho genauso unglücklich wie umgekehrt.

„Apropos Haushalt … hast du nicht kürzlich erst jemanden entlassen, Urho?", fragte Rosen. „Wer war das noch gleich, dein Gärtner?"

„Oh?" Vales Augen blitzten, als wüsste er nicht, ob er Urho jetzt schon verzeihen sollte oder nicht. „Ich dachte, du mochtest ihn?"

Urho verdrehte die Augen. „Ich habe ihn nicht entlassen. Er hat von sich aus gekündigt. Was schade ist, denn Zim war wunderbar mit Rikis Rosen. Sie sahen stets so gesund aus wie an dem Tag, als Riki starb."

„Wie hast du es geschafft, ihn zu vergraulen?", fragte Vale behutsam. Da war eine Zurückhaltung in seinem Tonfall, die Jason nicht verstand. Vielleicht hatte das etwas mit dem verstorbenen Mann zu tun, diesem Riki. „Hast du dich so lange über ihn lustig gemacht, bis er genug hatte?"

„Ob du's glaubst oder nicht, ich trage keine Schuld." Urho

seufzte. „Sein jüngerer Bruder ist ein Omega und ein Nymphomane. Unfähig, länger als ein paar Stunden am Stück befriedigt zu sein. Und während seiner Hitzen ist er vollkommen unersättlich. Sein Alpha hat Klage wegen Vertragsbruch eingereicht. Sie waren natürlich nicht aufeinander geprägt, nur vertraglich verbunden. Ein schrecklicher Fehler. Wie so viele dieser Verträge."

„Urho", sagte Yosef warnend, aber Urho schenkte ihm keine Beachtung.

„Zims Bruder ist immer wieder seinen Fesseln entwischt, sozusagen, und hat sich auf der Suche nach Alphas in dunklen Vierteln herumgetrieben. Ein wahre Schande. Der Name der Familie ist ruiniert."

Es wurde still am Tisch, und alle starrten Urho an. Vale tupfte sich mit der Serviette den Mund ab und atmete tief durch.

„Wolfgott", flüsterte Rosen.

Urho nickte. „Schrecklich. Aber ja, mein bester Gärtner und alter Freund Zim hat gekündigt, um seiner Familie während der zukünftigen Hitzen seines Bruders beizustehen. Natürlich finden sie keinen Surrogat-Alpha. Jetzt nicht mehr. Und es wird eine schmerzhafte Angelegenheit werden. Sie werden alle Hände brauchen, um den Jungen so einzusperren, dass er nicht weglaufen kann." Er schnalzte mit der Zunge. „Aber das passiert, wenn der Ruf eines Omegas beschmutzt ist. Kein Alpha will ihm dann mehr helfen." Er schüttelte den Kopf als würde ihm das leid tun. Als gäbe es nichts, was er tun könnte.

„Das ist ja absurd!", platzte Jason heraus und ballte unwillkürlich die Fäuste auf dem Tisch. „Es war die Aufgabe seines Alphas, ihn zu befriedigen, und wenn ihn das überforderte, hätte er einen Surrogat-Alpha anheuern müssen. Wie kann man dem Omega vorwerfen, dass er suchte, was er während seiner Hitze dringend brauchte? Oder zu jeder anderen Zeit?"

Rosen und Yosef hoben die Brauen, und ihre Blicke gingen

zwischen Jason und Urho hin und her. Aber Vale ließ Urho nicht aus den Augen, sein Blick messerscharf.

Jason fuhr fort: „Er hat nur getan, was seine Instinkte ihm befohlen haben. Nicht mehr und nicht weniger. Der Alpha hat die Pflicht, den Omega zu befriedigen, was auch immer dazu nötig ist. Fortdauernde Hitzen oder nicht." Er schlug mit der Faust auf den Tisch, als er diese fundamentale Wahrheit wiederholte, die seine Eltern ihm von Kindesbeinen an eingetrichtert hatten. „Hat der Alpha, unter dessen Vertrag er stand, Hilfe gesucht? Oder war seine Eitelkeit zu sehr verletzt, um für seinen Omega die richtige Entscheidung zu treffen?"

Vales Blick wanderte langsam zu Urho und wieder zurück zu Jason.

Urho runzelte die Stirn. „Ich weiß es nicht. Vielleicht konnte er sich die Dienste eines Surrogat-Alphas nicht leisten. Aber der Vertrag wurde gelöst, oder er wird in Kürze für nichtig erklärt werden, und daran kann man nichts ändern."

„Was ist mit seiner nächsten Hitze? Für die Zim zu seiner Familie zurückgekehrt ist?", fragte Jason. „Es ist niemand da, der ihm dann helfen kann? Wirklich niemand?"

„Anscheinend nicht."

„Das ist eine glatte Lüge. Die Welt ist voll von Alphas, und viele sind verwitwet oder aus anderen Gründen ohne Vertrag." Er starrte Urho an. „Einer davon sitzt hier am Tisch."

Urho riss die Augen auf. „Willst du etwa andeuten, dass ich …?"

„Ja. Genau das will ich andeuten."

Aus dem Augenwinkel sah Jason, wie Vale sich vorbeugte, sein bärtiges Kinn in eine seiner eleganten Hände stützte und zufrieden lächelte.

Urho hüstelte. „Es existieren gewisse Erwartungen in unserer Gesellschaft. Es gibt ein Protokoll, das klare Anweisungen für einen solchen Fall–"

„Ja, klar. Das Protokoll, das besagt, wenn ein Alpha zu geizig oder zu selbstsüchtig ist, um einem Omega in Hitze zu helfen, dann soll er ihn einfach leiden lassen! Ich behaupte, dass die vertraglosen Alphas in den schäbigeren Vierteln der Stadt bessere Männer sind als jene, die einem so grausamen Protokoll folgen. Wenigstens kümmern sie sich um Omegas in Not."

„Zu ihrem eigenen Vergnügen!", rief Urho aus. „Du kannst nicht behaupten, dass diese verdorbenen Alphas, die sich darum reißen, verzweifelte Omegas zu besteigen, so etwas wie Helden sind. Sie tun es nur zu ihrem eigenen Vergnügen. Sie wollen nichts weiter als ficken und kommen und einen Omega beknoten."

„Und warum gehen die Omegas dann hin?", fragte Jason herausfordernd. „Welche Wahl haben sie? Es einfach ausschwitzen und die Schmerzen ertragen? Oder Schulden machen, um einen teuren Surrogat-Alpha zu bezahlen?" Er neigte trotzig den Kopf zur Seite. Sein Blut kochte. Der Raum, wo der Alphastiller ihn von seinen Emotionen distanzierte, reichte für einen kleinen Siegestanz, als sein nächstes Argument ins Schwarze zielte. „Hat Zim bei dir genug verdient, um einen Surrogat-Alpha für seinen Bruder zu beauftragen? Wie du sagtest, die guten sind teuer. Wie sieht es mit den finanziellen Umständen der restlichen Familie aus? Für mich klingt es so, als würden sie diesen Bruder sehr lieben. Ich bin sicher, sie würden jeden halbwegs anständigen Surrogat-Alpha nehmen, der sich anböte."

„Jetzt sagst du also, ich sollte für den Jungen einen Alpha auftreiben? Dass sein ruinierter Ruf und sein Leiden meine Schuld sind? Lächerlich. Vale, hörst du das?"

Vale lächelte nur breiter, und seine Augen leuchteten.

„Wenn du Diener beschäftigst, dann solltest du wissen, was in deren Leben vorgeht, und wenn du ihnen in vernünftiger Weise helfen kannst, solltest du das auch tun." Jason nickte entschlossen.

„Gesprochen wie ein Junge, der keine Diener hat", murmelte Urho.

„Ich glaubte, was du meinst, ist: Gesprochen wie ein Junge mit einem moralischen Gewissen", korrigierte ihn Yosef.

„Und genug Geld, um dazu zu stehen", ergänzte Rosen.

Plötzlich sprang Zephyr auf Jasons Schoß, wo sie sich schnurrend drehte und mit spitzen Krallen Jasons gute Hose knetete. Dann rollte sie sich zusammen und begann, sich auf seinem Schoß die Pfoten zu lecken. Jason starrte schockiert auf sie hinab.

„Oh." Er streichelte ihren Rücken, und sie unterbrach das Lecken, warf ihm einen genervten Blick zu, bis er seine Hand wegnahm, dann machte sie mit ihrer Katzenwäsche weiter.

„Alles falsch. Es war gesprochen wie Junge mit einem Bewunderer", sagte Vale. „Oder zwei Bewunderern." Ein hintergründiges Lächeln umspielte seine Lippen. „*Ich* bin jedenfalls beeindruckt."

Urho schnaubte. „Das sieht dir ähnlich mit deinen liberalen Vorstellungen."

„Einige von uns wollen die Welt verbessern, mein Freund", entgegnete Vale, aber die liebevolle Anrede klang ein wenig bissig. „Du bist nur zu altmodisch und verkniffen, um das zu verstehen."

„Altmodisch" wiederholte Urho und steckte die Gabel in seinen Braten. Jason war nicht sicher, wieso das Wort die größere Beleidigung darstellte. Er selbst würde sich lieber altmodisch als verkniffen nennen lassen.

Zephyr schnurrte und kuschelte sich tiefer in Jasons Schoß, offenbar fertig mit ihrer Körperpflege. Jason strich ihr über den Rücken, und dieses Mal ließ sie es zu. Das freute ihn ungemein.

Urhos ungehaltener Blick fiel auf Zephyr. Nach einem langen Moment nickte er. „Na gut. Ich werde dir zeigen, wie altmodisch ich bin. Dann werde ich mich eben um die Hitze des Jungen kümmern."

Jason blinzelte schockiert, und Vales Lächeln blendete ihn beinahe. Rosen zwinkerte ihm zu und nickte. Und Yosef applaudierte, als wäre er im Theater.

„Bravo. Was für ein erfreuliches Wortgefecht. Ich habe Urho selten so rasch nachgeben gesehen."

Vales Wangen glühten, während er Jason anstrahlte. „Geht mir genauso."

„Manchmal können sogar altmodische Arschlöcher sehen, wann sie übertroffen wurden." Urho zuckte mit den Schultern „So ungern ich es zugebe, vielleicht hat der Junge recht. Für mich wäre es leicht genug, mit den Hitzen von Zims Bruder umzugehen, wahrscheinlich würde ich es sogar genießen. Vorausgesetzt, sie nehmen mein Angebot an, und der Junge ist nicht auf irgendeine Weise völlig abstoßend. Außerdem bekäme ich meinen Gärtner zurück, wenn Rikis Rosen ihn brauchen."

Jason streichelte Zephyrs Kopf und Rücken. Sie schnurrte – ein warmes, plüschiges Gewicht auf seinem Schoß. Während der Diskussion mit Urho hatte er kaum sein Essen angerührt, aber nun wandte er sich wieder seiner Mahlzeit zu. Überraschenderweise war sie noch warm.

Zephyr schlug mit einer kleinen Tatze nach seiner Gabel, und er lachte. „Hungrig?"

„Sie hatte reichlich zu essen", widersprach Vale und wedelte mit der Hand in Richtung der Katze. „Husch, husch, fort mit dir! Weg von ihm, Zephyr, er gehört mir."

Jasons Herz zog sich abrupt zusammen, dann weitete es sich wieder, und sein Blut rauschte durch seine Adern und machte ihn schwindelig. Aber Zephyr ignorierte Vales Worte. Jason gab ihr ein Stück Ente, und sie schlang es herunter wie ein verhungerndes Tier, dann ließ sie sich wieder auf seinem Schoß nieder. Ihre Tatzen, die seine Oberschenkel kneteten, ruinierten den Wollstoff seiner Hose, aber das war Jason egal.

„Zephyr mag Jason", sagte Yosef mit einem überraschten Lachen. „Und da sie nun ihre alles entscheidende Stimme abgegeben hat, sollten wir das Thema beenden und über etwas weniger Aufregendes sprechen. Wie das Wetter. Oder Pläne für die Winterferien." Vale fing Jasons Blick auf und hielt ihn, während Yosef fortfuhr. „Rosen und ich denken daran, ans Meer zu fahren. War schonmal einer von euch im Winter am Meer? Irgendwelche Ratschläge, was wir einpacken sollten?"

„JASON, KANNST DU noch einen Augenblick bleiben, bitte?"

Urho, der gerade in seinen Mantel schlüpfte, erstarrte und warf Vale einen scharfen Blick zu. „Ist das klug?"

Rosen und Yosef waren bereits vor einigen Minuten mit einem Taxi weggefahren, beladen mit den Serviertellern, dem Besteck und den Töpfen, die Rosen benutzt hatte. Entweder besaß Vale keine eigenen Kochutensilien, oder was er hatte, entsprach nicht Rosens Anforderungen. Wie auch immer, nachdem sie den Küchenkram ins Taxi geladen hatten, war für Urho kein Platz mehr darin gewesen.

Jason lehnte sich zurück an die Wand und drückte seine Schultern flach dagegen, damit sie nicht heruntergingen, er aber immer noch eine lockere, gelassene Haltung demonstrierte. Ein wenig gekünstelt, sicher, aber er wollte, dass Vale sich in seiner Gegenwart sicher fühlte, und wenn er sich zu sehr versteifte, lief er Gefahr, zusammen mit Urho in die Kälte hinausgeschickt zu werden. Der Alphastiller ließ langsam nach, und er spürte den Sog der Aufprägung stärker als in den vergangenen Tagen.

Vale schaute in seine Richtung und lächelte mit dieser geheimen Wärme, die in seinen Augen lag, seit Jason Urho beim Essen in die Schranken verwiesen hatte. „Dein Taxi wartet, Urho."

Eine von Urhos dunklen Brauen hob sich, und sein kräftiger Kiefer verspannte sich. „Ich wurde damit beauftragt, ihn sicher und unversehrt zu Hause abzuliefern."

„Seine Eltern haben dich nie um diesen Kavaliersakt gebeten."

„Nein, aber du."

„Und ich habe es mir anders überlegt. Nenn mich ruhig einen unentschiedenen Omega."

Urho riss die Augen auf. Fast tat er Jason leid. Aber dann fiel ihm wieder ein, dass Urho seinen Schwanz in Vale gehabt hatte, und er hasste ihn aufs Neue. Er weigerte sich jedoch, sich das anmerken zu lassen. Vale brauchte ihn als Erwachsenen, als jemanden, der mit seinen Freunden gut auskam. Und er war entschlossen, diese Person zu werden. Eifersucht war etwas Instinktives für einen Alpha, sicher, aber sein Intellekt war zu stark, als dass er sich von seiner ursprünglichsten Natur beherrschen lassen würde.

„Vergiss deinen Hut nicht", sagte Vale und stülpte mit einem Schmunzeln das schwarze, wichtigtuerisch aussehende Barett auf Urhos Kopf. Offenbar hatte er Urho dessen Bemerkungen beim Essen noch nicht ganz verziehen. Er würde ihn noch eine Weile deswegen schmoren lassen, und das fand Jason ziemlich gut.

„Ich finde, du solltest dir das überlegen, Vale. Das hier ist kein Witz, und es–"

„Es ist nicht deine Sache, außer ich mache es dazu." Vale hob den Kopf; sein blasser Hals leuchtete im gedämpften Licht des Flurs. Jason hätte am liebsten daran geleckt. „Wir sehen uns bald, Urho. Danke, dass du zum Essen gekommen bist."

„Ich danke dir für die Einladung", murmelte Urho mit gepresster Stimme. Er verzog das Gesicht.

Jason bemühte sich um eine neutrale Miene. Er kämpfte gegen den Impuls, irgendetwas Höhnisches zu sagen. Ja, was immer Urho wollte, das hier ging ihn nichts an. Jason würde noch bleiben und allein mit Vale reden. Das war sein Recht als Vales Alpha. Er hatte das Recht, mit ihm zusammen zu sein, ihn zu berühren und–

Nein.

Er würde sich nicht gestatten, diesen Gedankengang weiter zu verfolgen. Er war stark und intelligent, und seine Instinkte waren nicht halb so wichtig wie Vales Lächeln. Welches sich nun ihm zuwandte, nachdem sich die Tür hinter Urhos widerstrebendem Rücken geschlossen hatte.

„Es schneit", sagte Vale leise.

„Ja?"

„Dicke, fette Flocken." Vales Wimpern berührten seine Wangen, dann hoben sie sich langsam, und in seinem Blick lag ein winziger Hauch von Verführung.

Jason unterdrückte den Impuls, sich von der Wand abzudrücken, Vale zu packen und seinen schönen, vollen Mund zu küssen.

„Bleibt er liegen?", fragte Jason heiser.

Vale zog die langen, dünnen Vorhänge zur Seite, die den Blick aus dem schmalen Fenster neben der Haustür blockierten. „Auf dem Gras bleibt er bereits liegen. Die Straßen sind wahrscheinlich zu warm dafür. Vielleicht, wenn es die Nacht hindurch weiterschneit." Er drehte sich wieder zu Jason. Seine Lippen waren leicht geöffnet. „Gehst du gern Schlitten fahren?"

„Sicher. Wenn genug Schnee liegt, gehen mein Freund Xan und ich immer zu dem Hügel hinter dem Postgebäude. Er ist schön steil."

„Den kenne ich", sagte Vale und kam zögernd etwas näher. Es wirkte beinahe, als wäre er nicht sicher, ob er das Richtige tat. „Falls der Schnee liegen bleibt und hoch genug ist, würdest du dann mit mir Schlitten fahren gehen?"

„Das würdest du gern tun?"

Vales Augen funkelten. „Ich gebe zu, ich bin wahrscheinlich zu alt dafür, aber–"

„Ist dein Fuß so weit in Ordnung? Vorhin war er ziemlich geschwollen, und ich will nicht, dass du dich beim Schlitten fahren noch mehr verletzt."

„Er ist in Ordnung." Vale verlagerte sein Gewicht auf den fraglichen Fuß. „Siehst du? Schon viel besser."

„Wenn du sicher bist?"

„Das bin ich."

„Dann gehe ich liebend gern mit dir Schlitten fahren", sagte Jason ein wenig zu eifrig, selbst für seine eigenen Ohren. Seine ohnehin schon erhitzten Wangen glühten noch mehr.

Aber dieses Mal war alles gut, denn Vale lächelte strahlend, was die leichten Fältchen um seine Augen vertiefte, und Jasons Herz flatterte in seiner Brust. Gott, er würde dieses Glücksgefühl nicht überleben, diesen *absoluten Rausch*, Vale eine Freude zu bereiten.

„Wunderbar! Das würde ich wirklich unheimlich gern tun. Wir werden morgen sehen, ob das Wetter mitspielt."

„Ich hoffe, es schneit haufenweise."

Vale grinste und zog den Kopf ein, als wollte er sich verstecken. „Ich auch. Ich war seit Ewigkeiten nicht mehr Schlitten fahren."

„Ich werde dir helfen. Es ist wie Fahrrad fahren; das verlernt man nicht. Und es wird mir eine Freude sein, dich mitzunehmen. Wirklich."

Vale atmete hörbar, als er die letzten paar Schritte auf Jason zu machte und nah genug vor ihm stehenblieb, um ihn zu berühren. „Du warst ... heute Abend beim Essen ..." Er sah Jason in die Augen. Im trüben Schein der Lampen waren seine Iriden so grün wie moosbewachsene Waldseen. „Ich war sehr stolz auf dich."

Wolfgott, offenbar wollte Vale ihn vom Angesicht der Erde fegen vor lauter maßloser, unhaltbarer Freude. Jasons Herz hämmerte so laut, dass ihm schwindelig wurde, und er presste die Hände hinter sich an die Wand, um nicht nach seinem Omega zu greifen. Er wusste, dass er Vale die Entscheidung überlassen musste, wann er berührt oder genommen werden wollte.

Nicht genommen! Denk nicht einmal daran, Jason!

„Ich möchte dich immer stolz machen", flüsterte Jason. Seine Lippen zitterten, und er hatte weiche Knie.

„Du bist so ernsthaft." Vale streckte die Hand nach ihm aus, und seine Finger kamen erst dicht neben Jasons Wange zum Halt. Jason musste seine gesamte Willenskraft aufbringen, um sich nicht die wenigen Zentimeter zur Seite in die Berührung zu lehnen.

„Du bist so wunderschön", hauchte Jason.

„So wie du."

Jason *begehrte*. Er begehrte so verzweifelt. Aber er zwang die Worte dennoch aus seinem Mund. „Ich sollte jetzt gehen."

Der Schmerz in seiner Brust war ein ebenso enger Schraubstock, wie es die Freude gewesen war, aber er durfte kein Risiko eingehen. Er hatte es heute Abend so gut gemacht. Dieser Besuch bei Vale war ein Test, das war ihm völlig bewusst, und er weigerte sich zu versagen. Er würde Vale zeigen, dass er fähig war, sich zu beherrschen, dass er die Situation im Griff hatte und für sie beide sorgen konnte.

„Ja", stimmte Vale zu und kam noch näher. „Das solltest du wohl." Jason spürte Vales Körperwärme wie eine Liebkosung, und sein Schwanz pochte. Er wusste, wenn er jetzt an sich hinabsehen würde, wäre seine Erregung als deutliches Zelt in seiner Hose zu sehen. Wahrscheinlich war die Beule nur Millimeter von Vales Hüften entfernt; so gering war jetzt der Abstand zwischen ihnen.

„Ich rufe dich morgen früh an, falls genug Schnee liegt", sagte Jason. Dann schloss er die Augen und rutschte zur Seite, um der Versuchung zu entrinnen.

Vales Hand auf seiner war wie ein lustvoller Schock den er auf keinen Fall erwartet hatte. Er keuchte laut – ein überwältigtes, entzücktes „oh" –und kam beinahe in seine Hose. Er blieb stockstarr stehen und stemmte sich gegen das aufsteigende Brüllen seines Instinkts.

Nimm ihn. Jetzt.

„Ich sollte wirklich gehen", krächzte er.

„Ja", sagte Vale erneut, aber er ließ Jasons Finger nicht los.

Und dann roch Jason es – das süße Moschusaroma von Vales Schlick. Eine große Menge Schlick. Er stöhnte, und seine Willenskraft stand kurz vor dem Kollaps. Er presste Vales Finger an seine Lippen und küsste jeden einzelnen begierig, hingerissen von ihrer Kühle und ihrer Eleganz. Dann zwang er sich dazu, einen Schritt zurückzutreten, und packte Vales Schultern, um ihn zurückzuhalten, als der ihm instinktiv folgen wollte.

„Gute Nacht. Danke für die Einladung", sagte er mit einer Stimme, die vor Erregung ganz belegt klang, und riss die Haustür auf. „Ich rufe dich morgen an, falls der Schnee liegen bleibt."

Dann rannte er die Stufen der Vorderveranda hinunter, raus auf den Gehsteig und die Straße entlang. Er hörte Vales Stimme hinter sich und sein Alpha-Instinkt flehte ihn an stehenzubleiben und zuzuhören, aber er wusste, falls er das tat, würde er wieder hineingehen, Vales Mund küssen, seinen runden Arsch in die Hände nehmen und sich an seinem Körper reiben, bis er seine Hose vollspritzte.

Und dann würde er sein Sperma benutzen, um Vales süßes Loch noch schlüpfriger zu machen, und–

Daran durfte er nicht einmal denken!

KAPITEL 14

VALE SCHLÜRFTE SEINEN Tee und schaute aus dem Fenster seines Arbeitszimmers auf das nasse, braune Laub in seinem Garten. Der Schnee vom gestrigen Abend war nicht liegen geblieben. Im warmen Licht des Morgens war von den hübschen, dicken Flocken, die fröhlich durch die Luft gewirbelt waren, keine Spur mehr zu sehen. Der Himmel war klar, und es sah aus, als würde es ein sonniger Tag werden. Wie seltsam, sich über etwas zu ärgern, das Vale normalerweise genoss – wie etwa schönes Wetter.

Auch sein Telefon blieb enttäuschend stumm.

Vale warf einen finsteren Blick darauf, als wäre der Apparat verantwortlich dafür, dass Jason nicht anrief. Zephyr hatte sich auf dem Schreibtisch niedergelassen, wo sie nun die Beine spreizte und sich unhöflicherweise das Arschloch leckte.

Vale verdrehte die Augen. „Schamlose Kreatur", murmelte er in ihre Richtung. „Ich genieße es so sehr wie jeder andere Omega, mein Arschloch geleckt zu bekommen, aber selbst, wenn ich in der Lage wäre, das bei mir selbst zu machen, würde ich das nicht vor Zeugen tun. Schäm dich!"

Zephyr ignorierte ihn, ganz in den Akt versunken.

Vale seufzte und wandte sich wieder dem Fenster zu. Der heiße Becher wärmte seine kalten Hände.

Das Ende des gestrigen Abends mit Jason … das war knapp gewesen. Vale wusste nicht, was über ihn gekommen war, aber er war sicher, wäre Jason nicht so hastig aufgebrochen, wäre Vale auf Händen und Knien gelandet, um sich präsentieren und bestiegen zu werden.

Als er Jason gebeten hatte, noch zu bleiben, hatte er ihn eigentlich nur dafür loben wollen, wie er sich in der Konfrontation mit Urho geschlagen hatte, aber er hatte auch subtile Nachforschungen wegen Miner und den Abtreibungspillen anstellen wollen.

Selbst jetzt war ihm noch nicht ganz klar, was er gehofft hatte, von Jason über die Situation zu erfahren. Aber mit dem Pheromondelirium und Jasons nachlassenden Alphastillern war alles so plötzlich aus dem Ruder gelaufen, dass er nicht mehr hatte klar denken können. Und dann war Jason in die Nacht hinausgerannt, ohne seinen Mantel oder das Rezept für den Krabbeneintopf mitzunehmen, das Vale sorgfältig für ihn kopiert hatte.

Und jetzt hatte Vale keine Ahnung, wann er wieder eine Gelegenheit bekommen würde. Morgen würden er in die Verhandlungen gehen, ohne zu wissen, ob Jason das kriminelle Verhalten seiner Eltern bewusst war und, falls ja, wie er dazu stand. Angesichts seiner eigenen Vergangenheit waren Jasons Ansichten in dieser Angelegenheit ziemlich wichtig für Vale.

Er machte Feuer im Kamin und dachte dabei über seine Optionen nach. Als die Flammen hoch genug loderten, erhob er sich, klopfte sich ein paar Holzspäne von der Hose und dem weichen, langärmeligen Hemd, das er heute Morgen angezogen hatte. Er überlegte, vielleicht noch einen weiteren Stapel alter Zeitschriften zu sortieren. Oder er konnte den Roman weiterlesen, mit dem er gestern angefangen hatte. Beides erschien ihm jedoch nicht sehr verlockend – nicht, wenn er mit Jason hätte Schlitten fahren und sich wieder wie ein Kind fühlen können. Es war beinahe eine Erleichterung, als es an der Tür klingelte.

Vale stellte den heißen Becher auf dem Schreibtisch ab, warf Zephyr einen strengen Blick zu und sagte: „Nicht runterschubsen, okay?"

Sie maunzte und drehte ihm den Rücken zu.

In Erwartung irgendeiner Lieferung oder vielleicht des frühen Postboten entfuhr Vale unwillkürlich ein Keuchen, als er die Tür öffnete. „Oh!"

„Hi", sagte Jason mit einem verschmitzten Grinsen.

Vale hob eine Augenbraue; sein Magen flatterte wie ein Vogel, der sich in die Lüfte hinaufschwang. „Ich dachte, du wolltest mich heute Morgen anrufen", tadelte er Jason. „Und nicht an meiner Tür aufkreuzen."

„Ich wollte dich anrufen, falls Schnee liegt", korrigierte Jason ein bisschen selbstzufrieden. Er trug eine grob wirkende Hose sowie ein dickes Hemd mit langen Ärmeln, und er hielt einen Spaten in der Hand.

Drei Männer in ähnlicher Kleidung standen hinter ihm auf dem Rasen, mit Gartengeräten in den Händen. Ein Lieferwagen war am Straßenrand geparkt, dessen Seiten mit ‚Gartenglück – Rent a Beta' beschriftet waren.

Jason strich sich eine dicke, blonde Strähne aus den Augen. „Es liegt kein Schnee."

„Nein, da hast du wohl recht."

„Also müssen wir das Schlitten fahren auf ein anderes Mal verschieben. Aber die Kälte gestern Abend hat mich zum Nachdenken gebracht. Wenn ich etwas mit deinem Garten machen will, muss ich damit anfangen, bevor der Bodenfrost einsetzt. Mox, Jim und Roe – das sind die Betas, die Paters Garten pflegen – haben zugestimmt, mit mir heute herzukommen und anzufangen, wenn das für dich in Ordnung ist. Es gibt viel zu tun. Wenn ich mich recht erinnere, ist hinterm Haus alles ziemlich überwuchert."

Vale starrte Jason an und blinzelte in das blasse Sonnenlicht, das durch die Bäume schien. Jasons blaue Augen leuchteten wie das Meer im Sommer, und seine Wangen waren gerötet von der Kälte. „Wissen deine Eltern, dass du hier bist?"

„Ja, natürlich. Sie haben mir eine Extra-Dosis gegeben, keine Sorge." Jason grinste.

Vale bekam einen roten Kopf, als es ihn heiß überlief, und er ein schlickfeuchtes Arschloch bekam.

Jasons Nasenflügel blähten sich, und ein gefährliches Funkeln trat in seine Augen. „Oh."

Vale stöhnte, rieb sich den Bart und sagte: „Warte eine Minute." Dann machte er Jason die Tür vor der Nase zu und atmete einige Male tief ein und aus, um sich zu beruhigen. Diese albernen Pheromone. Er war ein erwachsener Mann, um Wolfgottes willen.

Vale nahm Jasons Mantel von der Wandgarderobe, schnupperte ausgiebig daran und genoss den schwachen Duft nach Bleistift, Erde und irgendetwas Würzigem. Dann öffnete erneut die Tür. „Den hast du gestern hier vergessen."

Jason nahm ihm den Mantel ab, schnupperte ebenfalls daran und lächelte. „Jetzt riecht er nach deinem Haus. Und nach dir."

„Ich fand eigentlich, dass er nach *dir* riecht."

Jason sah ihn so eindringlich an, dass Vale gleich noch mehr Schlick absonderte. „Hat dir das gefallen?"

Vale stöhnte erneut und warf einen Blick über Jasons Schulter zu den Beta-Gärtnern, die in seinem Vorgarten beieinander standen und sich leise unterhielten. „Ja, hat es." Sein Körper betrog ihn bei diesem Geständnis sogar noch mehr – Vales Schwanz schwoll und hob sich, und sein Arschloch wurde richtig nass. Er würde seine Unterwäsche wechseln müssen.

Jason biss die Zähne zusammen, dann lehnte er den Spaten an die Hauswand. Er schob seinen Mantel wieder zurück durch die Tür. „Dann behalt ihn, ich brauche ihn heute nicht. Wenn ich erst bei der Arbeit bin, wird mir warm genug."

Vale nahm den Mantel ohne Widerspruch und erschauerte wohlig, als Jasons Geruch ihn aufs Neue umwehte.

Jason sah über seine Schulter zu den Männern, die er mitgebracht hatte. „Ich könnte sie wieder wegschicken. Ich kann riechen, wie du dich für mich öffnest. Und wenn du einverstanden bist, kann ich mich darum kümmern." Er deutete an sich hinab zu der harten Beule in seiner Arbeitshose.

„Protokoll", krächzte Vale, dessen eigene Erektion nun pochte. Seine Nippel wurden hart und rieben sich an seinem Hemd, und das nicht nur wegen der kalten Luft.

„Wen interessiert's? Wir entsprechen ohnehin nicht den normalen gesellschaftlichen Standards. Du willst mich spüren; ich will dich spüren." Er trat einen Schritt vor. Seine Pupillen waren geweitet und sein Mund geöffnet, als wollte er sich für einen Kuss zu Vale beugen.

„Stopp", wimmerte Vale. Er schloss die Augen, um so etwas wie Selbstbeherrschung zu gewinnen. „Hast du nicht gesagt, du hast eine große Dosis genommen?"

„Habe ich. Aber vielleicht brauchst *du* eine Dosis von irgendwas, denn du bist ganz feucht für mich. Und ich finde, du solltest nicht leiden müssen, wenn ich weiß, was ich will." Aber er blieb auf der Türschwelle stehen. „Es liegt ganz bei dir."

„Ungezogenes Gör."

Jasons Augen leuchteten auf. „Dafür sollte ich dir den Hintern versohlen."

Vale zitterten die Knie, und er schloss die Tür, bis sie nur noch einen Spaltbreit geöffnet war. „Ja, du darfst dich um meinen Garten kümmern", sagte er durch den Spalt mit so viel Würde, wie er aufbringen konnte, während er Jason viel lieber ins Haus gezerrt, sich auf den Boden geworfen und seine Hose heruntergeschoben hätte, um von seinem Alpha versohlt – und dann gefickt – zu werden, bis er nicht mehr geradeaus gucken konnte.

„Wenn du dir sicher bist." Jasons Augen funkelten.

„Ganz sicher", antwortete Vale mit rasendem Herzen.

Wolfgott, Jason war so jung und unerfahren, dass es wahrscheinlich sowieso nur Gerede war. Der Junge würde gar nicht wissen, was er tun sollte, falls Vale ihn ins Haus ließ. Er hätte keine Ahnung, wo er anfangen sollte, weder beim Versohlen noch beim Ficken, richtig? *Richtig?*

Daran musste Vale glauben, wenn er nicht den Verstand verlieren wollte.

Jason nickte und blies sich eine blonde Strähne aus den Augen, aber sie landete sofort wieder auf seiner Wange. „Wir werden hinter dem Haus sein, wahrscheinlich den ganzen Tag."

„Dann werde ich zum Mittag etwas zu essen bereitstellen."

Jason neigte zweifelnd den Kopf zur Seite. „Kannst du denn etwas zu essen machen?"

„Glaub nicht alles, was meine Freunde so erzählen. Ich bin absolut in der Lage, für vier Männer ein paar Sandwiches zuzubereiten." Vale konnte seinen Puls in seinem Schwanz fühlen, während er gegen den Drang kämpfte, die Tür weit aufzureißen und Jason ins Haus zu zerren.

„Dann freue ich mich schon darauf", sagte Jason, bevor er den Ständer in seiner Hose in eine etwas unauffälligere Position schob und sich zu den anderen Männern umdrehte. „Hier entlang. Wir haben viel Arbeit vor uns. Oh, und Mox, sagst du mir, was wir deiner Meinung nach pflanzen sollten? Natürlich werden wir alles mit Vale besprechen, bevor wir irgendetwas kaufen."

„Ich werde den ganzen Tag über hier sein", sagte Vale schwächlich, dann schloss er die Tür ganz, verriegelte sie und drückte Jasons Mantel an sein Gesicht. Er fiel auf die Knie, öffnete seine Hose und nahm seinen pulsieren Schwanz in die Hand. Mit geschlossenen Augen und dem Bild von Jasons intensivem Blick im Kopf biss er sich auf die Faust, um sein Stöhnen zu dämpfen. Seine Hüften zuckten, sein Körper verkrampfte sich, und dann bedeckte er den alten Holzfußboden mit dicken, weißen Spritzern.

Als es vorbei war, erhob er sich auf zitternden Beinen, hängte Jasons Mantel wieder zurück an die Garderobe und nahm ein Taschentuch aus seiner eigenen Manteltasche, um die Sauerei wieder wegzuwischen. Sein Herz raste noch immer, und sein Arschloch war nass und bebte, als er die Treppe hinaufging, um zu duschen. Sein sexuelles Verlangen war nicht einmal annähernd gestillt.

Die Aufprägung eines Alphas mochte plötzlich und überwältigend sein, aber das Omega-Gegenstück dazu war auch nicht von schlechten Eltern. Vales Körper verzehrte sich nach Jason, und er spürte dieses Verlangen in jeder Sekunde. Es brauchte noch einen weiteren Orgasmus unter der Dusche, bevor er wieder zu Sinne kam – mit dem Dildo in Alphagröße, den Vale benutzte, wenn Urho während seiner Hitzen eine Pause brauchte.

DER REST DES Vormittags verlief friedlich.

Vale werkelte in seinem Arbeitszimmer, ganz locker und entspannt, und sortierte einige Zeitschriftenstapel. Dann zog er sich mit einer kuscheligen Decke aufs Sofa zurück und las. Zephyr schlief auf seinen Beinen. Vale lag vom Kaminfeuer abgewandt, um die Aussicht aus den geschlossenen Fenstern in den Garten zu genießen, wo Jason und die Betas unermüdlich arbeiteten. Er nippte an seinem Tee, las ein wenig, döste ein wenig, träumte von Jasons Fingern in seinem Arsch und erwachte aufs Neue erregt. Er stöhnte und drehte sich auf die Seite, wobei er Zephyr von seinen Beinen warf, dann nahm er lange, tiefe Atemzüge, bis seine Erektion nachließ.

Als er wieder bei sich war, hörte er aus dem Garten vierstimmigen Gesang, und der Wind trug ihm die Worte zu. Neugierig stand er auf und streckte sich, dann ging er ans Fenster, um es zu öffnen. Und tatsächlich sang Jason zusammen mit den anderen Männern. Er besaß eine schöne, sanfte Baritonstimme und sang ein Lied aus der Alten Welt über die Liebe zu einer Frau namens Roxanne.

Vale lächelte verzückt, lehnte sich ans Fensterbrett und sah nach draußen, wo die Männer bereits eine ganze Wagenladung Abfall und Unkraut beseitigt hatten. Jetzt schon sah es wieder mehr wie der alte Garten seines Paters aus. Sie hatten die alte Statue von Wolf in der Not freigelegt.

Die Männer sangen davon, dass Roxanne ihren Körper verkaufte, während ihr Liebhaber sie anflehte zu verstehen, dass er ihr andere Möglichkeiten bieten konnte. Vale fragte sich, wie das Leben für menschliche Frauen gewesen sein mochte. Das hatte er sich immer wieder gefragt, seit ihm als kleiner Junge klar geworden war, dass er dazu bestimmt war, ein Omega zu sein.

Hatten Frauen ebenso gelitten wie die heutigen Omegas? Er wusste, dass sie keine Hitzen durchgemacht hatten. Stattdessen hatten sie monatliche Blutungen ertragen, die jeweils das Ende anstelle des Beginns einer fruchtbaren Periode angezeigt hatten. Aber davon abgesehen, wusste er wenig von ihrem Leben.

Waren sie während der Geburt gestorben? Hatte man auch von ihnen verlangt, sich einem Alpha-Mann zu unterwerfen und ihr Leben nach seinen Launen zu leben? Hatte die Gottheit, die sie erschaffen hatte – Wolfgott oder was auch immer vor ihm existiert hatte – sie dazu bestimmt?

Wahrscheinlich nicht. Aber wer konnte das schon genau sagen? Die Artefakte aus der Alten Welt waren im besten Fall unvollständig, im schlimmsten Fall verwirrend.

Als das Lied endete, stimmte der Beta, den Jason Mox genannt hatte, ein neues an. Vale erkannte es von einem mehrere Monate zurückliegenden Theaterbesuch wieder. Er war mit Urho hingegangen, und anschließend waren sie zurück zu Vales Haus gefahren und hatten Liebe gemacht.

Vale hatte Urhos zärtliche, ernsthafte Intensität im Bett stets genossen. Eigentlich sollte er sie vermissen, und vielleicht würde er das irgendwann, aber im Augenblick wollte er etwas völlig anderes. Er wollte Jason. Einen Jungen, den er nicht einmal auf dem Radar gehabt hatte, als er dieses Lied zuletzt gehört hatte. Es war schwer zu glauben, dass es erst eine Woche zurücklag, seit sein Leben auf den Kopf gestellt worden war

Jason drehte sich um, fing Vales Blick auf und kam zum Fenster. „Magst du Callalilien? Mox sagt, er kann sie für einen guten Preis von einem Händler im Calitanviertel bekommen." Jason wischte sich mit einer schmutzigen Hand die verschwitzte Stirn und lächelte Vale durchs Fenster an. „Nicht, dass der Preis eine Rolle spielt. Mach dir darum nur keine Gedanken."

„Ich mag Callalilien. Mein Pater hatte früher welche. Aber wenige Jahre nach seinem Tod sind sie eingegangen."

„Es muss wehgetan haben, hier nach draußen zu kommen und an ihn zu denken. Natürlich war das zu viel", sagte Jason sanft.

„Über die Jahre hat es mehr wehgetan, nach draußen zu kommen und zu sehen, wie sehr ich alles vernachlässigt habe. Ich fürchte, ich bin ziemlich faul, oh Alpha, mein Alpha. Wenn ich nicht unterrichte oder schreibe, bin ich eher nutzlos. Ich weiß wirklich nicht, was du überhaupt mit mir anfangen willst."

Jasons Grinsen wurde ein wenig verdorben. „Oh, ich habe jede Menge Ideen, was ich mit dir anfangen will."

Vales Schwanz füllte sich mit Blut. Er schnalzte tadelnd mit der Zunge. „Nicht jetzt."

Nach einem raschen Blick über die Schulter beugte Jason sich näher zum Fenster und sagte mit neckischem Tonfall: „Vorhin schien dir der Gedanke, den Po versohlt zu bekommen, gefallen zu haben. Würde dich das weniger faul machen?" Seine Augen funkelten. „Der Kopf sei kühl, der Hintern heiß, dann glänzen

Haus und Wäsche weiß."

Vale hatte schon wieder Schlick in der Hose und war nur froh, dass der Wind ins Haus hinein und nicht in die andere Richtung wehte. Aber er konnte Jasons Schweiß riechen, wovon er nur noch feuchter wurde, und sein alberner Schwanz – hatte er denn noch nicht genug? – noch härter. „Ich denke, ein versohlter Hintern ist nicht sehr geeignet, um zur Hausarbeit zu ermutigen."

„Und wieso das?"

„Ich bin durchaus leicht durch Sex zu motivieren, wie wir bereits erörtert haben. Ein oder mehrere Klatsche auf den Po würden zu Sex führen, was wiederum zu Orgasmen führen würde, und danach würde ich sehr müde und froh sein, einfach herumzuliegen und zu lesen oder ein Nickerchen zu machen, während ich aufs nächste Mal warte." Seine Nippel kribbelten, und er musste sich sehr zurückhalten und von innen auf seine Wange beißen, um nicht mit dem Arsch zu wackeln.

Jason hob die Augenbrauen. „Gut zu wissen. Es wird mir sehr gefallen, mit dir zusammenzuleben."

Vale schluckte hörbar.

„Hör auf, mit deinem Omega zu flirten und komm wieder an die Arbeit", rief Mox, der eine dichte Reihe wuchernder Weinstöcke beschnitt. Er sah Jason durch seinen dicken, verdreckten Pony finster an. „Wenn das hier heute Nachmittag freigeschnitten sein soll, brauche ich jede Hilfe, die ich kriegen kann."

Jason rief zurück: „Ich bespreche nur unser Mittagessen."

„Wir essen unseres hier draußen, richtig, Jungs?"

Die anderen beiden Betas nickten, ohne auch nur von ihrer Arbeit aufzusehen, wo sie schnitten und hackten und zerbrochene Äste, tote Sträucher und Unkraut in große Schubkarren warfen.

„Ich esse im Haus", sagte Jason und drehte sich zu Mox um. „Danach komme ich wieder raus." Seine langen Finger umklammerten die Kante des Fenstersimses.

Vale schloss die Augen, als ihm unwillkürlich sein Traum von vorhin wieder in den Sinn kam. Der Traum-Jason hatte nur zu gut gewusst, was er tat, und mit jeder Drehung seiner Finger Vales Prostata und Omegadrüsen stimuliert wie ein Experte. Aber der echte Jason konnte so etwas natürlich nicht, oder? Hatte er es wenigstens schon einmal mit einem Beta getan? Wolfgott, Vale verlor den Verstand …

Mox schnaubte, sagte aber lediglich: „Ich nehme an, du bezahlst uns für einen weiteren Tag, falls wir heute nicht fertig werden. Aber mach nur. Ist ja dein Geld."

Jason wandte sich wieder an Vale und fragte: „Soll ich hier reinklettern, oder …"

„Komm in fünfzehn Minuten zur Küchentür", sagte Vale und deutete mit dem Daumen zur Seite des Hauses. „Dann habe ich Sandwiches für alle fertig."

Zum Glück hatte Rosen die Reste vom Abendessen sowie auch ein paar Grundnahrungsmittel wie Brot, Eier und Milch für Vale dagelassen. Vale hatte keine Ahnung, wie sein Leben aussähe, würden seine Freunde sich nicht um ihn kümmern. Aber mit Sicherheit wäre er hungrig.

Das braune Brot war weich und ließ sich gut in Sandwichscheiben schneiden. Er strich etwas Mayonnaise und einen Tupfen Senf darauf, dann verteilte er ordentlich feine Streifen von dem übrig gebliebenen Entenbraten über die Scheiben, und darauf kamen noch ein paar grüne Spinatblätter, um dem Ganzen eine gesunde Note zu verleihen. Vale wühlte in seinem Schrank, bis er eine ungeöffnete Tüte gedörrter Ananasringe fand, die er sich für plötzlich auftretenden Heißhunger auf Süßes aufgehoben hatte, und legte auf jeden Teller zwei davon.

Er war gerade fertig, als Jason an die Hintertür klopfte.

„Es ist offen", rief Vale und nahm drei der Teller in die Hände. Er gab jedem der Betas einen, und die Männer trugen sie unter gemurmelten Danksagungen wieder nach draußen.

„Brauchen sie nicht auch etwas zu trinken?" fragte Vale, der ihnen hinterher schaute, während Jason seine schmutzigen Arbeitsschuhe auszog, bevor er die Küche betrat.

„Sie haben Thermoskannen dabei", ächzte Jason, während er seinen zweiten Schuh auszog. Dann stand er mit einem Grinsen auf und schloss die Tür hinter sich.

Stille senkte sich über das Haus. Die Tatsache, dass sie nun allein waren, drang gewichtig in Vales Bewusstsein. Ein schäumendes Gefühl prickelte durch seine Adern, als Jason zu ihm hinabsah, die Augen fast verborgen hinter dem langen, blonden Pony.

„Ich sollte mir die Hände waschen" sagte Jason. Aber es klang irgendwie nach Verführung, heiser und voller Lust.

Vale trat einen Schritt beiseite und deutete zur Spüle. „Ich habe für uns ebenfalls Sandwiches gemacht." Sie lagen auf zwei Tellern, die Vale auf den Tisch gestellt hatte, zusammen mit Gläsern mit gekühltem Wasser. Sie brauchten sich nur noch hinzusetzen und zu essen.

Jason wusch sich schweigend die Hände, dann beugte er sich hinab und spritzte sich ein paar Handvoll Wasser in sein verschwitztes Gesicht. Vales Magen drehte sich um; die Atmosphäre zwischen ihm und Jason schien vor Spannung zu summen. Er stand wie erstarrt da und wartete.

Jason trocknete sich das Gesicht mit einem Küchenhandtuch ab, das Vale auf dem Schrank liegen gelassen hatte, dann wandte er sich ihm zu. „Komm her."

„Warum?" Vale bekam ein flaues Gefühl im Magen, und sein Schwanz wurde hart.

„Tu es einfach."

Vale schluckte und trat mit klopfendem Herzen einen Schritt näher. Seine Haut kribbelte am ganzen Körper.

Als er nah genug war, nahm Jason zärtlich sein Kinn in die Hand. Der Raum schien zu eng und zu groß gleichzeitig zu sein, genau wie Vales Körper. Er wollte davonlaufen. Er wollte sich auf die Zehenspitzen stellen und Jasons volle Lippen küssen. Er wollte sich in ein bebendes, schlickfeuchtes Häufchen auflösen. Es war ihm beinahe gleich, was davon passieren würde, solange nur *irgendetwas* passierte.

„Ich werde dich jetzt küssen", verkündete Jason bestimmt und selbstsicher. „Hast du damit ein Problem?"

Wo war sein schüchterner Baby-Alpha geblieben?

„Nein."

„Nein, du hast kein Problem, oder–"

„Ich habe kein Problem damit."

Vale war fünfunddreißig und hatte viele Männer geküsst, aber nichts hatte ihn auf das süße Gefühl von Jasons Lippen auf den seinen vorbereitet. Weich und feucht, entschlossen, aber respektvoll. Vale spürte den Kuss bis in die Zehenspitzen, in seinem Schwanz, in seinem Bauch und in seinem dahinschmelzenden, pochenden Herzen. Sein Schlick begann erneut zu fließen, und Jason knurrte in Reaktion auf den Duft. Mit zitternden Knien schlang Vale die Arme um Jasons Hals, klammerte sich an ihn und küsste ihn wieder und wieder.

Als Jason sich von ihm löste, lehnte er seine Stirn an Vales, und sein harter Schwanz drückte sich leicht gegen Vales Bauch. „Das reicht jetzt." Sein Mund war rot und feucht, und sein Kinn leicht gerötet von Vales Bart.

Vale vibrierte vor Erregung und Verlangen. In seinem Kopf drehte sich eine einzige, verwunderte Frage: Wo hatte dieser leckere, junge Alpha gelernt, so zu küssen?

Er konnte Jasons Herz in dessen Brust schlagen sehen – ein Echo von Vales eigenem, inneren Pulsieren.

„Du schmeckst so gut", flüsterte Jason, und sein Blick hing an

Vales Lippen. „Zu gut."

Vale stöhnte. Er packte Jasons Hemd mit beiden Fäusten, schob ihn gegen den Küchenschrank und küsste ihn erneut. Jason ließ es geschehen, und sie hielten einander und rieben sich aneinander, hart und begierig. Jason erbebte und stöhnte, dann packte er Vale im Nacken, zog ihn an sich und küsste ihn voller Leidenschaft, bis Vales Knie unter ihm nachzugeben drohten.

Jason hielt Vale mit einem Arm um dessen Taille aufrecht, als er schwer atmend den Kuss beendete. „Du riechst so gut. Ganz feucht, ganz offen für mich. So willig, so bereit."

„Immer bereit für dich", antwortete Vale, als wäre er darauf programmiert, das zu sagen.

Unwillkürlich. Zwanghaft. *Wahr.*

„Ja", hauchte Jason.

Vales Loch bebte. „Ich brauche dich."

Jasons Finger in seinem Nacken drückten zu, und er schloss die Augen. „Warte. Langsam."

Vales Herz galoppierte. Würde sein Baby-Alpha jetzt einen Rückzieher machen? Ihn erst aufgeilen und sich dann weigern, ihm seinen gigantischen, gierigen Schwanz reinzustecken?

Moment ... *gigantischer, gieriger Schwanz?* Bei Wolfgott, woher kamen solche Gedanken? War er schon so weggetreten?

Zwischen zusammengebissenen Zähnen stieß Jason hervor: „Wir müssen eine Entscheidung treffen. Eine kluge."

Vale drückte sein Becken an Jasons. Sein Schwanz pochte, und sein Loch war nass. Er musste sich zusammenreißen, um Jason nicht anzuflehen, ihn auf der Stelle zu ficken. „Ich kann nicht denken, wenn ich immer noch deinen Geschmack auf der Zunge habe", flüsterte Vale und leckte sich die Lippen.

„Scheiße", murmelte Jason und blickte mit großen Augen zu ihm herab.

„Aber wir sollten nicht ..." Vale konnte nicht einmal einen

vernünftigen Widerspruch formulieren. Genau das war war er Grund, wieso sie nicht allein sein sollten.

„Dreh dich um", sagte Jason und drehte Vale bereits mit dem Gesicht zum Schrank, während er es aussprach.

Es ging schnell. Jason presste seinen Körper gegen Vales und küsste seinen Hals und seine Ohren. Er rieb die Vorderseite seiner Arbeitshose an Vales weicher Hose und drückte seinen Ständer gegen Vales Arsch.

Vale bog den Rücken durch und kam ihm entgegen, willig und bereit zu allem, was Jason tun wollte. „Ja!", stöhnte er. „Bitte!"

Jason knurrte und schob seinen harten Schwanz gegen Vales Hinterteil. Er leckte an Vales Hals und brachte Vales Haut zum Glühen. Aber dann fluchte er leise und riss sich von Vale los.

„Nein", wimmerte Vale mit einem bedauernden Blick über die Schulter. „Komm zurück."

Jason schüttelte den Kopf. Er atmete schwer, seine Augen waren glasig, und er zitterte sichtlich. Aber er hielt Abstand. „Lass uns essen."

Vale stand da, mit beiden Händen auf den Küchenschrank gestützt, und sein Ständer pulsierte in seinem Hosenbein. „Was?"

„Lass uns jetzt essen", wiederholte Jason mit kratziger Stimme und wandte den Blick von Vale ab und hin zum Fenster. „Wir führen das zu einem günstigeren Zeitpunkt weiter."

Vale drehte sich langsam um und starrte ihn an. „Bist du wahnsinnig? Oder einfach nur ein Arschloch?"

Jason lachte. „Ich versuche, dir etwas zu beweisen. Ich kann mich beherrschen. Du machst es mir nicht leicht, aber falls das ein Test sein soll, werde ich ihn bestehen. Wenn auch nur knapp."

Vale blinzelte ihn völlig lustbenebelt an. Er sagte nichts, als Jason seinen Ständer zurechtrückte und sich dann vorsichtig an den Tisch setzte. Vale brauchte einige verblüffte Sekunden, bevor er sich dazugesellen konnte. Jasons Augen waren noch immer glasig, aber er lächelte hoffnungsvoll.

„Wir sollen jetzt also einfach essen?", fragte Vale sichtlich aufgebracht.

„Ja." Jason nahm sein Sandwich in die Hand und biss ab.

„Dein Ernst?"

Jason nickte, kaute und schluckte. „Hey, das ist lecker. Rosens Beschreibung wird deinen Sandwich-Künsten absolut nicht gerecht."

Vale ignorierte die Bemerkung und sagte: „Heute Morgen wolltest du reinkommen und mich nehmen, und jetzt, da ich es will, hörst du einfach auf?"

„Heute Morgen war meine Absicht, mit dir in dein Schlafzimmer zu gehen und es richtig zu machen", antwortete Jason erstaunlich ruhig, obwohl sein Hals und sein Gesicht erhitzt und gerötet waren.

Vale knirschte mit den Zähnen.

„Gut, dass ich reichlich Alphastiller genommen habe, bevor ich herkam, oder?" Jason hob eine Augenbraue. „Andernfalls hätte ich den Test bestimmt nicht bestanden."

„Das war kein Test!" Vale stand auf. Sein Körper stand zu sehr unter Strom, um still zu sitzen. „So etwas würde ich dir nicht antun."

Jason nickte. „Ich weiß. Na ja, ich meine, ich weiß, du würdest es nicht absichtlich tun. Aber später würdest du darüber nachdenken und dich fragen, wie du mit einem Alpha zusammen sein sollst, der dich beim ersten Mal in der Küche genommen hat, ohne Vorbereitung, ohne Fürsorge und ohne dem Protokoll zu folgen."

„Das Protokoll ist mir scheißegal", sagte Vale und hielt sich an der Tischkante fest. „Ich bin nicht gerade die Sorte Mann, der von anderen verlangen könnte, sich ans Protokoll zu halten."

Jason legte sein Sandwich zurück auf den Teller, um Vale seine volle Aufmerksamkeit zu widmen. „Das ist nicht wahr. Dir ist das wichtig. Du hast von Anfang an darauf bestanden, dass wir uns an die Regeln halten."

„Weil ich Angst hatte", gestand Vale. Die Tischkante grub sich unangenehm in seine Handflächen. „Ich kannte dich nicht."

„Und jetzt schon?" Eine Augenbraue hob sich skeptisch.

Nicht wirklich, da hatte Jason recht.

Jason versuchte es mit einem Grinsen. „Ich glaube, Sie leiden an Pheromondelirium, Professor Aman, falls Sie meine Diagnose hören wollen."

Vale starrte ihn finster an.

„Iss dein Sandwich", sagte Jason und stupste Vales unberührten Teller an. „Du musst bei Kräften bleiben für all das Lesen und all die Nickerchen, die du heute noch machen musst."

Vale schnaubte, rührte aber sein Sandwich nicht an. „Ich bin gleich wieder da."

„Wo gehst du hin?"

Vale gestikulierte in Richtung Waschraum. Seine Unterwäsche war bereits wieder durchnässt, und er hatte nicht vor, in diesem Zustand zu essen. „Ich muss mich umziehen."

„Aber ich mag, wie du riechst", sagte Jason und sah ihn unter schweren Lidern an. „Zu wissen, dass du ganz nass für mich bist ... das gefällt mir."

„Sicher." Vale biss die Zähne zusammen und ging, um die Kleidung zu wechseln.

Er nahm sich ein paar Minuten, um sich zu waschen und wieder zu Verstand zu kommen, aber als er zu Jason an den Tisch zurückkehrte und sein Sandwich nahm, zitterten seine Hände noch immer. Wie lange würde Jason diese Wirkung auf ihn haben? Würde Vales Körper wieder zur Ruhe kommen, wenn er seinen Wünschen nachgab? Wenn sie einen Vertrag schlossen und sich verpaarten? Wie lange würde es dauern, bis sie beide sich entspannten und sich alles normalisierte?

„Also, was gibt's Neues?", fragte Jason so angelegentlich, als hätte er Vale nicht soeben aufgegeilt und dann stehen gelassen wie der größte Schurke aller Zeiten.

Immer noch außer sich nahm Vale einen Bissen von seinem Sandwich und zuckte die Achseln. „Nicht viel. Ich habe dir ja schon erzählt, dass ich mich neulich mit Rosen getroffen habe. Er arbeitet an einem neuen Gemälde."

„Ach ja. Er ist Künstler-Koch-Philosoph, richtig? Ist er gut? Was alles drei angeht, meine ich."

„Meiner Meinung nach ja. Aber jeder hat natürlich seinen eigenen Kunstgeschmack."

Jason warf sich ein loses Stück Spinat in den Mund. „Ich mag lieber abstrakte Kunst als figurative. Welches Genre macht Rosen?"

„Ein bisschen von beidem." Vale hatte keinen Appetit auf Essen. Er schob seinen Teller zur Seite. „Was gefällt dir an abstrakter Malerei?"

Jason neigte den Kopf zur Seite und überlegte einen Moment lang. „Willst du das nicht essen?"

Vale schüttelte den Kopf.

„Hast du etwas dagegen, wenn ich …?"

Sein Alpha, der immer noch im Wachstum war, hatte an der frischen Luft gearbeitet. Natürlich war er hungrig. „Nur zu."

Jason nahm einen großen Bissen von seinem eigenen Sandwich, dann legte er Vales ebenfalls auf seinen Teller. Sein Kinn war immer noch ein wenig rot, wo Vales Bart gekratzt hatte. „Ich glaube, abstrakte Bilder gefallen mir besser, weil ich so viel Zeit damit zubringe, durch mein Mikroskop zu schauen, sowohl beim Studium in der Uni als auch zum Spaß daheim. Manchmal tue ich so, als wäre das, was ich sehe, Kunst. Dann versuche ich mir vorzustellen, wie es wäre, ein solches Bild auf andere Weise zu kreieren. Was ich unter dem Mikroskop sehe, ist meistens reines Chaos, aber ein interessantes Chaos. Und so betrachte ich auch abstrakte Kunst – wie das, was ich unter dem Mikroskop sehe. Es ist, woraus unsere Welt beschaffen ist, verstehst du, was ich meine?"

An irgendeinem Punkt während dieser kleinen Ansprache war Jason so hinreißend, dass Vale ihm verzieh, sich vorhin strikt ans Protokoll gehalten zu haben (nachdem er sich davor *gar* nicht ans Protokoll gehalten hatte). Vielleicht war es seine Aufrichtigkeit, vielleicht war es das Leuchten in seinen Augen, als er sein Mikroskop erwähnte. Vale sagte: „Ich habe noch nicht oft durch ein Mikroskop geschaut. Ehrlich gesagt, wahrscheinlich nicht mehr seit meinem Abschluss in Mont Juror vor vielen Jahren."

Jason Augen leuchteten auf wie Sonnenlicht, dass sich in Meereswogen spiegelte. „Oh! Ich muss dir unbedingt irgendwann meine Lieblings-Objektträger zeigen. Ich weiß, die würden dir gefallen."

Ja, es war sein Leuchten. Das war der Grund, warum Vale ihm verziehen hatte. Zusammen mit dem Wissen tief in sich, dass Jason richtig gehandelt hatte. Hätte er ihn hier in der Küche genommen, hätte Vale ihm das im Nachhinein übelgenommen. Vale war so ein Arschloch. Und irgendwie wusste Jason das bereits von ihm.

„Vielleicht kannst du, nachdem ich sie dir gezeigt habe, ein Gedicht schreiben über das, was du gesehen hast." Jason schluckte heftig. „Oder vielleicht auch nicht. Beides wäre okay. Aber ich würde sie dir gern zeigen, falls du möchtest."

„Ich würde sie gern sehen. Und vielleicht werde ich ein Gedicht schreiben. Eine ‚ode an jason und die kunst der wissenschaft'. Natürlich alles in Kleinbuchstaben."

„Natürlich." Jason grinste. „Du würdest wirklich ein Gedicht über mich schreiben?"

„Ich bin sicher, eines Tages werde ich das", sagte Vale und neigte neugierig den Kopf, weil Jason so begierig darauf zu sein schien, dass Vale das tat. „Es ist höchst unwahrscheinlich, dass ich all diese Erfahrungen mit dir mache und dann nicht darüber schreibe.“

„Gut.“ Jason nickte knapp. „Und ganz gleich, was mein Vater dazu sagt, ignoriere ihn. Es wird nicht in den Vertrag kommen, das verspreche ich.“

Vale blieb fast das Herz stehen. „Ganz gleich, was dein Vater *wozu* genau sagt?“

„Oh, Gedichte. Er will nicht, dass du Gedichte schreibst, besonders nicht über mich. Aber ich will es. Ich will, dass du viele Gedichte über mich schreibst. Deine besten Gedichte.“ Jasons Nasenflügel blähten sich, und er warf Vale einen heißen, besitzergreifenden Blick zu. „Also schreib nur, wann immer ich dich inspiriere. Je früher, umso besser. Und mir ist es auch gleich, was du über mich schreibst. Du musst mir nicht schmeicheln. Es können gemeine Gedichte sein, solange sie nur wahr sind.“

Vale unterdrückte ein Auflachen. „Oh Jason. Bei Wolfgottes Hölle, was soll ich nur von dir halten?“

„Keine Ahnung. Finde es heraus. Schreib ein Gedicht darüber.“ Jason grinste erneut und kaute auf einem gedörrten Ananasring. „Wann kann ich mein Mikroskop mitbringen und dir ein paar Sachen zeigen?“

„Vielleicht kann ich sie mir anschauen, wenn ich das nächste Mal bei dir zuhause bin. Wäre das nicht einfacher?“

Jason rümpfte die Nase und wandte den Blick ab.

„Was?“

„Ich denke, ich könnte die Sachen unten im Musikzimmer oder in Vaters Büro aufstellen. Das wäre einfacher, als sie durch die halbe Stadt zu transportieren. Aber …“ Er zuckte die Achseln. „Ich weiß nicht.“

Vale betrachtete Jasons blonden Pony und seinen geröteten Hals. „Was stört dich?“

Jason zuckte mit den Schultern. „Nicht so wichtig.“

Vale verschränkte die Arme und fixierte Jason mit einem strengen Blick, unter dem er in Sekundenschnelle einknickte.

„Na gut. Es ist albern. Ich kann mein Mikroskop runtertragen, aber dann werden meine Eltern dabei sein und wir haben keine Privatsphäre. Wenn ich es herbringe, können wir zusammen durchschauen, ohne dass andere Leute dabei sind. Ich mag es lieber, wenn wir allein sind. Du nicht?“

Abgesehen von der heutigen Episode, in der Jason ihn erst aufgegeilt und dann hängengelassen hatte, ja – Vale gefiel es besser, mit Jason allein zu sein. „Ich könnte hinauf in dein Zimmer kommen. Wenn deine Eltern nichts dagegen haben, heißt das. Wir könnten die Tür auflassen, damit sie sich weniger Sorgen machen, und–“

Jason schnaubte. „Lässt du die Tür offen, wenn du zu Urho ins Zimmer gehst?“

Vale biss sich eine Sekunde lang von innen auf die Lippe. Er musterte Jasons verspannte Schultern und seinen verlegenen Blick. „Was hat Urho mit deinem Mikroskop zu tun?“, fragte Vale leise.

„Nichts.“ Jason biss heftig in Vales Sandwich, dann warf er den Rest auf den Teller und schob den Teller zur Seite. „Mein Zimmer ist ein Kinderzimmer. Ich will nicht, dass du es siehst. Du würdest dann nur denken, dass ich dir kein Alpha sein kann.“

„Falls das irgendeinen Unterschied macht – ich war noch nie in Urhos Zimmer“, sagte Vale. „Jedenfalls nicht in seinem Haus hier in der Stadt. So weit ich weiß, hat er dort alles genau so gelassen, wie es war, als sein Omega noch lebte.“

„Sein Omega?“

„Riki. Ich habe ihn nie kennengelernt. Urho liebte ihn über alles. Sie waren verpaart.“

Jasons Schultern entspannten sich ein wenig. „Aber Urho ist in deinem Zimmer gewesen.“

„Bist du eifersüchtig auf Urho?“

272

„Ja. Aber ich werde deswegen nicht die Beherrschung verlieren. Und du kannst auch nicht so tun, als wäre das für dich eine Überraschung. Du wusstest bereits, dass ich eifersüchtig auf ihn bin."

Vale lächelte. „Das ist wahr."

„Ich möchte einfach nicht, dass du mich wie ein Kind betrachtest. Mit dir auf mein Zimmer zu gehen, würde das nur noch schlimmer machen."

„Vielleicht *möchte* ich aber dein Zimmer sehen." Vale nahm Jasons Hand und spürte ihre Kraft, als er seine Finger mit Jasons verschränkte. „Sieh mal, nichts wird den Altersunterschied zwischen uns verringern, nicht einmal ein bisschen. Wenn du in deinem Zimmer nicht viel verändert hast, dann weil es dir so gefällt, und ich würde es gern so sehen, wie es ist. Du bist mein Alpha, und falls ich einen Vertrag mit dir schließe, macht es keinen Sinn so zu tun, als wärest du keine Neunzehn und nicht genau der, der du bist und warst." Vale drückte Jasons Finger. „Genauso wenig, wie du so tun kannst, als wäre ich nicht der, der ich bin und war."

Vale drehte sich der Magen um. Er wusste nicht, wie er Jason gestehen sollte, was damals bei seiner zweiten Entzugshitze geschehen war, aber er war auch nicht sicher, es mit seiner Moral vereinbaren zu können, mit einem solchen Geheimnis einen Vertrag mit Jason zu schließen. Er musste unbedingt herausfinden, wie Jason gegenüber der Situation mit seinem Pater empfand und wie seine Ansichten über solche Dinge im Allgemeinen waren, bevor er mit seiner eigenen Geschichte herausrückte. Aber wie sollte er das anstellen, ohne zu offensichtlich zu wirken?

„Ich werde darüber nachdenken." Jason drückte ebenfalls Vales Hand.

Vale schloss die Augen und nahm seinen Mut zusammen. Seine Hände wurden klamm, und er entzog Jason seine Finger und lehnte sich zurück. „Da wir gerade darüber reden, ehrlich und offen zueinander zu sein … ich habe neulich etwas gehört, das mir Angst macht.“

„Was ist es?“, fragte Jason und runzelte die Brauen.

„Es wurde mir auf zufälligem Weg zugetragen, dass es möglicherweise etwas gibt, das du mir verschweigst.“

Jason schluckte heftig und schloss die Augen. „Ach, ja?“

„Ja. Und es ist wichtig, dass du ehrlich zu mir bist, Jason. Wenn die Vertragsverhandlungen zu irgendetwas führen sollen, dann müssen wir voreinander alles offenlegen. Ein Bekannter von mir erwähnte, es gäbe Gerüchte über -“

Jasons Unterlippe zitterte ein wenig, und er senkte den Kopf. „Geht es um Xan? Hat einer deiner Professorenfreunde einen Verdacht geäußert? Über ihn und mich?“ Jason schluckte geräuschvoll.

Vale blinzelte verwirrt. Das warf ihn aus der Bahn. „Xan? Dein Freund aus der Bibliothek?“

„Ja.“ Jason runzelte die Stirn. „Hat er es dir selbst gesagt? Oder hat irgendwer die Vermutung …“ Er fuhr sich mit den Fingern durchs Haar, sodass es in alle Richtungen abstand. „Was immer du gehört hast, du musst dir darüber keine Sorgen machen. Es wird nie wieder passieren. Das schwöre ich.“

Das Gespräch hatte eine höchst unerwartete Wendung genommen, und Vales Gehirn kam nicht so schnell mit. Er hatte keine Ahnung, wovon Jason redete, beschloss aber, dem neuen Faden zu folgen, bis er das Knäuel erreichte, wo er seinen Ursprung hatte. „Na gut. Aber du musst mir das ein bisschen genauer erklären.“

„Es war nur ein Spiel!“ Jasons ernste Aufrichtigkeit glühte in seinem Gesicht. „Jedenfalls für mich. Ich glaube, für Xan war es vielleicht etwas mehr. Ich glaube, er hat ernsthafte Gefühle für mich entwickelt.“ Jason räusperte sich. „Nein, ich weiß, dass es so ist. Und das ist in jeder Hinsicht falsch, ich weiß. Aber das Heilige Buch von Wolf lässt keinen Raum für jemanden wie ihn, und das ist irgendwie einfach nur grausam, findest du nicht?“

Vale starrte Jason an, während ihm langsam ein Verdacht kam.

„Er hat sich doch nicht ausgesucht, so zu sein. Und er will auch gar nicht so empfinden! Ich weiß nicht, wie du es herausgefunden hast, aber bitte verurteile mich nicht deswegen." Er wischte sich mit dem Handrücken über den Mund und sah sich gehetzt im Raum um. „Es war nur ein Spiel. Und niemand hätte je davon erfahren sollen. Hat Xan es dir gesagt? Ich weiß, dass er eifersüchtig ist, aber ich dachte, er hätte es akzeptiert." Er gestikulierte zwischen ihnen. „Das hier. Uns."

„Xan hat nicht das Geringste zu mir gesagt. Ich habe ihn nie getroffen oder mit ihm geredet."

„Oh, Wolfgott sei Dank", flüsterte Jason. „Es wäre so dumm von ihm, es irgendwem zu erzählen, und ich weiß, er ist traurig, aber er ist nicht lebensmüde. Er würde nicht wollen, dass irgendwer von seiner Entmannung erfährt." Jason klappte den Mund zu und riss die Augen auf. „Nein! So meinte ich das nicht. Er ist nicht entmannt, er ist nur … anders."

Vale nahm einen Schluck Wasser, um seinen plötzlich staubtrockenen Mund zu befeuchten, als ihm schließlich die ganze Wahrheit dämmerte. „Lass mich mal sehen, ob ich das richtig verstehe. Du sagst mir, dass du Sex mit deinem besten Freund hattest und einen anderen Alpha penetriert hast?"

Jason schaute verwirrt drein. „Ja, aber du wusstest es ja schon. Du sagtest gerade–" Sein Kopf wurde rot. „Oh. Du hast es gar nicht gesagt."

„Nein. Habe ich nicht. Du musst große Schuldgefühle deswegen haben, sonst hättest du nicht sofort gedacht, es wäre das, was ich gemeint habe", vermutete Vale.

„Ja." Jasons Fuß tippte nervös auf den Boden, und er sah aus, als würde er vor Nervosität gleich von seinem Stuhl vibrieren. Sogar seine Lippen zitterten.

Vale war bewusst, wie viele Tabus sich um Sex zwischen Alphas rankten, aber er wusste auch, dass heranwachsende Jungen sich austoben mussten. Da waren solche Indiskretionen zu erwarten. Die Omegas in Mont Juror hielten sich ebenfalls nicht zurück.

„Mir war nicht klar, dass deine Familie so streng nach dem Heiligen Buch von Wolf lebt, um solche Schuldgefühle bei dir zu verursachen, nur weil du mit deinem Freund ein bisschen Dampf ablässt. Natürlich ist das etwas, was ihr geheim halten müsst, zu seiner, aber in einem gewissen Grad auch zu deiner eigenen Sicherheit. Aber ich würde keinen von euch deswegen verurteilen."

Jason zog den Kopf ein. „Das ist es nicht. Deswegen fühle ich mich nicht schuldig."

„Sondern?"

„Wir haben es noch ein letztes Mal getan. Danach." Als er Vale wieder in die Augen sah, glitzerten Tränen in seinen goldenen Wimpern. „Es tut mir leid."

Vale wurde blass, und ein scharfer Schmerz durchfuhr ihn, unerwartet und seltsam. Warum machte ihm das etwas aus? Sie kannten einander kaum, und es war offensichtlich, dass Jason nicht mit dem anderen Jungen weitermachen würde. Wieso also fühlte Vale sich, als hätte man ihn soeben niedergestochen? Er hatte kein Recht, sich so zu fühlen.

Eine Stimme in seinem Kopf flüsterte: *Gewöhn dich daran. Er sollte ohnehin einen Surrogat-Omega nehmen*, während eine andere fauchte: *Nein, ich will, dass er sich für mich entscheidet! Er soll sich immer für mich entscheiden!*

Jason sprang auf, ging um den Tisch herum und kniete sich vor Vale auf den Boden. „Es tut mir sehr leid. Bitte verzeih mir. Ich werde es nie wieder tun. Es war das letzte Mal, und ich habe es für ihn getan, weil er es brauchte. Aber das ist keine Entschuldigung. Ich wünschte, ich könnte es ungeschehen machen."

Vales Finger zitterten, als er sie in Jasons Haar schob und Jasons Kopf hob. „Schh. Still jetzt. Du musst nichts weiter sagen."

„Wirst du mir je verzeihen?"

Vale lächelte liebevoll. Oh er war doch immer noch sein unsicherer Baby-Alpha. „Wenn es etwas gibt, dass ich in all den Jahren über mich selbst gelernt habe, dann dass ich sehr schlecht Groll hegen kann. Ich bin zwar nicht begeistert, aber wir haben keinen Vertrag miteinander, sodass ich rechtlich keine Grundlage zum Einspruch habe."

„Aber moralisch …" Jason schluckte. „Ich hätte es nicht tun sollen. Aus vielen Gründen."

„Ich mache mir viel mehr Sorgen um deinen Freund." Vale konnte nicht widerstehen und ließ seine Finger über Jasons Wange gleiten; sie war glattrasiert und weich.

Vale hatte von erwachsenen Alphas gehört, die das Tabu von Sex mit einem anderen Alpha genossen und dafür ins Gefängnis gegangen waren. Solche Männer wurden als moralisch verdorben betrachtet. Er selbst vertrat diese Ansicht nicht, war aber auch noch nie persönlich einem Alpha begegnet, der einen anderen Alpha begehrte.

Über die Jahre seiner Laufbahn als Professor hatte es den einen oder anderen seltenen Fall von Entmannung unter den Alphastudenten gegeben. Aber sobald es herauskam, wurde der Entmannte für gewöhnlich durch seine Eltern von der Uni entfernt und zuhause einer sogenannten Umbildung unterzogen, die – soweit Vale wusste – im Wesentlichen darin bestand, ihm einen Vertrag mit einem Omega aufzuzwingen, den er so schnell wie möglich schwängern musste. Offenbar sollte ein normales Familienleben das Problem lösen.

„Ist er sicher? Wird er in Schwierigkeiten geraten, wenn er sich für die Zukunft einen anderen Alpha suchen muss?", fragte Vale.

„Ich weiß es nicht. Ich denke nicht", flüsterte Jason und starrte auf Vales Schuhe. „Er sagt, er wünschte, er wäre ein Omega." Dann schauderte er. „Bitte erzähl es niemandem. Bitte!"

„Natürlich nicht", versprach Vale. „Ich würde nie einen deiner Freunde in Gefahr bringen."

Jason sah unter nassen Wimpern zu ihm auf. „Ich habe Angst um ihn."

„Und mit Recht." Vale streichelte erneut Jasons Gesicht, wischte Tränen fort, bevor sie fallen konnten, und rieb mit dem Daumen über seine Unterlippe. Die Versuchung, ihn erneut zu küssen, war stark, aber er kämpfte dagegen an.

Er verdient einen Omega, mit dem er Kinder haben kann. Hör auf, dir das weiterhin selbst anzutun. Hör auf, dir zu wünschen, dass er dich will. Und hör auf, dich selbst zu belügen und dir einzureden, dass er es nicht später bereuen wird, an dich gebunden zu sein, wenn du ihm nicht mit der Fortführung seiner Erblinie dienen kannst.

Hör einfach auf, Vale. Jetzt sofort.

Aber sein Körper gehorchte seiner Vernunft nicht. Vale packte Jasons blonde Strähnen, und ergab sich mit einem Knurren seinem Verlangen.

Jason zu küssen, war zu herrlich, zu richtig. Vales Arschloch wurde feucht. Er stöhnte, und sein Körper bettelte um mehr, während er Jason hochzog, bis ihr gemeinsames Gewicht den Küchenstuhl kippen ließ und sie zusammen auf dem Holzfußboden landeten.

Und noch immer hörten sie nicht auf, sich zu küssen, und Vales Schwanz pulsierte mit neu entfachtem Verlangen. Jason packte Vales Arsch, und sie rieben sich aneinander, küssten sich, stöhnten, und berührten sich, wo immer es ging. Schweiß brach Vale am ganzen Körper aus, und er spürte bereits den Sog eines nahenden Orgasmus.

„Oh ja", rief Vale und rieb sich fester an Jason. „Mach, dass ich komme, Liebling."

Jason ergriff sein Kinn und küsste ihn gründlich. Vale bäumte sich auf, sein Schwanz zuckte in seiner Hose. Mit einem Aufschrei spritzte er ab, und sein Arschloch lief erneut von Schlick über. Sein ganzer Körper erzitterte, sein Eingang zog sich rhythmisch zusammen vor Verlangen nach Jasons großem Schwanz.

Vales Körper verspannte sich und trug ihn zu jener glühenden, höheren Ebene, die Omegas nach ihrem ersten gemeinsamen Orgasmus mit einem Alpha erreichten. Vale musste gefickt werden, und er musste noch einmal kommen – und dieses Mal wollte er den überwältigenden, erderschütternden Orgasmus, den nur ein großer Alpha-Schwanz bringen konnte. Das war ein segensreicher Aspekt des Omega-Daseins: multiple Orgasmen der unterschiedlichsten Art.

Jason stöhnte und krümmte sich. „Scheiße!" Er verbarg sein Gesicht an Vales Hals, während Vale noch immer bebte. Sein heftiger Atem kitzelte an Vales Haut.

„Komm für mich", bettelte Vale. „Gib mir deinen Schwanz."

Jason schüttelte den Kopf.

Vale stöhnte und presste sich gegen Jasons massiven Ständer. „Nimm mich mit nach oben, wenn du dich dann besser fühlst. Aber bitte, Jason, ich muss dich in mir haben."

Seine Vernunft, die immer noch durch den Schock des Orgasmus sprachlos war, prickelte in einer Art milder Missbilligung und dem Wissen, dass er Jason nicht so anflehen durfte. Noch nicht. Vielleicht nie.

Jason löste sich behutsam aus Vales Armen und Beinen und setzte sich neben ihn auf den Boden. Seine Hose war sichtbar ausgebeult von seiner massiven Erektion. „Nein. Das sollten wir nicht tun. Noch nicht."

Vale wollte vor Frustration schreien, entschied sich aber stattdessen zu versuchen, Jason für einen erneuten Kuss an sich zu ziehen. Jason weigerte sich sanft. „Nein. Ich wollte dich nur zum Orgasmus bringen. Ich wollte sehen, wie du dabei und danach aussiehst. Nur für den Fall, dass …" Er verstummte.

„Dass was?"

„Dass du keinen Vertrag mit mir schließt", flüsterte Jason. „Weil ich weiß, du bist noch nicht überzeugt, dass du das tun solltest."

„Und sollte ich dann nicht auch sehen dürfen, wie du aussiehst wenn du kommst?" Vale leckte sich die Lippen. „Was, wenn dass dein Verkaufsargument ist? Für den Vertrag."

„Du willst es sehen?" Jasons Stimme klang rau.

„Mehr als alles andere." Und in diesem Augenblick war das die Wahrheit, aber während die Sekunden dahingingen, meldete sich Vales Vernunft wieder stärker, und ein Hauch von Zweifel, ob das wirklich klug wäre, mischte sich in den Rausch des sexuellen Verlangens.

Jason packte Vale an der Kehle und hielt ihn am Boden fest, dominierend und besitzergreifend, während er sich hinkniete und seinen eigenen Schwanz herausholte.

Vales Atem beschleunigte sich, als er die Länge und den Umfang bewunderte, die dicken Venen, die lose Vorhaut. Und dann begann Jason, sich direkt neben Vales Gesicht zu wichsen. Vale streckte seine Zunge heraus, aber Jason zuckte zurück.

„Sieh einfach nur zu", flüsterte er.

Jasons Blick ruhte fest auf Vale, und seine Wangen wurden rot, während er seinen Schwanz rieb. Vale hätte gern mitgemacht, hätte gern eine Hand in seine nasse Hose und vorbei an seinem immer noch halb-harten Schwanz geschoben, um sein feuchtes Loch zu fingern, während er zusah, wie Jason sich einen runterholte.

„Komm für mich", flüsterte Vale. „Zeig mir, wie du aussiehst."

Ein verwundbarer Ausdruck stahl sich in Jasons Blick, beinahe ängstlich, während er immer wieder in seine Faust stieß. „Vale", hauchte er, dann verzog er das Gesicht, seine Hüften zuckten, und dicke, weiße Spritzer schossen in die Luft. Sie trafen auf den Boden, den Küchenstuhl, der umgekippt neben ihnen lag, und auf Vales

Hemd und Hose. Ein dicker Klecks landete auf Vales Wange, ein weiterer auf Vales Stirn, und Jason stöhnte, zielte und pumpte einen großen Spritzer direkt in Vales geöffneten Mund.

Vales Geschmacksknospen explodierten unter dem Aroma, und er wand sich auf dem Boden, gehalten von Jasons Hand an seiner Kehle, und kam ein zweites Mal. Der Geschmack seines Alphas löste eine Woge von bis dahin ungeahnter Lust aus, einen Orgasmus von einer Essenz und einer Textur, wie er ihn noch nie zuvor erlebt hatte. Zitternd und schwitzend schluckte er Jasons Sperma und öffnete den Mund für mehr.

Aber Jason war fertig.

Schwer atmend sank er auf Vale und küsste ihn leidenschaftlich, bevor er seinen Samen von Vales Wange und Stirn leckte und in einem neuen Kuss mit ihm teilte. Vale lag schlaff auf dem Küchenboden, ließ sich von Jason ablecken und küssen und durch seine Kleidung streicheln. Dann setzte Jason sich auf und verstaute seinen Penis wieder in seiner Hose.

„Das hätte eigentlich nicht passieren dürfen", sagte er heiser.

„Nein, hätte es nicht", stimmte Vale zu.

Und während seine skeptische Seite fürchtete, dass es zu viele Schwierigkeiten gab, um sich darauf zu verlassen, dass ein Vertrag zwischen ihnen zustande kommen würde, wusste er auch, dass er niemals bereuen würde, seines Alphas Samen gekostet und Jasons Lust erlebt zu haben.

Mögen die Regeln verdammt sein. Möge sein Herz gebrochen werden und seine Hoffnungen sich in Verzweiflung verwandeln. Was immer auch die Zukunft bringen mochte, das hier würde er nicht bereuen.

Jason erhob sich unsicher und half Vale auf die Füße. „Wir sollten uns säubern, getrennt voneinander. Sonst geht nur alles wieder von vorn los."

Vale nickte. Sein Kopf drehte sich noch immer. Er deutete in

Richtung des unteren Badezimmers am Ende des Flurs. „Dort entlang. Ich gehe hinauf in mein Zimmer."

„Und danach gehe ich wieder nach draußen und arbeite weiter." Jason schluckte. „Dann verzeihst du mir also? Für das, was ich mit Xan getan habe?"

Vale blinzelte ihn an. „Liebling, nimm einen Rat fürs Leben von mir an: Erwähne nie deine früheren Liebhaber, während dein gegenwärtiger noch von eurem gemeinsamen Orgasmus zittert."

Jason senkte den Kopf und wurde rot.

Oben in seinem Zimmer, während er sich wusch und zum dritten Mal, seit er an diesem Morgen erwacht war, seine Wäsche wechselte, wurde Vale bewusst, dass er immer noch nicht dazu gekommen war, Jason nach Miner und den Abtreibungspillen zu fragen. Wie sollte er jemals eine informierte Entscheidung treffen, ob er sich mit der Sabel-Hoff-Familie verbinden sollte oder nicht, wenn er seine Finger nicht von dem Jungen lassen konnte? Aus diesem Grund existierte ein Protokoll, dem es zu folgen galt. Damit solche Entscheidungen mit klarem Kopf getroffen werden konnten, bevor es zu spät war.

Als Vale in seiner Dusche kniete, den Alpha-Dildo tief in seinem immer noch hungrigen Arsch, fragte er sich, ob er überhaupt je wieder einen klaren Kopf haben würde.

Er schloss die Augen, massierte seinen Schwanz und schmeckte noch immer Jasons Aroma im Mund. Er stellte sich Jasons lustverzerrtes Gesicht während des Orgasmus vor und kam erneut mit einem sanften Schrei, der von den Keramikkacheln widerhallte.

Ohne den Dildo herauszuziehen, sank er auf den Boden der Duschtasse und ließ das Wasser auf seine Beine und seinen immer noch harten Schwanz prasseln.

„Wolfgott! Fünf Orgasmen an einem Tag", flüsterte er. „Ich könnte genauso gut in Hitze sein."

Dann kam ihm ein schrecklicher Gedanke, und er biss sich auf die Lippe.

Gestern bei Rosen hatte er während des Essens ziemlich zugelangt, aber heute hatte er den ganzen Tag keinen Appetit verspürt. Selbst nach mehreren Orgasmen hatte er das Mittagessen verschmäht. Dann hatte er Jason angebettelt, ihn zu ficken, das Protokoll zu umgehen und ihm seinen herrlichen Schwanz in den Arsch zu stecken. Er hatte gewollt, dass Jason es tat. Immer wieder. Und noch verräterischer als das war, dass Vale auch jetzt noch immer erregt war.

Aber das konnte nicht sein ...

Abgesehen von den schrecklichen Entzugshitzen hatte Vale in seinem ganzen Leben nie unerwartete Hitzen gehabt. Er schüttelte entschieden den Kopf. Er weigerte sich, weigerte sich absolut und mit allem, was er hatte dagegen, diesen Gedanken auch nur zu erwägen. Sein Verhalten ließ sich vollständig damit erklären, dass er seinen *Érosgápe* gefunden hatte.

Nicht mehr und nicht weniger.

Denn auf keinen Fall konnte er gezwungen sein zu versuchen, einen Vertrag zu verhandeln, während er in Hitze ging. So grausam würde das Universum nicht sein. Oder?

Vale war kein sehr religiöser Mann, aber er schloss die Augen und betete: „Lass mich jetzt nicht im Stich. Wenn du mir auch noch diese Ungerechtigkeit aufbürdest, werde ich dir das nicht vergeben."

KAPITEL 15

JASON ZAPPELTE NERVÖS auf seinem Stuhl an dem langen Tisch im Esszimmer, getrennt von Vale durch anderthalb Meter poliertes Holz, die Gesellschaft ihrer Anwälte und die Gegenwart seiner Eltern. Sein Penis war halb hart, und das war schon so, seit Vale den Raum betreten hatte, nach Moschus und dem Bartöl duftend, das er seit Kurzem benutzte. Falls heute alles gut lief, konnte er vielleicht schon heute Nacht die Verpaarung mit Vale vollziehen. Und in diesem Fall war er froh, gestern darauf bestanden zu haben, dass sie damit warteten.

Er war am Tag zuvor wieder in den Garten gegangen, um weiter mit den Betas zu arbeiten, und sie hatten gute Fortschritte erzielt, obwohl die anderen Männer ihn unentwegt aufgezogen hatten mit ihren Vermutungen, was im Haus vorgegangen war, während er mit Vale allein gewesen war. Und sie hatten nicht allzu sehr daneben gelegen. Wäre da nicht die kühle Distanz des Alphastillers gewesen, hätte er Vale um den Verstand gefickt, ihm mit Küssen den Atem geraubt und ihn dann auf den Bauch geworfen, um alles noch einmal zu tun.

Jason verlagerte sein Gewicht und beobachtete Vale und Yosef, die gemeinsam die einleitenden Papiere mit den Themen durchgingen, die heute zur Diskussion standen. Vale hob den Kopf und sah ihn an. Seine Wangen über dem Bart röteten sich, und seine Augen verdunkelten sich erregt, so als wüsste er genau, was Jason gerade dachte. Dann schüttelte er den Kopf und beugte sich wieder über die Schriftstücke.

Jason leckte sich die Lippen. Er wollte Vales Schwanz sehen. Vale hatte gesagt, er wäre beschnitten, und Jason wollte sehen, wie das aussah. Wenn sie sich einfach ein bisschen beeilen würden mit dem ganzen Papierkram, dann würde er in wenigen Stunden vielleicht die Gelegenheit dazu bekommen. Wieso hatte er das nicht gestern gemacht? Dumm. Er hatte jede Chance dazu gehabt.

Jason beugte sich vor und versuchte, sich zu konzentrieren, als Vaters Anwalt Bisme Freet – ein großer, magerer Beta mit kahlem Kopf und Brille – fragte, ob alle bereit waren, und anfing, laut aus einem unfassbar langweilen Rechtsdokument vorzulesen. Jason wusste bereits, was darin stand. Er hatte am Vorabend darauf bestanden, den Vertragsentwurf durchzugehen, und nichts Falsches darin entdeckt. Jedes einzelne Wort war in seinem Gedächtnis verankert.

Vater bat um Vales Einverständnis, dass Jason die Aufprägung vollzog und Kontrolle über Vales Besitztümer nahm (eine reine Höflichkeitsfloskel, denn rechtlich fielen sämtliche Besitztümer des Omegas vom Augenblick der Aufprägung dem Alpha zu), und zu mindestens einer Lebendgeburt. Es gab noch weitere Details, wie die Frage der möglichen Veräußerung anderer Besitztümer, aber alle übrigen Paragrafen des Vertrags beschrieben, was die Sabel-Hoff-Familie für Vale tun würde.

Jason schwoll das Herz, als er an alles dachte, was er Vale bieten konnte. Und da alle Forderungen maßvoll und die Anziehung zwischen ihnen stark und gegenseitig war, würde Vale ihn sicher nicht abweisen.

Aber es dauerte nicht lang, bis die Verhandlungen ins Stocken gerieten. Vale, wie sehr er auch nicht anders konnte, als Jasons hitzige Blicke zu erwidern, wirkte abwesend und unwillig. Ganz anders als der warmherzige, leidenschaftliche Mann, der er am Telefon oder am Tag zuvor bei sich daheim zusammen mit Jason auf dem Küchenfußboden gewesen war. Seine Schultern waren bis zu den Ohren hochgezogen, und sein Kiefer zuckte, als würde er mit den Zähnen knirschen. Yosef bemerkte es ebenfalls und rieb unentwegt Vales Rücken und flüsterte in sein Ohr, was Vale nur noch steifer dasitzen ließ. Jason hätte Yosef am liebsten angeschrien, die Klappe zu halten, dass er alles nur schlimmer machte, aber er hatte nicht einmal eine Ahnung, was „es" eigentlich war.

Und da Wolfgottes Segen offenbar nicht auf dieser Verhandlung lag, war auch Vater seltsam nervös und ungehalten. Und schlimmer noch war, dass nicht einmal Pater ganz er selbst zu sein schien. Alle wirkten gereizt, und Jason verstand nicht, woran das lag. Nach dem, was er und Vale am Tag zuvor getan hatten, und nachdem sie so offen und ehrlich zueinander gewesen waren, hatte Jason sich erlaubt zu hoffen, dass die Verhandlungen nicht mehr als eine Formalität darstellen würden.

Vielleicht hatte Vale seine Meinung über Jasons und Xans Indiskretion geändert? Jason suchte erneut Vales Blick, konnte darin aber keinerlei Gefühle von Zorn oder Reue erkennen, die gegen ihn selbst gerichtet waren. Aber Vale hielt seinen Blick nicht fest.

Jason wünschte, er könnte dieses Treffen unterbrechen, um eine Weile mit Vale allein zu sein und herauszufinden, was das Problem war. Aber das würde immer noch nicht Vaters Gereiztheit erklären, oder Paters. Jason hatte ein flaues Gefühl im Magen und wurde immer nervöser.

Als Bisme damit fertig war, die Paragrafen vorzulesen, sagte Vater: „Ist das so weit zufriedenstellend, oder müssen wir auf einzelnen Punkten herumreiten?"

Vales Augen funkelten gefährlich. „Ich habe den Eindruck, dass es Ihnen zuwider ist, mit mir zu verhandeln."

„Es ist mir nicht zuwider." Vater seufzte und schüttelte den Kopf. „Aber eigentlich sollten Ihre Eltern hier sein und für Sie sprechen."

Vales Lippen verzogen sich zu einem säuerlichen Lächeln. „Meine Eltern sind seit vielen Jahren tot. Ich bin kein grüner Omega ohne jegliche Erfahrung außerhalb von Mont Juror. Ich bin ein gebildeter Erwachsener mit einer Karriere und Vermögen. Ich verdiene es, mit demselben Respekt behandelt zu werden, den Sie einem Mann erweisen würden, den sie als ebenbürtig erachten." Er neigte den Kopf. „Und falls sie das nicht tun wollen, frage ich mich, wie Miner dazu steht."

„Ich entschuldige mich, falls ich ungeduldig gewirkt haben sollte", sagte Vater mit einem Blick in Paters Richtung. „Ich versichere Ihnen, dass das nicht Ihre Person oder meine Meinung von Ihnen reflektiert."

Vale hob die Brauen, sagte aber nichts. Jason begann, nervös zu schwitzen. Was ging hier vor? Nichts fühlte sich richtig an. Warum war Vale so aggressiv gegenüber Vater?

Yosef brach das Schweigen und sagte: „Die meisten Aspekte des Vertrags sind akzeptabel. Allerdings verlangt mein Klient eine Änderung in der Klausel betreffend die Lebendgeburt."

Bisme nahm einen Stift, um sich Notizen zu machen. „Fahren Sie fort."

„Mr. Aman wird vertraglich überhaupt keiner Geburt zustimmen. Nicht einer. Die Anzahl muss auf Null gesetzt und alle anderen eine Lebendgeburt betreffenden Klauseln gestrichen werden."

Vater gab ein leises Knurren von sich, und Bisme legte den Stift hin, ohne eine Notiz gemacht zu haben. Pater klopfte seine Hemdtasche nach seinem silbernen Zigarettenetui und Streichhölzern ab. Jason leckte sich die Lippen und öffnete den Mund, aber bevor er etwas sagen konnte, wurde er von Vater unterbrochen.

„Er ist unser einziger Sohn. Der Vertrag muss zwingend eine Lebendgeburt garantieren." Vater betonte jedes Wort, indem er mit dem Zeigefinger auf die Tischplatte einstach, und seine blauen Augen funkelten entschlossen.

Erneut wollte Jason das Wort ergreifen, aber sein Vater hob sofort eine Hand und brachte ihn zum Schweigen. Auch Yosef kam nicht zu Wort. Bevor irgendwer etwas sagen konnte, fauchte Vale: „Ja, er ist Ihr einziger Sohn. Wieso sprechen wir nicht kurz darüber, warum das so ist?"

Pater wandte den Blick ab, dann schloss er die Augen und entließ einen langen Strom Rauch aus seinem Mund, bevor er hastig einen weiteren Zug von seiner Zigarette nahm.

Vater nahm Paters freie Hand und drückte sie tröstend. Er warf Vale einen so boshaften Blick zu, dass sich Jasons Nackenhaare aufstellten. Er wollte sich nicht gegen seinen Vater auflehnen, aber sollte der auch nur ein falsches Wort gegen Vale äußern, würde Jason ihm zeigen, wie erwachsen er geworden war.

„Es gab gesundheitliche Bedenken", flüsterte Vater. „Und Miner hat ein Kind zur Welt gebracht, so wie es der Vertrag verlangte."

„Wir kennen alle die Gründe, warum Jason der einzige Erbe der Sabel-Linie ist", sagte Vale, aber in seiner Stimme schwang nicht nur Strenge, sondern auch Mitgefühl mit. „Wir haben alle den medizinischen Bericht gelesen und kennen die Geschichte. Aber genauso haben sie meine medizinische Geschichte gesehen. Sie wissen, dass es dabei für mich um Leben und Tod geht. Und dennoch wollen Sie, dass ich beides riskiere – entweder meinen eigenen Tod, den des Kindes, oder beides?" Er verzog höhnisch das Gesicht. „Ich wünschte, ich könnte sagen, dass mich das überrascht. Aber nach allem, was ich über Sie weiß, tut es das nicht."

Jason blinzelte. Woher kam diese Feindseligkeit Vales gegenüber seinem Vater? Es konnte ihn doch nicht überraschen, dass der Vertrag eine Lebendgeburt vorsah, und Jason verstand, warum Vale sie verweigerte, aber wieso war er dabei so *zornig*? Es brachte ihnen nichts Gutes, seinen Vater so anzugiften!

„Wofür halten Sie sich, so mit mir zu sprechen?", sagte Vater mit leiser, drohender Stimme.

Jason ballte unwillkürlich die Fäuste. Sein ganzer Körper verspannte sich, und er schob seinen Stuhl ein Stück vom Tisch zurück.

„Sie haben kein Recht, mich so anzugehen", fuhr Vater fort. „Dieser Vertrag ist nicht notwendig, wie Sie wissen. Wir können Ihnen für den Rest Ihres Lebens Unterhalt zahlen, ohne dass es ins Gewicht fiele. Wir tun Ihnen einen Gefallen, indem wir so tun, als könnte die Beziehung zwischen Ihnen und unserem Sohn funktionieren. Aber noch eine respektlose Bemerkung Ihrerseits, und–"

„Schluss damit, Yule", sagte Pater leise. Rauch umwehte seinen Kopf und stieg langsam zur Decke. „Sag kein Wort mehr."

Vater drehte sich mit überrascht aufgerissenen Augen zu ihm. Pater begegnete entschlossen seinem Blick.

Vater bekam einen roten Hals, räusperte sich und wandte den Blick ab.

Dann richtete Pater ruhig und bestimmt das Wort an Vale: „Wir verstehen Ihr Zögern, einem Vertrag mit Lebendgeburt zuzustimmen. Glauben Sie mir, ich fühle mit Ihnen. Ich bin bei Jasons Geburt fast gestorben, und ich habe mehr Babys verloren, als ich zählen kann. Würde Jason mich nicht brauchen und wüsste ich nicht, wie verloren Yule ohne mich wäre, hätte ich vielleicht aufgegeben und wäre schon vor Jahren zur anderen Seite gegangen."

„Miner …" Vater sagte Paters Namen voller Furcht, aber Pater legte nur seine Hand auf Vaters und fuhr fort.

„Ich verstehe es also. Eine Geburt ist kein Honigschlecken. Es ist eine ernste Sache und hat das Potential, für uns tödlich zu enden, besonders wenn wir älter werden, nicht richtig geformt sind oder Narbengewebe haben, so wie Sie. In Ihrem Alter erstmals zu gebären, wäre ohnehin schon riskant, und zusammen mit dem Narbengewebe möglicherweise tödlich. Wir werden Ihr Leben nicht für die Chance auf ein Enkelkind in Gefahr bringen – nicht, wenn es andere Optionen gibt."

Vater erbleichte und biss die Zähne zusammen.

Das Wort „Surrogat" hing so unmissverständlich in der Luft, dass Jason es beinahe sehen konnte. Er verzog das Gesicht bei der bloßen Vorstellung, je einen anderen Omega als Vale zu berühren. Er würde nie einen anderen Mann schwängern, nur um den Familienstammbaum weiterzuführen. Lieber würde er sterben, als sich mit jemandem fortzupflanzen, von dem er sich nicht so magisch angezogen fühlte wie von Vale.

Pater fuhr fort: „Aber sollte es dazu kommen, dass Sie für unseren Sohn sorgen, als sein Lebenspartner und wahrhaft verpaarter Omega, und sollten Sie zu irgendeinem Zeitpunkt feststellen, dass Sie aus medizinischer Sicht in der Lage sind und es selbst versuchen wollen … dann würden wir uns sehr geehrt fühlen, einen Enkel aus Ihrem Schoß willkommen zu heißen."

Vater gab frustriert auf, als er sah, dass Pater seinen Entschluss gefasst hatte. Er bedeckte sein Gesicht mit einer Hand und seufzte. Pater nahm einen Zug von seiner Zigarette und blies den Rauch aus, dann lächelte er Vale an. „Wir werden die Klausel aus dem Vertrag streichen."

„Ich will sowieso kein Kind" sagte Jason und hob das Kinn.

Das entsprach nicht ganz der Wahrheit, aber wenn Vale keins gebären wollte oder konnte, war das für Jason in Ordnung. Betas blieben für immer kinderlos, und sie führten ein glückliches, manchmal beneidenswert schönes Leben. Dennoch – der Gedanke, dass Vale nie einen Babybauch bekommen und Jasons Kind tragen würde, zog ihm die Kehle zusammen, und es fühlte sich an, als wollten all die Tränen, die er zurückgehalten hatte, seit er wusste, dass er ein Alpha war, nun herauskommen wollen. Aber das spielte keine Rolle. Vales Sicherheit und Gesundheit war wichtiger.

Er zwang sich zu lächeln. „Es ist alles gut so. Vale und ich sind uns in dieser Sache einig."

„Still, Jason", sagte Vater mit sanfter Stimme. „Wir regeln das."

„Eigentlich würde ich gern seine Gedanken hören", entgegnete Vale.

Der Wunsch nach Vales Anerkennung pulsierte hungrig, beinahe wütend durch Jason. „Es ist nur, dass ... mir deine Sicherheit und deine Gesundheit wichtiger sind. Ich brauche kein Kind."

„Nein? Wer wird dich beerben, wenn du einmal nicht mehr bist?", fragte Vale mit einer gewissen Schärfe. „Macht es dir nichts aus, dass alles, was deine Familie erarbeitet und erreicht hat, nach unserem Tod an wohltätige Zwecke fallen würde?"

Jason zuckte die Achseln. „Ich weiß nicht. Wahrscheinlich nicht."

„Wahrscheinlich?"

„Du bist verärgert und unglücklich, seit wir uns hier zusammengesetzt haben", sagte Jason flehend. „Und wenn das der Grund dafür ist, dann will ich es beilegen. Ich sehe dich nicht gern so."

Vale sah ihn eindringlich an. „Du bist neunzehn. Natürlich hast du noch nicht darüber nachgedacht, was es bedeutet, kinderlos zu sein. Bevor wir irgendwelche Entscheidungen treffen, musst du dir über die Folgen bewusst werden, Jason. Und darüber, was es für deine Familie bedeuten würde."

„Das klingt bei dir so, als wolltest du, dass ich einen Surrogat-Omega nehme!"

„Das ist keine so schlechte Idee."

Jason knirschte mit den Zähnen. „Das will ich aber nicht."

„Wir wissen alle, was du willst", murmelte Vale, hob seine zitternden Hände und drückte die Fingerspitzen in seine Augen.

Was Jason *wollte*, war die Unterzeichnung des Vertrags, und zwar heute noch. Er wollte Vale auf den Knien, wo er hingehörte, und dass er sein Gesicht an Jasons Bein rieb, voller Dankbarkeit für das komfortable, glückliche Leben, das Jason ihm bieten würde. Er wollte einen Vale voller Freude.

„Ich werde nicht zulassen, dass du einen Vertrag unterschreibst, der dein Leben aufs Spiel setzt."

Vale schnaubte höhnisch.

Vater fauchte: „Jason ist Ihr Alpha, Zeigen Sie ihm etwas Respekt."

Vale warf Vater einen scharfen Blick zu, aber dann flüsterte er: „Jason, bei allem Respekt, du verdienst eine Familie."

„Und *du* verdienst einen Alpha."

Vales blasse Wangen wurden noch blasser, und er ließ den Kopf hängen. Yosef legte seine Hand auf Vales Rücken, aber Vale verspannte sich, und Yosef zog seine Hand weg. „Da bin ich mir nicht so sicher." Vale hob den Kopf und sah Jason mit traurigen Augen an. „Ich habe lange Zeit ohne einen gelebt."

„Eine Aufprägung ist etwas Besonderes", meldete Bisme sich zu Wort. „Das ist nichts, wobei man einfach abwinken kann. Der Bund, den Sie teilen könnten, teilen *werden*, wenn Sie Zeit miteinander verbringen, Vertrag oder nicht, wird alles übertreffen, was Sie sich jetzt überhaupt vorstellen können." Er lächelte sanft. „Davor können Sie nicht weglaufen, nur weil Sie jetzt nicht sicher sind, ob Sie es wollen. Es ist Wolfgottes größtes Geschenk. Sie können es nicht missachten."

„Ich will es", sagte Jason. „Ich will den Bund, den Vertrag, und dich." Es gab noch mehr, das er Vale gern gesagt hätte, aber nicht im Beisein seiner Eltern. Er konnte nicht sagen, dass er Vale noch einmal kommen sehen wollte. Er konnte nicht sagen, dass ihm Vales Unterwerfung wichtiger war als Kinder. Dass das, was er mehr als alles andere brauchte, die Sicherheit war, dass Vale sich ihm unterwerfen wollte, dass er sich genauso sehr nach Jason sehnte, wie

Jason sich nach ihm verzehrte. Dass Vale dafür lebte, auf Jasons Knoten kommen zu können, so wie Jason jetzt dafür lebte, ihm seinen Knoten geben zu dürfen.

„Weißt du wirklich, was du willst, Jason?" fragte Vale. „Du sagst zwar, dass du es weißt, aber begreifst du, was es dich und deine Familie kosten wird?"

Jason schluckte heftig, sammelte seinen Mut und sah Vale an, und nur Vale. „Ich will dich. So wie du bist. Das ist alles, was mir wichtig ist. Ich will weder dein Land, noch dein Haus, oder dich zwingen, mir Kinder zu gebären. Ich will dich auf deinen Knien, darum bettelnd, dass ich dich nehme. Alles andere in diesem Vertrag kann von mir aus zur Hölle fahren."

Jasons Eltern öffneten gleichzeitig den Mund, um etwas zu sagen, aber Vale hob eine Hand. Ein amüsiertes Lächeln umspielte seine Lippen, während er Jason musterte.

Dann bildeten sich hinreißende Lachfältchen um seine Augen, als sein Lächeln breiter wurde. Jason stockte der Atem. *So wunderschön.*

„Und genau dieser leichtsinnige, jugendliche Eifer ist der Grund, warum deine Eltern hier sind. Um aufzupassen, dass du dich nicht zu einem unbefriedigendem Vertrag verleiten lässt von deinem …" Die kleine Pause füllte Jason automatisch mit dem Wort „Schwanz", aber dann fuhr Vale fort mit: „… guten Herzen."

„Ich entscheide, was befriedigend ist und was nicht", knurrte Jason. „Nicht du, und nicht sie."

Vale rutschte auf seinem Stuhl umher, und Jasons Nasenflügel bebten.

War das, was er roch, etwa …? War Vale gerade für ihn feucht geworden? Hier? Mitten in ihrer Verhandlung? Es war der beste Geruch der Welt, süßer Moschus, der ihm verriet, dass er Vale soeben nur mit seinen Worten geil gemacht hatte.

Angespornt von Vales Reaktion legte Jason einen rauen

Befehlston in seine Stimme, so wie er es immer getan hatte, wenn er bei Xan den Alpha gespielt hatte. „Du irrst dich, wenn du glaubst, ich wüsste nicht, was ich brauche. Ich will dich. Auf Händen und Knien, dich mir präsentierend. Das ist alles, was ich will."

Es war ihm peinlich, solche Dinge vor seinen Eltern, Yosef und Bisme zu äußern, aber als Vales Augen erregt aufleuchteten und der Geruch von Schlick noch stärker in seine Nase drang, kümmerte es Jason nicht mehr, wer ihm zuhörte. Er meinte jedes einzelne Wort, aus der Tiefe seiner Seele.

„Es ist gut, dass deine Eltern hier sind", wiederholte Vale nervös und stand vom Tisch auf. „So wie Aufprägung, Omegaeinfluss und Pheromondelirium nun einmal wirken, kann wirklich niemand von dir erwarten, etwas anderes zu sagen."

Eigentlich hätte Jason verärgert sein müssen, dass seine Worte so abgetan wurden, aber er konnte nichts anderes empfinden als Stolz darüber, dass Vales Stimme wegen ihm so zitterte.

„Bitte entschuldigen Sie mich. Ich muss nur ..." Vale deutete auf die Tür. „Ich bin gleich wieder da."

Vale war feucht genug, um sich saubermachen zu müssen. Wolfgott, *ja!* Sie mussten nur diese rechtliche Prozedur hinter sich bringen. Dann konnte er Vale in Besitz nehmen. Ihn ficken. Und ihn dann noch einmal ficken, und noch einmal, bis sie beide nicht mehr konnten.

Ja.

Jason sah Vale bewundernd nach, als der durch den Raum ging, elegant und nach außen hin gefasst, auch wenn seine Hände zitterten und der Geruch seines Schlicks in der Luft hing. Vales festes Hinterteil bewegte sich verführerisch in seiner Hose, muskulös und knackig. Jason leckte sich die Lippen. Bald würde er davon kosten. Er würde jede der beiden runden Backen küssen und dann Vales Loch lecken, bis er um Jasons Knoten bettelte.

Jason knirschte mit den Zähnen und fragte sich, ob er ebenfalls den Tisch verlassen konnte, um etwas wegen seiner eigenen Erregung zu unternehmen. Vale war nicht der Einzige, der geil geworden war. Wolfgott, warum konnten sie nicht einfach *zusammen* etwas unternehmen? Er nahm einen Schluck von dem kalten Wasser, das vor ihm stand, und versuchte sich zusammenzureißen.

Wenn er jetzt aufstand, würde er Vale wahrscheinlich nur enttäuschen. Er musste immer noch aufpassen, nicht zu unreif und unbeherrscht zu erscheinen. Und er wusste, dass er kurz davor war, genau das zu tun. Vielleicht hatte er es sogar schon getan.

Jasons Blick begegnete dem seines Paters, der mitfühlend war, vielleicht sogar ein wenig belustigt. Sein Vater jedoch starrte Vale missbilligend nach, als wäre dessen missliche Lage mit seinem Schlick ein absichtliches Manöver, um nicht den Vertrag unterzeichnen oder einer Lebendgeburt zustimmen zu müssen.

„Wenn Sie ihm eine Chance geben, werden Sie sehen, dass er nicht uneinsichtig ist", sagte Yosef, sobald die Tür hinter Vale ins Schloss gefallen war. „Er will den Vertrag mit Ihrem Sohn, und seine Einwände sind nur fair. Er kennt seine körperlichen Grenzen und bietet Ihnen die Gelegenheit, eine kluge Wahl zu treffen." Yosef runzelte die Stirn. „Um ganz ehrlich zu sein, habe ich versucht, ihm auszureden, Ihnen die Option offenzulassen, aber er mag Jason viel zu sehr, um ihn all seiner Möglichkeiten zu berauben."

Jason blickte finster drein. „Du meinst, er will *wirklich*, dass ich einen Surrogat-Omega nehme?"

Yosef warf einen Blick zu Bisme und zuckte die Achseln. „Es gibt viele Arten, etwas zu wollen, Jason. Und manchmal widersprechen sie sich. Verstehst du, was ich meine?"

Ja, das tat er. Er wollte ein Kind, aber er wollte Vale.

Sowohl die staatlichen als auch die religiösen Gesetze, die Fortpflanzung betreffend, waren streng. Rein biologisch konnte ein Alpha sich mit jedem Omega fortpflanzen, der in Hitze war. Das

Heilige Buch von Wolf jedoch legte eindeutig fest, dass es in Wolfgottes Augen zwingend erforderlich war, sich an einen Partner zu binden, sei es durch Vertrag oder Aufprägung. Dem Glauben nach diente es dazu, den Missbrauch von Wolfgottes größtem Geschenk an die Welt zu verhindern – den Omegas.

Aber in der Geschichte waren die Richtlinien im Heiligen Buch von Wolf nicht immer befolgt worden.

In der Vergangenheit hatten Alphas in ihrer Gier nach Macht und dem Streben, ihren eigenen Samen zu verbreiten, ungeachtet der Natur von *Érosgápes* viele Omegas in eine Art Zuchtsklaverei gezwungen. Manche wohlhabenden Alphas hatten mehrere Omegas gekauft, um sie zu schwängern, obwohl sie einen eigenen *Érosgápe* hatten.

Sie zwangen die gekauften Omegas dazu, die gefährliche Schwangerschaft und Geburt auf sich zu nehmen, verbreiteten ihre Gene und prahlten mit der Anzahl der Nachkommen, die sie zeugten. Dann bevorzugten sie die Kinder ihrer *Érosgápes* bei der Erbschaft und ließen die Kinder ihrer Sklavenomegas finanziell und gesellschaftlich benachteiligt zurück, trotz der Opfer, die deren Pater erbracht hatten.

Omegas hatten gegen diese Behandlung rebelliert, was schließlich zu einem Aufstand der Überwolf-Partei und der Einführung von immer mehr religiösen Gesetzen führte. Das hatte den negativen Effekt der Zerstörung jeglichen technologischen und wissenschaftlichen Fortschritts, aber es setzte dem Missbrauch von Omegas als Zuchtsklaven ein Ende. Die *Érosgápe*-Verbindung wurde über alle anderen erhoben, und die staatliche Gesetzgebung war gezwungen, diese Werte ebenfalls widerzuspiegeln.

Omegas blieben der Zuständigkeitsbereich der Alphas, ob die Beziehung nun durch Vertrag oder Aufprägung zustande kam, aber die Alphas waren ebenfalls gesetzlich darauf beschränkt, nur einen einzigen Partner zu wählen. Jedes Kind, das außerhalb des Vertrags zur Welt kam, wurde als Bastard behandelt und fand keinerlei Zugang in die Erblinie. Alphas, die kinderlos blieben, mussten ihren Besitz (nach dem Tod ihres Omegas) staatlich geführten Wohltätigkeitsorganisationen stiften. So sollte verhindert werden, dass jemand versuchte, das Gesetz zu umgehen.

Oberflächlich betrachtet waren diese Regeln solide, das wusste Jason. Oder zumindest waren sie besser als alles davor, da sie den schrecklichen Missbrauch von Omegas verhinderten. Aber sie waren streng und ließen keinerlei Abweichungen zu, die abseits der Theorie manchmal notwendig schienen.

Und in diesem Fall bedeutete das, Jason musste sich entscheiden zwischen der Chance, ein Kind zu haben, und dem vollen *Érosgápe*-Bund mit Vale.

„Könnten wir einige Minuten allein mit unserem Sohn haben?", fragte Vater und nickte in Richtung der Tür, die zur Küche führte. „Ich habe auf dem Tisch Erfrischungen bereitgestellt. Bitte bedienen Sie sich, während Sie warten."

Yosef und Bisme erhoben sich und gingen in die Küche.

„Jason", sagte Vater, sobald die Tür geschlossen war. „Du musst das Erbe der Familie fortsetzen. Das ist nicht verhandelbar. Entweder stimmt er einer Lebendgeburt im Vertrag zu, oder du musst über die Alternative nachdenken."

„Hör dich nur an, Yule", wandte Pater ein. Er zündete sich eine zweite Zigarette an. „Ist dir klar, was du da sagst? Du sagst Jason, dass er seinen Omega entweder in Lebensgefahr bringen oder ganz auf ihn verzichten muss."

„Manchmal muss man Opfer bringen, Miner. Zum größeren Wohle." Er starrte Pater bedeutungsvoll an, so als gäbe es eine versteckte Bedeutung hinter seinen Worten." „Du weißt das besser als jeder andere."

Pater stach mit seiner Zigarette in die Luft. „Und wer entscheidet, was das größere Wohl ist? Du?" fragte Pater höhnisch.

„Weißt du nicht mehr, wie es war, als wir einander begegnet sind? Wie du empfunden hast, wie ich empfunden habe, was es uns bedeutet hat–"

„Ja, natürlich. Es war der Himmel."

„Es war heilig", fauchte Pater.

„Ja. Aber wir haben gut zusammengepasst. In jeder Hinsicht. Vergleichbare Familien. Dasselbe Alter. Du zeigtest alle Anzeichen guter Gebärfähigkeit, und–"

„Und wenn ich die nicht gezeigt hätte? Wenn ich wie dieser Mann gewesen wäre …" Pater sog an seiner Zigarette und blies den Rauch aus. „Wenn ich mich von Anfang an geweigert hätte, einer Lebendgeburt zuzustimmen?"

„Das hättest du nicht getan. Du wolltest mich viel zu sehr."

„Ich hatte keine Ahnung, dass ich kein Kind austragen konnte! Aber hätte ich es gewusst … nun, vielleicht möchtest du nicht hören, wie ich mich in diesem Fall entschieden hätte. Hätte ich keinen Vertrag mit dir geschlossen, hätte ich gut von den Unter-haltszahlungen gelebt, mit meiner Musik weitergemacht, im Symphonieorchester gespielt und nie all diese Fehlgeburten erlitten."

Das folgende Schweigen war ohrenbetäubend. Jason erschauerte. Vater wurde so grün im Gesicht, als müsste er sich jeden Moment übergeben. „Willst du damit sagen, du bereust es, *Érosgápe* zu sein?"

„Natürlich nicht. Ich will damit sagen: denk an all das, was wir durchgemacht haben!"

„Das ist nicht dasselbe!"

„Oh doch!" Pater sprang von seinem Stuhl auf, ging ein paar Schritte von Vater weg und kam wieder zurück. Die Zigarette zitterte zwischen seinen langen Fingern. „Du hast keine Ahnung, wie es ist, als Omega aufzuwachsen und dein ganzes Leben lang zu wissen, dass jemand kommen und dich in Besitz nehmen wird, deinen Körper, deine Seele und alles, was du dein eigen nennst." Er zog an seiner Zigarette und hob die Hand, als Vater versuchte, ihn zu unterbrechen. Rauch folgte seiner Bewegung. „Keines der Märchen, die Eltern, Lehrer oder Bücher dir weismachen wollen, kann diesen Schrecken mindern. Die Unsicherheit, in der dieser Mann sein ganzes Leben verbracht hat ... die Hitzen, die er durchlitten hat ..."

„Oh, er gibt offen zu, dass er dabei nicht *gelitten* hat."

Pater gab ein Knurren von sich, und Vater verstummte auf der Stelle. „Tut mir leid. So meinte ich es nicht."

„Du meintest es genau so", erwiderte Pater kalt. Er erstarrte und warf Vater einen vernichtenden Blick zu. „Ich schäme mich für dich."

Vater erbleichte. „Miner, bitte. Ich wollte nicht ... es tut mir leid."

„Falls du dir wünschst, dieser Mann hätte auch nur *eine* Hitze ohne Hilfe durchgestanden, so gnade dir Wolfgott, Yule."

„Miner, ich schwöre bei allem, was heilig ist, dass ich es nicht in dieser Weise gemeint habe." Er streckte reumütig die Hand nach ihm aus. „Vergib mir."

Pater starrte Vater zornig an, bis der den Kopf einzog und den Blick senkte. Dann wandte Pater sich Jason zu und deutete mit seiner Zigarette auf ihn. „Vergiss das hier nie. Das ist die Macht, die er über dich haben wird. Du magst über seinen Besitz herrschen, über seine Rechte bestimmen und ihn dir beim Sex unterwerfen, aber du wirst keinen einzigen Augenblick deines Lebens zufrieden sein, wenn er nicht glücklich ist. Vertraust du ihm genug dafür?"

Jason fühlte einen Schweißtropfen an seiner Schläfe hinablaufen. Er wollte Vale vertrauen. Die Vorstellung, auf Knien vor ihm zu kriechen und um Verzeihung zu bitten, erschreckte ihn nicht so, wie sie wohl sollte. Er würde das nur zu gern tun, wenn es bedeutete, dass Vale ihm gehörte.

Pater berührte Vaters Schulter. „Kopf hoch." Als Vater ihm in die Augen sah, sagte er leise: „Ich werde deine Entschuldigung akzeptieren, sobald du mich davon überzeugt hast, dass du diesen Mann so wertschätzt, wie er es als menschliches Wesen verdient."

Vater stöhnte und bedeckte sein Gesicht mit beiden Händen. „Miner, du machst mich fertig."

Pater warf einen kurzen Blick zu Jason, dann wandte er seine volle Aufmerksamkeit Vater zu. Er drückte seine Zigarette aus, nahm Vaters Kinn in die Hand und flüsterte: „Nichts von dem, was du heute hier sagst, wird irgendetwas am Ergebnis ändern. Verstehst du das?"

Vaters Schultern sanken herab. Er entzog sein Kinn Paters Griff und fuhr sich mit der Hand durchs Haar.

In diesem Moment öffnete sich die Tür zum Flur, und Vale kam zurück in den Raum. Sein Gesicht war gerötet, sein Blick misstrauisch, als er sah, dass die Anwälte nicht da waren. Er sah Jason mit erhobenen Brauen an, dann fragte er: „Störe ich bei etwas? Soll ich wieder rausgehen?"

„Nein", antwortete Jason rasch. „Wir sind fertig. Richtig, Vater?"

Vater ergriff Paters freie Hand und küsste zärtlich die Finger. „Wir sind fertig. Bitte setzen Sie sich, Vale, dann hole ich Yosef und Bisme wieder herein. Wir werden die Diskussion um Geburten zunächst zurückstellen." Bevor er die Tür zur Küche öffnete, hielt er noch einen Augenblick inne. „Wenn ich zurückkomme, besprechen wir den nächsten Punkt der Tagesordnung, den Plan für Ihr Vermögen."

KAPITEL 16

V ALE DRÖHNTE DER Kopf.

Am Vorabend hatte er Yosefs Angebot abgelehnt, ihm Gesellschaft zu leisten, und stattdessen die Erinnerung an die schrecklichen Verhandlungen in einem halben Glas Gin ertränkt. Jetzt fühlte es sich an, als würden all seine Nerven blank liegen, und das karge Frühstück, das er gehabt hatte, wollte sich wieder in seinen Mund hocharbeiten.

Er nippte vorsichtig an seinem Tee und lehnte sich im Sessel zurück. Die späte Herbstsonne schien zum Fenster herein, während Vale einen Vogel beobachtete, der die letzten Beeren aus einem Baum an der Rückseite des Gartens pickte.

Zephyr hatte sich auf Vales Schoß eingerollt und knetete den weichen Stoff seines Bademantels und seiner Schlafanzughose. Die nadelspitzen Krallen drangen mühelos durch das Material. Vale kümmerte das nicht. Mit der Unterhaltssumme, die er von den Sabels bekommen würde, konnte er sich jede Woche einen neuen Bademantel kaufen, wenn er wollte. Aber das minderte nicht seine Angst vor der Zukunft oder das Ausmaß dessen, was es mit seinem Leben machen würde, sollte er den Vertrag unterzeichnen, oder auch nicht.

Armer Jason. Er hatte gar nicht gewusst, woher die Spannungen im Raum rührten oder was er mit ihnen anfangen sollte. Jason hatte ein gutes Herz und wollte eindeutig, was für Vale das Beste war, selbst auf Kosten seiner eigenen Wünsche. Diese Großzügigkeit musste er von seinem Pater geerbt haben, denn sein Vater besaß diese Charaktereigenschaft eindeutig nicht.

Am liebsten hätte Vale Yule Sabels hübschen Hals umgedreht, als er mit derartiger Selbstgerechtigkeit auf einer Lebendgeburt bestanden hatte. Als wäre er nicht selbst ein Ungeheuer, der seinem Omega bei jeder Hitze einen Braten in den Ofen schob und ihn dann eine Fehlgeburt erleiden ließ! Als hätte er auch nur die geringste Moral! Vale rieb sich die Schläfen und starrte hinaus in den aufgeräumten Garten. Für wen hielt der Mann sich eigentlich, von Vale zu verlangen, dass er sein Leben riskierte, damit er seine selbstsüchtigen Gene weitergeben konnte?

Zephyr hörte mit dem Kneten auf und spitzte die Ohren, dann stieß sie ein lautes Miauen aus, sprang von Vales Schoß und flitzte aus der Tür durch den Flur und in die Küche. Vale hoffte, Futter für sie hingestellt zu haben, als er heute aufgestanden war, konnte sich aber nicht erinnern. Sein Gehirn war vollgestopft mit kratzigen Wattebällchen verärgerten Zorns. Sie würde sich schon lautstark melden, falls nichts in ihrem Napf war, wenn sie dort ankam.

Er lehnte den Kopf im Sessel zurück. Auf seinem Schreibtisch lag Papier verstreut, mit unfertigen Gedichten, die er gestern Abend im betrunkenen Zustand angefangen hatte. Keines davon taugte etwas. Alle handelten von Jason, und ein schlechteres Thema hätte er kaum wählen können. Denn Vale wollte nicht, dass irgendwer erfuhr, dass der bloße Gedanke, nicht mit dem Jungen zusammen zu sein, sich anfühlte, als würde er in Stücke gerissen. Er hatte am Vorabend nichts zu Abend gegessen, und jetzt rebellierte sein Magen sogar gegen den Tee.

Er rieb sich den Schlaf aus den Augen und setzte sich aufrechter hin. Er fegte sämtliche Papiere auf seinem Schreibtisch mit den Händen zusammen und stopfte sie in eine überfüllte Schublade, ohne sich anzusehen, was er geschrieben hatte. Vielleicht war doch irgendetwas Gutes dazwischen, das er später aufbewahren wollen würde, wenn er nicht mehr so aufgebracht über alles war.

Erneut rief er sich die Verhandlungen vom Vortag zurück. Er wusste nicht, was im Raum vorgefallen war, als er gegangen war, um sich von dem nervigen Schlick zu reinigen, der ihn plagte, wann immer Jason sich in irgendeiner Weise einbrachte, aber die Atmosphäre hatte sich verändert, als er zurückgekehrt war. Nicht unbedingt zum Besseren, aber auch nicht zum Schlechteren. Sie hatten leidenschaftslos über die Besitztümer gesprochen – Vale hatte sich geweigert, sein Haus aufzugeben, und Jason hatte ihn dabei unterstützt. Dann hatte er zugestimmt, ihnen zu erlauben, die Blockhütte instand zusetzen, die seine Eltern ihm hinterlassen hatten. Und dass sie entscheiden konnten, ob sie sie behalten oder verkaufen würden, wenn sie damit fertig waren.

Aber unter all dem und trotz der erzielten Fortschritte hatte er den Sog der Wahrheit gespürt, der ihn immer weiter von der Unterzeichnung des Vertrags fort getrieben hatte.

Als es vorbei gewesen war, hatten Jasons Eltern versucht, ihn für heute zum Festmahl des schwangeren Wolfes einzuladen, aber Vale hatte abgelehnt und gesagt: „Ich halte es nicht für angemessen, ein so bedeutsames Mahl zu teilen, solange die Verhandlungen nicht vollständig abgeschlossen sind. Es dient dazu, dass Familienmitglieder gemeinsam das Geschenk neuen Lebens feiern, und vielleicht werde ich nie ein Familienmitglied sein."

Jason hatte dabei ausgesehen, als wäre er am Boden zerstört, hatte aber nicht protestiert.

Während Vale gestern Abend wie wild geschrieben und mit Gin gegurgelt hatte, hatte das Telefon auf dem Schreibtisch mehrmals geklingelt. Er hatte nicht abgehoben. Er hatte gewusst, wer es war. Aber was hätte er dem Jungen sagen sollen? „Ich habe dir falsche Hoffnungen gemacht. Ich habe dich glauben lassen, dass …"

Wolfgott, er konnte den Satz nicht einmal in Gedanken beenden. Nicht einmal im hellen Licht des neuen Tages und mit hämmernden Kopfschmerzen, die bewiesen, dass er jetzt nüchtern war. Er wollte Jason so sehr, wollte so verzweifelt den Vertrag mit ihm schließen, und doch …

Ein Klopfen am Fenster erschreckte ihn. Vale riss den Kopf hoch, und sein Herz schlug einen Purzelbaum. Er schluckte mühsam, dann stand er auf und ging zum Fenster, um es zu öffnen.

„Hi." Jason schob sich das Haar aus den Augen. Sie waren geschwollen, und er sah aus, als hätte er die ganze Nacht nicht geschlafen. Eine kühle Brise wehte ins Zimmer, und Vale schauderte in seinem Bademantel.

„Du solltest wirklich lernen, wie man ein Telefon benutzt." Vale verschränkte die Arme vor der Brust.

„Und du solltest lernen, wie man den Hörer abnimmt, wenn es klingelt", gab Jason zurück.

Vales Schwanz begann anzuschwellen, und er stöhnte und versuchte, seine Erektion zurückzuhalten. Gleichzeitig wurde sein Arschloch feucht. „Verdammt", flüsterte er. „Das muss aufhören."

Jasons Nasenflügel zuckten, aber er sagte nichts.

„Wenn jemand nicht ans Telefon geht, bedeutet das in der Regel, dass er in Ruhe gelassen werden will", fuhr Vale fort. „Es bedeutet nicht, dass man zum Haus der Person gehen und sie belästigen soll."

„Ich bin gekommen, um dir zu sagen, dass Mox und die anderen Betas in einer Stunde hier sein werden. Wir arbeiten heute hier hinten weiter wie geplant. Tut mir leid, dass ich dich gestört habe." Jason trat vom Fenster zurück und ging in den Garten, wo er eine Schaufel aufhob und anfing, sich durch die verfilzte Masse an Unkraut zu arbeiten.

Vale fröstelte in der Brise und hob die Hand, um das Fenster wieder zu schließen, aber dann erstarrte er. Er konnte Jasons Traurigkeit riechen, konnte sie auf seiner Zunge schmecken, und es schmerzte tief in ihm wie ein Dorn, der sich in seine Eingeweide bohrte. „Komm her", rief er und beugte sich aus dem Fenster.

„Jason, bitte, komm her.“

Jason warf die Schaufel ins Gras und stapfte mit betrübter Miene zum Fenster. Noch nie hatte Vale seinen Baby-Alpha so niedergeschlagen gesehen, und es war allein seine Schuld. „Es tut mir leid, dass ich heute Morgen so unfreundlich zu dir bin. Das hast du nicht verdient. Ich habe einen leichten Kater.“

Und ich bin verwirrt. Und ich habe Angst.

„Und was ist mit meinen Anrufen von gestern Abend. Warum hast du die ignoriert?“

„Auch das hast du nicht verdient.“

„Was ist los?“, fragte Jason und streckte fragend die Hände aus. „Was habe ich getan? Geht es um das, was in der Küche passiert ist? Willst du, dass ich mich dafür entschuldige?“

Vale wurde die Kehle eng. „Nein. Es war nichts, was du getan hast. Überhaupt nicht.“

Es ist das, was ich vor Jahren getan habe. Es ist, was du verdienst und ich dir nicht geben kann. Es ist, dass ich dich mag, Jason, und dass du das Beste verdienst. Und das Beste bin nicht ich.

Vale biss sich von innen auf die Wange, um die Worte zurückzuhalten.

„Rede mit mir. Was ist schiefgelaufen zwischen der Zeit, als wir zusammen in der Küche waren, und dem Moment, als du zu den Verhandlungen erschienen bist? War es das Benehmen meines Vaters? Darum hat Pater sich gekümmert.“

Vales Herz setzte einen Schlag aus. „Es hat viel mit deinem Vater zu tun. Aber es hat auch mit mir selbst zu tun.“

Jason sah ihn argwöhnisch an; seine Augen wirkten blutunterlaufen. Hatte er in der Nacht geweint? Wolfgott helfe ihm, falls er diesen Jungen zum Weinen gebracht hatte, und er hatte ihm noch nicht einmal die Wahrheit gesagt! Er musste den wahren Grund beichten, warum Jason sich nach einem Surrogat-Omega umschauen sollte. Jason verdiente einen besseren Omega. So viel wusste Vale mit Sicherheit.

„Dein Vater und dein Pater ..." Er rieb sich den schmerzenden Kopf. Wieso hatte er nur so viel getrunken? Er konnte kaum klar denken.

„Was ist mit ihnen?"

„Es ist mir zu Ohren gekommen, aus *diskreter* Quelle, dass dein Pater regelmäßig ..." Er unterbrach sich. „Oh, um Wolfgottes willen, du kannst nicht da draußen stehen und mich so ansehen. Komm an die Seite zur Küchentür. Dann reden wir. Aber das ist alles. Nur reden, nichts weiter."

Sein Arschloch bebte, und er biss die Zähne zusammen. *Nichts weiter*, wiederholte er im Geiste.

Jason nickte, drehte sich ohne ein Wort um und marschierte zur Küche. Als Vale zur Tür kam, war Jason bereits dabei, seine Schuhe auszuziehen.

„Sie sind noch gar nicht schmutzig", bemerkte Vale. „Du kannst sie ruhig anlassen."

Jason zuckte Achseln. „Sie sind schmutzig genug."

Vale warf einen Blick über die Schulter zu dem Haufen benutzten Geschirrs, das sich in der Spüle türmte, und dem Trockenfutter, das Zephyr über den Küchenboden verteilt hatte. „Als wenn das hier etwas ausmachen würde."

Jason ging an ihm vorbei in die Küche. Seine Socken waren auf links angezogen, so weit Vale das beurteilen konnte. Am Tisch blieb Jason stehen und wartete darauf, zum Hinsetzten aufgefordert zu werden. Vale gestikulierte zu einem der Stühle, dann holte er seine letzte saubere Teetasse aus dem Schrank und goss den Rest aus der Kanne hinein.

Er reichte die Tasse Jason, dann nahm er neben ihm am Tisch Platz. Das war wahrscheinlich näher, als klug war, aber er brauchte die tröstliche Nähe beinahe so sehr wie Jason.

Jason stellte die Tasse auf den Tisch, ohne zu kosten. „Danke", sagte er leise. „Dann ist dir also etwas über meine Eltern zu Ohren gekommen, das dir nicht gefällt?"

Vale schluckte. „Ich weiß nicht genau, wie ich mich darüber fühle, um ehrlich zu sein."

Jason wartete. Seine perfekten Lippen zitterten, aber davon abgesehen, war seine Miene neutral.

Vale nahm seinen Mut zusammen und spuckte es aus. „Schwängert dein Vater deinen Pater bei jeder Hitze, obwohl er weiß, dass er eine Fehlgeburt haben wird? Und verlangt er hinterher von deinem Pater, illegale Abtreibungspillen zu nehmen, um das Baby loszuwerden?"

Bitte sehr. Er hatte es gesagt. Wie würde Jason reagieren?

Jason beugte sich über seine Teetasse und schloss die Augen. „Ja. Aber es ist nicht so, wie du denkst."

„Wie ist es dann? Und woher willst du wissen, was ich denke?"

Jason schlug die Hände vors Gesicht. „Du denkst, mein Vater ist ein grausamer Alpha, der sich mehr für sein eigenes Vergnügen interessiert als für die Gesundheit meines Paters."

Vale sagte nichts dazu. Das musste er auch gar nicht.

Jason sah ihm in die Augen und flüsterte: „Es ist nicht im Geringsten so. Mein Vater würde für Pater sein Leben geben."

„Warum benutzt er dann keine Kondome, um ihn zu schützen?"

„Pater ist aufs Schlimmste allergisch gegen die Kondome, die die Regierung zur Verfügung stellt, und die Alternativen sind …" Er hob die Hände und schüttelte den Kopf.

Die Haltung der Regierung gegenüber Kondomen war prekär und unstet. Sie stellten sie nur zur Verfügung, weil es einen zu großen Aufstand gegeben hatte, als sie sie komplett verbieten wollten. Besonders in den letzten fünf Jahren hatten sie bei den sogenannten „weniger sicheren" Kondomen nachgegeben.

Die von der Regierung erlaubten waren aus Proteinen

hergestellt, die bekanntermaßen für viele Omegas problematisch waren. Obwohl Vale selbst nie solche Schwierigkeiten gehabt hatte, Wolfgott sei Dank. Und Urho hatte berichtet, dass sie die Empfindung deutlich dämpften, besonders während das Knotens. Natürlich war die Regierung mehr daran interessiert, die Fortpflanzung bei legal verbundenen Paaren zu sichern, als an bewusster Familienplanung. Sie wollte gar nicht, dass Kondome sicher oder angenehm waren. Sie wollte, dass sie möglichst wenig benutzt wurden.

„Ich verstehe."

„Hast du wirklich geglaubt, mein Vater wäre so rücksichtslos, Pater nicht zu schützen? Dass er ihn gegen seinen Willen schwängern würde?" Jasons Augen füllten sich mit Tränen. „Dass er versuchen würde, mich dazu zu bringen, dir dasselbe anzutun? Und dass ich es tun würde?"

Vale schluckte. „Es ist mir durch den Kopf geschossen. Ja."

„Ich würde eher sterben, als dir wehzutun."

„Dein Tod *würde* mir wehtun" flüsterte Vale. „Und zwar sehr. Ich wäre untröstlich."

Was der Wahrheit entsprach, aber auch viel darüber aussagte, wie sehr der Bund zwischen ihnen bereits gewachsen war und in welcher Gefahr sie beide sich nun befanden. Er musste Jason bald die ganze Wahrheit sagen. Er musste reinen Tisch machen und über seine Vergangenheit reden. Dann würde Jason sich für die Surrogat-Lösung entscheiden – ganz gleich, wie sehr Vale ihn wollte. Ganz gleich, wie schön das Spiel war, das sie gespielt hatten.

Es klingelte an der Tür, und Jason zuckte zusammen. „Das wird Mox sein."

„Er kommt früh."

„Wahrscheinlich dachte er, er könnte vor mir hier sein." Jason ging zur Küchentür. „Sag ihm, dass ich hinterm Haus bin." Mit der Hand an der Klinke sagte er mit einer Autorität, bei der Vale die

Knie weich wurden: „Wir sind noch nicht fertig. Du wirst mit mir reden, und dann werden wir die Sache in Ordnung bringen."

Jason verließ die Küche und machte die Tür fest hinter sich zu.

Vale wollte Jason zurück ins Haus zerren, auf die Knie fallen und ihm alles über seine Vergangenheit erzählen. Er wollte von Jasons bedingungsloser Akzeptanz und Zuneigung reingewaschen werden. Und dann wollte er mit überwältigender Dankbarkeit Jasons Schwanz lutschen und sich präsentieren, um gefickt zu werden. Und wenn Jason dann in ihn eindrang, würde die Scham über seine früheren Taten sich endlich auflösen. Er würde beschützt und geliebt werden, sich mit seinem Alpha heil und vollständig fühlen. So wie es sein sollte. Vales Beine zitterten, und sein Arschloch triefte von Schlick.

Wenigstens hatte er heute noch nicht geduscht.

Nachdem er Mox die Tür geöffnet und ihn und seine Crew hinters Haus geschickt hatte, ging er hinauf in sein Zimmer, vorbei an Zephyr, die in der Mitte seines Betts schlief, und ins Bad. Er zog sich aus. Sein Körper fühlte sich fiebrig an wegen des Katers, und er ließ das Wasser in der Dusche weniger heiß als gewöhnlich laufen, um sich etwas abzukühlen.

Dann trocknete er sich ab, putzte seine Zähne, kämmte sein Haar und schlüpfte in eine weite Hose und ein altes T-Shirt. Er kletterte zu Zephyr aufs Bett, wobei er sich bemühte, sie nicht zu wecken, und starrte aus dem Fenster, das zur Rückseite des Hauses über dem Garten lag. Von hier oben konnte er Jason und die anderen Arbeiter zwar nicht sehen, aber er spürte Jasons Gegenwart.

Auch wenn sie gerade so etwas wie einen Streit hatten – zu wissen, dass Jason da draußen unter dem Fenster war und für ihn arbeitete, gab ihm ein Gefühl von Sicherheit.

Von Zärtlichkeit.

Sein Alpha wollte, dass er es gut hatte, wollte die Dinge in Ordnung bringen. Ganz gleich, wie viele Zweifel sein Herz und seine Gedanken plagten – in diesem Augenblick kümmerte Jason sich um ihn. Und das war ein Trost, den Vale in seinem ganzen erwachsenen Leben noch nie gehabt hatte. Er war immer auf sich allein gestellt gewesen. Aber im Augenblick war er das nicht. Er wickelte sich in dieses Gefühl ein wie in eine warme Decke.

Als die Männer anfingen zu singen und er Jasons schönen Bariton hörte, fiel Vale mühelos in den Schlaf.

„SOLLTE DEIN OMEGA nicht zusehen, wie du um ihn wirbst?", fragte Mox und warf Jason ein hintergründiges Grinsen zu, bevor er zum Fenster des offensichtlich leeren Arbeitszimmers nickte.

„Er hat wohl andere Dinge zu tun, nehme ich an", murmelte Jason mit einem Blick zum Haus.

„Jetzt schon Ärger im Paradies?"

Jason funkelte Mox finster an, und das brachte den Beta ziemlich schnell zum Schweigen. Sie hatten es geschafft, den Garten von allem zu befreien, was weg musste, und brauchten jetzt nur noch die Schubkarren wegschieben und den Inhalt in den Truck laden, bevor sie die Blumenzwiebeln und Sträucher pflanzen konnten, die Mox besorgt hatte.

Als sie die Schubkarren durch den Seitengarten und zur Vorderseite des Hauses schoben, erstarrte Jason. Urho stand auf dem Gehsteig, auf halbem Weg zur Haustür, die Augenbrauen verwirrt und überrascht gehoben. Er trug eine auffällige Fliege, die Jason an Xan erinnerte.

Die Luft zwischen ihnen schien zu knistern. Urho lächelte so freundlich, als hätte er das Recht, Jason in dessen eigenem Vorgarten wie ein Gastgeber zu begrüßen.

„Nun, was für eine Überraschung", rief er und deutete auf Jasons schmutzige Arbeitskleidung und den Schweiß, der ihm übers

Gesicht lief. „Ich hätte nicht gedacht, dass du zu der Sorte Alpha gehörst, die tatsächlich *selbst* für ihren Omega arbeitet. Ich hätte damit gerechnet, dass du versuchen würdest, sein Glück zu kaufen. Ich bin beeindruckt."

Jason ließ seine Schubkarre stehen und ignorierte die neugierigen Blicke von Mox und seiner Crew. Er zog sich die Arbeitshandschuhe von den Händen und ging auf Urhos zu, ohne zu lächeln. „Erwartet Vale dich?" Vor Urho blieb er stehen und verschränkte die Arme.

„Nein. Ich wollte nur mal vorbeischauen und sehen, wie es ihm nach den gestrigen Verhandlungen geht." Urhos Augenbrauen senkten sich, während er Jason aufmerksam musterte. „Sollte ich mir Sorgen um ihn machen?"

Jason warf einen Blick über die Schulter zu den Männern, die die Schubkarren in den Truck leerten, und dann zum Haus. Eines der oberen Fenster stand offen, und die Gardinen wehten in der Brise. War das Vales Schlafzimmer? Er wusste es nicht. Es gab vieles, das er nicht über Vale wusste. Und vielleicht war Urho einerseits sein Rivale, aber andererseits und in bedeutenderer Weise auch nicht. Auch Urho sorgte sich um Vales Wohlergehen, wollte ihn beschützt und glücklich sehen, und er kannte Vale besser als irgendwer sonst. Immerhin war er sein Liebhaber gewesen.

Jason schluckte seinen Stolz hinunter und sah Urho in die Augen. „Ich weiß nicht, ob du besorgt sein solltest, aber ich bin es. Ich bin über alles besorgt, um ehrlich zu sein."

Urhos Brauen zogen sich noch mehr zusammen. Er packte Jasons Schulter und starrte ihn an, als könnte er direkt in Jasons Kopf blicken. Nach einem kurzen, abschätzenden Blick zu den Betas lächelte er freundlich zu Jason hinab. „Hast du Hunger? Es ist fast Mittag, und eigentlich hatte ich vor, Vale zu fragen, ob er mit mir essen will. Aber du siehst aus, als könntest du ein wenig Rat gebrauchen."

Jason sah zum Haus. Er hatte auf eine weitere Gelegenheit gehofft, mit Vale allein sein zu können, um sich auszusprechen, aber an diesem Punkt wusste er nicht einmal, was er sagen konnte.

Urho folgte seinem Blick. „Ich wollte ihn in die Alamanga Avenue zum Essen an einem der zweifelhaften Marktstände einladen, die er so liebt. Ich bin sicher, dass er nichts Anständiges im Haus hat. Oder falls doch, dass es kaum genug für ihn selbst ist. Wieso gehen wir nicht zusammen zur Alamanga? Wir können uns unterhalten und etwas essen. Und danach kannst du bei Vale punkten, indem du ihm ein Sandwich mit gegrillter Tomate und Ziegenkäse mitbringst. Das mag er am liebsten."

Ein Stich von Eifersucht durchfuhr Jason, weil Urho wusste, was Vale gern aß, und er nicht. Aber er lächelte und nickte dankbar. „Ja, das klingt gut. Bist du sicher, dass du das willst? Würdest du nicht lieber Zeit mit Vale verbringen?"

„So wie ich Vale kenne, würde er sich von mir nicht ohne Streiterei helfen lassen. Du bist sein Alpha, ob mir das gefällt oder nicht, und es liegt jetzt in deiner Verantwortung, mit seinen Launen umzugehen." Urho lächelte Jason an. „Und glaub mir, du wirst alle Übung brauchen, die du bekommen kannst."

Jason nahm von Mox und den anderen Wünsche fürs Mittagessen an und lachte innerlich über die Größe ihrer Bestellungen. Wahrscheinlich waren sie neulich von Vales Sandwiches kaum satt geworden. Und er war viel zu abgelenkt von Vales ... von *allem* gewesen, um daran zu denken.

Der Spaziergang zur Alamanga Avenue war angenehm. Das Wetter war relativ mild, nicht zu kalt, und das blasse Sonnenlicht wärmte ihre Schultern und Köpfe. Urho plauderte leichthin über dies und das und erkundigte sich bei Jason nach Mox' Plänen für Vales Garten.

„Als Geste des Werbens ist es eine schöne Idee, aber wie lange wird es dauern, bis die Früchte deiner Arbeit sichtbar sein werden?", fragte Urho, als sie über die Middelton-Brücke und durch ein Viertel gingen, das den Geschäften von Betas vorbehalten war. Die bunten Schilder, die alles Mögliche von Büchern bis zu Hochzeitsanzügen zu Sonderangeboten erklärten, waren wie eine ganz eigene Art von Garten, der seine leuchtenden Farben beibehielt, obwohl der Winter nahte.

„Im kommenden Frühling und Sommer wird der Garten vielleicht noch nicht ganz so schön sein, aber im Jahr darauf wird er ganz erblühen. Ich glaube, das wird Vale gefallen." Jason arbeitete gern im Freien, auch wenn sein Vater sich über die schmutzigen Hosen beklagte, und er hatte jede Menge Ideen, welche Pflanzen- und Blumensorten ähnlichen Ursprungs er kreuzen wollte.

„Dann hast du also vor, in seinem Haus zu wohnen?", fragte Urho mit unverhohlener Überraschung. „Das erscheint mir ein kleiner Abstieg für einen Mann deines Familienstands zu sein."

„Wenn Vale sein Haus mag, sehe ich keinen Grund, warum wir es verkaufen sollten. Ich bin erst neunzehn. Da muss ich mir noch keine Gedanken um meine gesellschaftliche Stellung machen. Wir können uns in diesem Haus ein schönes Heim machen und später, wenn ich älter bin, können wir immer noch umziehen, falls wir das wollen."

Jasons Herz zog sich zusammen, und ein Grauen legte sich über ihn wie eine schwere Decke. Es kam ihm vor, als würde er Unheil heraufbeschwören, indem er über seine Träume von einem Leben mit Vale sprach, ohne auch nur mit Vale darüber geredet zu haben. Besonders, da Vale in den letzten Tagen so feindselig gewirkt hatte.

„Vale ist ein ziemlicher Stubenhocker. Nicht, dass in ihm nicht auch eine gewisse Abenteuerlust stecken würde – die hat er definitiv auch." Urho presste die Lippen zusammen und räusperte sich. „Also, was hat deine Familie heute Abend für das Mahl des schwangeren Wolfes geplant?"

„Eigentlich sollte Vale zu uns kommen, aber nach den gestrigen

Verhandlungen hat er einen Rückzieher gemacht. Er sagte, das Mahl wäre nur für enge Familienmitglieder, und er wüsste nicht, ob er je einer davon sein würde." Der Schmerz in seiner Brust machte Jason das Atmen schwer. „Und was machst du heute Abend?"

Urho warf ihm einen scharfen, einfühlsamen Blick zu, sagte aber nichts, sondern winkte einem Beta zu, der vor seinem Laden den Gehsteig fegte. „Seit ich Riki verlor, mache ich nicht viel an solchen Festtagen. Aber ich bin für den Abend in Zims Haus eingeladen, als Dank dafür, dass ich seinem Bruder durch die Hitze helfen werde. Sie wird nächste Woche beginnen, und die Familie ist erleichtert, einen Alpha als Beistand zu haben. Ich habe noch einen Alphafreund von mir gebeten, sich ebenfalls bereit zu halten. Falls der junge Mann tatsächlich an Nymphomanie leidet, kann es sein, dass ich allein mit seiner Hitze nicht fertig werde. Vielleicht werden wir sogar zu zweit überfordert sein. Daher sucht mein Freund gerade nach einem dritten ungebundenen Alpha." Urho schüttelte den Kopf. „Nymphomanie ist wirklich eine Schande. Es ist natürlich nicht allein die Schuld des Omegas. Die Genmanipulationen unserer Vorväter zogen viele unvorhergesehene Konsequenzen nach sich, und eine davon ist manchmal Nymphomanie."

„Anhaltende Hitze", korrigierte Jason, den es überraschte, dass Urho so offen über Genmanipulation redete. Anhänger der Religion beharrten darauf, dass Wolfgott allein verantwortlich war. „Nymphomanie ist ein altmodischer Begriff."

„Jetzt klingst du wie Vale. Es ist aber so, dass der Begriff ‚anhaltende Hitze' nur auf die Hitze selbst angewendet wird. Der Begriff ‚Nymphomanie' hingegen bezeichnet den gesamten Sexualtrieb des Omegas, und sie kann auch außerhalb der Hitze in Erscheinung treten. Das ist eine Unterscheidung, die die Liberalen nicht anerkennen wollen. Nymphomanie ist eine mitfühlende Bezeichnung. Ansonsten wären die betroffenen Omegas nur …" Er verstummte und dachte kurz nach. „Welches Wort hatten sie in der

Alten Welt dafür? Schlampen. Ich glaube, das war schon damals ein schlimmes Schimpfwort. Promiskuitiv und sexbesessen. Nach den Standards unserer Kultur sind das verachtenswerte Eigenschaften, und das wurde schon damals offenbar genauso gesehen. Das Konzept der Nymphomanie gestattet uns zumindest ein gewisses Mitgefühl mit den Betroffenen, indem wir damit anerkennen, dass der Omega an einer unheilbaren Krankheit leidet und schlichtweg nichts dafür kann."

Jason antwortete nicht. Er verstand nicht, wieso es so viele Regeln rund um Sex gab. Wieso konnten vertraglose Omegas nicht einfach so viel Sex haben, wie sie aushalten konnten, mit so vielen Alphas, wie sie wollten? Besonders, wenn sie keinen *Érosgápe* hatten? Und warum konnte Xan nicht mit anderen Alphas zusammen sein? Wem schadete es?

Er wusste, Pater würde sagen, dass es dabei um Kontrolle und Vaterschaft ging. Man musste sich nur die lockeren Regeln der Betas anschauen, um zu verstehen, welch große Rolle Zeugung und Geburt bei den Gesetzen für Alphas und Omegas spielten. Dennoch – auch wenn Jason Vale nicht mit anderen Alphas sehen wollte, solange er selbst ihn befriedigen konnte – leuchtete ihm nicht ein, wieso vertragsgebundene Paare nicht ihre eigenen Regeln aufstellen durften. Sie hatten nicht dieselbe Bindung wie *Érosgápe*. Sie mussten nicht so sehr gegen ihre eigene Natur ankämpfen. Sie könnten mehr wie Betas leben, die dafür bekannt waren, nicht-monogame Beziehungen zu führen. Was sprach dagegen? Wem diente es, sexuelle Beziehungen so streng zu regulieren?

Bevor Urho das Thema wechseln oder mit dem gegenwärtigen fortfahren konnte, erreichten sie die Alamanga Avenue und trennten sich, um jeweils ihr Mittagessen an verschiedenen Ständen zu kaufen. Sie hatten sich darauf verständigt, das Essen für Mox' Truppe und Vale hinterher zu kaufen, damit es noch warm bei Vales Haus ankam. Es war eine bunte und geschäftige Straße.

Alphas, Omegas und Betas liefen zwischen den Ständen hin und her, kauften Waren von Decken und Ständen, und flitzen in ihren Mittagspausen aus Geschäften heraus und wieder hinein.

Mit einem frittierten Ananas-Steak am Spieß in der einen und einer Tüte Süßkartoffel-Fritten in der anderen Hand folgte Jason schließlich Urho zu einer Bank in einer etwas ruhigeren Seitenstraße. Man konnte die Rufe der Händler um die Ecke noch hören, aber ansonsten waren sie so ziemlich allein.

„Vale sträubt sich heftig, oder?", sagte Urho um einen Bissen Rote Bete-Salat.

Jason zuckte die Achseln, warf sich einen Pommes in den Mund und kaute nachdenklich. Er ließ sich Zeit mit seiner Antwort. „Bis gestern schien er einem Vertragsschluss noch offen gegenüberzustehen. Aber dann, am Verhandlungstisch, ging alles den Bach runter. Mein Vater war in furchtbarer Laune und reizbar. Vale versuchte mich zu einem Surrogat-Omega zu überreden." Jason gestikulierte aufgebracht mit seinem Steakspieß. „Ich will aber keinen Surrogat-Omega. Ich will Vale."

„Aller Wahrscheinlichkeit nach kann er niemals Kinder bekommen", sagte Urho sachlich. „Wenn du Kinder willst, solltest du einen Surrogat-Omega nehmen."

Jason stöhnte. „Ich bin neunzehn. Woher soll ich wissen, was ich in irgendeiner Zukunft mal wollen werde? Kinder sind toll und alles, aber im Moment will ich einfach nur Vale."

Urho nickte. „Und er weiß das natürlich alles. Er weiß, dass du nicht vorhersehen kannst, was du einmal wollen wirst, und dass du jetzt ihn wählen würdest. Und er will dich ebenfalls. So funktioniert das nun einmal."

Das Steak war köstlich, mit einem perfekten Ananasaroma und so zart, wie es nur ging. Jason nahm sich etwas Zeit, um seinen Bissen zu kauen und herunterzuschlucken, dann sagte er: „Es erscheint mir nicht richtig, dass wir einander nicht wählen können, so wie Wolfgott es bestimmt hat, und uns einfach später Gedanken über Familiengründung machen."

„In den alten Zeiten gab es so viele Babys, dass sie umgebracht oder ausgesetzt wurden, und irgendeine Seele, die vorbeikam, musste sich ihrer erbarmen", sagte Urho nachdenklich. „Jetzt sind Kinder so selten und kostbar, dass es gegen das Gesetz ist, eine Schwangerschaft abzubrechen, ganz zu schweigen davon, ein Kind auszusetzen. Es schaudert einen bei dem Gedanken an eine Welt, wo so viele Kinder ungewollt waren."

Jason dachte an seinen Pater, der definitiv Kinder wollte, aber keine weiteren haben konnte. Er dachte an Vale, dessen Zukunft genauso aussah, falls Jason es richtig verstanden hatte.

„Sind Alpha-Kondome wirklich so schlimm?" fragte er leise. „Wäre ein gemeinsames Kind durch einen Vertrag mit einem Surrogat-Omega es wert, dem Bund mit Vale den Rücken zu kehren?"

„Ihr seid *Érosgápe*. Das wird nie wieder weggehen. Du wirst ohne ihn leiden, Punkt. Vielleicht würde ein Kind das ein wenig ausgleichen. Aber ich selbst bin kinderlos, insofern kann ich nicht aus eigener Erfahrung sprechen. Um ehrlich zu sein – nach meinem Bund mit Riki kann ich mir keinen einzigen Grund vorstellen, das aufzugeben. Um mein Leben nicht."

Jason schluckte schwer und schob den Rest seines Steaks in die Tüte mit den Pommes. Er würde später weiteressen.

Urho fuhr zwischen Happen seines Rote Bete-Salats angelegentlich fort: „Was die Alpha-Kondome betrifft – diejenigen, die die Regierung herausgibt, dämpfen das Gefühl bis zu einem gewissen Grad. Der Sex ist dennoch lustvoll. Ein großer Teil des Vergnügens ist emotionaler Natur – den Omega, mit dem du zusammen bist, halb wahnsinnig vor Erregung zu sehen, die verschiedenen Orgasmen, zu denen er fähig ist, und zu wissen, dass du es bist, der das mit ihm macht."

Jason ballte unwillkürlich die Fäuste, widerstand jedoch dem Impuls, Urho zu schlagen. Er hasste, dass Urho in diesem Augenblick wahrscheinlich an Vale dachte und an die Lust, die er ihm bereitet hatte. Jason kniff die Augen zu und verdrängte die Eifersucht, indem er sich daran erinnerte, wie viel besser es war, dass Urho Vale geholfen hatte, als wenn Vale hätte leiden müssen.

Aber natürlich hatte Urho Vale auch außerhalb der Hitzen „geholfen".

Und das nicht zu knapp, allem Anschein nach.

Aber wer war Jason schon, dass er bestimmen könnte, wie ein erwachsener Omega sein Sexleben zu gestalten hatte? Hatte er sich nicht gerade noch über die vielen Regeln rund um den Sex ereifert? Er würde sich mehr anstrengen müssen, um nicht als Heuchler zu enden.

„Ich persönlich glaube nicht, dass du bereuen würdest, dich gegen eine Familie und für Vale zu entscheiden." Urho runzelte die Stirn. „Du wirst ihn natürlich mit hoher Wahrscheinlichkeit über-leben. Und falls du an diesem Punkt das Gefühl bekommst, ohne Kinder etwas versäumt zu haben, kannst du immer noch einen Vertrag mit einem jüngeren, verwitweten oder ungebundenen Omega schließen und Nachkommen zeugen. Niemand würde dir das vorhalten."

Der bloße Gedanke verursachte Jason Übelkeit. „Wieso hast *du* das nicht gemacht?" fragte er neugierig. „Willst du keine Kinder?"

Urho ließ die Schultern hängen, und in seinen Augen glitzerte Schmerz. „Riki wollte unbedingt Kinder. Es war sein Traum, mir einen wunderschönen Sohn zu schenken. Wir hatten Schwierigkeiten, schwanger zu werden; er war nicht so fruchtbar wie manche Omegas. Aber als er schließlich empfing, war er geradezu ekstatisch vor Freude. Das ist etwas, das ich mit niemandem teilen könnte, den ich nicht so liebe. Nicht nachdem ich der Perfektion so nah war." Urho stellte seinen Salat beiseite, ganz grau im Gesicht.

Jason schwieg einen Moment lang, bevor er sagte. „Das tut mir leid."

Urho schüttelte sich. „Es muss dir nicht leid tun. Das liegt alles in der Vergangenheit." Dann wandte er sich Jason zu, und seine Miene war ganz geschäftsmäßig. „Also, wie wirst du dich entscheiden? Vale oder Surrogat? Ich bin sicher, deine Eltern wollen, dass du einen Surrogat-Omega wählst. Das Familienerbe weiterzutragen, wird für Männer immer wichtiger, je älter sie werden. Ich glaube, sie vergessen einfach, wie sehr die Aufprägung alles andere überschattet."

„Pater will, dass ich mich für Vale entscheide, glaube ich. Und Vater will den Surrogat-Omega, aber das ist, weil er nicht will, dass Pater bei meiner Geburt ganz umsonst gelitten hat."

„Du wirst dich für Vale entscheiden", sagte Urho wissend. „Und das ist eine wunderbare Wahl. Er ist ein guter Mann. Er wird dich glücklich machen. Allerdings wird er nicht das Haus putzen – das kannst du dir gleich jetzt aus dem Kopf schlagen."

Jason lachte leise. „Ich will mich für ihn entscheiden, aber er muss mich ebenfalls wählen. Und er hat Zweifel."

Urho schnaubte. „Das klingt ganz nach ihm. Er ist nicht daran gewöhnt, sich fest zu binden. Er war sehr lange auf sich allein gestellt. Selbst unsere Beziehung war nichts Festes. Er pflegte noch andere ... Tändeleien." Urho verdrehte die Augen. „Aber es hat ihm nie gefallen, an etwas gebunden zu sein, sich eingesperrt zu fühlen. Jahrelang war seine Ausrede, dass er sich nicht zu sehr auf eine emotionale Bindung einlassen konnte, weil er schließlich nie wissen könnte, wann sein Alpha auftauchen würde. Später verwarf er den Gedanken, dass es je passieren würde, und behauptete, einfach seine Freiheit zu genießen. Ich glaube, tief in seinem Inneren glaubt Vale, dass er keine feste Beziehung verdient. Er betrachtet sich selbst als beschädigte Ware." Urho sah Jason eindringlich an. „Aber das hast du inzwischen sicher selbst schon herausgefunden."

Jason nickte. „Wie kann ich ihn überzeugen, dass dem nicht so ist?"

„Was du über Vale wissen solltest, ist, dass er in Wirklichkeit fest in die Hand genommen werden will."

„Wie meinst du das?"

„Ja, es gefällt ihm, selbst über sein Leben zu bestimmen, aber er liebt es, wenn man ihm sagt, was er tun soll. Besonders im Bett."

Jason dachte, er würde Urho umbringen, falls der nur noch ein weiteres Wort sagte.

„Also ist das der Weg, die Sache zu regeln", fuhr Urho fort und verengte nachdenklich die Augen. „Sag ihm, dass er den Vertrag unterzeichnen soll, weil ihr beide es wollt. *Sag* ihm, er soll sich unterwerfen. *Mach* ihn zu deinem Omega." Urho zuckte die Achseln. „Das ist die Haltung, die ich während seiner Hitzen annahm. Er schmolz jedes Mal wie Butter. Und das funktioniert nicht nur bei Vale. Ich habe das bei jedem Omega gemacht, mit dem ich je zu tun hatte. Es ist das, was Alphas tun, Jason. Und es ist das, was Omegas brauchen."

Jason versuchte, sich seinen Vater vorzustellen, wie er Pater befahl, sich bei *irgendetwas* zu unterwerfen. Aber alles, was er sehen konnte, war sein Vater, der zärtlich Paters Wange streichelte und ihm sagte, wie sehr er ihn liebte.

Urho nahm seinen Salat wieder in die Hand und aß einen Happen. „Seit dem Tag, als seine Eltern starben, verlässt er sich darauf, dass seine Freunde sich um ihn kümmern. Vale sehnt sich nach einem Gefühl von Sicherheit. Er ärgert sich oft über mich, weil ich viele seiner liberalen Ansichten nicht teile, aber im Grunde gefällt ihm, dass er sich immer auf mich verlassen kann. Es gefällt ihm, dass ich immer da war, wenn er mich brauchte. Und genauso verlässt er sich bei Yosef und Rosen auf diese Art der Zuneigung. Als sein Alpha kannst du nun dieses Bedürfnis bei ihm erfüllen.

Zeig ihm, dass du stark, beständig und zuverlässig bist und seine besten Interessen in deinem Herzen trägst. Dann wird er dir alles geben, was du willst." Urho lächelte. „Selbst, wenn es bedeutet, dass du einen kinderlosen Vertrag akzeptieren musst."

Bevor sie sich auf den Rückweg machten, besuchten sie noch einmal die Stände. Urho besorgte alles, was Mox bestellt hatte, während Jason in einer langen Schlange auf das Tomaten-Käse-Sandwich für Vale wartete.

Als sie auf dem Weg zurück zur Oak Avenue erneut die Brücke überquerten, fragte Jason: „Bist du sauer darüber, dass ich aufgetaucht bin und ihn dir weggenommen habe?"

Urho starrte ins Weite und saugte an seinen Zähnen. „Ich habe ihn seit langer Zeit geliebt, aber er hat diese Liebe nie auf dieselbe Weise erwidert."

Jason dachte an Xan und bekam Schuldgefühle.

„Ich bin nicht sauer auf dich, Jason. Nicht, solange du ihn glücklich machst. Das bleibt natürlich abzuwarten. Aber solltest du ihn verletzen …" Urho schüttelte den Kopf, und seine dunklen Augen funkelten gefährlich. „Belassen wir es einfach dabei, in Ordnung?"

Ein kleiner Hund lief an ihnen vorbei und zog seine Leine hinter sich her, und ein junger Beta folgte ihm ganz aufgelöst. Jason gab Urho die Tüten zum Festhalten und rannte los, um zu helfen. Sobald das Hündchen wieder sicher in den Händen seines Menschen war, kehrte Jason außer Atem zu Urho zurück.

Der hob eine Augenbraue. „Du hast wirklich ein viel zu weiches Herz. Vale könnte es in Stücke reißen, wenn er wollte." Er schnalzte mit der Zunge. „Erlaube ihm das nicht. Sei streng mit ihm. Denk daran, dass das Heilige Buch Wolf dir die Herrschaft über ihn gibt."

„Ich bin nicht besonders religiös."

„Wen interessiert's? Das Letzte, was du willst, ist, dass Vale denkt, du würdest ihn nicht halten können oder wollen. Alles von ihm. Selbst die weniger schönen Seiten. Denk daran, er war eine sehr, sehr lange Zeit allein, überwiegend aufgrund seiner eigenen Entscheidungen. Lass dich von ihm jetzt nicht wegstoßen. Nicht, wenn du ihn wirklich willst."

Das Haus in der Oak Avenue sah genauso einladend aus wie an dem Tag, als Jason es zum ersten Mal gesehen hatte. Er und Urho trennten sich vor dem Tor.

„Ich werde ihn nachher anrufen und fragen, wie es ihm geht", sagte Urho, als Jason ihn höflich fragte, ob er noch reinkommen und Vale sehen wollte.

Jason jonglierte mit den verschiedenen Tüten und versuchte, Urho zum Abschied die Hand zu schütteln, aber Urho lachte nur und fing eine herunterfallende Tüte auf.

„Danke", sagte Jason und nahm sie wieder entgegen. „Für deinen Rat. Ich weiß nämlich nicht so recht, was ich eigentlich tue."

Urho grinste. „Du kriegst das schon hin. Du hast ein gutes Herz. Ein starkes Alpha-Herz." Er drückte aufmunternd Jasons Schulter, dann ging sein Blick zur Seite des Hauses, wo Mox mit einem leeren Blumenkasten um die Ecke kam. „Viel Glück."

KAPITEL 17

VALE ERWACHTE MIT einem Kribbeln unter der Haut. Er erkannte es sofort. Leugnen war sinnlos; es würde nicht verhindern, was sich hiermit ankündigte. Er war höchstens noch vier Tage vom Beginn seiner nächsten Hitze entfernt.

Um sich abzukühlen, trank er den Rest Obstsaft aus der Flache, die Rosen vor ein paar Tagen in seinem Kühlschrank hinterlassen hatte. Er setzte sich an den Küchentisch und starrte Zephyr an, deren Schwanz zuckte und zuckte und zuckte, während sie aus dem Seitenfenster eine Bande Spatzen beim Baden in einer Pfütze beobachtete.

Was sollte Vale tun?

Er konnte nicht überstürzt den Vertrag mit Jason unterschreiben, nur um ihn während der kommenden Hitze um sich zu haben, und genauso wenig konnte er Urho um Hilfe bitten, wenn der wachsende Bund zu Jason bereits so stark spürbar war. Wolfgott, würde das nun für den Rest seines Lebens so sein? Falls er nicht den Vertrag unterschrieb, der Jason zu einer kinderlosen Zukunft verdammte, und sich selbst damit an eine moralische dubiose Familie band, die bei der kleinsten Indiskretion ausgelöscht werden konnte ... würde er sich für den Rest seines Lebens innerlich zerrissen fragen, was er tun sollte, wann immer eine Hitze nahte?

Und was war mit normalem, alltäglichen Sex? Würde sein Verlangen nach Jason ihn davon ebenfalls abhalten?

Vale rieb sich die Augen. Dass er über Sex nachdachte anstatt darüber, ob den Vertrag zu unterzeichnen *generell* das Richtige war oder nicht, verriet ihm alles darüber, wie kurz seine nächste Hitze bereits bevorstand. Sex motivierte ihn eigentlich immer, aber wenn eine Hitze kam, war das praktisch alles, woran er denken konnte. Er musste sich von Jason fernhalten, damit er vernünftig über den Vertrag nachdenken konnte. Er durfte nicht riskieren, erneut irgendwelchen unangemessenen sexuellen Avancen zu erliegen.

Es klopfte an der Hintertür, und Vale fluchte leise. Das waren sicher die Arbeiter, oder vielleicht Jason, weil sie etwas zum Mittagessen erwarteten. Und er hatte nichts mehr im Haus. Wieder einmal. Zephyr miaute und rannte aus dem Zimmer, geriet auf dem glatten Boden im Flur ins Schlingern und krachte gegen die Wand. Sie rappelte sich auf, dann setzte sie ihren Weg mit einer eleganten Würde fort, die wohl nur Hoheiten der Alten Welt aufbringen konnten.

„Ich komme", rief Vale, als es erneut klopfte, und sah an seiner weiten Hose und dem noch weiteren T-Shirt herab. Er hatte seit den Verhandlungen keine richtige Kleidung mehr angehabt. Keinen Job zu haben, hatte auch gute Seiten – wie zum Beispiel ausreichend schlafen zu können – aber er war nicht sicher, ob das unentwegte Tragen von Schlafanzügen etwas Gutes war.

„Ich bringe dir Mittagessen", sagte Jason, sobald die Tür sich öffnete. „Und den Jungs habe ich auch etwas gebracht. Du musst sie heute nicht versorgen." Er hielt eine Papiertüte hoch, und Vale wurde der Mund wässrig, als ihm ein vertrauter Duft in die Nase stieg.

„Sandwich mit Grilltomate und Ziegenkäse? Woher wusstest du das?"

Jason zuckte die Achseln. „Ich bin dein Alpha. Es ist mein Job, so etwas zu wissen."

Vale schrieb es der nahenden Hitze zu, dass ihm die Knie weich wurden. „Danke." Er nahm die Tüte und wollte Jason gerade hereinbitten, als er sich daran erinnerte, dass er Distanz wahren musste.

„Ich gehe dann mal weiter arbeiten", sagte Jason lächelnd.

„Hast du gegessen?"

„Bei den Marktständen, ja." Jason lecke sich die Lippen, dann fügte er hinzu: „Du hast uns heute morgen gar nicht beim Arbeiten zugesehen."

„Ich habe ein wenig geschlafen." Vale erwähnte nicht den Umstand, dass er deshalb geschlafen hatte, weil er sich mit Jason draußen so beschützt und sicher gefühlt hatte. „Ich musste mich ausruhen."

Denn seine Hitze stand kurz bevor, und sein Körper sammelte Kraft dafür, während er gleichzeitig das Verdauungssystem herunterfuhr und die Darmwände verdickte, um sich auf die Aufnahme eines Alphaknotens vorzubereiten.

„Sieh uns heute Nachmittag zu", sagte Jason, und es klang wie ein Befehl. „Ich will, dass du in deinem Arbeitszimmer bist."

Vales Arschloch bebte und wurde feucht. Er musste sich auf die Zunge beißen, um Jason nicht ins Haus zu bitten.

Jason lächelte. Seine weißen Zähne leuchteten in der Nachmittagssonne. „Sag, dass du da sein wirst."

„Ich werde da sein." Vales Stimme klang heiser.

Er sollte nicht. Aber er würde. Was konnte es schaden?

Als Jason ging, schloss Vale die Tür hinter ihm, dann setzte er sich wieder an den Küchentisch. Das köstliche Sandwich schmeckte gut genug, um seinen Widerwillen gegen Nahrung zu besiegen. Er bekam die Hälfte davon herunter, bevor es nicht mehr ging.

Vier Tage.

Wenn er Glück hatte.

Vale ließ die Tüte und das halb verzehrte Sandwich auf dem Tisch liegen und ging in sein Arbeitszimmer. Er war bereits wieder müde und legte sich aufs Sofa – mit einem Buch, einer warmen

Decke und seiner Katze – und drehte den Kopf so, dass er aus dem geöffneten Fenster sehen konnte. Ein kühle Brise wehte herein. Eigentlich war es das richtige Wetter, um den Kamin anzumachen. Aber die frische Luft linderte Vales kribbelnde Hitze, und er streckte einen nackten Fuß unter der Decke hervor, um den Effekt zu verstärken.

Jason hob eine Hand und winkte ihm zu, aber anstatt zum Fenster zu kommen, machte er sich wieder ans Pflanzen und Ackern, Graben und Glätten, und im Großen und Ganzen daran, so schmutzig wie möglich zu werden. Seine Wangen glühten, und sein Haar leuchtete in der Sonne. Vales Eier zogen sich zusammen, und sein Schwanz wurde hart, einfach nur von Jasons Anblick, von seinen scheinbar mühelosen Bewegungen. Sein Alpha würde eines Tages ein großer, kräftiger Mann sein.

Schläfrig marinierte Vale in gedämpfter Erregung und gab vor zu lesen, während sein Verstand verzweifelt nach einer Lösung für sein Hitze-Problem suchte. Unfähig, zu irgendeinem sinnvollen Schluss zu gelangen, legte er schließlich das Buch beiseite und schlief wieder ein. Er hatte einen schönen Sextraum: Jason am Strand, mit gebräunter Haut. Er stand nackt vor den heranrauschenden Wellen, hatte seinen Schwanz in der Hand und wichste sich langsam, während Vale zu seinen Füßen kniete. Die Wellen überspülten seine Schenkel, und er versuchte mit weit geöffnetem Mund Spritzer von Jason köstlichem Geschmack mit der Zunge aufzufangen.

Er erwachte abrupt aus seinem Traum, als die Worte „Bis dann" in sein Arbeitszimmer drangen. Zephyr maunzte, sprang von Vales Beinen herunter und versteckte sich unter dem Sofa. Das Licht des späten Nachmittags warf einen goldenen Schein ins Zimmer. Vale streckte sich. Er hatte einen Halbharten, und sein Arschloch war so nass wie die Meereswellen in seinem Traum.

„Danke für eure Hilfe", sagte Jasons Stimme, und Vale sah ihn allein im Garten stehen, eine Hand über den Augen, um das Sonnenlicht abzuschirmen. „Schick mir einfach die Rechnung; ich kümmere mich dann darum. Und vergiss nicht, die zusätzlichen Kosten, für die Blumenzwiebeln aus Calitan."

„War mir eine Freude, mit dir zu arbeiten", rief Mox, der offensichtlich an der Seite des Hauses war. „Zu schade, dass dein Pater wahrscheinlich dagegen wäre, wenn du uns im Frühling in seinem Garten helfen würdest."

Jason lächelte. „Ja, wahrscheinlich wird er es nicht erlauben. Aber falls ich immer noch da wohne, wenn ihr damit anfangt, werde ich mich vielleicht rausschleichen und es versuchen."

„Viel Glück bei allem, besonders mit deinem Omega", sagte Mox in einem Ton, der irgendwie implizierte, dass Jason Glück brauchen würde. Dagegen konnte Vale nicht argumentieren. Sie brauchten beide Glück, und Vale brauchte endlich etwas Klarheit. Dringend.

Dann herrschte Stille. Jason stand im Garten und sah sich stolz um. Vale wusste nicht, was sie alles gepflanzt hatten, aber er musste zugeben, dass von seinem Platz auf dem Sofa aus alles draußen sehr ordentlich aussah. Ein Hauch von Versprechen umwehte den Garten, der seit Jahren gefehlt hatte.

Jasons Blick fiel durch das offene Fenster direkt zu Vale. Dann ging er über den frisch freigelegten Pfad und blieb direkt vor dem Fenster stehen, so wie an jenem ersten Morgen.

„Du riechst fantastisch. Nach Schlick und Schweiß." Jasons Stimme klang rauchig. „Wovon hast du hier drin geträumt, Dornröschen?"

„Vom Strand. Ich war viel zu lange nicht mehr am Meer. Ich vermisse es."

Jason grinste aufgeregt. „Dann werden wir für unsere erste gemeinsame Hitze ans Meer fahren. Meine Eltern besitzen ein Strandhaus. Wir können ein paar Tage vorher hinfahren, wenn du weißt, dass es so weit ist, und das Meer genießen, bevor wir uns für die Dauer der Hitze im Schlafzimmer einschließen."

Vale schluckte. „Das klingt schön."

Jason lehnte sich an den Fenstersims und warf einen kurzen Blick zurück über seine Schulter, wie um sich zu vergewissern, dass die anderen Männer wirklich gegangen waren. „Komm her."

Vale erhob sich wie hypnotisiert vom Sofa. Er war sich wohl bewusst, dass er widerstehen sollte. Aber er konnte es nicht. Seine Füße trugen ihn wie von selbst zum Fenster. Der Duft von Jasons Schweiß war unwiderstehlich; Vale hätte Jason am liebsten abgeleckt.

„Knie dich hin." Jasons blaue Augen funkelten entschlossen.

„Jason ..."

„Tu es."

Vale schluckte schwer und unterwarf sich. Der polierte Steinboden tat seinen Knien weh, war aber gerade das einzig Solide in dem Meer des Verlangens, das ihn verschlang. Er starrte auf die Steine hinab, atmete tief ein und aus und versuchte, einen vernünftigen Gedanken zu fassen. Aber Jasons Geruch drang in seine Nase, und Vale zitterte vor Erregung. Seine Haut kribbelte und brannte – ein Vorbote der bevorstehenden Hitze.

„Zeig mir deinen Schwanz", verlangte Jason eindringlich, fast wie in Trance.

Mit zitternden Fingern löste Vale das Band an seiner Schlafanzughose, dann schob er sie bis zu den Knien herunter und entblößte seinen Schwanz in der kühlen Luft, die durchs Fenster hereinwehte. Die Kälte beeinträchtigte seine Erektion nicht im Geringsten. Vielmehr bewirkte das Lüftchen, dass sein Schwanz zuckte, und an der Spitze bildete sich ein dicker Tropfen Vorsperma.

„Oh, Wolfgott", keuchte Jason.

„Er ist beschnitten." Jason starrte seinen pilzförmigen Ständer an, und in den lüsternen Nebel seiner Gedanken mischte sich die Sorge, dass Jason das vielleicht seltsam fand. Dass es ihm missfallen könnte. Noch etwas, das gegen ihn sprach. Zusammen mit so vielen anderen Dingen.

„Ich liebe das. Er ist wunderschön." Jason errötete. „Dein Vorsperma riecht unglaublich. Ich will es kosten."

Vale erschauerte. Seine Nippel taten weh.

„Nimm etwas auf deinen Finger, dann halte es mir hin."

Vale blickte auf. Beim Anblick von Jasons vor Lust aufgeblähten Pupillen entfuhr ihm ein Wimmern. Er strich mit dem Zeigefinger über seine Eichel, um den Tropfen aufzufangen, dann streckte er seine zitternde Hand aus dem Fenster.

Mit einem Stöhnen ergriff Jason Vales Finger. Zuerst roch er nur daran, aber dann sah er Vale fest in die Augen und saugte den Finger in seinen Mund. Vale erbebte am ganzen Körper und gab einen leisen Aufschrei von sich. Seine Eier zogen sich fest zusammen, und beinahe wäre er auf der Stelle gekommen.

Jason schloss die Augen, lutschte gierig an Vales Finger und bedeckte ihn mit seinem Speichel.

„Bitte", hauchte Vale.

Jason öffnete die Augen, blinzelte und ließ Vales Hand los. „Fingere dich selbst."

„Ich … wir …" Vales Gehirn geriet ins Stolpern. Es gab einen Grund, warum sie das hier nicht tun sollten, warum er Jason auf der Stelle nach Hause schicken sollte. Aber Vale konnte sich nicht mehr erinnern, was es war. Das wachsende Band zwischen ihnen hüllte ihn in dichte Fasern von Lust, unwiderstehlich und gierig.

„Fass dein Loch an. Tu es."

Vale erzitterte, als er seinen nassen Finger zwischen seine Arschbacken schob und über die Stelle rieb, wo er sich nach Jasons Schwanz verzehrte. Er stöhnte, als mehr Schlick herausfloss, seine Hand bedeckte und an seinen Schenkeln herunterlief.

Draußen vor dem Fenster öffnete Jason seine Hose, holte seinen herrlichen Schwanz heraus und begann, die Vorhaut über der dicken Eichel vor und zurück zu schieben. Er starrte Vale an, während er sich langsam wichste, seinen Ständer durchs offene Fenster gestreckt.

Überwältigt von sexuellem Verlangen beugte Vale sich instinktiv nach vorn und öffnete den Mund. Jason beobachtete Vales unbeherrschtes Drängen mit halb geschlossenen Augen und wichste sich weiter, hielt seinen Schwanz aber gerade so außerhalb von Vales Reichweite. „Hol dir einen runter", keuchte er. „Zeig's mir."

Vales Hals, Gesicht und Ohren begannen zu glühen, und Hitzewellen erfassten seinen ganzen Körper, ließen seinen Schwanz pulsieren und seine Schenkel schwitzen. Ein neuer Schwall Schlick floss aus seinem Arsch. Jason stöhnte laut, lehnte sich gegen den Sims und wichste sich schneller und fester.

„Komm für mich", befahl Jason durch seine zusammengebissenen Zähne. „Ich will noch einmal dein Gesicht sehen."

Vales Ständer klatschte gegen seinen Bauch. Er riss sich das T-Shirt vom Leib und warf es hinter sich. Er schauderte in der kalten Luft, als er sich zwei Finger in den Arsch steckte, während er heftig seinen Schwanz rieb.

„Scheiße", keuchte Jason. Seine Augen wanderten über Vales Körper. „Du bist wunderschön. Perfekt. Deine Tattoos! Wann hast du … oh Gott, du bist so geil. Scheiße." Er beugte sich nach vorn und hielt sich mit einer Hand am Fenstersims fest, während er sich wichste.

Vales Bizeps waren von Tattoos bedeckt, die er in seinen Zwanzigern während mehrerer rebellischer Phasen jeweils direkt nach einer Hitze hatte machen lassen, zusammen mit einer Zeile aus einem seiner Gedichte, die quer über seine Rippen verlief. Er hatte beinahe vergessen, dass Jason sie noch nicht gesehen hatte und sie vielleicht nicht mögen würde. Jasons Lob jagte eine neue Woge der Lust durch seine Adern.

Jason plapperte weiter, während er sich wichste. „So geil. Perfekte Nippel. Dein Bauch. Ich werde alles in Besitz nehmen, dich mit meinem Samen bedecken."

Vale drückte seine Brust heraus, halb wahnsinnig vor Verlangen nach Jasons Sperma. Er ließ seinen Ständer los, um mit seinen Nippeln zu spielen, und ließ die Fingerspitzen um die harten Knospen kreisen. „Tu es."

„Sieh mich an", befahl Jason. „Zeig mir, wie mein Omega aussieht, wenn er mich will."

Vale hob den Blick. Sein Herz zog sich zusammen und flatterte wild, wie ein Vogel, der sich in den Himmel hinaufschwang.

Jason war großartig, mit seinem erhitzten Gesicht, seinem schmutzigen Arbeitshemd, seinem feuchten Mund, der unaufhörlich in Bewegung war. Seine schmalen Hüften zuckten, seine kräftigen Finger hielten seinen großen Schwanz selbstsicher und fest.

Vales Eier pochten. „Ja", wimmerte er. „Bitte, oh bitte." Er bäumte sich Jason mehr entgegen, bettelte mit seinem ganzen Körper um Jasons Samen. „Jason, bitte."

Jason stöhnte tief. „Ich sehe dich. Wie du dich mir präsentierst. Das macht mich so hart."

Sein Baby-Alpha redete versaut, und das machte Vale schwindelig vor Lust. Er schwankte auf seinen Knien und packte erneut seinen Schwanz. Sein Arsch verspannte sich bei jedem Stoß seines Ständers durch seine Faust, und sein Loch bebte gierig.

Vorsperma lief aus Jasons Eichel und tropfte auf die Erde. Vale wimmerte über diese Verschwendung. Dieser Schwanz und all seine Säfte sollten in Vale sein, tief in ihm. Sie sollten ihn füllen und zum Höhepunkt bringen.

„Wolfgott, ich will dich so sehr." Vale wichste sich heftig, stieß immer wieder durch den Tunnel seiner Faust. Mit der anderen Hand streckte er sich nach Jasons Fingern, die den Fenstersims umklammerten, und ergriff sie. „Ich brauche dich. In mir. Jetzt, Jason, bitte. Fick mich jetzt. Fick mich hart."

Jason stieß ein tiefes Grollen aus und drehte seine Hand um, sodass er Vales Finger ergreifen konnte. Sie starrten einander in die Augen, hielten sich an der Hand und wichsten sich schnell und grob. Schlick lief an Vales Schenkeln hinab und tropfte auf den Boden.

Jasons Augen funkelten. „Lass deinen Schwanz los. Steck dir wieder die Finger rein, mach sie nass mit deinem Schlick. Aber fass nicht deinen Schwanz an."

Vale sah Jason weiter fest in die Augen, griff um sich herum und schob drei Finger in sein Loch, welches bebte und die Finger schmatzend einsaugte. Vales Lider flatterten, als er seine Prostata und die empfindsamen Omegadrüsen berührte.

„Fester", verlangte Jason. „Lass mich hören, wie nass du bist."

Vale fickte sich selbst fast brutal, während Jasons Augen sich in seine brannten und ihre Hände sich aneinander klammerten. Das schlürfend-schmatzende Geräusch seiner Nässe war rau und wild, und die kombinierten Gerüche seines Schlicks und Jasons Vorspermas umwehten sie in einer berauschenden Wolke. Jasons Nasenflügel bebten.

„Stopp. Zeig mir deine Hand." Jasons Ständer zuckte und gab einen weiteren Tropfen Vorsperma frei. „Lass mich deine Finger sehen."

Vale streckte seine Hand aus dem Fenster, die Finger glänzend und nass von Schlick. Jason ergriff sie, zog sie an sich und rieb sie an seinem Gesicht. Dann nahm er alle drei Finger in den Mund und lutschte stöhnen daran. Vales Sack zog sich zusammen, und er sehnte sich bis in die Tiefe seiner Seele nach Jasons Schwanz. Sein Arschloch spannte sich an, und seine Nippel brannten.

Jason, der nun beide von Vales Händen festhielt, biss die Zähne zusammen und starrte auf seinen Omega hinab. Vales Körper bäumte sich ihm entgegen, wollte mehr, *brauchte* mehr. Er brauchte Jasons Berührung, seine Küsse, seine Befehle.

Und dann trafen Jasons Worte ihn wie die Kugel aus einer Pistole. „Komm. Jetzt."

Vale schrie auf. Sein Orgasmus pumpte durch seinen Leib – gewaltig, blendend, ungebeten – hervorgerufen durch den Befehl seines Alphas. Sein Loch zog sich zusammen, Sperma explodierte aus seinem Schwanz, und seine Gliedmaßen spannten sich krampfartig an. Jason ließ Vales Hände los, zielte mit seinem Schwanz und stieß einen Schrei aus, als sein eigener Höhepunkt ihn übermannte.

Gewaltige, dicke, weiße Spritzer Samen trafen Vales Brust, seinen Bart, seine Schenkel und den Boden des Arbeitszimmers. Vale sammelte, so viel er konnte, auf seine Finger und schob sie in seinen Mund, zitternd unter dem Geschmacksorgasmus, der ihn bereits am Tag zuvor umgehauen hatte. Er schauerte und schüttelte sich, bereits gierig nach mehr. Seine Haut kribbelte, und der Sturm seiner nahenden Hitze erhob sich gewaltig in seinem Inneren.

Jason zog sich die Hose hoch und kletterte durchs Fenster. Vales Herz schlug gegen sein Brustbein, und seine Muskeln verwandelten sich in Wackelpudding, als Jason vor ihm kniete, ihn in die Arme nahm und küsste, bis ihnen beiden die Luft ausging.

JASON WUSSTE NICHT, wann genau seine Finger den Weg in Vales Loch gefunden hatten – wahrscheinlich irgendwann während des endlosen Kusses, den sie geteilt hatten – aber er hatte ernste Schwierigkeiten, sich dazu zu bringen, sie wieder herauszuziehen. Vale war so eng und warm und samtig in seinem Inneren, und fühlte sich so viel anders an als Xan oder die Betas, die Jason gehabt hatte. Wie gut würde er sich erst um Jasons Schwanz anfühlen? Jason hätte ihn am liebsten umgedreht und gefickt. Und Vales drängende, gedämpfte Laute schienen ihn ermutigen zu wollen, genau das zu tun.

Aber nicht heute.

Er musste sich beherrschen. Die Kontrolle bewahren. Beweisen, dass er mit einer solchen Lage fertig werden konnte und nicht den Verstand verlieren würde. Urho hatte gesagt, dass er Vale zu seinem Omega *machen* musste, und so weit funktionierte das Experiment. Er durfte es jetzt nicht vermasseln.

Langsam zog er seine Finger heraus. Vales klagendes Wimmern war genau die Belohnung, die er gebraucht hatte dafür, die richtige Entscheidung getroffen zu haben. „Schh, Geliebter. Schon gut. Wir müssen uns jetzt beruhigen, bevor wir zu weit gehen.“

Vales Augen war glasig und voller Lust, ein Versprechen auf zukünftige Ereignisse, und er sah verwirrt zu Jason auf. „Was?“

„Komm, machen wir uns sauber.“

Vale zitterte am ganzen Körper. Sein spermabekleckerter Bauch bebte unter Jasons Berührung, als der mit den Fingern durch die Sauerei fuhr, stolz darauf, seinen Omega so herrlich markiert zu haben. Es hing auch etwas in Vales Bart und seinen Brusthaaren. Er war überall mit Jasons Samen und Jasons Geruch bedeckt. Es war perfekt.

„Ich …“ Vale verstummte. Immer noch rangen in seiner Miene Verwirrung und Erregung miteinander.

„Wir dürfen nicht. Das Protokoll, weißt du noch?“ Jason kam sich ein wenig boshaft vor, weil sein Herz schwoll angesichts der elenden Frustration in Vales schönen Augen. „Zuerst müssen wir uns morgen mit den Anwälten hinsetzen, danach können wir das hier zu Ende bringen.“

„Du … Du bist …“ Vale lallte ein wenig. „Du bist ein

Arschloch."

Jasons Hand griff um ihn herum, um erneut mit Vales herrlichem, offenen und mehr als bereiten Loch zu spielen. „Nein. Aber deines ist herrlich."

Vales Schenkel zitterten, und er spreizte die Beine bereitwillig. Jason nahm sich Zeit und spielte mit der verlockenden Nässe, die seine Finger benetzte.

Er schloss die Augen und inhalierte Vales Duft. Er konnte nicht umhin, all die Unterschiede zwischen Vale und Xan zu registrieren. Zunächst einmal älter, größer und behaarter. Aber auch von innen fühlte Vale sich anders an – kräftiger, zupackender, obwohl die Textur sehr ähnlich war, beinahe dieselbe. Seine Nässe war berauschend – noch etwas, das er mit Xan nie empfunden hatte. Und das Gefühl an seinen Fingern – Vale, der sich öffnete, weitete – war überwältigend sexy. Er inhalierte die Essenz von Vales Duft und seiner von Samen bedeckten Haut.

„Du bist absolut vollkommen", flüsterte er. „Ich bin so glücklich, dich gefunden zu haben."

Vale strich Jason das Haar aus der Stirn und sah ihn an, prüfend, suchend.

Plötzlich sog er scharf den Atem ein und zog an Jasons forschenden Fingern. „Tut mir leid, Liebling", sagte er leise. „Ich bin da etwas überempfindlich."

Jason runzelte die Stirn. Er war versucht, die Stelle noch einmal anzufassen. Im Inneren hatte es sich angefühlt wie eine festere Wand mit weniger samtigen Schlick, eine Art von Rand, der dicker wurde, je weiter er eindrang. „Was ist los?"

„Narbengewebe", antwortete Vale und verbarg sein Gesicht an Jasons Hals. Sein Bart kitzelte Jason empfindsame Haut, als er den Kopf schüttelte und schwer seufzte. „Du hast recht. Wir sollten uns saubermachen."

Jason drückte Vale fester an sich, nahm seine forschenden

Finger aber nicht weg. „Woher hast du das? Hat dir jemand wehgetan?"

Vale erschauerte in Jasons Armen, und sein Arsch zog sich um Jasons Finger zusammen. „Ja."

„Wer?" Zorn durchfuhr Jasons Zärtlichkeit wie ein Donnerschlag. „Sag mir einen Namen."

Vale zog behutsam an Jasons Arm und entfernte seine Finger. Ein Stöhnen entfuhr ihm, sobald er sie nicht mehr fühlen konnte. „Das war vor sehr langer Zeit. Es spielt jetzt keine Rolle mehr."

Jasons Kiefer verspannte sich. Wer immer Vale verletzt hatte, würde dafür bezahlen. „Der Privatermittler meines Vaters könnte ihn finden."

„Niemand trägt Schuld daran. Es war ein Unfall." Vales Stimme zitterte, und er lehnte sich schutzsuchend an Jason. „Bitte. Ich kann jetzt nicht darüber reden."

Jason küsste Vales blassen Hals und saugte einen roten Fleck in seine Halsbeuge. „Mir macht das nichts aus. Du bist trotzdem vollkommen. Ich werde behutsam mit dir sein."

Vale gab einen Laut von sich, der fast wie ein Schluchzen klang, dann löste er sich aus Jasons Armen. Er erhob sich langsam auf unsicheren Beinen, wobei er sich auf Jasons Schultern stützte. „Die Dusche ist oben. Hilft du mir hinauf?"

Jason stand auf. Er wünschte sich, zwanzig Pfund schwerer und so muskulös wie Urho zu sein. Dann hätte er Vale auf seine Arme gehoben und die Treppe hinaufgetragen. Stattdessen legte er Vale seinen Arm um die Taille, stützte ihn und küsste bei fast jedem Schritt seine Schulter und seinen Oberarm.

Zephyr raste an ihnen vorbei die Treppe hinauf und lauerte oben im Flur, bevor sie mit einem entrüsteten Miauen vor ihnen ins Schlafzimmer flitzte.

„Das ist jemand eifersüchtig", sagte Vale mit einem erschöpften Lachen. „Sie hatte dich bereits als ihr Eigentum betrachtet." Er deutete auf Zephyr, als sie das Schlafzimmer betraten und krächzte: „Ich sagte dir ja, dass er mir gehört, du Dämonkatze."

„Sie ist kein Dämon."

Wie um Jason eines besseren zu belehren, sprang Zephyr auf Vales Kommode, warf einen Bilderrahmen um und schubste eine leere Tasse auf den Boden. Dann maunzte sie die Menschen an, als wäre das alles deren Fehler.

„Sie ist durch und durch verdorben", murmelte Vale und blieb stehen. „Aber sie hält mir nachts den Hintern warm, also behalte ich sie."

Jason lachte auf. „Sie macht *was?*"

„Ich schlafe immer auf dem Bauch. Und sie hält meinen Arsch für ein Kissen. Alles klar? Ich bin im Augenblick zu erledigt, um es genauer zu erklären."

Wie sich herausstellte, war Vales Zimmer nicht das mit den wehenden Gardinen, sondern befand sich am anderen Ende des Flurs an der Rückseite des Hauses, mit Blick in den Garten. Und es gab keine Gardinen, nur dunkle Jalousien, halb hochgezogen, die das fahle Licht des frühen Abends hereinließen.

Jason würde zu spät zum Abendessen kommen. Und es war kein gewöhnliches Abendessen, sondern das Festmahl des schwangeren Wolfes. Pater würde verstimmt sein, was wiederum bedeutete, dass Vater wütend sein würde. Jason warf einen Blick zu Vale, der ihn losgelassen hatte und sich jetzt an der Tür zum Badezimmer abstützte.

Jason sah sich rasch um. In der Mitte des Raums stand ein großes Bett mit einem dicken, dekorativem Kopfteil aus Holz, in das Rosenblüten geschnitzt waren. Die ungemachte Bettwäsche war jedoch schlicht: weiße Laken und hellbraune Bezüge. Keine Muster oder Verzierungen. Passend zum Bett gab es zwei verstaubte Nachtschränkchen, ebenfalls mit geschnitzten Rosen verziert. Ein braun und cremefarben gemusterter, runder Teppich lag auf dem

Holzfußboden, umgeben von silbernen Haarbüscheln, die von Zephyr stammen mussten. Und zum guten Schluss gab es in einer Ecke einen Plüschsessel, auf dem sich so viele Kleidungsstücke stapelten, dass Jason nicht erkennen konnte, welche Farbe die Polster hatten.

„Meine Freunde haben nicht übertrieben, was meine haushälterischen Fähigkeiten betrifft, Oder den Mangel daran", sagte Vale, lehnte sich schlaff an den Türrahmen und beobachtete Jason aufmerksam.

„Hier drin riecht es nach dir." Jason musste gegen den Drang kämpfen, sich aufs Bett zu werfen und sich in *Eau de Vale* zu wälzen. Er versuchte, den Duft genauer zu bestimmen – Minze, Moschus und Rosen, süße Haut und Schlick – aber er war so lieblich und unbeschreiblich, dass er schließlich aufgab.

Sein Schwanz zeigte erneut Interesse, und er rückte ihn zurecht, sodass er etwas bequemer in seiner Hose lag.

„Jugend", murmelte Vale mit einem leisen Lachen und schüttelte den Kopf.

„Während deiner Hitzen wirst du das zu schätzen wissen." Jason hob sein Kinn und versuchte zu tun, was Urho ihm geraten hatte. Er wünschte nur, sein Kreislauf würde den Alphastiller nicht immer weiter abbauen; er brauchte jenen kühlen Raum, um einen klaren Kopf zu behalten. „Wenn du erst wieder um meinen Schwanz bettelst und ich dir nicht einen unbefriedigenden Alphadildo reinstecken muss, während ich mich erhole, dann wirst du froh über meine Jugend sein."

Vales Brust rötete sich, genau wie seine Wangen über seinem Bart. Sein Schwanz zuckte, als wollte er sich erneut aufrichten. „Du musst jetzt gehen" flüsterte er. „Oder mich auf diesem Bett ficken. Entscheide dich. Tu es jetzt."

Jason knurrte sanft darüber, dass Vale so mühelos plötzlich wieder die Oberhand gewonnen hatte. Wie sollte er jetzt wieder die

Kontrolle demonstrieren? „Du bist bedeckt von meinem Sperma. Ich habe dich markiert. Du gehörst mir. Also werde jetzt nicht frech."

Vale rieb sich mit einer Hand den Bart und verzog das Gesicht über das Sperma darin. „Und dein Gesicht sieht aus, als hättest du gerade mit einem Schrubber herumgemacht", gab er zurück.

Jason fasst sich ans eigene Kinn. Erst jetzt wurde ihm bewusst, dass es wund war und brannte. „Dieser Bart von dir ist brutal." Er grinste. „Aber er gefällt mir. Du wirst ihn behalten. Bestimmt fühlt er sich an allen möglichen, interessanten Stellen gut an. Wie etwa an meinem Arschloch."

Vale starrte ihn an und schluckte laut. Jasons Lächeln wurde breiter. Und schon war er wieder obenauf, ganz so, wie er es gern hatte.

„Den Flur hinunter gibt es noch ein Badezimmer", sagte Vale und deutete zu der Tür, durch die sie hereingekommen waren. „Es hat eine Dusche. Meins hat nur eine Wanne."

„Wir können zusammen duschen."

„Nein, wenn du noch länger bleibst, bekommen wir Schwierigkeiten mit deinen Eltern. Du kommst jetzt schon zu spät zum Festmahl."

„Dann begleite mich. Es gibt keinen Grund, warum du nicht mit uns das Mahl teilen kannst."

Vale seufzte und drückte sich vom Türrahmen ab. „Abgesehen von dem Umstand, dass ich wahnsinnig geil auf dich bin, und daher absolut nicht gesellschaftsfähig?"

Jasons Herz brach in einen schwungvollen Walzer aus. „Ist das alles, was dich davon abhält?"

Vale ignorierte die Frage. „Geh jetzt. Benutze die Dusche." Er rieb sich stöhnend das Gesicht. „Deine Sachen sind mit Sperma bekleckst. Ich glaube nicht, dass wir die Zeit haben, sie zu waschen."

„Ich rufe meine Eltern an und sage ihnen, dass ich das Mahl des schwangeren Wolfes hier mit dir feiere."

„Jason, nein. Das wird mir bei deinen Eltern keine Pluspunkte einbringen, besonders nicht bei deinem Vater. Ganz zu schweigen davon, dass der Alphastiller schon jetzt kaum noch wirken dürfte."

„Und? Gerade noch hast du mich angefleht, dich gleich hier auf dem Bett zu ficken. Vielleicht brauche ich gar keinen Alphastiller mehr."

Vale verzog das Gesicht und wandte den Blick ab. Selbst diese leichte Missbilligung schmerzte Jason wie ein Messerstich. „Geh", sagte Vale mit fester Stimme.

„Aber du zitterst. Ich will dich nicht allein lassen."

Vale schmunzelte. „Mir wird nichts passieren. Ich habe immerhin schon reichlich Hitzen überlebt. Warte nur, bis du mich während einer erlebst. Ich zittere dann immer wie Espenlaub." Er kniff die Augen zu und schauderte.

Jasons Brust wurde ihm eng vor Freude. Er bekam kaum genug Luft, um zu flüstern: „Dann wirst du den Vertrag also unterzeichnen?"

Vale ließ den Kopf sinken, und Jasons Freude verwandelte sich in ebenso starke Furcht. „Liebling, darüber sollten wir jetzt nicht reden. Morgen treffen wir uns mit den Anwälten, und dann sehen wir weiter." Ein zweites Mal drückte er sich vom Türrahmen weg, dann sank er schlaff auf sein Bett. „Wenn du helfen willst, dann lass bitte Wasser für mich ein." Vale wälzte sich auf die andere Seite und schmierte Jasons Sperma auf die Bettwäsche.

Es roch so gut – der Beweis, dass sie zusammen gewesen waren. Jasons Herz sang vor Hoffnung, und sein Schwanz zuckte erneut erregt. Er ging in Vales Badezimmer und drehte das Wasser auf, bevor er ins Schlafzimmer zurückkehrte.

Morgen würde das Warten ein Ende haben, und er konnte Vale als seinen Omega beanspruchen. Und danach konnten sie für immer in diesem staubigen Haus glücklich zusammenleben. Oder solange Vale hier glücklich war. Jason würde alles über ihn lernen. Er würde herausfinden, was er liebte, was er hasste, und Dinge an Vale entdecken, über die er sich ärgern und die Augen verdrehen würde, so wie sein Vater es tat, wenn Pater von den Befreiungsgruppen predigte. Und er würde lernen, alles an Vale zu lieben. Jede nervende Angewohnheit und jede liebenswerte Eigenschaft. Es würde wundervoll sein.

Vale streckte seine langen Glieder wie eine Katze, und Jason bewunderte seinen flachen Bauch und die entzückende Linie dunkler Haare dort. Die farbigen Tattoos an seinen Armen sprachen zu Jason wie Mysterien, die er auf der Stelle lösen könnte, solange er nur die richtigen Fragen stellte, und zwar sofort. Er glaubte, pinkfarbene Blüten zu erkennen, oder vielleicht waren es Wolken, Wolfgottes Gesicht, ein Stern und möglicherweise eine Sonne auf einem Arm, und Echos dieser Themen auf dem anderen.

„Deine Tattoos ...“

„Geh“, sagte Vale und gestikulierte mit schlaffen Fingern zur offenen Tür.

„Aber–“

„Die Tattoos sind eine Geschichte für ein anderes Mal. Du musst jetzt wirklich gehen.“

„Nicht ohne Abschiedskuss.“

Vale begann zu protestieren, offensichtlich besorgt, wohin das führen konnte. Aber Jason nahm Vales Gesicht in beide Hände und küsste ihn leidenschaftlich. Vale schmolz dahin und zog ihn näher.

Schwer atmend riss Jason sich los. „Auf Wiedersehen, Vale. Bis morgen.“

Vale ließ ihn los, sagte aber nichts. Er fiel zurück aufs Bett, immer noch eingehüllt in den Geruch von Jasons Samen.

Als Jason das unordentliche Haus in der Oak Avenue verließ, wäre er beinahe über Zephyr gestolpert. Offenbar wollte sie nicht, dass er ging.

Auf der Straße schnupperten vorbeigehende Alphas an ihm und sahen ihm mit belustigten Blicken hinterher, aber Jason war das gleich. Sollten sie doch denken, was sie wollten. Er hatte Vale Aman einen weiteren Orgasmus verschafft, hatte seine Finger in Vales Arsch gehabt und ihm beinahe das Versprechen abgerungen, dass sie morgen einen Vertrag schließen würden.

Es war ihm gleich, dass er zu spät zum Mahl des schwangeren Wolfes kommen, dass Pater wahrscheinlich rauchen und Vater herumbrüllen würde. Es war ein verdammt guter Tag gewesen.

Und absolut nichts konnte ihn ruinieren.

KAPITEL 18

D AS ABENDESSEN WAR seltsam.
Und das lag nicht an der Mischung der Aromen, die
Jason verbreitete, als er nach Hause kam. Es hatte weder etwas
damit zu tun, dass er sich verspätete, noch damit, dass er mit Vale
das Protokoll verletzt hatte. Nein, er kam mit alldem zunächst überraschenderweise davon.

Seine Eltern hatten sich in Vaters Arbeitszimmer eingeschlossen,
als er eintraf, und es roch nirgends nach Essen. Verwirrt, aber
erleichtert, nicht mit Fragen oder wissenden Blicken bombardiert zu
werden, war er nach oben geflitzt, um noch eine Dosis Alphastiller
einzuwerfen, und hatte noch ein paar Minuten lang in seinen und
Vales Gerüchen in seiner Kleidung und auf seiner Haut geschwelgt,
bevor er unter die Dusche gegangen war.

Danach hatte er, sobald er wieder klar denken konnte, alles
außer seinem Hemd in die neumodische Waschmaschine gestopft,
die sein Vater vor einigen Jahren angeschafft hatte. Das
spermabedeckte Hemd hingegen hatte er unter sein Kopfkissen
geschoben. Er hoffte nur, Pater würde seinem Zimmer fernbleiben,
bis er Gelegenheit gehabt hatte, es noch ein wenig mehr zu
genießen.

Aber dann war er ins Esszimmer gekommen und hatte
festgestellt, dass es nicht nur kein Festmahl gab, sondern auch sonst
keinerlei festliche Dekorationen. Der Kandelaber des schwangeren
Wolfes, den Pater stets in die Mitte des Tischs stellte, war nicht zu
sehen. Das Tischgesteck war mehrere Tage alt und bei Weitem

nicht so schön wie das, was sie letzte Woche beim Abendessen gehabt hatten, als Vale und dessen Freunde zu Gast gewesen waren.

Das war nicht richtig. Nicht, wie es sein sollte. Aber als seine Eltern schließlich das Esszimmer betraten und nur eine seltsame Mischung von aufgewärmten Resten auf ihren besten Servierplatten hereintrugen, war die Atmosphäre so angespannt und unangenehm, dass Jason nicht zu fragen wagte – aus Angst zu hören, dass es tatsächlich *seine* Schuld war.

Sicher konnte das alles nicht die Folge dessen sein, was er und Vale getrieben hatten, oder? Ganz offensichtlich konnte er die Röte an seinem Kinn nicht verbergen, aber ein paar Küsse konnten doch nicht der Grund für diese Anspannung sein! Hätten seine Eltern alles gewusst, was er und Vale getan hatte, wären sie sicher wütend genug, um Probleme zu machen. Aber falls das der Fall war, wo blieb die Predigt? Warum wurde er nicht angeschrien? Wo blieben die Vorwürfe, dass Vale kein angemessener Omega für ihn war? Alles, was er hatte, war dieses schmerzhafte Schweigen.

Jason hoffte, wenn er nur still genug blieb, würden sie es vielleicht einfach gut sein lassen. Immerhin sollten am nächsten Tag die Verhandlungen weitergehen, und falls alles gut lief, wären die heutigen Geschehnisse ohnehin nicht mehr von Bedeutung.

Ein flaues Gefühl breitete sich in seinem Magen aus. *Verhandlungen.*

Was, wenn sie irgendetwas Neues über Vale erfahren hatten? Etwas, das ihnen nicht gefiel? Was, wenn sie das Fest des schwangeren Wolfes nicht begehen wollten, weil sie ohnehin nichts Gutes mehr von der Zukunft erwarteten? Was, wenn sie versuchten herauszufinden, wie sie ihm beibringen sollten, dass er Vale doch nicht haben konnte?

Er wappnete sich innerlich, um die Lage mit einer Frage über den morgigen Tag zu testen, aber bevor er dazu kam, legte Vater seine Gabel zur Seite und sah Jason mit einem seltsam dunklen

Blick an. „Wir sollten jetzt alle essen und dann früh zu Bett gehen. Du brauchst für morgen einen klaren Kopf und musst ausgeruht sein, Junge."

„Aber es ist erst acht Uhr."

Ja, das war spät fürs Abendessen, aber viel zu früh, um schon zu Bett zu gehen.

„Reich mir die Butter, bitte", sagte Pater, tiefe Sorgenfalten auf der Stirn. Er hatte nicht einmal etwas Nettes für den Festtag angezogen. Er trug einen weichen, weiten Pullover in Grau – die Farbe, die er am wenigsten mochte. Vater für seinen Teil hatte wenigstens ein Jackett übergeworfen. Jason kam sich in seiner üblichen, festlichen Abendgarderobe mit Anzug und Krawatte wie ein Idiot vor. „Jason? Die Butter?", kam es scharf von Pater.

„Ja, richtig." Als er sich hinüberbeugte, um Pater die Butterschale zu reichen, runzelte er die Stirn. Unter dem Geruch von kaltem Zigarettenrauch, der von Pater ausstrahlte, lag noch ein anderer Geruch – etwas Seltsames und Fremdartiges. War er krank? Pater roch überhaupt nicht wie er selbst.

Zum ersten Mal an diesem Abend richtete Pater seine Aufmerksamkeit auf Jason und fragte leise: „Wie war dein Tag in Vales Garten?"

Vater blickte von seiner feindseligen Betrachtung der Hühnchenreste auf, in denen er lustlos stocherte. „Ja, lief alles gut?"

Unwillkürlich zeigte Jasons Verstand ihm das Bild von Vale auf seinen Knien, ohne Hemd, die Tattoos entblößt, die Nippel hart und spitz in der kalten Luft am Fenster, und von oben bis unten bespritzt mit Jasons Sperma.

„Ja, alles lief großartig."

Pater lächelte, aber es wirkte spröde. „Oh?"

„Mox und seine Crew haben alles ausgeräumt und freigeschnitten, und die Blumenzwiebeln fürs Frühjahr sind gepflanzt. Vale schien sich sehr darüber zu freuen." Eigentlich hatte

Vale nicht wirklich etwas dazu gesagt. Aber er würde sich freuen, wenn es im Frühling blühte.

Pater nickte und fuhr fort, das Essen auf seinem Teller hin und her zu schieben.

Jason nahm einen Bissen von seinem aufgewärmten Nudelgericht und kaute nachdenklich, während er versuchte, den seltsamen Geruch einzuordnen, den Pater verströmte.

„Das freut mich zu hören, Junge", sagte Vater.

„Vale liebt Rosen", sagte Jason, der sich für das Thema erwärmte. „Deshalb fand Mox, es wäre eine gute Idee, ein paar unter dem Fenster zu seinem Arbeitszimmer zu pflanzen, damit es im Sommer nach Rosen duftet. Nächste Woche geht er noch einmal hin, nachdem er ein paar Rosenbüsche besorgt hat, die sich gut im Herbst pflanzen lassen."

„Das klingt sehr schön", sagte Pater, der es erneut mit einem Lächeln versuchte und versagte. „Ich freue mich, dass du einen guten Tag dort hattest."

Jason warf einen Blick zwischen seinen Eltern hin und her. Die beiden hatten einander während des ganzen Essens noch kein einziges Mal angesehen. Langsam bekam Jason es mit der Angst. „Geht es dir gut, Pater?"

Sofort starrte Vater Jason wütend an, und seine blauen Augen wurden kalt. „Genug", knurrte er.

Jason drehte sich der Magen um. Sein Puls raste. Noch nie hatte sein Vater so mit ihm gesprochen.

Pater legte seine Gabel hin und fauchte Vater an: „Es ist nicht so, als könnte er es nicht riechen, Yule."

Vater schüttelte heftig den Kopf und presste fest die Lippen zusammen.

Jasons Kehle wurde staubtrocken. Schweigen senkte sich, während sie alle drei in ihrem Essen stocherten. Schließlich flüsterte Jason: „Ich rieche es."

„Nein!", brüllte Vater und schlug mit der Faust auf den Tisch.

„Yule, wir kommen nicht darum herum."

„Er braucht davon nichts zu wissen", bellte Vater, schob seinen Stuhl vom Tisch zurück und sprang auf. Er zeigte mit dem Finger auf Pater. „Miner. In mein Arbeitszimmer. Sofort."

Aber Pater saß einfach da und starrte Vater trotzig an. Er packte den Griff seiner Gabel so fest, dass seine Knöchel weiß waren.

Jason wäre beinahe das Essen wieder hochgekommen. Sein Herz raste. Was hatte Pater getan?

Vater hielt sich an der Rückenlehne seines Stuhls fest und schluckte krampfhaft.

„Was ist es, das du riechst, Jason", fragte Pater schließlich mit beängstigend ruhiger Stimme.

„Da ist etwas Fremdes, das sich unter deinen eigenen Geruch gemischt hat. Der Geruch einer anderen Person." Jason warf einen raschen Blick zu Vater, dann flüsterte er: „Hast du ... aber warum solltest du ...?" Ihm wurde die Kehle eng, und er klang wie ein Kind. „Du liebst Vater!"

Pater wirkte einen Augenblick lang verwirrt, aber dann lächelte er seltsam und zaghaft. „Oh, Wolfgott, nein. Oh Jason, das würde ich niemals tun." Er warf Vater einen traurigen Blick zu. „Siehst du? Genau deshalb müssen wie es ihm sagen. Er denkt, ich hätte Sex mit einem anderen Mann gehabt!"

Vater zog seinen Stuhl wieder heraus und setzte sich. Er stützte die Ellenbogen auf seine Knie und schlug die Hände vors Gesicht. Die Anspannung, die von ihm ausstrahlte, war fast unerträglich. Für einen langen Moment herrschte wiederum Schweigen am Tisch.

Jason schluckte heftig, als ihm erneut das kaum angerührte Abendessen hochkommen wollte. „Was ist es dann?"

„Ich bin schwanger", sagte Pater grimmig.

„Oh." Jason starrte seine Eltern an. Das Herz klopfte ihm bis zum Halse. „Aber das ist gefährlich für dich. Ich dachte, du würdest

Medizin nehmen, damit das nicht passiert."

„Das hast du ihm ebenfalls erzählt?" Vater hob den Kopf und starrte Pater schockiert an. „Wolfgott, Miner, diese Last sollte er nicht tragen müssen."

Pater ließ seine Gabel klappernd auf den Teller fallen. „Er wird schon bald vertraglich an einen Omega gebunden sein. Vielleicht schon morgen. Er muss die Last begreifen, die *alle* Omegas tragen. Ob es dir gefällt oder nicht, er ist alt genug, die Wahrheit über unsere Familie zu kennen."

„Aber nicht alle Omegas haben denselben Geburtsdefekt wie du."

„Haarspalterei ist keine Lösung für diese Situation. Lass uns nicht wegen jedes Details kämpfen."

„Nein, lass uns um dein Leben kämpfen!" Vater sah Pater mit einer Verzweiflung im Blick an, die Jason noch nie zuvor gesehen hatte. „Bei Jasons Geburt wärest du fast gestorben. Nein, du *bist* gestorben. Sie mussten dich wiederbeleben!"

Pater presste fest die Lippen zusammen und starrte Vater an. „Das weiß ich, Yule. Ich war dabei."

„Was?", sagte Jason und blinzelte von einem zum anderen. Davon hatte er keine Ahnung gehabt.

„Und kaum, dass dein Herz wieder schlug ... hätte das Krankenhaus nicht zufällig deine Blutgruppe vorrätig gehabt ..." Vater Augen füllten sich mit Tränen, und seine Stimme versagte. „Wir haben an jenem Tag unverschämtes Glück gehabt. Sonst hätte ich dich verloren."

Auch Pater bekam feuchte Augen, und seine Unterlippe bebte. „Du hast mich nicht verloren. Ich sitze direkt vor dir."

„Ja, du bist hier. Fast zwanzig Jahre älter. Und schwächer als je zuvor, nachdem du für so lange Zeit Abtreibungspillen benutzt hast. Und du denkst, du könntest dieses Kind austragen?"

„Ich weiß es nicht. Aber ich werde es versuchen." Er schloss die

Augen. „Ganz offensichtlich will er auf die Welt kommen. Die Medikamente haben ihn nicht abgetrieben. Er hat sich durch die Krämpfe und die Blutungen hindurch festgeklammert. Er ist ein Kämpfer."

„Wer weiß, welche Wirkung diese Medikamente auf die Entwicklung eines Fötus haben?", rief Vater aufgelöst, dann bedeckte er erneut sein Gesicht mit den Händen. Die Worte hingen im Raum. Pater riss die Augen auf und zitterte. Er starrte Vater an, sagte aber nichts.

Jason saß wie gelähmt da, und ihm gefror das Blut in den Adern.

„Welche andere Wahl haben wir denn, Yule?" Pater war leichenblass, aber seine Augen leuchteten voller Entschlossenheit. „Die anderen Optionen sind genauso illegal wie die Abtreibungsmittel. Und bedeutend riskanter. Ohne einen kompetenten Arzt ist eine Abtreibung in diesem Stadium genauso gefährlich wie der Versuch, das Kind auszutragen. Außerdem wissen wir gar nicht, wo wir anfangen sollten, uns eine Prozedur dieser Art zu beschaffen. Es gibt niemanden, dem wir auch nur annähernd vertrauen könnten."

„Mit Geld kann man sich Schweigen erkaufen, und ich bin bereit, jede Summe zu zahlen, wenn es um deine Sicherheit geht."

„Ich werde es nicht tun", sagte Pater und schüttelte den Kopf. „Dieses Kind will geboren werden. Und ich will es haben."

Vaters Lippen bebten, sein Mund öffnete und schloss sich, und er atmete schwer. Ein gequälter Laut, halb Stöhnen und halb Seufzen, entrang sich seiner Brust, dann stand er auf und verließ den Raum. Die Tür fiel mit einem lauten Knall hinter ihm ins Schloss. Jasons Mund war staubtrocken, und sein Puls raste. Er wäre am liebsten ebenfalls weggerannt, aber er wusste nicht, wohin oder wie, und blankes Entsetzen hielt ihn auf seinem Stuhl.

Pater griff in seine Brusttasche und holte eine Zigarette und

Streichhölzer heraus. Er schob seinen Teller von sich, und steckte sich eine an. Der Rauch stieg spiralförmig über seinem Kopf auf und schwebte zur Zimmerdecke.

Jasons Finger und Zehen kribbelten, und er fühlte sich am ganzen Körper seltsam taub. Der Raum schien sich zu drehen. Eine schwarze Art von Schweigen näherte sich von allen Seiten und schloss ihn ein, und außerhalb dieser Schwärze schien nichts mehr zu existieren, nur noch dieser Tisch und Jason und Pater.

Und Vater, der irgendwo in der Dunkelheit außerhalb des Raums Qualen erlitt.

Jason wedelte den Rauch zur Seite, den Pater ausatmete, und fragte: „Ist das gut für das Baby?"

Pater lachte bitter. „Ich habe keine Ahnung, zur Wolfhölle, Liebes." Er nahm einen tiefen Zug. „Wahrscheinlich nicht. Ich werde es ab morgen lassen."

Jason stocherte mit der Gabel in seinen Nudeln. Er konnte nicht weiteressen. Er schluckte heftig, dann sagte er: „Ich will nicht, dass du stirbst."

Pater stöhnte und griff nach Jasons Hand. „Nichts ist in Stein gemeißelt. Es geht mir nicht gut, aber ich bin nicht gewillt, ein halbes Dutzend weiterer Gesetze zu brechen, die deinen Vater ins Gefängnis bringen können, um eine Schwangerschaft abzubrechen, die ich zu meiner eigenen Überraschung austragen will."

„Aber du hast gesagt, du würdest das nicht überleben, und Vater sagte, du musstest bei meiner Geburt wiederbelebt werden und Blutkonserven bekommen. Und du bist jetzt älter, und du bist *nicht* gesund. Warum tust du das? Du hast doch mich. Du brauchst kein zweites Kind. Die Erblinie ist gewahrt!"

„Ist sie das?", fragte Pater leise. „Die medizinischen Berichte deines Vale geben keinen Anlass zu hoffen, dass er je ein Kind austragen können wird. Und ich werde ihn nicht zwingen, dasselbe durchzumachen wie ich. Ein weiteres Kind – ganz gleich, ob Alpha oder Omega – würde für den Fortbestand dieser Familie neue Möglichkeiten eröffnen."

„Ich könnte einen Surrogat-Alpha nehmen." Jasons Magen drehte sich um, und er hatte das Gefühl zu sterben. Zwischen Pater und Vale wählen zu müssen? Sein ganzer Körper schmerzte bei dem Gedanken. Aber er konnte Pater nicht sterben lassen! „Wenn es sein muss, dann werde ich das tun."

„Nein." Paters braune Augen schimmerten traurig. „Das würde ich dir niemals antun. Dir etwas vorenthalten, das mein Leben so wundervoll gemacht hat, trotz der Schmerzen?" Er schüttelte den Kopf. „Auf keinen Fall. Und deinem Vale würde ich das auch nicht antun. Es wäre außerdem ein Verrat an mir selbst als Omega, würde ich den Fortbestand der Erblinie über den Bund stellen, den ihr beide teilen werdet." Pater schnippte die Zigarettenasche in sein kalt gewordenes Essen. „Darüber hinaus habe ich mir immer ein zweites Kind gewünscht. Es war ja nicht so, als hätte ich nicht mehr als nur eins gewollt, weißt du? Es war ein großes Glück für mich, all die Jahre dein Pater zu sein, und jetzt wirst du uns bald verlassen. Ein Baby im Haus würde uns allen neues Glück bringen."

„Wenn du bei seiner Geburt stirbst, wird es überhaupt kein Glück mehr geben", sagte Jason und ließ die Gabel scheppernd auf den Teller fallen. „Ich will ihn nicht. Ich will dich so lange behalten, wie ich kann, und ich werde ihn nicht lieben, wenn du ihn bekommst."

„Jason …" Pater nahm einen langen Zug von seiner Zigarette, dann drückte er sie auf seinem Teller aus. Er stand auf, ging um den Tisch herum und kniete sich neben Jasons Stuhl auf den Boden. Er nahm Jasons Hände. „Ich weiß, dass du Angst hast, und die Reaktion deines Vaters ist nicht gerade hilfreich. Aber zerbrechen wir uns nicht den Kopf über Probleme, die vielleicht gar nicht eintreten. Wir wissen nicht, was passieren wird. Vielleicht ist diese Schwangerschaft anders als die anderen."

„Was gibt dir Anlass, das zu denken?"

Pater zuckte die Achseln. „Ich kann nur hoffen. Das Leben ist unberechenbar, und es sind schon seltsamere Dinge passiert."

Jason starrte ihn mit offenem Mund an. Zorn stieg glühend in ihm auf, und er riss seine Hände weg.

„Was?", fragte Pater. Er klang nervös. „Was geht dir durch den Kopf?"

„Du gibst auf. So wie du neulich gesagt hast ... du wusstest, dass du für mich da sein musstest, und jetzt denkst du, ich brauche dich nicht mehr, und gibst auf."

Pater starrte ihn an. Sein Kiefer zuckte, dann wandte er den Blick ab.

„Falls du mir sagen willst, dass ich unrecht habe, werde ich dir nicht glauben."

Pater stand auf, kehrte zu seinem Stuhl zurück und betrachtete sein ungegessenes, mit Asche verschmutztes Mahl, als wäre es eine Kristallkugel, die die Zukunft zeigte. „Also gut. Du bist alt genug für die Wahrheit."

Jason versteifte sich.

„Ich bin es leid, immer Schmerzen zu haben. Ich bin es leid, nach jeder Hitze zu leiden und Fehlgeburten zu haben. Und ich bin es leid, das deinem Vater anzutun. Er hat ebenfalls gelitten. Wenn ich ihm noch ein zweites Kind schenken kann, wird er mir vergeben ... für das andere."

„Er liebt dich", sagte Jason flehend in der Hoffnung, Pater zur Vernunft zu bringen. Obwohl er nicht die leiseste Ahnung hatte, wie sich eine illegale Abtreibung arrangieren lassen könnte, hegte er keine Zweifel, dass Vater einen Weg finden würde. Wenn Pater nur zustimmte. „Er war nie wütend wegen irgendetwas von alldem."

„Ich meinte, dann wird er mir für meinen Tod vergeben", sagte Pater leise.

Es war wie ein Messerstich in Jasons Herz. Er konnte kaum

atmen, schaffte aber zu fragen: „Hast du das absichtlich getan? Hast du das Medikament dieses Mal überhaupt eingenommen?"

„Was? Natürlich habe ich es eingenommen", gab Pater aufgebracht zurück. „Der Apotheker, der es für mich herstellt, hat mich immer gewarnt, dass es auch mal versagen kann. Bis jetzt hatte ich einfach Glück. Aber dieses Mal …" Er verstummte. Dann wurde seine Miene weicher. „Du wirst bei deinem Omega in guten Händen sein. Ich kann in seinen Augen sehen, dass er sich um dich kümmern wird. Und dein Vater …" Paters Kinn zitterte.

„Er kann nicht allein ein Baby großziehen!"

„Du und dein Vale könntet ihm helfen."

„Hör auf, ihn meinen Vale zu nennen. Er ist einfach nur *Vale*. Er ist mein Omega, und er wird nicht meinen kleinen Bruder aufziehen, den du so selbstsüchtig bekommen willst." Jason schob so heftig seinen Teller weg, dass er zur anderen Seite des Tisches klapperte und beinahe herunterfiel.

„Jason …" Pater klang genauso wie früher, als Jason noch klein war und Pater ihn wegen etwas tadeln musste.

„Nein. Hör auf." Jason schob seinen Stuhl zurück, stand auf und zeigte mit dem Finger auf Pater. „Und was, wenn das Baby nicht überlebt und du für nichts und wieder nichts stirbst? Was dann? Bitte, Pater. Das muss nicht passieren. Vater sagte, er könnte jemanden finden, der … der … sich um die Sache kümmert."

Pater schüttelte den Kopf und zündete sich eine neue Zigarette an. „Das ist so riskant, Jason. Du bist jung. Du begreifst die Konsequenzen nicht, aber dein Vater und ich kennen sie. Wir haben selbst gesehen, was passieren kann. Mein Leben ist es nicht wert, dass Yule ins Gefängnis geht. Da versuche ich lieber, das für ihn zu tun, als in einer Gefängniszelle zu sterben, gezwungen, allein meine Hitzen zu erdulden, und in dem Wissen, dass dein Vater verzweifelt und elendig ohne mich in der Nachbarzelle leidet." Pater deutete mit seiner Zigarette auf Jason. „Und dabei ist das Gefängnis noch das beste vorstellbare Szenario, falls man uns erwischt. Ich habe einen Omegafreund verloren, als ich noch ziemlich jung war. Er tat, was er tun musste, und unterzog sich einer Abtreibung. Zwei Tage später flog er auf. Er wurde innerhalb einer Woche hingerichtet."

Jason wollte schlucken, konnte aber nicht. Seine Kehle war zu trocken.

Aber Pater war noch nicht fertig. „Ganz zu schweigen davon, dass der Eingriff selbst riskant ist. Die Ärzte haben nicht gelernt, Abtreibungen durchzuführen, und es gibt nur wenige gute Ärzte, die dazu bereit sind. Es ist bekannt, dass viele Omegas bei dem bloßen Versuch gestorben sind. Unsere Anatomie ist zerbrechlich. Das Instrument, das uns eigentlich retten soll, kann uns umbringen." Pater zog an seiner Zigarette und aschte auf seinen Teller. „Also noch einmal ... ich sterbe lieber bei dem Versuch, diesem Kind eine Chance zu geben, als bei dem Versuch, es zu töten."

„Pater, bitte ...", flüsterte Jason. „Ich will dich nicht verlieren. Bitte tu es nicht."

„Es gibt hier keine gute Wahl, Jason. Ich kann nur das kleinere Übel wählen. Und wie ich bereits sagte, dieses Baby *will* geboren werden. Ich trage es jetzt seit sieben Wochen, das ist mehr als ein Viertel der vollen Schwangerschaftsdauer von zwanzig Wochen."

„Seit wann weißt du es schon?"

„Etwa eine Woche. Dein Vater hat ihn gestern zum ersten Mal gerochen. Das bedeutet, er wird größer. Er ist gesund. Wenn ich ihn nicht verliere ..."

Das Geräusch von zerbrechendem Glas war von oben zu hören. Pater sprang auf, wobei er seinen Stuhl umwarf, und eilte zur Tür des Esszimmers. Jason folgte ihm, und sein Herz schmerzte, als hätte ihn ein Pferdehuf in die Brust getroffen. Er rannte die Treppe hinauf, überholte seinen Pater mühelos und erreichte das

Elternschlafzimmer als Erster. Er riss die Tür auf und fand den Raum in völliger Dunkelheit vor.

Das große Bett war ordentlich gemacht, und die anderen Möbel im Zimmer wirkten wie gigantische Schatten. Vater stand neben dem zerbrochenen Fenster und starrte in die Nacht hinaus. Kalte Luft wehte an Jason vorbei in den Flur.

„Es geht mir gut", sagte Vater mit lebloser Stimme. „Geh weg."

„Yule!", rief Pater von der Treppe. Er kam so schnell hoch, wie er konnte, aber sein Gesicht hatte jegliche Farbe verloren, und er zitterte.

Jason trat zur Seite, als Pater den Raum betrat und die Szene vor sich betrachtete.

„Es geht mir gut, Miner", wiederholte Vater und stützte sich mit einer blutigen Hand an den Fensterrahmen, den Blick stur aus dem Fenster und in den Vorgarten gerichtet. Sterne funkelten am schwarzen Himmel, klarer zu sehen ohne das Glas, in dem sich sonst das Licht von innen spiegelte. Sie sahen aus wie Nadelstiche in schwarzem Samt.

Pater schob sich an ihm vorbei ins Zimmer. „Was hast du getan?"

„Ich brauchte frische Luft, und das Fenster klemmte. Da habe ich es eingeschlagen. Aber es ist alles gut jetzt."

Jasons Augen füllten sich mit Tränen. „Gar nichts ist gut!"

Vaters starker Rücken war gerade aufgerichtet, und er starrte mit immer noch unbewegter Miene nach draußen.

Pater ging zu ihm und sagte über seine Schulter: „Jason, geh wieder nach unten. Ich regele das hier."

„Aber–"

„Geh", sagte sein Vater, und seine Stimme klang hohl und leer.

Pater brachte ein beruhigendes Lächeln zustande, aber es war falsch und unsinnig, wie alles andere, seit das Abendessen begonnen hatte.

Jason schloss die Tür hinter sich, blieb aber im Flur und in Hörweite. Nach ein paar Minuten jedoch, in denen er auf und ab lief, hatte er immer noch nichts von hinter der Tür vernommen. Er drückte sein Ohr ans Holz und lauschte, konnte aber nur gedämpftes Murmeln hören.

Er wartete noch eine ganze Weile, dann ging er auf sein Zimmer. Aber der Geruch von Vale und ihrer beider Sperma auf dem Hemd, das er unter sein Kopfkissen gestopft hatte, drang ihm in die Nase wie ein surrealer Schuss Freude mitten während einer Beerdigung.

Rasch verließ er den Raum und ging nach unten in Paters Musikzimmer. Er riss sich die Krawatte und das Jackett vom Leib und warf beides auf Paters Sofa. Er krempelte die Ärmel auf, weil er eigentlich etwas Gitarre üben wollte, aber selbst mit dem Instrument in seinen Händen fand er keine Ruhe. Er sprang auf und ging im Zimmer auf und ab, wieder und wieder. Schließlich nahm er ein Stück Papier vom Schreibtisch, um eine hastige Notiz zu schreiben. Er ließ sie auf dem Tisch im Eingangsflur liegen, dann lief er hinaus in die Nacht.

Normalerweise ging Jason nach Einbruch der Dunkelheit nicht durch die Straßen. Es war wie eine andere Welt, wenn die Straßenlaternen brannten und die Häuser im Dunkeln lagen. Das elektrische Licht im Inneren schien wie geschmolzene Butter. In einigen der weniger gut betuchten Häuser flackerten Kerzen, und Jason fragte sich, wie es wohl war, so wenig zu haben.

Überraschenderweise waren viele Menschen unterwegs. Alphas, Omegas, allein oder zusammen, und Gruppen von Betas, die sich für Clubs oder Partys schick gemacht hatten. Offenbar gingen diejenigen, die keine Familie hatten, zum Fest des schwangeren Wolfes abends aus. Witzig – Jason hatte sich noch nie Gedanken darüber gemacht, wie Betas diesen Tag wohl feiern mochten.

Er konzentrierte sich auf das, was um ihn herum vorging, wie etwa die festlichen Outfits der Leute und die Straßenkünstler mit ihren Liedern und Gedichtlesungen. Wenn er seinen Verstand zwang, ganz im Hier und Jetzt zu sein, musste er nicht über seine Eltern nachdenken. Das konnte er jetzt einfach nicht. Wenn an sie dachte, begann sein Herz zu rasen und drohte zu explodieren. Ihm wurde schwindelig, er bekam das Gefühl, dass seine Lungen nicht richtig arbeiteten, und die Welt um ihn neigte sich gefährlich zu einer Seite. Er ging einfach weiter, beobachtete das bunte Treiben und versuchte, nichts zu fühlen.

Er drang tiefer in die Stadt ein, entlang der vertrauten Straßen, die im Dunkeln fremd aussahen, und ignorierte die fragenden Blicke in seine Richtung. Er marschierte weiter, ohne zurückzuschauen. Seine Füße wussten, wohin es ging. Schon bald stand er vor Vales umzäunten Vorgarten unter der großen Eiche und blickte zum Haus hinauf.

Er öffnete das Tor, ging den Pfad entlang und erreichte die Vorderveranda. Musik drang aus dem Inneren, und Jason erwog, ums Haus zu gehen und durchs Fenster hineinzusehen, um sicherzugehen, dass Vale allein war. Falls nicht ... falls Urho zurückgekommen war, um nach ihm zu sehen ...? Der Gedanke, die beiden könnten zusammen sein, verursachte ihm Übelkeit, aber er unterdrückte sie. Als er durch das kleine Seitenfenster neben der Haustür schaute, sah er Vale durch den Flur zu seinem Arbeitszimmer gehen.

Jason stockte der Atem. Vale sah so gut aus in einem silbergrauen, seidenen Morgenmantel und passender Hose. Dazu trug er goldfarbene, plüschige Schlappen. Zephyr folgte ihm auf dem Fuße, den Schwanz gerade in die Luft gestreckt und das Kinn hoch erhoben. Abgesehen von der Katze schien niemand bei Vale zu sein.

Jason klopfte.

Vale erschrak sichtlich, drehte sich aber um und kam zur Tür, wobei er seinen Morgenmantel enger um sich wickelte. Vorsichtig öffnete er die Tür einen Spaltbreit, und eines seiner grünen Augen blinzelte hindurch, um zu sehen, wer ihn so spät noch störte. Dann flog die Tür weit auf. „Jason? Was in Wolfs Namen …? Hast du etwas hier vergessen?"

Jason hob den Kopf und sagte nichts, aber Vales Augen weiteten sich in seinem blassen Gesicht.

„Oh, Liebling. Was ist passiert? Komm rein." Er zog Jason hinein, schloss die Tür und sperrte die kalte Nacht aus. Der Klang einer Violine, begleitet von einem Piano wehte aus der Richtung von Vales Arbeitszimmer, dann sprach eine tiefe Baritonstimme in dem schmeichelnden Tonfall eines Radiomoderators.

Vale neigte den Kopf und schaute Jason fragend an. „Was ist los? Du bist so blass wie ein Geist."

Jason bemerkte den roten Fleck an Vales Hals. Den er selbst heute dort erzeugt hatte, als die Welt noch wunderschön und voller Möglichkeiten gewesen war. „Ich wusste nicht, wo ich sonst hingehen sollte."

Vale zog ihn weiter ins Haus und nahm ihn in die Arme. Erst als Vale flüsterte: „Du bist ganz kalt", fiel Jason auf, dass er ohne Mantel losgegangen war.

„Rede mit mir. Was ist passiert?" Vales Stimme ertönte dicht neben seinem Ohr. Er neigte den Kopf zurück, um Jason ins Gesicht sehen zu können. „Geht es um deine Eltern? Sind sie böse auf dich? Wegen uns?"

Jason schüttelte den Kopf, aber seine Kehle war zu eng, und er bekam kein Wort heraus. Er klammerte sich fester an Vale und vergrub sein Gesicht in Vales Halsbeuge.

Vale schnalzte tröstend mit der Zunge und hielt ihn ganz fest. „Oh Liebling", sagte er beruhigend.

Jason versuchte wirklich, nicht zu weinen, aber die Tränen rannen ihm heiß über die Wangen, und gepresste, leise Schluchzer brachen unkontrolliert aus ihm hervor.

Vale wiegte ihn hin und her, während Zephyr ihnen immer wieder um die Beine strich. Vale machte beruhigende Geräusche und Versprechen, von denen Jason wusste, dass er sie gar nicht halten konnte. Denn sein Pater war schwanger und entschlossen, das Baby zu bekommen, also ... nein, es würde *nicht* alles gut werden.

Jason weinte nur noch mehr, und seine Kehle schmerzte, während seine Kindheit wie ein Kartenhaus einstürzte.

KAPITEL 19

V<small>ALE VERSUCHTE IM</small> Kopf alles zu ordnen, was aus Jason hervorbrach, als er ihn zu dem Ledersessel in seinem Arbeitszimmer führte. Jason setzte sich, und Vale kniete zu seinen Füßen. Er drückte ihm eine Tasse heißen Tee in die Hand und murmelte: „Er ist ein dickköpfiger Mann, oder?"

Zwischen verzweifelten Versuchen, den Tränenstrom einzudämmen – zunächst im Flur und dann in der Küche, während Vale Wasser für den Tee aufsetzte – hatte Jason in Grundzügen die Situation seiner Eltern geschildert. Dabei hatte er ganz offensichtlich die wirklich belastenden Details über seines Paters gewohnheitsmäßigen Gebrauch von Abtreibungspillen ausgelassen, aber durch die Gespräche mit Rosen und früher an diesem Tag mit Jason wusste Vale genug, um eins und eins zusammenzuzählen.

„Ja, das ist er", sagte Jason, wischte sich die Augen und versuchte mannhaft, den Beweis seiner Tränen fortzuschniefen. „Sie werden sauer sein, wenn sie merken, dass ich weg bin."

„Hast du ihnen eine Nachricht hinterlassen?"

„Ja, aber sie werden sich trotzdem Sorgen machen."

Vale warf einen Blick zum Telefon auf seinem Schreibtisch. „Rufen wir sie an."

„Lieber nicht. Wenn sie gerade miteinander reden oder sich streiten oder so, will ich sie nicht unterbrechen. Ich bin neunzehn. Legal betrachtet habe ich das Recht, hier zu sein."

„Legal betrachtet haben wir bereits jede Menge Regeln gebrochen ..."

„Schön. Aber du weißt, was ich meine."

Vale nickte und rieb Jasons Knie. „Trink den Tee. Er wird helfen."

Es war eine Kräutermischung, die Ruhe und Frieden bringen sollte. Rosen und Yosef hatten sie Vale zu seinem letzten Geburtstag geschenkt, weil er ihrer Meinung nach dazu tendierte, sich zu viele Sorgen zu machen. Außerdem war eine Komponente der Mischung auch eine aktive Zutat in Alphastillern, sodass Vale sich einredete, es bestünde weniger Gefahr, dass sie zusammen im Bett landeten, bevor diese Nacht vorüber war. Allerdings blieb das abzuwarten, insbesondere da die kommende Hitze seine Haut kribbeln ließ.

Nichts an diesem Tag war so gelaufen, wie er es sich vorgestellt hatte, als er am Morgen die Augen geöffnet hatte. Er fragte sich, ob je wieder ein Tag nach Plan verlaufen würde.

„Er wird sterben, wenn er keinen Weg findet, um …" Jason blickt zu Vale hinab, dann sah er weg. „Wenn er keine Fehlgeburt erleidet oder einen anderen Weg findet, die Schwangerschaft zu beenden."

„Ich weiß, du sagtest, dein Pater ist allergisch gegen die Regierungskondome – das trifft leider auf viel zu viele Omegas zu – aber hätten sie nicht trotzdem irgendwie damit klarkommen können?"

Jason zuckte mit den Schultern. „Pater sagt nein. Bei ihm führte die allergische Reaktion zu Blutungen und inneren Verletzungen während des andauernden Geschlechtsverkehrs in der Hitze."

„Ich verstehe." Vale hasste die neuen Gesetzte, die die Regierung vor einigen Jahren bezüglich der Kondome eingeführt hatte. Das Ergebnis waren schlechtere Qualität des Materials und eine geringere Auswahl. Was Miner augenscheinlich wenig Optionen ließ.

„Ich weiß, ich müsste jetzt stark sein." Jason rieb sich mit dem Handrücken über den Mund, dann presste er die Lippen zusammen, damit sie nicht zitterten. „Ich weiß, dass ich gerade total versage."

„Du *bist* stark. Das ist eine schwere Situation. Es ist ganz normal, Angst zu haben, wenn beängstigende Dinge passieren."

„Ich will ihn nicht verlieren. Ich liebe ihn."

„Ich weiß. Es tut mir so leid, Jason." Vale legte seine Wange an die gepolsterte Armlehne und sah zu Jason auf. „Trink deinen Tee."

Erinnerungen an den Augenblick, als er von dem Unfall seiner Eltern erfahren hatte, drängten sich an die Oberfläche. Er nagte an seiner Unterlippe. Jason brauchte ihn jetzt; er musste ruhig bleiben. Aber es war nicht fair – es war niemals fair, ein Elternteil zu verlieren. Er wünschte, er könnte Jason diesen Kummer irgendwie ersparen.

„Was sagt der Arzt über seine Chancen?", fragte er leise.

„Ich glaube nicht, dass er schon mit einem Arzt gesprochen hat. Ich weiß, dass er bei meiner Geburt fast gestorben wäre, und er hat noch nie geschafft, eines der anderen Kinder auszutragen. Einmal, als ich drei Jahre alt war … das haben sie es, glaube ich, noch einmal versucht. Pater lag wochenlang im Bett, und eines Nachts wachte ich von seinen Schreien auf. Ich hatte schreckliche Angst." Er räusperte sich und fuhr fort: „Großpater kam, um auf mich aufzupassen. Pater war im Krankenhaus, und Vater war natürlich bei ihm."

Vale nickte.

„Sie lieben einander so sehr", sagte Jason. „Ich habe sie noch nie zuvor wirklich streiten gesehen. Vater war so wütend und hatte solche Angst. Und Pater war … irgendwie gar nichts. So als würde er gar nichts fühlen."

„Er hat bestimmt auch große Angst."

„Er sagte, er wäre alles leid." Jasons Augen füllten sich erneut mit Tränen. „Ich will nicht mehr darüber reden."

„Das musst du auch nicht." Vale rieb seine Wange an dem

Lederpolster, während sich Lust in ihm regte, unangemessen und verlockend. Der Bart, den er sich wachsen ließ, machte ein kratzendes Geräusch am Leder. Jason streckte die Hand aus und streichelte Vales Wange und fuhr mit den Fingerspitzen über die Stoppeln. Vale küsste Jasons Knie.

„Ich habe eigentlich nicht damit gerechnet, dich so bald schon vor mir auf den Knien zu haben", sagte Jason. Seine Stimme klang immer noch heiser und ein wenig verstopft von den Tränen, die er vergossen hatte. „Aber das ist okay. Es gefällt mir."

Vale seufzte. „Es ist gemütlich hier unten."

Jasons Stimme war zärtlich, als er Vales Bart streichelte und dann sein Kinn ergriff und sein Gesicht hob, damit er ihm in die Augen schauen konnte. „Mit wie vielen Alphas warst du zusammen?"

Vale wurde die Brust eng. Er wandte sein Gesicht ab und verbarg es an Jasons Oberschenkel. Die Stille zwischen ihnen schien zu pulsieren. Dann schob Jason seine Hand in Vales Haar, zärtlich und beruhigend.

„Es spielt keine Rolle. Vergiss, dass ich gefragt habe."

Aber es spielte eine Rolle. Es war Teil der Gründe, warum Vale keine Kinder haben konnte. Ganz gleich, welcher Bund zwischen ihnen auch wuchs – wie ein schimmerndes Band, das sie aneinander knüpfte, und das er in diesem Moment körperlich fühlen konnte – Vale hatte eine Vergangenheit, die nur eine mögliche Zukunft zuließ. Es brach ihm das Herz, aber Jason verdiente mehr.

„Es gab da einen Vorfall, als ich in meinen Zwanzigern war", begann Vale und hob den Kopf, um Jason in die traurigen Augen zu sehen. „Damals hatte ich Urho noch nicht in meinem Leben, und–"

Jason legte seine Finger auf Vales Lippen. „Schon gut. Erzähl es mir nicht. Nicht so."

Vale hob verwirrt die Brauen.

„Eines Tages kannst du mir alles erzählen, und zwar wenn du wirklich willst, dass ich darüber Bescheid weiß", sagte Jason. „Nicht, weil ich gefragt habe."

Seltsamerweise aber wollte Vale, dass Jason davon wusste. Noch vor einem Tag hätte er erklärt, dass sein Alpha keinesfalls zu erfahren brauchte, was während jener zweiten Entzugshitze vorgefallen war. Aber jetzt? Nachdem er Jasons Herzleid und Zärtlichkeit für seinen Pater erlebt hatte, nach den Küssen, die sie an diesem Tag geteilt hatten, und nachdem er Jasons Samen auf sich gehabt hatte? Es war nicht richtig, dass Jason sich mit jeder Sekunde mehr an ihn band, ohne die Wahrheit über ihn zu kennen.

Aber gleichzeitig waren genau das auch all die Dinge, die es ihm in diesem Moment unmöglich machten, Jason alles zu erzählen. Wie könnte er Jason die verletzende Wahrheit zumuten, wenn er gerade so viel Angst um Miner hatte? Und wie könnte er die Erinnerung an diesen Nachmittag mit einem Geständnis verderben, dass ihn für Jason in einem ganz anderen Licht erscheinen lassen würde? Das konnte warten. Vale verdrängte den nagenden Gedanken daran, dass die Verhandlungen am nächsten Morgen erneut beginnen würden und er sich wirklich langsam im Klaren darüber werden musste, was er tun sollte. Aber mit ein wenig Glück, und bei dem, was Yule und Miner gerade durchmachten, würde er vielleicht noch einen weiteren Tag Aufschub bekommen, vielleicht auch länger. Er hatte noch Zeit. Er und Jason hatten noch ein wenig Zeit.

„Komm her", flüsterte Jason, spreizte die Knie und klopfte auf seinen Schoß.

„Du weißt, was passiert, wenn ich das mache."

„Ich will dich nur küssen."

Vales Lippen verzogen sich zu einem Grinsen. „Du bist kein besonders guter Lügner."

Aber er kletterte dennoch auf Jasons Schoß. Es war ein wenig eng in dem Sessel für sie beide, aber Jason hielt ihn fest, und Vale fühlte sich klein an Jasons breiter Brust. Jason war nicht so muskulös wie Urho – in dessen Armen Vale sich stets irgendwie zerbrechlich vorkam – aber er war groß und solide, und sein Haar roch wunderbar. Nach Rosmarin und Pfefferminz. Und er war auch nicht knochig, obwohl er so schlaksig war. Da waren genug Muskeln, die seinen Körper polsterten und Vales Gewicht halten konnten.

Jason lächelte und drehte seinen Körper so, dass sein Schwanz gegen Vales Arsch drückte. Seine Augen funkelten nicht so wie am Morgen, aber sie blickten gütig. „So ist es besser."

Vale schlang seine Arme um Jasons Hals. Als sie sich küssten, rauschte das Blut so schnell in seinen Schwanz, dass ihm schwindelig wurde. Jasons Mund wanderte an Vales Hals hinab, seine Lippen saugten abwechselnd sanft und hart, bevor sie erneut Vales Mund in Besitz nahmen.

Jasons Hand bewegte sich langsam, aber bestimmt zur Vorderseite von Vales seidener Schlafhose und ergriff Vales Schwanz durch den Stoff.

„Lass mich noch einmal sehen."

Vale erschauerte. „Jetzt ist nicht der Zeitpunkt dazu."

„Ich brauche etwas Ablenkung. Jetzt ist der perfekte Zeitpunkt." Seine Hand schlüpfte unter Vales Morgenmantel und glitt an seinem Rücken hinauf und wieder herunter. „Deine Haut ist so glatt und weich." Er bewegte seine Hand nach vorn, fuhr mit den Fingern durch Vales Brusthaar und über die Worte, die auf seiner Brust tätowiert waren. „Ich liebe deinen Körper. Bald wirst du mir alles über deine Tattoos erzählen. Dann habe ich noch mehr, was ich an dir lieben kann."

Vale schloss die Augen und rang um Selbstkontrolle, aber seine Haut kribbelte wie verrückt, und sein Arschloch wurde feucht, bereit und gierig. „Oh nein", flüsterte er.

„Oh doch", murmelte Jason in sein Ohr. „Oh doch."

Er küsste Vale erneut, und die Welt wurde zu einem Wirbelwind aus Atem, Lippen, Zungen und Speichel. Vale klammerte sich an Jason, stöhnend, lutschend, leckend. Seine Nippel wurden hart und spitz in der kühlen Luft des Arbeitszimmers, als Jason ihm den Morgenmantel von den Schultern streifte.

Sein Schwanz tropfte in seiner Schlafhose, sein Arschloch weitete sich, und mehr Schlick lief aus seinen Omegadrüsen. Jason küsste seinen Hals und sein Ohrläppchen, knabberte und leckte, bis Vale erbebte und sich im Sessel an Jason rieb. Mit überraschender Kraft packte Jason ihn unter dem Hintern und hob ihn hoch, dann stand er auf, während Vale sich mit den Armen um Jasons Hals und den Beinen um Jasons Taille festklammerte.

Das Sofa war die nächstbeste Fläche zum Liegen, und Jason legte Vale dort ab und kletterte über ihn, während seine Lippen zu keiner Sekunde Vales Haut oder Vales Mund verließen. „Ja", flüsterte Vale und hob die Hüften, um sie an Jasons zu pressen. „Fick mich."

Jason ließ lang genug von ihm ab, um aufzustehen, sein Hemd auszuziehen und seine Hose zu öffnen. Sein Schwanz war voll erigiert. Die Adern, die Vale schon zuvor aufgefallen waren, traten nun noch prominenter hervor, und das ganze, perfekte Stück stand aufrecht in harten, herrlichen Zentimetern, von denen Vale nicht die Hände lassen konnte.

Jason sog scharf den Atem ein und warf den Kopf zurück, als Vale sich vorbeugte und an der geschwollenen Eichel lutschte. Der Schaft war zu groß für Vale, um ihn ganz in den Mund zu nehmen, und dehnte seine Lippen, bis die Mundwinkel brannten.

„Oh ja", sagte Jason mit zitternder Stimme. „Das ist gut. Benutze deine Zunge."

Vale schloss die Augen und lutschte und leckte, bis Jason ihn bei den Haaren packte und wegzog. „Du machst noch, dass ich komme.“

Vale erschauerte und riss sich die Schlafhose herunter. „Komm in mir.“

Jason stöhnte, beugte sich rasch hinab und drückte Vales Beine zurück. Er vergrub sein Gesicht zwischen Vales feuchten Arschbacken und leckte und lutschte an dem bebendem, nassen Loch. „So ist es richtig“, murmelte Jason. „Mach mich nass. Komm auf mein Gesicht.“

Vale wimmerte und hielt seine Knie fest, um Jason mehr Spielraum zu geben. Hitze sammelte sich in seinem Schoß und breitete sich in seinem gesamten Körper aus. Nadelstiche herrlichen, brennenden Verlangens prickelten auf seiner Haut, befreiten ihn von allen Zweifeln und brachten ihn dazu, um mehr zu betteln.

Mit zitternden Beinen und hämmerndem Herzen spürte er die erste Welle eines großartigen, analen Orgasmus, die ihn überspülte. Er schrie auf und bog den Rücken durch. Jason bewegte seine Zunge heftiger über und in Vales zuckendem Loch. Eine weitere Woge schlug über Vale zusammen – ein intensiver, flatternder, pulsierender Orgasmus, der ihn mitriss und seine Lust höher und höher steigen ließ, bis er sich verzweifelt nach Jasons Schwanz verzehrte.

Jason ließ von ihm ab und rieb den Schlick an seiner Wange in Vales Schamhaar, den Pfad feiner Haare auf seinem Bauch und in sein Brusthaar. Dann küsste er erneut Vales Mund und raubte ihm den Atem. Er beendete den Kuss und steckte Vale seine Finger in den Arsch.

„Du wirst noch einmal kommen“, flüsterte er. „Dafür werde ich sorgen. Und dann werde ich dich ficken.“

Vale erzitterte und wand sich auf Jasons Fingern. Sein Verstand war vollkommen leergeräumt, gereinigt von allen Zweifeln, während er sich der Ekstase hingab, von Jasons Fingern gefickt zu werden. Mit jeder Bewegung massierten die geschickten Finger seine Prostata und seine Omegadrüsen, und er stöhnte hilflos. Jason steckte sie hinein und zog sie wieder heraus, schneller und schneller, und Vale zuckte und schrie auf. Seine Nippel kribbelten und zogen sich fest zusammen. Jason beugte sich hinab und leckte an ihnen.

„Oh, mein Liebling! Ich komme!" Vales Gliedmaßen verkrampften sich und er hauchte: „Oh Wolfgott …"

Sein Arschloch zuckte, während sein Schwanz gleichzeitig unfassbar hart wurde und seine Eier sich zusammenzogen. Er spritzte seine Ladung über seine Brust, schrie und krampfte sich um Jasons Finger zusammen. Sein ganzer Körper brannte auf etwas Dickeres, Größeres, auf *mehr*.

„Wolfgott", flüsterte Jason, zog seine Finger heraus und steckte sie sich in den Mund, um daran zu lutschen. Vale, der immer noch unter ihm zuckte, wimmerte, als Jason den Schlick von seinen Fingern leckte und dabei bewundernd zu Vale hinabsah. „Du bist das Schönste, was ich je gesehen habe", flüsterte Jason.

Dann stand er auf. „Komm her."

Vale wusste nicht, ob er sich überhaupt aufrichten konnte, geschweige denn stehen. Aber es gelang ihm, sich auf seine Ellenbogen zu stützen und zuzusehen, wie Jason sich wieder in den Ledersessel setzte.

„Komm her", wiederholte Jason, und dieses Mal schwang ein Befehlston in seiner Stimme mit.

Vales wackelige Knie trugen ihn kaum, aber er erhob sich und ging zu seinem Alpha. Jede Zelle in seinem Körper klingelte wie eine Glocke.

„Du hast die Wahl", sagte Jason und deutete auf seinen aderigen, fast violetten Ständer. Er stand ganz aufrecht und bettelte geradezu darum, geritten zu werden. „Ich werde dich nicht zwingen, mich zu nehmen."

Vale leckte sich die Lippen. Sein Herz raste, und sein ganzer Körper vibrierte. Er hätte jetzt einfach gehen können. Jason hätte ihn gelassen. Vale war zweimal gekommen und schwebte auf einem schwindelerregendem Hoch. Er gab keinen Grund, die letzte Regel auch noch zu brechen. Es gab keinen Grund, jetzt die Aufprägung zu vollziehen. Er hätte in diesem Moment nicht Jasons Schwanz in seinen Körper aufnehmen und damit den Einsatz all dessen, was sie beide riskierten zu verlieren, erhöhen müssen.

Aber er tat es.

Er positionierte seine Knie rechts und links von Jasons Hüften und starrte in Jasons Augen. Die schwarzen Pupillen verschluckten beinahe das ganze Blau. „Liebling, du bist perfekt", flüsterte Vale, geblendet von seinem unfassbar verliebten Herzen. Dann sank er auf Jasons harten Schwanz.

Einen furchterregenden Augenblick lang pulsierte nur die fette Eichel in seinem gedehnten Arschloch, zu groß und zu schmerzhaft. Aber dann produzierten die Omegadrüsen mehr Schlick und bedeckten Jasons Ständer mit warmer, schlüpfriger Flüssigkeit. Mit einem Freudenschrei, der sie beide erschütterte, stieß Jason seinen Schwanz vollends hinein.

„Oh Wolfgott!", schrie Jason, packte Vales Hüften und verdrehte ekstatisch die Augen. Er versteifte sich, dann begann er am ganzen Körper zu beben, als hätte er einen Mini-Orgasmus. Als es vorbei war, öffnete er die Augen und hielt Vales Blick. Dann hob er Vale hoch, bis sein Schwanz fast aus ihm herausglitt, und rammte ihn wieder hinein.

Vale klammerte sich an Jasons Schultern. Jason war so tief in ihm, Vale konnte fühlen, wie Jasons Eichel an der Öffnung seines Uterus rieb. Er stöhnte und wünschte, er wäre bereits in Hitze, sodass sein Gebärpater sich senken würde, und Jason könnte diese letzte Grenze überwinden, ihn mit Samen füllen und schwängern.

„Oh Liebling, du fühlst dich so gut an", wimmerte Vale. „Du macht, dass ich gleich wieder komme."

Und mit gleich meinte er, *genau jetzt.*

Er warf den Kopf zurück, sein Loch melkte Jasons Schwanz und sein Inneres zuckte und krampfte, als er in einem neuerlichen analen Orgasmus jede Kontrolle verlor. Sein eigener Schwanz triefte zwischen ihren Körpern, und der ganze Raum schien sich wie wild zu drehen.

„So richtig", stöhnte er schwitzend und immer noch begierig auf mehr. „So gut."

Jason zog Vales Kopf zu sich, um ihn zu küssen; sein Ständer in Vale massierte dessen Prostata und Omegadrüsen mit jedem Stoß. Irgendwo in seinem Hinterkopf wusste Vale, dass es das Pheromondelirium war, das aus ihm sprach. Aber er schwor immer wieder stöhnend, dass kein Schwanz jemals so perfekt in ihn hineingepasst hatte.

„Perfekt. Er ist perfekt. Du bist perfekt Jason. Du."

Sein Geplapper schien Jason nur anzuspornen, denn er fickte Vale noch härter und schneller und leidenschaftlicher. Küsste seine Schlüsselbeine, seine Nippel, seine Schultern.

Jason stieß halb schluchzend unanständige Dinge aus. „Ich werde machen, dass du härter kommst als je zuvor. Ich werde dich mit meinem Samen füllen, mit meinen Babys. Du gehörst mir. Ich werde dich behalten, für immer. Scheiße, ich will dich so sehr, Vale!"

Jasons Kopf fiel zurück, und seine Hüften zuckten aufwärts. Sein Schwanz schwoll an in Vales Körper – ein Vorbote eines Knotens während einer Hitze – und dann kam er. Heftige Wogen der Ekstase schüttelten ihn, sein Körper verkrampfte und löste sich, verkrampfte und löste sich, wieder und wieder, bis er schließlich schwach wie ein Kätzchen zurückblieb.

Sie keuchten und schnauften zusammen in dem Sessel, Jasons Schwanz immer noch tief in Vale. Sperma lief aus Vales Körper, und er schauderte, als er sich daran erinnerte, wie Jason gesagt hatte, er würde ihn füllen, bis er überlief.

Jason zuckte und bebte und flüsterte sinnloses Zeug. Vale küsste seine Schläfe und versuchte, seinen Baby-Alpha zu beruhigen. Aber falls er gedacht hatte, es wäre vorbei, dann hatte er die Ausdauer der Jugend nicht einbezogen.

Jason hob ihn ächzend hoch, brachte ihn zurück zum Sofa und ließ sich auf ihn fallen, um ihn erneut zu ficken, sobald Vales Rücken das Leder berührte. Die nächste Stunde verging in einer Flutwelle von sich steigernden, wahnsinnigen analen Orgasmen und einem schreienden, pulsierenden, vernichtenden Höhepunkt, den Jasons beharrliche Hand Vales Schwanz abrang.

Als es vorüber war, lag Jason verschwitzt und schaudernd in Vales Armen. Zwischen ihren Körpern war alles nass und schlüpfrig von Schlick, Sperma und Schweiß.

„Wo hast du gelernt, so zu ficken?", lallte Vale, ganz benommen von einer Lust, wie er sie nie zuvor erlebt hatte.

„Instinkt und etwas Übung" flüsterte Jason und hob den Kopf, um Vale stolz anzugrinsen. „Hat es dir gefallen?

Vale schnaubte und verdrehte die Augen.

Jason lachte. „So gut, hm?"

Vale stöhnte sarkastisch und versuchte, Jason herunter-zuschieben, um etwas leichter atmen zu können. „Das muss ich dir ja wohl nicht sagen."

Jason schob seine Finger in Vales immer noch zuckenden Arsch. „Nein, das musst du nicht. Ich habe es gefühlt."

Vale stöhnte. „Du hast mich fix und fertig gemacht. Ich kann nicht mehr."

Aber er konnte noch. Da war ein brennendes Kribbeln unter seiner Haut. Ein vertrautes Gefühl, das ihm sagte, seine Hitze war bereits auf dem Weg zu ihm. Wenn er Glück hatte, blieben ihm vielleicht noch ein oder zwei Tage. Und dann …

Er küsste Jasons Schulter und schmiegte sich daran, um seinen Kopf auf ihr abzulegen. Dann ließ er seine Finger durch das spärliche, blonde Haar auf Jasons Brust gleiten. Vale schloss die Augen und genoss das Heben und Senken von Jasons Brust und den Geruch seines Schweißes und ihres Spermas.

Während Jasons Atem sich langsam normalisierte, klärte sich auch nach und nach Vales Verstand, und er wurde von kaltem Grauen gepackt, das ihn trotz Jasons Wärme und den kribbelnden Vorboten der Hitze frösteln ließ. Was hatte er getan? Was hatten *sie* getan?

Vale schluckte heftig, als sein Herzschlag sich beschleunigte. Sie hatten die Aufprägung vollzogen. Sie hatten auch das letzte Protokoll verletzt, die letzte Regel gebrochen. Und Jason würde jetzt davon ausgehen, dass sie morgen den Vertrag schließen würden. Vale drehte sich der Magen um.

Aber er konnte auf keinen Fall den Vertrag unterzeichnen, ohne Jason die Wahrheit über seine Vergangenheit gesagt zu haben. Nicht, nachdem sie in dieser Weise zusammen gewesen waren. Nicht, nachdem sie ihre Körper vollends verbunden und er Jasons liebes Wesen in seinem Kern gesehen hatte, nachdem er ihn geritten hatte und wieder und wieder zum Höhepunkt gekommen war. Nicht nach dem, was sie soeben getan hatten. Es war falsch, seinem *Érosgápe* die Wahrheit vorzuenthalten.

Bis zu diesem Moment hatte er nie wirklich an die Möglichkeit geglaubt, dass er und Jason wirklich einen Vertrag schließen würden. Er war davon ausgegangen, dass Jason auf Drängen seiner Eltern am Ende einen Surrogat-Omega wählen würde. Und in den Momenten, wenn Vale sich einen Funken Hoffnung erlaubt hatte, hatte er sich stets eine Zukunft ausgemalt, in der Jason nie das Schlimmste von Vales Vorgeschichte erfahren und die Schuld für seine Unfruchtbarkeit nie ganz auf seinen Schultern lasten würde.

Aber nun? Wie konnte er den Vertrag unterzeichnen und einen ewigen Bund mit Jason schließen, wenn er nicht vollkommen ehrlich mit ihm war? Wie konnte er die Zukunft dieses jungen

Mannes ruinieren und sie zu seinen eigenen zerstörten Träumen von einem Familienleben in den Müll treten?

Er zwang sich dazu, sich eine realistische Vorstellung von Jasons Reaktion auf sein volles Geständnis zu machen. Jasons schöne Lippen würden sich angewidert verziehen, und das Blau seiner Augen würde kalt und leer werden. Vales Herz schmerzte, und die Kehle wurde ihm eng, während er sich an Jasons schlafenden Körper klammerte und die Tränen unterdrückte. Er wollte Jason, wollte den Vertrag mit ihm, aber er durfte sich selbst nichts vormachen. Sobald Jason die Wahrheit kannte, würde dieser romantische, liebevolle Alpha auf keinen Fall länger bei ihm bleiben.

Und falls doch – wie lange würde es dauern, bis er begann, sich nach einem Kind zu sehnen? Wenn Jasons Altersgenossen erst ihre Omegas gefunden hatten und anfingen, Familien zu gründen, würde Jason klar werden, was er aufgegeben hatte und wie wenig Vale diese Gnade verdiente. Und dann würde er Vale verachten und ihren Bund bereuen.

Nein, es war höchste Zeit, dass Vale ehrlich zu sich selbst war. Er sollte etwas Würde zeigen und die Verhandlungen zu seinen eigenen Bedingungen beenden. Er sollte Jasons Eltern sagen, dass er den Vertrag ablehnte, weil er tief in seinem Inneren wusste, dass Jason Kinder verdiente. Das würden sie verstehen, es würde ihren Wünschen entgegenkommen und hatte außerdem den Vorteil, dass es der Wahrheit entsprach.

Aber Vale war kein Narr. Er wusste, dass er dennoch mit Jason reinen Tisch machen musste. Der junge Alpha, so wie Vale ihn kennengelernt hatte, würde ihn aus keinem anderen Grund gehen lassen außer wegen der grausamen Wahrheit. Und sollte Jason beschließen, seinen Eltern von Vales Geheimnis zu erzählen, nun, zumindest brauchte Vale nicht befürchten, von ihnen angezeigt zu werden. Sie hatten zu viele eigene Geheimnisse, die sie wahren mussten

Seine Brust fühlte sich eng an; er unterdrückte ein Stöhnen. Wie hatte er nur jemals denken können, Jason bräuchte nicht zu wissen, was damals geschehen war? Er hätte sein beschämendes Geheimnis von Anfang an offenbaren sollen. Ganz gleich, wie sehr es sein Ego beschädigt hätte. Es hätte ihnen beiden den Schmerz erspart, das wachsende Band zwischen ihnen nun zerschneiden zu müssen. Und sie hätten nie den Fehler dieser wunderbaren gemeinsamen Nacht begangen. Er hätte nie die Freuden erfahren, in Jasons Armen zu liegen und hätte deshalb auch nie wirklich um ihren Verlust getrauert.

Morgen würde er Jason das Herz brechen müssen – genau wie sein eigenes.

Er hatte bereits so viel verloren: seine Eltern, seine Unschuld und nun seine Karriere. Musste er auch noch seinen Alpha verlieren? Jetzt, da er wusste, wie wundervoll Jason wirklich war und wie perfekt ihre Körper harmonierten? Jetzt, da er einen echten Vorgeschmack davon bekommen hatte, was sie zusammen haben könnten?

Das brennende Kribbeln der bevorstehenden Hitze regte sich erneut unter seiner Haut. Er schauderte an Jasons Seite, der ihn enger an sich zog, jedoch weiterschlief.

Seine Hitze war ein Problem, für das er immer noch eine Lösung finden musste. Jason würde den Vertrag zurückziehen, sobald er die Wahrheit kannte, und Vale würde nicht zulassen, dass Jason seinen ersten Knoten einem Omega gab, der diesen Bund nicht verdiente.

KAPITEL 20

„DU WIRST DEN Vertrag nicht unterzeichnen?", wiederholte Yosef Vales Worte und starrte ihn fassungslos an. „Hast du den Verstand verloren?"

Sie saßen zusammen auf dem Rücksitz des Wagens, der sie zu dem Treffen in Jasons Haus brachte, wo die Abschlussverhandlung heute stattfand. Der Fahrer hatte die Trennwand hochgefahren, sodass sie etwas Privatsphäre hatten. Es gab keine Zeit zu verlieren; Vale musste Yosef davon überzeugen zu tun, worum er ihn bat, bevor sie bei den Sabels ankamen.

Er empfand Trauer, und sie war ein schrilles, hohles Ding. Es war schwer zu glauben, dass die Aufgabe der Hoffnung, die er sich auf so falsche und unvernünftige Weise erlaubt hatte, ihn so leer und verwundet zurücklassen konnte.

„Ich habe es mir anders überlegt", sagte Vale leise.

Yosef stöhnte. „Was ist passiert? Was hat sich geändert? Bis jetzt warst du doch damit zufrieden, dass sie diejenigen waren, die einen Surrogat-Omega für das Beste hielten, und ich dachte, oder hatte zumindest gehofft, du wärest gewillt, den Vertrag zu akzeptieren, sofern sie die Geburtsklausel streichen. Ist das nicht korrekt?"

„Doch, ja. Aber die Dinge haben sich geändert."

„Welche Dinge?" Yosefs Augenbrauen hoben sich wie haarige Schmetterlingsraupen.

Vale zögerte. Er konnte nicht erklären, wie die Klarheit über ihn gekommen war, während er in der vergangenen Nacht den schlafenden Jason in den Armen gehalten hatte. Wie er mit grausamer Sicherheit erkannt hatte, dass – wie sehr er sich auch einen anderen Ausgang wünschte – er nie der Omega sein würde, den Jason Sabel verdiente. Er hatte das schon vorher gewusst. Aber er hatte närrisch gehofft, er möge sich irren und es gäbe einen Weg ...

Letzte Nacht jedoch hatte er es bis ins Mark gespürt: Jason war gut, er war gut aus tiefster Seele, aber Vale war verdorben, und er durfte Jasons Leben nicht davon beschmutzen lassen.

„Was hat sich geändert, Vale? Hilf mir zu verstehen, warum du das Ganze jetzt sabotierst."

„Letzte Nacht, da haben wir ..." Vale verstummte.

Es fiel ihm schwer, über das unfassbare Glück zu sprechen, das er bei der Vollziehung ihres Bundes empfunden hatte. Er wusste nicht, ob er je in der Lage sein würde, ein Gedicht zu verfassen, das diese vollkommenen, zärtlichen Gefühle beschreiben konnte. Wahrscheinlich würde er es gar nicht erst versuchen. Wenn er erst Jasons Zuneigung zerstört und ihren Bund verweigert hatte, würde es zu niederschmetternd sein, sich auch nur an jene unverdorbene, pure Freude zu erinnern. „Wir haben die Aufprägung vollzogen."

Yosefs weiße Brauen zuckten, und er blinzelte schockiert.

„Ich konnte mich nicht zurückhalten. Ich habe die Beherrschung verloren."

„Pheromondelirium?"

„Ja, und ..." Vale senkte die Stimme. „Meine Hitze steht kurz bevor. Ich habe nicht mehr viel Zeit."

„Wolfgott, Vale. Dann schließe den Vertrag mit Jason, und alles wird gut."

„Nein. Ich muss dieser Farce ein Ende setzen, bevor ich sein Leben ruiniere."

„Welche Farce? Du bist sein *Érosgápe*. Das ist das Gegenteil einer Farce." Yosef nahm Vales Hand und sagte drängend: „Hör mir zu. Ich kenne dich. Jason bedeutet dir viel. Ganz gleich, was du sagst oder welche Lügen du dir selbst einredest. Ich weiß, dass du dich tief in deinem Inneren danach verzehrst, dass er dich bedingungslos liebt."

„Wieso quälst du mich so, Yosef? Begreifst du denn nicht, dass es keine Rolle spielt, wonach ich mich verzehre? Ich kann ihn nicht haben!"

„Natürlich kannst du. Er ist ein guter Mann. Du würdest mit ihm glücklich sein."

„Ich würde niemals mit ihm glücklich sein!", rief Vale. Der Kloß ihn seiner Kehle brannte bei jedem Wort. „Er wird mich hassen, wenn er herausfindet, was bei meiner zweiten Entzugshitze passiert ist. Er wird mich verabscheuen, wenn er begreift, dass er mit seinem *Érosgápe* keine Kinder haben kann, weil ich selbstsüchtig und dumm war."

„Wie kannst du so etwas sagen? Es war Instinkt. Du hattest furchtbare Schmerzen. Dein Leid war unerträglich. Ich war dabei", erwiderte Yosef aufgebracht. „Ich hätte mir gern mein eigenes Herz herausgerissen, um dir zu helfen wenn das irgendetwas geändert hätte."

Vale schloss gequält die Augen. „Entschuldigungen ändern nichts am Ergebnis."

„Also gut. Dann sag es ihm. Sag Jason die ganze, brutale Wahrheit. Dann sehen wir, was er damit anfängt." Yosefs Augen blickten flehend. „Triff nicht für ihn die Entscheidung. Respektiere ihn als Mann – als deinen *Alpha* – und lass ihn dir beweisen, dass deine Selbstverachtung fehl am Platze ist."

Vale schluckte. Sein Herz hämmerte in seiner hohlen Brust. Jedes Wort verstärkte den Schmerz in ihm, als er flüsterte: „Ich *werde* ihm die Wahrheit sagen. Das ist mein ganzer Plan, verstehst du das nicht? Es ist der einzige Weg, um sicherzugehen, dass er meine Verweigerung des Vertrags akzeptiert und diese Sache hinter sich lässt."

„Dann willst du ihm also das Herz brechen? Ist das dein Plan? Ihn zu verletzen?"

„Ich will, dass er glücklich wird!"

„Er wird niemals glücklich werden ohne dich."

Vales Augen füllten sich mit heißen Tränen. „Kinder werden ihn glücklich machen. Er wird mich vergessen, wenn er in ihre lächelnden Gesichter sieht und sie ihn Vater nennen."

„Du bist so überzeugt davon, keine Liebe zu verdienen, oder? So absolut überzeugt. Das ist fast eine Beleidigung nach all der Liebe, mit der Rosen, Urho und ich dich überschüttet haben."

„Hör auf. Es geht hier nicht um euch. Ich weiß, dass ihr mich liebt. Ihr alle. Aber hier geht es um Jason und das, was für ihn das Richtige ist."

„Das ist eine Lüge. Es geht um deine Ängste. Du bist in Panik geraten. Du wirst diesen Jungen verletzen vor lauter Angst, dass er dich als Erster verletzt. Warum, Vale? Er ist ein herzensguter Mann. Und du verdienst ihn. Hörst du mich? Du verdienst seine Liebe."

Vales Brust wurde eng unter dem Gewicht seiner Sehnsucht. Er wünschte sich verzweifelt. Yosef hätte recht. Mehr als alles andere in seinem Leben wünschte Vale, er könnte der Omega sein, den Jason verdiente.

Immer noch sah er vor sich das verzückte Staunen in Jasons Augen, als er letzte Nacht in Vale eingedrungen war, als sie Liebe gemacht hatten. Und er selbst hatte Jasons Bewunderung aufgesogen wie ein hungriges Tier, denn er hatte nur zu gut gewusst, dass er sie niemals bekommen würde, wenn Jason erst die Wahrheit kannte. Er verdiente Jason nicht.

„Ich werde ihn nicht mit den Narben aus meiner Vergangenheit belasten."

Yosef seufzte. „Ich bitte dich, überdenke es noch einmal."

„Ich werde es heute beenden." Der Wagen näherte sich dem Anwesen der Sabels. Die Häuser, an denen sie vorbeifuhren, wurden immer größer und prachtvoller. „Ich kann mich nicht länger in Sehnsüchten ergehen, die sich niemals erfüllen werden. Mir bleibt keine Zeit. Ich muss mich auf meine Hitze vorbereiten."

„Kannst du überhaupt einen anderen Alpha nehmen, nachdem du Jason hattest?"

Vale drückte fest Yosefs Hand, aber er ignorierte die Frage. „Wir sind fast da. Du musst mir jetzt versprechen, dass, wenn ich dich aus der Verhandlung entlasse, du den Raum verlässt."

„Und was wirst du tun?"

„Ich werde dafür sorgen, dass Jason diesen Tag nie bereuen wird. Er wird sich für einen Surrogat-Omega entscheiden und froh sein, mich nie wieder sehen zu müssen. Ich werde sagen, was ich zu sagen habe, die ganze Wahrheit."

Yosef musterte ihn aufmerksam, als sie vor dem Haus der Sabels vorfuhren. „Also gut. Aber ich will ehrlich mit dir sein, Vale. Ich denke, dass du das Falsche tust. Und ich wette darauf, dass Jason dich überraschen wird."

VALE SAẞ AM Esstisch des Sabel-Hoff-Haushalts, mit Yosef an seiner Seite. Er war immer noch leicht überrascht darüber, dass die Verhandlungen nach dem gestrigen Drama nicht vertagt worden waren. Aber falls es irgendetwas gab, das Yule und Miner etwas bedeutete, dann war es Jasons Zukunft, und so saßen die beiden Männer heute ebenfalls an diesem Tisch, trotz allem, was sie plagte. Sie sahen aus, als hätten sie die ganze Nacht kein Auge zugetan, aber sie waren angezogen und bereit, zur Sache zu kommen.

Umso besser, denn es war an der Zeit, dass Vale diesem Spektakel – und damit seinen und Jasons Träumereien – ein Ende setzte.

Der Anwalt der Sabels, Bisme Freet, war anwesend gewesen, als

Vale und Yosef eintrafen, hatte sich aber entschuldigt, gleich nachdem er das Treffen eröffnet hatte. „Yule und Miner würden gern allein mit Ihnen sprechen", war alles, was er gesagt hatte. „Ich werde zu einem angemessenen Zeitpunkt zurückkehren, sollte es nötig sein."

Das war schon seltsam genug, aber es wurde noch seltsamer, als sich herausstellte, dass Jason sich nicht etwa verspätete, sondern gar nicht erscheinen würde. Jedenfalls *noch* nicht.

„Jason wird später hinzukommen", sagte Yule. Seine Stimme war wie tot, ganz rau und ohne die joviale Freundlichkeit ihrer ersten Begegnung.

„Und damit war er einverstanden?", fragte Vale überrascht. Als sie sich in der Nacht verabschiedet hatten, war Jason kaum bereit gewesen, sich von Vale zu trennen. Vielmehr hatte er argumentiert, dass er nun, da sie die Aufprägung vollzogen hatten, genauso gut über Nacht bleiben konnte, und sie am Morgen zusammen zu den Verhandlungen fahren sollten.

Aber Vale hatte einfach nur allein sein und ungestört betrauern wollen, was ihm bevorstand, und darauf beharrt, dass Jasons Eltern kein Verständnis dafür haben würden, und so war Jason schließlich widerwillig gegangen. Jetzt fragte Vale sich, was vorgefallen sein mochte, als er zuhause angekommen war. Vielleicht musste Vale den Vertrag gar nicht mehr ablehnen. Vielleicht hatten Yule und Miner eigene Pläne.

„Jason? Einverstanden damit, dass wir ohne ihn miteinander sprechen? Wohl kaum." Yule lächelte, und zum ersten Mal an diesem Morgen entdeckte Vale etwas Wärme in den Augen des Mannes. „Er ist ganz verrückt nach Ihnen, und wenn er wüsste, dass Sie hier sind, könnte ihn nichts und niemand fernhalten."

Miner sah Vale mit prüfendem Blick an. Auch er war eindeutig nicht glücklich. „Er denkt, die Verhandlungen beginnen erst am Mittag. Er ist unterwegs, um Getränke zu besorgen. Uns sind ganz plötzlich alle Optionen ausgegangen, um unseren Gästen etwas Anständiges anzubieten."

„Ich verstehe."

„Miner ist nicht glücklich darüber, dass ich dieses Treffen ohne Jason arrangiert habe, aber angesichts dessen, wie viele Entscheidungen unseren Sohn betreffend er in jüngster Zeit getroffen hat, ohne mich zu konsultieren, denke ich, es ist nur fair, dass ich den Spieß jetzt umdrehe."

Vale hob die Brauen. Neben ihm räusperte sich Yosef.

„Sie haben jedes Recht, meine nächste Forderung abzulehnen, und falls Sie das tun, werde ich dieselben Informationen offenlegen, die ich auch im Fall Ihrer Zustimmung offengelegt hätte. Aber ich würde Sie gern bitten, ihren Rechtsbeistand für eine kleine Weile aus dem Raum zu schicken. Es gibt Dinge, über die ich gern mit Ihnen allein sprechen würde. Und nur mit Ihnen."

Yosef legte seine Hand auf Vales Arm und schüttelte den Kopf.

„Geh nur", sagte Vale leise. Sein Herz schmerzte, aber es lief alles nach Plan – sogar besser als erwartet. „Ich komme schon zurecht."

„Ich kann nichts von alldem guten Gewissens unterstützen, Vale."

Vale lächelte ihn beruhigend an und beharrte: „Geh."

Yosef flüsterte Vale ins Ohr: „Sie könnten dich erpressen oder dich in irgendeiner Weise übers Ohr hauen und–"

Vale fiel ihm ins Wort. „Das ist nicht, worum es hier geht. Es ist alles gut. Ich weiß, was ich tue. Bitte warte draußen im Flur."

Yosef packte seinen Stapel Papiere und grummelte vor sich hin. „Das ist falsch und dumm, genau wie alles andere, was du vorhast."

Vale schwieg, sein Blut war wie zu Eis gefroren, und seine Zunge fühlte sich an wie Asche.

Yosef seufzte. „Ich werde im Flur sein, falls du mich brauchst."

Vale wartete, bis die Tür geschlossen war, bevor er sich an Yule und Miner wandte. „Falls es um gestern Nacht geht …"

„Das tut es", unterbrach Yule. „Ich weiß nicht, was Jason ihnen als Grund genannt hat, warum er das Haus verlassen hatte, aber was immer er gesagt hat, was immer Sie wissen – wir hätten gern Ihre Zusicherung, dass Sie darüber Stillschweigen bewahren werden, ganz gleich, wie die heutigen Verhandlungen auch ausgehen mögen."

Vale starrte ihn an. „Es geht also um … oh, ich dachte … also gut, ich verstehe."

„Sie dachten was?"

„Ich dachte, es ginge um die Frage, was Jason und ich gestern Nacht in meinem Haus getan oder nicht getan haben mögen." Trotz seines Kummers klopfte Vale sich mental auf den Rücken dafür, nicht wirklich zugegeben zu haben, dass sie sämtliche Regeln gebrochen und ihren Status als *Érosgápe* vollendet hatten, ohne einen Vertrag unterzeichnet zu haben.

Yule verengte die Augen, aber Miners Mund verzog sich zu einem Schmunzeln, und seine Haselnussaugen leuchteten ein wenig auf.

„Ich bin sicher, Sie und mein Sohn haben jedes einzelne Protokoll auf der Liste verletzt, aber an diesem Punkt interessiert mich das einen feuchten Kehricht", stieß Yule grimmig hervor.

Miner warf ihm einen zustimmenden Blick zu.

Yule starrte Vale streng an. „Sehen Sie, wir befinden uns derzeit in einer gewissen Notlage. Miner ist schwanger."

Vale nickte und sagte: „Jason hat es mir erzählt."

„Und hat er Ihnen auch erzählt, dass wir uns deswegen uneins sind?"

„Das hat er."

„Und was werden Sie mit diesem Wissen anfangen?"

Vale sah Miner an und runzelte die Stirn. „Wie meinen Sie das? Ich verstehe nicht."

„Werden Sie sich an die Behörden wenden? Sollte ich mich gegen Miners sturen Wahnsinn durchsetzen und ihn überzeugen, die Schwangerschaft abzubrechen, bevor sie ihn umbringt, was werden Sie tun?"

„Ich …" Vale starrte ihn an. „Ich werde nichts tun. Wieso fragen Sie mich das überhaupt?"

Falls Miner eine unnatürliche Fehlgeburt hätte, würde Vale es vielleicht nie erfahren. Angesichts Miners Vorgeschichte hätte er einfach angenommen, dass es eine weitere Fehlgeburt war. Und angesichts seiner eigenen Umstände hätte er in dieser Sache niemals auf Informationen gedrängt. Er bekam ein flaues Gefühl im Magen.

Yule fuhr sich mit den Fingern durchs Haar. „Ich frage das, weil … falls Jason Ihnen erzählt hat, was ich glaube, dass er Ihnen erzählt hat, dann haben Sie jetzt meine ganze Familie in der Hand. Sie wissen von den Abtreibungsmedikamenten?"

Vale schluckte heftig. Und wenn er es bisher noch nicht gewusst hätte, dann wusste er es jetzt. Yule war eindeutig so außer sich vor Sorge um Miner, dass er seine Karten ohne jegliche Vernunft oder Vorsicht offenlegte. Das war gefährlich. Für alle. Besonders für Miner und Jason. Und in der Folge auch für Vale.

„Wolfgott, Mann! Reden Sie nicht über solche Dinge", flüsterte Vale drängend. Er würde seinen Baby-Alpha nicht aufgeben, nur um ihn dann an die Konsequenzen der Handlungen seiner Eltern zu verlieren, die offenbar in wilde Panik verfallen waren. „Das ist zu gefährlich, um es laut auszusprechen."

„Sagen Sie mir, was Sie mit den Informationen anfangen werden, die Sie über meine Familie haben!", forderte Yule und schlug auf den Tisch.

Miner verzog das Gesicht und legte seine Hand auf Yules, aber der riss seinen Arm weg.

Vale blieb fast das Herz stehen. „Ich bin wohl der Letzte, der Sie und Ihre Entscheidungen verurteilen könnte, seien es die vergangenen oder die aktuellen. Und glauben Sie mir, es gibt nichts, was mir diese Informationen entlocken könnte. Es würde allen Beteiligten schaden, Jason eingeschlossen."

„Und Ihnen. Falls Sie den Vertrag mit ihm schließen. Insofern ist es nur gerecht, dass Sie das Risiko kennen."

Falls Yule versuchte, ihn abzuschrecken, hätte er sich die Mühe sparen können. „Ich habe nicht vor, den Vertrag mit Ihrem Sohn zu schließen."

Miner keuchte, und Yule verengte erneut die Augen. „Sie haben vergangene Nacht die Aufprägung mit ihm vollzogen", sagte er vorwurfsvoll. „Aber Sie haben nicht vor, einen Vertrag mit ihm zu schließen? Wieso sollten Sie so etwas tun?"

„Es wird alles nur schwerer machen, für euch beide", sagte Miner. Seine Brauen zogen sich über den von dunklen Schatten umringten Augen zusammen. „Nichts lässt sich damit vergleichen, mit seinem *Érosgápe* zusammen zu sein."

Vale wollte widersprechen, aber das konnte er nicht. Das intensive Erlebnis mit Jason war mit keiner anderen sexuellen Erfahrung zu vergleichen, die er je mit einem anderen Alpha geteilt hatte – selbst während seiner Hitzen. Den Vertrag abzulehnen, fühlte sich an, als würde seine Seele in zwei Hälften gerissen. „Es hatte sich angefühlt, als hätte ich keine Wahl." Und falls doch, wäre es die einzige Wahl gewesen.

Yule rieb sich das Gesicht. „Es geht alles den Bach runter."

„Ich hätte es nicht zulassen dürfen", sagte Vale entschuldigend, und seine Stimme zitterte ein wenig. „Ich hätte ihn heimschicken sollen, aber er war so verstört und traurig, und …"

Miner nickte. „Omegas müssen ihre Alphas trösten."

Yule schnaubte.

„Ja, ich wollte ihn trösten", stimmte Vale zu und rieb sich das bärtige Kinn. *Und ich wollte, dass er mich so liebt, wie ich weiß, dass ich ihn lieben könnte.* „Aber dann liefen die Dinge …"

„Genug. Wir erinnern uns, wie es war." Yule seufzte. „Ich kann nicht fassen, dass ich die folgende Frage stelle. Noch vor zwei Tagen war ich sicher, dass ich Jason zu einem Surrogat überzeugen muss, aber ..." Noch ein Seufzen. „Warum wollen Sie keinen Vertrag mit meinem Sohn? Ist es wegen unserer derzeitigen Lage? Oder wegen unserer Vorgeschichte mit den Abtreibungsmedikamenten?"

Yules Sorge, dass er das Glück seines Sohnes kompromittiert haben könnte, war rührend, aber Vale quälte ihn nicht, indem er ihn in dem Glauben ließ. „Nein. Ich lehne ab, weil es früher oder später nur zu Reue, Verachtung und Traurigkeit führen wird. Ihr Sohn verdient einen Omega seines eigenen Alters, der ihm Kinder schenken kann." Das unterdrückte Schluchzen am Ende des Satzes war keine Effekthascherei. Es brach aus ihm hervor, als hätte eine Hand sein Herz gepackt und es ihm aus der Brust gerissen.

Miners Kiefer verspannte sich, und er beugte sich vor. Kopfschüttelnd sagte er: „Unsinn. Ohne Sie wird er niemals glücklich sein. Und Sie werden ohne ihn niemals Glück finden. Ich weiß nicht, was Sie in Ihrer Vergangenheit getan haben, wofür Sie Ihrer Meinung nach bestraft werden müssen. Aber bitte verletzen Sie nicht meinen Sohn aus Ihrer Selbstverachtung heraus."

Irgendwo außerhalb seines Körpers wummerte Vales Herz in dumpfer Verzweiflung. „Sie verdienen Enkelkinder. Er verdient eine eigene Familie. Und die kann ich ihm nicht geben."

„Das Wort Familie kann viele verschiedene Bedeutungen haben", sagte Yule sanft.

„Aber das sollte es nicht für Jason", flüsterte Vale, während seine Augen sich mit Tränen füllten.

Miner ließ die Schultern hängen. „Es ist nicht, wie solche Dinge vorgesehen sind." Er starrte auf seine verkrampften Hände auf dem Tisch. „Jason sollte nie so enden."

„Das ist genau das, was ich meine", sagte Vale und erhob sich auf unsicheren Beinen vom Tisch. Er hob das Kinn, um seine

Entschlossenheit zu demonstrieren, auch wenn er zitterte. „Und ich will dafür sorgen, dass das nicht passiert. Er wird ein gutes Leben haben. Wie Sie sagten, Miner, er ist ein wunderbarer Junge. Und er wird ein wundervoller Alpha für jemanden sein. Ich wünschte, dieser Jemand wäre ich, das wünschte ich wirklich, aber ich bin es nicht. Ich würde ihm am Ende nur Schmerzen und Traurigkeit bescheren.“

Miner verzog höhnisch den Mund, tastete in seiner Brusttasche nach Zigaretten, fand aber keine. „Sie sind ein Narr. *Érosgápe* zu sein ist ein Segen und ein Fluch. Sie werden den Schmerz dennoch fühlen. Und er ebenfalls.“

„Ich tue das um seinetwillen.“

„Nein, tun Sie nicht. Sie haben Angst. Sie verstecken sich.“

„Wenigstens wird er Kinder haben. So wie ich es verstehe, sind es unwiderstehliche Kreaturen und wert, sein eigenes Glück, ja sein Leben für sie zu opfern.“ Vale verzog das Gesicht, als sein Pfeil ins Schwarze traf, Miner noch blasser wurde und sich an die Brust griff. „Ich werde Ihre Geheimnisse bewahren, die Unterhaltszahlungen akzeptieren, und im Gegenzug …“

„Ja?“, fragte Yule gepresst.

„Werden Sie Ihren Sohn von mir fernhalten.“

Vale hatte Schmerzen am ganzen Körper, als er sich umdrehte und den Raum verließ. Yosef wartete im Flur, aber Vale schüttelte nur den Kopf und lief die Treppe hinunter, immer zwei Stufen auf einmal. Er musste nur noch eine Sache tun, bevor er nach Hause fahren, sich im Bett verkriechen und auf den Tod hoffen konnte.

Er musste zuerst noch Jasons Herz brechen.

JASON KEHRTE MIT mehreren Tüten voller Lebensmittel und dem Kopf voll wirrer Gedanken zurück. Er fühlte sich seltsam und irgendwie zerrissen, so als wäre das unbeschreibliche Glück, letzte Nacht in Vale gewesen zu sein, nie passiert, und die einzige Realität wäre das kummervolle Elend, das seine Eltern verströmten.

Er versuchte, all das zu verdrängen und sich darauf zu konzentrieren, dass Vale heute den Vertrag unterzeichnen und sie offiziell als *Érosgápe* verbunden sein würden. Was das in nächster Zukunft für seinen Alltag bedeuten würde, wusste er nicht. Sie würden heute darüber diskutieren, wie und wo sie wohnen wollten, nachdem sie dem Vertrag den letzten Schliff gegeben hatten.

Er hoffte, umgehend bei Vale einziehen zu können. Er würde veranlassen, dass ihm all seine Sachen über die nächsten paar Wochen zugeschickt wurden. In seiner Fantasie brachte er Vale nach Hause, machte ihm Abendessen und fickte ihn, bis sie beide erschöpft in Vales großem Bett einschliefen.

Aber er konnte sich nicht so freuen, wie er wollte. Er gab seinen Eltern und dieser wolfgottverdammten Schwangerschaft die Schuld daran, aber er konnte auch die Erinnerung an den gestrigen Abschied von Vale nicht aus seinem Kopf verbannen. Immer wieder sah er Vales grüne, tränenfeuchte Augen vor sich, als er für Jason die Tür geöffnet hatte, damit er gehen konnte.

„Weine nicht. Wir werden nur für ein paar Stunden getrennt sein", hatte Jason gesagt und sich gewünscht, Vale hätte ihm erlaubt, zu bleiben und mit ihm zusammen zu den Verhandlungen zu gehen.

Dann hatte Vale ihn geküsst, mit seltsamer Vehemenz, und als sie sich voneinander lösten, hatte er gesagt: „Behalte diesen Kuss in Erinnerung. Für immer. Versprich es mir."

Jason hatte es versprochen, ein wenig verwirrt, aber er würde Vale etwas so Einfaches nicht abschlagen. Natürlich würde er sich für immer an den Kuss erinnern. Er würde sich an alles mit Vale für immer erinnern.

Aber er hatte sein Versprechen gegeben, und Vale hatte ihn zur

Tür hinaus manövriert und ihn seiner Wege geschickt. Seitdem hatte sich nichts mehr richtig angefühlt.

Es war seltsam still im Haus, als er zur Vordertür hereinkam, und er blinzelte verwirrt, als er Yosef auf der Bank im Flur sitzen sah, mit seiner Aktentasche und einem Stapel Papieren auf dem Schoß.

„Du bist früh dran", sagte Jason lächelnd. „Ich würde dir ja die Hand schütteln, aber ich bin hier gerade ein bisschen am Jonglieren."

Yosef stand auf und griff nach einer von Jasons Tüten. „Lass mich dir helfen, die in die Küche zu bringen." Er warf einen kurzen Blick zur Treppe. Dann sagte er: „Wenn ich es mir genau überlege, warum lässt du mich nicht alles in die Küche bringen, während du gehst und dich umziehst?"

Jason errötete. „Bin ich zu spät? Ich dachte nicht, dass ich so lange unterwegs war."

„Nein, alles gut." Yosef nahm mühelos die Tüten. „Geh nur nach oben."

„Na gut. Du kannst einfach alles auf den Schrank stellen. Da ist nichts Verderbliches dabei. Ich mache die Snacks, wenn ich geduscht und mich umgezogen habe."

Yosef sagte nichts und verschwand mit den Tüten den Flur hinunter in Richtung Küche.

Jasons nahm je zwei Stufen auf einmal; Adrenalin rauschte durch seine Adern. Er hatte heute Morgen Alphastiller eingenommen, nahm jetzt aber noch zwei Pillen aus seiner Tasche und schluckte sie hastig. Er würde während der abschließenden Verhandlungen ruhig und sachlich bleiben und dann seinen Preis entgegennehmen, sobald sie vorüber waren.

Ganz gleich, wie seltsam sich alles anfühlte, heute würde ein guter Tag werden. Dafür würde er sorgen.

Die Tür zu seinem Zimmer stand offen. Jason runzelte die Stirn und fragte sich, wer in seinen privaten Bereich eingedrungen war, und warum. Seine Eltern sollten besser nicht sein spermabeflecktes Hemd von gestern angerührt haben. Er hatte noch keine Zeit gehabt, es richtig zu genießen. Als er das Zimmer betrat, erkannte seine Nase sofort, dass das Hemd noch da war. Und noch etwas anderes.

Vale war ebenfalls da.

„Was machst du hier?", fragte Jason verunsichert.

Vale zuckte zusammen und hätte beinahe die Zeichnung fallen gelassen, mit der Jason versucht hatte, Sand darzustellen, wie er unter dem Mikroskop aussah. „Ich wollte noch einmal dein Zimmer sehen, bevor es vorbei ist." Vales Stimme zitterte.

Jasons Hoffnung flatterte in seiner Brust und schlug mit zerbrechlichen Flügeln gegen das seltsame Gefühl, das er schon den ganzen Tag gehabt hatte. „Da wir den Bund bereits vollzogen haben", sagte Jason zaghaft, „müssen die Papiere ja nur noch unterschrieben werden. Ich hätte es dir danach schon gezeigt."

Vale Blick wurde distanziert.

Die Flügel der Hoffnung bebten vor Anstrengung, weiterhin zu fliegen.

„Vale?", fragte Jason. „Was ist los?"

„Ich habe nachgedacht." Vales Stimme klang brüchig, wie Honig, der hart geworden und zersplittert war.

Jason schluckte. Er machte einen Schritt nach vorn und sein Herz zog sich schmerzhaft zusammen, als Vale einen Schritt zurücktrat. „Worüber?"

„Über den Vollzug", antwortete Vale leise und blieb auf der anderen Seite des Raums. „Was macht ihn so besonders? Wir hatten bereits davor gemeinsame Orgasmen. Hat es wirklich so viel verändert, dass du deinen Penis in meinen Körper gesteckt hast?"

„Ja." Jasons Stimme bebte. „Hat es für nichts verändert?"

Vale zuckte die Achseln. Er wurde blasser und senkte den Blick wieder auf das Blatt Papier in seinen Händen. „Was genau sollte sich dadurch denn ändern?"

„Es verstärkt das sich entwickelnde Band", sagte Jason, schloss seine Zimmertür und lehnte sich dagegen. Er hoffte, keiner seiner Eltern würde gerade jetzt heraufkommen und an die Tür klopfen. Er rechnete aber nicht damit. Etwas an dieser Totenstille im Haus verriet ihm, dass sie sich nicht einmischen würden.

Vale seufzte. „Das Band. Richtig."

„Weil wir *Érosgápe* sind." Was war mit Vale los? Wieso war er so anders, so … distanziert?

„Was am Sex ist es, das dieses Band wachsen lässt?", fragte Vale.

„Ich weiß nicht. Sex ist etwas Besonderes zwischen *Érosgápe*. Für mich hat es sich besonders angefühlt."

Vale nickte zögernd.

„Und dann, während einer Hitze, kommt der Knoten hinzu", fuhr Jason fort. Natürlich hatte Jason selbst noch nie zuvor einen Omega beknotet. Allein die Vorstellung, so fest und tief in Vale zu sein, mit einem so geschwollenen Knoten, dass er ihn nicht mehr herausziehen konnte, selbst wenn er es gewollt hätte, verschaffte ihm einen Ständer. „Das ist auch etwas Besonderes."

Vale warf einen missbilligenden Blick auf Jasons nun ausgebeulte Hose. „Ja, der Knoten hilft ebenfalls mit dem Band. Zumindest wird das behauptet." Seine Worte hallten hohl im Raum, und er sah noch einmal das Papier in seinen Händen an, bevor er es sorgfältig zurück auf den Schreibtisch legte.

Er räusperte sich und sah Jason in die Augen. „Ich hatte viele Alphas, Jason. *Viele* Alphas. Und ich hatte viele Knoten."

Jasons Kehle wurde eng. Er schüttelte den Kopf. „Das ist mir gleich."

Vale hob eine Hand. „Wenn du wüsstest, wie viele es waren, und wenn du die Wahrheit wüsstest, wäre dir das nicht mehr gleich. Weshalb du jetzt die Wahrheit hören musst."

„Vale …" Jason war schon auf halbem Weg durchs Zimmer, als Vale erneut abwehrend die Hand hob. Er blieb stehen, nervös und abwartend.

„Du sagtest, ich soll es dir erzählen, wenn ich so weit bin, und obwohl ich das bewundernswert finde – es ist Unsinn. Siehst du, die Sache ist die: Ich muss es dir jetzt erzählen, bevor wir irgendetwas unterschreiben. Es spielt keine Rolle, ob ich so weit bin oder nicht. Es spielt keine Rolle, was ich will oder nicht. Verstehst du das?"

„Nein."

Vales Atem klang schütter, aber er richtete sich auf und fuhr fort. „Jason, sobald du die ganze Wahrheit kennst, wirst du mich nicht mehr wollen."

„Das stimmt nicht." Jason tat der Magen weh, und seine Knie zitterten.

„Doch, das tut es. Und selbst, falls du versuchen solltest zu ignorieren, was ich dir gleich erzählen werde, wenn du so tun willst, als hätte es keine Bedeutung. Früher oder später *wird* es Bedeutung erlangen. Und dann wirst du es bereuen und mich verachten für alles, was ich dir geraubt habe."

„Es ist mir egal, wie viele–"

„Sei jetzt still."

Jasons Mund klappte zu.

Vale kam langsam auf ihn zu. „Als ich einundzwanzig war und nachdem ich den Abschluss auf Mont Juror gemacht hatte, wurden meine Hitzeunterdrücker abgesetzt. Zwei Wochen später ging ich erstmals in Hitze. Und ich hatte niemanden." Wenige Schritte vor Jason blieb er stehen, und seine Augen funkelten wütend. „Es war Folter. Ich flehte den Omega an, der bei mir war, mich zu töten. Ich schrie so lange, bis meine Stimme versagte, und dann versuchte ich immer noch zu schreien. Mein Körper fühlte sich an, als stünde er in Flammen, Welle auf Welle eines brennenden Infernos."

Jasons Augen füllten sich mit Tränen. „Das tut mir so leid. Ich hätte für dich da sein müssen."

„Du warst noch ein Kind", fuhr Vale ihn an. „Jetzt hör mir zu."

Jason schluckte schwer und nickte. Er versuchte, über dem Rauschen in seinen Ohren etwas zu hören. Seine Beine zitterten.

„Danach habe ich mehrere Jahre lang Surrogat-Alphas engagiert. Niemals denselben. Sie waren teuer, und es waren Fremde, und ich *hasste*, dass ich sie brauchte. Ich verabscheute sie alle." Vale ballte die Fäuste. „Wenn es vorüber war, wollte ich sie nie wieder sehen, und ich sorgte dafür, es nicht zu müssen."

Vales Augen wurden ganz stumpf bei den schmerzhaften Erinnerungen. Jason wünschte, er könnte den Schmerz von ihm nehmen, die Vergangenheit einfach amputieren, aber das konnte er nicht. Er schwieg und ließ Vale fortfahren.

„Ende zwanzig war ich ganz frisch Professor an der Mont Nessadare geworden, als mir klar wurde, dass ich mitten in den Zwischenprüfungen meine Hitze bekommen würde. Ich beschloss, die Hitzeunterdrücker zu nehmen, die kurz zuvor von der Regierung für erwachsene Omegas zugelassen worden waren. Ich wusste, dass sie bei vielen nicht so gut wirkten wie diejenigen, die wir auf Mont Juror bekommen hatten, aber ich musste es versuchen, für meine Karriere und meine Studenten. Und es funktionierte. Meine Hitze verschob sich um fast einen Monat. Aber dann kehrte sie mit Macht zurück."

„Entzug?", fragte Jason.

Vale schauderte. „Yosef und Rosen mussten vier ihrer Alphafreunde einspannen, damit ich es hindurch schaffte. Begreifst du, wie heftig das war, Jason? Vier Alphas konnten mich kaum befriedigen. Ich war danach so erschöpft, dass ich mir noch eine Weile von der Arbeit freinehmen musste, um mich zu erholen. Es war eine Katastrophe."

„Hast du daher das Narbengewebe?"

„Nein." Vale wurde so blass, dass Jason befürchtete, er würde ohnmächtig werden. „Das kam erst ein Jahr später, als ich es erneut mit Hitzeunterdrückern versuchte."

Draußen verschwand die Sonne hinter einer Wolke und tauchte das Zimmer in kühlen Schatten.

Vale sprach mit einem verlorenen und distanzierten Ausdruck weiter. „Yosef und Rosen hatten mir zum Geburtstag eine Reise zum Strand geschenkt. Ich wusste, dass sich das Datum mit meiner Hitze überschneiden würde, aber ich wollte das Geschenk nicht ruinieren." Vale stieß ein hartes Lachen aus. „Ich konnte mir nicht vorstellen, dass der Entzug so schlimm werden würde wie beim ersten Mal, und hatte bereits dafür gesorgt, dass ein paar Alphas für mich bereitstehen würden, wenn ich wieder nach Hause kam." Er rieb sich mit einer Hand den Bart. Seine Finger zitterten. „Die Unterdrücker hielten meine Hitze für anderthalb Wochen zurück. Einen Tag vor der geplanten Rückreise traf sie mich unerwartet mit voller Kraft. Es gab keine Warnung, keine Vorzeichen, und ich verlor fast den Verstand vor Schmerzen. Yosef und Rosen wechselten sich damit ab, auf mich aufzupassen,während der jeweils andere sich auf die Suche nach einem Alpha machte, der zu helfen bereit war. Aber sie konnten keinen anständigen Alpha finden. Und sie konnten nicht vierundzwanzig Stunden am Tag ununterbrochen auf mich aufpassen. Schließlich schlief Rosen ein, und ich rannte weg. Ich wollte verzweifelt etwas finden, das meine Bedürfnisse stillte und das Feuer in meinem Inneren löschte."

Jason war übel. „Was ist passiert?"

„Ich weiß es nicht. Mir fehlen von damals volle drei Tage. Ich habe keine Ahnung, wie viele Alphas mich hatten, oder wie oft. Ich erinnere mich dunkel, dass sie um mich gekämpft haben, Ich erinnere mich, dass ich jeden, der mich ficken wollte, gelassen habe, um es immer und immer wieder zu tun. Ich glaube, dass mich sogar einige Betas hatten. Ich schrie sie nur an, von mir runterzugehen und einen Alpha auf mich drauf zu lassen, denn ich brauchte deren große Schwänze, um das Feuer in mir zu löschen. Die Alphas lachten über mich und benutzten mich auf grausame Weise. Ich verfluchte sie, aber ich schluchzte auch vor Erleichterung, wenn mich der nächste bestieg. Die Alphas waren grob und brutal. Es war mir egal. Ich wollte es so."

„Bitte hör auf."

„Du musst das hören."

„Hör einfach auf!"

Vale leckte sich die Lippen und sprach leise weiter. „Als es vorbei war, war ich schwanger, wie sich recht schnell herausstellte."

Jason schüttelte den Kopf. „Nein, nein, nein."

„Ja, ich trug ein Kind. Wessen? Ich hatte nicht die geringste Ahnung. Von der unbekannten Anzahl der Alphas, die mich gefickt hatte, hatte einer mich geschwängert. Der Samen eines glücklichen Gentleman hatte es bis zu meinem Ei geschafft und die Kettenreaktion der Zellteilung in Gang gesetzt."

„Wolfgott ..."

„Ich gebe zu, ich war außer mir vor Entsetzen." Vales Stimme war jetzt wieder fester, so als würde er Worte sprechen, die jemand anderer für ihn aufgeschrieben hatte. „Ich hatte niemanden, an den ich mich wenden konnte. Meine Eltern waren beide tot, und ich konnte nicht riskieren, es vielen Leuten zu sagen. Ich hätte meine Stelle an der Universität verloren, wäre ein Aussätziger gewesen. Ich hatte mein Erbe, aber wie lange wäre ich damit ausgekommen? Und zu welchem Zweck?"

Jason fühlte sich schwindelig, aber er schien sich nicht rühren oder irgendetwas anderes tun zu können, als Vale anzustarren, während der immer weiter und weiter über diese schrecklichen Ereignisse redete, von denen Jason nichts hören wollte.

„Natürlich vertraute ich mich Yosef und Rosen an. Sie waren diejenigen, die mich in der heruntergekommenen Bruchbude gefunden hatten, ganz verschmiert mit Blut und Sperma. Sie hatten mich tagelang gesucht und schon befürchtet, man hätte mich ermordet." Vales Stimme brach. „Ich schulde ihnen viel dafür, dass sie meine Geheimnisse wahren."

Jason drehte sich der Magen um.

„Ich wusste, dass mir nicht viel Zeit blieb, wenn ich die Schwangerschaft abbrechen wollte. Ich vertraute mich einem Omegafreund von der Uni an. Es ging damals das Gerücht, er hätte eine ähnliche Erfahrung während einer unerwarteten Hitze durchgemacht. So lernte ich Urho Chase kennen." Vale hob das Kinn. „Ich habe ihn nicht auf dem Campus kennengelernt, so wie Yosef und Rosen glauben. Mein Omegafreund empfahl ihn mir. Siehst du, Urho hatte ihm einmal geholfen, und als ich ihn am dringendsten brauchte, half er mir ebenfalls."

„Urho?"

„Führte die Abtreibung durch, ja. So habe ich ihn kennengelernt, und so kam es dazu, dass er einwilligte, mir fortan bei meinen Hitzen zu helfen. Yosef und Rosen wissen nicht, dass er der Arzt ist, der mir geholfen hat, bis jetzt war das Urhos und mein Geheimnis."

Jasons Kopf drehte sich, als er versuchte, das alles zu begreifen. „Du hast das Kind abgetrieben?"

„Ja. Und es lief nicht glatt. Urho tat sein Bestes, aber ich bekam Krämpfe als Reaktion auf die Narkose. Seine Hand rutschte ab, und er schnitt mich ziemlich schlimm. Während der Krampf andauerte, verlor ich viel Blut und wäre beinahe gestorben. Er rettete mein Leben. Aber ich behielt Narbengewebe in meinem Darm ... in meinem Geburtskanal zurück. Das war es, was du neulich mit den Fingern gefühlt hast."

Jason schluckte heftig.

„Ich kann keine Kinder bekommen, Jason. So wie dein Pater würde ich aller Wahrscheinlichkeit nach bei dem Versuch sterben." Ein bitteres Lächeln umspielte Vales wunderschöne

Lippen. „Und nenn mich selbstsüchtig, aber ich werde nicht für dich mein Leben opfern. Und ich werde dir nicht mein Schicksal aufzwingen. Du bist ein guter Mann, du hast nichts falsch gemacht, und du wirst ein wunderbarer Vater sein. Du verdienst eine Familie. Du solltest einen Surrogat-Omega nehmen."

Jason schüttelte den Kopf. Seine Zunge war wie taub, und er konnte nicht antworten.

Vale lächelte ihn liebevoll an und streckte eine Hand nach ihm aus, jedoch ohne ihn zu berühren. „Du wirst für ihn nicht dasselbe empfinden wie für mich, aber er wird jung und fähig – nein, *begierig* darauf sein, dir mehrere Kinder zu gebären. Und ein Surrogat-Omega kann dir helfen, die Sehnsucht zu überwinden, die du nach mir haben wirst. Und wenn du klug wählst, kannst du auch für ihn die Rettung sein."

„Wie?"

Vale trat noch einen Schritt näher. Tränen traten ihm in die Augen. „Du könntest zum Beispiel einen Vertrag mit einem jungen Witwer schließen und ihm über seine Trauer hinweghelfen. Ihr könntet euch *gegenseitig* helfen. Und ich könnte mein Leben weiterleben wie zuvor. So wie ich es bevorzuge." Die Tränen liefen über, als er hinzufügte: „Und das ist es, was ich wirklich will, Jason. Ich werde keinen Vertrag mit dir schließen. Und das wird für alle ein Segen sein."

Schwarze Punkte schwammen an den Rändern von Jasons Gesichtsfeld, als Vale aus dem Zimmer marschierte. Er schluckte und schnappte nach Luft, aber der Raum drehte sich immer noch. Als die Dunkelheit ihn überwältigte, brach er zusammen und saß schließlich auf dem Boden. Und dort blieb er – unfähig, die unfassbare Leere in seinem Herzen zu begreifen, wo noch vor Kurzem so viel Freude gewohnt hatte.

KAPITEL 21

„Er hat dich verlassen? Das ergibt keinen Sinn!" Xan blies in seine Tasse mit heißem Apfelcidre, dann nahm er einen vorsichtigen Schluck. „Bist du sicher, dass es wirklich das ist, was er will? Vielleicht sollst du ihm nachjagen. So wie in den Liebesromanen, die Omegas und Betas so gern lesen."

„Ich bin sicher", sagte Jason apathisch. Sein Getränk war irgendetwas mit Schaum, die heutige Tagesspezialität des Cafés. Er hatte keine Ahnung, was für eine Geschmacksrichtung es sein sollte; er war zu abgelenkt gewesen, als er es bestellt hatte. Mit einem Messer stocherte er in der Blüte, die der Barista in den Schaum gezeichnet hatte, zerstörte und verwandelte sie in bedeutungslose Wirbel, die zu dem Chaos in seinem Kopf passten.

„Ich weiß ja nicht", sagte Xan. „Wie gesagt, das ergibt überhaupt keinen Sinn. Er konnte doch froh sein, dich zu haben." Er schaute mit sehnsüchtigen Augen über den Rand seiner Tasse. „Wirklich froh." Dann schob er sich das Haar aus der Stirn und zuckte die Achseln. „Da steckt irgendetwas anderes dahinter. Er will nicht *wirklich*, dass du einen Surrogat-Omega nimmst. Kein Omega will, dass sein *Érosgápe* das tut."

Jason hatte Xan nicht alles erzählt, was Vale gesagt hatte. Er würde Vales Vertrauen niemals so verraten, aber jetzt hätte er es am liebsten getan. Am liebsten hätte er alles offengelegt und von seinem besten Freund einen Rat bekommen, was er denken und tun sollte. Er wollte, dass Xan ihm sagte, wie er die Situation in Ordnung bringen konnte.

„Was, wenn …" Jason zögerte.

„Wenn was?"

„Das ist natürlich jetzt rein hypothetisch."

„Okay." Xan verengte die Augen. Er war klüger, als seine Noten vermuten ließen. „Hypothetisch also … was, wenn *was*?"

„Was, wenn er mich nicht will, gerade *weil* er mich will?"

„Das habe ich doch gerade gesagt. Er will, dass du um ihn kämpfst. Omegas lieben es, umworben zu werden. Vielleicht hast du dir nicht genug Mühe gegeben oder so?"

„Nein, das meine ich nicht", grummelte Jason frustriert. „Was, wenn er will, dass ich glücklich bin, er aber fest davon überzeugt ist, dass ich mit ihm nicht glücklich werden kann?"

„Oh." Xan runzelte die Stirn und nippte an seinem Getränk. „Tja, vielleicht hätte er damit recht. Ich meine, ich habe ja von Anfang an gesagt, er ist–"

„Wenn du ,abgenutzt' sagst, so helfe mir Wolfgott, Xan, dann haue ich dir hier und jetzt eine rein!" Jason war in Vale gewesen, und er würde nicht zulassen, dass diese wundervolle Erfahrung herabgewürdigt wurde. „Ein Mensch kann nicht ,abgenutzt' sein. Omegas sind keine Radiergummis, die man nur so und so oft benutzen kann, und dann gehen sie nicht mehr."

„Das war gemein von mir, so etwas zu sagen", stimmte Xan zu. „Manchmal bin ich einfach ein Arsch; ich kann nichts dafür. Besonders nicht, wenn es um dich geht. Und anders als dein Omega bin ich nicht so selbstlos in meinen Gefühlen für dich, okay? Wenn du mir jetzt sagen würdest, dass du wieder mit mir anfangen wolltest, wäre ich auf der Stelle bereit dafür."

„Xan …" Sie würden nie wieder anfangen. Jason wusste nicht, wie er das noch unmissverständlicher klarmachen konnte, ohne den zaghaften Frieden zu ruinieren, den sie geschlossen hatten.

„Ich weiß, ich weiß. Ich muss aufhören, dich zu bedrängen. Du kannst nicht fühlen, was du nicht fühlst." Eine Gruppe junger

Alphas von der Uni betrat das Café, lebendig, laut und voller Energie. „Scheiße. Sollen wir gehen? Hier können wir nicht mehr in Ruhe reden."

„Ja, wen haben wir denn da?" Wilbet Monhundys Stimme erhob sich über der lärmenden Gruppe, die sich eingereiht hatte, um ihre Mokkas und Lattes zu bestellen. „Sabel, alter Kumpel, wie läuft's denn so? Wie geht's deiner Omegaschlampe? Lutscht er dir schon den Schwanz und reitet deinen Knoten?"

Jason knirschte mit den Zähnen. „Ignorier ihn einfach", flüsterte er Xan zu. „Er ist es nicht wert."

Monhundy und zwei seiner Freunde, deren Namen zu erfahren Jason sich nie die Mühe gemacht hatte, lösten sich aus der Schlange und kamen zu ihrem Tisch. Ihre Mienen waren gehässig und belustigt.

„Wirst du diese Woche überhaupt zum Unterricht kommen, Sabel?" Monhundy trat hinter Jason, legte ihm die Hände auf die Schultern und massierte sie, als wären er und Jason die besten Kumpel. „Oder wirst du zu sehr damit beschäftigt sein, deinen schäbigen, abgenutzten Omega zu bumsen?"

Jason ballte die Fäuste und stand auf. „Sag das nochmal!"

„Ja, sag das nochmal, Arschloch", wiederholte Xan, der ebenfalls aufsprang und sich vor Monhundy aufbaute.

„Ah, Jason. Brauchst du deinen Fummelkumpel hier, damit er deine Fummelgefühle beschützt?" Monhundy lachte, aber dann verengte er die boshaft funkelnden Augen und verzog höhnisch die Lippen. „Dann stimmen also die Gerüchte, ja? Ich hörte, er ist entmannt, und du bist derjenige, der es getan hat."

Xan stieß ein Grollen aus und stürzte sich auf Monhundy. Er landete einen ziemlich guten Faustschlag, aber für den kräftig gebauten Monhundy war es keine Mühe, den kleineren Xan zu packen und gegen den Tisch zu werfen. Ihre Getränke verteilten sich überall. Jason warf sich ebenfalls ins Getümmel, bereit zum

Kampf, aber dann traf ihn eine Faust am Kinn, und der Raum wurde unscharf und dunkel. Er fiel neben Xan zu Boden. Sein Gesicht schmerzte, und in seinem Kopf drehte sich alles.

Monhundy stand über ihnen, ein gehässiges Grinsen im Gesicht. „Lass uns mit diesen entmannten Schweinehunden den Boden wischen", sagte er über die Schulter hinweg zu seinen Freunden, die wie echte Schlägertypen aussahen.

„Hey, hey, keine Schlägereien!" Garth, der muskulöse Inhaber des Cafés, stürmte hinter dem Tresen hervor, ein nasses Geschirrtuch über der Schulter. Er schlug damit nach Monhundy, und es klatschte hart auf dessen entblößten Arm. Garths roter Lockenkopf war ein wildes Durcheinander, und seine roten Wangen glühten vor Ärger.

Jason rappelte sich auf wackeligen Knien vom Boden hoch. Dann half er auch Xan auf, was er sofort bereute, denn er musste Xans Arme festhalten, um zu verhindern, dass sein Freund sich sofort wieder auf Monhundy stürzte.

„Nimm das zurück!", schrie Xan. „Sag über mich, was du willst, aber das über Jason nimmst du zurück!"

Monhundy lachte und sagte: „Hört ihr das? Er gibt es praktisch zu."

„Fick dich, ich bring dich um", fauchte Xan und versuchte sich aus Jasons Griff loszureißen.

„Schluss damit!" Garth klatschte vor Xans Gesicht in die Hände. „Hör auf, Junge." Dann drehte der Beta sich zu Monhundy und dessen Bande um. „Und ihr, raus hier! Alle fünf. Und kommt nicht wieder her, bevor ihr zu eurem ganzen Alpha-Getue ein paar Manieren gelernt habt." Er krümmte die Schultern und spannte die Arme an – eine spöttische Imitation von Monhundys gorillahafter Größe und Kraft. Dann richtete er sich wieder auf und stach furchtlos mit seinem Zeigefinger in Monhundys Brust. „Bringt mich nicht dazu, wegen euch eingebildeten Alphagören die Polizei zu rufen.“

Monhundy und seine albernen Freunde lachten höhnisch, nahmen Garth aber scheinbar beim Wort. Ganz gleich, wie reich ihre Väter auch waren – die Gerichte kannten kein Pardon gegenüber Alphas, die Beta-Geschäftsleute schikanierten. Monhundy und seine Kumpel machten sich hastig davon, wobei sie Schimpfworte über ihre Schultern zurückriefen.

Natürlich musste Monhundy das letzte Wort haben. Er rief Xan zu: „Entmannte Alphas haben auf Mont Nessadare nichts verloren. Such dir lieber schonmal eine neue Schule, wo du dich auf deine Karriere als Schwanzlutscher vorbereiten kannst, der es an irgendeiner Straßenecke für einen Nickel macht. Vielleicht nimmt dich ja Mont Juror.“

Xan knurrte, aber er machte keinen neuen Versuch, sich aus Jasons Griff zu befreien.

„Alles klar mit euch, Jungs?“, fragte Garth, sobald Monhundy verschwunden war. Er musterte sie prüfend von oben bis unten. „Ihr kommt oft her und habt noch nie Ärger gemacht. Aber kaum, dass diese Idioten auftauchen, gibt es Probleme. Ihr seid nicht die ersten jungen Alphas, mit denen der Kerl in letzter Zeit Streit angefangen hat. Ich überlege, ihm komplettes Hausverbot zu erteilen.“

„Es geht uns gut“, versicherte Jason ihm, aber Xan zitterte vor Wut, wortlos und leichenblass. Seine blauen Augen hingen wie gebannt an dem sich entfernenden Monhundy, und sein Blick war so hasserfüllt, wie Jason es noch nie bei ihm gesehen hatte. „Stimmt‘s, Xan?“

„Gut“, stieß er hervor. „Bestens, danke.“

Garth hob eine Augenbraue, sah Jason an und sagte: „Ihr könnt hierbleiben und das Chaos saubermachen. Oder ihr könnt es mir überlassen, aber dann müsst ihr jetzt gehen“

„Wir machen sauber.“ Jason wusste nicht, ob Monhundy und

seine Freunde nicht vielleicht hinter der nächsten Straßenecke auf sie lauern würden, und er hatte keine Lust, die Prügelei draußen fortzusetzen.

„Nein, lass uns gehen", sagte Xan, packte Jasons Arm und zog mit überraschender Kraft. „Tut mir leid, Garth, aber ich brauche frische Luft."

Xan zog Jason zur Tür hinaus und auf die Straße, in die entgegengesetzte Richtung von dort, wohin Monhundy und seine Bande verschwunden waren. „Das war unhöflich. Garth war immer nett zu uns. Wir hätten bleiben und ihm helfen sollen."

„Ist mir egal. Ich musste da raus." Xan wandte sich in Richtung Hafen. „Ich hasse Monhundy. Ich hasse ihn so sehr. Und ich hasse mich selbst. Ich hasse alle." Er warf einen Blick zu Jason. „Außer dir. Ich *wünschte* nur, ich könnte dich hassen."

Jason wusste nicht, was er dazu sagen sollte. „Ich auch" schien nicht die richtige Antwort zu sein, aber wünschte, was immer Xan für ihn empfand, wäre weniger kompliziert und beängstigend. Leider konnte er daran genauso wenig ändern wie an Vales Vergangenheit und dem, was der in Jasons Zimmer zum ihm gesagt hatte. Er wusste aber auch nicht, wie er es akzeptieren sollte.

Er folgte Xan hinunter zur Werft und war sich vage bewusst, dass er plötzlich Xan trösten musste, obwohl er sich eigentlich mit ihm getroffen hatte, um selbst Trost und Rat zu suchen. Das kam zwischen ihnen nicht selten vor. Und solange er nicht völlig offen über die Situation mit Vale reden konnte, war es vielleicht am besten so.

Das Wasser in der Werft war modrig, und eine dicke Ölschicht schwamm auf der Oberfläche. Sie sahen den Schiffen zu, die kamen und gingen. Eines legte sogar an dem Pier an, von dem aus Jasons Vater für gewöhnlich Motorteile verschiffte. Er und Xan fanden einen guten Aussichtspunkt und beobachteten eine Gruppe von Beta-Arbeitern beim Entladen von Kisten aus den Containern.

„Was willst du wegen der Uni unternehmen, da Monhundy dich jetzt auf dem Kieker hat?", fragte Jason, als er das Gefühl hatte, das Thema anschneiden zu können.

Xan atmete langgezogen aus und zuckte die Achseln. „Ohne dich will ich sowieso nicht mehr weitermachen. Ich habe beschlossen, Vater zu fragen, ob ich in seiner Firma eine verfrühte Lehre anfangen kann. Natürlich würde es für ihn besser aussehen, wenn ich ein abgeschlossenes Studium hätte, aber eigentlich braucht man keine höhere Ausbildung für den Job. Er ist nur die Galionsfigur des Unternehmens, und mehr muss ich auch nicht sein. Ich werde lächeln, das rote Band bei der Eröffnung neuer Bauprojekte durchschneiden, und die ganze übrige Arbeit Ray überlassen."

„Echt jetzt? Ray?"

„Er ist ein Beta, aber er ist derjenige, der in unserer Familie am meisten Grips hat. Ich bin ein völliger Blindgänger." Xan lächelte gekünstelt. „In jeder Hinsicht."

Xans Eltern waren überglücklich, dass Xan als Alpha geboren wurde, denn ihr ältester Sohn Ray war ein Beta, und der jüngste war an einer Kinderkrankheit gestorben. Xan war immer ihr strahlender Stern gewesen, ihre große Hoffnung.

In mancher Hinsicht lastete viel mehr Druck auf Xan Schultern als auf Jasons, der ein Einzelkind war. Zumindest hatte Jason ein gutes Verhältnis zu seinen Eltern. Aber Xans Vater war kalt und fordernd, kritisch und streng. Er hatte Xan unmissverständlich klar gemacht, dass von ihm erwartet wurde, mindestens vier Kinder in die Welt zu setzen, von denen zwei zwingend Alphas sein mussten, um für die magere Ausbeute seitens Xans Vater einen Ausgleich zu schaffen. Omegas waren auch in Ordnung, aber Betas würden inakzeptabel sein.

„Glaubst du, dein Vater wird dich die Lehre machen lassen?" Jason wusste, er sollte Xan eigentlich ermutigen, auf der

Uni zu bleiben und sein Studium abzuschließen, aber er wusste nicht, wie Xan das überstehen sollte, falls Monhundy beschloss, ihm ernsthafte Schwierigkeiten zu machen. „Gibt es keinen anderen Weg, um zu beweisen, dass du nicht entmannt bist?"

„Ich *bin* entmannt, Idiot. Gewöhn dich einfach an den Gedanken, so wie ich auch." Er wandte das Gesicht der salzigen Brise zu. „Ich kann auch zuhause lernen. Ich kann Privatlehrer engagieren. Ich kann tun, was ich will. Ich wollte sowieso nur auf die Uni, um mit dir zusammen sein zu können." Er zuckte mit den Schultern. „Und das ist jetzt vorbei."

„Vielleicht auch nicht, denn Vale will keinen Vertrag mit mir schließen."

Xan verdrehte die Augen. „Sei nicht albern. Er ist dein *Érosgápe*. Er wird tun, was du ihm sagst." Er schnaubte verärgert. „Vielleicht warst du zu nett zu ihm. Hast du ihm gesagt, dass er unterzeichnen soll? Nein? Tja, kein Wunder, dass er dich verlassen hat. Reiß dich zusammen, Jason. Du bist sein Alpha. Du hast das Sagen."

„So fühlt es sich aber nicht an." Und wie sollte er je die Bilder aus dem Kopf bekommen, die Vale mit seinem schonungslosen Geständnis hervorgerufen hatte? Wir konnte er je aufhören, vor seinem inneren Auge zu sehen, wie Vale von ganzen Horden Männern gefickt wurde und dann den Beweis dafür abtrieb? Wie sollte er je vergessen, dass der Grund für ihr kinderloses Schicksal Vales Wunsch war, ungestört Ferien am Meer machen zu können?

Er hatte seinem Pater versprochen, Vale nie Vorwürfe wegen seiner Vergangenheit zu machen, und das tat er auch nicht – nicht direkt – aber er konnte das alles auch nicht einfach zu den Akten legen. Vales Vergangenheit hatte in einem Ausmaß Auswirkungen auf ihre Zukunft, das Jason nicht gewillt war hinzunehmen.

„Wenn ich einen Omega habe ..." Xan verstummte.

„Ja?"

„Wolfgott, ich will keinen Omega, verdammt nochmal",

stöhnte er. „Ich würde alles geben, um in Vales Haut zu stecken. Er ist ein Idiot. Ich hasse ihn. Er gehört jetzt offiziell mit allen anderen, die nicht du sind, auf den großen Haufen von Leuten, die ich hasse."

„Wenn ich dich jetzt hier vom Pier schubse, hasst du mich auch. Das wäre vielleicht die Lösung für alles."

Xan lachte. „Oh, als wenn du das wagen würdest."

Mit etwas Mühe packte Jason ihn um die Taille, zerrte ihn zur Reling und hob ihn hoch – Xan war überraschend schwer für seine kleine Statur – dann tat er so, als wollte er ihn ins Wasser werfen. Er musste lachen, als Xan mit entrüstetem Geschrei zappelte und um sich trat. Es verblüffte Jason; er hatte schon geglaubt, nie wieder lachen zu können.

Und wo er schonmal bei Überraschungen war …

Er stellte Xan wieder auf die Füße und erduldete mehrere verärgerte Racheschubser von ihm, bevor er sagte: „Also, Pater ist schwanger."

„Was?" Xans Augenbrauen zogen sich zusammen. „Ich dachte, er könnte keine Kinder mehr bekommen oder sowas. Weil er so lange nicht schwanger war."

„Er soll keine mehr bekommen. Weil es zu riskant ist. Er könnte dabei sterben."

Xan verzog das Gesicht. „Mist, Jason, was für eine Scheiße. Dein Omega gibt dir den Laufpass, und dein Pater gibt den Löffel ab? Das ist schrecklich. Ich glaube, wir müssen uns betrinken. Ich weiß nicht, wie ich sonst mit allem zurechtkommen soll. Du?"

Jason lachte erneut. Xan hatte eine Art, die Dinge zu betrachten, die Jason immer wieder aus dem Tief zog. Allerdings war er noch nie so tief unten gewesen wie jetzt. „Uns betrinken, hm?" Er rieb sich das Kinn, wo sich bereits ein Bluterguss bildete. „Ich hätte nichts dagegen. Wo?"

„Hier entlang." Xan nahm Jasons Hand und zog ihn zurück zur

Straße. „Hollanders Hafenschänke. Die haben da billigen Gin. Und sie wollen keinen Ausweis sehen."

„Wir sind alt genug." Wenn auch nur knapp.

Xan zuckte die Achseln. „Verdirb nicht das Gefühl von Spannung und Abenteuer, okay? Komm einfach mit und tu, was ich sage. Du wirst es nicht bereuen, versprochen."

VALE WUSSTE NICHT, wieso er überhaupt versuchte, Poesie zu schreiben. Es kam nur Schund dabei heraus. Alles Schund. Jedes einzelne Wort war Schund, Schund, Schund.

Und seine Haut stand in Flammen. Ohne Unterlass. Grauenvoll.

Er wusste, was das bedeutete. Er hatte keine drei Tage mehr, oder zwei, oder auch nur einen. Er hatte überhaupt keine Zeit mehr. Das war's. Die Hitze war da, und es war nur noch eine Frage von Stunden, dann würde er schreien und zappeln und, falls ihn niemand davon abhielt, zur Bowery rennen und sich jedem Alpha an den Hals werfen, den er finden konnte.

Er brauchte einen Plan. Weshalb er Rosen angerufen hatte.

Er kratzte sich an den Armen und schaukelte vor und zurück. Ja, Rosen. Der hoffentlich jede Minute eintreffen würde, denn Vale wusste nicht, wie lange ihm noch blieb, bis die erste Welle ihn traf. Er warf seinen Stift auf den Schreibtisch und starrte aus dem Fenster in den Garten. *Jasons Garten*. In Vales Kopf würde er nie wieder etwas anderes sein. Davor war es Paters Garten gewesen, und jetzt war es Jasons, und Vale würde ihn jeden Tag sehen und in Sehnsucht vergehen. Er war so dumm gewesen, das zu erlauben.

„Vale?" Rosens Stimme zu hören, war eine Erleichterung und ärgerlich zugleich.

Trotz allem und obwohl er genau das Richtige gesagt hatte, um

Jason dazu zu bringen, ihn gehen zu lassen, hatte er insgeheim die schreckliche Hoffnung gehegt, sein Baby-Alpha würde vor dem Fenster auftauchen, ihm alles vergeben, das Thema der Fortpflanzung zum Tabu erklären und ihn dann auf dem Boden des Arbeitszimmers um den Verstand ficken.

Aber das würde natürlich nicht passieren. Nicht heute. Nicht an einem anderen Tag. Es würde niemals passieren.

Stattdessen hatte er nur Rosen, der beladen mit Lebensmitteln in sein Haus kam. Und besser als das würde es nicht werden. Er würde schon zurechtkommen. Und irgendwann würde es ihm wieder bestens gehen. *Niemals.*

„Ich werde Urho Bescheid geben", sagte Rosen, der die Einkäufe auf Vales Schreibtisch ablud und sich mit besorgten Blicken näherte. „Du kannst das nicht ganz allein tun. Das lasse ich nicht zu. Ich werde das nicht noch einmal durchmachen, und du auch nicht."

„Nein!" Vale schüttelte verzweifelt den Kopf. „Ich will nicht, dass du Urho anrufst. Ich will ihn nicht hier haben. Tu das nicht."

„Aber du bist so kurz davor", sagte Rosen und berührte Vales Wange mit kühlen Fingern. „Oh Wolfgott, du glühst."

„Ruf Urho nicht an", wiederholte Vale. „Versprich es mir."

Rosen knirschte mit den Zähnen. „Das kann ich nicht versprechen."

„Doch!"

„Ich werde dich nicht ans Bett fesseln und zusehen, wie du leidest!"

„Der Keller", sagte Vale und nickte zum Flur. „Da komme ich nicht raus. Du musst mich gar nicht fesseln."

„Nein. Auf keinen Fall."

„Es ist die perfekte Lösung. Ich habe da unten Wasser aus dem Spülbecken. Und ich habe schon alles hergerichtet und ein schönes Nest aus Bettzeug und Handtüchern gebaut. Wenn du mich da einsperrst und nicht herauslässt, dann schaffe ich das schon."

„Da unten ist alles voller Spinnen und wer weiß, was sich da in den letzten zehn Jahren alles angesammelt hat. Und der Kellerboden ist blanker Stein; der Raum wurde *nie* hergerichtet, Vale. Du brauchst ein bequemes Bett. Du musst der Natur gehorchen und deine Hitze genießen. Wenn du Urho nicht willst, dann lass mich Jason anrufen."

„Nein!" Vale schauderte und kratzte sich erneut an den Armen. „Wenn du mir nicht helfen willst, dann geh wieder."

Rosens Ausdruck wurde weicher, und er streichelte zärtlich Vales Wange. „Aber ich helfe dir ja. Dafür sind Freunde da. Um zu helfen. Selbst dann, wenn die andere Person ein kompletter Idiot ist."

„Ich werde auf keinen Fall Urho nehmen. Auf *keinen* Fall."

Rosen nickte langsam. „Ich verstehe." Er schaute nachdenklich, dann zog er Vale in seine Arme. „Der Keller also?"

„Ja. Der Keller."

„Und wenn ich Jason holen würde?"

„Würde ich dich für immer hassen."

Rosen brummte leise.

„Was?"

„Das war kein Nein. Du würdest ihn nehmen."

„Du und deine verdammten Schlupflöcher", fauchte Vale. „Oh Scheiße, es geht los. Halt mich fest. Bitte."

Rosen Griff war nicht genug. Nichts war genug, wenn die Hitze kam. Nur ein Alpha konnte die Bedürfnisse seines Körper stillen. Er wand sich und schrie, während die Woge aus Feuer in seinem Inneren sich auftürmte und wieder und wieder brach, bis er schwitzend und wimmernd danach bettelte, gefickt zu werden.

„Schh", flüsterte Rosen in sein Ohr, hielt ihn fest und wiegte ihn. „Ich bin ja hier. Ich bin bei dir."

Vale klammerte sich schluchzend an ihn. Als die erste Welle

schließlich abebbte und er wieder zu sich kam, war er allein im Keller, auf seinen Händen und Knien, den Arsch in die Luft gestreckt, und rief nach Jason.

KAPITEL 22

JASON BEREUTE ES, mit Xan in Hollanders Hafenschänke gegangen zu sein. Er bereute es sogar sehr.

Auf dem Heimweg hatte er sich zweimal übergeben, und er konnte sich kaum erinnern, Xan beim Haus seiner Eltern abgeliefert zu haben. Beinahe glaubte er, das Ganze nur geträumt zu haben, nur dass er niemals von dem entsetzten Gesicht von Xans Pater beim Anblick der Kotze auf Xans Pullover träumen würde. Oder doch? Nein. Es war einfach zu lachhaft gewesen. Oder zumindest hatte er das in jenem Moment so empfunden. Jetzt, da er wieder nüchtern wurde, schämte er sich ein bisschen, darüber gelacht zu haben.

Mit hängendem Kopf trottete er die Treppe hinauf und hoffte entgegen aller vernünftigen Hoffnung, seine Eltern mögen nicht plötzlich auftauchen und Antworten verlangen. Er hatte sie nicht mehr gesehen, seit er gestern losgegangen war, um Erfrischungen für die Verhandlungen zu besorgen, die dann nie stattgefunden hatten.

Nachdem Vale gegangen war, hatte Jason sich in seinem Zimmer eingeschlossen und sich geweigert, wieder herauszukommen. Seine Eltern hatten vor der Tür nach ihm gerufen, während er in seinem Bett geweint hatte – das Hemd an sich gedrückt, das er unter seinem Kopfkissen versteckt hatte. Es war erbärmlich und traurig gewesen. Er erwog, jetzt einfach damit weiterzumachen. Aber stattdessen ging er unter die Dusche.

Er fragte sich, wohin seine Eltern heute Morgen zum

Frühstücken gegangen waren, war aber einfach nur froh, nicht reden oder ihre mitleidigen Gesichter sehen zu müssen. Besonders, da er nur zu gut wusste, dass zumindest sein Vater von Anfang an genau dieses Ergebnis gewollt hatte.

Er drehte in der Dusche das heiße Wasser auf, dann beugte er sich über die Toilette und übergab sich noch einmal. Hoffentlich zum letzten Mal. Wenn die Übelkeit erst einmal vorüber war, würde er zu Wolfgott schwören, nie wieder Gin zu trinken.

Unter der Dusche schrubbte er sich hastig, spülte sich den stinkenden Schweiß vom Körper und gurgelte den Schnapsgeschmack aus seinem Mund. Nachdem er sich die Zähne geputzt und sein Haar gekämmt hatte, zog er sich frische Sachen an. Eine weiche Hose und ein weites, graues T-Shirt, in dem er herumhängen und sich in seinem Elend suhlen konnte.

Als er nach unten ging, um mit einem Glas Kokosmilch seinen Wasserhaushalt aufzufüllen, entdeckte er auf dem Tisch im Flur eine Nachricht von seinem Vater.

Jason,

ich fahre in die Firma, um mich um eine ankommende Lieferung zu kümmern. Pater hat sich im Musikzimmer hingelegt. Bitte lass ihn schlafen. Er braucht seine Ruhe. In der Küche auf der Arbeitsplatte liegen Rippchen zum Auftauen bereit. Koche etwas Ordentliches zum Abendessen. Und mach dir keine Sorgen, mein Sohn. Wir bringen das in Ordnung. Wir bringen alles in Ordnung für dich.

Alles Liebe, Vater

Jason ging in die Küche, um mit dem Abendessen anzufangen. Vor dem großen Spiegel gegenüber des Arbeitszimmers seines Vaters blieb er jedoch noch einmal stehen, um den Bluterguss zu untersuchen, der an seinem Kinn erblühte. Er war rot und an den

Rändern schon ziemlich blau. Wäre Jason größer, hätte der Schlag ihn an der Wange getroffen, und dann hätte er vielleicht ein blaues Auge gehabt. Wie es jetzt war, würde wahrscheinlich in ein oder zwei Tagen nichts mehr zu sehen sein.

Aber Monhundy würde es zweifellos jedem an der Uni erzählen. Dieser Arsch. Eines Tages würde jemand diesem Bastard eine Lektion erteilen, und Jason hoffte nur, dabei zu sein, wenn es passierte.

Gerade, als Jason sich vom Spiegel abwandte, hörte er aus dem Musikzimmer ein leises Stöhnen, gefolgt von einem scharfen Aufschrei. Dann hallte ein lauteres Geräusch von den Wänden wider, beinahe ein langgezogener Schrei.

Jason drehte sich der Magen um. Er rannte los. Auf den ersten Blick schien das Musikzimmer leer zu sein, abgesehen von dem Zigarettenrauch in der Luft und der neuen, befremdlichen Geruchskombination von Pater und dem Baby. Als Jason weiter in den Raum ging, fand er seinen Pater zusammengekrümmt auf dem Sofa, auf der Seite liegend und die Arme um seine Mitte geschlungen. Sein Gesicht war aufgequollen vom Weinen. Auf dem Boden standen mehrere Teller, die von Asche und Kippen über-quollen.

„Pater?", fragte Jason sanft. „Was ist mit dir? Geht es dir nicht gut?"

„Ich verliere ihn", flüsterte Pater. Seine Hände ballten sich zusammen und lösten sich vor seinem Bauch.

Jason ging zu ihm und schob dabei vorsichtig mit dem Fuß die vollgeaschten Teller zur Seite. Dann kniete er vor dem Sofa und streichelte seinem Pater liebevoll das Haar. „Ich weiß, er ist im Moment böse mit dir, aber Vater würde dich niemals verlassen."

Vater keuchte und krümmte sich noch mehr zusammen. Sein Gesicht war kreidebleich. „Nein, es ist das Baby. Er stirbt. Ich verliere ihn."

Jason blieb fast das Herz stehen. „Bist du sicher? Was soll ich tun?" Er sprang auf die Füße. „Ich rufe einen Krankenwagen."

Schweiß verdunkelte das Haar an Paters Schläfen, aber er schüttelte den Kopf.

„Warum nicht?"

„Die Drogen, die ich nach meinen Hitzen benutze, lagern sich im Körper ab. Sie werden es herausfinden. Ich kann nicht ins Krankenhaus, Jason." Er verdrehte die Augen und stöhnte erneut auf.

Jason fiel wieder auf die Knie und stöhnte: „Was kann ich dann tun?"

Pater schauderte, dann hielt er die Luft an, als ein Krampf seinen Körper schüttelte. Als er antwortete, atmete er ganz flach mit verzerrtem Gesicht. „Nichts. Wir warten einfach."

„Ich rufe Vater an."

„Nein. Er wird sich nur Sorgen machen. Lass es gut sein." Pater biss sich auf die Zähne. „Ich mache das nicht zum ersten Mal durch. Das weißt du."

Jason erinnerte sich, dass, als er noch klein war, sein Pater bei den Fehlgeburten immer ins Krankenhaus gegangen war. Erst später hatte er damit aufgehört. Jetzt wusste er, warum. Die Drogen in seinem Kreislauf würden ihn verraten, und dann drohte ihm bestenfalls Gefängnis.

Gequält saß er an der Seite seines Paters, während der sich mit schweißdurchnässten Haaren wand und stöhnte. „Gibt es etwas, das du gegen die Schmerzen nehmen kannst?"

„Habe ich bereits genommen. Du musst nicht hier sitzen, Jason. Ich bin okay."

Aber Pater sah nicht okay aus. Er war ganz grau im Gesicht, und immer wieder stieß er unterdrückte Schreie aus, die Jason das Herz zerrissen. Er wusste nicht, was er tun sollte, aber er war ziemlich sicher, dass Vater durchdrehen würde, wenn er nach Hause kam, sie hier so vorfand, und Jason ihn *nicht* angerufen hatte.

„Ich bin gleich wieder da", flüsterte Jason.

Pater verkrampfte sich auf dem Sofa, sagte aber nichts.

Er ließ die Tür geöffnet für den Fall, dass Pater ihn rufen musste, dann rannte er zum Telefon in Vaters Arbeitszimmer. Als die Verbindung zustande kam, war es schwer, sich über all der Aktivität und den Rufen der Arbeiter im Hintergrund verständlich zu machen, aber schließlich schaffte er es, dem Beta am anderen Ende klar zu machen, dass er Vater finden und nach Hause schicken musste. „Lassen Sie ihn wissen, dass sein *Érosgápe* ihn braucht. Er ist … krank. Sehr krank. Und er hat große Schmerzen. Bitte sagen Sie ihm, er soll sich beeilen."

Nachdem er den Hörer in die Gabel zurückgelegt hatte, nahm Jason ein paar tiefe, beruhigende Atemzüge und versuchte zu denken. Pater war sicher dehydriert. In der Küche füllte Jason ein Glas mit kaltem Wasser und befeuchtete ein sauberes Geschirrtuch für Paters Stirn.

Auf halbem Weg durch den Flur zuckte er zusammen, als ein markerschütternder Schrei die Luft zerriss. Das Wasserglas zerschellte auf dem Holzfußboden, Scherben verteilten sich überall, aber Jason ließ es liegen und rannte zum Musikzimmer.

Sein Herz schlug ihm bis zum Hals, als er Pater auf dem Boden kniend vorfand, mit dem Oberkörper auf dem Sofa. Pater Hände packten verkrampft die Polster. Die Teller waren umgekippt, und Asche verteilte sich auf dem Fußboden und in staubigen Schwaden in der Luft. Dann überlief es Jason eiskalt, als er das Blut sah. Ein großer Flecken an der Rückseite von Paters weicher Hose, der größer und größer wurde, während Pater den Kopf zurückwarf und schrie und presste.

„Nein", jammerte Jason. „Nein, nein, nein." Er eilte hinzu, kniete sich neben seinen Pater und legte seinen Arm um ihn. „Pater, was kann ich tun?"

Aber Pater war zu verloren in den Schmerzen, um antworten zu können. Die Sehnen an seinem Hals traten hervor, während er krampfte, presste und sich krümmte. Sein ganzer Körper spannte sich an und verdrehte sich. Sein zuvor weißes Gesicht war jetzt vor Anstrengung fast violett, und dunkles Blut lief aus seinem Unterleib, durchtränkte seine Hose und tropfte auf den Teppich unter seinen Knien.

Jason streichelte beruhigend Paters schweißfeuchten Nacken. „Ich bin gleich wieder da. Rühr dich nicht vom Fleck. Es wird alles gut."

Rühr dich nicht vom Fleck? Jason schüttelte den Kopf über sich selbst, als er zurück zum Telefon lief.

Er wusste nicht, was er tun oder wen er noch anrufen sollte. Hastig blätterte er Vaters Adressbuch durch und fand die Nummer eines Arztes, der Pater schon früher behandelt hatte. Derjenige, der manchmal Hausbesuche machte, wenn Pater krank war oder eine besonders schlimme Hitze durchmachte. Aber er bekam keinen Anschluss unter der Nummer. Er rief die Vermittlung an und bat darum, mit der Praxis des Arztes verbunden zu werden, aber die Leitung war besetzt, und er kam einfach nicht durch. Er suchte nach einem anderen Arzt im Adressbuch, fand aber nichts.

Verzweifelt und ohne irgendeine Idee, was zu tun war, versuchte er Vale anzurufen, aber es ging niemand ans Telefon. Er versuchte es noch einmal. Keine Antwort. Die Schreie seines Paters aus dem Musikzimmer machten ihm Gänsehaut. Er drückte die Null. Als sich erneut die Vermittlung meldete, fragte Jason nach dem einzigen Arzt, von dem er mit Sicherheit wusste, dass er schon mit solchen Fällen zu tun hatte.

„Ich benötige die Nummer von Urho Chase, bitte. Oder besser, verbinden Sie mich direkt mit ihm. Versuchen Sie es so lange, bis jemand rangeht. Es ist ein Notfall."

VALE WÄLZTE SICH schwitzend auf dem Kellerboden; es war pure
Folter. Er hatte es geschafft, ein wenig Wasser aus dem tiefen
Spülstein zu trinken, bevor die zweite Welle eingesetzt hatte, aber er
war immer noch durstig, und jetzt war er zu erschöpft, um
hinzukriechen und den Kopf unter den Hahn zu halten. Auch das
war etwas, wofür Alphas gebraucht wurden – sie kümmerten sich
während der Hitze um die Grundbedürfnisse der Omegas.

Er konnte über sich Schritte hören. Von zwei Paar Füßen, wie
es den Anschein hatte. Er hoffte, es waren Rosen und Yosef, aber er
konnte nicht sicher sein, dass Rosen seine Wünsche nicht einfach
missachtet und doch Urho – oder schlimmer, Jason – angerufen
hatte. Vale wusste, er würde sich weder dem einen, noch dem
anderen verweigern können.

Die Hitze war zu viel. Das endlose, zwanghafte Verlangen war
überwältigend. Wie hatte er glauben können, er würde es allein
schaffen?

Der Alpha-Dildo, den er gekauft hatte, brachte kaum etwas
ohne die Alpha-Pheromone, die seinen Hunger stillen würden. Aber
zumindest drückte er auf seine pochende Prostata und die
geschwollenen Omegadrüsen, die seinen Uterus anregten, sich zu
senken und zu öffnen. Es war nicht genug, aber es verhinderte
vielleicht, dass er völlig den Verstand verlor.

Es war immer noch erst Tag eins! Wie sollte er vier weitere Tage
überstehen?

Über ihm erhoben sich Stimmen, mal lauter, mal leiser, hallten
in den Leitungsrohren und vibrierten durch die Fußbodenbretter.
Vale konnte weder die Worte verstehen, noch am Timbre erkennen,
wer da sprach. Das Telefon in seinem Arbeitszimmer klingelte. Vale
erschauerte unter dem schrillen Ton, der direkt auf seiner über-

hitzten, überempfindlichen Haut zu vibrieren schien. Es klingelte und klingelte, und er fragte sich, warum Rosen nicht abhob.

Aber dann spielte auch das keine Rolle mehr, denn die nächste Welle kündigte sich an. Verzweifelt fickte Vale sich mit dem Alpha-Dildo und wünschte, Jason wäre da, um das für ihn zu tun, seine Nippel zu lecken und ihm den Schwanz zu lutschen, während er Vales brennendes Verlangen mit dem Dildo linderte. Und danach würde Jason den Dildo zur Seite werfen und–

Oh, Wolfgott!

Vale schrie auf, als er auf dem Dildo kam und ein wenig abspritzte. Es reichte einfach nicht. Es konnte nicht reichen. Nicht ohne die herrlichen Pheromone eines Alphas und dessen noch herrlicheren Knoten, der an Vales Drüsen anschwoll und sich weitete und seine alles verzehrende Lust stillte. Vale ging auf seine Hände und Knie, schrie, bog den Rücken durch und streckte den Arsch heraus auf der sinnlosen Suche nach etwas, das einfach nicht da war. Etwas, das er verzweifelt brauchte.

Und dann kam der unerträglich Schmerz und überfiel ihn wie eine Feuerwalze, die ihn einsog, und er war nur noch ein elendes Bündel aus Schweiß und Tränen.

„MINER!" VATERS STIMME hallte durch den Eingangsflur, und Jason hätte vor Erleichterung beinahe geschluchzt.

„Wir sind im Musikzimmer!", rief Jason mit Pater in den Armen. Er hatte den zuckenden Körper seines Paters nicht eine Sekunde lang losgelassen, hatte verzweifelt versucht, ihn zusammenzuhalten, während er sich aufbäumte und wand und gegen das ankämpfte, was immer in ihm passierte.

Als die Blutungen einfach zu stark geworden waren, hatte er Pater die Hose ausgezogen, ihn mit Handtüchern bedeckt und sein

Bestes getan, um nicht vor Hilflosigkeit zu schreien. Er hatte erwogen, einfach auf die Straße zu laufen und bei irgendwelchen Nachbarn anzuklopfen und um Hilfe zu bitten. Aber Urho war auf dem Weg, und Jason hatte nicht gewagt, Pater allein zu lassen. Außerdem … was hätten die Nachbarn schon tun können?

Vaters Gesicht war kreidebleich, und seine blauen Augen schienen zu brennen, als er den Raum betrat und zu Miner eilte. Er schob Jason zur Seite und schlang die Arme um Pater. „Miner? Kannst du mich hören?"

„Er schreit einfach nur", sagte Jason, während ihm Tränen übers Gesicht liefen. „Da ist so viel Blut." Er deutete auf die durchtränkten Handtücher und die Pfütze auf dem Boden.

„Wolfgott, hast du den Arzt gerufen?", fragte Vater mit weit aufgerissenen Augen.

„Ich hab's versucht, aber–"

Vater sprang auf die Füße und lief zum Arbeitszimmer. „Da gibt es kein ‚aber', Jason. Wir brauchen einen Arzt!"

Jason ergriff seines Vaters Arm und hielt ihn fest. „Warte! Es kommt ein Arzt; er wird jede Minute hier sein. Ich konnte nicht zu Dr. Ruke durchkommen, also musste ich jemand anderen anrufen."

„Wen?"

„Urho Chase."

„Den Alpha-Freund von Vale?" Vater klang misstrauisch.

„Ja. Erinnerst du dich? Er war Militärarzt und er hat Omegas bei Geburten betreut und kennt sich mit Fehlgeburten aus."

Vater runzelte die Stirn. „Ich hätte lieber Dr. Ruke. Bei ihm weiß ich wenigstens, dass er vertrauenswürdig ist."

Pater schrie, und ein neuer Schwall Blut ergoss sich aus ihm. Vater wurde noch blasser, und Jason befürchtete, er würde ohnmächtig werden. „Na gut, wir können jetzt nicht wählerisch sein. Wie lange noch, bis Urho eintrifft?"

„Ich weiß es nicht. Ich habe ihn direkt nach dir angerufen. Ich weiß nicht, wo er wohnt."

Vater hob das Handtuch an, mit dem Jason Pater bedeckt hatte, und fluchte. Er griff darunter, wie um irgendetwas zu richten, aber Pater schrie nur noch mehr. Vater warf sich über Miners Rücken, tröstete ihn und schluchzte.

Als es an der Tür klingelte, rannte Jason hin; seine Füße trommelten auf den Holzboden im Flur.

Urho schob ihn sofort zur Seite und riss sich sein albernes Barett vom Kopf. „Ich nehme an, es ist sehr ernst, da du ausgerechnet mich angerufen hast. Wo ist er?"

Ein weiterer Schrei aus dem Musikzimmer zerriss Jason das Herz, und er packte Urhos Arm und zog ihn durch den Flur. Er hatte keine Worte mehr, nur noch blinde Panik.

„Das ist nicht gut", sagte Urho, als er den Raum betrat und das blutige Spektakel sah.

Vater knurrte unwillkürlich, als Urho sich näherte – die instinktive Reaktion eines Alphas, dessen Omega litt und Schutz brauchte.

„Lass ihn los", bellte Urho. Dann wandte er sich an Jason. „Ich muss meine Hände waschen, aber ich sollte ihn nicht allein lassen. Bring heißes Wasser. Viel heißes Wasser." Er ergriff Vaters Arm. „Reißen Sie sich zusammen und treten Sie zur Seite, damit ich mir ansehen kann, was los ist."

Jason wartete lange genug, um sicherzugehen, dass Vater Urho erlauben würde zu helfen, dann rannte er in die Küche. Er ließ heißes Wasser in eine Schüssel laufen und setzte außerdem einen Topf auf, um welches zu kochen. Dann lief er mit dem Wasser, Seife und sauberen Handtüchern zurück.

Urho sah ernst und besorgt aus, aber er dankte Jason und wusch sich rasch die Hände. „Er gehört in ein Krankenhaus. Ruf einen Krankenwagen", sagte er leise.

„Kein Krankenhaus", flüsterte Jason. Urho hob die Brauen.

„Wie bitte?"

Vater beugte sich erneut über Pater, um ihn zu trösten.

„Er hat illegale Abtreibungsmedikamente im Körper. Er benutzt sie nach jeder Hitze."

Urho verzog das Gesicht, ließ das Thema Krankenhaus aber umgehend fallen. „Also gut. So weit ich es beurteilen kann, steckt das Baby fest, möglicherweise aufgrund von Narbengewebe, das von früheren Fehlgeburten zurückgeblieben ist. Aber es ist klein. Es sollte keine großen Schwierigkeiten machen, es herauszubekommen. Das wirkliche Problem ist sein punktierter Darm. Daher stammt das ganze Blut. Wahrscheinlich hat sich auch eine Sepsis entwickelt." Er runzelte die Stirn und schüttelte den Kopf. „Bring mehr heißes Wasser."

Die nächste Stunde fühlte sich wie eine Million Jahre an. Jason lief im Zimmer auf und ab, während sein Herz raste und seine Gedanken wirbelten. Sein Vater war an Urhos Seite, um zu helfen, aber Jason wandte sich ab und starrte aus dem Fenster in Paters Garten. Tränen strömten über sein Gesicht, während sein Vater und Urho taten, was getan werden musste.

Da Schluchzen seines Vaters und Paters gequälte Schreie machten ihn fertig.

„Er braucht eine Transfusion" sagte Urho schließlich, als die Schreie aufhörten, weil Pater gnädigerweise das Bewusstsein verloren hatte. „Ich habe keine Blutkonserven, aber ich habe die medizinische Ausrüstung, um eine Blutübertragung von Person zu Person durchzuführen. Welche Blutgruppe hat er?"

„Wolf 3", antwortete Vater mit heiserer Stimme. „Ich bin Wolf 2, und Jason auch. Welche Blutgruppe haben Sie?"

Urho seufzte. „Wolf 1."

Jason drehte sich schließlich um. Pater war bewusstlos, seit das Schlimmste angefangen hatte. Er lag auf der Seite, und Handtücher bedeckten seine untere Körperhälfte. Vater kniete neben Paters

Kopf und streichelte seine Stirn.

Urho rieb sich das Gesicht und fluchte leise. „Kennen Sie jemanden in der Nähe, der vielleicht Wolf 3 hat? Einen Nachbarn? Freunde?" Dann leuchtete plötzlich sein Gesicht auf. „Vale ist Wolf 3!", sagte er drängend. „Jason, ruf ihn an. Jetzt gleich."

Jason rannte erneut ins Arbeitszimmer, um es noch einmal zu versuchen, aber wie bereits zuvor nahm niemand ab. Er legte auf und versuchte es ein zweites Mal. Und noch einmal. Und noch einmal. Endlich kam er durch.

„Ich brauche dringend deine Hilfe", platzte Jason heraus. „Es ist ein Notfall."

„Jason?"

Es war nicht Vale. Es war Rosen.

„Hi. Ja, ich bin's. Ich brauche Vale. Es ist ein Notfall. Er muss sofort herkommen. Es geht um Leben und Tod. Wir benötigen sein Blut." Er rieb sich das verschwitzte Gesicht. „Mein Pater ist … hör zu, Urho ist hier. Er sagt, Vale muss kommen. Bitte schick ihn her. Wir brauchen ihn; mein Pater könnte sterben."

„Oh, Wolfgott. Jason, Vale kann im Augenblick nirgendwohin gehen", sagte Rosen aufgebracht.

„Aber er muss!"

„Es tut mir leid, aber er kann nicht. Kannst du mir den Notfall genauer schildern? Was ist los? Kann *ich* vielleicht helfen?"

„Ist er nicht zuhause?"

„Doch, aber–"

„Ich mache keine Witze, Rosen!" In Jasons Kopf wirbelten die Gedanken. Er versuchte sich zu erinnern, wen er sonst fragen könnte. Bei irgendeinem Nachbarn anzuklopfen, war immer noch eine Option. Sie würden jede Blutspende nehmen. Jede. Solange es Blutgruppe Wolf 3 war. „Mein Pater braucht eine Bluttransfusion, oder er stirbt. Vale hat die richtige Blutgruppe. Ich weiß, dass er sauer auf mich ist, und ich habe das verdient, denn ich hätte ihm sofort sagen sollen, dass nichts, was in seiner Vergangenheit geschehen ist, eine Rolle spielt. Aber ich war ein Idiot und habe überhaupt nichts gesagt. Ich weiß, ich muss ihn um Verzeihung bitten, und das werde ich auch. Aber ich weiß auch, dass er nicht wollen würde, dass mein Pater …" Er konnte es nicht noch einmal aussprechen.

Rosen schwieg für einen langen Augenblick, der eine Ewigkeit zu dauern schien. Dann sagte er: „Jason. Vale ist in Hitze."

Die Welt um Jason schien sich aufzulösen. Er saß im Sessel seines Vaters, schwindelig und hilflos. „Nein", flüsterte er. „Nicht jetzt. Es darf nicht ausgerechnet jetzt sein."

Rosen ignorierte sein Leugnen. „Kann ich euch helfen? Was braucht dein Pater? Du sagtest er braucht Blut? Welche Gruppe?"

Im Hintergrund, unter Rosens leisem Atmen hörte Jason Schreie und Hilferufe. Und dann Vales heisere Stimme, irgendwie seltsam gedämpft, die flehend ein einziges Wort rief, immer und immer wieder: „Jason…!"

Es war zu viel. Das Leben war ein tosender Sturm, brennend, ein unerträgliches Gewicht, das sich auf ihn senkte wie kochendes Blei. Jason konnte nicht atmen. Er erstickte. Er zwang sich zu flüstern: „Wer ist bei ihm?" Urho war hier; er konnte es also nicht sein.

„Niemand."

„Er tut es allein? Er leidet?"

„Er hat nicht gesagt, dass er dich ablehnen würde. Aber er wollte nicht, dass du es weißt."

Jason legte auf. Er presste die Hände vor den Mund, um nicht aufzuschreien, und schloss die Augen, während er verzweifelt nach einer Lösung suchte. Und als er keine fand, brach er in Tränen aus. Panik übermannte ihn.

Er wählte die Nummer von Xans Eltern und hätte beinahe laut geschluchzt, als Xan antwortete, der sich groggy anhörte, aber offensichtlich das Trinkgelage vom Vorabend ohne schwere Folgen überstanden hatte. „Ich brauche deine Hilfe. Jetzt sofort."

„Okay. Was soll ich tun?"

Jason sackte voller Dankbarkeit in sich zusammen. „Danke." Dann sagte er: „Stell keine Fragen. Tu einfach, was ich dir sage. Es gilt keine Zeit zu verlieren."

Er hoffte, sein Freund würde ausnahmsweise einmal selbstlos handeln. Alles hing davon ab.

WÄHREND DER GRAUSAMEN Auswirkungen einer alphalosen Hitze war Schlaf etwas so Kostbares, dass Vale sofort unbarmherzigen Hass auf das verspürte, was immer ihn geweckt haben mochte. Noch hatte die nächste Welle ihn nicht gepackt, und es war ihm gelungen, etwas Wasser zu trinken und sich auf seine Decken zu schleppen, um etwas zu schlafen. Vor einiger Zeit hatte er das Telefon klingeln gehört. Danach war eine Zeitlang jemand im Zimmer über ihm hin- und hergelaufen. Dann war die Welle endlich abgeklungen, und alles war wieder ruhig geworden.

Das Geräusch von Schritten auf der Kellertreppe brachte ihn wieder vollends zu Bewusstsein. Vale fluchte leise. „Geh weg, Rosen. Ich will nicht, dass du mich so siehst."

„Ich sehe das ja nicht zum ersten Mal", sagte Rosen, als er am Fuß der Treppe ankam. Er war nervtötend gutaussehend mit seinem schwarzen Haar, das er zu einem Knoten geschlungen hatte, und den ebenso dunklen Augen, die frustriert dreinschauten. Er hatte kein Recht, so gut auszusehen, während Vale ein Häufchen Elend war. „Du willst jetzt mit mir nach oben kommen wollen, damit ich dir helfe zu duschen."

„Was?" Vale schüttelte verzweifelt den Kopf. „Nein. Das ist zu riskant. Ich könnte wieder davonlaufen."

Rosen trat auf ihn zu und zerrte ihn vom Boden hoch. Er stützte Vale, als der unsicher auf seinen zitternden Beinen taumelte. „Du bist im Augenblick so schwach wie ein Baby. Außerdem wird dir jemand helfen."

„Nein!" Vale versuchte, Rosen wegzustoßen. „Niemand kann mir helfen", lallte er. „Nur Jason. Und er wird nicht kommen. Dafür habe ich gesorgt."

„Nun, das ist allein Jasons Entscheidung, oder nicht?" Rosen zog Vale zur Treppe. Vale wollte Widerstand leisten, aber seine Muskeln schmerzten vom Liegen auf dem provisorischen Lager auf dem Boden, und er fühlte sich bereits schmutzig, so bedeckt von Schweiß und Schlick.

„Er hat sich entschieden", stellte Vale klar. „Er ist ferngeblieben, nachdem er die Wahrheit kannte."

Rosen seufzte. „Komm, Vale. Hilf mir ein bisschen. Du bist schwer."

Vale gab Rosens entschlossenem Zerren und Schieben nach. Eine Dusche wäre herrlich. Und wenn er Glück hatte, würde ihm danach noch etwas Zeit bleiben, Rosen wieder zur Vernunft zu bringen, bevor die nächste Welle kam. Und bevor wer immer es war, den Rosen verpflichtet hatte, auftauchen würde.

Benommen ließ er sich von Rosen zu dem Bad neben seinem Schlafzimmer bringen, wo Rosen ihn unter das warme, bereits laufende Wasser manövrierte. Er stöhnte, lehnte sich an die gekachelte Wand, zitternd vor Erschöpfung, und ließ sich von Rosen einseifen und waschen.

„Es ist schlimm, oder?", flüsterte Rosen. „Du hast Schmerzen."

„Ich hatte vergessen, wie es ist", gestand Vale. „Ich hatte Urho für eine so lange Zeit. Meine Erinnerung daran war … gedämpft. Ich dachte, ich müsste nur tapfer sein, aber Wolfgott, es ist unerträglich."

„Ich weiß."

Er ließ sich von Rosen das Haar waschen. „Meine Omega-freunde, die bereits eine Geburt hinter sich haben, sagen, es wäre dasselbe. Man vergisst die Qualen."

Rosen lächelte sanft, während er sorgfältig das Shampoo abspülte. „Ich nehme alles zurück, was ich neulich in meinem Atelier sagte. Ich bin nicht sicher, ob es wirklich all dieses Leid wert ist, ein Kind zu haben."

Vale genoss Rosens Zuwendung. Aber dann fing seine Haut an zu kribbeln, und das Gefühl dehnte sich tief in jeden einzelnen Muskel aus. Es ging wieder los. Viel zu schnell. „Rosen, es ist so weit. Hilf mir."

Rosen schnappte sich hastig ein Handtuch und trocknete Vale ab, dann zog er ihn unter schwachem Protest in Richtung Schlafzimmer. „Du musst mich wieder in den Keller bringen", wimmerte Vale.

„Nein, du verdienst ein ordentliches Bett, Vale."

Rosen manövrierte ihn auf das weiche, kühle Laken.

„Ich will Urho nicht", murmelte Vale. Rosen streichelte ihm das Haar.

„Ich weiß, Schatz. Und ihn wirst du auch nicht bekommen. Aber du *wirst* jemanden akzeptieren, in Ordnung?"

Vale wusste nicht mehr, wovon Rosen eigentlich redete. Das Bett unter ihm war beruhigend, aber nichts konnte das Brennen lindern, das sich unaufhaltsam in seinem Inneren aufbaute. Er wimmerte und warf den Kopf zurück. „Ich brauche Jason", sagte er mit tränenerstickter Stimme.

„Jason ist genau hier", sagte Rosen sanft.

Und irgendwie war er das.

Vale blinzelte unter Tränen und streckte die Hand nach dem hochgewachsenen, nackten Jungen aus, der aus dem Bad kam. Beim Anblick von Jasons hartem Schwanz, der direkt auf ihn und sein vom Weinen geschwollenes, unansehnliches Gesicht zu zeigen schien, sog Vale scharf die Luft ein.

Die Hitze packte ihn heftig, und er stöhnte: „Liebling … du bist gekommen.“

KAPITEL 23

NACH JASONS ANRUF bei Xan hatte er Urho gesagt, wohin er gehen würde.

Vater war zu aufgelöst wegen Pater, um Jasons Abwesenheit überhaupt zu bemerken, und Urho konnte ihm später alles erklären, wenn die Gefahr vorüber war. *Falls* die Gefahr vorübergehen würde. Das blieb noch abzuwarten.

Danach hatte Jason eine Handvoll Alphastiller genommen und noch einen Vorrat in seine Taschen gestopft. Er musste die Beherrschung bewahren.

Auf dem Weg zu Vales Haus hatte er es so eilig, dass die Leute auf dem Gehsteig zur Seite gingen, wenn sie ihn kommen sahen. Vor seinem inneren Augen wirbelten Bilder von allem, was er heute gesehen hatte. Er wollte niemals Kinder. Komme was wolle. Nicht nach diesem Erlebnis. Das war es unter *keinen* Umständen wert. Er würde auch niemals einen Surrogat-Omega nehmen, und es war ihm egal, was Vale in der Vergangenheit getan hatte. Solange Vale nur jetzt sicher war. Sicher und nicht in Qualen. Was Jasons Job war. Es lag in seiner Verantwortung, dafür zu sorgen, dass Vale nicht mehr leiden musste.

Er war außer Atem und verschwitzt, als er Vales Haus erreichte. Er hoffte, Xan möge es auch nur halb so schnell zu seinem Elternhaus geschafft haben. Sein Pater benötigte Blut, und Jasons fotografisches Gedächtnis hatte ihn nicht im Stich gelassen, als er es am dringendsten gebraucht hatte. Als er seine Erinnerungen verzweifelt nach einer Lösung durchforstet hatte, war ihm ein

Biologiekurs von vor zwei Jahren eingefallen – Xan und er hatten sich in die Finger gestochen, ihr Blut getestet und die Ergebnisse notiert. Wolf 3 hatte Xan geschrieben. Und Wolf 3 war, was Jasons Pater jetzt brauchte.

Xan war noch dabei gewesen, seinen Rausch auszuschlafen, aber er hatte zugesichert, sofort zu kommen, nachdem Jason ihm die Situation geschildert hatte. Hoffentlich hatte er es rechtzeitig geschafft. Jason erwog, zuhause anzurufen und sich zu vergewissern, aber er konnte jetzt ohnehin nicht beeinflussen, was dort geschah. Seine Pflicht war es, hier bei Vale zu sein. Sein Pater war bei Urho in guten Händen. Jason vertraute ihm. Urho wusste, was zu tun war. Er würde, falls nötig, auf die Straße gehen und vorbeifahrende Autos anhalten, bis er jemanden mit der Blutgruppe Wolf 3 fand, der zu einer Spende bereit war.

Jason sprang die Stufen zu Vales Vorderveranda hinauf und wollte gerade klingeln, als Rosen bereits die Tür aufriss. Rosens Hemd war halb aufgeknöpft, und Strähnen seines dunklen Haars hatten sich aus einem Dutt gelöst und fielen ihm ins Gesicht. Seine Augen waren gerötet, und er wirkte sehr erschöpft.

„Gut. Du bist hier." Er zog Jason hinein und drückte dabei beruhigend dessen Hand. „Du musst frieren."

Jason sah an sich selbst hinunter und stellte fest, dass er ohne Mantel losgelaufen war. Da er nur eine weiche Hose und das blutbefleckte T-Shirt anhatte, nahm er an, dass ihm kalt geworden war, aber er spürte nichts davon. Zwischen ihm und der Außenwelt bestand eine so große Distanz – teils wegen der Alphastiller, teils wegen des Schocks – dass er darin stundenlang ein Boot hätte rudern können, ohne je ein Ufer zu erreichen.

Rosen rieb Jasons Arme, um sie zu wärmen, dann schnalzte er mit der Zunge. „Du siehst ja ganz schön mitgenommen aus."

Auch Yosef und Zephyr hielten sich im Flur auf. Sie hatten offensichtlich alle auf Jason gewartet. Zephyr rieb sich zur

Begrüßung an seinen Beinen, und Yosef schenkte ihm ein warmes Lächeln, die weißen Brauen sorgenvoll zusammengezogen. Er streckte den Arm aus, um Jason die Hand zu schütteln, und sein Griff schien Jason Kraft zu verleihen. „Ist zuhause alles in Ordnung? Kommt ihr zurecht?"

Jason schüttelte den Kopf. Er wusste nicht, was er sagen sollte, oder ob er überhaupt über die Ereignisse zuhause sprechen konnte. Seine Denkfähigkeit versagte ihm den Dienst.

„Komm mit in die Küche. Trink erst einmal einen Tee und beruhige dich", sagte Yosef. Er legte Jason einen Arm um die Schultern und führte ihn durch den Flur.

„Aber Vale–"

„Er schläft gerade", sagte Yosef. „Endlich."

„Wolfgott sei Dank" fügte Rosen hinzu. „Dir bleibt genug Zeit, dich in der Küche aufzuwärmen."

Als Jason am Tisch saß, wurde er von Rosen mit Rosinenbrot versorgt, das er kaum schmeckte, und bekam eine Tasse Tee. Er nippte schweigend daran. Yosef saß ihm gegenüber und trank Wasser aus einem großen Glas, das Jason an dasjenige erinnerte, das er zuhause im Flur fallen gelassen hatte. Er war nie dazu gekommen, die Scherben aufzufegen.

Rosen nahm den freien Stuhl neben Jason und warf Yosef einen vielsagenden Blick zu.

„Lass uns erst einmal über die größere Krise reden", sagte Yosef. Er stützte sich auf seine Ellenbogen und runzelte die Stirn. „Erzähl uns von deinem Pater."

Jason tat sein Bestes, um die Katastrophe zuhause zu schildern, ohne in Tränen auszubrechen – die Fehlgeburt, das Blut, die wahrscheinliche Sepsis.

„Ich habe Wolf 3", sagte Yosef, als Jason zum Ende kam. „Ich mache mich sofort auf den Weg. Falls Xan es nicht geschafft haben sollte, bis ich ankomme, kann ich vielleicht immer noch eine Hilfe sein."

Jason war zu dankbar, um Worte zu finden, und seine Augen füllten sich erneut mit Tränen. Rosen drückte ihm die heiße Tasse mit dem Tee in die Hand und ermunterte ihn zu trinken.

Nachdem Yosef gegangen war, sprang Zephyr auf Jasons Schoß. Sie rieb sich an ihm, dann legte sie sich hin. Ihr warmes Gewicht war tröstlich. Als Jason die Katze streichelte, brachen bei ihm plötzlich alle Dämme, und die echten Tränen kamen. Sie rannen ihm stumm und heiß über die Wangen. Er schmeckte ihr Salz zusammen mit jedem Schluck Tee, den er nahm.

Rosen drückte ihm die Schulter.

„Tut mir leid" sagte Jason und wischte sich die Augen mit dem Ärmel ab. „Die letzten paar Tage waren hart für mich."

„Du musst dich nicht entschuldigen." Rosen zog ein Taschentuch aus seiner Hosentasche und gab es ihm.

„Wie geht es Vale?", fragte Jason und riss sich zusammen.

Rosen erschauerte. „Es war furchtbar. Ich dachte, ich würde den Verstand verlieren. Ich konnte ihm nur zuhören. Ich war kurz davor, dich anzurufen, als ..." Er verstummte. „Jason, sei ehrlich – bist du bereit für das hier? Kriegst du es hin?"

Jason starrte hinunter auf seine blutbespritzte Kleidung und seine zitternden Hände. „Ich bin nicht ganz sicher. Ich hatte noch nie mit einer Hitze zu tun." Dann nahm er seinen Mut zusammen und sah Rosen in die Augen. „Aber ich sollte wohl besser bereit sein, schätze ich."

Rosen unterbreitete ihm rasch den Plan, dann führte er Jason hinauf zu dem Bad von Vales Schlafzimmer und zeigte ihm, wo er Shampoo, Seife und Handtücher finden konnte. Er nahm eine Handvoll Alphakondome aus einer gigantischen Schachtel unter dem Waschbecken und trug sie zu Vales Nachttisch.

Jason versuchte, nicht darüber nachzudenken, warum Vale einen ganzen Karton voller Alphakondome besaß. Über die Jahre musste Vale viele davon gebraucht haben, und es war gut, dass er sie so gewissenhaft benutzte. Sie hatten sein Leben geschützt, sodass Jason ihn schließlich finden konnte.

„Ich werde dafür sorgen, dass in der Küche reichlich Essen bereit steht. Zwischen den Wellen wirst du ihn dazu bringen wollen zu essen, wenn du kannst. Und du musst auch deine eigenen Kräfte beisammen halten."

„Alles klar." Jason war erschöpft. Er hatte keine Ahnung, woher er die Kraft nehmen sollte, das hier durchzuziehen. Er wusste nur, dass er es durchziehen würde. Er würde es für Vale tun.

„Weißt du, wie es geht?"

Ein seltsame Bruchstelle tat sich in seiner Angst auf und ließ seinen grundlegenden Humor hindurchscheinen, Jason musste lachen. „Ja, ich weiß Bescheid."

„Gut." Rosen lächelte ihn an und schüttelte aufmunternd seine Schultern. „Du kriegst das hin. Du bist sein Alpha."

Jason schluckte mühsam und nickte.

„Jetzt wasch dich. Ich werde ihn wecken. Er braucht ebenfalls eine Dusche. Darum werde ich mich in dem anderen Badezimmer kümmern. Du musst dich nur selbst bereit machen. Das Ganze wird auch für dich nicht einfach werden."

Jason nickte noch einmal, dann ging er ins Bad, um sich das Trauma von Händen und Körper zu waschen. Das warme Wasser tat gut, aber selbst als er Rosen und Vale die Treppe heraufkommen hörte, konnte er die rasende Angst um seinen Pater nicht vollkommen aus seinen Adern verbannen.

Schließlich war es Vales Geruch, der ihn aus seiner panischen Taubheit riss. Der süße Moschusduft von Vales Schlick drang aus dem zweiten Badezimmer zu ihm. Seine Erektion kam so plötzlich, dass ihm schwindelig wurde. Vales gedämpfte Stimme ertönte, und Jason hörte, wie heiser und erschöpft sie klang, selbst durch die Wand hindurch. Die kühle Wirkung des Alphastillers rang mit der glühenden Lust, die in ihm wuchs. Er konnte mit einer Hitze fertig werden! Für Vale …

Jason trocknete sich ab und legte seinen mitgebrachten Vorrat von Alphastillern neben dem Waschbecken ab. Für später. Sie würden ihm helfen, bei Verstand zu bleiben und sich daran zu erinnern, die Kondome zu benutzen, Vale nicht zu schwängern und zwischen den Wellen das Richtige zu tun.

„Ich brauche Jason", ertönte Vales verzweifelte Stimme aus dem Schlafzimmer.

„Jason ist genau hier", antwortete Rosen.

Als Jason aus dem Badezimmer trat, war alles, was er sehen konnte, Vale. Ausgestreckt auf dem Bett. Sein Blick wanderte von Vales hartem Schwanz über die spitzen Nippel hinauf zu seinen roten Lippen, und dann zu seinen leuchtenden Augen. Vales Haut war ganz rosig von der Dusche, und sein Haar glänzte feucht auf dem Kissen. Sein Blick durchbohrte Jason mit einer Verzweiflung, die ihn mitten ins Herz traf.

Rosen verließ den Raum und schloss die Tür hinter sich.

„Liebling … du bist gekommen."

Jason näherte sich dem Bett langsam. Sein schwerer Ständer schwang bei jedem Schritt mit. „Du hättest es mir sagen sollen."

Vale erschauerte. „Ich wollte nicht, dass du es weißt." Er streckte eine Hand nach Jason aus. Vales Schwanz zuckte und gab köstlich duftendes Vorsperma von sich. Jason wurde der Mund wässrig. Er kam noch näher, bereit, es abzulecken. „Aber ich kann mich gerade nicht mehr erinnern, warum."

Jason erinnerte sich. Er erinnerte sich nur zu gut, wie Vales Scham ihn dazu getrieben hatte, das Band zwischen ihnen verbrennen zu wollen. Aber das kümmerte ihn nicht länger. Was immer Vale getan hatte, was immer er über seine Vergangenheit gesagt hatte – nichts war so wichtig wie Vales Wohlergehen. Für seinen Pater konnte Jason nichts tun. Aber Vale konnte er für immer beschützen.

„Ich bin für dich da", sagte Jason. „Und du wirst mich nie wieder los."

Vale schien mit seinem ganzen Körper nach Jason greifen zu wollen; er wand sich und rief nach ihm, so nass, so offen, so verlangend. Jason stöhnte. Sein Schwanz pochte, seine Eier zuckten. Der Schlickgeruch war überwältigend, und Jason wollte sein Gesicht darin vergraben, wollte die köstliche Flüssigkeit auflecken und kosten. Aber er wollte auch Vales schmale Hüften packen und in ihn eindringen wie vor zwei Nächten unten auf dem Sofa.

Während er zwischen den beiden Impulsen hin- und hergerissen war, traf Vale für ihn die Entscheidung.

„Oh, es tut so weh!", keuchte Vale und bäumte sich heftig auf. Er schrie vor Schmerz auf, dann warf er sich auf den Bauch und streckte seinen Arsch hoch in die Luft.

Jason griff nach einem der Kondome und rollte es mit zitternden Händen über seine Erektion. Es fühlte sich seltsam an, aber er konnte den Druck seiner Finger und die Wärme seiner Hände durch das Material spüren. Nervös rieb er sich den Schweiß aus den Augen, kletterte aufs Bett und brachte sich in Position.

Vale zog seine Arschbacken auseinander; er bettelte mit seinem ganze Körper darum, Jason möge sein Loch füllen. „Ich brauche es", flehte er. „Bitte, bitte, bitte. Ich brauche dich, Liebling. Es tut so weh!"

Nichts war so, wie Jason sich seine erste Hitze mit Vale vorgestellt hatte. Er hatte vorgehabt, mit Vale ans Meer zu fahren, und sich ausgemalt, wie sie sich gemeinsam schon Wochen vorher darauf freuen würden. Er hatte sich vorgestellt, sie würden tagelang nichts als Lust und Freude empfinden.

Das Leben jedoch bewies ihm wieder und immer wieder, dass es einen Scheißdreck darauf gab, was eigentlich passieren *sollte*. Aber „sollte" gehörte ins Reich der Märchen und Sagen. Nein, Vale war hier vor ihm, auf seinen Knien, bettelnd, nach stundenlangen Schmerzen. Das war die Realität. Vielleicht war es nicht romantisch oder zärtlich oder märchenhaft, aber es war die Realität. Die Seine. Vale war der Seine.

Um ihn zu beanspruchen, zu nehmen, zu befriedigen. Zu zeichnen und zu füllen. Ihm zu vergeben und ihn zu lieben.

Scheiß auf Verträge. Scheiß auf das grausige Angesicht des Todes. Und Scheiß auf all die Fantasien, die er gehabt hatte, als er es noch nicht besser wusste. Das hier war das Leben und sein Omega.

Sein Vale.

Er brachte seinen Schwanz in Stellung, bedeckte Vales Körper mit seinem und drang mit seinem ersten Hüftstoß tief und hart in ihn ein.

VALE KRALLTE SICH ins Bettzeug und schob den Hintern zurück, um mehr von Jason in sich aufzunehmen. Er stöhnte, und seine geschwollenen Drüsen gaben reichhaltige Mengen von Schlick ab, als Jasons großer Schwanz fest gegen sie drückte. Der Alphadildo hatte nicht gereicht – das tat er nie. Vale griff nach hinten, packte Jasons Haar und verdrehte den Kopf, um Jason zu küssen. Jasons Schwanz schwoll noch mehr, melkte Vales Omegadrüsen mit jedem Stoß und dem Versprechen auf den bevorstehenden Knoten. Vale erbebte, begierig danach, begierig auf dieses Urerlebnis, das ihn stets überwältigt und befriedigt zurückließ.

Jason unterbrach den Kuss, packte Vales Hüften und hielt ihn fest und still, mit seinem Schwanz tief in ihm vergraben. „Pack mich mit deinem Arsch" keuchte er. „Pack mich ganz fest."

Vales Mund verzehrte sich nach Jasons Lippen, und er versuchte, Jasons Kopf wieder zu sich zu ziehen, aber ein klatschender Schlag auf sein Hinterteil riss ihn zurück in atemberaubende Klarheit.

„Pack mich", befahl Jason erneut. Vales Magen schlug einen Purzelbaum, als er sich beeilte zu gehorchen. „Fester. Fühl mich in dir."

Vale zog seine Muskeln zusammen, schloss die Augen und stöhnte auf, als sein Körper um Jasons dicke Erektion vibrierte. Es fühlte sich solider und wirklicher an als alles andere auf der Welt, und das Gefühl an seinen empfindlichen, pochenden Drüsen war unbeschreiblich. Vale ballte die Hände zu Fäusten und spannte seinen Körper so sehr an, wie er nur konnte, während der Schlick lief, ihre Schenkel und das Bett unter ihnen benetzte und die Luft im Raum mit dem Moschusgeruch seines Verlangens erfüllte.

„So ist es richtig" lobte Jason atemlos und rieb mit beiden Händen beruhigend Vales Rücken. „Kneif den Arsch zusammen. Leere deine Drüsen auf meinem Schwanz. So ein guter Omega."

Als Vale seine Muskeln entspannte und dann erneut zupackte, zuckte sein Schwanz, und Vorsperma tröpfelte aufs Laken. Er verdrehte ekstatisch die Augen. Er wollte noch einmal von Jason ein guter Omega genannt werden – jetzt und jeden Tag, bis zum Tag seines Todes.

„Oh, du riechst so perfekt, so richtig", stöhnte Jason und beugte sich hinunter, um Vales Schultern zu küssen und an seinem Ohrläppchen zu lutschen. „Ich würde mich am liebsten in deinem Schlick wälzen."

Vale wollte seinen Schlick ebenfalls überall auf Jason schmieren, damit jeder andere Omega wusste, dass Jason sein Mann war. Er keuchte, als Jason eine Hand um seine Kehle legte – behutsam, aber bestimmt – und murmelte: „Halt dich am Laken fest. Ich werde dich jetzt ficken."

Vale schrie auf, als Jason hart und schnell zustieß. Das Bett knallte rhythmisch gegen die Wand, und die Welt um sie beide verschwand. Haut klatschte gegen Haut, und Vale krümmte den Rücken, nahm jeden Stoß hungrig auf und bettelte um mehr, selbst als sein Schwanz explodierte und er wieder und wieder auf das Laken abspritzte. Er zitterte am ganzen Körper, wehrte sich aber nicht gegen Jasons kräftige Hand an seiner Kehle. Er schrie, als ein zweiter Höhepunkt ihn erfasste, er erneut kam und sein Arschloch sich um Jasons pumpenden Schwanz rhythmisch zusammenzog.

„Gib mir deinen Knoten", bettelte Vale.

Jason beugte sich über ihn und flüsterte lachend in Vales Ohr: „Ich habe Alphastiller genommen. Du wirst noch ein Weilchen warten müssen."

Vale keuchte, und Jason drückte leicht seine Kehle.

„Nimm es. Öffne dich", murmelte Jason und rieb mit dem Daumen an der Seite von Vales Hals auf und ab. Bei jedem Hüftstoß drückte seine Eichel gegen Vales gesenkten Uterus und den Patermund mit den empfindsamen Nerven dort.

Vale schrie auf und zog sich um Jason zusammen, sodass seine Omegadrüsen erneut überflossen. „Bitte, Liebling, deinen Knoten … gib ihn mir."

„Das werde ich" flüsterte Jason und küsste Vales Ohr. Dann ließ er seine Hände wieder zu Vales Hüften hinabgleiten und packte ihn. „Wenn ich so weit bin." Er legte seine Stirn zwischen Vales Schulterblättern ab und fickte ihn leidenschaftlich.

Vale stöhnte verzweifelt und krallte sich ins Laken, als er erneut kam. Sein Arsch verkrampfte sich, Sperma schoss aus seinem Schwanz. Er wimmerte, während Jason ihn küsste, und presste sich rückwärts an ihn. Er bebte und schauderte, und sein Herz hüpfte bei jedem harten Stoß, bis er aufschrie: „Bitte!"

Aber Jason gab ihm nicht, was er wollte.

Stattdessen zog er seinen Schwanz heraus.

„Nein", stöhnte Vale. Sein Loch war offen und leer und gefräßig.

Mit mehr Kraft, als Vale ihm zugetraut hatte, packte Jason ihn und warf ihn auf den Rücken. Dann legte er sich neben Vale, küsste seinen Mund und gab beruhigende Laute von sich, bevor er nach unten griff und drei Finger in Vales Eingang schob.

„Fick mich!", schrie Vale, bewegte sein Becken und ritt verzweifelt Jasons Finger. Er hatte für Stunden gelitten, und er wollte seine Belohnung. Jetzt!

„Ich weiß", murmelte Jason. „Hab einfach noch etwas Geduld."

Vales Haut kribbelte, und sein Körper brannte vor Verlangen. Er brauchte Jasons Schwanz. „Steck ihn mir wieder rein", befahl er und packte Jasons Kinn. „Fick mich."

Jason drehte sein Gesicht aus Vales Griff, zog seine Finger heraus und legte sich auf Vale. Vale presste seinen harten Schwanz – immer so verdammt hart während der Hitze – gegen Jasons Bauch und bettelte mit seinem Körper. Er kniff sich selbst in die Nippel und ließ seine Hände über seine Brust gleiten, auf und ab.

Jason stöhnte und beugte sich hinab, um das Vorsperma von Vales Schwanz zu lecken. Dann schob er Vales Beine hoch und vergrub sein Gesicht zwischen Vales Arschbacken.

Vale zog die Beine an seine Brust und hielt sie an den Knien fest. Er wimmerte hilflos, als Jason Schlick auf seinem Gesicht und seinen Schultern verteilte, Vales Loch küsste und mit der Zunge fickte. Es war herrlich, aber nicht genug. Nie genug. Er brauchte so viel *mehr*.

Jason schob mühelos vier Finger hinein, und Vale wand sich in dem vergeblichen Versuch, die Finger an all den richtigen Stellen in sich zu spüren. Die Stellen, die Jasons Schwanz so leicht erreichte und die ihn wieder zum Orgasmus bringen würden.

„Wo sind die ...oh", flüsterte Jason, als Vale aufschrie und sich aufbäumte. „Das sind die Narben. Tun sie immer weh?"

Vale versuchte, Jasons Hand zwischen seinen Schenkeln zu packen. Außerstande zu sprechen, spreizte er seine Beine weiter und ritt instinktiv Jasons Finger, ließ sie immer und immer wieder das Narbengewebe streifen. Der Schmerz war gut, er ging tief und dehnte ihn. Jason rieb mit den Fingerkuppen über die Narben, dann zog er seine Hand heraus und brachte sie an sein Gesicht, um daran zu riechen, bevor er Vales Säfte auf seiner Brust verrieb, wo der Schlick nass glänzende Streifen hinterließ.

„Halt dich selbst offen", sagte er. Vale packte seine Knie fester und spreizte die Schenkel weit. Sein Arschloch krampfte und löste sich begierig, und er bettelte mit jedem Atemzug.

Jason massierte seinen Ständer, und sein Blick wanderte an Vales Körper auf und ab. „Sag es."

Vale stöhnte.

„Sag es!", befahl Jason erneut.

„Alpha, mit Wolfgottes Segen, beknote deinen Omega", flüsterte Vale atemlos die Worte, die er noch nie zu irgendeinem Alpha gesagt hatte, obwohl einige von ihnen versucht hatten ihn dazu zu bewegen. Es waren geheiligte Worte, der Anfang des heiligen Bindungseids.

Jasons blaue Augen leuchteten besitzergreifend, und er drang aufs Neue in Vale ein, fickte ihn hart und schnell. Sein Gesicht war an Vales Hals vergraben, sodass seine Schreie gedämpft klangen. Vale klammerte sich verzweifelt an ihn, während Jasons Schwanz seinen Körper füllte, verließ und wieder füllte. Der Geruch ihrer Vereinigung hüllte sie in eine Wolke berauschenden Moschusdufts ein.

„Scheiße", flüsterte Jason und drückte ihn so fest, dass Vale Mühe hatte, Luft zu holen. „Scheiße, er kommt. Hier ist mein Knoten."

Vale schluchzte, als die Spitze von Jasons Schwanz gegen seinen Patermund drückte, und dann stieß Jason noch fester zu und die Eichel drang hinein. Ein neuer Orgasmus übermannte Vale, und sein ganzer Körper zuckte und bebte. „Spritz mich voll", bettelte er völlig von Sinnen und auf puren Instinkt reduziert. „Mach mich voll."

Jason warf den Kopf zurück. Ein erlöster Schrei entrang sich seiner Kehle, als er kam. „Vale!", rief er und erstarrte einen Augenblick lang zwischen Vales Beinen. „Oh, Wolfgott, es ist …" Ein Beben durchlief seinen Körper, er zuckte, von lustvollen Krämpfen geschüttelt. „Es ist zu viel."

Jason erschauerte heftig, und dann fühlte Vale es ebenfalls – den harten, knollenartigen Knoten, der sich an der Wurzel von Jasons Schwanz bildete, ihn vollkommen füllte und den letzten Schlick aus seinen Drüsen presste. Er zerkratze Jasons Rücken, als er hilflos nach Halt suchte, schreiend und schluchzend. Spasmen schüttelten seinen Körper in überwältigender Lust und Freude, während sein Inneres sich um Jasons wachsenden Knoten dehnte.

Jason zuckte in seinen Armen, von Ekstase übermannt. Sein Knoten öffnete Vale weit, rastete ein wie ein Schlüssel im Schloss und verband ihre Körper. „Mein", knurrte Jason an Vales Ohr. „Mein Omega. Mein."

Vale zog seine Muskeln um Jasons Knoten zusammen, und Jason heulte auf und biss in Vales Schulter, bebend und zitternd, während sein Schwanz tief in Vales Uterus pulsierte. Vale verlor fast das Bewusstsein, als eine ganze Kaskade von Orgasmen durch seinen Körper wogte. Als er wieder aus der unerträglichen Lust auftauchte, schwitzte und weinte er, und immer noch kam er auf Jasons Knoten.

Es dauerte lange, bis Vale aus der Benommenheit der Verzückung zurückkehrte, die Welle abflaute und die fortgesetzten Orgasmen sich verlangsamten.

„Perfekt, du bist perfekt", wimmerte Vale, als er wieder atmen konnte. Er wagte vorsichtig, sein Becken ein wenig auf dem Knoten zu bewegen, der sie zusammenhielt, und Jasons Zähne hätten beinahe die Haut an seiner Schulter durchbohrt, als er einen weiteren Orgasmus bekam und erneut zubiss. „So ist es noch nie für mich gewesen. Wir passen perfekt zusammen."

Zum ersten Mal seit Beginn der Hitze fühlte Vale sich entspannt und befriedigt. Er genoss Jasons Knoten, zog immer wieder seine inneren Muskeln zusammen und kam sanft auf ihm. Er wünschte sich, der Knoten würde sich nie wieder zurückbilden. „Wunderbar." Seine Gedanken trieben träge in den süßen Nachwehen der Hitze eines beknoteten Omegas. „So wunderbar, Liebling."

Jason stöhnte und schluchzte leise an seiner Schulter, völlig überwältigt. Vale streichelte ihm den Rücken und gab beruhigende Laute von sich, verwundert und verzückt von dem zärtlichen und doch so zupackenden Jungen, der ihn in Besitz genommen hatte. Er küsste ihn sanft auf den Hals und flüsterte: „Ich bin ja hier. Halt dich einfach an mir fest. Ich hab' dich."

Jason drückte ihn fest an sich und erschauerte erneut. Tränen befeuchteten Vales Hals und Schulter. Sein Herz schwoll voller Zuneigung und Zärtlichkeit, und er flüsterte Jason liebevolle Worte zu.

Während Jason ihn hielt, leckte Vale sich die Lippen, plötzlich sicher und von allen Zweifeln befreit, und flüsterte den Rest der Omegaworte des heiligen Eids. „Wir sind Alpha und Omega. Wir sind der Anfang und das Ende."

Jason hob den Kopf und sah ernsthaft zu Vale hinab. Dann besiegelte er den Eid mit den Worten des Alphas. „Wir sind Alpha und Omega. Wir sind alles."

KAPITEL 24

V ALE FIEL IN einen tiefen Schlaf, nachdem Jasons Knoten wieder abgeschwollen war, und Jason hatte ihm fast eine Stunde lang beim Schlafen zugesehen. Jetzt aber war er halb am Verhungern.

Behutsam löste er sich aus Vales Armen und schlüpfte in eine von Vales weichen Haushosen. Die Hosenbeine waren ein wenig zu kurz für ihn, aber er hatte keinerlei Bedürfnis, seine blutigen Sachen wieder anzuziehen. Er entschied sich für ein blaues T-Shirt aus Vales Schrank, das ihm recht gut passte. Nachdem er sich vergewissert hatte, dass Vale noch immer schlief, öffnete er die Tür. Sie hatten Wasser, Obst und ein paar Kekse im Zimmer, aber er hatte Hunger auf etwas Handfestes. Der Duft von würzigem und warmen Essen wehte von unten herauf, und er folgte ihm zur Küche.

Rosen stand am Herd und rührte in einem großen Topf. Zephyr saß auf seiner Schulter.

„Hey", sagte Jason. Er zupfte am Saum des geborgten T-Shirts und hoffte, er sah nicht allzu albern aus. „Ist das für uns?"

„Das ist es in der Tat", antwortete Rosen und lächelte Jason über die Schulter an. „Ich bin zum Metzger und zum Milchladen gegangen, als die Schreierei losging, und als ich zurückkam, hatten die Wände hier aufgehört zu wackeln." Er zwinkerte Jason zu. „Ich gebe zu, ich habe nicht gerade großes Können von dir erwartet, aber nach dem, was ich hören konnte, denke ich nicht, dass Vale Grund zur Klage haben wird."

Jason setzte sich an den Tisch, und Rosen füllte eine Schale für ihn. „Um ehrlich zu sein, habe ich nichts Besonderes gemacht. Es war einfach nur sehr intensiv. Zum ersten Mal so zusammen zu sein, während einer Hitze."

Ein trauriges Lächeln umspielte Rosen Lippen. „Ich kann nicht leugnen, dass dieser Teil einer Alpha-Omega-Beziehung wundervoll klingt. Aber der Rest? Ich kann dir sagen, Vale heute Morgen und am Nachmittag zu hören, hat mich von jeglicher Neigung zur Eifersucht befreit, die ich vielleicht entwickelt haben mochte, seit ich das letzte Mal während einer Hitze bei ihm gewesen bin. Nein danke. Da bin ich doch lieber ein Beta. Kinderlos und ohne einen Märchen-Gefährten, aber dafür steht es mir frei zu wählen, wen ich lieben und ficken will, und wann." Er runzelte die Stirn, als er Jason ansah.

„Was?"

„Komm her. Ich habe etwas, das dagegen hilft." Er zog Jason auf die Füße und zu den Schränken, dann öffnete er einen davon und enthüllte eine wilde Sammlung von Tinkturen und Salben. Er wühlte darin herum. „Hier." Behutsam rieb er eine kühlende Salbe auf die leicht wunden Stellen an Jasons Kinn und Wangen. „Vales Bart hat dich ja ganz schön zugerichtet. Du solltest ihm sagen, dass er sich rasieren soll."

Jason bekam heiße Wangen, aber er sagte nichts. Auf keinen Fall wollte er, dass Vale sich rasierte. Ihm gefiel, dass Vale Körperbehaarung hatte, und er mochte das Schaben des Bartes. „Mein Gesicht wird sich daran gewöhnen."

„Kann sein. Und irgendwann kannst du dir selbst ebenfalls einen wachsen lassen." Rosen deutete auf sein eigenes Gesicht. „Der funktioniert dann wie ein Puffer."

Jason zuckte die Achseln und setzte sich wieder an den Tisch. Er aß einen Löffel Suppe, dann nahm er seinen Mut zusammen und fragte: „Hast du etwas von Yosef gehört?"

Rosen setzte sich auf den Stuhl ihm gegenüber. Zephyr miaute, kletterte von seiner Schulter hinunter auf seinen Schoß und rollte sich dort zusammen. Jason war ein bisschen eifersüchtig – er hätte etwas Trost von Zephyr gebrauchen können, aber natürlich war Rosen schon länger in ihrem Leben und verdiente ihre Loyalität.

„Er hat angerufen." Rosen griff über den Tisch nach Jasons Hand. „Es gibt verhalten gute Neuigkeiten. Xan war da, als Yosef eintraf, und spendete Blut. Das Fieber deines Paters ist gesunken, und wie sich herausstellte, hat er keine Sepsis. Und die Blutungen haben auch aufgehört." Er drückte Jasons Hand.

„Was ist dann das Problem?"

„Er ist immer noch sehr krank. Urho glaubt, dass sein Uterus entzündet ist. Sehr schwer."

Jason ließ den Löffel fallen, riss seine Hand aus Rosens Griff und sprang auf. „Wie lange wird Vale schlafen? Könnte ich nach Hause gehen und rechtzeitig wieder hier sein?"

„Dein Pater schläft jetzt und ruht sich aus, Jason, und dein Vater ist bei ihm. Yosef bat mich, dir von Yule auszurichten, dass er versteht, warum du gegangen bist, und dass er froh ist, dass du nicht da warst, als es am schlimmsten war."

Jason blinzelte. Er hatte *das Schlimmste* verpasst? Wie konnte irgendetwas noch schlimmer sein als das, was er mitangesehen hatte?

„Aber er braucht mich, denkst du nicht?" fragte Jason. „Wenn Pater so krank ist und sein Uterus entzündet ist, dann sollte ich bei ihm sein. Wenigstens so lange, bis Vale aufwacht."

Wie hatte er sich der Lust mit Vale hingeben können, während sein Vater litt und sein Pater vielleicht sterben würde? Er war selbstsüchtig und dumm und–

„Was immer du gerade denkst, mein lieber Junge, du musst sofort damit aufhören." Rosen zog ihn wieder auf den Stuhl und schob die Schale mit der Suppe in seine Richtung. „Iss."

Zephyr sprang von Rosens Schoß, offensichtlich inspiriert vom

Essensgeruch, und schlich in die Ecke, um an ihrem Trockenfutter zu knabbern.

„So ist nun mal das Leben. Du bist jung, du kannst das noch nicht wissen. Aber schreckliche Dinge passieren zugleich mit wundervollen Dingen. Immerzu. Und wenn du dich durch die schrecklichen Dinge von den Wundern der guten Dinge ablenken lässt, wirst du nie wahres Glück empfinden. Du *darfst* diese Zeit mit Vale haben."

Jason wusste nicht, was er darauf erwidern sollte, also wandte er sich wieder der Suppe zu. Sie schmeckte köstlich, jetzt, da er darauf achtete. „Hast du das gekocht, während wir …"

„Nicht ganz. Ich habe eine Gemüsesuppe von Nix & Nots gekauft und nur noch frisches Rindfleisch vom Metzger hinzugefügt, um sie für euch kräftiger zu machen. Ihr braucht beide die Energie. Wenn du wieder hinaufgehst, solltest du für Vale eine Schale mitnehmen und versuchen, ihn zum Essen zu bewegen."

Jason wusste das natürlich. Er hatte Kurse besucht, und seine Eltern hatten ihn aufgeklärt. Aber er nickte nur und nahm noch einen Löffel. Er war Rosen dankbar dafür, dass er sich um so vieles kümmerte.

„Ich habe so viel gekocht, dass es für zwei Mahlzeiten genügt. Und morgen bringe ich einen Auflauf und ein paar Beilagen mit, die eine Weile reichen sollten. Bis dahin werde ich nach Hause gehen." Er schmunzelte.

„Aber was, wenn …"

Rosen schüttelte den Kopf. „Du wirst zurechtkommen, Jason. Und Miner wird sich erholen. Urho wird bei ihm im Haus bleiben, bis die Gefahr vorüber ist." Rosen stand vom Tisch auf, um Jasons leere Schale noch einmal zu füllen. „Es war klug von dir, ihn anzurufen. Viele wissen das gar nicht, aber Urho verfügt über großes Wissen und viel Erfahrung in Omegaheilkunde. Nach Rikis Tod ertrug er es nicht mehr, an der Uni Forschung zu betreiben, die nicht sofort etwas bewirkte. Er wollte etwas tun, das Leuten in Krisensituationen half. Ich glaube, er versuchte, sich für ein Verbrechen zu bestrafen, das er gar nicht begangen hatte."

„Was für ein Verbrechen?"

„Das Verbrechen, darin versagt zu haben, Rikis Leben zu retten."

Jason dachte an Vale und wusste sofort, sollte ihm je etwas zustoßen, etwas Furchtbares, dann würde er sich ebenfalls die Schuld dafür geben. Genauso, wie er wusste, dass Vater sich die Schuld geben würde, falls Pater sterben sollte. „Urho ist ein guter Mann."

Rosen hob die dunklen Augenbrauen. „Ja, das ist er. Nervtötend, aber herzensgut." Er lächelte Jason an. „Nach Riki fing er damit an, seine medizinischen Kenntnisse unentgeltlich den Armen anzubieten. Natürlich ist eine der größten Gefahren für arme Omegas die Geburt, zusammen mit Fehlgeburten." Rosen wählte seine nächsten Worte sorgfältig. „Und es geht das Gerücht, das er bisweilen auch ein bisschen mehr getan hat, wenn ein Omega es wirklich brauchte."

Die versteckte Anspielung auf Vales Vergangenheit jagte Jason ein Schauern über den Rücken. Er würde alles geben, um die Zeit zurückdrehen und diese Ereignisse aus Vales Geschichte löschen zu können. Nicht weil er Kinder wollte, sondern weil er hasste, dass Vale so viel gelitten hatte, dass er sich selbst die Schuld gab und sich so allein fühlte.

„Ich weiß darüber Bescheid", sagte Jason. „Vale hat es mir gesagt."

„Gut. Ich bin froh, dass er sich nicht länger vor dir versteckt." Rosen seufzte. „Vale denkt, Yosef und ich wüssten nicht, was Urho für ihn getan hat. Er glaubt, wir würden denken, dass es ein Fremder war. Aber ich finde, die Zeit, um Dinge voreinander zu verbergen, ist vorüber. Wir kennen alle die Wahrheit."

Jason nickte. „Ich bin sehr dankbar, dass Urho gekommen ist, als ich in anrief. Ich wusste nicht, was ich sonst tun sollte." Er dachte an die Panik, die ihn befallen hatte, als er seinen Pater so in Schmerzen gesehen hatte.

„Urho kann manchmal ein selbstgerechter Arsch sein, aber wie du sagtest, er ist ein guter Mann und ein guter Arzt."

Jason aß auf, und Rosen zeigte ihm, wo Teller und Besteck aufbewahrt waren. „Damit du dir zwischendurch selbst etwas machen kannst." Er drückte Jason eine frisch gefüllte Schale mit Suppe in die Hände – eine etwas kleinere Portion als die, die er Jason gegeben hatte. „Jetzt bring das nach oben zu Vale. Er wird bald aufwachen."

Zephyr folgte Jason aus der Küche, und er musste darauf achten, auf der Treppe nicht über sie zu stolpern. Sie fauchte, als er ihr nicht erlaubte, Vales Schlafzimmer zu betreten.

„Wir brauchen Privatsphäre", flüsterte er ihr zu.

Sie starrte ihn an, dann drehte sie sich mit hoch erhobenem Schwanz um und zeigte ihm ihre Kehrseite. Jason lachte leise.

„Entschuldige, es ist nur für ein paar Tage. Danach …"

Aber die Zukunft war eine angsteinflößende Angelegenheit, die er nicht kontrollieren konnte, also schob Jason auch diesen Gedanken zur Seite und öffnete die Tür.

Vale setzte sich so betont langsam im Bett auf, als hätte er Muskelkater und sein Arsch würde schmerzen.

„Fühlst du dich okay?, fragte Jason. „Ich habe dir nicht wehgetan, oder?"

Vale schnaufte. „Kaum, Liebling. Ich werde wieder bereit für dich sein, ehe du dich versiehst." Er blinzelte, als Jason mit einer Schale Suppe aufs Bett krabbelte. „Was ist das? Hat Rosen das gemacht?"

„Das hat er."

„Vielleicht sollten wir für die Hitzen einen Beta-Koch

engagieren", murmelte Vale und ließ sich von Jason einen Löffelvoll füttern. „Natürlich nicht, damit er im Haus bleibt, aber um Sachen im Voraus zu kochen, die wir dann essen können."

Jasons Herz flatterte hoffnungsvoll. „Wenn du Pläne für zukünftige Hitzen mit mir machst, bedeutet das, dass du jetzt vorhast, den Vertrag zu unterzeichnen?"

Vale zuckte die Achseln. „Vielleicht. Brauchen wir überhaupt einen? Rein rechtlich gehört sowieso alles, was mein war, jetzt dir. Alles andere sind nur Details."

„Willst du keinen Vertrag mit mir? Wirklich nicht?"

Vales dunkle Wimpern berührten seine Wangenknochen. „Wenn wir keinen Vertrag schließen, kannst du immer noch einen Surrogat-Omega nehmen und–"

„Hör auf, Vale." Jason hielt ihm noch einen Löffel Suppe hin. „Iss noch etwas, dann reden wir."

Vale aß noch ein paar Löffelvoll, dann rutschte er zurück. „Genug."

Jason widersprach nicht. Omegas waren berüchtigt dafür, während der Hitze kaum zu essen, damit sie ihren Darm für Besseres einsetzen konnten als für die Verdauung. „Hör mir jetzt genau zu. Ich werde niemals einen Surrogat-Omega nehmen. Hast du verstanden?"

„Du bist ein dickköpfiger Mann, Jason Sabel", sagte Vale mit einem düsteren Blick durch seine Wimpern.

Jason stellte die Schale auf dem Nachttisch ab, dann machte er es sich auf den Kissen bequem und musterte liebevoll Vales verwundbaren Ausdruck. „Hast du wirklich geglaubt, du könntest mich mit deinem Geständnis in die Flucht schlagen?"

Vale rieb sich den Bart, was Jason an sein eigenes wundes Kinn erinnerte. Es brannte ein wenig, trotz der Salbe, die Rosen darauf verteilt hatte. „Das hatte ich gehofft, ja."

„Warum? Ist es denn so schrecklich, mit mir zusammen zu sein?

Vor einer Stunde noch hast du schluchzend die Perfektion meines Knotens gepriesen."

Vale verdrehte die Augen, ein liebevolles Lächeln auf den Lippen. „Du bist ein Arschloch."

Jason grinste. „Nein, aber deines ist herrlich."

„Ich glaube, dieses Gespräch hatten wir bereits."

„Und es endete damit, dass du mich angefleht hast, dich zu ficken. Ich habe den Verdacht, dieses hier wird genauso enden." Jason warf sich in die Brust.

„Du bist ja ziemlich von dir eingenommen", sagte Vale.

„Mein Omega hat vor Freude geweint, bevor er so heftig kam, dass er praktisch ohnmächtig wurde. Ja, ich bin von mir eingenommen. Ich bin regelrecht stolz auf mich selbst. Ich werde eine Anzeige in der Zeitung schalten, um es der Welt zu verkünden, und ein großes Schild am Rand der belebtesten Straße im Calitanviertel aufstellen."

Vale kicherte, und das jagte Jason wohlige Schauer über den Rücken. „Du alberner, wundervoller Junge."

Jason zog Vale an sich. „Vale, ich muss dir sagen, wie leid es mir tut."

„Was denn?"

„Ich hätte dir sofort sagen sollen – gleich, nachdem du mir alles erzählt hattest – dass nichts von dem, was dir damals passiert ist, deine Schuld war."

„Es war sehr wohl meine Schuld. Hätte ich nicht–"

„*Was passiert ist, war nicht deine Schuld*", wiederholte Jason mit Autorität in der Stimme. „Ich will, dass du diese völlig unbegründeten Schuldgefühle überwindest. Hast du verstanden?"

Vale schluckte. „Ja."

Jason küsste ihn zärtlich auf den Mund. „Und danke, dass du mir alles erzählt hast. Das ist es, was ich an dem Tag zu dir hätte sagen sollen. Aber ich war ein Idiot und habe alles falsch gemacht.

Es tut mir leid."

„Mir tut es leid, dass ich es dir auf diese Weise erzählt habe."

„Du hattest Angst", sagte Jason sanft.

„Ja", gab Vale zu. Seine Finger gruben sich in Jasons Unterarm. „Aber du verdienst nur das Beste, Jason. Du verdienst etwas Besseres als–"

„Wir sind *Érosgápe*. Du bist das Beste für mich."

Vale senkte den Blick und nickte; eine Träne löste sich aus seinem Auge. „Es tut mir leid, dass ich dir wehgetan habe."

Jason küsste ihn auf die Stirn. „Es war unser erster Streit, das ist alles. Der Erste von vielen, da bin ich sicher."

„Wolfgott, ich hoffe nicht."

„Dann wirst du also den Vertrag unterzeichnen?"

Vale hob den Blick, und seine Augen leuchteten. „Ich will das so sehr."

Jason küsste ihn, bis sie keine Luft mehr bekamen. Als der Kuss endete, fragte er: „Hast du jemals … ich hatte mich gefragt … während der Hitze, hast du da je versucht …"

„Werde mir jetzt nicht schüchtern. Ich weiß, was für ein versauter Junge du bist."

Jason räusperte sich. „Hattest du jemals einen Faustfick? Ich habe an der Uni gelesen, dass es sich fast wie ein Knoten anfühlen kann, und dass Omegas in Hitze manchmal eine ganze Hand in sich aufnehmen können, mit ziemlich interessanten Ergebnissen."

Vale schüttelte den Kopf. „Das hat bei mir noch nie jemand versucht. Die meisten Alphas wollen einfach nur einen Knoten bekommen und–" Er brach ab und schüttelte stirnrunzelnd den Kopf.

„Es ist nur so ein Gedanke."

Vale küsste Jason und streichelte zärtlich sein Gesicht. „Ein großzügiger Gedanke. Bei dem es um mein Vergnügen geht anstatt um deines."

Jason zuckte die Achseln. „Ich sehe dich gern an, wenn du kommst."

Vale änderte seine Lage auf dem Laken. Sein Körper war lang und schlank; seine Tattoos leuchteten auf seiner leicht behaarten, erhitzten Haut. „Ich habe nichts dagegen, es auszuprobieren." Dann runzelte er die Stirn und richtete sich gerader auf. „Was ist mit deinem Gesicht passiert?"

„Du hast mich wundgeküsst", schmunzelte Jason.

„Nein, das meine ich nicht." Vale berührte den Bluterguss an Jasons Kinn. „Ich meine, wer hat dich geschlagen?"

„Oh!" Er hatte Monhundy und die anderen Arschlöcher schon fast vergessen. Es war so viel passiert seitdem. „Ich war mit Xan unterwegs und ..." Er verdrehte die Augen. „Es ist schwer zu erklären."

„Ich bin nicht sicher, dass ich diesen besten Freund von dir mag, wenn er dich schlägt. Vielleicht sollte ich ihm auch mal ins Gesicht schlagen, um meine Freundschaft zu demonstrieren."

Jason wurde das Herz weit. Armer Xan – wahrscheinlich würde Vale ihn ausknocken, sollte er seine Drohung je wahrmachen. „Nein, Xan hat mich nicht geschlagen. Ich war mit ihm zusammen in einem Café, und ..." Jason stöhnte. „Unglücklicherweise ist es eine lange Geschichte, und ehrlich gesagt glaube ich nicht, dass wir die Zeit dafür haben, bevor die nächste Welle deiner Hitze kommt."

Vale verzog das Gesicht. „Na schön. Wenn du es mir lieber später erzählen willst, auch gut." Er schmiegte sich an Jasons Brust und spielte mit Jasons Nippeln. Jason erschauerte, als Vale sie kniff und dann eine Fingerspitze um sie kreisen ließ.

„Als ich dich vorhin aus dem Badezimmer kommen sah, machtest du den Eindruck, als hättest du geweint", murmelte Vale. „War das wegen mir?"

Jason schüttelte den Kopf.

„Nein?" Vale klang ein wenig enttäuscht.

„Ich meine, ich *habe* wegen dir geweint. Aber das war vergangene Nacht." Er verdrehte die Augen über Vales erfreute Miene. „Kein Grund, deswegen so erfreut zu sein."

„Oh, Liebling. Ich würde mich nie darüber freuen, dass mein wunderbarer Baby-Alpha wegen mir weint. Nie." Aber Vales Gesicht leuchtete so sehr, es stand praktisch in Flammen vor Freude.

Jason stach Vale in die Rippen. „Bis zum Morgen war ich längst fertig damit, wegen dir zu weinen. Ich war schon dabei, mir zu überlegen, wie ich dich zurückbekommen konnte. Aber dann …" Er seufzte und biss sich auf die Lippe. Er wollte jetzt eigentlich nicht darüber reden, aber es half alles nichts.

„Dann was? Dein Freund Xan?"

„Nein, mein Pater." Er nahm Vales Hand und sagte: „Auch darüber zu reden, ist gerade kein guter Zeitpunkt. Ich will jetzt hier bei dir sein und nicht … daran denken."

„Jason, was ist passiert?"

„Es wird sicher alles gut werden. Urho ist bei ihm."

„Oh. Ich verstehe. Die Schwangerschaft." Vales Mundwinkel sanken herab, und Begreifen leuchtete in seinen Augen auf. „Es tut mir leid."

Jason zog Vale an sich. „Mir auch."

Er malte sich seine Zukunft mit Vale aus. Das hier würde ihr Schlafzimmer sein. Er würde Bilder an die Wände hängen, seine Zeichnungen von seinen liebsten mikroskopischen Objektträgern. Er würde zur Uni gehen und dann heimkommen und Essen für Vale machen. Er würde im Garten arbeiten, und Vale würde Gedichte schreiben und wieder unterrichten. Sie würden ein geregeltes, normales Leben führen.

„Ich will keine Kinder", sagte er. „Du bist für mich perfekt, so wie du bist. Wir werden auch zu zweit glücklich sein. Wir werden Partys geben und unsere Freunde einladen, und wir werden zusammen alt werden–"

„Einer von uns schneller als der andere."

„–und wir werden ein glückliches Leben haben."

Auch wenn sich das Leben eindeutig nicht an die Regeln hielt, von denen man Jason glauben gemacht hatte, sie würden existieren. Aber sie konnten dennoch ihr Bestes tun, um glücklich zu sein.

„Eines Tages wirst du Kinder wollen", widersprach Vale und schmiegte sich an ihn.

„Nach heute bezweifle ich das stark." Jason erschauerte.

„Aber das ist nicht, wie es normalerweise … ich sollte wirklich damit aufhören, dich überzeugen zu wollen, oder? Ich tue mir selbst damit nicht gerade einen Gefallen."

„Und du kommst damit auch kein bisschen weiter. Ich habe mich entschieden. Ich will dich. Und du willst mich." Jason nickte entschlossen. „Wenn mit dieser Hitze alles gesagt und getan ist, dann unterzeichnest du den Vertrag – mit der Vereinbarung, dass Geburten nicht erforderlich sind – und ich werde hier einziehen."

Ein Schauer überlief Vale. „Einfach so? Dann triffst du jetzt die Entscheidungen für mich?"

„Ja. Weil ich dein Alpha bin und du ganz offensichtlich nicht weißt, was gut für dich ist."

„Oh, ich weiß, was gut für mich ist", protestierte Vale. „Ich habe nur versucht, kein selbstsüchtiges Arschloch zu sein."

„Und doch hast du dabei komplett versagt." Jason konnte sich nicht verkneifen, darauf hinzuweisen.

Vale schnaubte.

„Urho hatte recht. Ich hätte dir einfach von Anfang an sagen sollen, was du tun sollst."

Vale lachte. Er rollte sich auf den Bauch, stützte sich auf seine Ellenbogen und sah Jason an. „Oh, du hast also Unterricht bei Urho genommen?" Er lachte erneut. „Das wird lustig. Es gibt Gründe, warum er mich nie genug angezogen hat, um einen

Vertrag mit ihm zu erwägen, weißt du?"

„Ich dachte, du hättest nur auf mich gewartet", neckte Jason.

Jegliche Eifersucht auf Urho hatte sich in Luft aufgelöst, während Vale auf Jasons Knoten geschluchzt hatte. Er war sich ziemlich sicher, dass Urho nie eine solche Reaktion hervorgerufen hatte oder für perfekt erklärt worden war. Obwohl, falls doch, wollte Jason definitiv nichts davon hören.

„Natürlich. Tief in meinem Inneren wusste ich, dass es dich irgendwo gab." Vale verdrehte erneut die Augen. „Aber nein, Liebling. Urho ist altmodisch und spießig, und seine Vorstellungen von einer Alpha-Omega-Beziehung sind vollkommen überholt."

„Hm." Jason sagte dazu nichts. Innerlich amüsierte er sich, als er daran dachte, wie Vale während des Sex jedem seiner Worte ohne Zögern gehorcht hatte.

Urho hatte vollkommen recht, was Vale betraf, aber Jason würde nicht weiter darauf beharren. Außerhalb des Betts herrisch zu sein, war nicht seine Art, und es machte ihm nichts aus, Vale bei … nun ja, fast allem seinen Willen zu lassen. Solange Vale glücklich war, würde Jason es auch sein.

„Oh, Wolfgott", sagte Vale, schauderte und schmiegte sich fest an Jason. „Es geht wieder los. Willst du probieren, was du vorhin erwähnt hast?"

„Du hast es wirklich noch nie zuvor gemacht?"

Vale schüttelte den Kopf. „Aber ich bin neugierig."

Jason drehte Vale auf den Rücken und drückte seine Beine auseinander. „Dann mach dich bereit, denn ich werde dir etwas wahrhaft Fantastisches zeigen."

KAPITEL 25

VALES HERZ KLOPFTE aufgeregt, als er und Jason vor Miners Krankenzimmer darauf warteten, eingelassen zu werden. Als es schließlich so weit war, sah Vale mit Erleichterung, dass Miner aufrecht im Bett saß.

„Pater", hauchte Jason und eilte in Miners geöffnete Arme.

Vale blieb zurück und beobachtete die Familie, deren Teil er nun im Grunde bereits war, während sie sich aneinander klammerten. Miner war blass, aber am Leben, und das war alles, was zählte. Aber die dunklen Ringe unter seinen Augen sprachen von dem Trauma, dass er durchlitten hatte, und Yules Gegenwart an seinem Bett, mit Paters Hand fest in seiner, ebenfalls.

Vale sah sich in Miners und Yules Schlafzimmer um. Es war luxuriös und makellos sauber. Er hoffte, Jason dachte nicht zu sehr an das staubige Zimmer in Vales Haus und die unordentlich über einen Stuhl geworfene Kleidung. Und die auf dem Boden. Und in der Ecke.

Wäsche waschen. Das war so lächerlich nervtötend. Vielleicht sollte er wirklich jemanden dafür engagieren. Oder nicht. Es war ihm eigentlich egal. Er würde tun, was immer Jason wollte.

Es war sieben Tage her, seit Vales Hitze begonnen hatte, und seit zwei Tagen war sie vorüber. Danach hatte er Zeit gebraucht, um sich zu erholen, und Jason ebenfalls. Am Telefon hatte Yule ihnen gesagt, sie sollten nichts überstürzen, und dass Miner die meiste Zeit über ohnehin schlief und er es im Augenblick vorzog, mit seinem Omega allein zu sein.

Aber heute hatten sie nach dem Frühstück das Haus verlassen, um zu Jasons Elternhaus zu gehen. Sie waren beide müde und trübsinnig. Ihr Bund war besiegelt, aber ihre Herzen waren immer noch besorgt, was die Zukunft betraf. Miner ging es viel besser, aber es lag noch ein langer Weg der Heilung vor ihm, bevor er aus dem Gröbsten heraus war.

Als die Familienumarmung endete, nahm Jason Miners Hand und setzte sich zu ihm aufs Bett. Dann winkte er Vale näher. „Pater, schau, wen ich mitgebracht habe."

„Ich bin froh, dich hier mit Jason zu sehen", sagte Miner lächelnd und streckte Vale seine freie Hand entgegen. „Aber ihr seht beide erschöpft aus."

„Es war eine lange Woche", murmelte Vale und setzte sich neben Jason auf die Bettkante.

Miner lächelte träge. „Für uns alle."

„Wie geht es dir?" fragte Vale. „Bist du auf dem Weg der Heilung?"

Miner nickte. Und Yule sagte: „Vorausgesetzt, er hat sich bei dem Eingriff keine Infektion eingefangen, sollte er ab Montag wieder nach unten gehen können. Und Urho denkt, dass Miner in spätestens einem Monat wieder ganz der Alte sein wird."

„Sie lassen mich hier drin nicht rauchen", sagte Miner und verzog das Gesicht. „Angeblich ist es nicht gut für meine Gesundheit oder sowas." Er warf Yule einen finsteren Blick zu, dann lächelte er ihn duldsam an und streckte die Hand aus, um ihm übers Haar zu streichen. „Es ist ohnehin an der Zeit, dass ich diese schlechte Angewohnheit aufgebe."

Jason lächelte und küsste die Hand seines Paters. „Ich habe es immer gehasst. Wenn du geraucht hast, bedeutete das nur, dass du traurig warst."

Miner erwiderte Jasons Lächeln. „Vielleicht habe ich jetzt nicht mehr so oft Grund, traurig zu sein. Dr. Chase hat meinen Uterus entfernt, hat er dir das erzählt?"

„Was? Nein!" Jason blinzelte heftig. „Ist das nicht illegal?"

„Nicht, wenn es Anzeichen gab, dass der Uterus nekrotisch war", sagte Yule mit ernster Miene und berührte zärtlich Miners Gesicht. „Urho fand solche Anzeichen. Hat er jedenfalls gesagt. Und sobald Miners Zustand stabil genug war, hat er den Eingriff durchgeführt. Das war für mich schwerer als für Miner. Urho hatte ihn narkotisiert. Ich hingegen habe alles mitangesehen."

„Weil du darauf bestanden hast", sagte Pater. „Du hast dich geweigert, den Raum zu verlassen."

„Ich hätte dich auf keinen Fall allein gelassen. Du hättest mich vielleicht gebraucht."

Vale wurde die Brust eng, als er Jasons Eltern beobachtete. Wie sie einander vergötterten. Seine eigenen Eltern waren genauso gewesen. Vale wusste, dass sein Band mit Jason mit der Zeit nur stärker werden würde, und irgendwann würden sie auch so sein.

Jasons Hand suchte die seine auf dem Bettlaken.

Vielleicht waren sie bereits so.

Nachdem sie noch eine Weile über Miners Situation geredet hatten, wechselten sie das Thema und kamen auf Vales und Jasons Vertrag zu sprechen.

„Ich möchte mich entschuldigen", sagte Yule leise. „Ich hätte niemals auf die Geburtsklausel drängen oder einen Surrogat-Omega vorschlagen sollen. Ich war im Unrecht."

Vale neigte den Kopf um die Entschuldigung anzunehmen, sagte aber nichts.

Yule war jedoch noch nicht fertig.

„Als ich dachte, Miner würde ... na ja, als ich dachte, ich würde ihn verlieren ..."

„Du musst es nicht erklären. Ich verstehe vollkommen."

„Ich werde es dennoch sagen", entgegnete Yule und hob das Kinn. „Und du wirst zuhören. Ihr alle werdet zuhören."

Jason erhob sich, stellte sich hinter Vale und schlang beschützend die Arme um seine Schultern.

Yule fuhr fort: „Jason war gegangen, um bei dir zu sein, als das Schlimmste passierte. Miners Herz blieb stehen, und Dr. Chase wäre es fast nicht gelungen, es wieder zum Schlagen zu bringen. Ich war nutzlos. Dein Freund Xan jedoch war eine große Hilfe", sagte Yule zu Jason gewandt. „Er machte Mund-zu-Mund-Beatmung, währen Urho die Herzmassage durchführte."

„Wolfgott", flüsterte Vale, und Jason hielt ihn fester.

Miner nahm erneut Yules Hand, um ihn zu trösten.

„Und in diesem Moment war ich nur dankbar, dass Jason nicht da war. Dass er bei dir war, und dass er hoffentlich glücklich war."

Jason wimmerte leise. Vale wusste, dass er sich schuldig gefühlt hatte, Freuden mit ihm zu teilen, während sein Vater und sein Pater so viel Leid durchmachten. Und er selbst bereute, dass sein glücklicherweise erfolgloser Versuch, Jason abzuschrecken, das Glück ihrer ersten gemeinsamen Hitze getrübt hatte.

„In diesem Moment erkannte ich, wie unvernünftig und falsch ich gehandelt hatte. Jason würde mit niemandem so glücklich werden wie mit seinem *Érosgápe*, kinderlos oder nicht. Und auf lange Sicht spielt das keine Rolle. Nichts ist für die Ewigkeit. Kein Mann, keine Beziehung, nicht das Leben. Irgendwann holte der Tod sich alles. Warum sich also gegen diese Wahrheit sträuben?"

„Liebes, du wirst jetzt gerade sehr tiefsinnig und ein kleines bisschen morbide", murmelte Miner und küsste Yules Finger. „Ich denke, ein einfaches ‚Entschuldigung' hätte eigentlich gereicht."

Vale schüttelte den Kopf. „Nein, ich weiß die Offenheit zu schätzen. Man sollte meinen, dass ich diese Lektion gelernt hätte, als meine Eltern starben, aber dem ist nicht so. Stattdessen habe ich versucht, Jason abzuschrecken." Er lehnte sich zurück an Jasons hochgewachsene Gestalt und war froh, seine starken Arme um sich zu spüren. „Ich hatte Angst, dass er mich unzureichend finden und es bedauern würde, mein *Erosgápe* zu sein."

Ein Teil von ihm machte sich deswegen immer noch Sorgen, aber Jason war ... so Jason. Offen, liebevoll, bereit für eine Zukunft mit Vale. Er konnte nicht anders, als an ihn zu glauben.

Jason küsste Vale auf den Kopf und murmelte: „Du bist ein Idiot."

„Du bist ein Arschloch."

„Dieses Gespräch hatten wir bereits mehrmals."

Vales Wangen begannen zu glühen. Er rieb sich den Bart und wandte den Blick ab.

Miner gähnte, und Yule erhob sich rasch. „Ihr solltet jetzt gehen. Miner braucht Ruhe. Kommt morgen wieder. Dann besprechen wir alles, damit der Vertrag unterzeichnet werden kann."

„Morgen?" fragte Jason verwirrt.

Yule, der Miner half, es sich in einem Stapel von Kissen bequem zu machen, hob den Kopf und sagte: „Hast du nicht vor, bei Vale zu übernachten?" Er blinzelte verblüfft, fuhr aber hastig fort: „Du kannst natürlich gern weiter hier wohnen. Wir lieben dich, und wenn du hier sein willst, sind wir froh darüber. Wir hatten nur nicht damit gerechnet."

„Oh! Nein, ich ..." Jason verstummte und drehte sich zu Vale um. Abgesehen von Jasons Verkündung, bei Vale einziehen zu wollen, hatten sie nichts bezüglich des Wann und Wie besprochen. Sie waren beide davon ausgegangen, dass Jasons Eltern darauf bestehen würden, Jason bis zur Vertragsunterzeichnung bei sich zuhause zu behalten, möglicherweise sogar bis Miner wieder auf den Beinen war. Aber es war offenkundig, dass Yule Miners Pflege gut im Griff hatte, und niemand schien sich um den Vertrag noch viele Gedanken zu machen.

„Du solltest eine Tasche packen, wo wir schonmal hier sind", sagte Vale. „Die Sachen, die Xan für dich vorbeigebracht hat, sind schon alle schmutzig. Und ich fürchte, ich bin nicht besonders gut darin, mich um die Wäsche zu kümmern."

Jason grinste ihn an. Seine blauen Augen leuchteten wie die Sonne. „Du willst, dass ich sofort bei dir einziehe?"

„Oh ja. Keine Sorge. Wir können später noch mit Kartons kommen und alles holen, was du sonst noch brauchst."

Miner streckte die Hand nach Jason aus, und er ging zu ihm, um seinen Pater noch einmal zu küssen. „Es tut mir leid, dass ich dir solche Angst gemacht habe" flüsterte Miner und streichelte Jasons Wange. „Ich kann mir gar nicht vorstellen, wie es für dich gewesen sein muss, mich so zu sehen, mein lieber Junge."

Jason strich Miner das Haar aus der Stirn und küsste ihn auch dort. „Vater und Urho haben alles getan. Ich habe nur gebetet und bin im Zimmer auf und ab gelaufen."

„Das ist nicht wahr", widersprach Vater. „Du hast Urho gerufen. Und du hast dafür gesorgt, dass Xan herkam. Du hast dich im Angesicht der Krise als wahrer Mann bewiesen. Wir sind sehr stolz auf dich."

Miner seufzte. „Und zum Glück müssen wir so etwas nie wieder durchmachen."

„Dank Urho", sagte Yule. „Er ist der andere Held der Stunde."

„Aber Jason ist der wahre Held, denn er hat ihn gerufen", sagte Miner und gähnte erneut.

„Genug der Unterhaltung für dich", sagte Yule streng. „Du brauchst jetzt Ruhe."

Jason umarmte seinen Vater und gab Miner noch einen letzten Kuss, dann nahm er Vale bei der Hand und führte ihn aus dem Zimmer.

„WILLST DU MIR ernsthaft sagen, diese lächelnden Gesichter sind nicht auf den Objektträger aufgemalt?"

Jason lachte und legte noch ein Hemd in seinen Koffer. Das T-Shirt von dem Tag, als er und Vale ihr Sperma vermischt hatten, hatte er bereits zusammengeknüllt und ganz unten in die Tasche gestopft – sehr zu Vales Belustigung, aber Jason war noch nicht fertig damit. Er mochte Vale nun zwar ganz für sich allein haben, aber er war trotzdem noch nicht bereit, sich von einem so sentimentalen Gegenstand zu trennen.

„Ich glaube eher, du hast die Gesichter aufs Glas gemalt, Jason."

Jason verschloss seinen Koffer und lachte erneut. „Ich schwöre. Dünengras sieht unter dem Mikroskop einfach so aus."

Vale klang fassungslos. „Wie lachende grüne Babys?"

„Ja. Aber warte ..." Er ging zu seinem Schreibtisch und zog einen weiteres, präpariertes Glasrechteck aus seinem Kasten. „Das hier mag ich im Augenblick am liebsten. Warte, ich zeig's dir." Jason entfernte den Träger mit dem Dünengras und legte den anderen ein, dann beugte er sich über das Mikroskop, um die Vergrößerung einzustellen. „Hier. Schau!"

„Oh, das sieht aus wie eins von Rosens Gemälden."

„Wie das?"

„Die Farben und die klaren Linien." Vale richtete sich wieder auf, nachdem er durchs Mikroskop geschaut hatte und sah Jason mit leuchtenden Augen an. „Was ist das?"

„Staub. Wie das Zeug, das überall in deinem Haus liegt." Er grinste. „Also, in unserem Haus jetzt, schätze ich."

Vale lachte. Seine Schultern bebten, als er sich erneut über das Mikroskop beugte. „Was willst du mir damit sagen, Liebling? Dass ich öfter Staub wischen muss?"

„Nein, dein ... unser Haus ist ein heimliches Meisterwerk. Jeder sieht Staub, aber nicht wir. Wenn wir uns umschauen, sehen wir das hier. Billionenfach."

Vale schob das Mikroskop von sich und stand auf, um Jason zu küssen. „Du bist einfach rundum hinreißend. Was soll ich nur mit dir machen?"

Jason schmunzelte. „Nun, ich weiß, was ich mit *dir* machen werde, sobald wir wieder zuhause sind, und das hat etwas mit deinem Arsch und meiner Zunge zu tun."

Vales dunkle Augen wurden glasig. „Ich verstehe."

Jason wackelte mit den Augenbrauen. Unbändige Freude kribbelte in seiner Brust. „Soll ich es dir demonstrieren?" Er nickte zum Bett.

Vale räusperte sich und biss sich auf die Unterlippe. Er neigte beinahe schüchtern den Kopf. „Und wenn ich ja sage?"

„Meine Tür lässt sich abschließen."

„Ich muss zugeben, mein Arsch ist sehr neugierig auf deine Pläne. Werde ich dabei kommen?"

„Mit Sicherheit", erwiderte Jason heiser, schlug rasch die Zimmertür zu und drehte den Schlüssel im Schloss.

Er schubste Vale aufs Bett, warf sich auf ihn und küsste ihn wild und leidenschaftlich. Er rieb seine Wangen an Vales weichem Bart und seinem Hals. Sein Schwanz wurde hart, und er presste ihn an Vales Bein.

„Zieh deine Hose aus", befahl er, während er Vales Kinn festhielt und an seinem Ohr knabberte. „Beeil dich."

Vale gab einen fast quiekenden Laut von sich. Er öffnete seine Hose, schob sie hastig hinunter und enthüllte seinen harten Schwanz. Als er danach griff und sich selbst massierte, schlug Jason seine Hand weg und setzte sich rittlings auf Vales Schenkel. „Zieh auch dein Hemd aus. Ich werde dich vollkommen einsauen."

Vale stöhnte und erschauerte. „Was, wenn deine Eltern–"

„Sie wissen, was wir die ganze letzte Woche getrieben haben."

Vale war jedoch schon dabei, die Knöpfe zu lösen, und das Hemd war schnell abgelegt. Jason fuhr mit den Fingern durch Vales Brusthaar, über seinen Bauch und den Pfad von Haaren unter seinem Nabel.

„Sexy", murmelte er und beugte sich hinab, um sein Gesicht daran zu reiben. „Mein wunderschöner Omega."

Vale stöhnte leise – ein süßer Laut der Unterwerfung, den er stets von sich gab, wenn Jason ihn seinen Omega nannte – und drückte seinen Körper in die Berührung. Er warf den Kopf zurück, als Jasons Hände aufwärts glitten und seine Nippel liebkosten, dann wieder abwärts zu seinem Schwanz.

„Erzähl mir etwas über die hier", verlangte Jason, streichelte die Tattoos an Vales Armen und fuhr mit der Fingerspitze über die Linien an Vales Brustkorb. „Wann hast du sie machen lassen? Und warum?"

Vale erschauerte und seufzte. „Das war vor langer Zeit. Immer nach einer Hitze. Ich war wütend darüber, dass ich mich von fremden Alphas ficken lassen musste. Ich wollte irgendwie meinen Körper zurückfordern. Sicherstellen, dass jeder, der mich fickte, wusste, dass dieser Körper mir gehörte, und nicht ihm."

Jason hob eine Augenbraue. „Und jetzt?"

Vale zog ebenfalls eine Braue hoch. „Jetzt?"

Jason lachte und küsste Vales auf den Mund, bevor er einen Kuss auf jedes der Tattoos drückte. „Jetzt gehören sie uns. Ganz gleich, was wir tun, du wirst immer Vale sein."

Vale packte Jasons Kragen und zog ihn hoch, sodass sie einander in die Augen sehen konnten. „Sagtest du nicht etwas über deine Zunge und meinen Arsch? Oder war das nur Gerede, mein Baby-Alpha?"

Jason schlug Vales Hände weg und packte behutsam Vales Hals. „Du bist ganz schön frech für einen Omega." Er drückte vorsichtig zu und küsste Vale auf den Mund. „Das gefällt mir an dir."

Dann warf er Vale auf den Bauch, schob seine Beine auseinander und rimmte ihn lang und genussvoll, bis Vale kam und zitterte und Jasons Namen rief.

NACH DEM SEX half Vale Jason, die restlich Sachen zu packen. Er sang dabei leise vor sich hin, eine Melodie, die Jason früher seinen Pater hatte singen hören. Jason summte mit, eine zweite Stimme, und ehe Vale sich versah, hatten sie drei große Taschen mit Jasons Sachen vollgestopft, um sie dem Chaos in Vales Haus hinzuzufügen.

Aber als Vale sich umdrehte, um die Tür aufzuschließen, hielt Jason sanft seine Hand fest und sagte: „Ich will dir noch eine weitere Sache zeigen."

Er öffnete das Fenster, aus dem man den wunderschönen Garten sehen konnte, und kletterte hinaus auf das Schrägdach darunter. Er kniete sich hin und streckte eine Hand nach Vale aus.

Vale erschauerte. Die Erinnerung an ihr erstes Gespräch durch das Fenster seines Arbeitszimmers kam wieder hoch, süß und absurd. *„Ich bin jetzt hier."* Vale nahm Jasons Hand und ließ sich hinaus aufs Dach helfen.

Dort setzte er sich hin und betrachtete den Garten, das Haus nebenan und die Bäume, die in den blauen Himmel ragten. „Das ist eine schöne Aussicht hier. Ich fürchte, bei meinem Haus gibt es so etwas nicht."

„Aber dich gibt es dort, daher wird es perfekt sein", sagte Jason und lehnte sich zurück auf seine Ellenbogen. Er legte den Kopf in den Nacken, sodass sein Hals entblößt war und sein Adamsapfel hervorstand. Vale wurde der Mund wässrig. Er wollte Jason dort küssen.

„Hier draußen habe ich zum ersten Mal deine Gedichte gelesen", murmelte Jason.

„Ach ja? Interessant. Weil ich nämlich gerade ein Gedicht über *dich* schreibe."

„Wirklich?"

Vale lachte leise. „Ja. In meinem Kopf."

„Erzähl mir davon." Jason setzte sich auf. „Brauchst du Papier? Soll ich dir welches holen? Ich will nicht, dass du es wieder vergisst. Du solltest es wirklich aufschreiben."

Vale lachte, lauter dieses Mal. Der Klang hallte vom Nachbarhaus wider und durch den von Herbstlaub bedeckten Garten. „Du willst wirklich, dass ich Gedichte über dich schreibe?"

„Und sie veröffentlichst! Ja." Jason nickte aufgeregt. „Ich finde, jeder sollte erfahren, wie sehr du auf meinen Schwanz stehst. Du musst es der Welt mitteilen. In deutlichen, aber eleganten Worten."

Vale konnte nicht aufhören zu lachen. „Ich dachte, du wolltest darüber eine Anzeige in der Zeitung schalten."

„Aber Gedichte haben viel mehr Klasse. Mehr Kultur." Er zwinkerte und zog Vale näher. „Eines Tages werde ich Jason Sabel sein, weltberühmter Wissenschaftler und Erbe des Familienunternehmens. Da können wir keinen billigen Eindruck machen, wenn wir der Öffentlichkeit mitteilen, dass ich der großartigste Alpha bin, den die Welt je gesehen hat."

Vale verdrehte die Augen, dann beugte er sich hinüber und flüsterte Jason die erste Gedichtzeile ins Ohr.

„Ja, ich liebe es", sagte Jason und nahm Vales Kinn in die Hand. „Wie geht es weiter?"

Die Zweite Zeile wurde von Jasons Mund verschluckt. Vale protestierte nicht. Mit dem Rücken auf den von der Sonne aufgeheizten Dachschindeln liegend, zog er Jason auf sich. Der blaue Himmel streckte sich über ihnen aus, die Welt um sie herum begann sich zu drehen, aber hier auf dem Dach unter Jasons Zimmer zählten nur noch sie beide.

Alpha und Omega, in Vollkommenheit vereint.

Der Anfang und das Ende.

EPILOG

„**B** IST DU SICHER, dass es klug war, Urho einzuladen?"
Rosen stupste Vale in die Rippen und nickte zu Jason und Urho hinüber, die knietief in der Brandung standen und endlose Gespräche über *Wissenschaft* führten. Urho hatte zugestimmt, Jason während seines zweiten Studienjahres als Forschungsassistent anzunehmen, und jetzt waren sie offenbar so etwas wie beste Kumpel.

Vale lehnte sich in seinem hölzernen Strandsessel zurück, steckte die blassen Beine aus und genoss die ersten wirklich warmen Sonnenstrahlen des Sommers. Sie hatten das Strandhaus von Jasons Eltern in Beschlag genommen, und der Plan war, zwei Wochen hier zu verbringen. „Wenn sie nicht damit aufhören, den Zusammenhang von Analorgasmen und der Lordosis-Präsentation von Omegas mit unserer gespaltenen Wolf-DNA zu diskutieren und endlose Theorien über das Warum aufzustellen, könnte ich es bald bereuen. Ja."

Rosen lachte, während er Aloe auf Yosefs Schultern verrieb.

„Die zwei haben einfach zu viel gemeinsam", murmelte Yosef mürrisch. Er war an ihrem ersten Nachmittag hier in der Sonne eingeschlafen und hatte nun einen ziemlichen Sonnenbrand. „Es muss dich doch nerven, wenn die beiden so loslegen."

Vale zuckte die Achseln. Eigentlich war er froh darüber, dass sein früherer Liebhaber sich so gut mit seinem Alpha verstand. Yosef hatte recht – die beiden hatten mehr Gemeinsamkeiten, als sie ahnten. Aber falls er das gegenüber Urho erwähnte, würde er nur eine versaute Bemerkung darüber ernten, dass sie beide in Vales Arsch gewesen waren.

Es ging jedoch bedeutend tiefer als nur das.

Beide Männer zeigten tiefe Hingabe zu ihren Freunden und Familien, einen starken Charakter und ein gutes Herz. Oft konnte Vale kaum fassen, wie viel Glück er gehabt hatte, Urho zu finden, als er ihn gebraucht hatte, und dann von Jason gefunden zu werden, als er nicht einmal gewusst hatte, dass er ihn brauchte.

Vale hätte nicht glücklicher sein können.

Er warf einen Blick zu Jasons bestem Freund Xan, der ein Loch in den Sand grub und dabei hinaus zu den entfernten Segelbooten schaute und die Stirn runzelte. Was glücklich sein anging, war Xan eine ganz andere Angelegenheit. Vale empfand großes Mitgefühl für ihn und wünschte, er würde ihn besser kennen. Jason hatte ihm erzählt, Xan wäre ein rechter Spaßvogel, aber bis jetzt war er eher still und zurückgezogen gewesen. Obwohl er durchaus unterhaltsam sein konnte, wenn er denn mal etwas sagte. Vale war jedoch aufgefallen, dass Xans Blick oft länger auf Urho ruhte, als gut für ihn war, und er fragte sich besorgt, was passieren würde, wenn Urho das merkte. Bis jetzt aber kamen alle bestens miteinander zurecht, und es hatte keinerlei Unstimmigkeiten gegeben.

Nun, abgesehen von Zephyr, die sich mit Klauen und Zähnen dagegen gewehrt hatte, eingefangen zu werden und für die Dauer des Urlaubs in eine Katzenpension ziehen zu müssen. Vale hatte Kratzer an den Unterarmen und sogar einen Biss an der Hand, den Urho hatte behandeln müssen. Und Jason trug jeden Abend die Salbe auf, die Urho verschrieben hatte.

„Freust du dich darauf, im Herbst wieder unterrichten zu können?" fragte Rosen.

„Oder hast du dich ans Faulsein gewöhnt und daran, dich den ganzen Tag von Jason verwöhnen zu lassen?" neckte Yosef.

Vale lachte und grub seine Zehen in den Sand. „Ich gebe zu,

dass ich die Auszeit am Ende mehr genossen habe, als ich anfangs erwartet hatte, als ich dazu gezwungen wurde. Aber ja, ich freue mich aufs Unterrichten. Worauf ich mich weniger freue, sind die Bemerkungen der Studenten darüber, dass einer ihrer Kommilitonen mein Alpha ist."

Xan, der offenbar lauschte, schnaubte, steuerte jedoch nicht wirklich etwas zur Unterhaltung bei. Er murmelte nur: „Ja, viel Glück dabei."

„Was ich schon die ganze Zeit fragen wollte" sagte Yosef und zeigte auf eine Stelle an seiner Seite, die Rosen beim Einreiben übersehen hatte. „Wie geht es eigentlich Miner?"

„Oh, recht gut. Er hat immer noch Hitzen, ist das zu glauben? Sie sind nicht ganz so wie vor der Operation, aber die Hormone, die Hitzen auslösen, sind immer noch aktiv. Allerdings kann er sich jetzt dabei entspannen, da er ja nicht mehr schwanger werden kann."

„Das ist gut."

„Er und Yule sind glücklicher als seit Jahren, sagt Jason. Und ich glaube ihm. Die beiden führen sich auf, als wären sie in den Flitterwochen." Vale kratzte sich abwesend den Bauch. Ein Teil von ihm sehnte sich immer noch danach, für Jason ein Kind tragen zu können, aber er machte sich nicht länger Sorgen, Jason könnte ihn eines Tages dafür verachten, dass er dazu nicht fähig war. Jason kümmerte sich so hingebungsvoll um ihn, auf jede erdenkliche Weise – körperlich, emotional, finanziell – dass es Vales Ängste mehr als vertrieb. Es löschte sie aus.

„Xan!", rief Jason. „Komm mal her!" Er winkte seinem Freund zu. Die Sonne schien auf Jasons Haar und er sah aus wie ein Engel, von Wolfgott selbst auf die Erde hinab geschickt.

Xan stand auf und lief ins Meer, wobei er Urho und Jason nassspritzte. Vale grinste, als Jasons Lachen erklang und direkt in Vales Herz drang.

Vale musste schlucken – Freude und Dankbarkeit erfüllten ihn. Er streckte sich noch etwas mehr in seinem Strandsessel aus und ließ die Sonne seine Brust und seine Arme wärmen. Er schloss die Augen und fühlte sich wohl und sicher unter den Menschen, die er liebte. Der Klang der Wellen und die kühle Brise hüllten ihn beruhigend ein. Er döste ein wenig ein, schreckte aber aus seinem Schlummer hoch, als Jason sich auf ihn warf, nass und ausgekühlt vom Meer.

„Wach auf, Geliebter, und komm mit mir schwimmen. Das Wasser ist perfekt." Er küsste Vale auf den Mund. „So wie du."

Vale lachte. Er packte sein Glück mit beiden Händen und ließ es nicht wieder los, während er seiner Zukunft in das leuchtend coelinblaue Meer folgte.

ENDE

Letter from Leta

Lieber Leser,

vielen Dank, dass du *Langsame Hitze* gelesen hast, den ersten Band der Buchreihe *In der Hitze der Liebe*. Wenn dir das Buch gefallen hat, kannst du mehr von Jason und Vale in *Langsame Geburt* finden. Xans Geschichte wird in *Alpha-Hitze* erzählt, und im dritten Band *Bittere Hitze* erfährst du mehr über dieses Universum und ein neues Paar. Alle Bücher befinden sich in der Übersetzung und werden in Kürze auf Deutsch erscheinen.

Extra-Geschichten und andere Buch-Universen (in englischer Sprache) warten auf meinem Patreon.

Folge mir auf BookBub, um über weitere Veröffentlichungen in dieser und anderen Buchreihen benachrichtigt zu werden. Und auf meiner Facebook-Seite gibt es immer wieder Ausschnitte und Häppchen aus meinem Autoren-Alltag. Quellen meiner Inspiration und mehr finden sich auf meinem Pinterest-Board. Und auf Instagram bin ich ebenfalls.

Wenn dir das Buch gefallen hat, nimm dir bitte einen Augenblick Zeit und hinterlasse eine Rezension. Rezis helfen nicht nur anderen Lesern zu entscheiden, ob ein Buch vielleicht ihrem Geschmack entspricht, sondern auch dabei, dass das Buch bei Suchen angezeigt wird.

Und zu guter Letzt: für die Freunde von Hörbüchern (englisch) sind die Bände *Slow Heat, Alpha Heat* und *Bitter Heat*, sowie *Heat for Sale* fast überall erhältlich, wo es Hörbücher gibt. Die ersten drei werden von dem großartigen Michael Ferraiuolo gelesen, letzteres von dem talentierten Michael Dean.

Danke fürs Lesen!
Leta

Band 2 der Reihe „In der Hitze der Liebe"

ALPHA-HITZE
von Leta Blake

Ein verzweifelter, junger Alpha. Ein älterer Alpha mit Helfersyndrom. Eine verbotene Liebe, die sich nicht leugnen lässt.

Der junge Xan Heelies weiß, das er nie haben kann, was er wirklich will: eine leidenschaftliche Romanze und ein glückliches Leben mit einem anderen Alpha. Nicht nur verbietet der herrschende Glaube das aufs Strengste, solche Verbindungen sind auch illegal.

Urho Chase ist ein Alpha in mittleren Jahren mit tragischer Vergangenheit. Er ist stets so umsichtig, beherrscht und unerschütterlich in seinen Ansichten, dass seine Freunde ihn als altmodisch und spießig bezeichnen. Als Urho das gefährliche Geheimnis entdeckt, das Xan mit sich herumträgt und das er sich niemals hätte vorstellen können, gerät Urhos Welt aus den Fugen, und er wird überwältigt von sehnsüchtigem Verlangen. Die sorgsam geflickten Nähte, die sein Leben nach dem Tod seines Omegas und seines Kindes zusammenhielten, geben nach – und er selbst ebenfalls.

Aber um einander zu lieben und sich eine gemeinsame Zukunft aufzubauen, würden Xan und Urho ihr Leben aufs Spiel setzen. Mit der Hilfe des asexuellen und aromantischen Omegas Caleb – Xans treuem Freund – versuchen sie, die Kraft und den Mut aufzubringen, der Gefahr zu trotzen und die Familie aufzubauen, die sie verdienen.

Erscheint demnächst in deutscher Sprache.

Buch 2.5 der Reihe „In der Hitze der Liebe"

LANGSAME GEBURT

von Leta Blake

In dieser Novelle kehren Jason und Vale zurück in das Universum von „In der Hitze der Liebe".

Ein romantischer Kurztrip endet dramatisch, als Vale eine unerwartete Hitze überfällt. Jason bleibt keine Wahl; er muss handeln. Die daraus resultierende Schwangerschaft ist gefährlich für Vale und ein Schock für Jason, aber mit der Hilfe von Freunden und Familie beschließen sie, sich ihrer ungewissen Zukunft zu stellen. Gemeinsam finden sie Liebe, Glück und die Kraft, um die Ereignisse durchzustehen.

Da die Geschichte den Figuren aus *Langsame Hitze* folgt, kann man sie am besten genießen, wenn man zuvor *Langsame Hitze* gelesen hat – sie schließt direkt daran an.

Erscheint demnächst in deutscher Sprache.

Buch 3 der Reihe „In der Hitze der Liebe"

BITTERE HITZE

von Leta Blake

Ein schwangerer Omega, gefangen in einer verzweifelten Lage. Ein ungebundener Alpha, der Einiges zu beweisen hat. Und eine unerwartete Liebe, die beide retten könnte.

Kerry Monkburn ist vertraglich an einen gewalttätigen Alpha gebunden, der wegen seiner brutalen Verbrechen im Gefängnis sitzt. Schwanger mit dem Kind eben jenes Alphas lebt er hoch in den Bergen, weit weg von der Stadt, die ihn einst mit Versprechungen auf ein besseres Leben angelockt hatte. Bitter und verängstigt spielt Kerry mit dem Gedanken, sein düsteres Dasein zu beenden, aber das Schicksal hat andere Pläne.

Janus Heelies blickt auf eine Vergangenheit voller Fehler zurück. Um sich von ihnen reinzuwaschen, macht er unerschütterliche Integrität zum seinem Motto für die Zukunft. In seiner Ausbildung zum Krankenpfleger unter dem einzigen Arzt, der gewillt war, ihn anzunehmen, hält er sich streng an diese Absicht: er wird ein untadeliges Leben in den Bergen führen und unangemessene Affären um jeden Preis vermeiden. Aber er hat nicht mit der magnetischen Anziehung gerechnet, die Kerry auf sein Herz und seine Gedanken ausübt.

Als die Sorge um Kerrys zukünftige Gesundheit und Sicherheit sich auf explosive Weise zuspitzt, kann nur ein Einschreiten des Schicksals die verzweifelten Männer zu einem Happy End führen.

Erscheint demnächst in deutscher Sprache.

Ein Omegaversum von Leta Blake

In englischer Sprache

HITZE ZU VERKAUFEN

Eine Hitze kann man kaufen, aber Liebe muss man sich verdienen.

In einer Welt, wo Omegas ihre Hitzen zum Zwecke des Profits verkaufen, lebt Adrien, ein Student, der dringend Geld braucht. Ohne eine Familie, die ihm Rückhalt gibt, erklärt er sich beim Kuppler der Universität widerwillig bereit, seine allererste Hitze bei einer Online-Auktion zum Kauf anzubieten. Verängstigt und nervös – aber in dem Wissen, dass dies die Realität ist, in der Omegas leben – hofft Adrien, dass der Käufer freundlich sein wird, wer immer der Gewinner der Auktion auch sein mag.

Heath – ein wohlhabender, älterer Alpha – ist schockiert von Adriens großer Ähnlichkeit mit seinem verstorbenen Liebhaber Nathan. Als Heath herausfindet, dass Adrien der verschollene Sohn Nathans ist – aus dessen erster Hitze und Jahre, bevor sie sich kennenlernten – ist er wie besessen von dem Gedanken, ein Stück von Nathan zurückzubekommen.

Heath kauft Adriens Hitze mit einer einzigen Absicht: ihn zu schwängern, das Kind für sich zu beanspruchen und mit seinem Leben weiterzumachen. Aber ihre nicht zu leugnende Leidenschaft überrascht ihn. Adrien weiß nicht, was er von dem attraktiven, geheimnisvollen Fremden halten soll, dem er seinen Körper versprochen hat. Aber schon bald wird er von seiner ersten Hitze mitgerissen und unterwirft sich Heath vollkommen.

Sobald Adrien schwanger ist, versteckt Heath ihn auf seinem riesigen, abgelegenen Anwesen. Während der Zeitpunkt der Geburt näher rückt, verliebt Heath sich in Adrien um des Mannes willen, der er ist, und nicht nur wegen der Verbindung zu Nathan. Und Adrien, der nichts von Heaths Vergangenheit mit seinem Pater weiß, nun aber mit Herz und Seele von ihm abhängig ist, verliebt sich ebenfalls.

Aber während ihre Liebe füreinander erblüht, hängt Nathans Schatten über ihnen. Wird Heath seine neue Liebe und das Kind, das sie zusammen gezeugt haben, behalten können, wenn Adrien die Wahrheit herausfindet?

Hitze zu verkaufen ist ein abgeschlossener, erotischer MM-Liebesroman von Leta Blake unter dem Pseudonym Blake Moreno. Mit einem Geheimnis im Stil von du Mauriers *Rebecca* beschreibt er ein wohl durchdachtes Omegaversum mit Altersunterschied, Dominanz und Unterwerfung, Hitzen, Knoten und glühend heißen Szenen.

Erscheint demnächst in deutscher Sprache.

Weihnachtlich angehauchte Bonus-Geschichten der
„In der Hitze der Liebe"-Reihe von Leta Blake
in englischer Sprache

Winterherz

Der Winterfuchs bringt Tristan immer die besten Geschenke.

An jedem Feiertag des Winters findet Tristan beim Erwachen ein neues Geschenk vor, das ihn erfreut oder ihn etwas Wichtiges lehrt.

Dies ist eine Geschichte um Tristan, den Sohn von Kerry und Janus aus *Bittere Hitze*. Das kleine Bonus-Buch enthält vergleichbar heiße Szenen wie die vollen Romane der Buchreihe, hat aber alle Qualitäten einer kuscheligen und hoffnungsvollen Weihnachtserzählung. Auch wenn sie ein romantisches Ende hat, so ist es **keine** klassische Liebesgeschichte.

Die Geschichte funktioniert **nicht** als abgeschlossenes Werk, sondern sollte zusätzlich zu den anderen Büchern der *In der Hitze der Liebe*-Reihe gelesen werden.

Winterwahrheit

Der Winterfuchs schenkt Viro einige überraschende Wahrheiten zum Fest.

Viro Sabel ist elf Jahre alt und immer noch eine unschuldige Seele. In diesem Jahr bekommt er vom Winterfuchs einige überraschende Wahrheiten geschenkt, die seine Sicht aufs Leben und seinen Platz darin völlig verändern.

Diese festliche Novelle ist eine Geschichte um Viro, den Sohn von Vale und Jason aus *Langsame Hitze*. Sie enthält heiße Szenen zwischen Vale und Jason, beschreibt das Familienleben und emotionale Momente. Der Epilog deutet eine zukünftige Liebesbeziehung für den erwachsenen Viro an und endet mit dem Geheimnis um die Identität dieser Person.

Die Geschichte funktioniert **nicht** als abgeschlossenes Werk, sondern sollte zusätzlich zu den anderen Büchern der *In der Hitze der Liebe*-Reihe gelesen werden, am besten in dieser Reihenfolge: *Langsame Hitze*, *Alpha-Hitze* und *Langsame Geburt*.

Weitere Bücher von Leta Blake in deutscher Sprache

Smoky Mountain Dreams
Stay Lucky
Auch in diesem Leben
Norths Zuckerstange
Mein Dezember Daddy

Liebe ohne Halt
Free Fall
Free Heart

Mr. Christmas-Serie
Mr. Frosty Pants
Mr. Naughty List
Mr. Jingle Bells

In der Hitze der Liebe
Langsame Hitze
Alpha-Hitze
Langsame Geburt
Bittere Hitze

Heat For Sale (Deutsche Ausgaben)
Heat for Sale: Adrien und Heath
Alpha for Sale: Ned und Ezer

Training Season
Training Season
Training Complex

Zusammen mit Alice Griffiths
Überraschend … verheiratet!
Überraschend … verliebt!
Endlose Flitterwochen

Zusammen mit Indra Vaughn
Vespertine: Der Priester und der Rockstar
Cowboy Sucht Ehemann

Gay Romance Newsletter

Letas Newsletter (auf Deutsch) hält Sie über Neuerscheinungen, Angebote und Schnäppchen sowie über Letas zukünftige Schreibprojekte und mehr aus der Welt der schwulen Liebesromane auf dem Laufenden. Melden Sie sich noch heute für Letas Mailingliste an und erhalten Sie „Weiße Hitze", eine eigenständige Prequel-Novelle aus dem „In der Hitze der Liebe"-Universum, kostenlos!

Letas deutscher Newsletter

dl.bookfunnel.com/okcr1e34q0

Weitere Bücher in englischer Sprache von Leta Blake

Any Given Lifetime

The River Leith

Smoky Mountain Dreams

The Difference Between

My Skin Begs You Please

Stay Lucky

Omega Mine: Search for a Soulmate

Bring on Forever

Angel Undone

Punching the V-Card

Raise Up, Heart

North's Pole

My December Daddy

Mr. Christmas Series

Mr. Frosty Pants

Mr. Naughty List

Mr. Jingle Bells

Free Fall Series

Free Fall

Free Heart

The Training Season Series

Training Season

Training Complex

Heat of Love Series

Slow Heat

Alpha Heat

Slow Birth
Bitter Heat
White Heat
Winter's Truth
Winter's Heart

Heat for Sale Series
Heat for Sale
Bully for Sale

'90s Coming of Age Series
Pictures of You
You Are Not Me
Only You

Zusammen mit Indra Vaughn
Vespertine
Cowboy Seeks Husband

Zusammen mit Alice Griffiths
The Wake Up Married serial
Will & Patrick's Endless Honeymoon

Gay Fairy Tales
Flight
Levity

Hörbücher
Leta Blake at Audible
audible.com/author/Leta-Blake/B008R3NH4S

Erfahren Sie mehr über den Autor online
Leta Blake
letablake.com

Über die Autorin

Die Autorin des Bestsellers *Smoky Mountain Dreams* und des unter den Fans besonders beliebten Buchs *Training Season* kann auf eine Ausbildung und berufliche Erfahrung sowohl in Psychologie als auch im Finanzwesen zurückblicken. Aber ihre Leidenschaft gehörte schon immer dem Schreiben. Sie genießt es, Liebesgeschichten zu kreieren und dabei die Psyche von erfundenen Figuren zu erforschen. Zuhause im Süden der USA, arbeitet Leta hart daran, die Balance zwischen ihrem bürgerlichen Beruf, der Schriftstellerei und der Familie zu halten.

www.ingramcontent.com/pod-product-compliance
Lightning Source LLC
Chambersburg PA
CBHW020515110726
47899CB00004B/1125